Chris Schlicht

MASCHINEN GOTT

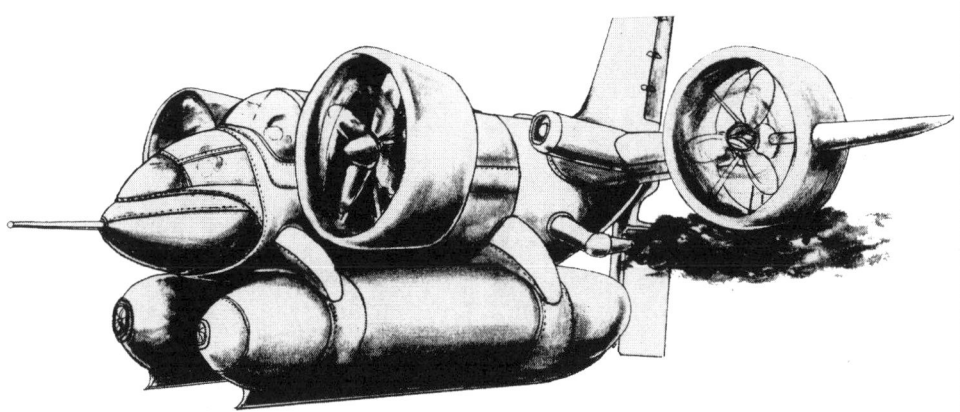

EDITION
ROTER
DRACHE

Dieses Buch wurde klimaneutral gedruckt und versendet.

1. Auflage Mai 2021

Copyright © 2020 by Edition Roter Drache
Edtion Roter Drache, Holger Kliemannel, Am Hügel 7, 59872 Meschede
edition@roterdrache.org; www.roterdrache.org

Titel- und Umschlagdesign: Chris Schlicht
Buch- und Umschlaggestaltung: Holger Kliemannel
Lektorat: Isa Theobald
Schmutzseitebild: Chris Schlicht
Gesamtherstellung: Druck-24, Polen

Alle Rechte vorbehalten.
Kein Teil dieses Buches darf in irgendeiner Form (auch auszugsweise) ohne die schriftliche Genehmigung des Verlags reproduziert, vervielfältigt oder verbreitet werden.

ISBN 978-3-96815-020-8

Idstein im Jahre des Herren 1471

Bertram verbarg sich in einem Durchgang und versuchte, mit den Schatten zu verschmelzen, als er hinter sich schwere Schritte auf dem Kopfsteinpflaster hörte. Er zog sich den Mantel fester um den Körper und hob den Arm, um mit dem schwarzen Stoff des Ärmels sein Gesicht zu verbergen. Doch seine Sorgen waren unbegründet. Zwar trugen die Männer, die an ihm vorbeiliefen, die Uniform der Wache des Grafen von Nassau-Idstein, doch sie waren nicht im Dienst und stockbesoffen. Söldner, die ihre Aufgaben nicht allzu ernst nahmen und nur mäßig loyal zu ihrem momentanen Herrn standen.

Die Männer schwankten mehr, als dass sie gingen, und einer von ihnen begann auch noch zu singen. Seine Stimme war rau und er traf nicht einen Ton, dafür hallte sein frivoler Text als vielstimmiger Kanon hinter ihm her. Ein gruseliger Chor, der den einen oder anderen Idsteiner Bürger sicherlich aus dem wohlverdienten Schlaf reißen würde. Doch zu Bertrams größter Erleichterung bemühte sich niemand der so unsanft nächtlich Gestörten, Ruhe einzufordern.

Trotzdem wartete Bertram, bis die Männer in eine Gasse einbogen und außer Sicht waren, bevor er weiterlief. Erneut zog er das Blatt Papier aus seinem Wams, auf dem man ihm in groben Strichen eine Art Stadtplan gezeichnet hatte. Etwas verwirrt versuchte er, sich zu orientieren. Idstein war nicht groß, aber durch sein stetiges Wachstum von einem kleinen Dorf zur Residenzstadt sehr verwinkelt. Das Stift St. Martin musste irgendwo in der Mitte liegen, nahe dem Kanzleitor der Burg, die auf einem Felsen in seiner Nähe thronte.

Doch zuvor musste er sich noch mit jemandem treffen, von dem er nicht einmal wusste, ob es ihm gelungen war, in die Stadt zu gelangen, oder ob er schon länger dort lebte. Das Misstrauen war greifbar unter den Stadtbewohnern, jeder fürchtete weitere Scharmützel, zu denen sie als Soldaten hinzugezogen werden konnten, wenn ihr Fürst ein Heer ausheben musste und nicht genug Söldner fand. Der letzte Krieg war zwar schon fast neun Jahre vorbei, aber die Ursache nicht wirklich beseitigt. Kleinere Kämpfe gab es ohnehin immer wieder, die Streitlust der Landherren und Fürsten des niederen Adels war sprichwörtlich. Direkt betroffen waren die Idsteiner durch den großen Zwist nicht, aber ihr Fürst war der Bruder des Mannes, der diese Auseinandersetzung angezettelt hatte. Sicher würde er nicht zögern, erneut eine Truppe auszuheben, sollte sich wieder Bedrängnis ergeben.

Bertram erinnerte sich noch sehr gut daran, mit welchem Blick ihn der Mann am Stadttor gemustert hatte, als er seine Papiere vorlegte, die von einem Fürsten aus der Pfalz ausgestellt waren. Obwohl der Bruder des Grafen von Nassau-Idstein mittlerweile tatsächlich Erzbischof in Mainz war, misstraute man in der Grafschaft denen von der anderen Rheinseite, sofern sie nicht direkt von Graf Johann geladen waren.

Nachdem sich Bertram vergewissert hatte, dass er wieder allein in den dunklen Gassen war, trat er an eine der wenigen Fackeln heran, um die Zeichnung auf dem Papier besser erkennen zu können. Als er sich endlich zurechtfand, hastete er weiter zur Stadtmauer und wartete dort in der Nähe eines Brunnens auf den Mann, mit dem er sich treffen sollte.

Ein Nachtwächter stapfte die Straßen entlang und Bertram musste sich wieder verbergen. Zweifel kamen in ihm auf, ob der Mann, den er treffen sollte, tatsächlich kommen würde. Alle weiteren Planungen waren davon abhängig. Wenn nicht, wie sollte er dann mit ihm Kontakt aufnehmen oder gar den Plan allein durchführen? Langsam wurde Bertram nervös und die Tasche, die er unter dem Mantel über seine Schulter trug, wurde ihm zur Last. Er wollte sie loswerden, möglichst schnell.

»Seid Ihr der Bruder Zimmermann?«

Bertram erschrak fürchterlich, als er von der Seite angesprochen wurde, ohne dass er zuvor jemanden bemerkt hätte. Um ein Haar hätte er geschrien. Er sah sich um und es dauerte einen Moment, bis sich seine Augen soweit an die Dunkelheit in der Gasse gewöhnt hatten, dass er den etwas dunkleren Schatten in einer Hofeinfahrt entdecken konnte. »Ja, so nennt man mich.«

»Dann folgt mir.« Der Mann, der in einen schwarzen Mantel mit Kapuze gehüllt war, lief an Bertram vorbei und bedeutete ihm, mitzukommen.

Bertram ging ihm nach und musste sich sehr anstrengen, um mitzuhalten und den Mann nicht aus den Augen zu verlieren. Der hastete direkt zu einer Gruppe steinerner Gebäude, die in der Nähe des zentralen Platzes vor dem Zugang zur Burg lagen und inmitten der Fachwerkhäuser wie Trutzburgen wirkten. Bertram war nicht wohl dabei, weil er befürchtete, dass sich dort auch Soldaten aufhalten würden. Er teilte diese Befürchtung seinem Begleiter mit, als der auf ihn wartete.

Doch der Mann schüttelte den Kopf. »Warum sollten sie? Es herrscht nun schon eine ganze Weile Frieden, wenn auch ein sehr instabiler, und was sollte Graf Johann schon zu befürchten haben? Die einzige Bedrohung käme, wenn überhaupt, aus Mainz, doch auf dem erzbischöflichen Stuhl sitzt nun mal sein Bruder.«

Das klang sehr giftig und Bertram versuchte, einen Blick auf das Gesicht des Mannes zu erhaschen. Er hatte nicht viele Fragen gestellt, als man ihm den Auftrag gab, den Inhalt der Tasche nach Idstein zu bringen und dort zu verstecken. Das Einzige, was man ihm mitteilte, war, dass er es sich mit seinem Kontaktmann dort vorerst nicht verderben sollte, nur weil dieser ein Jude sei.

Als der Mann sich kurz vorbeugte, um einen Blick in die nächste Gasse zu werfen, konnte Bertram kurz sein Gesicht sehen. Der Mann war dünn, seine Gesichtszüge hager und irgendwie scharfkantig, doch wenn Bertram etwas von dem in seinen Zügen suchte, dass er als typisch jüdisch betrachtete, so wurde er nicht fündig. Weder hatte er eine Hakennase, noch trug er einen Bart oder diese seltsamen Schläfenlocken, die er schon bei anderen Juden gesehen hatte. Auch war er nicht dunkelhäutig oder wies irgendetwas auf, dass seine Vorurteile gegenüber Juden bestätigt hätte. Im Gegenteil schien der Mann sogar blond zu sein wie Bertram selbst. Sicherlich hätte er sich ohne Probleme unters Volk mischen können. Den Anflug von Wut auf diesen Mann, der ihm so gar keine Angriffsfläche für seine Abneigung gegen Semiten lieferte und sich derart auf Mimikry verstand, unterdrückte er lieber. Denn noch brauchte er ihn. Trotzdem fragte er sich, warum es ausgerechnet ein Jude sein musste, mit dem er zusammenarbeiten sollte. Gab es denn wirklich nichts Besseres?

»Die Luft ist rein, nur noch ein kurzes Stück!«

Der Mann packte Bertram am Arm und zog ihn weiter um eine Hausecke. Dort war ein niedriges Tor in eine Mauer eingelassen. Sein Begleiter schob einen einfachen Schlüssel, der eigentlich zu klein für das Schloss war, in das Schlüsselloch und öffnete das Tor, das erstaunlich leise aufschwang. Sie betraten nun einen Hof, in dem allerlei Baumaterial lagerte. Bertram sah sich um und begriff, dass es sich bei dem Gebäude vor ihnen um eine Kirche handelte, denn nun konnte er den eher kompakten Glockenturm genauer erkennen, der sich zuvor nicht aus der dichten Bebauung abhob. Es war ein flacher Bau im romanischen Stil, dem sich einige Nebengebäude anschlossen. Sein Begleiter huschte sofort über den Hof, hin zu einer seitlichen Tür im Kirchenschiff, während Bertram zögerte und über sein Handeln wachte.

Das Kirchentor aufzubekommen dauerte nur unwesentlich länger, als es bei dem Hoftor der Fall gewesen war. Der Jude winkte Bertram, ihm in das Kirchenschiff zu folgen. Wegen des respektlosen Umganges mit einem geweihten Ort keimte Wut in Bertram auf, obwohl er selbst gerade dabei war, etwas wenig Christliches zu tun. Aber wenigstens entweihte er nicht allein durch seine Anwesenheit und sein Handeln das Haus des Herrn an sich. Es war immer noch eine Kirche seines Glaubens und Bertram beeilte sich, vor dem Hauptaltar niederzuknien und das Kreuz zu schlagen. Er selbst hätte es nie gewagt, einfach so in ein Gotteshaus einzubrechen. Dafür brauchte er wohl den Juden in seiner Begleitung. Bei einer Synagoge hätte Bertram sicherlich ebenso wenig Skrupel gehabt, das jedenfalls gestand er sich nach kurzer Überlegung ein.

So einfach und schlicht das Gebäude von außen ausgesehen hatte, so prächtig war es im Innenraum ausgestattet. Das Stift hatte offensichtlich viele Gönner und wurde üppig mit Preziosen versehen. Trotz der Dunkelheit konnte man erahnen, dass die Decke vollständig bemalt war und auch die Seitenwände von üppigen Fresken geziert wurden. Der Jude führte ihn zu dem Ort, wegen dem er gekommen war. Die Kirche sollte einen neuen Altar in einer Seitenkapelle bekommen, geweiht dem heiligen Sebastian und gestiftet von Erzbischof Adolf II. Er hatte auch darauf gedrungen, dass in der Stadt eine Sebastiansbruderschaft gegründet wurde, deren adelige Mitglieder er allerdings selbst auszusuchen gedachte. Sein Bruder sollte nur geringe Mitspracherechte bekommen.

Bertram war am Ziel, jetzt musste er nur noch den Inhalt seiner Tasche in den Altar einbauen. Hastig zog er die Tasche über den Kopf und beeilte sich, die bereits fertigen Teile des Altares zu untersuchen, von dem ihm der Bauplan bekannt war. Dass ihn der Jude als Zimmermann angesprochen hatte, kam nicht von Ungefähr. Zwar stammte auch Bertram aus einer adeligen Familie, aber die finanzielle Not hatte es erforderlich gemacht, dass er einen Beruf erlernte. Nach dem Krieg um den erzbischöflichen Stuhl war die Familie aber wieder auf die Beine gekommen, so dass er seinen Beruf nicht mehr ausüben musste. Vor allem, weil seine beiden älteren Brüder in diesem Krieg gefallen waren und er nun in der Erbfolge an erster Stelle stand.

Allerdings hatte er sich bereits so sehr an diese Arbeit gewöhnt und war als Holzschnitzer zu gewissen Ehren gekommen, dass er weiterhin gerne mit Holz arbeitete. Wenn auch nur noch an Dingen, die ihm Freude bereiteten und Ansehen einbrachten, wie die Arbeit an kirchlichen Einrichtungen.

»Ich brauche Licht, geht das?«, fragte er den Juden, der unschlüssig neben ihm stand.

Wortlos griff der Mann nach einer kleinen Öllampe, die an einem Haken an der Wand hing, und entzündete sie. Er bemühte sich aber, ihren Schein mit seinem schwarzen Mantel zum Fenster hin abzudecken. Bertram nahm sie ihm ab und untersuchte den Fuß des Altars, der aus massiven Balken bestand. Einer davon, ein kurzes Querstück, das sorgfältig verzapft war, entsprach genau dem, was er brauchte. Der Schweiß rann ihm von der Stirn, als er die bereits fest verquollenen

Zapfen wieder herauslöste. Da er keinen Lärm machen durfte, dauerte es sehr lange. Als es ihm endlich gelungen war, fühlte er sich, als hätte man ihn aus einem See gezogen, so sehr war er trotz der nächtlichen Kühle verschwitzt.

Dann entnahm er seiner Tasche einen vorbereiteten Balken, den er stattdessen in den Altar einfügte. Er war froh, dass er kein tragendes Stück auszubauen hatte. Was er unter den gegebenen Umständen an Pfusch machen musste, damit der neue Balken hineinpasste, ohne großartig bearbeitet werden zu müssen, war eigentlich eines Zimmermanns unwürdig. Zwar waren ihm die Maße im Groben bekannt gewesen, aber Holz war ein unsteter Baustoff. Kein Balken war wie der andere, geschweige denn, dass man selbst für kurze Bauteile Holzstücke fand, die völlig gerade waren. Wegen der allgegenwärtigen Niederwaldwirtschaft war es auch nahezu aussichtslos, einen Balken zu finden, der den nötigen Querschnitt aufwies, um darin auch noch etwas zu verstecken. Deshalb hatte Bertram lange daran gearbeitet, Bretter so zu verarbeiten, dass sie am Ende wie ein aus dem Vollen geschnittenes Stück aussahen. Zudem arbeitete Holz immer weiter, leider nie im Sinne der Konstruktionspläne.

Die gröbsten Fugen und Risse verspachtelte er sorgfältig mit Ton, der die gleiche Farbe wie der Balken hatte, und bearbeitete ihn so nach, dass auch bei Tageslicht nicht erkennbar war, dass man dort etwas ersetzt hatte. Da in der Kirche auch tagsüber wohl kaum mehr als Zwielicht herrschte, wenn man die kleinen Fenster betrachtete, würde es niemand bemerken.

»Was ist denn mit dem Balken?«, fragte der Jude neugierig.

Bertram verbiss sich die giftige Bemerkung, dass es ihn nichts anginge. Doch warum sollte er es ihm nicht erzählen? »Der Balken ist hohl. Es sind ein paar Dinge darin versteckt, die man hier am allerwenigsten suchen würden, die manchen Leuten aber gehörige Kopfschmerzen verursachen können, wenn sie in die falschen Hände geraten. Ein kleiner Hinweis an der richtigen Stelle ...«

Im Licht der Öllampe konnte Bertram erkennen, wie der Jude fragend seine Augenbrauen hob. »Mehr weiß ich selbst nicht«, knurrte er. »Nur so viel, dass es etwas ist, das der Erzbischof gerne in seinen Händen hätte, weil er damit seinen Feinden große Schwierigkeiten machen könnte oder seine Freunde besser kontrollieren. Deshalb ist es auch besser hier aufgehoben, denn wer würde schon unter den Augen seines eigenen Bruders derartige Dinge vermuten?«

Der Jude lachte kurz. »Das stimmt wohl. Seid ihr fertig? Die Glocke wird sicher gleich zur Morgenandacht läuten. Dann sollten wir hier verschwunden sein.«

Bertram entfernte die Spuren seiner Arbeit und prüfte mit der Öllampe noch einmal, ob man sehen konnte, was er getan hatte. Er war mit sich selbst zufrieden, denn wer nicht wusste, dass an diesem fertigen Teil etwas verändert worden war, der würde es auch nicht bemerken, sofern er nicht alles noch einmal genau prüfte. Er löschte die Flammen, hängte die Öllampe wieder an den Haken zurück und nickte dem Juden zu. »Dann lass uns verschwinden!«

Sie verließen die Kirche auf dem gleichen Weg, den sie gekommen waren und hasteten durch die Gassen zurück zur Stadtmauer. Die Stadt erwachte langsam aus dem Schlaf der Nacht und sie mussten immer mehr Menschen auf der Straße ausweichen. So dauerte es noch etwas länger, bis sie eine Stelle in der Stadtmauer erreicht hatten, über die Bertram problemlos klettern konnte. Er wollte vermeiden, die Stadt wieder durch das Haupttor zu verlassen. Denn das, was er jetzt vorhatte, würde viele sicherlich noch misstrauischer machen, als sie es ohnehin schon waren, da es nicht ohne Spuren auf seiner Kleidung durchzuführen war.

»Danke für deine Hilfe«, sagte er tonlos. »Warum machst du das? Warum hilft ein Jude einem Christen bei so einer Sache?«

Der Jude strich sich die blonden Haare aus der Stirn und lächelte matt. Er hatte sehr weiße, gerade Zähne, um die ihn Bertram sofort beneidete. Ein Gefühl, dass die Wut wieder in ihm aufkochen ließ. Der

Jude war ein Mann, der jeder Frau gefallen konnte, trotz der eher ausgezehrten Gestalt.

»Sicherlich ist es auch dir nicht entgangen, Zimmermann, dass eben jener Erzbischof, gegen den du arbeitest, alle Mainzer Juden der Stadt verwiesen hat, weil sie ihn nicht im Kampf gegen Diether von Isenburg unterstützten. Viele starben, weil sie dabei alles verloren hatten und keinen Platz fanden, an dem sie Schutz und Obdach bekommen konnten. Niemand wollte ihnen helfen. Als ich erfuhr, dass es gegen Adolf ging, war ich daher gerne bereit zu helfen. Ich bin der letzte meiner Familie und brauche das Geld, um meine schwangere Frau durchzubringen, die ebenfalls alle Familienangehörigen verlor.«

Bernhard nickte. Seine Miene war nur nachdenklich, innerlich jedoch frohlockte er. »Wie ist dein Name?«

»Salomon, mehr ist nicht wichtig.«

»Richtig, mehr ist bei einem Juden nicht nötig.« Mit einer einzigen fließenden Bewegung zog Bertram einen Dolch aus einer verborgenen Scheide in seinem Mantel und hieb ihn seinem Begleiter zwischen die Rippen. Der Mann riss die Augen auf und sein Mund öffnete sich zu einem Schrei, der aber nicht mehr erfolgte. Lediglich ein Gurgeln entwich seinem Halse. Dann ging er langsam auf die Knie, Bertram zog seinen Dolch wieder zurück und der Mann fiel auf sein Gesicht. Er war bereits tot, als er auf dem Pflaster aufschlug.

»Das war der letzte Teil meines Auftrages. So können wir wenigstens sicher sein, dass unser Geheimnis gewahrt bleibt. Für den Fall, dass du irgendwann noch mehr Geld brauchst, dreckiger Jude.« Bertram wischte seinen Dolch am Mantel des Mannes ab und steckte ihn wieder ein. »Und ganz nebenbei: Diether hätte ganz genauso gehandelt, wäre er nach dem Krieg Erzbischof geblieben. Er hätte auch alle Juden zum Teufel gejagt. Aus dem gleichen Grund wie Adolf – keine Unterstützung beim Kampf, also auch keine Gnade. Aber das ist ja jetzt auch egal.«

Es wurde heller und Bertram konnte sehen, wie das Blut aus dem toten Körper strömte, sich seinen Weg durch die Pflasterfugen suchte und langsam im steinernen Straßenbelag einer reichen Stadt versickerte. Dann suchte er nach einem bequemen Weg über die Mauer. Nur kurz verhielt er noch auf seiner Flucht.

»Oh, ich vergaß mich vorzustellen.« Bertram deutete eine Verbeugung vor dem Toten an. »Bertram von Wallenfels, habe die Ehre.«

✶

David kauerte sich hinter den Torpfosten und wagte es erst, sich wieder zu bewegen, als er hörte, dass der Fremde über die Mauer setzte und auf der anderen Seite ins Gras plumpste wie ein nasser Sack. Vorsichtig kletterte er ebenfalls zur Mauer hoch und suchte nach dem Flüchtigen. Er konnte gerade noch erkennen, wie ein Schatten im Morgenlicht zwischen Hecken verschwand und atmete auf. Doch dann fiel sein Blick auf das Opfer des Fremden mit dem adeligen Namen.

Wallenfels? Bertram von Wallenfels! Den Namen würde er sicher niemals vergessen.

Der Junge hockte sich neben den Toten und zog die Kapuze zurück. Er kannte den Mann, der erst vor kurzem bei seinem Vater vorgesprochen hatte, welcher der zahlenmäßig winzigen und sehr heimlich agierenden jüdischen Gemeinde der Stadt vorstand. Salomon Liebermann aus Mainz. Er hatte eine Frau, die er bei einem Bauern in der Nähe untergebracht hatte und die dort als Magd diente. David wusste nicht, was er tun sollte, daher nahm er die Beine in die Hand und rannte nach Hause, um seinen Vater zu alarmieren.

Ein Jude war tot, die Stadtwache würde das nicht besonders beunruhigen. Aber was würde es für die wenigen Mitglieder der Gemeinde bedeuten? Zu Davids Erleichterung war sein Vater bereits erwacht und angekleidet und wollte zu einer Schelte ansetzten, weil David noch keine Milch mitgebracht hatte. Keuchend berichtete der Junge von den Vorgängen, die er beobachtet hatte, und sein Vater erbleichte zunehmend.

Dann begann hektische Betriebsamkeit. Davids Vater weckte den Rest der Familie und den Knecht, der über der Remise nächtigte. Dann forderte er David auf, ihn zu dem Toten zu führen. Zu ihrer größten Erleichterung hatte noch niemand das Opfer der nächtlichen Umtriebe entdeckt und David beobachtete mit Befremden, wie sein Vater mit dem Knecht zusammen den Leichnam in Tücher wickelte und forttrug. Der Junge sollte einen Eimer Wasser holen und das Blut damit wegspülen, das teilweise noch deutlich als solches zu erkennen war.

David kam der Aufforderung nach und erschrak, als plötzlich zwei Männer der Stadtwache vor ihm standen und ihn anbellten, was er dort tat. Er stotterte etwas von einer Kanne Milch, die er verschüttet hatte und die gewiss anfangen würde, grässlich zu stinken, wenn die Sonne darauf schien. Die Männer lachten ihn aus, schließlich leerte ein jeder seinen Nachttopf am Morgen auf das Pflaster aus, was auch nicht gerade für Wohlgeruch sorgte. Danach gingen sie einfach weiter, was den Jungen sehr erleichterte. Nach einem kurzen Kontrollblick, ob auch wirklich nichts mehr davon zeugte, was in der Nacht geschehen war, folgte er seinem Vater nach Hause.

Der Gemeindevorsteher hatte den Toten in der Remise aufgebahrt und sprach das Totengebet. Der Knecht nähte ihn anschließend in einen Sack ein, bevor er den Körper im Erdkeller versteckte. Auf Davids fragenden Blick hin fühlte sich sein Vater zu einer Erklärung genötigt. »Salomon war für die Menschen dieser Stadt nur ein dahergelaufener Jude, niemand wird um ihn trauern oder nach seinem Mörder suchen. Aber die Lage für uns ist hier schon angespannt genug, seit der Erzbischoff alle Juden aus Mainz vertrieben hat. Man sucht nach Möglichkeiten, uns alle zu verjagen, wir müssen ihnen nicht auch noch Begründungen liefern. Was glaubst du, wird geschehen, wenn irgendwie ans Licht kommt, dass er einem Mann aus dem Gefolge des Diether von Isenburg geholfen hat? Heute Nacht werden wir ihn auf unserem Totenacker bestatten und ihm irgendwann einen Stein errichten. Seine Frau werden wir an einem anderen Ort unterbringen, sobald das Kind geboren wird. Die Ärmste, jetzt hat sie wirklich alles verloren.«

David berichtete von dem, was er von dem Gespräch Salomons mitbekommen hatte und sein Vater notierte es sich genau. Unschlüssig sah er dann auf das Papier und trommelte mit den Fingern nachdenklich auf die Tischplatte. »Bertram von Wallenfels. Von einer Familie dieses Namens habe ich noch nie gehört. Vielleicht wird man noch von ihr hören, vielleicht wird sie untergehen, wie so viele auch. Wir sollten den Vorfall möglichst vollständig aus unseren Erinnerungen löschen und unserem eigenen Leben nachgehen. Das gilt auch und insbesondere für dich. Wenn der arme Salomon beerdigt ist, dann vergiss ihn. Wenn es irgendwann noch einmal von Interesse ist, wird man sich seiner erinnern, sollten meine Aufzeichnungen die Zeiten überdauern und sie jemals jemand lesen.«

Dicke Luft

Der Zug raste durch die verregnete Landschaft und war dabei erstaunlich leise. Paul Langendorf lauschte den Geräuschen, die außer dem gleichmäßigen Atem seines Freundes Valerian in dem Erste-Klasse-Abteil zu hören waren. Viel war es nicht: Das Heulen des Sturmes, das Stampfen der Räder der Lokomotive. Wie weit entfernt. Er berührte das Glas des Fensters, doch er fand seinen Verdacht, dass es besonders dick sein musste, nicht bestätigt. Also war es wohl doch ein neuartiger Antrieb. Da seine Ohren ihm keine weiteren Auskünfte geben konnten, versuchte Paul, die Nähte der Gleise zu erspüren. Doch der Wagen war derart komfortabel gefedert, dass nicht einmal das sonst übliche Rumpeln zu fühlen war, das bei den Bahnreisenden der anderen Wagenklassen sonst den Herzschlag ablöste.

Sein Blick suchte die trostlose Landschaft ab, an der sie in einem irrwitzigen Tempo vorbeirasten. Ein Lächeln verzog Pauls Lippen, als er daran dachte, wie Ärzte einst aus Sorge lamentierten, dass das Tempo der ersten Dampflokomotiven den mitreisenden Menschen schaden konnte. Dabei waren diese langsamer als manche Postkutsche gewesen. Die nagelneue Lokomotive ihres Zuges wurde auf der schnurgeraden Strecke zwischen Straßburg und dem Gare de l'Est mit einer Spitzengeschwindigkeit von 200 Stundenkilometern gemessen. Die höchste Geschwindigkeit einer Dampflokomotive, die bis dahin erreicht worden war. Und doch hatte man in den weichen Kabinensesseln der ersten Klasse das Gefühl, auf der Stelle zu stehen, wenn man nicht nach draußen sah. Die Franzosen hatten dieses Wunderwerk entwickelt und auf die Gleise gesetzt, um Gäste aus dem deutschen Reich nach Paris zu befördern. Einzig, damit diese die Ingenieurskünste aus aller Herren Länder auf der Weltausstellung bewundern konnten.

Pauls Gedanken schweiften ab, folgten den Regentropfen an der Scheibe, die sich fast waagerecht bewegten, und er verschloss seine Aufmerksamkeit vor dem grausamen Wetter und den armseligen, verfallenen Dörfern. Zunächst versuchte er, sich auf das zu konzentrieren, was ihnen voraus lag: Paris. Valerian de Cassard war zur Hochzeit einer nahen Verwandten eingeladen und nicht sehr begeistert von dem Gedanken, dann auch ein paar Tage dort verbringen zu müssen. Vor allem graute es dem berühmten Kunstmaler davor, seinem verhassten Vater zu begegnen. Auch wenn er hoffte, wenigstens ein paar freundliche Worte mit seinem jüngeren Bruder wechseln zu dürfen.

Sofern der Vater ihm diesen Kontakt nicht untersagte. Zuviel war geschehen, als dass Valerian noch einmal mit seinem Vater Frieden schließen konnte, das wusste Paul. Vor allem dauerte es ihn, dass er Valerian bei diesem schweren Gang nicht beistehen durfte. Die Gerüchte, dass der Maler sich mehr seinem eigenen Geschlecht zugetan fühlte denn der holden Weiblichkeit, würde man dann wohl sofort in aller Augen bestätigt sehen. Zwar stimmte es, aber diesen Ärger konnten weder Valerian noch Paul gebrauchen. Valerian mochte seine Cousine, die nun vor den Altar trat, und hatte ihr den Wunsch, anwesend zu sein, nicht abschlagen können. Das war der einzige Grund, diese Reise dennoch anzutreten.

Sofort glitt Paul in andere Zeiten und Welten ab, als er bei seiner Gedankenreise zum Hauptgrund für Valerians Hass auf den Vater kam. Dieser hatte die Mutter regelrecht in den Tod getrieben und zudem keinen Rock in seiner Nähe ausgelassen. Hin und wieder hatte diese fleischliche Gier Früchte getragen, was allein die betreffenden Frauen auszubaden hatten. Entweder, indem sie Leib und Leben bei einem Besuch der Engelmacherin riskierten, oder, indem sie mit dem Bastard in die Gosse gingen. Von dem Schicksal eines dieser Bastarde hatte Valerian einst Wind bekommen und Pauls Bruder damit beauftragt, die Halbschwester aus der Gosse zu retten.

Katharina ...

Es war Peter gelungen. Nun war Valerians Halbschwester Peters Frau und Mutter eines Sohnes. In den Schlieren des Regenwassers formten sich in Pauls Phantasie die Gesichter seines Bruders, seiner Schwägerin und seines Neffen und er dachte an das Telefonat zurück, das er kurz vor der Abreise mit Peter geführt hatte. Noch so eine technische Meisterleistung, denn Peter war mit seiner Familie tausende Kilometer entfernt. Und doch hatte Paul ihn klar und deutlich verstehen können. Vermutlich war das Gespräch über den neuartigen Ätherfunk gelaufen, dem Paul trotz der hohen Kosten mehr Entwicklungschancen prophezeite als dem Kabeltelefon.

Peter würde bald wieder zurückkehren, da Katharina sich in dem noblen Sanatorium auf der Krim erstaunlich schnell erholt hatte. Zwar war sie noch nicht vollständig von der Tortur genesen, von einem technischen Gerät, welches ihr ein irrer Mörder in den Kopf eingebaut hatte, kontrolliert worden zu sein. Doch sie hatte sich zurück ins Leben gekämpft. Paul hatte keinen Zweifel daran, dass Katharina wieder vollständig auf die Beine kommen würde. Sie hatte die übelsten Hurenhäuser in der Gosse des Groß-Stadtkreises Wiesbaden-Frankfurt überlebt, also würde sie auch das schaffen. Vor allem, weil …

Der Gedankenfaden riss ab, als an die Tür des Abteils geklopft wurde. Paul stand auf und stieg über die ausgestreckten Beine seines schlafenden Freundes hinweg, um die Tür zu öffnen. Der Schaffner stand davor und tat ihm flüsternd kund, dass sie den Gare de l'Est in weniger als einer Viertelstunde erreichen würden. Paul nickte und schloss die Tür wieder. Ein Blick aus dem Fenster bestätigte ihm, dass sie die Außenbezirke der französischen Kapitale erreicht hatten.

Er verzog das Gesicht. Auch Paris verlor immer mehr an Charme, denn die Industrie hatte sich genauso ungehemmt ausgebreitet wie in allen großen Städten. Noch eine Viertelstunde in Höchstgeschwindigkeit, und doch waren sie schon mittendrin. Inmitten eines Molochs aus Schornsteinen und Fabriken, die schwarzen Qualm ausatmeten und alles verdreckten, was in ihrem Umfeld gebaut wurde und lebte.

Paul wagte nicht, das Fenster, das sich in Sekunden vollständig mit Schlieren aus Ruß zugesetzt hatte, auch nur einen Spalt weit zu öffnen. Er versuchte, etwas durch die Trübnis zu erkennen, doch er konnte kaum mehr als vage Umrisse wahrnehmen. Vor allem wurde es nahezu vollständig dunkel, als der Zug in eine schmale Trasse eintauchte, die zu beiden Seiten mit hohen Häusern bebaut war. Zu ersten Mal, seit sie losgefahren waren, konnte Paul auch einen Hauch des typischen, süßlichen Duftes riechen, der von verbranntem Äther herrührte. Die Geschwindigkeit des Zuges war also tatsächlich dem Wundertreibstoff Äther zu verdanken. Nicht schnöder Kohle oder Brennöl, gepaart mit einem schnittigen Design und neuartigen Antriebsmechanismen.

Als es wieder etwas heller wurde, weil der Zug aus der hohlen Gasse ärmlichster Wohnhäuser auftauchte, konnte Paul durch den Schmutz auf der Scheibe vage die vertraute Silhouette der Stadt mit dem Tour d' Eiffel in der Ferne erkennen. Dann wurde es erneut dunkel und der Zug bremste seine rasende Fahrt, weil er kleinere Bahnhöfe passierte. Die alten Weichen, über die der Zug nun fuhr, konnten auch die Dampfdruckfedern des Waggons nicht mehr abfedern und Paul musste sich am Rahmen des Gepäckfaches festhalten, weil er nicht mehr damit gerechnet hatte. Der harte Schlag weckte Valerian.

Der junge Kunstmaler reckte sich gähnend. »Wir sind fast da, nicht wahr? Sie haben die Weichen immer noch nicht repariert. Einen besseren Wecker kurz vor der Ankunft gibt es nicht.«

Paul lachte kurz. »Aha, du kennst das Problem also schon länger. Nicht sehr entgegenkommend für die Passagiere der ersten Klasse.«

Valerian zuckte mit den Schultern. »Warum sollten sie das unbedingt reparieren? Hier rollen doch auch Güterwaggons und uralte Vorortzüge über die Trassen. Wegen dem einen Wagen mit empfindlicheren Reisenden, der außerhalb solcher besonderen Zeiten wie der Weltausstellung vielleicht einmal die Woche diese Schienen passiert, muss man doch nicht unbedingt Geld ausgeben. Das ist nichts Neues, oder?«

Das klang überheblich, aber Paul wusste genau, wie Valerian es meinte, denn das weiche Gesicht des Franzosen hatte finstere Züge angenommen, während diese Worte aus seinem Munde kamen. In der Tat, etwas Ungewöhnliches war es nicht, dass man jedwede Geldausgabe vermied, wenn es nur um Ärmere ging. Selbst wenn diese Weiche zu einem Unglück führte, weil ein voll besetzter Vorortzug solche Schläge nicht mehr ertrug. Sollten dabei auch hunderte Menschen ums Leben kommen, niemand würde man an diesem Zustand etwas ändern. Waren ja nur arme Leute, nicht wichtig, in Massen vorhanden, schnell zu ersetzen, egal welche Arbeit sie verrichteten.

Die Bremsen quietschten, als der Zug in den Bahnhof einfuhr und Paul wollte sich schon um das Gepäck bemühen, doch Valerian hielt ihn zurück. »Lass nur, es wird jemand kommen, der sich darum kümmert. Wir reisen schließlich erster Klasse und werden selbstverständlich erwartet. Wir werden uns nicht einmal durch … das gemeine Volk bewegen müssen, um den Bahnhof zu verlassen.«

Paul seufzte demonstrativ. Valerian griff in seinen Nacken und streckte sich zu seinem Gesicht hoch, um ihm einen Kuss zu geben.

»Dazu werden wir leider in der nächsten Zeit nicht kommen«, seufzte nun auch er. »Ich hoffe, du langweilst dich nicht, während ich von der – wie sagst du immer? – ›bucklichten‹ Verwandtschaft unterhalten werde. Ich hoffe sehr, dass uns wenigstens im Hotel die ein oder andere Stunde bleibt, die wir gemeinsam verbringen können, aber wie ich meinen Onkel kenne, hat er jede Minute verplant. Er war ohnehin sehr überrascht, dass ich mir ein Hotelzimmer genommen habe. Wobei die allergrößte Frage ist, warum meine Cousine ausgerechnet in diesem undankbaren Monat heiraten möchte. Eine schauderhafte Jahreszeit, mehr noch als alle anderen, die sich langsam anzugleichen scheinen. Der nächste Frühling muss nicht besser werden, aber dennoch … November ist keine gute Zeit für ein so großes Fest. Nun, vielleicht muss es ja sein? Sie kennt ihren Gemahl ja schon länger.«

Sie lächelten beide, weil diese Antwort der einzig wahrscheinliche Grund war. Nachwuchs, der sich überraschend schnell ankündigte. Paul hörte Schritte im Gang und ließ widerstrebend von Valerian ab. Wieder klopfte es an der Abteiltür und Paul ließ einen kräftigen

Bahnbediensteten ein, der sie mit einem schmetternden ›Bonjour Messieurs‹ begrüßte und sofort nach den Koffern griff.

Die beiden Männer folgten dem elegant livrierten Kofferträger den breiten Gang an der Seite des Waggons bis zur Ausgangstür, wo sie vom Waggonschaffner mit großer Geste verabschiedet wurden. Von der Tür aus führte keine Treppe nach unten, sondern nach oben weg, hinauf in einen verglasten Gang, der auf halber Höhe durch die Bahnhofshalle zum eigentlichen Gebäude führte. Paul beobachtete, wie die Fahrgäste der zweiten und dritten Klasse, getrennt von einem durch Gendarmen bewachten Gitter, hinter der ersten Klasse ausstiegen und sich über den schmutzigen Bahnsteig bewegten. Er lächelte säuerlich, sagte aber nichts.

Viel mehr überraschte ihn dann die Tatsache, dass er sich nicht anstrengen musste, um den Laufgang über dem Bahnsteig zu erreichen. Eine raffinierte Konstruktion aus ineinander verschiebbaren Metallplatten mit einem Rillenprofil, die sanft über Gummiwalzen glitten. Man brauchte sich nur auf die jeweils unterste Stufe zu stellen und wurde nach oben gefahren. Die Weltausstellung begann also schon am Bahnhof, zur Bequemlichkeit der wohlhabenden Reisenden.

»Warum sollte es hier anders sein als in Wiesbaden oder Hamburg«, raunte ihm Valerian zu, der Pauls Blick auf die Massen der ärmeren Reisenden richtig gedeutet hatte. »Auch wenn es kleine Verbesserungen gibt, wie die versprochenen Wahlen in den Vorstädten am Rhein, die Herrschenden werden nicht zulassen, dass sich wirklich viel ändert.«

Paul gab ein missfälliges Grunzen von sich, sie kannten sich gut genug, dass Valerian wusste, wie es zu verstehen war. Der Maler wandte sich kurz um, weil weitere Gepäckträger sich mit dem Schrankkoffer abmühten, der in einem kleinen Verschlag hinter ihrer Kabine verstaut gewesen war. Valerian hatte seine ganzen Malutensilien mitgebracht, da seine Cousine ein gemaltes Portrait mit ihrem Gatten wünschte, keine Fotografien. Der Koffer war zwar nicht schwer, aber unhandlich, und enthielt empfindliches Material. Daher ermahnte Valerian die Männer mit bestimmtem Tonfall, aber sicher freundlicher, als sie es wohl gewohnt waren, ihn wie ein rohes Ei zu behandeln.

Sie gelangten in einen Warteraum, der eher wie der Salon eines königlichen Schlosses wirkte denn wie ein Bahnhofssaal. Sie kamen aber nicht dazu, dort zu verweilen, da sie bereits erwartet wurden. Ein älteres Ehepaar erhob sich bei ihrem Eintreten von einem wuchtigen Sofa und der Mann kam mit überschwänglicher Freude auf Valerian zugeeilt. Der junge Maler wurde mit Umarmungen, den üblichen Luftküsschen auf die Wangen und vielen, fast gesungenen Begrüßungsfloskeln überhäuft, von denen Paul, der sich eigentlich eines passablen Französischs rühmen konnte, nur die Hälfte verstand. Er straffte sich, als er hörte, dass Valerian ihn vorstellte und begrüßte die beiden alten Leute mit ausgesuchter Höflichkeit. Dabei bemühte er sich um ein möglichst akzentfreies Französisch. Bei der Dame handelte es sich um die Schwester von Valerians Vater, die den Neffen mit sichtlich größerem Wohlwollen betrachtete als den eigenen Bruder.

Zu weiteren Gesprächen kam es aber nicht, da ein Chauffeur auf Valerian und Paul zutrat, um sie zu ihrem Hotel zu bringen. Valerians Verwandte überredeten den Maler sogleich, erst einmal mit ihnen zu kommen, man würde ihn später ins Hotel fahren lassen. Paul verabschiedete sich daher von Valerian, ohne zuviel Herzlichkeit zu zeigen, da er als ›ein guter Freund‹ vorgestellt worden war, der eigentlich nur wegen der Weltausstellung nach Paris kam. Mehr brauchten Valerians Verwandte nicht zu wissen, auch wenn ihm das Lächeln der alten Dame ein Stück zu anzüglich vorgekommen war, als er ihr einen Handkuss gegeben hatte. Sie wusste es besser, oder ahnte es zumindest.

Ohne sich noch einmal umzusehen, verließ Paul mit dem Chauffeur den Bahnhof. Vor einem Seiteneingang stand ein elegantes Ätherautomobil, in das gerade das Gepäck von Valerian und ihm eingeladen wurde. Den Koffer mit Valerians Arbeitsmaterial banden zwei Arbeiter auf das Gepäckgitter hinter dem Äthertank und sicherten ihn mit einer Wachstuchplane vor dem kalten Nieselregen. Das Hotel schien tatsächlich eines der ersten Häuser am Platze zu sein, wenn es derartige Kosten für seine Gäste nicht scheute. Paul hoffte inständig, dass Valerian ihm nicht gleich eine ganze Suite gebucht hatte, so wie er es für sich in Anspruch nahm, um Platz zum Malen zu haben. Einerseits genoss Paul es, sich um derartige Ausgaben keine Sorgen machen zu müssen, andererseits fühlte er sich nicht wohl dabei, mehr zu scheinen als er war, oder glaubte zu sein.

Er ließ sich in die bequemen Polster im Fond des Wagens sinken und starrte während der Fahrt aus dem Fenster auf das trübe Stadtpanorama. Kurz kam der Eiffelturm ins Blickfeld und Paul runzelte verwirrt die Stirn. Die Silhouette wirkte nicht vertraut, etwas daran war seltsam. Er schob das Fenster beiseite, das den Fahrgastraum vom Chauffeur trennte und fragte den Mann, ob ihm das Wetter einen Streich spielte, oder ob der Turm tatsächlich anders aussah, als er ihn kannte.

Der Chauffeur verzog fast schmerzerfüllt sein Gesicht und erklärte mit tragischem Tonfall, dass man sich zwar entschlossen habe, den Turm stehen zu lassen, was ursprünglich gar nicht geplant gewesen war. Doch man habe allen Zierrat entfernt und die Konstruktion statisch mehrfach durchrechnen lassen. Dabei sei man zu dem Schluss gekommen, dass man viele Streben abmontieren könne. Der Stahl sei eingeschmolzen worden, weil man dringend Material für andere Bauwerke brauchte.

Nun war es an Paul, enttäuscht zu stöhnen. »Was für ein Frevel«, stieß er hervor und der Chauffeur nickte heftig.

Wieder konnte er einen Blick auf das Bauwerk erhaschen und erkannte nun, was ihn zuvor gestört hatte. Das einstmals filigrane Gitterwerk wirkte unfertig und entkernt, hatte jeglichen Reiz verloren. Es war kein vollendetes Kunstwerk mehr, nur noch ein nacktes Gerüst, das seinen Charakter als Wahrzeichen der Stadt völlig eingebüßt hatte. So wie der Turm jetzt aussah, wäre es besser gewesen, ihn ganz zu entfernen. Vermutlich würde man genau das auch im Anschluss an die Ausstellung tun, wenn man die Aussichtsplattform nicht mehr benötigte. Als Halterung für die hoch empfindlichen Ätherfunkantennen reichten auch die höheren Häuser, welche den Platz umgaben, völlig aus. Ätherfunk bedurfte keiner direkten, störungsfreien Sicht auf den nächstgelegenen Empfänger mehr.

Kurz darauf hielt das Fahrzeug vor einem mit Putz und Stuck überladenen Bauwerk, das einen krassen Gegensatz zu dem nunmehr schmucklosen Turm bildete, dessen Spitze Paul gerade noch sehen konnte. Hatte er zuvor gehofft, vielleicht ein Zimmer mit Aussicht auf den Eiffelturm zu bekommen, so wünschte er sich nun inständig, das alle diese Zimmer besetzt sein mochten. Sein Architektenherz ertrug diesen Anblick nicht, ohne laut zu jammern.

Er wurde sofort von mehreren Dienern umringt, die sich seiner und Valerians Sachen annahmen und folgte ihnen ins Foyer. Ein streng dreinblickender Concierge betrachtete alle Schilder an den Koffern und jagte die Träger sofort weiter, bevor er sich mit einer überrascht gehobenen Braue an Paul wandte und ihn mit einem fürchterlichen Akzent in Deutsch ansprach: »Ah, Monsieur, isch gehe wohl rescht in de Annahme, dass Sie Err Laangendorff sind. Wo ischt le Duc de Cassard?«

»Sehr recht. Der Graf lässt um Nachsicht bitten: Verwandte holten ihn am Bahnhof ab. Er wird später nachkommen«, erwiderte Peter mit einem knappen Kopfnicken. Der Concierge eilte hinter den Empfang und reichte ihm einen Zimmerschlüssel. Dann klatschte er in die Hände und winkte ungehalten nach einem Pagen, welchen er herrisch anwies, den Herrn aus Deutschland auf sein Zimmer zu führen. Paul folgte dem Jungen, froh, dem Rezeptionswachhund schnell entkommen zu können. Dem Pagen, der ihn fast ängstlich aus den Augenwinkeln betrachtete, steckte er verstohlen eine Münze zu, die dieser mit großen Augen betrachtete und auf Pauls Augenzwinkern hin mit einem schelmischen Grinsen verschwinden ließ. Auf die Frage, ob es ihm noch an etwas mangele, schüttelte Paul den Kopf und erwiderte nur, dass er einzig keine Störung mehr wünsche, er sei müde.

Seine Koffer lagen auf zwei Böcken in dem großen, hell erleuchteten Raum. Paul war tatsächlich müde und konnte kaum mehr die Neugier aufbringen, sein Domizil für die kommende Woche zu betrachten. Er streifte die Schuhe ab und ließ sich auf das von einer Tagesdecke geschützte Bett sinken. Sofort fielen ihm die Augen zu.

Lange konnte sein Schlaf nicht gewährt haben, dennoch fühlte er sich erholt genug, um sich um seine Sachen zu kümmern. Paul entledigte sich seiner Reisekleidung und räumte seine Koffer leer, während er in die große Marmorwanne mit den vergoldeten Wasserhähnen ein Bad einlaufen ließ. Es gab keinen Badeofen, dennoch kam das Wasser dampfend aus der Leitung. Ein Hinweis auf eine moderne Dampfdruckheizung im Keller des altehrwürdigen Hotels. Zum ersten Mal, seit sie diese Reise angetreten hatten, fühlte sich Paul entspannt und wohl. Vor allem begann er, sich auf diese Woche freier Zeit zu freuen, auch wenn er Valerian nur selten zu sehen bekommen würde. Es ließ ihm viele Möglichkeiten, die Stadt endlich näher kennen zu lernen, die er bislang immer nur in den Diensten seiner Arbeitgeber hatte bereisen dürfen. Kurz und anstrengend.

Und er freute sich auf die Weltausstellung, die nur noch für wenige Tage den Besuchern offenstand. Mitte November schloss sie ihre Tore, es war höchste Zeit. Zwar interessierte sich Paul in erster Linie für die Pavillons der Länder, die auch diese Mal kleine architektonische Kunstwerke waren, aber natürlich ebenso auf die Erfindungen aus aller Welt, die den Menschen das Leben erleichtern konnten.

Besonders gespannt war er auf den Pavillon des russischen Zarenreiches. Der Zar hatte um Entwürfe vieler Architekten gebeten und konnte sich schließlich nicht für einen entscheiden. So wurden drei Entwürfe, die sich kombinieren ließen, zu einem großen Ganzen zusammengefasst und ein Teil stammte aus Pauls Feder. Der Besitzer des Architekturbüros, dessen Teilhaber Paul seit einiger Zeit war, hatte die Aufforderung zur Teilnahme an diesem Wettbewerb bekommen, aber keine Zeit für einen Entwurf gehabt. So war es an Paul gewesen, sich das Wohlwollen des Zaren zu erarbeiten, was ihm gelungen war. Nicht nur mit diesem Entwurf. Nun wollte er das Ergebnis mit eigenen Augen sehen, bevor es wieder abgebaut wurde.

Das Haustelefon läutete in einem angenehmen Ton und er nahm das Gespräch entgegen. Die Telefonistin piepste in klar betontem

Französisch, dass ein Herr Peter Langendorf aus St. Petersburg ihn zu sprechen wünschte. Ob sie durchstellen solle.

»Oh ja, bitte!«, rief Paul erfreut. »Peter? Seid ihr auf dem Rückweg?«

»Hallo Brüderchen, schon in Paris? Ich hoffe, ich störe nicht?«

»Nein, ich habe ein bisschen geschlafen und wollte mich gerade in die Badewanne legen, der Zeitpunkt ist also perfekt.«

»Ich wollte dich auch nicht lange stören. Nur Bescheid sagen, dass wir übermorgen mit einem Luftschiff des Zaren nach Berlin fliegen und von dort aus mit dem Zug nach Hause fahren. Katharina geht es gut genug, dass wir das wagen können. Sie lässt dich grüßen und wünscht dir viel Vergnügen in Paris.«

»Das werde ich sicherlich haben. Ich komme dann auf dem Rückweg erst mal in Wiesbaden vorbei. Valerian will sicher auch nach Katharina und seinem Neffen sehen.«

Sie tauschten noch telegrammartig ein paar Neuigkeiten aus, bevor Paul mit einem seligen Lächeln auflegte und sich in die Badewanne legte.

Wetterkapriolen

Paul kam pünktlich zur Öffnung der Tore am Gelände der Weltausstellung an und lief ziellos ohne Plan über die gekiesten Wege, die wegen des Wetters kaum genutzt wurden. Der Frühnebel hatte sich in feinen Nieselregen verwandelt, so dass Paul froh war, doch den schweren Wachstuchmantel mitgenommen zu haben. Es roch unangenehm nach den Ausdünstungen vieler Kamine, deren Abgase von dem feuchten Wetter ohne jeglichen Windhauch nach unten gedrückt wurden. Deshalb ließ er kein Gebäude entlang seines Weges aus, egal welche Art Ausstellung es beherbergte.

In einem schlichten, flachen Bauwerk, das nur dem flüchtigen Betrachter wegen der Bemalung und dem Stuck massiv vorkam, in Wahrheit aber eine leichte Holzkonstruktion war, befand sich eine Ausstellung zeitgenössischer Malerei. Stirnrunzelnd sah Paul sich dort um, doch er fand keinen Maler, der für seinen Geschmack auch nur annähernd an Valerians Kunst herankam. Manche hatten einen interessanten Stil, auf den man sich einlassen musste, doch Paul schätze es nicht, wenn er zu lange brauchte, um die Intention eines Malers erkennen zu können. Lediglich zwei der Maler schafften es, dass er länger vor ihren Werken verweilte. Ein Wiener namens Klimt, dessen Aquarelle in ihrer Lebendigkeit den realistischen Werken Valerians ähnlich waren, sowie die Gemälde eines Claude Monet, dessen Namen Paul schon gehört zu haben glaubte. Er erinnerte sich, das Valerian ihn einen ›Impressionisten‹ genannt hatte, was den Motiven von Teichen mit Brücken und Seerosen und Bäumen auch wirklich entsprach. Impressionen eines Gartens in schönem, sachtem Licht, wie es nur noch selten seine Wirkung entfaltete, schon gar nicht in einer großen Stadt. Diese Bilder wirkten am besten, wenn man sich von ihnen entfernte, da dann die aus der Nähe grob wirkenden Farbflächen, Striche und Punkte ein großes Ganzes ergaben.

Paul seufzte, als er an das gemeinsame Frühstück mit Valerian im Hotel dachte. Der Maler war erst sehr spät eingetroffen, als Paul schon geschlafen hatte. Früh am Morgen hatte es an der Verbindungstür zum nächsten Zimmer geklopft. Die Suite von Valerian. Für das Frühstück hatten sie nicht mehr viel Zeit gehabt, da sie noch etwas anderes, sehr Angenehmes zu tun gedachten. In Valerians riesigem Himmelbett ...

Jemand stieß mit Paul zusammen und beeilte sich, radebrechend auf Französisch entschuldigende Floskeln aneinander zu reihen. Als Paul sich zu ihm umdrehte, sah er einen kleinen, rundlichen Mann vor sich, der an seinem Bart eindeutig als Deutscher zu erkennen war. Dazu musste er nicht versuchen, den Dialekt zu identifizieren, denn niemand trug in Frankreich freiwillig einen Bart wie Kaiser Wilhelm.

»Es ist nichts geschehen, mein Herr«, antwortete Paul daher auf Deutsch, was dem Mann sofort ein strahlendes Lächeln ins Gesicht zauberte. »Man muss diese Bilder mit ein wenig Abstand betrachten, damit sie sich dem Auge erschließen, nicht wahr?«

»Oh ja, eine seltsame Technik, nicht wahr, aber sehr faszinierend«, fing der kleine Mann sofort mit Begeisterung an. »Konrad Mayerhuber, habe die Ehre, Erfinder aus München. Wo kommen Sie her, mein Herr? Ich höre keinen Dialekt bei Ihnen heraus?«

»Paul Langendorf«, stellte sich Paul vor und gab dem Mann die Hand. »Ich komme ursprünglich aus dem Groß-Stadtkreis Wiesbaden-Frankenfurt, lebe derzeit aber in Hamburg und bin dank meines Berufes als Architekt schon im ganzen deutschen Reich herumgekommen. Von daher versuche ich es mit Hochdeutsch.«

Der Mann, den Paul auf nur wenig mehr Lenze schätzte als er selbst schon hinter sich gebracht hatte, lachte erneut sein ansteckendes, schallendes Lachen. Er schien eine Frohnatur zu sein, den Bauch hatte er jedenfalls sichtlich im Hofbräuhaus gepflegt. »Stellen Sie Ihre Erfindungen hier aus?«, hakte Paul mit ehrlicher Neugier nach.

»Eine Erfindung, ja. Leider nicht in einer Halle, ich habe keine große Firma oder ein Bureau hinter mir stehen, das für die Kosten aufkommt. Und ich hatte so gut wie kein Geld mehr, nachdem ich alles, was ich besaß, in die Entwicklung meiner Maschine gesteckt habe. Meine Ausstellung beschränkt sich daher auf einen Zeltpavillon am Rande des Geländes, wo all die armen Schlucker sind, die sich mit ihren Werken Großes erhoffen, aber noch keine Geldgeber gefunden haben. Tja, das Interesse an meiner Erfindung ist dagegen überraschend groß, aber leider kommt das Interesse nur von Leuten, denen ich mein Werk niemals verkaufen würde. Weil sie damit nur Unheil anrichten und das Gerät nicht zum Wohle der Menschheit einsetzen«, erklärte Mayerhuber seufzend und mit großem Pathos. Besonders das Wort Niemals wurde auf eine Weise betont und dramatisch in die Länge gezogen, dass Pauls Augenbrauen sich unwillkürlich in die Höhe schoben. »Würden Sie mich begleiten? Es ist nur ein kurzes Stück, ich wollte mir nur noch einmal die Ausstellung hier ansehen, bevor ich eine Vorführung mache.«

»Gern, ich bin gespannt.« Das war Paul wirklich, denn die Bemerkung, dass es Leute gab, denen der Bayer nichts verkaufen würde, hatte ihn neugierig gemacht. Eine Erfindung zum Wohle der Menschheit klang zwar recht großspurig, aber es war auch nichts Neues, dass Erfindungen, die durchaus Gutes bewirken konnten, entweder aus den Waffenschmieden kamen oder auch als Waffe verwendet werden konnten.

Paul folgte dem kleinen Mann, der sofort losplapperte, als sie die Ausstellung verließen und von seiner Heimatstadt München erzählte. Dabei bemühte er sich, nicht allzu sehr den Dialekt seiner Heimat anklingen zu lassen. Paul konnte mit eigenen Anekdoten aus München und Nürnberg den Redefluss unterbrechen, da er dort schon die ein oder andere Baustelle betreut hatte, die Mayerhuber auch bekannt war.

»Aaaah, ja, das Stadtpalais von diesem Privatbankier, ich hoffe, sie sind nicht beleidigt, wenn ich sage, dass es nicht gerade eine Zierde für München geworden ist? Ganz im Gegenteil ich finde es unglaublich hässlich«, plapperte Mayerhuber, während sie über die gekiesten Wege zwischen Zelten und Bretterbuden entlang spazierten, in denen alle möglichen Erfindungen und Kuriositäten angeboten wurden, die Paul flüchtig betrachtete.

»Oh nein, das ist keine Beleidigung, wir haben alle den Kopf geschüttelt, als der Bankier mit immer neuen Ideen ankam, die ihm befreundete Künstler eingegeben haben. Ein schreckliches Sammelsurium an Baustilen über alle möglichen Epochen«, gab Paul lachend zurück. »Ich habe nur die Bauleitung innegehabt und nichts mit den Plänen zu tun. Allerdings stand auch ich manchmal kurz davor, die Sache hinzuwerfen, wenn er mit der hundertsten Änderung eines schon dreimal abgerissenen und neu gebauten Bereiches ankam.«

Mayerhubers Lachen zog die Aufmerksamkeit aller Passanten auf sich, die dem Regen trotzten und sich die Stände betrachteten. Vor einem Zelt am Ende einer der Reihen, direkt an einer Grünfläche gelegen, hatten sich bereits ein paar Leute versammelt, die auf ihn zu warten schienen. Das überraschte Paul, denn das Wetter war nicht dazu angetan, sich mehr oder minder schutzlos in dieser Ecke der Weltausstellung aufzuhalten. Bunte Regenschirme brachten ein wenig Abwechslung in das Grau des Tages und Paul staunte nicht schlecht, als er eine ihm sehr wohl bekannte Person unter den Wartenden entdeckte.

Baron von Wallenfels stand abwartend etwas abseits der übrigen Schaulustigen, geschützt und zum Teil vor neugierigen Blicken durch einen großen schwarzen Schirm verborgen, den ein bulliger Mann in der Uniform eines Chauffeurs in der Hand hielt. Paul zögerte, näher an das Zelt heran zu treten und Mayerhuber verhielt in seinem forschen Schritt, um zu sehen, was Paul zurückhielt.

»Hu, wer ist denn dieser Herr? Hat der etwas …«

»Ja, ein Teil seines Kopfes ist aus Metall, Glas und Kunststoff und was nicht alles mehr, inklusive des rechten Auges. Folge einer Kesselexplosion. Verzeihen Sie, Herr Mayerhuber, wenn ich mich nicht weiter nähere, aber ich möchte diesem Herrn nicht unter die Augen kommen. Und ich gebe Ihnen den wohl gemeinten Rat, sich nicht zu sehr mit ihm einzulassen. Ich weiß nicht, was Sie erfunden haben, aber wenn es Baron Wilhelm von Wallenfels anlockt, dann ahne ich, was Sie meinten, als Sie sagten, Sie würden manche Interessenten nicht mögen.«

»Das ist …? Oh, danke für die Warnung. Ja, ich glaube, an jemanden wie ihn würde ich es auch nicht verkaufen wollen, von ihm habe ich gehört. Bleiben Sie nur hier, was meine Erfindung kann, das sehen Sie auch von ferne.« Mayerhuber klopfte Paul auf den Arm und trat auf das Zelt zu. Wallenfels ignorierte er, während er sich scheinbar überrascht umsah und dann mit breitem Lächeln sagte: »Oho, ist meine Vorführung schon so berühmt, dass sie trotz des Regens so viele Menschen an diesen entlegenen Flecken führt?«

Paul lächelte, als Mayerhuber mit der Mimik und Gestik eines Zirkusdirektors die beiden Vorhängeschlösser an der Kette löste, mit der er sein stabiles Zelt halbwegs sicher verschlossen hatte. Dann nahm er das Schild ab, welches die Uhrzeit der nächsten Vorführungen ankündigte und schlug die Eingangsplane zurück wie ein Zauberer. Es fehlte nur noch ein Trommelwirbel, um die Illusion perfekt zu machen. Der stotternde Motor eines Karrens übernahm diese Ankündigung. Auf diesem war die seltsamste Maschine aufgebaut, die Paul jemals zuvor gesehen hatte.

Mayerhuber lenkte den Karren aus dem Zelt auf die Rasenfläche und winkte den Menschen, ihm zu folgen. Tiefe Spurrillen im Rasen zeugten davon, dass er dies schon häufiger bei derart elendem Wetter gemacht hatte. Paul schlenderte der Menge nach und ließ dabei Wallenfels nicht aus den Augen. Den adeligen Großindustriellen aus seiner Heimatstadt Wiesbaden, mit dem sein Bruder Peter nicht weniger Ärger gehabt hatte als er selbst auch. Paul trug es ihm nicht wirklich nach, dass Wallenfels für seinen scheinbar unaufhaltsamen Niedergang verantwortlich war. Der Entlassung aus dem Architekturbüro und der stetigen Bedrohung des Rufmordes, sollte er gegenüber den falschen Leuten etwas zum wahren Grund des Rauswurfes erzählen. Er war aus eigener Kraft wieder auf die Füße gekommen und hatte die große Liebe gefunden. Allerdings konnte er sich niemals sicher sein, wie nachtragend der Baron war. Man sagte ihm ein Elefantengedächtnis nach, besonders bei Demütigungen und Misserfolgen, und sicher hatte er Paul wiedererkannt.

Dann betrachtete er noch einmal ausgiebig die seltsame Maschine des Münchners, doch er konnte sich keinen Reim auf das stählerne Ungeheuer machen. Es war ein Gewirr aus Röhren und Glaskolben mit Flüssigkeiten in unterschiedlichen Farben, verbunden mit einer Dampfmaschine. Das Röhrengedärm endete oben auf der Maschine in drei großen Messingtrichtern, Blasinstrumenten nicht unähnlich, aber für Menschen nicht spielbar.

Mayerhuber stellte sich nun vor die Maschine, die Hände am Revers seines Gehrocks, und sprach zu den Neugierigen, wobei er sich sehr bemühte, Hochdeutsch zu sprechen und alles, was er sagte, nach ein paar Sätzen auch ins Französische zu übersetzen. Er war der Sprache nicht wirklich mächtig, so dass einige Personen sich über ihn lustig machten, was ihn aber in seinem Elan nicht bremste.

»Mesdames et Messieurs«, fing er an, »was Sie hier sehen, ist vielleicht nicht die eindrucksvollste oder schönste Maschine, die Sie auf dieser wundervollen Weltausstellung zu Gesicht bekommen, oder bereits bekommen haben. Und ich bin mir durchaus bewusst, dass man sie auch viel kleiner und hübscher hätte bauen können, aber dazu fehlten mir leider die Mittel. Wichtig bei dieser Monstrosität ist allein das, was sie bewirken kann. Das Prinzip, das dahintersteckt. Welches ich natürlich auch bewusst hinter viel Metall verborgen habe, damit man mir meine wunderbare Idee nicht stiehlt, bevor ich sie zur Perfektion bringen kann. Heute ist auf jeden Fall ein wundervoller Tag, um zu demonstrieren, was meine Erfindung kann. Hach, dieses Wetter …«

Mayerhuber wandte sich an eine junge Frau, die zitternd ihre Stola um die schmalen Schultern zog. »Mademoiselle, wie lange hat hier nun schon die Sonne nicht mehr geschienen?«

Sie sah ihn überrascht an. »Oh, die Sonne habe ich schon seit bestimmt einem Monat nicht mehr gesehen«, erwiderte sie zögernd.

»Na, dann wollen wir doch mal sehen, ob sie noch da ist?« Mayerhuber feuerte die Dampfmaschine an. An dem süßlichen Räucherduft dessen, was aus dem Abgasrohr quoll, konnte Paul die Art des Brennstoffes erkennen: Wiederaufbereiteter Äther. Ein Teufelszeug, dem er nicht über den Weg traute und das noch gefährlicher war als sein sauberer Ursprung – allerdings viel, viel billiger zu bekommen. Zu einem Bruchteil des Preises des Materials, das Mayerhuber jetzt aus einem kleinen Flakon in ein Reagenzglas an der Maschine gab, wo es sich mit anderen chemischen Ingredienzien vermischte.

Während sich die Farben der Materialien in den Brennkolben stetig veränderten, als hätte der kleine Bayer einen Regenbogen darin eingefangen, kurbelte er die drei Messingtrichter in eine senkrechte Position. Teile der Konstruktion schienen heiß zu sein, denn der Nieselregen zischte leise und verging in kleinen Dampfwölkchen.

Mayerhuber legte seine Hand auf ein kleines Pult mit mehreren Hebeln und Drehschaltern. Dann fuhr er erst einmal mit seiner Rede fort, obwohl er sich in seiner triefnassen Kleidung nicht mehr wohlfühlen konnte, ebenso wenig wie Paul, auch wenn der seinen Wachsmantel übergestreift hatte.

»Auch wenn es im Herbst nun mal nichts Ungewöhnliches ist, dass es regnet, so ist es uns allen doch sehr unangenehm. Vor allem, wenn es zu einem Dauerzustand wird. Wie viele wirklich schöne, sonnige Tage hatte der vergangene Sommer? Wie schrecklich fiel die Qualität der Weine in manchem Anbaugebiet aus? Ich erinnere mich an ein paar Weine aus den letzten Jahren, die auch ohne spezielle Behandlung als Essig durchgehen konnten. Nicht sehr schmackhaft. Und auch die sonnenverwöhnten französischen Tröpfchen sind nicht mehr so gut wie in den Jahren zuvor, als das Wetter noch nicht so grässlich war. Doch wie kann man das ändern? Die Wissenschaft sagt, es liegt an der schlechten Luft, doch will man deshalb die Fabriken schließen? Will man die Leute um Lohn und Brot bringen? Gegen die Industrialisierung rebellieren? Nun, ich denke, da wird der ein oder andere vielleicht sogar ›Ja‹ sagen, vielleicht sogar viele der uns bekannten Maschinenstürmer. Aber das ist auch nicht zum Wohle der Menschen, daher versuche ich, das Problem von einer anderen Seite anzugehen: Ich will das Wetter ändern. Und ich habe die Lösung dafür gefunden.« Mayerhuber legte einen Hebel auf seinem Schaltpult um und drehte an zweien der Regler. Die ganze Maschine erzitterte und über den Trichtern begann die Luft zu flimmern.

Paul beobachtete das Gerät misstrauisch, weil er die Gefahren einer ätherbetriebenen Maschine durchaus kannte. Der Geruch nach schlecht aufbereitetem Äther wurde intensiver und reizte seine Nase. Auch die anderen Umstehenden nahmen nun Taschentücher zur Hand und hielten sie sich vor Mund und Nase, was Mayerhuber zu einer hastigen Entschuldigung bewog: »Es tut mir leid, meine Damen und Herren. Wenn ich es mir leisten könnte, reinen Äther zu verwenden, würde diese unangenehme Nebenwirkung wegfallen. Aber da ich das Patent bislang nicht verkaufen konnte …«

Die missbilligenden Blicke der Zuschauer schwanden, als es über den Trichtern heller zu werden schien. Das Geplapper verstummte vollends, als die Wolken in einem kreisrunden Bereich über den Zuschauern aufrissen, der Nieselregen nachließ und es war, als ob ein Scheinwerfer über ihnen entzündet worden wäre. Sonnenstrahlen brachen durch die Wolken, die schließlich vollständig schwanden und einen Blick auf blauen Himmel erhaschen ließen.

Nun war die Menge voll des Staunens und ein vielstimmiges Aaaah und Ooooh war zu vernehmen. Die Maschine hatte ein Loch in die Wolkendecke geschossen und das Wetter für einen kurzen Moment auf einem begrenzten Raum zu einer Oase in der Trübnis verwandelt. Auch Paul konnte nicht anders, er stand mit offenem Mund da und starrte zu dem kleinen Stück blauem Himmel hoch. Genoss die Sonnenstrahlen, die auf sein Gesicht fielen. Es war eine Wohltat, die er schon lange vermisst hatte, das wurde ihm mit einem Mal quälend bewusst. Sofort dachte er an seinen Bruder, der ihm in Briefen das wundervolle Wetter auf der Krim beschrieben hatte, welches er mit Katharina und Sebastian auf Einladung des Großfürsten genießen durfte. Sonnenschein, der dafür sorgte, dass die Weine auf der Krim die Qualität aufwiesen, die man sonst nur den sonnenverwöhnten Franzosen und den Weinen aus ihrer Heimat, dem Rheingau nachsagte.

Was für eine grandiose Erfindung, dachte er. Doch dann wurde ihm bewusst, wie falsch dieser Gedanke war. Falsch, weil Ursache und Wirkung den falschen Stellenwert einnahmen. Mayerhuber hatte es selbst gesagt: Die Ursachen waren bekannt, aber deren Änderung brachte den falschen Menschen das große Elend. Nicht den Industriellen und Herrschern, die dafür gesorgt hatten, dass das Wetter sich so entwickelte, wie es sich zeigte, sondern den Menschen, die am allerwenigsten damit zu tun hatten. Den Armen, die froh waren, sich mit der Arbeit in den Fabriken über Wasser halten zu können.

Paul schauderte, als er an die Konsequenzen dachte, wenn man versuchen würde, die Ursachen für das schlechte Wetter zu ändern. Es würde nicht funktionieren. Mayerhuber hatte recht, nur auf dem Weg, die Symptome zu bekämpfen, konnte das Leben noch verbessert werden. Die Ursachen konnte man nicht mehr ändern ... oder besser: niemand wollte es.

Sein Blick fiel auf von Wallenfels. Der Industrielle, den ein gutes Stück Mitschuld am Zustand der Welt traf, stand in der Menge, abgeschirmt durch seinen Chauffeur und eine weitere Person nicht minder imposanten Ausmaßes. Durch die Metallteile im Gesicht des Mannes war die Mimik stark eingeschränkt. So ließ sich nicht genau erkennen, was er empfand. Aber dass er von Mayerhofers Maschine fasziniert war, stand außer Frage. Nur, was die Faszination tatsächlich ausmachen mochte, darüber wagte Paul nicht zu spekulieren. Ganz sicher nicht das Gleiche wie bei ihm.

War es früher die zarte, blasse Haut, welche die Damen der besseren Gesellschaft vom Pöbel abhob, weil nur die Arbeiter wegen der harten körperlichen Betätigung draußen Farbe an Gesicht und Händen annahmen, ist es heute eine leichte Bräune, die den Reichen vom Armen unterscheidet. Weil Leute wie Wallenfels es sich leisten können, in Länder zu reisen, in denen man die Sonne noch zu Gesicht bekommt, dachte Paul, ohne sich darüber klar zu werden, welche Gefühle er damit verband. Es waren zu viele und zu ambivalent. Er sah weiter zum Himmel auf, um nur möglichst jedes Detail erfassen zu können. Besonders die Wolken faszinierten ihn, die über der Maschine immer neue Formen annahmen. Sich rund um das Loch auftürmten und versuchten, die Lücke in ihren Reihen zu schließen, als seien sie Soldaten im Sturm auf eine Festung.

Die Maschine gab ein Pfeifen von sich und eine Patrone, kaum größer als eine Schrotpatrone für eine Flinte, wurde aus einer Röhre ausgeworfen. Paul erkannte eine Ätherpatrone, wie man sie für viele Maschinen verwendete, und ahnte, dass die Vorführung beendet war. Tatsächlich hörte die Maschine im gleichen Moment mit einem asthmatischen Röcheln auf zu arbeiten. Das Flimmern über den Trichtern ebbte ab und die Wolkenarmeen konnten ihre Reihen wieder schließen.

Sofort wurde Bedauern bei den Zuschauern laut und Paul hörte vielstimmiges Seufzen. Bei einer jungen Frau in seiner Nähe sah er sogar eine Träne über die Wange laufen und er ertappte sich dabei, dass auch seiner Kehle ein Seufzer entfliehen wollte.

Mayerhuber schloss ein paar Ventile an seiner Maschine, stellte den Dampfkessel ab und wandte sich wieder seinem Publikum zu. »Nun, ich denke, ich habe Sie alle durchaus fasziniert. Doch leider sind meine Mittel erschöpft und ich kann nur noch zwei Vorführungen pro Tag bis zum Ende der Ausstellung finanzieren. Erzählen Sie es weiter, bitte, damit ich einen Geldgeber für eine bessere Maschine finden kann ...«

Seine letzten Worte kamen gedehnt und bedächtig und er sah dabei eine weitere Person im Umfeld an, die ähnlich wie Wallenfels zwei grobschlächtige Begleiter zu seinem Schutz besaß. »Ich möchte allerdings darauf hinweisen, dass ich meine Erfindung als Segen für die Menschheit sehe und daher nur an Angeboten von Personen interessiert bin, die auch ausschließlich das Gute im Sinne haben. Denn wie bei vielen anderen Erfindungen auch, gibt es bei dieser Maschine ein Problem: Ich kann damit schönes Wetter und gutes Klima machen. Segen für Mensch und Tier und Pflanzen. Aber sie kann genauso gut auch zerstören. Mit anderer Einstellung kann sie katastrophales Wetter herbeiführen. Was das bedeutet, brauche ich wohl nicht weiter auszuführen. Diese Maschine soll ... kann ... darf keine Waffe sein. Ich danke für Ihre Aufmerksamkeit.«

Hoffnungsschimmer

Die Glocke, welche die Patienten des Sanatoriums Hirtesenmühle jeden Morgen weckte, hatte den Klang der Glocken des Big Ben in London. So sagte man jedenfalls. Doch nur wenige Patienten waren jemals weiter von ihrer Heimat entfernt gewesen, als an diesem Ort im Taunus, daher konnten sie es weder bestätigen noch widerlegen. Jewgenij konnte es auch nicht, denn der Grund seiner Anwesenheit in diesem Hause verhinderte jede Reise an fernere Gestade. Womöglich würde er das Sanatorium nicht mehr lebend verlassen, sollte sich nach erfolgloser Behandlung niemand seiner erbarmen und ihn wenigstens zum Sterben nach Hause holen.

Als die Glocke erklang, war er bereits angekleidet. Ein morgendliches Ritual, das ihn sehr erschöpfte und lange brauchte, bis es vollbracht war. Aber er wollte es unbedingt, solange es möglich war, alleine schaffen. Er konnte ohnehin nie lange schlafen und stand immer vor Tau und Tag auf. Jewgenij befand sich auch schon nicht mehr in seinem Zimmer, sondern auf der Terrasse, die an den Bach heran gebaut war. Er empfand das Murmeln des Wassers als angenehmes Geräusch, und mit etwas Glück konnte er ein Reh oder einen Fuchs beobachten, wenn sie an den Bach zum Fressen und Trinken kamen. Sehr zu Jewgenijs Leidwesen geschah dies aber immer seltener. Das Fehlen der Tiere konnte nicht allein mit der Jahreszeit begründet werden, für ihn steckte mehr dahinter.

Er seufzte und stemmte sich aus dem Korbsessel hoch, in dem er den kalten Morgen verbracht hatte. Es war noch immer nicht hell und er fühlte sich erschöpft und müde. Doch an Schlaf war nicht zu denken. Es raschelte neben ihm im Gebüsch, als er auf seinen Stock gestützt zurück zur Eingangstür schlurfte. Ein Igel sah ihn mit zuckender Nase an, bevor er mit lang gestreckten Beinen über die Terrasse in das Unterholz am Bach huschte. Jewgenij sah ihm nach und lächelte. Es machte ihm Freude, ein gesundes, lebendiges, wildes Tier zu sehen. Nur, dass dieses Tier noch immer unterwegs war, macht ihn stutzig. Hielten Igel nicht Winterschlaf? Aber dazu schien der kleine Kerl definitiv zu dünn zu sein.

Bevor es zum Frühstück ging, gab es eine Aufgabe im Aufenthaltsraum zu erledigen, welche für Jewgenij zwar sehr anstrengend war, die er jedoch nicht missen wollte. Er betrat das Hauptgebäude und lauschte auf die Anzeichen des Erwachens. Einer der Pfleger kam ihm entgegen, grüßte und sah ihn fragend an. Jewgenij nickte ihm zu und versuchte ein Lächeln, um ihm zu bedeuten, dass alles in Ordnung war. Der Pfleger schien beruhigt und klopfte an einer Tür, während Jewgenij weiterlief, langsam und bedächtig. Er wollte der Erste sein, trotz seiner eingeschränkten Bewegungsfähigkeit.

Die neuste Beschäftigung im Sanatorium von Professor Reich war eine Art Morgengymnastik mit einem chinesischen Arzt. So jedenfalls wurde es genannt. Morgengymnastik. Am Anfang hatten nur wenige diese Möglichkeit zur Ertüchtigung in Anspruch genommen, vor allem diejenigen, denen die körperliche Beanspruchung im Sanatorium fehlte, die diese aber eigentlich nicht benötigten. Daher wurde es für einige Patienten zur Pflichtübung erklärt, mit Eintrag in eine Anwesenheitsliste.

Jewgenij hatte nicht zu den Verpflichteten gezählt, da er wegen seiner Muskelerkrankung eigentlich keinen Sport treiben durfte. Er hatte aber darauf bestanden, es wenigstens versuchen zu dürfen. Der Chinese, der nur wenige Brocken Deutsch sprach und etwas besser Französisch, nannte diese Art der Bewegung Qi Gong. Er betrachtete es mehr als Meditation, daher wurde es auch für Jewgenij nicht zuviel. Zudem lenkte es ihn von seinem Leid ab.

Wie jeden Morgen begab er sich in den Aufenthaltsraum, in dem zum Nachmittag der Tee serviert wurde. Der Meister befand sich bereits dort und scheiterte wie immer an dem Grammophon, mit dem er eine chinesische Weise abspielen wollte, als Begleitung zu den Übungen. Nur ein einziger weiterer Patient war bereits anwesend und machte

Dehnübungen wie vor einer Trainingsstunde von Turnvater Jahn. Jewgenij verkniff sich das Lächeln über die grotesken Bewegungen des älteren Mannes und sah in eine andere Richtung. Denn sofort kam der Neid in ihm auf, dass er nicht mehr derartig gelenkig war. Dabei war er bis vor zwei Jahren ...

Sein Blick traf sich mit dem des chinesischen Arztes und der Gedankenfaden, der ihn gerade wieder in Verzweiflung stürzen wollte, riss ab. Gerade so, als hätte der Mann mit seinen scharfen Augen den Faden gesehen und ihn abgeschnitten. Jewgenij fragte sich nicht zum ersten Mal, was dieser Mann alles sehen konnte – und wie heilsam es wohl sein mochte, sich vollständig in seine Behandlung zu begeben. Dem Chinesen wurden heilende Hände nachgesagt und die traditionelle, tausende Jahre alte chinesische Medizin sollte schon so manches Wunder bewirkt haben.

Jewgenij machte sich keine Illusionen über seine Zukunft. Niemand hatte bisher ein Heilmittel gegen seine Krankheit gefunden, zudem war sie zu selten, als dass sich jemand überhaupt darum bemühte. Morbus Charcot, so hatte der Arzt es genannt. Seine Muskeln versagten ihm ihre Dienste, die Koordination von Armen und Händen war schon seit einer ganzen Weile eingeschränkt und niemand ging davon aus, dass sich das noch einmal ändern würde. Die meisten Ärzte, die er konsultiert hatte, sagten, dass es schubweise schlimmer werden würde. Irgendwann würde er auch nicht mehr richtig schlucken können und so anfällig für Lungenkrankheiten werden. In das Sanatorium von Professor Reich war er gekommen, als sein Gang schwankend wurde. Gerade so, als wäre er stets betrunken. Auch Professor Reich hatte ihm keine Hoffnung auf Heilung gemacht, lediglich auf Linderung der damit verbundenen Qualen. Allerdings war auch die Rede von neuen Forschungen verschiedener Ärzte gewesen, die, sofern erfolgreich, vielleicht auch ihn retten konnten.

Die Hoffnung schwand mit jedem neuen Symptom, das Jewgenij an seinem Körper feststellte. Ihm lief die Zeit davon. Der Seelenarzt, den Professor Reich gebeten hatte, wenigstens einmal im Monat vorbeizukommen und einigen seiner Patienten zur Seite zu stehen, hatte sich zuletzt sehr intensiv mit ihm befasst. Angesichts der Hoffnungslosigkeit der Diagnose hatte er versucht, Jewgenij ein bisschen Lust am Leben zurückzugeben. Er wollte, dass der junge Mann seine Tage wenigstens genoss. Dass er sich Beschäftigungen suchen sollte, die er ausführen konnte und die ihm eine gewisse Befriedigung verschafften.

Was das sein konnte, wusste Jewgenij immer noch nicht genau. Früher war er ein begeisterter Reiter gewesen, doch dazu war er nicht mehr in der Lage. Selbst eine Kutsche zu steuern überstieg seine Kräfte und Fähigkeiten. Kaum war er im Sanatorium angekommen, hatte sein Vater die geliebten Pferde verkauft. Am Anfang hatte Jewgenij ihm das übel genommen, aber ihm war klar geworden, dass sie von dem Moment an, als Jewgenij nicht mehr arbeiten konnte, nur noch einen unnützen hohen Kostenfaktor bedeuteten.

Abgesehen davon war ihm nicht entgangen, dass auch die Tiere litten, wenn ihr geschätzter Reiter sich nicht mehr angemessen um sie kümmerte. Sie zeigten sehr schnell Anzeichen von Langeweile und Schwäche, nachdem er sie mehrere Tage lang nicht bewegen konnte. Wenigstens hatte sein Vater ihn gefragt, als sich ein Käufer einstellte, ob dieser Jewgenij genehm sei. Er stimmte zu, weil er den neuen Besitzer kannte und wusste, dass es seine Lieblinge bei ihm guthaben würden.

»Nie wieder ...«, murmelte er und versuchte ein Lächeln, als er bemerkte, dass der Blick des Chinesen immer noch auf ihm ruhte. Nun war dieser Blick milde wie der eines gütigen Vaters und beruhigte Jewgenij sofort.

Nach und nach kamen weitere Patienten in den Aufenthaltsraum und Jewgenij nahm seinen üblichen Platz im hinteren Teil ein, von wo aus er einen schönen Ausblick auf die sanften Hügel des Taunus hatte. Er beherrschte die achtzehn Harmonien, wie Herr Xun die Bewegungsabläufe nannte, inzwischen gut genug, dass er nicht mehr beständig dem Chinesen zusehen musste.

Herr Xun versuchte erneut, das Grammophon in Gang zu setzen und Jewgenij wurde bewusste, dass der alte Mann diese Arbeit nur unterbrochen hatte, um ihn mit seiner Aufmerksamkeit von seinem

Leid abzulenken. Er verließ noch einmal seinen Platz, um zu sehen, ob er helfen könne. Tatsächlich war allein ein zugedrehtes Dampfventil das Problem und Jewgenij fand es sofort. Dieses Mal war es ein dankbares Lächeln, das er von Meister Xun geschenkt bekam. Ein Geschenk, das wusste der junge Mann nur zu gut, denn er hatte Herrn Xun bislang nur ein einziges Mal wirklich lächeln sehen.

Die Patienten waren mittlerweile vollzählig und trugen sich in der Anwesenheitsliste ein. Ganz zum Schluss, als die Tür zum Aufenthaltsraum bereits geschlossen war, stürmte noch eine junge Frau hinein und eilte zu der Liste. Jewgenijs Lippen verzogen sich zu einem hinterlistigen Grinsen und er stellte sich demonstrativ vor die Tür, während Herr Xun die Musik anstellte. Dies war die Aufforderung für alle, sich aufzustellen und für die Übung zu sammeln. Da der Chinese dabei die Augen schloss, war das für die junge Dame immer eine gern genutzte Gelegenheit, sofort wieder vor der ungeliebten Betätigung zu fliehen. Doch nun stand Jewgenij ihr im Weg und tat so, als würde er sie nicht bemerken. Dabei bewegte er sich in dem von Meister Xun angegebenen Takt.

Um entkommen zu können, hätte sie sich störend bemerkbar machen müssen. Das zog Konsequenzen nach sich, die sie nicht mehr riskieren durfte. So grunzte sie nur unwillig und stellte sich ebenfalls auf. Jewgenij öffnete seine Augen einen Spalt weit, während seine Bewegungen dem Takt der Musik und dem seiner Atmung folgten, und beobachtete sie. Amüsiert dachte er an ihre plumpen Annäherungsversuche, als sie sich ausgerechnet Jewgenij als ihren Kurschatten erwählt hatte. Plump in jeder Hinsicht. Nicht nur, weil sie zwei Köpfe kleiner als der hoch aufgeschossene und hagere Jewgenij war und dazu fast das doppelte Gewicht auf die Waage brachte. Überhaupt benahm sie sich wie die sprichwörtliche Axt im Walde und hatte die Eleganz eines Rhinozeros.

Ein Tischgenosse Jewgenijs, der mittlerweile als geheilt entlassen war, hatte es derber ausgedrückt: »Elegant wie ein Reh ... oder wie heißt das Tier mit dem Rüssel?«

Nur mit Mühe konnte sich Jewgenij ein Kichern verkneifen und sich auf seinen eigenen Körper konzentrieren, als er die unbeholfenen

Bewegungen der jungen Frau sah, die herumhampelte wie eine Marionette an zu langen Fäden. Schnell wandte er seinen Blick ab und beobachtete die anderen Patienten um sich herum. Vor allem die Unverbesserlichen. Herr Xun machte alle Bewegungen derart langsam und klar vor, dass es nach einiger Zeit eigentlich jedem gelingen musste, sie auch genau so auszuführen. Und doch schaffte es so mancher immer noch nicht, selbst wenn er so lange dabei war, wie Herr Xun die Übungen schon durchführte.

Da war ein Mann, dessen Name Jewgenij immer noch nicht kannte, da er sich sofort auf sein Zimmer zurückzog, sobald die offiziellen Termine und die Essenszeiten vorüber waren. Jewgenij nannte ihn nur den »Balletttänzer«, denn seine Bewegungen waren übertrieben ausladend und in keiner Weise mit denen Meister Xuns synchron. Für ihn hatte Jewgenijs ehemaliger Tischpartner ebenfalls nur Spott übriggehabt. »Der tanzt den sterbenden Schwan«, war sein Kommentar gewesen. Auch dieses Mal machte der Mann den Eindruck, als wolle er durch den ganzen Raum springen.

Dann blieb Jewgenijs Blick auf jemandem hängen, dessen Eintreten er zuvor nicht bemerkt hatte und der zum ersten Mal bei den Übungen dabei zu sein schien. Dennoch folgte diese Person den Vorgaben Meister Xuns, als hätte sie nie etwas anderes getan. Es war eine junge Frau von erlesener Schönheit, wie Jewgenij befand, und es fiel ihm zunehmend schwer, sich zu konzentrieren. Deshalb schloss er die Augen wieder, um in seinen Takt zurück zu finden. Überhaupt gelangen ihm die Übungen an diesem Tag überraschend gut, was er sehr genoss, auch wenn er sich fragte, was diese Besserung hervorgerufen haben mochte. Denn als er aufgestanden war, hatte er den Tag bereits verflucht.

Meister Xun schloss die Übungen ab, doch damit war die Qual für manche noch nicht beendet. Besonders für Jewgenijs ehemalige Verehrerin. Der Chinese legte die Hände unter seinem Bauchnabel übereinander und blieb mit geschlossenen Augen stehen, dabei wie ein Bambusrohr im Wind schwankend. Alle Patienten waren gehalten, es ihm gleich zu tun, bis er die Übung für beendet erklärte, indem er die

Hände aneinander rieb, sich damit über das Gesicht strich und sich verbeugte. Jewgenij wusste, dass diese Ruhepause bis zu fünf Minuten dauern konnte. Je nach dem, wie viele ungeduldige Patienten im Raum waren, durchaus auch sehr viel länger, als ob er seine Schüler strafen wollte. Schließlich fand die Übung vor dem Frühstück statt und das war für einige eine besondere Seelenqual.

Der Magen von Jewgenijs besonderer Freundin begann lautstark zu knurren und ihr entfuhr ein schmerzerfüllter Seufzer. Mitleid empfand er nicht, seit herausgekommen war, warum sie so schnell davon abgelassen hatte, ihn zu umgarnen. Zunächst war sie davon angetan gewesen, dass er aus einer angesehenen Diplomatenfamilie kam und als Advokat bereits auf eigenen Füßen stand. Doch als sie von seinen unklaren Zukunftsaussichten und der Gefahr gehört hatte, dass er vielleicht schon sehr bald nicht mehr in der Lage sein würde, ohne Rollstuhl sein Leben zu führen, war sie davon abgekommen, sich ihm an den Hals zu werfen. Eine andere Patientin hatte ihm erzählt, wie abfällig sie über ihn sprach. Über den »Krüppel«, der bald »nur noch eine Last für die Gesellschaft sein würde.«

Es verletzte Jewgenij sehr, so etwas zu hören, doch fand er schnell Möglichkeiten, es ihr heimzuzahlen. Die Fluchtvereitelung vor den ungeliebten Qi Gong - Übungen war nur eine der vielen kleinen Sticheleien, die er sich für sie ausgedacht hatte.

Sein Blick wanderte zu der neuen Patientin, die tief in sich versunken aufrecht in einer dunklen Ecke stand und auf Meister Xun blickte, bis dieser sich erbarmte, die Übung zu beenden. Jewgenij gab die Tür frei und sah gleichmütig auf die pummelige Rothaarige hinab, die sich mit einem giftigen Blick an ihm vorbei durch die Tür drückte. Nun bewegte sich auch die Fremde und ordnete ihr Kleid. Bewusst mied sie den helleren Bereich des Raumes bei den Fenstern und der Grund dafür wurde Jewgenij schnell klar. Ihre Haut war so weiß wie die gekalkten Wände im Hintergrund, ebenso ihr langes, lockiges Haar. Dieser Umstand ließ Jewgenij sofort an antike Skulpturen von griechischen oder römischen Göttinnen denken und weckte in ihm mit einem Mal den dringenden

Wunsch, es doch noch einmal mit der Malerei zu versuchen. Professor Liebermann, der Psychiater aus dem Rheingau, hatte ihm dies ans Herz gelegt als eine Beschäftigung, die er auch mit schwindenden Kräften ausführen und aus der er Befriedigung ziehen konnte.

Galant hielt er der jungen Frau die Tür auf und versank im Blick ihrer nahezu farblosen Augen. Sie nickte knapp zum Dank, schwieg aber und verließ eilends den Raum. Jewgenij hütete sich, ihr zu folgen, obwohl es ihm schwerfiel. Er sah sich zu Meister Xun um und bemerkte zu seiner Verblüffung, dass auch der alte Asiate seine ganze Aufmerksamkeit auf diese Frau gerichtet hatte.

Der Chinese riss sich von dem Anblick der Tür los, die hinter der fremden Frau ins Schloss fiel und versuchte ein Lächeln, als er Jewgenijs Musterung bemerkte. Doch es gelang ihm nicht. »Tochter von Mond«, stellte er tonlos fest, so dass sich der junge Mann außer Stande sah, seine Gefühle zu definieren. Doch der Zusammenhang mit der jungen Frau war eindeutig. Eine Albino-Frau. Eine Tochter des bleichen Mondes, natürlich, der Chinese sah andere Verbindungen als ein christlicher Angehöriger des westlichen Kulturkreises. Gab es nicht auch beim fahrenden Volk die Legende, nach der Albinos Kinder des Mondes waren, für die er in den Halbmondphasen eine Wiege baute?

Jewgenij nickte, zum Zeichen, dass er dem Gedanken des Meisters folgen konnte. Das veranlasste den Chinesen zu einem leichten Lächeln, da er durchaus spürte, was in dem jungen Mann vorging. Er trat an Jewgenij heran und legte ihm die Hand auf den Arm. »Schön, aber gefährlich«, wisperte Xun ihm zu, und sein Gesicht war sehr ernst. »Vorsichtig sein! Genießen, aber nicht eingehen.«

Bevor Jewgenij etwas erwidern konnte, wandte sich der Chinese ab und verschwand durch eine Seitentür. Er ließ den verwirrten jungen Mann zurück, der eine Weile brauchte, um sich zu fangen. Doch bevor er den anderen zum Frühstück folgen konnte, überraschte ihn die Anwesenheit von Professor Reich.

Wie lange der Leiter des Sanatoriums schon in dem Raum gestanden haben mochte, konnte Jewgenij nicht sagen. Sicher hatte er schon vor dem Ende der Übungen den Raum betreten, denn es war allgemein bekannt, dass sich der kleine, verwachsene Mann absolut lautlos bewegen konnte. Nun trat er auf Jewgenij zu und musterte ihn schweigend von unten herauf. Um seine dünnen Lippen zog sich ein amüsiertes Lächeln.

»Sie scheinen Ihnen gut zu tun, die Übungen von Meister Xun?« Auch wenn es wie eine Frage klang, so war es eher eine Feststellung. Das wusste Jewgenij bereits.

»Durchaus, Herr Doktor. Danach fühle ich mich immer etwas beweglicher und kräftiger. Aber ... ich nehme an, es wird an meinen Zukunftsaussichten nichts ändern?« Jewgenij wagte einen Blick durch die Glastür, doch die schöne, faszinierende Frau war verschwunden. Er wäre ihr gern zum Frühstück gefolgt, doch er konnte den Doktor nicht einfach stehen lassen. Das gebot die Höflichkeit.

Doch Dr. Reich schien genau zu wissen, was in ihm vorging und schüttelte leicht den Kopf. »Fräulein de Varelles speist nicht mit den anderen Herrschaften im Saal, sondern auf ihrem Zimmer«, erklärte er und beobachtete Jewgenijs Mimik.

Er bekam das, was er sichtlich erwartet hatte. Der junge Mann war enttäuscht und zeigte das auch deutlich. »Wie schade. Ist sie erst kürzlich hier angekommen? Die Dame ist mir zuvor nicht aufgefallen. Eine Französin?«

Der Arzt lachte glucksend. »Ja und ja. Aber nun zu Tisch mit Ihnen. Sie müssen sich stärken.«

Jewgenij verabschiedete sich mit einer leichten Verbeugung und verließ den Aufenthaltsraum. Er drehte sich nicht noch einmal zu dem Arzt um, obwohl er das Gefühl hatte, dass dieser ihn mit seinen Blicken durchbohrte. Zum ersten Mal, seit er den Mann kannte, waren seine Gefühle ihm gegenüber von Empfindungen geprägt, die er bislang nicht gespürt hatte.

Wut, wegen des milden Spotts über Jewgenijs sichtbare Schwärmerei. Und Furcht.

RÜCKKEHR

Mit dem zappelnden Sebastian auf dem Arm machte sich Peter daran, die Tücher von den Möbeln im Salon zu ziehen. Das Hausmädchen Celeste hatte sie über die Polster gezogen, um sie vor Staub zu schützen, während sie im Haus alleine war. Viel zu tun blieb ihr nicht, als hin und wieder nach dem Rechten zu sehen, dennoch zahlte Peter ihr das Gehalt weiter, weil er wusste, wie nötig sie es brauchte und er es sich leisten konnte, eine Hausangestellte zu finanzieren.

Abgesehen davon war alles tadellos sauber und Peter befand, dass das auch belohnt gehörte. Er lächelte, als er daran dachte, wo sich Celeste in diesem Moment befand. Nicht bei ihren Eltern in Biebrich, sondern bei ihrem künftigen Gatten, dem jungen Kriminalobermeister Hartmut Lenze, den Peter immer besonders gefördert hatte.

»Wenn sich Hartmut weiter so gut schlägt, dann ist nach dem nächsten Einsatz sicher eine Beförderung fällig«, sagte er zu seinem Sohn, der sofort aufhörte zu zappeln und aufmerksam lauschte. »Das kann er gut gebrauchen, wenn er unsere Celli heiratet und am Ende auch noch Vater wird, nicht wahr?«

Peter setzte Sebastian auf den großen Sessel und breitete die Tücher auf dem Boden aus. Er beeilte sich damit, weil er wusste, dass der Kleine nie lange stillhielt. Zwar konnte Sebastian noch nicht krabbeln, aber er arbeitete intensiv daran, es zu lernen, woran ihn niemand hindern wollte. Es kam sowohl Peter als auch Katharina frevelhaft vor, das Kind in viele Tücher zu wickeln und quasi gefangen zu nehmen, wie es bei anderen Familien ihres Standes der Fall war. Ihr Sohn sollte seine Freiheit haben.

Mehrfach schon war es allein Peters Reaktionsvermögen zu verdanken gewesen, dass er nicht von einer Wickelkommode oder einem Sofa fiel und sich verletzte. Es gelang Sebastian, sich um die eigene Achse zu rollen, und das in zum Teil atemberaubender Geschwindigkeit. Peter hatte gerade das letzte Tuch über die anderen gelegt, als das Baby auch schon vornüberkippte. Er fing Sebastian auf und legte ihn auf den Boden. »So, du Räuber, hier kannst du kein Unheil stiften.«

Sein Blick fiel auf den klobigen Kasten des Telefons, der nach Sebastians Geburt vom Flur in den Salon geschafft worden war. So konnte das Läuten Mutter und Kind nicht aus dem Schlaf reißen, weil das Schlafzimmer direkt darüber lag. Peter zögerte nur kurz, den Fernsprecher zu benutzen, weil er begierig auf Neuigkeiten war. Er schloss die Tür hinter sich, damit nichts seine schlafende Frau stören konnte, und griff zum Hörer. Zunächst dachte er daran, Paul anzurufen. Doch er ging davon aus, dass der um diese Tageszeit ganz sicher nicht in seinem Hotelzimmer weilte, sondern Paris unsicher machte. Mit oder ohne Valerian. Also wählte er die Nummer seines Büros bei der Reichskriminalpolizei, um schon einmal vorzufühlen, was ihn dort an Arbeit erwartete.

Die Nummer seines eigenen Büros brachte ihm eine knurrende Begrüßung seines Freundes Richard Kogler ein, der den Anruf entgegennahm. »Oha, Richard, das klingt, als wäre es dringend notwendig, wieder an meinen Platz zurückzukehren?«

»Peter? Bist du wieder zuhause? Gott sei Dank! Oh ja, wir können dich hier gut gebrauchen.«

»Wir sind gestern Abend eingetroffen, mit dem Zug aus Berlin. Sobald mein Hausmädchen wieder hier ist und sich um Katharina und Sebastian kümmern kann, bin ich bei euch. Wieso, was ist los? Klär' mich auf!«

»Was dagegen, wenn ich bei dir vorbeikomme? Ich mag nicht am Telefon sprechen. Nur so viel: Seit der Wahl des neuen Stadtparlamentes geht es hier drunter und drüber. Der neue Rat ist von einer Zusammensetzung, die wir gar nicht gebrauchen können, und eigentlich handlungsunfähig. Dazu kommt, dass einige versuchen wollen zu verhindern, dass die Versprechen gegenüber der Bevölkerung der Vorstädte eingehalten werden. Sie fühlen sich nicht daran gebunden.

Sonnemann tobt und viele fürchten so etwas wie einen Bürgerkrieg. Aber ich schätze mal, dass du selbst am besten weißt, was das bedeutet.«

Peter schnaufte tief durch. »Das kann niemand wollen, was in einem solchen Falle folgt, soviel ist sicher. Ja, natürlich, komm vorbei. Hat Lenze jetzt eigentlich einen eigenen Telefonanschluss zuhause?«

Richard nannte ihm eine Nummer und legte auf. Peter ließ sich zu der neuen Nummer durchstellen und wartete, während er seinem Sohn dabei zusah, wie er sich von den Decken herunter in seine Richtung rollte, dann aber kehrt machte und den freien Raum Richtung Tür ausnutzte. Der Kleine gluckste glücklich über seine neue Bewegungsfreiheit.

»Haushalt von Kriminalobermeister Lenze?«, meldete sich vorsichtig die leise, hohe Stimme von Celeste.

»Hallo Celeste, wir sind wieder da. Wann kannst du bei uns sein? Katharina braucht dich. Und ich auch«, gab Peter unumwunden zu.

Die Antwort war ein erleichtertes Lachen. »Herr Langendorf? Oh, wie schön, ich komme sofort!«

Peter fing Sebastian wieder ein, als dieser weiter auf den Kamin zurollte und nahm ihn auf den Arm. Gemeinsam sahen sie aus dem Fenster auf die Straße. Regen hing wie ein undurchsichtiger Schleier in der Luft, die schütteren Bäume hatten schon lange ihr Laub verloren. Alles wirkte grau und trostlos. »An Tagen wie diesen könnte man den Eindruck bekommen, dass die Welt untergeht. Als ob die Sonne niemals mehr wieder kommt. Und vielleicht tut sie uns diesen Gefallen auch nicht mehr.«

Sebastian kniff seinem Vater in die Wange und kicherte fröhlich. Das vertrieb die dunklen Wolken aus Peters Seele. Dann bemerkte er zwei Gestalten, die sich von beiden Seiten der Straße auf das Haus zu bewegten. Eine schmale, zierliche Person, die einen Schirm umklammert hielt, um ihn nicht an den Wind zu verlieren, und ein großer, bulliger Mann in schmuckloser Polizeiuniform. Sie kamen gleichzeitig vor dem Tor zum Vorgarten an und Richard Kogler öffnete galant das Gitter, lüpfte dabei kurz seine Mütze und ließ dem Hausmädchen Celeste

Bartfelder den Vortritt. Peter eilte zur Haustür, um sie zu öffnen, bevor sie die Klingel betätigten, die Katharina wecken würde.

Celeste machte sofort einen kleinen Knicks. Doch dann erinnerte sie sich an die ständigen Ermahnungen Katharinas, dass es allein wichtig war, vor seinen Arbeitgebern Respekt zu zeigen, keine Demut. Niemand in diesem Haushalt legte Wert auf derart devote Gesten. Um es zu überspielen streckte sie lächelnd die Hände nach Sebastian aus, der sich mit einem glücklichen Schrei in ihre Arme fallen ließ. Es überraschte Peter, dass sein Sohn Celeste zu erkennen schien, obwohl sie zwei Monate fern gewesen waren. Wahrscheinlich war es die Stimme des Mädchens, die ihm bekannt vorkam. Er nutzte die Gelegenheit, seinen Freund Richard zu umarmen.

Er drängte die beiden in die Küche und bat Celeste, sie möge Kaffee machen. Sie übergab ihm das Baby und während sie Wasser aufsetzte, setzten sich Richard und Peter an den Küchentisch.

»So, dann erzähl doch mal, was auf mich zukommt«, forderte Peter Richard auf, während er alles versuchte, um Sebastian daran zu hindern, nach dem Geschirr auf dem Tisch zu greifen.

Richard fing auch ohne Umschweife an, von den beiden vergangenen Monaten zu erzählen, in denen Peter und Katharina auf der Krim weilten. Vom Ergebnis der Wahl, die extreme Politiker an die Macht gebracht hatte und den Folgen für die Stadt, soweit sie sich schon abzeichnete, sowie den Fällen, die sie bearbeitet hatten. Zu Peters größter Erleichterung hatte es keine Morddelikte mehr in der Innenstadt gegeben, seit er dem Serienmörder Laue in Eppstein das Handwerk legen konnte. Doch die Fälle, die seine Kollegen sonst zu bearbeiten hatten, gefielen ihm genauso wenig. Sie schienen ihnen ausnahmslos Folgen der Wahlergebnisse zum Stadtparlament zu sein.

»WaWa hat also tatsächlich gewonnen, das stand zu befürchten«, seufzte Peter. »Und ihm fiel nichts Besseres ein, als sofort darauf zu drängen, die Nachwahlen für die Stadtteilvertretungen aufzukündigen?«

»Schlimmer noch«, eiferte sich Richard. »Auch der Konsens, dass man den Leuten in Biebrich und Amöneburg mitteilt, was mit den Industrieanlagen geschehen soll, wurde gestrichen. Außer den Besitzern der Liegenschaften weiß niemand, was dort jetzt gemacht wird. Ich bin ganz ehrlich der Ansicht, dass nicht einmal unsere liebe Bürgervertretung eine genaue Ahnung hat. Denen ist es allerdings auch herzlich egal. Schließlich sind es Ihresgleichen, denen die Liegenschaften am Fluss gehören und die gerade dabei sind, in Biebrich das Unterste nach oben zu kehren. Und um eventuell aufkeimenden Protesten zuvor zu kommen, haben sie gerade eben erst eine Einheit Infanteristen dorthin versetzt. Es geht sogar das Gerücht um, dass denen die Knarren verflucht locker sitzen. Was heißt Gerücht – der junge Mann von der Bahnpolizei, mit dem Lenze sich öfters trifft, bestätigt das. In Biebrich ist wohl noch Frieden, aber rund um die Kaserne in Amöneburg hat es Tote gegeben, wo sich wieder ein paar Leuts in den alten Häusern niederlassen wollten.«

Celeste, die den Männern gerade Tassen mit Kaffee vorsetzte, nickte heftig. »Das stimmt. Sie sind sehr nervös und feuern sofort, wenn sie meinen, dass ihnen jemand zu nahekommt. Warnschüsse sind eher selten. Wobei ich glaube, dass die Soldaten auch nichts wissen. Sie haben sicher Angst, weil ihre Vorgesetzten sie ebenso im Dunkeln tappen lassen wie die Menschen am Fluss.«

»Joachim, der Bahnpolizist, ist Celestes Bruder«, erklärte Peter dem verdutzten Richard. »Und ich bin gern geneigt zu glauben, was er erzählt. Er kennt genug Leute in der Gegend und muss sich nicht aufs Hörensagen verlassen. Gibt es noch einen Wahltermin oder wird gar nichts mehr gemacht?«

»Also in Biebrich soll gewählt werden«, berichtete Celeste, wobei sie sorgfältig darauf achtete, trotz der Aufregung nicht in ihren hessischen Dialekt zu verfallen. Mittlerweile hatte sie sich hervorragend im Griff. »Nächste Woche. Sie konnten es nicht ablehnen, weil Vater dafür gesorgt hat, dass es ein richtiges Melderegister gibt. Das war eine Menge Arbeit, aber sie haben es innerhalb kürzester Zeit auf die Beine gestellt und ein Amtsrichter hat es beglaubigt. Man konnte zwar sehen, dass es ihm unangenehm war. Dennoch musste er es tun. Alles andere hätte wirklich einen Aufstand gegeben. In Amöneburg hat ein Freund von Papa das Gleiche versucht, aber weil dort so viele Menschen keinen festen Wohnsitz haben, wurde es ihnen verweigert. Man hat das Melderegister angezweifelt. Und in Kastel und Kostheim haben sie es gleich ganz bleiben lassen. Unser Kampfpriester hat zwar mal angefangen, eine Art Adressenliste wahlberechtigter Menschen aufzuschreiben, gab aber schnell wieder auf. Nicht nur wegen der Menschen, die oft nicht mal einen Nachnamen haben. Es scheiterte daran, dass es keine Adresse gab. Manche Straßen aus den alten Karten existieren nicht mehr, andere Straßen hatten noch nie einen Namen gehabt, geschweige denn, dass die Häuser eine Nummer besitzen. Damit gibt es keine ... wie heißt das? ... Ladungsfähige Anschrift. Abgesehen davon wird sich nie ein Postbote dorthin verirren. Ich glaube auch nicht, dass viele Leute überhaupt lesen können. Derzeit bemüht man sich aber in Schierstein um einen ähnlichen Erfolg.«

»War zu befürchten, das Problem ist ja auch nicht unbekannt. Aber Biebrich ist wenigstens ein Anfang. Dann kann ich nur hoffen, dass auch alles mit rechten Dingen zugeht«, seufzte Peter. »Jeder Zwischenfall wird ihnen einen Grund liefern, das Wahlergebnis anzuzweifeln. Ich bin mir sicher, dass sie versuchen werden, das Ganze irgendwie zu stören.«

»Darauf kannste Gift nehmen. Sonnemann ist sich auch sicher, aber er will Lenze oder jemand anderen mit ein paar Leuten schicken, die als Wahlbeobachter fungieren und Störer ausschalten sollen.«

»Das ist gut! Und sonst?«

»Es tut sich vieles, aber eigentlich nichts Gutes«, fuhr Richard fort. »In der Innenstadt geht alles seinen gewohnten Gang, man könnte meinen, es gäbe nichts sonst auf der Welt als die gehobene Gesellschaft. Man schottet sich immer mehr ab. Gerüchte machen die Runde und wenn ich mir das Drama in den Vorstädten so ansehe, dann bin ich geneigt, die meisten zu glauben. Eines ist, dass sie mit Bauarbeiten begonnen haben. Zaunanlagen entlang der Bahnlinien. Das würde bedeuten, dass sie die Innenstadt völlig abriegeln. Die Kontrollen am Nassauerring wurden schon verstärkt. Man diskutiert noch, was aus den Häusern zwischen dem Zweiten Ring und der Bahnlinie werden soll. Dort wohnt ja ›nur‹ das, was man mal als Bürgertum und Mittelstand bezeichnet hatte. Brave Beamte und bessere Handwerker und so weiter. Wer es sich irgendwie leisten kann, der zieht in Viertel innerhalb des Ringes. Wer aber ein Haus dort sein Eigen nennt, der verzweifelt langsam, denn nach dem Aufkommen der Gerüchte schwand der Wert dieser Häuser rapide, von den fehlenden Käufern mal ganz abgesehen. Irgendwer hat die Bezeichnung ›gated community‹ in den Raum geworfen, ich musste mich erst einmal schlau machen, was das bedeutet. Ist wohl im angelsächsischen Raum schon gang und gäbe. Man zäunt ein Viertel ein, angeblich um es von Angriffen von Außen und den bösen Unterschichten zu schützten, andererseits hat man auch die vollständige Kontrolle darüber, wer dort ein und ausgeht und kann verhindern, dass unerwünschte Personen von dort in die Innenstadt gelangen. Dann ist der Bereich die perfekte Pufferzone zwischen Oben und Unten.

Die Tram aus Biebrich fährt nicht mehr, das Paulinenstift soll geräumt werden, das Armenhospital wird nach Schierstein verlegt, mitsamt den Paulinenschwestern. Cszakanyi tobt deshalb auch schon, du kennst unseren wildgewordenen Handfeger ja. Seine Rechtsmedizin wird ins Josephshospital verlegt und das stinkt ihm. Die meisten Ärzte dort rümpfen über ihn doch sowieso nur die Nase und haben wohl auch Angst, dass er ihnen Kunstfehler nachweisen kann und wird. Der rachsüchtige Ungar wird die Halbgötter des Medizinolymps sicher ein wenig aufmischen.«

»Verfluchte Sauzucht ...«, grummelte Peter. »Und was in den Industriebrachen gemacht wird, weiß wirklich absolut niemand?«

»Gerüchte, nichts als Gerüchte. Sie haben alle Gebäude dem Erdboden gleich gemacht und jetzt rücken schwere Baumaschinen an. Natürlich stehen auch Heerscharen von Arbeitern bereit, in der Hoffnung, dass sie dort in Lohn und Brot kommen, aber nach den ersten Schüssen sind sie vorsichtig geworden. Man will sie auch gar nicht haben. Ich fragte mich schon oft, wie sie dort irgendetwas bauen, ohne Arbeiter zu haben. Die neuen Maschinen scheinen aber zu allem fähig zu sein.«

Peter wollte gerade mit einer Entgegnung anfangen, als sich die Küchentür wieder öffnete. Katharina trat ein. Sie bewegte sich langsam und konzentriert, ihre Bewegungen wirkten unsicher und steif. Sie zog den Morgenmantel fest um ihren abgemagerten Körper und sah Richard und Celeste zunächst unverwandt an. Doch dann lächelte sie. Celeste eilte ihr entgegen und nahm ihre Hand. Dem Mädchen standen Tränen in den Augen vor Freude, ihre Herrin wieder auf den Beinen zu sehen.

»Frau Langendorf, wie schön Sie wieder halbwegs wohlauf zu sehen«, polterte Richard, der aufgestanden war, um sie zu begrüßen. »Der Aufenthalt auf der Krim scheint ja wahre Wunder bewirkt zu haben.«

Katharina wandte ihm das Gesicht zu. Ihre Bewegungen waren ruckartig und erinnerten ein wenig an eine Puppe, doch ihre Augen waren klar und ihr Blick wach. »Herr Kogler, schön Sie zu sehen. Hallo Celeste!«

Ihre Worte kamen langsam, als könne sie ihre Zunge nicht richtig bewegen, und klangen rau. Doch sowohl Richard Kogler als auch Celeste atmeten hörbar auf. Schließlich konnte Katharina, als Peter mit ihr der Einladung des Großfürsten zu einem Kuraufenthalt auf der Krim folgten, weder sprechen noch aus eigener Kraft laufen. Die Kontrolle durch das Maschinenteil, das ihr der irre Mörder Laue eingebaut hatte, um Peter dazu zu zwingen, seine Verfolgung aufzugeben, wirkte noch lange nach. Vor allem, weil sie in dieser Zeit allein von der Pflege anderer abhängig war, da sie sich weder artikulieren noch bewegen konnte. Ihr wacher Geist war in einem nahezu vollständig gelähmten Körper gefangen gewesen. Die Tatsache, dass sie wieder Herr über sich selbst war, ließ darauf hoffen, dass sie auch den Rest ihrer Gesundheit wiedererlangen würde.

»Lassen wir die Männer allein?«, fragte sie Celeste und streckte die Hände nach ihrem Sohn aus.

Celeste war versucht, das Kind an ihrer Stelle zu nehmen, befürchtete sie doch, dass Katharina nicht kräftig genug war, den properen

Jungen zu tragen. Doch sie bremste sich selbst, als sie sah, dass Peter seiner Frau das Kind übergab.

»Nimm meiner Frau einen Kaffee mit und geht in den Salon. Da kann Sebastian keinen Schabernack machen. Aber pass auf, wenn er Richtung Kamin rollt, Celeste«, wies Peter sie augenzwinkernd an. Er selbst blieb mit Richard in der Küche zurück.

Kaum hatte sich die Tür hinter den beiden Frauen wieder geschlossen, fragte Peter seinen Freund weiter aus. »Klartext bitte, Richard: Du kannst mir nicht erzählen, dass niemand etwas weiß über die Bautätigkeit in Biebrich. Die Grundstücke gehören unseren üblichen Verdächtigen, unter anderem Wallenfels. Vielleicht sogar ausschließlich ihm, denn ich hörte, dass er viele Grundstücke neben seinen eigenen aufkaufte. Dass die ganze Sache so dicht ist, um nicht einmal ein handfestes Gerücht hinaus dringen zu lassen, ist einfach nicht möglich. Selbst wenn dort das Meiste mit Maschinen gemacht wird, so sind doch wenigstens ein paar Menschen nötig, um diese zu bedienen.«

»Das ist es ja. Die wenigen, die dort arbeiten, sind gut ausgebildete, hochbezahlte Leute. Ich glaube, von den Maschinenführern ist keiner unter dem Stand eines Ingenieurs. Die Universitäten spucken die ja jedes Jahr in Kompaniestärke aus. So verschuldet, wie sie dann meistens sind, nehmen die Herrschaften mangels Alternativen auch jede Arbeit an. In ihren Verträgen wird dann sicherlich eine Verschwiegenheitserklärung enthalten sein. Die Maschinen können alles, was sonst nur die fleißigen Hände unzähliger Arbeitskräfte konnten. Ich habe eine der Maschinen selbst gesehen, bevor sie von dem Platz, an dem sie aus hunderten, wenn nicht gar tausenden Einzelteilen zusammengebaut wurde, mit ihren gewaltigen Ketten auf die abgeriegelten Bauplätze gefahren wurde. Von einem einzigen Mann, der in einer Kabine obenauf saß. Ich hatte ein Fernglas dabei und konnte sehen, wie es da oben an der Steuerung aussah. Ich sage dir: Die Brücke eines modernen Dampfschiffes kann nicht komplizierter aussehen. Wozu dieses Gerät verwendet wird, weiß ich nicht. Auf jeden Fall kann es abreißen, graben, schreddern.

Da war ein Räumschild dran, ein Pressluftmeißel, eine Schere ... Ein gigantisches, fahrbares Schweizer Offiziersmesser.«

»Trotzdem, irgendjemand weiß mehr und redet. Nun sag schon, was man hört.«

Richard wiegte seinen Kopf hin und her. »Nun, die üblichen Quellen gibt es dieses Mal natürlich nicht. Aber der Bengel von der Bahnpolizei, der Bruder von deinem Hausmädchen, der ist wirklich ein cleveres Kerlchen. Die ganze Sache wird vom Militär überwacht, was auch immer Militär auf Baustellen von privat finanzierten Industrieanlagen zu tun hat. Da der Junge nun mal auch Uniform trägt, ist er wohl mit ein paar Wächtern der untersten Dienstgrade ins Quatschen gekommen. Die wissen natürlich auch nicht viel, aber immerhin waren sie redselig. Laut diesen Quellen soll dort eine neue Fabrik entstehen, die neuartige Waffen baut. Ich glaube, ich brauche dir nicht zu sagen, welcher der Industriellen, die so etwas machen können, auch noch das Geld hat, wirklich zu investieren ... Und der einen Schwiegersohn hat, der ein Interesse an den Produkten zeigt.«

Peter verdrehte die Augen. Er hatte die Anspielungen auf seinen Lieblingsfeind natürlich verstanden und ja auch schon selbst als üblichen Verdächtigen ins Spiel gebracht. Der bewusste Schwiegersohn war der russische Großfürst, der die jüngste Tochter des Barons von Wallenfels geheiratet hatte. Da die Russen gerade erst die Unruhen des Boxeraufstandes in China genutzt hatten, um große Teile der Mongolei und der Mandschurei zu besetzen, war natürlich auch ein Bedarf an Waffen vorhanden, um diese Position zu sichern. Das chinesische Kaiserreich zerfleischte sich zwar weitgehend selbst, aber die Befürchtung eines Gegenschlages war für Peter nur die halbe Wahrheit. Da noch immer ein gewaltiger Mangel an Stahl und Kohle herrschte, wollte man sich natürlich auch die Möglichkeit sichern, die in China sicher üppig vorhandenen Quellen zu sichern.

»Oh, hat von Wallenfels etwa auch ein paar Aktien auf chinesische Rohstoffe?«, grunzte er. »Lass mich raten: Dort werden künftig auch Schiffe und Luftschiffe gebaut werden?«

»Nun ...« Richard schürzte die Lippen und rollte die Augen zur Decke. »Ich hörte aus anderer Quelle läuten, dass sich ein paar ziemlich üppige Schwimmbagger von Rotterdam den Rhein hocharbeiten, um die Fahrrinne zu vertiefen. Der ehemalige Zollhafen wird wohl auch bald geräumt und abgeriegelt.«

Peter zischte einen unanständigen Fluch durch die Zähne. »Ich hoffe, dass die Bartfelders schon dafür gesorgt haben, dass niemand mehr im Zollhafen wohnt. Die Schiffmühle wird dann auch nie mehr anlegen können und bestenfalls in Schierstein bleiben. Das Gelände wird ein Riegel in den Armenvierteln, an dem niemand mehr vorbeikommt. Biebrich und Schierstein auf der einen, Amöneburg, Kastel und Kostheim auf der anderen Seite. Kein Austausch mehr möglich, weil im Norden die Bahn alles umschließt, und im Süden der Rhein.«

»Laut Joachim - so heißt der kleine Bahnpolizist doch, oder? - war der Zollhafen schon leer, als das Ganze mit den Bauarbeiten anfing. Ist schon weitgehend umzingelt, nur unter der Bahnlinie nach Frankenfurt kommt man noch von Ost nach West. Streng bewacht, und ohne Gehörschutz sowieso nicht passierbar. Der Einzige, der noch regelmäßig Nachrichten bringen kann, ist eben Joachim, wenn er mit der Bahn fährt oder seine Schlüssel für die Gleise nutzt. Ich sage dir, das gibt Krieg ...«

Eine Weile saßen sich die beiden Männer schweigend gegenüber und hingen ihren eigenen Gedanken nach. Richard brach das Schweigen als erster wieder. »Wann kommst du zurück?«

»Ich muss noch ein paar Dinge regeln, aber am Montag bin ich wieder im Büro. Versprochen!«

Zirkusluft

Algirdas Zerfas seufzte, als er die Uniformierten sah. Kaum dass die Wagen des Wanderzirkus' sich auf Sichtweite dem Schloss auf dem Berg näherten, wurden die Soldaten immer zahlreicher und bildeten einen undurchdringlichen Kordon auf der Zufahrtsstraße nach Wiesbaden. Die Mahnung des Pfarrers in Kirberg hallte ihm in den Ohren nach, dass er den Weg über Idstein und Hofheim nehmen sollte, weil man eine Truppe wie die Seine gewiss nicht in der noblen Innenstadt von Wiesbaden dulden würde. Eine Gegend, in welche die so genannte Hühnerstraße direkt hineinführte. Algirdas war davon ausgegangen, dass man eine so wichtige alte Straße nicht sperren konnte und alle, die nicht erwünscht waren, nur streng bewacht irgendwie hindurch geleiten würde. Doch das erwies sich nun als Fehleinschätzung.

Nicht nur die offensichtlich zu allem entschlossenen Wächter auf der Straße kündeten davon, auch der hohe und stabile Zaun, der sich rechts und links der Straße durch den Wald zog. Mit einer Handbewegung bedeutete Algirdas den nachfolgenden Wagen anzuhalten. Er zügelte seine müden Pferde, die keine Anstalten machten, sich noch einen Meter weiter zu bewegen als sie unbedingt mussten, und kletterte vom Bock seines Holzkarrens. Zu Fuß machte er sich auf den Weg zu der Absperrung, um keine unbedachten Reaktionen der Soldaten zu provozieren.

Inmitten der bewaffneten Reihe von finster dreinblickenden Männern stand einer, den Algirdas für einen Offizier hielt. Er zog seinen verbeulten Zylinder vom Kopf und buckelte ehrerbietig vor dem Mann, doch er kam gar nicht dazu, eine Frage zu stellen.

»Verschwindet!«, blaffte ihn der Offizier sofort an.

»Aber mein Herr, wir werden in Mainz erwartet. Für einen Auftritt. Wie sollen wir dorthin gelangen?«, wagte Algirdas mit einem heuchlerisch-unterwürfigem Ton zu entgegnen, obwohl ihm mehr danach war, den Mann seinerseits anzubrüllen.

»Mir egal, hier jedenfalls könnt ihr nicht durch. Fahrt über Idstein! Seht zu, dass ihr Land gewinnt! Ich will euch hier nicht mehr sehen und sorgt dafür, dass euer Viehzeug auch keine Spuren auf der Straße hinterlässt!«

Algirdas öffnete den Mund, um zu betteln, weil sie alle müde waren, die Pferde erschöpft und weil sie zwei Kranke bei sich hatten, die Ruhe brauchten. Vielleicht auch einen Aufenthalt in einem Hospital, so es denn noch irgendwo eines gab, das Leute wie sie aufnehmen und behandeln würde. Doch als er in das Gesicht des Offiziers sah, wurde ihm klar, dass jedes weitere Wort überflüssig war.

»Und hier im Wald wird nicht übernachtet«, bellte der Kommandant weiter. »Fragt in Neuhof oder Eschenhan, aber auf Wiesbadener Gebiet ist solches Pack, wie ihr es seid, nicht erwünscht.«

Wieder stand Algirdas kurz davor, etwas Giftiges zu entgegnen, doch er schluckte es widerwillig herunter. Sein finsterer Blick würde ihm Probleme bereiten, das wusste er, deshalb drehte er sich brüsk um und kehrte zu seinem Wagen zurück. Es dunkelte bereits, als er den ganzen Tross des Wanderzirkus' wenden ließ und die Straße wieder zurückfuhr. Natürlich maulten und fluchten die anderen, aber sie ließen es angesichts der Gewehre in den Händen der Soldaten nicht an ihrem Anführer aus.

Sie passierten das Hofgut am Fuß des Berges, der ›Platte‹ genannt wurde und zum Stadtgebiet von Wiesbaden gehörte. Algirdas war fest entschlossen, die nächstbeste Wiese zum Rasten zu nehmen, sobald sie den letzten Grenzstein passiert hatten. Doch gerade so, als hätte man sie gewarnt, standen ein paar Dörfler aus Neuhof bereit. Bewaffnet mit Dreschflegeln, Sensen und Forken wiesen sie stumm auf einen Weg nach Osten.

Fast ein wenig schüchtern zeigte Algirdas auf eine Wiese im Talgrund in der angegebenen Richtung, doch die Leute schüttelten den Kopf. »Wenn ihr scho uubedingt hier herkimme misst, dann ab nach

Eschehaa. Wenns er durch de Wald kimmt, do isse aal Hitt, dud niemande gehern. Do könnter nächtische. Aber Moins fri seider fordd! Iss des kloar?«, knurrte ihn ein alter Mann mit wilder Haarpracht an.

Algirdas nickte ergeben und lenkte seinen Wagen in die angegebene Richtung. Der Tross folgte ihm. Sie kamen durch ein kleines Waldstück und stießen gleich auf die genannte Hütte. Eine alte Feldscheune, die längst ihr Dach verschluckt hatte. Er lenkte seinen Wagen dorthin und ließ ihn neben der Scheune stehen. Die anderen Wagen stellten sich in die Runde um die kleine Wiese. Als der letzte Wagen ankam, hatte Algirdas schon seine Pferde abgeschirrt und einen Blick in die Scheune geworfen. Zu seiner größten Erleichterung gab es dort einen rostige Schwengelpumpe, die tatsächlich noch Wasser führte. Das ersparte ihnen Probleme mit den Bewohnern des kleinen Dorfes im Tal, wenn sie Wasser für die Tiere holen wollten, denn ausnahmsweise kam kein Wasser von oben. Wenigstens für diese Nacht.

»Karl, komm mal mit der Ölkanne, wir müssen die Wasserpumpe in Gang bekommen. So pumpt man sich ja tot«, rief er einem Jungen zu, der die Pferde sammelte und anpflockte. Das Kind eilte sofort zum Wagen seiner Eltern und holte das Gewünschte.

Ein alter Mann gesellte sich zu Algirdas und sah erst einmal zu, was der Anführer tat. Algirdas blickte auf und seufzte. »Ich weiß, Ibrahim, es läuft nicht. Vielleicht hätten wir in Köln bleiben und überwintern sollen. Hier sind wir nicht erwünscht und angenehmer scheint das Klima auch nicht zu sein.« Algirdas spuckte neben die Wasserpumpe. »Von wegen, dort wo Wein angebaut wird, ist das Wetter besser.«

Der alte Mann verzog keine Miene. »Du hast das Richtige getan«, erwiderte er schließlich nach langer Pause, als Algirdas schon die nun deutlich beweglichere Pumpe betätigte und einen Eimer Wasser für seine Pferde abfüllte. »Das die Umstände die Falschen sind, dafür kannst du nichts.«

Algirdas richtet sich auf und winkte die anderen, dass sie selbst auch Wasser holen konnten. »Warum schaust du denn dann so frostig drein?«

Anstelle einer Antwort sah der Alte zu einem Wagen am äußeren Rand des Kreises, wo auch die Käfigwagen der wilden Tiere standen. Dort war gerade jemand dabei, die Affen zu füttern, die sich wild und lautstark um ein paar wenige Gemüsereste balgten. Algirdas ahnte, was Ibrahims Problem war. »Du misstraust ihm immer noch, oder? Wahrscheinlich hast du Recht. Mir ist der Kerl auch nicht geheuer und ich hoffe sehr, dass wir ihn bald wieder los sind. Ich glaube nicht, dass er noch lange bei uns bleibt, so wenig wie wir ihm entgegenkommen.«

Der Mann beendete die Fütterung und sah sich zu ihnen um, als hätte er die Blicke gespürt, mit denen sie ihn bedachten. Algirdas schauderte unwillkürlich als er das Gesicht sah. Zum einen, weil man es tatsächlich sehen konnte, obwohl es mittlerweile stockdunkel war. Das Gesicht des Mannes tanzte in der Dunkelheit wie ein voller Mond, schneeweiß und unheimlich. Als der Albino in Limburg zu ihnen gestoßen war, dachte Algirdas noch an einen Gewinn für die Truppe, denn er zog die Blicke der Neugierigen sofort auf sich. Nicht nur wegen der weißen Haut, der farblosen Augen und der weißen Haare, sondern auch weil er erlesen hässlich und verkrüppelt war.

Der Albino stillte die Gier der Besucher seines Wanderzirkus' nach Abartigkeiten und Entstellungen. Menschen, die eigentlich Ekel und Abscheu im Betrachter verursachten, aber eben auch ungezähmte Neugier. Die Lust am Grusel, die kalten Schauer, welche die Verunstalteten den Normalen über den Rücken laufen ließen. In Algirdas' Truppe gab es dafür auch siamesische Zwillinge, die an der Hüfte zusammengewachsen waren und zusammen nur drei Beine besaßen. Dazu kam eine zwergwüchsige Frau, kaum größer als eine Dreijährige. Ein kleinwüchsiger Mann mit ungewöhnlichen Gesichtszügen und sehr dunkler Haut, sowie ein Asiate, der keine Knochen in seinem Leib zu haben schien, so sehr konnte er sich verbiegen. Und ein Mann mit einem seltsam geformten Kopf. Er wollte keinen von den anderen missen, da sie sich gut in die Truppe integriert hatten. Nur der Albino blieb außen vor und für sich.

»Spricht er mit dir?«, fragte Algirdas. Ibrahim allein befasste sich gezwungenermaßen mehr als alle anderen mit dem Albino. Sein Wagen war der einzige gewesen, in dem noch eine weitere Person mitreisen und nächtigen konnte.

»Kein Wort. Wenn ich nicht wüsste, dass du mit ihm gesprochen hast, als er zu uns kam, dann würde ich denken, dass er stumm ist. Ich mag ihn nicht. Ich kann seine Blicke spüren, wenn er hinter mir sitzt. Aber ich bin nicht derjenige mit dem größten Problem.« Der Alte sah sich suchend auf dem Lagerplatz um. »Kenjiro mag ihn noch weniger. Wohl aus anderen Gründen. Aber auch er sagt mir nichts.«

Algirdas entdeckte den Japaner bei seinem Wagen und ließ Ibrahim stehen. Eine Weile sah er zu, was der kleine Asiate im Licht einer Karbidlampe neben seinem Wagen machte und war sofort wieder fasziniert. Nicht nur, dass der Mann ein hervorragender Akrobat war, der sich wie eine Schlange durch die unmöglichsten Konstruktionen bewegte und auch in Puppen schlüpfen konnte, um sie wie eine Maschine agieren zu lassen. Er war auch fähig, Puppen zu bauen, die sich wie Menschen bewegen und verschiedene Dinge machen konnten, angetrieben von komplizierten Uhrwerken. Wie schon auf den letzten Lagerplätzen arbeitete der Mann an seiner neusten Kreation, an der er fast abgöttisch zu hängen schien. Algirdas teilte diese Faszination.

Er sah in das Gesicht der weiblichen Figur, deren äußere Gestalt liebevoll aus Holz geschnitzt war. Betrachtete das ebenmäßige Gesicht mit den asiatischen Zügen, dass kunstvoll mit Ölfarbe bemalt war und wegen der beweglichen Augenlider und Lippen aus Leder seltsam lebendig wirkte. Eine der Frauen hatte der Puppe, die genauso groß war wie ihr Schöpfer, ein feines Tanzkleid nach einer Vorlage genäht, die ihr der Japaner gegeben hatte. Es war die Tuschezeichnung einer Geisha, wie Kenjiro sie genannt hatte, einer Gesellschaftsdame und Unterhaltungskünstlerin. Aus den Schweifhaaren seines Zugpferdes fertigte der Mann Stück für Stück eine aufwändige Perücke. Am Rücken der Puppe stand nun eine Klappe offen, in welcher der Japaner jetzt etwas drehte. Die Puppe bewegte ihre Beine und Füße in einer anmutigen

Schrittfolge, doch dann knickte ihr ein Bein weg und sie wäre um ein Haar umgekippt.

Algirdas hörte den Japaner etwas Unverständliches murmeln, dann regelte er etwas mit einem feinen Schraubendreher im Uhrwerk nach. Noch einmal ließ er die Puppe tanzen und dieses Mal beendete sie die Schrittfolge, ohne zu kippen. Ehrlich begeistert klatschte Algirdas in die Hände. »Das ist großartig, Kenjiro. Wirst du uns die Ehre erweisen, sie bei unserem nächsten Auftritt vorzuführen?«

Der kleine Asiate sah ihn mit unbewegtem Gesicht an. Es fiel Algirdas schwer, die Stimmung des Mannes zu erkennen oder zu wissen, wie seine Worte aufgenommen wurden. Er wusste nur, dass man dem Asiaten mit Respekt begegnen musste. Tat man das, konnte man alles von ihm bekommen. Aber der Japaner war auch sehr leicht zu kränken, was nicht zuletzt an Sprachschwierigkeiten lag. Zu Algirdas' Überraschung sagte der Asiate nichts, sondern sah sich suchend um. Zum ersten Mal, seit er den Mann kannte, konnte er im Gesicht des Japaners eine Gefühlsregung erkennen und versuchte herauszufinden, was diese auslöste.

In ihrer Nähe stand der verkrüppelte Albino und starrte seinerseits die Puppe an. Algirdas fiel es schwer, die Gefühle zu definieren, die aus den verzerrten Gesichtszügen sprachen. Faszination vielleicht, aber auch etwas, das Algirdas beunruhigte. Der Albino wirkte auf ihn plötzlich gefährlich.

»Er nicht kommen an meine Wagen. Nie. Soll bleiben weg!«

Algirdas sah den Japaner verblüfft an. So viel Groll lag in diesen wenigen Worten, dass es ihm schauderte. »Er hat mit dir nichts zu schaffen. Und er hat kein Recht, sich deinem Wagen zu nähern. Das haben wir ihm von Anfang an klar gemacht. Er darf bei Ibrahim mitfahren und im Wagen schlafen, aber bei den anderen hat er nichts zu suchen, außer er ist geladen.«

Der Japaner nickte und packte seine Puppe weg. »Ich sie vorführe bei Auftritt, wenn habe sie fertig. Mondmann soll bleiben fort.«

✻

Was es gewesen war, das ihn aus dem Schlaf riss, konnte Kenjiro Nagawa nicht sagen, doch er war sofort aufs Höchste alarmiert. Blitzschnell ließ er sich aus seiner Hängematte rollen und griff zu den beiden Schwertern, die darunter lagen. Die Damastklingen sangen, als er sie aus den Scheiden zog. Eine Warnung für jeden potentiellen Gegner, doch zunächst tat sich – nichts. Kenjiro spähte in die Dunkelheit, doch das Geräusch, das ihn geweckt hatte, wiederholte sich nicht.

Da waren nur die Gesänge der Nacht und des erneut stetig rauschenden Regens, der auf die Plane seines Wagens trommelte. Das Pferd, das seinen kleinen zweirädrigen Karren zog, stand neben den Deichseln und schnaubte zur Begrüßung, als es seinen Herrn hinter dem Bock auftauchen sah. Kenjiro späte in die Nacht, doch er konnte nur einige wenige Lichter erkennen, dort wo andere Wagen abgestellt waren. Dazwischen stand der Regen wie eine Wand aus Wasser.

Ohne sich um das kalte Wasser zu kümmern, das ihn sofort bis auf die Haut durchnässte, sprang er behände vom Wagen. Die beiden unterschiedlich langen Schwerter hielt er vor sich, bereit zum Kampf. Schritt für Schritt umrundete er seinen Karren, lautlos und federnd wie eine Katze auf der Jagd.

Doch es gab niemanden, den er anspringen konnte. Gerade als er schon glaubte, einem Traum aufgesessen zu sein, fiel sein Blick auf den großen Gerätewagen. In diesem wurden auch seine Puppen transportiert, weil sie zu schwer und zu sperrig für seinen kleinen Karren waren. Er richtete sich auf und starrte den Wagen an. Das Begreifen sickerte nur langsam in sein Bewusstsein durch, doch dann traf es ihn mit voller Wucht.

Die Tür des Wagens stand offen.

Kenjiro rannte zu dem Wagen und war mit einem Sprung auf der Ladefläche. Die größte Anspannung fiel von ihm ab, als er die Kisten mit seinen Puppen unberührt vorfand. Er öffnete die Kiste mit der Geisha und sah ihr ins Gesicht.

»Kohana ...«, hauchte er den Namen, den er der Puppe gegeben hatte, für die er seine ganze Kunstfertigkeit aufwandte. Sie war für ihn wie eine Geliebte, die er nie haben konnte. Die Kiste, in der sie wie in einem Sarg ruhte, war mit Holzwolle gefüllt, damit die empfindliche Technik keinen Schaden nahm. Dazu war sie immer in die Kleidung gehüllt, die den traditionellen Kimonos seiner Heimat sehr nahekam. Nur die Perücke aus Pferdehaar war nicht in der Kiste, da er sie noch nicht hatte fertigstellen können, mangels passender Schweifhaare.

Kenjiros Blick wurde hart und er zischte einen Fluch durch die Zähne, als er bemerkte, dass doch etwas entwendet worden war. Der Kasten mit dem Werkzeug, das er für den Bau der Puppe verwendete und in der Zwischenzeit mit in der Kiste lagerte. Feinstes Uhrmacherwerkzeug, teuer und schwer zu beschaffen und damit unersetzlich. Ohne dieses Werkzeug konnte er die Puppe nicht fertig stellen.

Er wusste genau, wer das verbrochen hatte.

Um es zu überprüfen, sprang er aus dem Wagen, rannte zu dem klapprigen Karren des alten Ibrahim und zog die Plane vom Eingang weg. Der alte Mann schlief, sein Schnarchen klang, als wolle er seinen Wagen zersägen. Doch die Matte, die der Albino zum Schlafen genutzt hatte, war leer.

Kenjiro eilte zurück zum Transportwagen und versuchte, eine Spur zu finden. Vereinzelt fand er Strohhalme, die zu der alten Scheune hinüberführten. Die Schlafmatte des Albinos war auf einer Lage Stroh ausgebreitet und er hatte keine Zeit damit verschwendet, sich die Halme aus der Kleidung zu zupfen. Kenjiro folgte der schwachen Spur und fand im Windschatten des Gebäudes, wo der Untergrund zwar schlammig, aber nicht völlig durchnässt war, Stiefelabdrücke und einen Fetzen des Stoffes, aus dem die Kleidung des Albinos bestanden hatte. Die Spuren führten unter die Überreste des eingestürzten Daches der Scheune, wo sich eine Klappe im Boden befand, die bis vor kurzem noch von Trümmern verdeckt gewesen sein musste. Jetzt stand die Klappe offen und enthüllte einen tief nach unten ins Erdreich führenden Schacht.

Kenjiro kehrte zu seinem Wagen zurück, um eine Lampe zu holen, und kletterte die rostigen Steigeisen im Schacht hinunter. Dort landete er in einem niedrigen Gang, der in die Richtung führte, in welcher

Kenjiro die Stadt Wiesbaden vermutete. Er erinnerte sich daran, gehört zu haben, dass der Albino nur bis Mainz mit dem Zirkus reisen wollte, um dann dort zu bleiben. Mainz lag gegenüber von Wiesbaden an einem Fluss, das wusste der Japaner, doch er konnte sich nicht vorstellen, dass die Städte unterirdisch zu erreichen waren. Ein Stück weit folgte er dem künstlich angelegten Gang, bis dieser sich teilte und den Eindruck erweckte, natürlichen Ursprungs zu sein. Am niedrigsten Punkt des Ganges zu seiner Rechten entdeckte er ein paar schneeweiße Haare und folgte diesem Gang weiter, bis er sich erneut gabelte und der Japaner keinen Hinweis mehr fand, wohin er sich wenden musste.

Tränen liefen über Kenjiros Gesicht. Tränen der Wut auf den Albino und Tränen der Trauer über den Verlust des Werkzeugs, ohne das er sein Meisterwerk nicht vollenden konnte. Immer mehr Dinge kamen ihm in den Sinn, die er nun als Warnungen vor genau diesem Ereignis benennen konnte. Der Albino hatte ein auffälliges Interesse an seiner Arbeit gezeigt und sich die Werkzeuge zeigen lassen. Am meisten verwundert hatte Kenjiro allerdings der Vorschlag, er solle doch nicht die schwarzen Haare seines Pferdes, sondern die weißen des Pferdes von Ibrahim verwenden.

»Er wollte sie zu einem Mondmensch machen, wie er selbst einer ist«, schluchzte Kenjiro in seiner Muttersprache. Doch dann fing er sich und sprang wieder auf. »Ich werde dich finden! Irgendwann! Du wolltest nach Mainz. Das wollen wir auch. Dann mögen dir die Götter gewogen sein, an welche du auch immer glaubst.«

Kenjiro kehrte ins Lager zurück. Durch die unterirdischen Gänge konnte und wollte er dem Albino nicht folgen, der sie offensichtlich zu kennen schien. Das war ein Terrain, auf dem der Krüppel ihm überlegen war und auf dem er mit seinen Waffen nicht kämpfen konnte. Aber der Albino war auffällig. Wo auch immer er auftauchen würde, er konnte sich nicht unsichtbar machen. Und wenn der Krüppel irgendwo aus dem Untergrund kam, würde er ihn finden.

Im Lager war alles ruhig, niemand hatte mitbekommen, was geschehen war. Kenjiro hockte sich im Schneidersitz auf den Boden seines

Karrens und starrte die beiden Schwerter in seinen Händen an. Das Daisho-Paar, Katana und Wakizashi, war sein einziger Besitz von Wert und die einzige Erinnerung an seine Heimat und seine Wurzeln. Der Gedanke, sich der wertvollen Samuraischwerter nicht würdig erwiesen zu haben, nagte an ihm. Er war zu klein gewesen, um als Kämpfer akzeptiert zu werden, auch wenn er virtuos mit den Klingen umzugehen verstand. Das hatte er im Zirkus immer wieder unter Beweis gestellt und die Zuschauer beeindruckt, wenn er in der traditionellen Kleidung seiner Heimat die Schwerter mühelos durch die Luft wirbeln ließ und Gegner aus Stroh niederstreckte.

Der Albino war auffällig. Selbst in einer großen Stadt konnte er nicht einfach so untertauchen. Er würde ihn finden und sich rächen.

Kenjiros Hände schlossen sich fest um die Griffe der Schwerter und schwang sie herum. Singend zerschnitten sie die Luft seines Wagens.

Er würde erst wieder Frieden finden, wenn sie nicht nur Luft fraßen. Sondern die Haut, Muskeln und Knochen im Hals des Albinos.

Begegnungen

Das trübsinnige Wetter war alles andere als hilfreich, Pauls nicht minder graue Gedanken zu vertreiben. Deshalb machte er sich erneut auf, um auf der Weltausstellung die Halle mit den Bildern der modernen Künstler aufzusuchen. Von den prallen Farben mancher dieser Werke erhoffte er sich ein wenig Linderung.

Besonders die Gartenbilder des französischen Impressionisten Claude Monet faszinierten ihn, zeigten sie doch eine üppige Pflanzenpracht, die er eigentlich schon verloren wähnte, angesichts der Wetterkapriolen. Auch die Technik der Gemälde, so anders als die klassische Pinselführung seines Freundes Valerian, faszinierte ihn. Die vielen Farbpunkte und groben Striche, die ein großes Ganzes ergaben und aus ein wenig Entfernung wie ein Blick durch ein Fenster wirkten.

Während er sich eines der Werke lange Zeit still und schweigend betrachtete, hörte er Stimmen, die sich hinter den Paneelen bewegten, an denen die Bilder hingen. Mal leiser, mal lauter werdend schien es, als würden sich die Gesprächspartner hin und her bewegen, ohne dabei den Flur zu wechseln. Wobei, als Gespräch konnte man es eigentlich nicht bezeichnen, denn dazu gehörten zwei Personen im Wechselspiel. Eigentlich hörte Paul nur einen, dessen Stimme er plötzlich wiedererkannte: Konrad Mayerhuber.

Der kleine Bayer schien furchtbar aufgeregt zu sein. Unwillkürlich näherte sich Paul der Wand, um besser hören zu können, über was gesprochen wurde. Aus den Fetzen des Monologs, den Mayerhuber führte, konnte er erahnen, dass es um seine grandiose Wettermaschine ging und der Andere Interesse an dem Patent hatte. Doch dieses Interesse stieß offensichtlich auf das Misstrauen Mayerhubers.

Paul schlich an der Wand entlang, bis er einen Durchgang zum nächsten Flur fand und spähte um die Ecke. Sofort zuckte er wieder zurück, denn mehr als dieser kurze Blick war nicht nötig, um den Begleiter Mayerhubers zu identifizieren.

Baron Wilhelm von Wallenfels.

Er hatte für einen Sekundenbruchteil das Profil seines zum Teil von einem Schal verhüllten Gesichtes sehen können, doch war es genau die Hälfte, die nach einer Kesselexplosion fast vollständig zerfetzt und durch eine stählerne Maske ersetzt worden war. Pauls Herz begann zu rasen. Er konnte nicht glauben, dass Wallenfels alleine mit Mayerhuber in dieser Halle war. Sicher stand irgendwo auch der bullige Leibwächter oder der Chauffeur und schirmte die beiden Streithähne vor Dritten ab. Und denen wollte Paul nicht begegnen. Da er sich vorstellen konnte, um was es ging, machte er sich auf den Weg, die Halle schnellstmöglich zu verlassen. Paul schlich an den Monets vorbei, um zum Ausgang zu gelangen, und hörte zum ersten Mal Wallenfels sprechen. Leise, aber sehr deutlich in der Stille der Halle.

Vor Paul lag nun die Tür nach draußen, doch genau dort stand auch der Leibwächter des Barons, also zog sich Paul wieder zurück und verbarg sich hinter einem Paravent mit gerahmten Fotografien. Dabei lauschte er auf die Worte des Barons und versuchte, dessen Stimmung zu ergründen. Er sprach monoton und ruhig, fast einschläfernd, aber die Kälte, die in seinen Worten lag, ließ Paul die Haare zu Berge stehen. Es war eindeutig, dass er die Weigerung Mayerhubers, ihm das Patent zu veräußern – und die Summe, die Paul hörte, war mehr als attraktiv – nicht hinnehmen wollte.

Doch der kleine Bayer blieb stur und Paul begann, um dessen Leben zu fürchten. Zwar ging er davon aus, dass es selbst der Baron nicht wagen würde, hier und jetzt dem armen Mayerhuber etwas anzutun. Draußen jedoch, vor der Halle und zurück im deutschen Reich oder Bayern würde er sicher nicht lange zögern. Der einzige Schutz, den Mayerhuber hatte, war die Tatsache, dass er seine Pläne sicher verwahrt glaubte und Teile seiner Maschine wegen der hohen Kosten der Patentierung noch nicht beim Patentamt angemeldet waren. Mit den einzelnen Teilen, ohne Mayerhubers Pläne und das Wissen um die chemischen Abläufe, konnte auch der Baron wahrscheinlich nichts anfangen, auch wenn er über genügend Wissenschaftler verfügte, die es vielleicht irgendwann herausfinden konnten.

Wallenfels gab es schnell auf, von den Wohltaten für die Menschen zu sprechen, wenn die Landwirtschaft dank der Maschine endlich wieder gute Erträge bringen konnte. Er spürte wohl, dass Mayerhuber über ihn Bescheid wusste, wozu angesichts seines Rufes nicht viel gehörte. Jeder im deutschen Reich kannte den Industriellen, sofern er in der Lage und willens war, eine Zeitung zu lesen. Allerdings eben nur Dinge, welche einem eingefleischten Pazifisten, wie Mayerhuber einer zu sein schien, nur sauer aufstoßen konnten. Daher versuchte Wallenfels es schließlich auf eine andere Art.

Als Paul hörte, um was es ging, wäre er am Liebsten aus seinem Versteck zu dem kleinen Bayern gegangen und hätte ihn aus der Halle gezerrt. Wallenfels lud Mayerhuber ein, seine Maschine in Wiesbaden vorzuführen. Schon kurz nach dem Ende der Weltausstellung trafen sich die Industriellen des Reiches mit Erfindern und Konstrukteuren zu einem Kongress, bei dem eine Fläche östlich des Bahnhofs zu einer Miniaturausgabe der Pariser Ausstellung werden sollte, bevor man sie für eine andere Bebauung freigab.

Mayerhuber lehnte zunächst ab, da er keine Geldmittel mehr besaß, doch Wallenfels widersprach. »Betrachten Sie es als eine Einladung auf meine Kosten. Ich habe auf dem Gelände eine Halle finanziert, die aber bislang noch kaum besetzt ist. Sie sind zu nichts verpflichtet. Sagen wir, wenn Sie dort einen anderen Finanzier finden, der Ihnen genehm ist, zahlen Sie mir das Geld für die Standmiete, die Kosten des Transports und den Betrieb zurück, ansonsten ist es für Sie unverbindlich.«

Paul hätte am liebsten laut gelacht, doch er hielt die Luft an und wartete auf eine Antwort Mayerhubers.

Unverbindlich.

Das war ein Fremdwort in Wallenfels' Wortschatz und eine leere Hülse. Wenn Mayerhuber das Angebot annahm, dann würde er das sehr schnell merken. Oder Wallenfels würde ihn überrumpeln, indem er ihm einen Strohmann auf den Hals hetzte. Jemanden, der scheinbar alle Voraussetzungen für Mayerhubers Wunschindustriellen erfüllte, aber für Wallenfels arbeitete. Der Baron wusste ja nun sehr genau, was Mayerhuber bewegte, und konnte seine Leute entsprechend instruieren. Paul befürchtete, dass Mayerhuber zusagte und diese Ahnung wurde umgehend bestätigt.

Natürlich, der Mann brauchte Geld, um weiter arbeiten zu können, man konnte es ihm nicht vorwerfen. Paul nahm sich vor, ihn sofort aufzusuchen und ihn zu warnen, wenn er aus dieser Halle herauskam.

Der Baron verabschiedete sich von Mayerhuber und verließ die Halle durch die Vordertür, wo sein Leibwächter wartete. Paul wagte nicht, sein Versteck zu verlassen, weil er befürchten musste, gesehen zu werden. Mayerhuber kam nicht bei ihm vorbei, er verließ den Ausstellungsraum durch eine andere Tür. Doch Paul war nicht allein in der Halle. Er konnte schwere Schritte vernehmen und so verblieb er noch hinter dem Paravent. Der Chauffeur kam an seinem Versteck vorbei und Paul hielt erneut den Atem an. Dann verließ auch dieser Getreue des Barons die Halle und andere Besucher strömten herein. Aus ihren zum Teil ungehaltenen Gesprächen konnte er heraushören, dass sie sehr wütend auf den Baron waren, dessen Leute offensichtlich alle Besucher rüde vom Betreten der Halle abgehalten hatten.

Paul mischte sich unter diese Besucher und beeilte sich, unauffällig die Halle durch die Tür zu verlassen, durch die Mayerhuber gegangen sein musste. Da weder der Baron noch ein Teil scines Gefolges irgendwo zu sehen war, eilte Paul zu dem Zelt des Bayern, doch er fand es verschlossen. Ein Schild hing am Schloss, dass es an diesem Tag keine Vorführungen mehr geben würde und Mayerhuber war nicht zu finden. Der Betreiber des Standes neben dem von Mayerhuber erklärte ihm, dass der Bayer nur kurz vorbeigekommen war, um das Schild aufzuhängen.

Paul zog einen Stift und ein Stück Papier aus seiner Tasche und schrieb eine kurze Botschaft: *Besser Sie nehmen die Einladung nach Wiesbaden nicht an. Wenn Sie dennoch hinfahren und dort ein Problem auftaucht, dann nehmen*

Sie Kontakt zu Herrn Peter Langendorf auf, Telefon Wiesbaden 5543 oder 4119. Sagen Sie ihm, dass Paul Langendorf Ihnen die Nummern gegeben hat und er wird Ihnen zuhören.

Er faltete das Blatt zusammen und bat den Standnachbarn, Mayerhuber das Blatt unbedingt zu geben, wenn er wieder da sei. Paul hatte bewusst genauere Hinweise vermieden, da er davon ausging, dass sowohl der neugierige Überbringer als auch andere, weniger Wohlwollende oder Amüsierte, die Botschaft lesen würden.

*

Es regnete wieder und Paul verlor jegliche Lust an einem Bummel durch Paris. Oder regnete es immer noch? Er konnte es nicht sagen. Da er hoffen konnte, dass Valerian an diesem Tage früher zurückkehren würde, lohnte es sich auch nicht, noch einmal zur Weltausstellung zu fahren. Deshalb zog er sich mit einem Skizzenbuch bewaffnet in den eleganten und gemütlichen Aufenthaltsraum des noblen Hotels zurück. Er ließ sich eine Kanne Kaffee bringen und begann zu zeichnen.

Seine Skizzen hatten nichts mit den lebensechten Bildern zu tun, die Valerian zu Papier brachte, sondern ergaben sich mehr aus Pauls Beruf. Als er sich am vergangenen Tag nach dem verstörenden Erlebnis in der Kunsthalle der Menge anschloss, die einer Aufführung im japanischen Pavillon beiwohnen wollte, war ihm angesichts des liebevoll gestalteten Drachens aus Holz und Stoff eine Idee für ein Spielzeug gekommen. Überhaupt hatte er sich, sobald er etwas Zeit erübrigen konnte, verstärkt mit Feinmechanik auseinandergesetzt. Zunächst nur rudimentär, um technische Spielereien zu entwickeln, mit denen man Haustechnik verbessern konnte. Zum Beispiel einfaches Öffnen von Fensterläden oder Remisentoren mittels Dampfdruck aus der zentralen Dampfheizung. Zunehmend hatte sich daraus eine Leidenschaft für mechanisches Spielzeug entwickelt.

Während er hin und wieder an seiner Kaffeetasse nippte, füllte sich Seite um Seite seines Skizzenbuches mit Konstruktionszeichnungen für einen Drachen, der sich mittels vielerlei Zahnräder und Gelenken fortbewegte wie ein lebendiges Tier. Das Äußere entsprach dabei dem japanischen Drachen der Theatergruppe, mit einer langen schmalen Schnauze. Paul konnte sich für seine eigene Kreation immer mehr begeistern und beschloss, sie zu bauen, sobald er wieder zuhause weilte. Wenn sein Neffe etwas älter war, würde er ihm das Geschöpf schenken.

Erst als er den Stift beiseitelegte und sich neuen Kaffee bestellte, weil der Rest in seiner Kanne bereits erkaltet war, stellte er fest, dass jemand, der auf dem Sessel hinter ihm saß, ihn interessiert über die Schulter beobachtet hatte. Als der Mann erkannte, dass Paul ihn bemerkte, beeilte er sich mit einer Vorstellung.

»Verzeihung, ich wollte Ihnen nicht zu nahetreten, aber Ihre Zeichnungen haben mich so fasziniert, dass ich zusehen musste. Darf ich mich vorstellen? Sebastian Melmoth.«

»Paul Langendorf, habe die Ehre«, gab Paul zurück und streckte seine Hand aus, die sofort ergriffen wurde. Der Akzent des Mannes ließ trotz des perfekten Französisch erkennen, dass er Ausländer war. Allerdings konnte Paul nicht genau benennen, welche Provenienz der Mann hatte, dessen Alter er kaum zu schätzen in der Lage war. Er wirkte seltsam verbraucht, älter als er tatsächlich sein konnte und seine Züge erinnerten Paul an jemanden, den er flüchtig zu kennen glaubte. »Es stört mich nicht, wenn mir jemand bei der Arbeit zusieht, das bin ich gewohnt. Auch wenn ich mich sonst mehr mit anderen Techniken beschäftigte. Dies ist ein Hobby.«

Der Kellner kam mit seinem Kaffee und der andere Gast bestellte sich Tee, während er seinen Sessel herum rückte, um besser auf Pauls Skizzen sehen zu können. Paul reichte ihm das Skizzenbuch und der Mann blätterte ein wenig darin. »Hübsch, aber kann das funktionieren?«, fragte er nach einer Weile.

»Oh, ich denke schon. Ich weiß nur noch nicht, wie es angetrieben werden soll. Vielleicht mit einem Aufziehschlüssel, wie das übliche Blechspielzeug. Ich will es für meinen Neffen bauen, der ist aber noch sehr klein. Vielleicht baue ich auch eines mit einer kleinen Dampfmaschine.

Dann kann er vielleicht auch Feuer spucken, so wie der Drache im japanischen Theater«, erklärte Paul.

Seine Begeisterung wirkte ansteckend auf den ungewöhnlichen Gast, der lächelnd aufsah. Er hatte ein seltsam weiches, nahezu bartloses Gesicht und Paul forschte weiter in seinem Gedächtnis, woher er es zu kennen oder schon einmal gesehen zu haben wähnte.

»Sie sind Deutscher, nicht wahr?«, fragte Melmoth. »Ich hätte nie gedacht, dass Deutsche derart begeisterungsfähig sind. Verzeihung, bisher sind mir Ihre Landsleute eher nüchtern und trocken vorgekommen. Aber damit schere ich Sie wohl genauso über einen Kamm, als wenn ich alle Italiener als lüsterne Frauenhelden bezeichnete.«

»Und woher stammen Sie, wenn ich fragen darf? Ich kann Ihren Akzent nicht einordnen, aber ein Franzose sind Sie definitiv nicht.«

»Oh, ich stamme aus Irland und habe lange in London gelebt.« Der Mann sah wieder auf das Skizzenbuch. »Feuerspucken ... eine nette Idee, aber dann sollten sie es nicht in die falschen Hände kommen lassen. Obwohl ich natürlich weiß, dass es so etwas – ich glaube, man nennt es Flammenwerfer – schon gibt. Aber ein Flammenwerfer im Miniaturformat? Die Menschen sind so bösartig, sie würden nur das Falsche damit machen.«

Bevor Paul etwas erwidern konnte, entdeckte er Valerian an der Tür und sprang auf. Valerian trat zu ihm und betrachtete einen Moment lang nachdenklich Pauls Gesprächspartner, der sich ebenfalls von seinem Sessel erhoben hatte. Paul stellte sie einander vor und wunderte sich über die seltsamen Blicke, mit denen Melmoth seinen Freund bedachte. Eifersucht keimte in ihm auf, als ihm klar wurde, welcher Art die Gefühle waren, die der Mann von den Inseln gegenüber Valerian hegte.

»Ah, der berühmte Maler, ich freue mich sehr, Sie kennen zu lernen. Aber Sie entschuldigen mich bitte, ich habe noch eine Verabredung. Au revoir.« Er gab Paul und Valerian die Hand und verschwand aus dem Aufenthaltsraum.

Valerian sah ihm versonnen nach, was Paul einen Stich versetzte, bis er erkannte, dass die Gefühle Melmoths keinen Spiegel in seinem

Freund fanden. Eher war es Mitleid, auch wenn Paul nicht bestimmen konnte, was dieses Mitleid in Valerian weckte.

»Schade, dass er kein Portrait hatte, das für ihn altern konnte. Es ist traurig, ihn so zu sehen. Weitere Meisterwerke kann man wohl nicht mehr von ihm erwarten«, sagte Valerian mit aufrichtigem Bedauern in der Stimme. »Du hast ihn doch erkannt, oder?«

Paul wollte schon fragen, was er meinte, doch dann fiel es ihm wie Schuppen von den Augen und er hätte sich am liebsten mit der flachen Hand vor die Stirn geschlagen. Valerian spielte auf das bekannteste Werk eines Literaten an. Das Bildnis des Dorian Gray. Er starrte dem Mann mit offenem Mund hinterher, der gerade die große Treppe erreicht hatte und sich kurz zu ihm umsah. Ein Lächeln lag nun auf seinen üppigen Lippen und erreichte sogar die Augen, die zuvor so müde wirkten.

»Oscar Wilde?«

»Ja. Ich hatte schon gehört, dass er sich hier unter falschem Namen einnisten durfte, obwohl er inzwischen mittellos ist. Die Franzosen haben für Künstler seines Schlages mehr übrig als die Briten.« Valerian stupste Paul an, der immer noch zur Treppe starrte, obwohl der Mann nicht mehr zu sehen war. In seinen Augen blitzte der Spott. »Du warst doch nicht etwa eifersüchtig, als er mich eben so sehnsuchtsvoll ansah?«

Paul wollte etwas erwidern, doch ihm fiel nichts Passendes ein. Er ärgerte sich nur, dass er den großen Literaten nicht erkannt hatte, der nun, nach seinem Zuchthausaufenthalt, eigentlich nur noch Mitleid erregte. Aber wahrlich auch verdiente, vor allem von einer Person, die genauso sehr darauf bedacht sein musste, sein Privatleben geheim zu halten. Weil sonst auch ihm Zuchthaus drohte. Wegen dem Verbrechen, Zuneigung nur zu seinem eigenen Geschlecht empfinden zu können. »Vielleicht solltest du ihm ein Portrait malen? Nein, ich glaube, das würde er nicht wollen. Und es würde ihm auch in keiner Weise gerecht.«

Valerian legte ihm die Hand auf den Arm. »Komm, ich habe nach dem ganzen Trübsinn das Verlangen nach ein wenig angenehmer Abwechslung.«

»So schlimm?«

Valerian verdrehte die Augen. »Das Wetter, die bucklige Verwandtschaft, vor allem mein entsetzlicher Vater ... Er hat jeden Kontakt zu meinem Bruder unterbunden, es ist einfach grausam. Und jetzt noch dieser Anblick eines einstmals großen Mannes. Vielleicht werde ich ihn malen, aber so, wie er einmal war, nicht so, wie er jetzt ist. Die Welt soll einen wahren Dorian Gray in Erinnerung behalten. Nicht seinen Schatten.«

Erfindungen

»Es wird leider nich ganz so einfach, Herr Professer Reich.« Der Aufseher aus der Idiotenanstalt Kalmenhof stand dem Professor gegenüber wie ein begossener Pudel und drehte seine Mütze in den Händen. »Des Verschwinne von nem schwachsinnische Rainer het für verstärggde Überwachung gesorscht. Und da ich derjenische wor, der do Wache hätt, warn se mir geschenüber am misstrauischste. Es hätt sich zwar alls wieder geklärt, aber no so ebbes derf ich mer nich leisde.«

»Das war auch reichlich unklug von Ihnen, die Sache durchzuziehen, wenn Sie selbst so direkt dabei sind.« Es fiel Reich schwer, nicht die Augen zu verdrehen über so viel Dummheit. Die Wächter in der Idiotenanstalt Kalmenhof schienen oft kaum heller zu sein als ihre Schützlinge. »Und es gibt niemanden, der entbehrlich wäre und bei dem es nicht so sehr auffällt?«

Der Mann zuckte mit den Schultern. Dann, als hätte er sich gerade an etwas erinnert, klärte sich seine schuldbewusste Miene wieder auf. »Ah, hätt ich beinah vergessc... Do war was Seltsames letzdens... De Dogder vonne Bleede hat was geschickt bekomme, e ganze Kist voll mit Pabiern. Fand er nich so dolle, was do debei war un hat es alles nunner zum Brennofen bringe lasse. Sollt ich verbrenne. Habbe ma ringcguckt, des meisde hatt ich nich lese könne, abber ich habbe ma e paar Sache eigepackt, dacht des könnt sie interessiere.«

Der Wachmann übergab Reich ein Bündel. Der Professor konnte sich zwar beim besten Willen nicht vorstellen, was der Mann als so interessant identifiziert hatte, aber er sah sich den Inhalt trotzdem an. Eingeschlagen in Wachstuch hatte der Aufseher ihm drei große Notizbücher mitgebracht, sauber in Leder eingebunden. Reich legte sie auf einer Mauerbrüstung ab und schlug das Erste an einer beliebigen Stelle auf.

Was er auf der Seite lesen konnte, machte es ihm sehr schwer, seine Überraschung und Begeisterung zu verbergen. Fast blieb ihm der Mund offenstehen. »Woher kam das? Und warum hat man es hierhergeschickt?«

»Kaa Ahnung. Auffem Karddon stand als Absender ooch Berghoff, wie der Dogder heißen tut. Vielleicht vonnem Verwande?«

Reich nickte und Erregung packte ihn, als er die Zusammenhänge erkannte. Doktor Anselm Reinhard Berghoff war ein genialer Prothesenhersteller gewesen, bevor er von einem anderen, nicht minder genialen, aber irren Arzt aus dem Verkehr gezogen worden war. Vorher hatte er dem Baron von Wallenfels zu einer neuen Hand und einem neuen Gesicht verholfen. Vielleicht war das aber bereits Benedikt von Laue gewesen?

Doch Reich kannte die Handschrift Laues. Sie hatten für zwei Semester an der gleichen Universität studiert, bevor Laue ohne Abschluss gegangen war. Gerüchte hatten sich breit gemacht, er habe etwas Schreckliches angestellt, weshalb man ihn der Hochschule verwiesen habe. Reich konnte sich auch beim besten Willen nicht vorstellen, dass Laue freiwillig gegangen war und erinnerte sich lebhaft an die Faszination, die der Albino auf alle ausgeübt hatte. Nicht nur wegen seines Äußeren, sondern auch wegen seiner ausgefallenen, aber gut durchdachten Ideen. Reich war ihm hin und wieder in einem Seminar begegnet, wodurch er auch die Handschrift Laues kennen gelernt hatte, die durchaus einzigartig war. Besonders gut verstanden hatten sie sich allerdings nicht. Damals nicht.

Reich war sich sicher, dass das heut ganz anders aussehen würde, nun, da er selbst ganz ähnliche Ziele verfolgte und gutheißen konnte, dass man für die Blüte der Wissenschaft auch Opfer bringen musste, die den Moralvorstellungen anderer widersprachen. Deshalb konnte er die Taten, wegen denen die Polizei Laue verfolgte, nicht verdammen. Ja, vielleicht stammten die genialen Prothesen des bekannten Industriellen Wallenfels tatsächlich schon von Laue, nicht von Berghoff. Genau sagen konnte das niemand. Es war erstaunlich, aber Reich erinnerte sich daran, wie verblüffend und beängstigend der Umgang mit dem Albino war. Einerseits konnte man ihn nicht übersehen und war quasi gezwungen, ihn zu betrachten. Und doch vergaß man ihn, kaum das er den Raum verließ. Niemand wäre in der Lage gewesen, eine eindeutige Beschreibung von ihm zu geben.

Die Notizbücher waren ganz sicher von ihm, nicht die Aufzeichnungen Berghoffs, dessen Platz Laue eingenommen hatte. Doktor Arthur Wilhelm Berghoff, einer der Leiter des Kalmenhofes, hatte dies sicher erkannt und wollte damit nichts mehr zu tun haben. Zumal sein Bruder erst kürzlich an den Folgen der Behandlung durch Laue verstorben war. Diejenigen, die den Nachlass Berghoffs verwaltet hatten, waren vermutlich der Ansicht gewesen, dass diese Habe seinen Bruder interessieren konnte.

»Ist das alles, was übrig ist, oder haben Sie noch mehr behalten?«, fragte er schließlich bemüht desinteressiert. »Vielleicht kann ich damit etwas anfangen, vielleicht auch nicht.«

»Des Meisde warn lose Blädder mit Zahlen. Des war des Besde. Abber ich hab noche paar große Blädder mit Zeichnunge behalde, wennse die ooch habbe möchte, denn hol ich se gleich. Alles annere warn Büscher, scho ziemlich schimmelisch, die hab ich midden lose Blädder verbrannt. Da stand de Dogder auch hinner mir.«

»Ja, holen Sie die Blätter bitte, dann sage ich Ihnen, ob es etwas von Wert ist und wir vergessen das mit den Probanden erst einmal.«

Der Wachmann verschwand wieder, aber es dauerte nicht lange, bis er zurückkehrte. »Do hab ich se.«

Er übergab Reich eine Mappe mit großen Blättern guten Skizzenpapiers. Bei der Durchsicht fiel es dem Arzt sehr schwer, weiterhin seine neutrale Miene zu wahren. Die Blätter enthielten Konstruktionszeichnungen für Geräte, mit denen man Menschen manipulieren konnte, sowie eine Konstruktionszeichnung für eine fliegende Ratte mit den nötigen Kommunikationsgeräten. Laues Genius sprang ihm von jedem Blatt entgegen. Und im Grunde war alles ganz einfach ...

»Ja, das ist sehr interessant«, gab er zu und betrachtete dabei das Gesicht des Wachmannes. Der Mann war nicht in der Lage zu erkennen, wie viel Wert diese Beute für Reich tatsächlich hatte. Das erleichterte den Arzt, so konnte er den Mann also mit wenig Geld um diese Dinge erleichtern. Dementsprechend wurden sie sich auch schnell handelseinig. Als der Wachmann mit dem Geld verschwinden wollte, rief Reich ihn noch einmal zurück.

»Ich hoffe, ich höre bald von Ihnen wegen eines neuen Probanden?«

»Ich gebb mein Möschlichstes ... Ich meld mich!«

Reich ließ den Mann gehen. Bevor er selbst sich auf den Rückweg in das Dörfchen Esch machte, zu dem der Gebäudekomplex seines Sanatoriums gehörte, warf er noch einen Blick in eines der Notizbücher. Ein breites Lächeln ließ die gezwirbelten Enden seines Schnurrbartes bis fast in die Augen hoch wandern. Möglicherweise würde er gar keinen Probanden mehr brauchen, wenn sich die Aufzeichnungen Laues als die letzten, ausgereiften Versionen erweisen sollten. Dann konnte er dessen Erkenntnisse direkt anwenden und er hätte genügend Personen, die sich sogar gern für ein Experiment zur Verfügung stellen würden.

Unter seinen Patienten waren genug Hoffnungslose, die aber noch so sehr an ihrem bisschen Leben hingen, dass sie einer möglichen Verbesserung wegen alles mit sich machen ließen. Jewgenij fiel ihm ein, doch ausgerechnet dieser arme Junge hatte wegen der Entmarkungskrankheit bereits alle Hoffnung fahren lassen. Er würde sich nicht zur Verfügung stellen für etwas, dessen Erfolgsaussichten möglicherweise gering waren und ihm noch mehr Leid bescheren konnte, weil die Krankheit schon so weit fortgeschritten war. Vielleicht würde er aber mehr Lust auf einen weiteren Lebenskampf haben, wenn Reich es ihm ermöglichen würde, etwas mehr Kontakt zu Fräulein des Varelles aufzunehmen. Ein riskantes Spiel, aber vielleicht war es das Risiko wert.

Die Bücher und Papiere wieder sicher im Wachstuch eingeschlagen, kehrte Reich zurück zu dem Platz vor dem Idsteiner Schloss, wo eine Kutsche auf ihn wartete. Der Kutscher auf dem Bock sah ihn ein wenig verwundert an, doch er stellte keine Fragen, warum Reich schon wieder da war, obwohl er eigentlich noch in einem der Wirtshäuser zu Mittag essen wollte. Er hielt dem Professor den Wagenschlag auf und bestieg den Kutschbock.

Während das Gefährt über die schlechten Straßen den Gänsberg hoch und durch Bärenbach nach Esch zurück rumpelte, erging sich Reich in einem Tagtraum von einer Klinik in Wiesbaden. Dann würde er sich auch ein Automobil leisten können, das viel bequemer war als die klapprige Droschke. Er hatte sich einst um die Stellung auf dem Eichberg bemüht, doch den Zuschlag hatte Liebermann bekommen, dem Reich neidlos zugestehen musste, ein guter Psychiater zu sein.

Aber das bin ich auch und noch viel mehr, lachte er in sich hinein. *Und eines Tages werde ich das unter Beweis stellen. Dann können sie mich nicht mehr ignorieren.*

Liebermann.

Reich schlug einen kleinen Kalender auf und sah nach, wann der kleine, rundliche Mann ihn wieder zu besuchen gedachte. Einerseits genoss er die Anwesenheit des Freud-Verächters und war gespannt auf die neusten Erkenntnisse, die der Wiener bei seinen Patienten auf dem Eichberg gewonnen hatte. Auch brachte es für Reich immer wieder neue Einblicke, wenn er Liebermann seine Patienten behandeln ließ und dabei nur zuhörte. Der Kollege aus dem Rheingau hatte eine gänzlich andere Vorgehensweise als er selbst, doch waren die Patienten, die er normalerweise betreute, auch völlig andere Kaliber als diejenigen, welche die Ruhe und Abgeschiedenheit des Taunus nutzten, um ihre überlastete Seele zu kurieren. Oder auch nur eine eingebildete Krankheit. Bei Liebermann waren die echten Geisteskranken und Irren, nur wenige von der anderen Sorte, und das grämte Reich doch ein wenig. Denn so konnte er nicht beweisen, dass er genauso gut, wenn nicht sogar besser war als der kleine Österreicher.

Auf jeden Fall war Reich der bessere Tüftler und mit den Aufzeichnungen Laues würde es ihm sicher gelingen, die Prothesentechnik weiter zu entwickeln. Vor allem Prothesen für den Geist und das Gehirn des Menschen.

»Ich werde Laue noch übertreffen!« Reich strich mit der Hand über den ledernen Einband des obenauf liegenden Notizbuches. »Vielleicht finde ich sogar heraus, was ihn antrieb. Man hat über den Fall ja nicht viel zu lesen bekommen und der dämliche Liebermann schweigt sich aus. Wie kann man sich nur so sklavisch an die Schweigeverpflichtung der Polizei halten. Unter Kollegen!«

Am Sanatorium angekommen, erblickte Reich zu seinem Entsetzen eine Patientin vor der Tür, der er nicht begegnen wollte. Die dralle Rothaarige schien schon händeringend auf seine Rückkehr zu warten. Reich öffnete eine Klappe zum Kutschbock und zischte den Kutscher an, er möge hinter dem Haus halten und auf Nachfrage kundtun, dass der Doktor wichtige Telefonate zu tätigen hatte. Der Kutscher lachte scheppernd und lenkte die Droschke am Hof vorbei und weiter zu den Remisen. Der Wagen hielt noch nicht richtig, als Reich schon aus der Tür sprang und zu einem Seiteneingang eilte, der für die Patienten tabu war. Das Letzte, was er jetzt in seinem Tatendrang gebrauchen konnte, war ein Gespräch mit dieser entsetzlichen Megäre, von der er hoffte, dass sie möglichst bald sein Sanatorium verlassen würde. Die einzige Krankheit, die sie zu haben schien, war ein krankhaftes Verlangen, in der Kur einen passenden Partner zu finden. Das würde ihr aber auf diesem Wege niemals gelingen.

Die Tür schloss sich hinter ihm und ein verwegener Gedanke reifte in ihm. Vielleicht konnte er mit ihr ja noch etwas ganz anderes machen? Als Versuchskaninchen war sie sicherlich dankbar. Nur für was?

Durch die Tür konnte er hören, wie sich die Frau mit dem Kutscher unterhielt, dem sie mit schmeichelnden Worten zu entlocken versuchte, wohin der Herr Doktor denn gegangen sei. Die knappe Antwort »Geschäfte«, die der Mann mit grollendem, angriffslustigem Tonfall entgegnete, konnte sie hörbar nicht zufrieden stellen. Doch da sie es ohnehin für unter ihrer Würde hielt, sich mit Domestiken abzugeben, versuchte sie trotz des Verbotes die Hintertür zu nehmen.

Leise drehte Reich den Schlüssel um, der von innen steckte, doch das wäre nicht nötig gewesen. Sein Kutscher hatte keine Skrupel, selbst die hochgestellten Gäste anzuschnauzen. Sie hatte die Tür noch nicht erreicht, als er schon »Zutritt für Patiende verbode!« brüllte. In einer Tonlage, die selbst dieser Frau klarmachte, dass Widerspruch zwecklos war.

»Pü, das muss ich mir von Ihnen nicht bieten lassen! Ich werde mich über Sie beschweren«, keifte sie und stolzierte mit hoch erhobener Nase und dem bunten Regenschirm davon. Die Röcke raffte sie dabei mit der anderen Hand hoch und wich jeder kleinen Pfütze und dem Haufen frischer Pferdeäpfel aus, den die Zugtiere hinterlassen hatten.

»Nur zu!«, rief ihr der Kutscher hinterher.

Reich zog den Vorhang von dem kleinen Fenster in der Tür weg und blickte ihr nach, wie sie von dannen watschelte. Damenhaft wirkte dabei nichts an ihr und Reich fragte sich, welche Erziehung sie tatsächlich genossen haben mochte. Ein Bauerntrampel war gegen sie noch elegant.

Eine andere Person kam ihr entgegen, schwer auf zwei Stöcke gestützt und mit dem Regencape kämpfend, das sich immer wieder um Stöcke und Beine schlang. Bedauern schlich sich in Reichs Geist. Jewgenij tat ihm aufrichtig leid. Er war der Einzige unter Reichs Patienten, dem er eine Genesung wirklich wünschte und der doch am weitesten davon entfernt war. Der so sehr kämpfte, um jede kleine Veränderung seines Zustandes, und der doch beständig nur Rückschläge hinnchmen musste. Wie lange mochte er noch die Kraft aufbringen, diesen Kampf zu führen? Bis die Hoffnungslosigkeit seines Daseins und der nächste Schub der Krankheit ihn in die Knie zwang? Reich war sich sicher, dass Jewgenij dann einen Weg suchen würde, seinem Leben ein würdiges Ende zu setzen. Augenblicklich. Niemand konnte es ihm übelnehmen.

»Vielleicht kann ich ja doch etwas für ihn tun. Wirklich etwas tun. Das wäre dann eine echte Meisterleistung. Nur bleibt mir wahrscheinlich zu wenig Zeit.« Reich seufzte. Jewgenij sah Robert so ähnlich. Seinem Sohn, der schon lange tot und über dessen Verlust Reichs Frau nie hinweggekommen war. Auch sie war bereits aus seinem Leben verschwunden, hatte in der Trauer um den Verlust des einzigen Kindes zu Gift gegriffen und sich umgebracht. Um sie trauerte Reich nicht. Nur um seinen Sohn.

Ja, vielleicht konnte er Jewgenij helfen, aber er würde an ihm nicht einfach herumexperimentieren. Das ließ seine Erinnerung an Robert nicht zu. Ihm würde er helfen, wenn er schon etwas Ausgereiftes anzubieten hatte. Doch dann musste er sich beeilen.

Er beobachtete den jungen Mann, der es sich trotz des schlechten Wetters nicht nehmen ließ, seine Runde um das Anwesen zu drehen, um seine verbliebenen Muskeln zu trainieren. Eine weitere Person kam ihm entgegen und Reich erkannte die hagere Gestalt des alten Chinesen, Xiaoming Xun. Nachdenklich beobachtete er das Gespräch der beiden im Regen und fragte sich, ob es nicht besser wäre, noch ein paar Informationen über den Chinesen einzuholen.

Was man aus dem Reich der Qing-Dynastie hörte, war nicht besonders aufbauend. Zwar hatte man den Boxer-Aufstand mittlerweile so gut wie niedergeschlagen, aber man konnte ja nie wissen, wo die Getreuen der Aufrührer hingekommen waren. Ob sie ihr Ende im Kampf gefunden hatten, oder vor den Konsequenzen ihres Aufstandes flohen. Die Fähigkeiten des alten Mannes waren unbestritten, aber einen Aufrührer wollte Reich dennoch nicht in seinem Hause haben. Egal wie beschränkt dessen Möglichkeiten waren, etwas politisch zu bewirken.

Xun war ohne Zweifel charismatisch, mehr als sein Arbeitgeber. Und er schien Gefallen an Jewgenij gefunden zu haben. Vermutlich, weil der ein so verbissener Kämpfer war, der das Wort Aufgeben niemals in den Mund nehmen würde. Das imponierte Xun offensichtlich. Solange es sich auf Anwendungen chinesischer Heilkunst beschränkte, die Xun Jewgenij zukommen ließ, sollte es Reich recht sein. Nur in den Geist des jungen Mannes durfte der Chinese nicht vordringen. Er musste aufpassen.

»Alles zu seiner Zeit«, murmelte er und wandte sich von der Tür ab. »Alles zu seiner Zeit.«

Auf der anderen Seite

»Entschuldige bitte, Markus, dass ich so spät dran bin, aber ich wurde mal wieder aufgehalten«, stieß Joachim Bartfelder atemlos hervor, als er auf seinen Kollegen von der Bahnpolizei traf.

Der stand an einem Pfeiler der Rhein-Main-Schnellbahntrasse gelehnt und wartete. »Hm, was?« Der Kollege hatte ihn offensichtlich noch gar nicht vermisst. Im Gegenteil, er starrte gebannt auf etwas, das jenseits des Schutzzaunes auf dem Gelände der alten Farbwerke und der »Stinkhütt« genannten ehemaligen Thomasmehlfabrik vor sich ging.

Als Joachim ebenfalls dorthin sah, klappte seine Kinnlade herab. »Was in drei Teufels Namen ...«

»Monströs, was?« Markus Hoyer sah Joachim jetzt grinsend an. »Ham dich de Wachleuts wieder aagehalde? Bleedes Pack. Mussdesde widder übber de Parkfeldzugang?«

»Ja, leider. Jeden Morgen das gleiche Theater.« Joachim beobachtete die Maschine, die sich über das Gelände walzte. »Ist ne annere Maschine als die Letzte, oder?«

»Hmhm«, grunzte Markus. »Bald brauche se gar keene Abbeider mehr. Des Ding scheint den komische Beddon selbst zu mache. Vorn buddelts Gräbe und Fundamende aus, fülden Schodder nin, hauden Stahl nei und fülden Beddon druff. Scho genial, abber was solle dann de aam Abbeider mache? Verregge wahrscheinlich. Verhungern un verderrn.«

»Als ob das den Besitzern der Maschine in irgendner Form schlaflose Nächte bereiten würde«, seufzte Joachim. »Das geht denne doch ne Handbreit am Arsch vorbei.«

»Ob die scho Maschine ham, die denne de Allerwerteste abbuzze?«

Joachim und Markus sahen sich an und lachten schallend. »Klasse, Markus, der war gut«, japste Joachim. »Aber jetzte ma was anners: Was issen das fürn Spezialauftrag, den mer mache solle?«

Markus wies am Pfeiler hoch, wo unter den Gleisen der Schnellbahn die hängenden Schienen der Wartungswagen verliefen. Eine der leuchtend gelben Kabinen wartete mit offener Tür. »Nuff mit uns, mir müsse nübber nach Meenz. Heut kannste auch beweise, dassde mit den Dingern fahrn kannst. Dann derfste se auch allaans nutze.«

»Aha, na dann ... Was wolle mer denn uff de äbsch Seit?«

»Erklär ich dir, wenn mer uffem Weg sin un mer kaan Krach mehr ham.«

Markus ging voran und kletterte die Steigeisen an dem gemauerten Pfeiler hoch. Joachim folgte ihm in einigem Abstand und sah sich dabei immer wieder zu dem Fabrikgelände um. Vom Pfeiler aus hatte er einen exklusiven Blick, den man von unten niemals bekommen würde. Er prägte sich jedes Detail ein, damit er seinem Vater im Anschluss berichten konnte. Oder dem künftigen Gatten seiner Schwester Celeste, Hartmut Lenze. Denn das hatte er auch schon in Erfahrung bringen müssen: die Polizei in der Innenstadt wusste über die Vorgänge in den Industriegebieten genauso wenig Bescheid wie die Anwohner.

Sie erreichten die kleine Hängeschienenbahn und kletterten hinein. Dann beeilten sie sich, die Kappen mit dem Gehörschutz und der Atemmaske aufzuziehen, weil einer der Schnellzüge nahte. Auch Joachim hatte inzwischen gelernt, die Anzeichen dafür zu erkennen. Die leichte Vibration des Wagens und das Summen der Schienen über ihnen. Kaum hatten sie sich gesichert, ratterte auch schon der Schnellzug von Frankenfurt nach Köln über sie hinweg und erschütterte die Wartungsbahn heftig. Qualm umhüllte sie und drang in die Kabine ein, bevor sie die Tür schließen konnten.

Das Getöse verklang und Markus startete die Bahn. Joachim konnte sehen, wie er mit den Fingern zählte und griff sofort nach der Stange in der Mitte der Kabine. Markus kannte den Fahrplan der Züge in- und auswendig und sein Zählen konnte nur bedeuten, dass ein entgegenkommender Zug bereits unterwegs war. Auch Markus griff nun nach einem Haltebügel neben den Kontrollpult der Bahn und tatsächlich raste ein Zug in die Gegenrichtung über sie hinweg nach Frankenfurt.

Sie erreichten eine Gleiskreuzung bei Schierstein und Markus bremste den Wagen ab. Dann gab er Joachim ein Zeichen, dass er die Weichen stellen sollte. Joachim riss die Tür auf und angelte nach einem Griff an einem weiteren Stützpfeiler, um sich hinüber zu ziehen. Dort waren die Hebel, mit denen man die Weichen für die Hängebahn umstellen konnte. Er klemmte sich selbst zwischen Pfeiler, Bahn und Haltebügel sicher fest und warf den Weichenhebel um, der sich als recht schwergängig erwies. Joachim gab seinem Kollegen ein Zeichen und der reichte ihm eine Ölkanne aus dem Wagen. Sorgfältig schmierte Joachim die Weiche ab, wissend, dass dies zu seiner Prüfung gehörte und betätigte sie ein paar Mal, bis sie wieder einwandfrei funktionierte. Dann erst kehrte er in die Kabine zurück.

Markus hob den Daumen und gab wieder Dampf auf den Antrieb. Die Brücke über den Rhein wurde so gut wie nie benutzt, so dass sie die Schutzmasken schließlich ausziehen konnten. Über dem Fluss hing Nebel, wie gewöhnlich, auch wenn Joachim es als seltsam befand, dass sich trotz des stetig strömenden Regens Nebel halten konnte.

»So, hier kimmt erst heut Abend nen Zuch längs. Keine Gefahr für die Lauscher un die Lunge.«

»Dann erzähl mer ma, was mer dribb de Bach auf der äbsch Seit wollen?«, hakte Joachim nach.

»Mir müsse nach Mombach. Da war e ma ne Waggonfabrik. Die ham ebbe unsre Hängebähnche gebaut, bevor se pleide ginge, als niemand mehr dribbe in Meenz was invesdiere wollt. Weest scho, weil se nix mehr midde Industrialisierung zu dun habbe wollde. Abber hier bei uns baut ooch keener mehr unser Kabincher. Mir solle ma gugge, was mer noch so an Ersatzdeile inne Fabrik finne. Mir dürffe des, unser Leuts ham das Ding gekauft, aber de Mombacher sin nicht so begeisdert, wenn mer do uffdauche. Bin schon gespannt wien Flitzeboche, ob de Schutzmann ooch wirklich kimmt, der uns begleide soll.«

Raubzug auf der anderen Seite, dachte Joachim bei sich. *Klar, das kann denen nicht gefallen, selbst wenn sie nichts mit den Sachen anfangen können und der Laden offiziell zu Wiesbaden gehört. Eine Exklave in Mainzer Gebiet.*

Sie passierten die Nebelwand über dem Fluss. Auf der anderen Seite musste Joachim noch einmal raus, um eine Weiche zu stellen, weil die Hauptstrecke weiter nach Süden ging und sie auf die Nebenstrecke nach Mainz abbogen. Die Gleise sanken immer tiefer ab. Kurz vor Mainz hätten sie dann auf eine Draisine wechseln müssen, doch das war nicht erforderlich. Markus stoppte die Bahn an einem Pfeiler und sie kletterten hinunter, nachdem sie eine Art Leiterwagen, der hinten an der Kabine hing, abgeseilt hatten. Hinab in eine trostlose Wildnis aus Gestrüpp. Weit und breit war keine Ansiedlung zu erkennen, nur in einiger Entfernung führte ein verfallenes Gleis zu einem Fabrikgelände. Ihrem Ziel, vermutete Joachim.

Tatsächlich wurden sie am Fuß des Pfeilers erwartet, allerdings nicht, wie Markus gesagt hatte, von einem Gendarmen, sondern von zwei Soldaten in den Uniformen des Großherzogtums Hessen. Die beiden Männer trugen eine Miene zur Schau, die deutlich machte, dass sie es als deutlich unter ihrer Würde befanden, zwei Bahnpolizisten bei der Suche nach Ersatzteilen in einer verlassenen Fabrik unterstützen zu müssen. Die Begrüßung fiel entsprechend sparsam und frostig aus.

Die Soldaten gingen voraus und Joachim spazierte gemütlich mit Markus durch den stetigen Nieselregen hinterher. Sie unterhielten sich angeregt, während die beiden Soldaten sich und ihre Begleiter anschwiegen.

»Meenz ist en Abstellgleis für Soldade im Großherzogtum«, wisperte Markus Joachim zu. »Die Beide sin hier am Arsch der Welt, un des ohne Rückfahrkardde, wennse nich spuren.«

Joachim grinste dreckig. »Mit dem Benehmen kriegen se aber auch keine Pluspunkte auf ihrem Kerbholz.«

Sie erreichten die alte Waggonfabrik, die sichtlich schon lange stillgelegt war. Die Umzäunung war verfallen und löchrig, dürres Gestrüpp hatte die Freiflächen zwischen den Hallen und den Gleisen erobert. Selbst in den Mauerfugen hatten sich Pflanzen durchgesetzt. Die beiden Soldaten blieben am Tor stehen und machten keine Anstalten, irgendeinen Handschlag für die beiden Fremden aus Wiesbaden zu machen. Sie versuchten nicht einmal, das Tor für sie zu öffnen, an dem ein großes Vorhängeschloss an einer Kette hing.

Den Schlüssel dafür hatte Markus und er zog die Kette ab. Joachim versuchte sofort, das Tor zu öffnen, doch er musste sein ganzes Gewicht dagegen lehnen, damit sich überhaupt etwas tat. Markus half ihm und sie schafften es, das schwere Tor wenigstens so weit zu öffnen, dass sie mit dem Leiterwagen hindurch konnten. Sie fragten nicht, ob die Soldaten mitkommen wollten, die sich in ihre Öljacken vergraben hatten und unter dem mangelhaften Schutz eines löchrigen Vordaches Zigaretten entzündeten.

Markus wies mit dem Kopf auf eine der Hallen und zog den Leiterwagen weiter. »Von denne ist kaa Hilf zu erwardde, komm!«

Gemeinsam zogen sie über das Gelände, hin zu einer kleineren Halle am Ende. Durch die schief in den Angeln hängenden Tore der großen Hallen konnte Joachim die Überreste der letzten Produktionen sehen. Einsame Güterwaggons, deren hölzerne Aufbauten sich bereits in Wohlgefallen auflösten und nur noch rostige Plattformen, Achsen und Gerüste zurückließen. Werkzeuge oder Maschinen hatte man wohl bei der Aufgabe der Fabrik abgebaut und fortgeschafft. Joachim vermutete, dass sie in dem Waggonwerk weiterverwendet wurden, das man in Höchst aufgebaut hatte, nachdem man Teile der alten Stadt dem Erdboden gleichgemacht hatte, um Platz für einen Güterbahnhof und weitere chemische Werke zu schaffen.

Die kleine Halle schien noch etwas besser in Schuss zu sein, vermutlich hatte die Bahnverwaltung von Hessen-Nassau dort hin und wieder nach dem Rechten gesehen, um sich die Reste der Wagenproduktion zu sichern, weil man diese nicht mit verlagert hatte. Markus schloss das Tor auf und rollte es beiseite. Im Inneren herrschte ein trübes Zwielicht, das durch völlig verschmutzte Oberlichter fiel. Neben dem Tor stand ein kleiner Dampfgenerator, den man mit Ätherpatronen betreiben konnte, um Strom für die Lampen zu produzieren. Markus steckte eine Patrone ein und feuerte die Dampfmaschine an. Hustend sprang das Gerät an und ein paar tranige Lichter flammten auf.

»Auf geht's, Jojo, die Einkaufslisde lautet uff Vendile und Wellen. Auch de Räder für de Uffhängunge an de Schiene wern gebraucht. Ach, gugg halt, was de finnst. De spezielle Kram ebbe, nich das was mer überall kriegt.«

Markus wandte sich nach rechts, Joachim nach links. Sie durchsuchten Kisten und Kästen, Schränke und Truhen. Joachim sah einen Moment lang Markus zu, was der mit den Sachen machte und tat es ihm gleich. Nach und nach füllte sich der Leiterwagen mit allerlei Teilen. Als er unter der Last des schweren Metalls langsam die Räder spreizte, zogen sie ihn zur Bahn zurück und luden den ersten Schwung hoch in die Kabine. Dann kehrten sie noch einmal in die Fabrik zurück.

Joachim war klar, dass sie nicht mehr allzu oft nach Mombach kommen mussten, denn es schien ihm, dass das meiste Brauchbare schon weg war. Die rostigen, vergammelten Reste würden bald nicht mehr verwendbar sein und schneller verschleißen als die gut gewarteten Teile, die in Gebrauch waren. Dann mussten sie andere Wege der Ersatzteilbeschaffung beschreiten. Teure Wege, denn für die geringe Stückzahl, die man benötigte, konnten diese Arbeiten nur von kleinen Manufakturen übernommen werden. Oder von Werkstätten in den Armenvierteln, sofern sich dort noch jemand fand, der dazu in der Lage war. In Biebrich kannte Joachim nur eine einzige Person, die dieses Handwerk noch beherrschte. Einen Stellmacher, dessen Beruf auch bald aussterben würde.

Wieder trennten sich ihre Wege, doch während Markus immer noch Teile fand, war auf Joachims Seite der Halle nichts mehr zu holen. Um an einen vielversprechenden Schrank zu kommen, schob er eine schwere Metallkiste beiseite und stutzte. Unter der Kiste zeichneten sich die Umrisse einer Kellerklappe ab.

Schnell sah er sich um, doch er fand keinen Hinweis, warum sich unter der Halle noch ein Keller befinden sollte. Wahrscheinlich nur ein Treibstofftank oder etwas ähnliches. Trotzdem ging er seiner Neugierde nach und versuchte, die Klappe aufzustemmen, vielleicht konnte man dort ein paar Teile ausbauen. Nach einigem Ruckeln konnte er sie anheben.

»Was hasten da gefunne?«, hörte er Markus hinter sich. »Komisch, die Hall hatt doch gar keen Keller?«

»Hast du ne Handlampe? Ich will mal da runner und gugge. Vielleicht ist da ja was, das man brauche könnte.«

Markus reichte Joachim eine Sturmlaterne und kam mit einem Seil an, das er Joachim um die Hüfte knotete. »Nur für den Fall, dasde mer umkippst. Sach ab un zu ma piep, damit ich weiß, ob alles kloar is.«

Joachim nickte und kletterte an den Steigeisen in den Raum unter der Halle. Von dort ging ein Gang ab, der in einen größeren Raum führte. Hier verliefen allerlei Rohre, die auf den früheren Verwendungszweck als Verteiler für Heizung oder Treibstoffe schließen ließ. Aber was der Schein der Sturmlaterne sonst noch enthüllte, ließ Joachim schlucken.

Es war eine Werkstatt. Aber keine, die etwas mit dem zu tun hatte, was in der Halle darüber getan worden war. Langsam, als fürchtete er, dass ihn etwas aus dem Dunkel anspringen würde, näherte sich Joachim dem massiven Holztisch in der Mitte des Raumes. Eine dicke Staubschicht wies darauf hin, dass schon lange niemand mehr in diesem Raum gearbeitet hatte. Aber der letzte Mensch war kein Bahnarbeiter gewesen.

Auf dem Tisch lagen, inmitten von rostigen Werkzeugen, die einem Feinmechaniker eher zuzuordnen waren als einem Waggonbauer, die Körper von Ratten. Ausgeweidet und präpariert, so dass sie noch nicht vollständig verwest waren. Das Fell fiel aus der lederartigen Haut. Zum Teil waren sie mit mechanischen Gliedmaßen ausgestattet.

Joachims Gedanken begannen zu rasen. Der Mörder, der in Wiesbaden Monate zuvor sein Unwesen getrieben hatte, war ein Meister darin gewesen, Lebewesen in halbe Maschinen zu verwandeln, über die er die volle Kontrolle besaß. Und hatte Oberkommissar Peter Langendorf nicht erzählt, dass der Kerl zuvor in Mainz versucht hatte, sein perfides Ritual durchzuführen? Hier schien er seinen Stützpunkt gehabt zu haben.

»Das muss ich Langendorf erzählen.« Kurzentschlossen packte er eine der Ratten, die noch am besten erhalten zu sein schien, wickelte sie in sein Taschentuch ein und steckte sie in seine Umhängetasche, auch wenn es ihn ekelte, sie zu seiner Brotdose zu legen. Markus durfte sie nicht sehen. Auch die Rolle mit dem Uhrmacherwerkzeug nahm er mit, allerdings aus ganz eigenem Interesse.

Noch einmal sah er sich um, doch er fühlte sich zunehmend unwohl in seiner Haut. Das Gefühl, beobachtet zu werden, wurde immer stärker, obwohl nichts an diesem Ort dafürsprach, dass ihn noch ein weiteres lebendes Wesen in der letzten Zeit betreten hatte. Das Seil zog sich fester um seine Hüfte und er rief zurück, dass alles in Ordnung sei.

Doch nichts war in Ordnung. Auf einem Beistelltisch fand er eine Reihe Messer, wie er sie aus dem Schlachthof kannte. Zwei davon waren mit einer dunklen Flüssigkeit verschmiert und er vermutete, dass es das Blut der Ratten war. Vielleicht auch das der armen Opfer aus dem ersten Versuch, das grausige Ritual durchzuführen.

Joachim begann zu würgen, sein Magen drehte sich um. Er beeilte sich, den morbiden Ort zu verlassen und schwor, bei nächster Gelegenheit Hartmut Lenze oder auch Peter Langendorf selbst davon zu berichten.

Markus sah ihn besorgt an, als er wieder den Boden der Halle erreicht hatte, doch Joachim versuchte mit einem schwachen Lächeln abzuwinken. »Die Luft da unten kannste schneiden. Ist nichts besonderes, da laufen haufenweise Rohre an den Wänden längs und ne Werkstatt gibt's auch. Aber da müsste erst mal gelüftet werden.«

»Wenns da unne nix für uns zu hole gibt, dann lasse mer des sein. Komm, mir gugge noch mal in den Schrank e nin und verpinkeln uns wieder. Ham genug Kram, mehr schafft unser Bähnche nich.«

Mit einem flauen Gefühl im Magen sah Joachim noch einmal in den Schacht hinunter, dann ließ er die Klappe zufallen. Das da unten war nicht seine Aufgabe. Er würde noch einmal wiederkommen, dann aber mit kompetenter Begleitung.

*

Gerade als er das Gitter hinter den Rohren aus der Wand stemmen wollte, um die erste Experimentierwerkstatt seines Vaters für sich einzunehmen, hörte er das enervierende Quietschen der Bodenklappe, die in die Waggonhalle führte. Sofort zog sich der Albino wieder in den Kriechgang zurück, welcher von einer Remise der schon lange verlassenen Hartmühle in die stillgelegte Waggonfabrik führte.

Er wartete ab, was geschehen würde. Hatte man etwa das Versteck seines Vaters entdeckt, in dem er zum ersten Mal versucht hatte, seine geliebte Frau wiederauferstehen zu lassen? Die Mutter des Albinos?

Doch der junge Mann, der mit einer Blendlaterne in den Raum kam, schien sehr überrascht über das zu sein, was er vorfand. Der Albino zog sich noch weiter in den Gang zurück, als der ungebetene Besucher die Wände ableuchtete, weil er befürchten musste, entdeckt zu werden, auch wenn das feinmaschige Gitter nur wenig Licht durchließ. Er hob sich mit seiner farblosen Haut nun einmal wie ein Gespenst gegen die Finsternis ab.

Der Mann in der Werkstatt entdeckte nun die Ratten auf dem Tisch und schluckte hörbar. Doch was er dann tat, verwunderte den Albino und er schlich wieder vor zum Gitter. War es etwa doch einer der beiden Männer, die in den Höhlen unter dem Haus seines Vaters nach Antworten gesucht hatten? Und die den mumifizierten Körper der Nonne gefunden hatten, deren Platz seine Ahnin vor hunderten Jahren einnahm?

Nein, dieser Mann war viel jünger als die beiden in den Höhlen und er erkannte das Gesicht nicht. Dennoch schien der Anblick der umgebauten Ratten nicht neu für ihn zu sein und er steckte einen der verstaubten Körper ein. Der Albino war hin und her gerissen zwischen den Möglichkeiten seiner Handlung. Es drängte ihn, den Fremden daran zu hindern, die Werkstatt lebend zu verlassen, doch möglicherweise gelang es ihm nicht, das Gitter schnell genug zu öffnen – oder auch nur leise genug – um über ihn herzufallen. Wieder zog er sich zurück, als das Licht der Blendlaterne erneut auf die Rohre vor ihm fiel. Offensichtlich fühlte sich der Fremde beobachtet.

Die Entscheidung über seine möglichen Handlungen wurde ihm abgenommen, als er entdeckte, dass der junge Mann ein Seil um die

Hüfte gebunden trug und ein anderer Mann nach ihm rief. Er konnte nur hoffen, dass sie nie wieder zurückkehrten. Aber wie wahrscheinlich würde das sein?

Endlich verließ der junge Mann die unterirdische Werkstatt und der Albino konnte hören, wie er dem anderen erklärte, dass es da unten nichts besonderes zu sehen gab. Das verblüffte ihn, angesichts der Tatsache, dass der Kerl genau zu wissen schien, was er gefunden hatte.

Er kommt wieder ..., schoss es ihm durch den Kopf. *Und dann wird er nicht alleine sein.*

Tränen der Wut drängten ihm in die Augen. Es bedeutete, dass er diese Werkstatt aufgeben und sich einen anderen Stützpunkt suchen musste. Doch ihm würde genug Zeit bleiben, um alles fortzuschaffen, was er noch verwenden konnte. Insbesondere das, was der Kerl nicht entdeckt hatte, weil ihm offensichtlich keine Zeit zum Suchen geblieben war.

Die Bodenluke schlug mit einem Knall zu und es war wieder stockdunkel in der Kellerwerkstatt. Der Albino wartete, bis auch von oben aus der Halle keinerlei Geräusche mehr zu vernehmen waren. Dann erst kam er wieder bis an das Gitter heran, drehte sich in dem engen Gang und trat mit den Füßen dagegen. Das rostige Gitter bot keinerlei Widerstand und flog aus der Wand gegen die Rohre. Für einen Moment fürchtete er, dass man das Scheppern gehört haben könnte, doch es geschah nichts. Niemand kam, um nachzusehen. Nach einiger Zeit des Lauschens glitt der verwachsene Mann erstaunlich behände zwischen den Rohren und der Wand hindurch in die Werkstatt.

Aus seinen Jackentaschen zog er einen Kerzenstumpen und ein Schächtelchen Zündhölzer, um Licht zu machen. Mehr brauchte er nicht, um alles erkennen zu können, seine Augen waren an die Dunkelheit gewohnt und helles Licht schadete ihnen ohnehin. Die Kerze stellte er auf den Tisch neben die verbliebenen Rattenkörper. Unter dem Tisch stand ein Käfig, der mit Sackleinen abgedeckt war. Der Albino zog das Tuch weg und grinste in sich hinein. In dem Käfig waren ebenfalls Ratten gewesen, ein halbes Dutzend, mutmaßte er, doch der Hunger hatte die Tiere dazu getrieben, sich gegenseitig aufzufressen. Das Tier, das am wenigsten

Schäden aufwies, war eines der mutierten Wesen aus den Kanälen von Wiesbaden. Fast dreimal so groß wie die übrigen Ratten und mit gefährlichen Zähnen und Krallen bewaffnet. An seiner Flanke klaffte eine tiefe Wunde, doch die Tatsache, dass diese Anzeichen von Heilung zeigte, ließ des Albino wissen, dass diese Verletzung ihr schon ganz zu Anfang der Hungerphase zugefügt worden sein musste, als auch die anderen, kleineren Ratten noch die Kraft gehabt hatten, sich zu wehren.

Er zog den Rattenkörper, der in der trockenen Luft des Kellers mehr mumifiziert denn verwest war, aus dem Käfig und betrachtete das Gebiss, das eher in das Maul eines kleinen Hundes gepasst hätte. Die Nagezähne waren spitz wie Reißzähne. Kein Wunder also, dass sie erfolgreicher bei der Verteidigung ihres Lebens war und die anderen Ratten töten konnte – und dass sie seinem Vater geeigneter erschienen war, zu einer Maschinen-Kampfratte umgebaut zu werden.

Mit der Ratte in der Hand stumm am Werktisch stehend, fällte der Albino eine Entscheidung. Der Mann, der die andere Ratte mitgenommen hatte, würde wiederkommen. Sicher nicht alleine, dazu hatte er zuviel Angst gehabt. Der Albino hatte die Furcht des jungen Mannes förmlich riechen können. Ein Duft, der ihn mit Befriedigung erfüllte. Die Rückkehr konnte schon am nächsten Tag sein. Also würde er nicht seinen Standort nach Mainz verlegen, sondern alles, was er von den Dingen hier noch brauchte, in sein Versteck in Wiesbaden bringen.

Er fand einen alten Sack und begann, Werkzeugkästen und Material einzupacken, dass dem Zahn der Zeit noch nicht anheimgefallen war. Auch die Rattenkörper, an denen schon Teile ausgetauscht worden waren, packte er ein, soweit, bis er den Sack gerade noch so tragen konnte. Dass der Fremde das Feinwerkzeug mitgenommen hatte, störte ihn nicht, da er jetzt über das hervorragende Uhrmacherwerkzeug des Japaners verfügte. Damit konnte er die Geschöpfe vollenden. Eine Fingerübung für das, was er danach schaffen wollte. Das Tuch, mit dem der Rattenkäfig abgedeckt gewesen war, knotete er zu einem weiteren Tragebeutel zusammen und durchsuchte alle Schubladen und Schränke.

In einem kleinen Arzneischrank, der hinter einer Wandklappe verborgen lag, fand er noch einige Flaschen mit Flüssigkeiten. Sie waren nicht beschriftet, aber das war auch nicht nötig. Er würde schon herausfinden, was es war. Sicher Äther, oder aber die Gifte, die sein Vater reichlich verwendete. Das Gift, das den Körper völlig lähmte, während der Geist noch wach darin verweilte, war sicher auch darunter.

Nach und nach schaffte er seine Beute durch den Gang hinüber zur Hartmühle, wo der Gang endete. Dort verbarg er alles in einer Kiste in der Remise, weil es ihm nicht möglich war, alles gleichzeitig über die wenigen verschlungenen Wege nach Wiesbaden zu schaffen, die ihm noch offenstanden.

Als es vollbracht war, stand er noch einen Augenblick inmitten der Werkstatt und schnupperte in der abgestandenen Luft. Der metallische Duft von Blut war nur noch in Spuren vorhanden, kaum mehr wahrnehmbar. Mit den Blicken suchte er die Mauern ab, bevor die Kerze entgültig erlöschen würde.

Etwas fehlte ihm. In der Werkstatt war nichts von den Aufzeichnungen seines Vaters zu finden. Seine Laborbücher, seine Notizen, seine Konstruktionszeichnungen. Fieberhaft überlegte er, wo diese Unterlagen sein mochten. Der Albino hatte nicht wirklich damit gerechnet, sie in diesem, schon lange aufgegebenen Labor zu finden. Nicht alle. Vielleicht die ersten. Der Rest war sicherlich in Sonnenberg gewesen. Oder in Eppstein und damit vernichtet.

An der Wand hing ein Bild in einem hölzernen Rahmen, das so gar nicht in diese morbide Umgebung passen wollte. Es war klein, gerade einmal doppelt so groß wie eine Postkarte. Der Maler hatte eine romantisierende Darstellung von Wald und Bergen geschaffen, die es so sicherlich nicht gab. Davor der obligatorische röhrende Hirsch. Er trat zu dem Bild und hängte es ab, doch dahinter war nur die blanke Wand. Aber als er das Bild in Händen hielt, fiel aus dem Rahmen ein Blatt heraus.

Er hob es auf. Es war ein Blatt aus einem Notizbuch und der Albino erkannte die Schrift seines Vaters.

Das Ritual ist unterbrochen worden. Alle Aufzeichnungen schaffe ich nach Sonnenberg.

Frustriert ließ er das Blatt in den Sack fallen. Wahrscheinlich hatte sein Vater die Nachricht für ihn hinterlassen, für den Fall, dass er es ihm nicht persönlich sagen konnte. Der Albino wusste aber genau, was das bedeutete. Die Unterlagen waren für ihn wahrscheinlich verloren. Nach dem Tod seines Vaters und dem Auftauchen der beiden Männer in dem Höhlensystem unter der Burg und der Stadt, hatte er keine Gelegenheit mehr gehabt, in das Haus zu kommen, in dem der Zugang zu den Höhlen war. Die Eingänge von dem Haus des Mannes, dessen Platz sein Vater eingenommen hatte, sowie die Zugänge von Rambach und von der Burg Sonnenberg waren von der Polizei verschlossen oder verschüttet worden.

Trotzdem, er musste in dieses Haus. Vielleicht fand er ja einen Hinweis darauf, was mit den Sachen seines Vaters geschehen war.

Noch etwas kam ihm in den Sinn. Was mochte aus dem jüngeren Bruder seines Vaters geworden sein? Auch wenn er Michael nie leiden mochte, ja sogar hasste - hatte sein Onkel doch alles, was ihm nicht gegeben war – so konnte er ihm vielleicht helfen. Er besaß durchaus technisches Geschick, wenn auch nicht so ausgereift wie bei seinem Bruder. Doch wo und wie sollte er anfangen ihn zu suchen, wenn er keinerlei Hinweise auf den Verbleib des ehemaligen Unterweltkönigs fand?

Michael, den man in den Vorstädten wegen seines angenehmen Äußeren und seiner geschmeidigen Art im Umgang mit anderen Menschen welcher Herkunft auch immer nur den »Heiligen Michael« genannt hatte. Und doch war er nichts weiter als ein gemeiner Verbrecher gewesen. Zuhälter, Dieb, Mörder ... Trotzdem war auch er auf seine Art genial gewesen. Gemeinsam könnten sie viel erreichen.

In der Werkstatt unter der Waggonfabrik würde er keine Lösung für seine Probleme finden. Ihm blieb nur der Weg nach Wiesbaden und seine vielen Verstecke dort. Die Polizei hatte sie sicherlich nicht alle gefunden und versiegelt. Ihn drängte die Zeit nicht.

Noch nicht.

Krisengespräche

Konrad Mayerhuber wusste sehr genau, wo er stand. Seine Erfindung war genial, sie konnte viele Probleme lösen. Probleme, die von Menschenhand geschaffen waren, konnten auch von Menschenhand wieder aus der Welt geschafft werden – mussten es, wenn man nicht wollte, dass der Mensch sich selbst ausrottete. So hoch wollte er es zwar nicht aufhängen, aber im Grundsatz war es wohl genau das. Die Reichen konnten dem Wetter entkommen und sich eine Residenz an Orten schaffen, die nicht so sehr vom Elend betroffen waren. Aber viele dieser Residenzen waren mittlerweile ebenso gefährdet. Auf der Weltausstellung waren seine begeistertsten Zuschauer Winzer aus Südfrankreich gewesen. Sogar die Lavendelfelder der Provence schienen nicht mehr das zu sein, was sie früher einmal waren. Die Pflanzen verrotteten auf den Feldern und entwickelten den typischen Duft nicht mehr. Nach wie vor war es den sonst so regen Chemikern nicht gelungen, diese Duftstoffe künstlich herzustellen, der eine besonders komplexe chemische Zusammensetzung zu haben schien. Also war man nach wie vor auf die Zucht der Pflanzen angewiesen.

Er starrte aus dem Fenster des Eisenbahnwaggons und konnte kaum die Landschaft erkennen, die an ihm vorbei huschte. Als sich der Zug dem Groß-Stadtkreis Wiesbaden-Frankenfurt näherte, kam zum elenden Novembergrau noch der Dreck aus den Schloten der Fabriken und Kraftwerke. Wie gern hätte er das geändert. Doch die wenigen Interessenten, die tatsächlich auch finanzkräftig genug waren, seine Maschine im großen Umfang bauen zu lassen, waren nicht so sehr daran interessiert, die Wetterlage in Gegenden wie dieser zu verändern. Bestenfalls noch im Rheingau, um die Weinlese nicht zu gefährden. Oder sie wollten dem Kaiser während seiner Anwesenheit in den Kurstädten auch Kaiserwetter offerieren können. Andere Gründe hatte man ihm nicht für das hohe Interesse vorgetragen. Zwischen den Zeilen ihrer wohlfeilen Worte aber war neben der Sicherung ihrer Bedürfnisse an Genussmitteln nur der Zweck heraus zu hören, den Konrad am meisten verabscheute.

Die Nutzung als Waffe.

Mit einem Seufzer stand Mayerhuber auf, als der Schaffner die Ankunft im Wiesbadener Hauptbahnhof ankündigte. Er gab sich keinen Illusionen hin, wofür manche der Interessenten seine Erfindung wirklich nutzen wollten. Er selbst wollte die Welt für alle besser machen. Die Interessenten nur für einige wenige. Diejenigen, die am meisten boten – bieten konnten – hatten noch ganz andere Ziele.

Diesen Hintergrund hatte Mayerhuber besonders bei Baron von Wallenfels gespürt. Was man für die Menschheit einsetzen konnte, das konnte man auch gegen sie richten. Wer gutes Wetter machen konnte, der war auch Herr über Schlechtes. Die militärischen Auseinandersetzungen in China verhießen nichts Gutes. Wer konnte schon sagen, ob man die armen Menschen dort nicht ganz einfach mit verhagelten Ernten in die Knie zwingen wollte. Wer hungerte, konnte nicht kämpfen.

Diese Gedanken waren dazu angetan, Mayerhuber in tiefste Depression zu stürzen. Er schickte ein Stoßgebet zum Himmel, es möge doch wenigstens einen rechtschaffenen Industriellen auf dieser Welt geben, der bereit war, ihm die Mittel für seine Maschine zu geben, ohne dabei böse Absichten zu verfolgen. Er machte sich nichts vor. Wenn er einen solchen Menschen auf dieser Ausstellung nicht finden konnte, dann war es aus. Sein Konto war leer, seine Wohnung in München vermutlich schon geräumt und seine Habe gepfändet. Die Patentakten, sowie die Pläne für weitere Patente und die Risszeichnungen der Maschine waren das einzige von Wert, das er noch besaß.

Aber Wallenfels würde er es nicht verkaufen. Jedem anderen, nur nicht diesem Mann, dem er alles zutraute. Egal wie viel Mühe er sich machte, die Bedenken zu zerstreuen. Die Bahnfahrt erster Klasse, der Transport der Maschine, die Möglichkeit, in seinem Pavillon auszustellen und die Unterkunft in Wiesbaden. Alles hatte Wallenfels bezahlt.

Wenn er kein Geld auftrieb, dann würde Wallenfels ihn, den braven Bayern, sicherlich in irgendeiner anderen Form bezahlen lassen.

Nach der Diskussion mit Wallenfels hatte er die Maschine nicht mehr vorgeführt und auch sein Zelt nur noch zum Abbau betreten. Die letzten Tage in Paris wollte er nicht mit seinen inneren Dämonen verbringen, sondern hatte sich die Stadt angesehen. Wenn auch in strömendem Regen. Auch mit den anderen Erfindern hatte er kein Wort mehr gewechselt, ihm war nicht danach gewesen. Seinen Standnachbarn war er aus dem Weg gegangen. Sie hatten für seine Einstellung möglichen Kunden gegenüber ohnehin nie Verständnis gezeigt.

Der Zug fuhr in den Bahnhof ein und Mayerhuber schlenderte nach draußen. Er wurde bereits erwartet, zwei Männer standen auf dem Bahnsteig und winkten ihm. Sie trugen eine Art Uniform, die Mayerhuber schon vom Chauffeur des Barons kannte.

»Herr Mayerhuber?«, schnarrte der erste mit militärischem Gehabe.

»So ist es. Ich gehe wohl recht in der Annahme, dass Sie meine Maschine gleich zum Ausstellungsgelände bringen sollen?«

»Sehr richtig. Sie haben sicherlich die Papiere und können den Bahnbeamten sagen, was damit geschehen soll?«

Mayerhuber winkte den beiden Männern, ihm zu folgen. Sie gingen den Bahnsteig entlang zum letzten Wagen, vor dem bereits zwei Arbeiter standen. »Hier ist nur meine Maschine drin, sonst nichts. So, wie Herr von Wallenfels es angeordnet hat.«

Die beiden Männer des Barons gaben den Arbeitern ein Zeichen, den Wagen abzukoppeln, während hinter dem Zug schon eine weitere Lok heranrumpelte. Der Wagen wurde an ihr festgemacht und weggezogen. Mayerhuber sah ihr nach, wie sie über mehrere Weichen wechselte und querab auf ein Gelände östlich des Bahnhofes geschoben wurde. Ihm war plötzlich, als hätte er ein Familienmitglied verloren.

»Wir sollen Sie zu Ihrem Hotel bringen, ist nicht weit weg und Sie können von dort zu Fuß zur Ausstellung gelangen, wenn Sie es wünschen.«

Mayerhuber folgte den beiden Männern, die auch seine Koffer trugen, die der Schaffner neben das Zugabteil gestellt hatte. Anders als in

Paris gab es hier keine trennenden Gänge für die Klassen der Zugabteile. Das war aber auch nicht erforderlich, denn in den Bahnhof von Wiesbaden schien kein Zug mehr einfahren zu dürfen, der eine dritte Klasse oder Güterwaggons im Anhang hatte. Nun wurde Mayerhuber auch der Sinn des Halts in Saarbrücken klar, wo man verschiedene Wagen ab- und angekoppelt hatte. Da der Waggon mit seiner Maschine der Letzte am Zug war, konnte man die unteren Klassen und anderen Frachtwagen nicht einfach abhängen.

Vor dem Bahnhofsgebäude stand ein großes, elegantes Äthergasautomobil und einer der Männer hielt Mayerhuber den Wagenschlag auf. Er entschloss sich, die Zeit zu genießen, die er in Wiesbaden verbringen konnte. Vielleicht war es das letzte Mal, dass es ihm derart gut erging.

Weit fuhren sie tatsächlich nicht. Nachdem der Chauffeur einen kurzen Schlenker über das Gelände gefahren war, zu dem seine Maschine gebracht wurde, brachte man ihn in eine ruhige Straße in der Nähe eines großen Hospitals und setzte ihn vor einer kleinen Villa mit verspieltem Fachwerk ab. Eine rundliche Frau mit frisch gestärkter, blütenweißer Schürze empfing ihn freundlich und wies dem Chauffeur energisch den Weg in den ersten Stock.

Mayerhuber begann, sich sofort wohlzufühlen und folgte der Dame zu seinem kleinen Zimmer. Es war kein nobles Kurhotel, sondern eine urgemütliche Pension. Ihm genügte das vollauf, vor allem, weil es im Vergleich mit der Absteige in Paris eine Luxusunterkunft war. Kaum hatten sich der Chauffeur und die Hausdame verabschiedet, überfiel ihn eine bleierne Müdigkeit, und er beeilte sich, zu Schlaf zu kommen.

✱

Die Messe war ernüchternd. Mayerhuber hatte größte Lust, seine Maschine einzupacken und Wiesbaden zu verlassen, doch die finanzielle Not zwang ihn, gute Miene zum bösen Spiel zu machen. Am meisten beunruhigte ihn, dass er die Maschine über Nacht in der Halle des Barons lassen musste, wo sie ihm und seinen Leuten jederzeit zugänglich war. Da er so etwas bereits lange vorher befürchtete, hatte er sich noch in Paris daran gemacht, sie ein wenig zu modifizieren. Die Steuereinheit - also das Herzstück des Gerätes - in welcher auch der wichtigste Teil der chemischen Prozesse ablief, konnte er nun vollständig von der Maschine trennen und in einem Aktenkoffer mit sich führen. Die Konstruktionspläne der Teile, für die er noch kein Patent besaß, hatte er sofort nach der ersten Mütze voll Schlaf zu einer Bank gebracht und in einem Schließfach gesichert. Nur die Pläne, die er unbedingt brauchte, um potentielle Kunden zu überzeugen, trug er immer zusammen mit der Steuereinheit bei sich.

Doch was die möglichen Kunden betraf, gab es einige Probleme. Wenn sich tatsächlich nach den Vorführungen jemand bei ihm einfand, spürte Mayerhuber sehr deutlich, wie sehr die Leute zurückzuckten, kaum dass er sie in Wallenfels' Halle locken wollte. Der Baron, selbst wenn er nicht anwesend war, schien den Menschen Furcht einzujagen.

Zwei Herren, die sich nicht davor zu fürchten schienen, mit ihm zu verhandeln, kamen Mayerhuber sehr seltsam vor. Zu sehr erweckten sie den Eindruck, dass sie ganz im Sinne des Barons handelten. Der Dritte, der sich auf ihn eingelassen hatte, schien hingegen nicht auf der Helferliste des Barons zu stehen. Aber auch er ließ nun, mit Abstand betrachtet, Zweifel aufkommen. Nachdenklich saß Mayerhuber an dem kleinen Schreibtisch seines Pensionszimmers und drehte die Geschäftskarte dieses letzten Gesprächspartners in den Händen. Ein Doktor Hammerschmidt aus Marburg.

Er gab sich einen Ruck und fragte die Hauswirtin, ob es einen Telefonanschluss in ihrem Haus gab. Sie führte ihn in ein kleines Zimmerchen mit einem gemütlichen Sessel, in dem auf einem Tisch ein klobiger Kasten stand. Mayerhuber setzte sich und nahm den Hörer ab. Eine freundliche Stimme fragte ihn nach der Nummer und er bat, mit Professor Lengsfeld an der Universität Marburg verbunden zu werden. Dass es schon fast Mitternacht war und brave Bürger normalerweise an ihren Kissen horchten, schreckte ihn nicht. Er kannte den Professor als

Nachtschwärmer und es war eher wahrscheinlich, dass er seine Studien im Büro an der Hochschule weiterführte, als zuhause zu weilen.

Während er wartete, kreisten seine Gedanken um das Gespräch, in das er den Interessenten verwickelt hatte. Mayerhuber kannte Marburg nicht, aber er hatte schon im Jahr zuvor den Professor für Chemie von der altehrwürdigen Marburger Universität in München kennengelernt. Er hatte einen Verdacht und wollte diesen bestätigt sehen. Erleichtert atmete er auf, als er die Stimme des Professors hörte. Er hatte also Recht gehabt mit seiner Annahme, ihn an der Universität eher zu erreichen als zuhause.

»Mein lieber Konrad, schön von Ihnen zu hören, was macht die Erfindung? Sie funktioniert, wie ich hörte, ein Kollege war in Paris und hat sie in Aktion gesehen?«

Mayerhuber lachte und plauderte eine Weile mit dem Professor, bevor er auf sein Anliegen kam. Er fragte ganz direkt, ob sein Freund den angeblichen Dr. Hammerschmidt und dessen Firma Marburg-Metallchemie kennen würde. Das Schweigen am anderen Ende der Leitung ließ ihn ahnen, dass sein Verdacht richtig war.

»In Marburg gibt es keine Firma dieses Namens. Und hat es auch nie gegeben, soweit ich weiß.« Mayerhuber hörte, wie der Professor nach seinem Assistenten rief. Noch so eine wunderliche Sache, oder auch nicht. Eine Nachteule wie der Professor suchte sich natürlich auch entsprechende Mitarbeiter. Dieser wurde ebenfalls gefragt, ob er schon mal von einer derartigen Firma gehört hatte. Doch auch von dieser Seite kam eine Absage. »In Marburg gab und gibt es keine nennenswerte Industrie. Das Wenige, was bisher nicht dem Ruin anheimfiel, steckt in großen Schwierigkeiten. Wenn es die Universität nicht gäbe, dann wäre Marburg nur noch eine unbedeutende kleine Residenzstadt. Und es gibt Bestrebungen, genau das aus Marburg zu machen. Wir sollen die Universität abwickeln und nach Kassel gehen. Oder uns mit Göttingen zusammenschließen. Was ein Wahnsinn – die älteste noch bestehende Universität aus protestantischer Gründung. Abgesehen davon kenne ich wohl neunzig Prozent aller Personen in Marburg, die einen Doktortitel tragen. Und wohl alle, die einen eben solchen Titel in Chemie besitzen. Es sind außer mir ganze drei. Ein Hammerschmidt ist nicht darunter. Ich empfehle also, dem Mann nicht weiter über den Weg zu trauen, als Sie ein Piano werfen können, Konrad.«

»Das dachte ich mir schon.« Nach einer kurzen Unterhaltung über Gott und die Welt legte Mayerhuber wieder auf. Einen Augenblick lang blieb er noch sitzen und schwankte, welcher der vielen Gefühlsregungen er nachgehen sollte. Resignation, Erschöpfung, Wut und Trauer stritten sich in ihm. Sogar der Gedanke, dem Elend ein Ende zu setzen und sich selbst zu entleiben, erschien ihm mit einem Mal gar nicht mehr so abwegig.

Dann fasste er einen Plan. Wenn auch in den nächsten Tagen kein ernsthafter Interessent mehr kam, dann würde er die Steuereinheit vernichten, ebenso die Pläne, mit denen er auf der Messe hausieren ging, seine Sachen aus dem Schließfach holen und verschwinden. Irgendwo würde er sicher von vorne anfangen können, auch ohne Wallenfels.

Ein Gedanke in seinem Hinterkopf wurde dabei dezent ignoriert. Wallenfels war niemand, der einen dicken Fisch so schnell vom Haken ließ. Mayerhuber konnte nur hoffen, dass seine Macht über die Grenzen von Hessen-Nassau hinaus eingeschränkt war und er sich in seiner Heimat Bayern sicher fühlen konnte. Doch das war reines Wunschdenken. Das wurde ihm schnell bewusst, als er sich selbst die Namen der vielen Firmen in seiner Heimat aufsagte, von denen er wusste, dass sie zum Imperium des Barons gehörten. In der allergrößten Not, wenn er schon an Selbstmord dachte, dann kam es auch nicht mehr darauf an, wenn er von Wallenfels verfolgt wurde. Seine Schergen würden sein Ableben sicher schnell und sicher herbeiführen, aber er wollte es ihnen nicht zu einfach machen. Man musste das Ganze sportlich sehen.

Im Haus war es dunkel und Mayerhuber fand den Lichtschalter für das Treppenhaus nicht. Eine einsame Gaslaterne auf der Straße schien durch das große Bleiglasfenster und hüllte die Treppen in ein düsteres Zwielicht. Als sich seine Augen daran gewöhnten, gab er die Suche nach dem Schalter auf und tappte nach oben zu seinem Zimmer.

Die Erkenntnis, dass man seinem Vorsatz alles zu vernichten zuvorgekommen war, erschloss sich Mayerhuber zu spät. Er hatte die Tür schon hinter sich geschlossen, als er das Chaos bemerkte. Doch er kam nicht mehr dazu, jemanden darauf aufmerksam zu machen.

Der dünne Draht schlang sich um Mayerhubers Hals und wurde gnadenlos zugezogen. Das scharfe Metall schnitt unbarmherzig ins Fleisch und nahm ihm die Luft zum Atmen. Seine Gegenwehr fiel entsprechend schwach aus und er sank röchelnd auf die Knie. Sein letzter Gedanke galt den armen Menschen auf dieser Welt, die von den Segnungen seines Erfindergeistes nun sicher nichts mehr abbekommen würden.

Totentanz

»Wie sehr hatte ich gehofft, nicht gleich wieder mit einem Mord konfrontiert zu werden, wenn ich an meinen Arbeitsplatz zurückkehre«, seufzte Peter, als er gemeinsam mit Richard Kogler zu Fuß durch den Regen eilte, weil der Tatort nur wenige Straßen vom Kommissariat entfernt gelegen war. »Und dann auch noch in der Innenstadt. Ich hoffe, das wird kein Fall, der den Falken im Stadtparlament zu sehr gelegen kommt.«

Richard grunzte nur und zuckte mit den Schultern. Karl Gördeler und Hartmut Lenze gingen ihnen voran und sahen sich kurz um, als sie Peter lamentieren hörten. »Denke nicht«, rief Hartmut zurück. »Es soll zwar brutal sein, aber dem Toten wurde etwas gestohlen, das für jemanden aus den Vorstädten wohl eher unbrauchbar ist, wenn ich das richtig verstanden habe.«

Peter seufzte noch einmal, doch mit ein wenig Erleichterung. Ein Mord in der noblen Innenstadt von Wiesbaden war schon schlimm genug, aber wenn man ihn mit Personen aus den armen Vorstädten in Verbindung bringen konnte, egal wie, dann gab es den Stadtoberhäuptern zu schnell einen Grund für üble Konsequenzen. Egal ob es zu einem Bürgerkrieg führen konnte oder nicht. Man vertraute darauf, dass die Polizei und das Militär schon alles regeln würde. Peter war da nicht so sicher wie die Herrschenden. Er konnte sich nicht vorstellen, dass Soldaten oder kleine Polizeibeamte auf Leute aus den Bevölkerungsschichten schossen, denen sie zum großen Teil – jedenfalls die untersten Befehlsempfänger – selbst entstammten.

Sie erreichten die kleine Villa an der Frankfurter Straße und klingelten an der Tür. Ein Polizist öffnete und wollte sich schon aufblasen, als er die Kriminalisten erkannte, die sich ihrer Ölhäute entledigten und ihn einfach beiseiteschoben.

»Wo ist das Opfer?«, fragte Peter. »Und ist Doktor Csákányi schon da?«

»Bei der Arbeit«, hörte er die Stimme des ungarischen Gerichtsmediziners aus der ersten Etage. »Kommen Sie rauf!«

»Doch praktisch, Sie jetzt im Josephs-Hospital zu haben. Einfach zentraler«, flachste Peter, als er das Zimmer erreichte. Bevor er jedoch eintrat, sah er sich aufmerksam um. Im Gang saß eine junge Frau auf einem Stuhl und weinte. Sie war blass und wurde von einer Polizistin mit Tee und frischen Taschentüchern versorgt. Er gab der Beamtin einen Wink, dass sie die Frau nach unten begleiten und dort warten sollte.

»Das ist aber auch der einzige Vorteil«, maulte Levente Csákányi und richtete sich vom Boden auf. »Passen Sie auf, da ist eine Blutlache. Man kann einen Fußabdruck darin erkennen, der nicht zu dem Zimmermädchen gehört, das ihn gefunden hat.«

Peter umrundete den Fleck gehorsam und beugte sich über den Toten, der ausgestreckt auf dem Rücken lag und mit vorquellenden Augen zur Decke starrte. Sein Mund war leicht geöffnet, als habe er noch etwas sagen oder schreien wollen. In seiner Miene lag so etwas wie Überraschung.

»Nun, die Todesursache ist jedenfalls eindeutig …«, brummte Peter und ging in die Hocke. »Eine Garotte?«

»So was in der Art. Auf jeden Fall ein scharfer Draht, denn er hat den Mann nicht nur erdrosselt, sondern fast den Kopf abgetrennt, deshalb auch das viele Blut.« Csákányi sah sich im Zimmer um. »Die Pensionswirtin sagte, er habe telefoniert und sei danach wieder hoch gegangen. Das war wohl so gegen Mitternacht. Sie hatte ihm noch das Telefonzimmer gezeigt und war selbst zu Bett gegangen. Wenn ich einen Todeszeitpunkt festlegen soll, dann wäre es angesichts des Fortschritts des Rigor Mortis und der Körpertemperatur in Bezug auf das wohl geheizte Zimmer, zwischen Mitternacht und ein Uhr. Der Mörder hat wohl die Abwesenheit des Mannes genutzt, um etwas in diesem Zimmer zu suchen und dann auf ihn gewartet. Vielleicht hat das Opfer den oder die Diebe auch gestört, weil er zu schnell von seinem Telefonat zurückkam. Es ist nicht auszuschließen, dass es zwei waren.«

»Der Mörder hat etwas gesucht, das ist eindeutig. So viel Chaos hat der Bewohner dieses Zimmers sicher nicht selbst verursacht ... doch hat er es auch gefunden?« Peter richtete sich wieder auf. »Na schön, dann beginnt jetzt der übliche Kleinkram. Gäste befragen, Spuren suchen, anfragen, mit wem er telefoniert hat und so weiter und so fort.«

»Viel Vergnügen. Ich darf ihn dann wegschaffen lassen?«

Peter betrachtete den Körper noch einmal genauer, zog sich dünne Ziegenlederhandschuhe über und durchsuchte die Taschen des Toten. Das dies schon jemand anderes getan hatte, wurde ihm klar, als er bemerkte, dass das Innere der Taschen auf der Innenseite des Jacketts nach außen gekehrt war. Etwas, das der Tote in der Hand hielt, interessierte ihn. Es war eine Karte aus feinstem Büttenpapier. Peter drückte dem Toten mühsam die Finger auseinander, weil die Totenstarre bereits eingesetzt hatte. »Dr. Martin Hammerschmidt, Metallchemie Marburg«, las er vor und steckte die Karte in sein Notizbuch. »Mal sehen, was der Herr uns über den Toten sagen kann.«

Er verließ den Raum und winkte nach zwei Polizisten, die eine Trage bei sich hatten, damit sie den Toten abtransportieren konnten. Peter wartete, bis sich die Männer mit dem Leib des kleinen, aber korpulenten Mannes über die schmale Treppe nach unten quälten und betrachtete dabei die Gesichter der Menschen, die gaffend hinter den finster dreinschauenden Wachpolizisten standen. Die Mienen der Meisten war von Schrecken geprägt, aber auch von morbider Faszination. Die wenigsten hatten wohl schon einen gewaltsam aus dem Leben Geschiedenen so nahe gesehen. Zwei Frauen wandten den Blick ab, als die Leiche abtransportiert wurde. Die Männer blieben hart und versuchten, möglichst unbeteiligt zu wirken.

Peter nutzte die Gelegenheit, den ihm am nächsten stehenden Mann anzusprechen: »Verzeihen Sie, Sie haben nicht zufällig das Nachbarzimmer inne?«

Der Mann schien plötzlich ein wenig verstört, doch er nickte automatisch und wies auf die Tür zur rechten des Zimmers an der Treppe, das der Tote bewohnt hatte. Ihm schien klar zu sein, welche Frage nun folgen würde und kam Peter zuvor: »Äh, ja, nun, ich bin gegen zehn Uhr schlafen gegangen und wenn die Augen zu sind, dann schlafe ich wie ein Stein ...«

Peter seufzte nur. Derartige Angaben hatte er befürchtet. Da erst das Zimmermädchen auf den Toten gestoßen war, musste der Täter sehr umsichtig vorgegangen sein. Lautlos und schnell. Sonst hätten wenigstens die direkten Zimmernachbarn etwas wahrnehmen müssen. Er beschloss, das Zimmermädchen zu fragen, ob sie ihm sagen konnte, was in dem Raum fehlte und lief die Treppe hinunter.

Im Salon traf er auf die Polizistin, die Hauswirtin und das Zimmermädchen, das noch immer in Tränen aufgelöst war. »Es tut mir leid, Sie damit konfrontieren zu müssen ...«, begann er, an die Hauswirtin gewandt, die ihm sehr viel stabiler vorkam. »Aber könnten Sie sich vielleicht das Zimmer ansehen und mir sagen, ob etwas von den Sachen des Herrn ... Mayerhuber hieß er, richtig? ... etwas fehlt? Wir haben ihn schon wegschaffen lassen, der Anblick des Zimmers an sich ist vielleicht nicht ganz so entsetzlich.«

»Ich komme mit Ihnen«, erwiderte die Hauswirtin und tätschelte dem Zimmermädchen die Wange. »Ich kenne den Besitz des Herrn Mayerhofer so gut wie das Mädchen. Er hatte nicht viel bei sich.«

Mit der älteren Dame in dem schlichten schwarzen Kostüm, das sie als Witwe kennzeichnete, kehrte Peter wieder in das Zimmer zurück. Sie trat in den Raum und blieb vor dem Blutfleck auf dem Teppich stehen. Für einen Augenblick wirkte sie, als wäre sie wütend über diese Beschmutzung ihrer Einrichtung, doch dann sah sie sich aufmerksam um. Peter war froh über ihren professionellen Umgang mit dem Tod. Sie war nicht so leicht zu erschüttern und fixierte jeden Winkel des Raumes mit dem geschulten Blick der gestrengen Hotelbesitzerin, die Wert auf Perfektion legte.

Schließlich drehte sie sich zu Peter um. »Herr Mayerhofer war ein Ingenieur und Erfinder. Er kam gerade erst aus Paris von der Weltausstellung zurück ins Reich und hatte eine Maschine, die er hier auf der Wirtschaftsmesse präsentierte. Sie wissen es sicher, diese findet auf dem

Gelände am Hohenstaufenplatz statt. Er schien den Leuten von der Messe nicht besonders zu vertrauen und schleppte einen Teil seiner Maschine immer mit sich herum. Einen Kasten mit vielen Knöpfen, Schiebern und Schaltern, in den man auch kleine Gläser und Patronen mit Flüssigkeiten hineinstecken konnte. Ich kenne mich mit so etwas nicht aus. Ich weiß nur eines: Der Kasten ist nicht hier. Und die Mappe mit den Zeichnungen der Maschine auch nicht.«

»Wie groß war dieser Kasten etwa?«, hakte Peter nach.

»Der Herr Mayerhuber trug ihn immer in einem Aktenkoffer mit sich.« Während sie das sagte, beschrieben ihre Hände die ungefähren Umrisse eines Koffers, so dass Peter einen Eindruck der Größe bekam. »Ach ja, und er hatte mich nach einer vertrauenswürdigen Bank mit Schließfächern gefragt. Ich nannte ihm die Privatbank des Herrn Mertesacker. Was er dort eingelagert hat, kann ich Ihnen leider nicht sagen, aber er müsste einen Schlüssel dafür haben.«

Peter runzelte die Stirn, als er den Namen hörte. Den Bankier Mertesacker kannte er bereits und er verabscheute den arroganten Mann zutiefst, der so gar kein Herz zu haben schien. Nicht einmal für den eigenen Sohn, den er sogar mit Freuden abgeschoben hatte, weil der Junge so ungewöhnlich war. Allerdings konnte er sich über eines sicher sein: Was auch immer der Tote im Schließfach hinterlassen hatte, es war sicherlich noch dort. Denn nur mit dem Schlüssel in der Hand würde der Dieb den Inhalt nicht bekommen. Die Mitarbeiter der Privatbank kannten ihre Kunden und gaben nichts an Fremde heraus, egal wie vertrauenswürdig sie erschienen oder welche Vollmachten sie vorlegten. Denn sicherlich hatte Mayerhuber bei der Anmietung des Safes entsprechende Verfügungen unterzeichnet.

»Das hilft uns sicher weiter, haben Sie vielen Dank. Ich wünschte, ich hätte häufiger Zeugen mit einem derart scharfen Blick wie den Ihren«, lobte er ehrlich erfreut. Die Hausdame nickte nur und zog sich würdevoll zurück.

Hartmut Lenze kam kurz darauf die Treppe hoch und schob ein paar Gäste, die der Tür des Zimmers zu nahekamen, einfach beiseite. »Die

Hausdame lässt fragen, ob sie das Zimmermädchen nach Hause gehen lassen kann. Sie dürfte heute nicht mehr zu weiterer Arbeit fähig sein.«

Peter nickte und sah sich weiter aufmerksam in dem Raum um, der zwar ein angenehmer Aufenthaltsort war, jedoch, wie bei Hotelzimmern üblich, keine persönliche Note besaß. Mit seinen behandschuhten Händen öffnete er schließlich den Kleiderschrank, in dem nur wenige Dinge lagen. Ein paar frisch gewaschene Hemden mit steifem Kragen, Unterwäsche, zwei weitere Anzughosen und ein Gehrock, der wärmer gefüttert war als der, der über dem Herrendiener neben dem Bett hing. Die Ausrüstung eines Reisenden mit leichtem Gepäck.

Oder die Ausrüstung eines Reisenden, der nicht das Geld besaß, um größere Garderobe mit sich zu führen. Peter nahm eines der Hemden heraus und stellte fest, dass der Kragen schon ziemlich abgewetzt war und die Spuren nicht mehr zu entfernenden Kragenspecks trug. Die Ärmel der Anzugjacken waren ebenso wie die Knie der Hosen heller und abgerieben, die Strümpfe gestopft.

»Was hatte der Mann hier verloren? Er sieht mir nicht danach aus, als könne er sich eine Unterkunft wie diese zu derart problematischen Zeiten - während einer Ausstellung oder eines Kongresses - leisten.«

»Oh, da kann ich vielleicht schon weiterhelfen«, meldete sich Lenze. »Das Zimmer wurde nicht von Herrn Mayerhuber bestellt – und auch nicht bezahlt. Er war auf Einladung einer anderen Person hier ...«

Das Zögern am Ende des Satzes ließ Peter aufhorchen. »Alles, bitte nur einen einzigen Namen nicht«, seufzte er. Doch Lenzes süffisantes Grinsen ließ ihn wissen, dass es eben genau dieser Name war, den er zu hören bekommen würde.

»Baron Wilhelm von Wallenfels«, erwiderte Lenze. »Doch, leider, genau der.«

»Na schön, finde heraus, wen Mayerhuber angerufen hat und ich forsche nach dem Herrn auf der Karte. Ich werde auch auf die Ausstellung gehen, um herauszufinden, was das für eine ominöse Maschine ist, die Mayerhuber präsentierte. Wenn der Baron ein so großes Interesse daran hatte, dann schwant mir nichts Gutes.«

*

»Konrad Mayerhuber?« Der elegant gekleidete junge Mann, der in einem gediegen eingerichteten Salon Gäste aus aller Welt begrüßte, war über die beiden Polizeibeamten nicht besonders glücklich, die von den Wächtern am Eingang an ihn verwiesen worden waren. Ihre Wachsmäntel troffen vom Regen und ein Diener in Livree wurde eiligst herangerufen, um sie davon zu befreien, damit sie den kostbaren Teppich nicht beschmutzten. »Oh ja, natürlich, wir vermissen ihn schon schmerzlich. In einer halben Stunde war die erste Vorführung seiner wundervollen Maschine geplant. Aber er ist bislang noch nicht aufgetaucht, ich kann Ihnen leider nicht weiterhelfen.«

»Ich fürchte, sie haben mich missverstanden, Herr ...«, fing Peter an, dem Mann den Schwung zu nehmen.

»Lorenz Lagarde«, stellte er sich vor. »Verzeihung, wie meinen?«

»Worauf ich hinauswollte, war, dass ich SIE um Informationen übern Herrn Mayerhuber und das Objekt bitten wollte, das er hier ausstellt. Herr Mayerhuber wird nämlich leider nicht mehr kommen können. Nie mehr.«

Der junge Mann wurde blass und sah sich hektisch um, ob jemand unter den Gästen das Gespräch verfolgte. Dann fing er sich wieder. »Oh, bitte, kommen Sie in mein Büro ... Nicht hier.«

Peter und Richard folgten ihm durch eine Seitentür in einen langen, schmalen Flur, der so gar nichts von der Pracht des Salons hatte. Hier wurde den beiden Beamten schnell deutlich, dass das ganze schöne Gebäude, durch welches man das Ausstellungsgelände betreten konnte, nichts als Fassade war. Kaum mehr als eine billige Holzkonstruktion mit viel Putz und Zierrat. Alles sollte spurlos wieder verschwinden, wenn die Messe beendet war.

Das Büro Lagardes war dementsprechend nüchtern und irgendwie wollte der junge Mann, der mit der neusten modischen Kleidung ausstaffiert war und ein wenig wie ein Pfau inmitten von Tauben wirkte, nicht so recht hineinpassen. »Wenn Sie mir jetzt bitte sagen könnten, was passiert ist?«

»Nun, Herr Mayerhuber wurde heute früh von einem Zimmermädchen tot in seinem Pensionszimmer aufgefunden. Er wurde ermordet.« Peter beobachtete das Gesicht des jungen Mannes, während er jedes einzelne Wort deutlich betonte.

»Großer Gott!«, rief Lagarde aus und suchte mit der Hand Stütze an seinem Schreibtisch. »Das ist wirklich schauderhaft. Ich muss sofort die Vorführung absagen ...«

Er griff zu einem Telefon und wählte eine Nummer, um genau das zu tun. Einen Grund nannte er seinem Gesprächspartner zunächst nicht, wofür Peter ihm dankbar war. Aber ganz offensichtlich war der junge Mann für derartige Aufgaben auch besonders geschult worden. »Wie kann ich Ihnen helfen?«, fragte er dann, die Stimme schon wieder etwas fester. »Ermordet sagen sie? Aber warum ... wie? War es ein Raubüberfall? Oh, Sie sagten, in seinem Zimmer?«

»Ein Raubüberfall war es ganz sicher, denn es fehlen offensichtlich wichtige Dinge. Unter anderem ein Koffer mit einem technischen Gerät und eine Mappe mit Konstruktionszeichnungen«, erklärte Peter und ließ dabei Lagardes Mienenspiel nicht einen Augenblick aus den Augen. »Die Hausdame hat den Aktenkoffer beschrieben und gesagt, dass Mayerhuber nie ohne ihn das Haus verließ. Was auch immer darin war, er hing sehr daran.«

»Das kann man wohl sagen«, stöhnte Lagarde. »Ich gestehe, ich habe keinerlei Ahnung von technischen Dingen, aber ich sehe es, wenn ein Mensch etwas als elementar betrachtet. Und Herr Mayerhuber hat für seine Erfindung gelebt! Das technische Teil, das sie nannten, war so etwas wie das Herzstück seiner Erfindung, ohne das seine Maschine nicht arbeiten kann. Und was für eine Maschine das ist ... Ich dachte immer, mich könne nichts mehr beeindrucken, was moderne Technik angeht, aber diese hat es geschafft. Eine großartige Sache. Zu schade, dass wir sie ihnen nicht mehr vorführen können, sie wären sicher nicht weniger begeistert. Oh Himmel, der Dieb hat doch hoffentlich nicht auch die Patentakten gestohlen? Herr Mayerhuber wollte ein paar Dinge noch patentieren lassen, doch er hatte keine Mittel mehr dafür und suchte hier nach Investoren.«

»Wir haben erfahren, dass Herr Mayerhuber bei einer Privatbank ein Schließfach innehatte. Ich gehe davon aus, dass derart wichtige Dinge dort gelagert waren und noch immer werden. Und für mein Dafürhalten können sie auch gerne dortbleiben. Jedenfalls so lange, bis wir den oder die Mörder dingfest gemacht haben. Aber ich würde die Maschine doch sehr gern sehen und vielleicht kann mir jemand erklären, was daran so unglaublich sein soll?«

»Bitte, kommen Sie, ich führe Sie hin. Sicher ist jemand vom technischen Personal des Herrn Baron von Wallenfels da, der Ihnen etwas dazu sagen kann.«

Lagarde hatte sich schon von ihnen abgewandt und öffnete eine Seitentür aus seinem Büro. So konnte er nicht sehen, wie Peter bei der Erwähnung des Namens zusammengezuckt war. Seufzend folgte er ihm mit Richard im Schlepptau. »Baron von Wallenfels? Verzeihung, was hat er damit zu tun?«

»Oh, Herr Mayerhuber war, wie ich eben schon erwähnte, wegen des langen Weges der Patentierung, der hohen Kosten für den Betrieb und die Standmiete der Maschine bei der Weltausstellung in Paris weitgehend mittellos. Herr von Wallenfels hatte ihm angeboten, die Maschine in seiner Halle ausstellen zu dürfen und ihm auch die nötigen Mittel zur Verfügung gestellt.«

»Wie überaus großzügig!«

Etwas in Peters Tonfall schien dem jungen Mann aufgefallen zu sein, denn er sah sich zu ihm um. Doch wenn er Groll wegen Peters schnippischer Art haben sollte, so ließ er es sich nicht anmerken. Als er jedoch nach einer Weile Zögern mit einer Erklärung ansetzte, hörte Peter deutliche Vorsicht in seinen Worten. »Ja, sehr großzügig. Ich meine gehört zu haben, dass der Baron Herrn Mayerhuber einen Handel angeboten hat, weil der ihm das Patent der Maschine nicht verkaufen wollte. Herr Mayerhuber sollte hier um einen anderen Investor werben, und, wenn ihm das gelänge, die entstandenen Kosten wieder begleichen. Ansonsten wäre es einfach nur eine nette Geste geblieben.«

Richard lachte rau, als er das hörte, schwieg aber. Peter schenkte ihrem Begleiter ein schiefes Grinsen. »Sie glauben gar nicht, wie gespannt ich auf diese Maschine bin, die den Baron zu derartigen Großzügigkeiten verleitet hat.«

Er konnte sich sehr genau vorstellen, welche Hintergedanken der Baron dabei gehabt hatte. Und vor allem wusste Peter, wie viele Strohmänner bei Baron von Wallenfels auf der Lohnliste standen, um unauffällig alles in seine Hände zu bekommen, was er wollte. Egal, welche Widerstände sich zeigten. Geld war sein geringstes Problem.

Lagarde öffnete eine schmale Tür zu einer gewaltigen Halle, die den Luftschiffhallen in Kelsterbach nicht unähnlich waren. Und wieder zog sich Peters Magen zusammen. Die Erinnerung an die Lieblingsspielzeuge des Barons, die Luftschiffe vom Typ »Pazuzu«, war einfach noch zu frisch. Und tatsächlich kehrten alle Erinnerungen schlagartig zurück, als er die Halle betrat und sich umsah. Die Halle war nicht nur einer Luftschiffhalle nachempfunden. Es war tatsächlich eine. In der Mitte schwebte ein Exemplar der so genannten »Windläufer«-Klasse, eine etwas schmalere und kürzere Version der Pazuzu. Ebenfalls geeignet, um schwere Lasten zu heben, dabei aber auch sehr schnell. Mit besonders leistungsstarken, neuartigen großen Motoren. Peter hatte einiges über diese Schiffe gelesen, nun stand er staunend davor.

»Nun, da hat der Baron aber keine Kosten und Mühen gescheut«, stellte Richard nüchtern fest und holte auch Peter wieder in die Realität zurück.

»Die Kosten werden sich für den Herrn Baron ganz sicher amortisieren«, erwiderte Lagarde mit einem seligen Tonfall. »Wenn diese Ausstellungsfläche wieder geräumt wird, will der Stadtrat sie nutzen, um ein eigenes kleines Flugfeld einzurichten. Für Reisende. Kelsterbach ist doch ein wenig weit weg und unpraktisch zu erreichen.«

»Nachtigall, ich hör' dich mit der Dampfwalze durch den Vorgarten fahren ...«, murmelte Peter, der anfing, ein paar lose Fäden zu verknüpfen.

Lagarde hatte es nicht verstanden und sah ihn fragend an, doch Peter hatte nicht vor, sich zu erklären. Richard hingegen hatte ihn gehört und grinste breit. Lagarde ging weiter voran zu einem kleinen Nebenraum, dessen Dach in zwei Hälften nach Außen aufgeklappt werden konnte. Darin stand ein ungewöhnliches Gerät mit großen, nach oben gerichteten Trichtern und einem undurchschaubaren Gewirr aus Röhren. Daneben stand eine Dampfmaschine, die wohl die Energie für deren Betrieb lieferte. Peter und Richard betrachteten die Maschine ausgiebig, doch keiner der beiden konnte sich vorstellen, für was sie zu gebrauchen war.

»Was soll diese Maschine denn nun bewirken?«, fragte Peter ratlos. »Ich kann mir ganz ehrlich keine Verwendung dafür vorstellen.«

»Diese Maschine kann Einfluss auf das Wetter nehmen«, erklärte Lagarde mit einem seligen Gesichtsausdruck. »Ich wollte es selbst nicht glauben, aber ich war bei der ersten Vorführung dabei. Es regnete genauso stark wie heute, aber über dieser Halle war plötzlich ein Loch in den Wolken und die Sonne schien herein. Ein grandioser Anblick. Ich sehe, Sie glauben mir nicht und ich wünschte wirklich, es Ihnen zeigen zu können, doch ohne das Steuergerät des Herrn Mayerhuber ist diese Maschine …« Er sah sie traurig und ein wenig wütend an. »… ist sie eigentlich nichts weiter als ein Haufen Altmetall.«

Aus der großen Halle drang aufgeregtes Stimmengewirr zu ihnen herüber und Peter sah zurück. Es gelang ihm nicht, das »heilige Scheiße« zu unterdrücken, das ihm auf die Lippen sprang, als er inmitten der Gruppe Menschen den Baron von Wallenfels erkannte.

»Oje, sicher hat er schon gehört, dass die Vorführung ausfällt. Er wollte heute jemanden einladen«, stöhnte Lagarde und ging der Gruppe entgegen.

»Wär besser, wenn wir uns verzischen könnten, oder?«, raunte Richard Peter zu.

»Da müssen wir jetzt durch. Und ganz ehrlich, ich bin gespannt, wie der Baron reagiert. Ich will wissen, wie tief er in der Sache drinsteckt.«

Aus der Gruppe lösten sich zwei muskulöse Männer und in ihrer Mitte lief der Baron. Lagarde folgte ihm mit verzweifeltem Gesicht. »Was muss ich da hören, meine Herren? Was ist mit Herrn Mayerhuber geschehen?«

»Herr Baron, Herr Mayerhuber wurde heute früh in seinem Hotelzimmer tot aufgefunden. Man hat ihn auf grausame Art ermordet, seine Sachen durchwühlt und einige Dinge gestohlen. Darunter, laut Aussage der Hausdame, einen Aktenkoffer mit technischem Gerät und Plänen«, wiederholte sich Peter.

Eine Musterung der wenigen Gesichtszüge des Barons, die noch Gefühle widerspiegeln konnten, ließ ihn wissen, dass der Industrielle mit der Ermordung sehr wahrscheinlich nichts zu tun hatte. Wallenfels beschritt andere Wege, um jemanden wie dem renitenten Mayerhuber die Früchte seiner Arbeit zu entreißen. Da brauchte er sich nicht mit einem Mord in Verbindung bringen zu lassen. »Wie ich hörte, war Herr Mayerhuber auf Ihre Einladung hier? Könnten Sie sich irgendjemanden vorstellen, der ein Interesse daran haben könnte, sich die Erfindung auf diese Art unter den Nagel zu reißen?«

Wallenfels gab ein metallisch klingendes Lachen von sich. »Mayerhuber hat es mit seinem dummen Pazifismus geschafft, sämtliche Interessenten für seine Erfindung gegen sich aufzubringen. Aber nicht erst hier. Wie ich hörte, war das auch schon auf der Pariser Weltausstellung so. Niemals wollte er das Patent an jemanden verkaufen, der es vielleicht als Waffe verwenden würde. Lieber wollte er verhungern.«

Das machte den Toten für Peters Empfinden richtig sympathisch und sein Verscheiden umso bedauerlicher. Einen Moment lang fragte er sich, wie eine Maschine, die das Wetter beeinflusste, auch als Waffe dienen können sollte, aber es fielen ihm schnell einige Beispiele ein. Im Augenblick aber wollte er nur dem Zugriff des Barons entkommen, der ihn mit einem Blick fixierte, als wolle er ihn auf der Stelle töten. »Gibt es eine Möglichkeit herauszufinden, mit welchen Personen Herr Mayerhuber hier auf der Ausstellung gesprochen oder über einen Verkauf verhandelt hat? Wurde darüber in irgendeiner Art und Weise Buch geführt?«

Nun beeilte sich Lagarde mit einer Antwort. »Da es viele Interessenten gab, hat Fräulein Pfenning einen Terminkalender für Herrn Mayerhuber geführt. Ich werde sie informieren, dass man Ihnen den Kalender überlässt.«

»Vielen Dank, das wäre sicher hilfreich.« An den Baron gewandt, fuhr Peter fort: »Oder würde Ihnen spontan eine besonders verdächtige Person einfallen, der Sie eine derartige Schandtat zutrauen, Herr Baron?«

Die Braue über dem gesunden Auge des Barons hob sich und der Mundwinkel verzog sich spöttisch. Wallenfels wusste genau, dass Peter einen derart skrupellosen Menschen gut genug kannte. Ihn selbst.

»Ich fürchte, da kann ich Ihnen nicht helfen. Aber vielleicht liefert Ihnen der Terminkalender tatsächlich ein paar Hinweise. Sie entschuldigen mich? Ich habe noch andere Geschäfte zu führen.«

Sprach es, und verschwand in Begleitung seiner Leibwächter wieder. Peter und Richard fielen Felsbrocken größeren Kalibers vom Herzen, als der Baron außer Sicht war. Lagarde kehrte mit einer jungen Frau zurück, die eine Kladde in Händen trug. Tränen liefen ihr über die Wangen.

»Fräulein Pfenning?«, fragte Peter sie und die Frau nickte unter Tränen.

»Ich hoffe, der arme Herr Mayerhuber hat nicht leiden müssen?«, schluchzte sie.

Peter schüttelte den Kopf und reichte ihr ein Taschentuch. »Nein, das nicht. Sein Ende kam schnell, nur leider viel zu früh. Sind das seine Termine?«

Sie gab ihm das Buch und Peter blätterte es durch. Die junge Frau war eine penible Sekretärin. Nicht nur, dass sie die gewünschten Termine notiert hatte, sie hatte auch nachträglich ein paar Bemerkungen über die Ergebnisse der Besprechungen eingefügt. Die Namen der Gesprächspartner sagten Peter nichts, doch steckten die Geschäftskarten im Buch, sodass er Adressen und Telefonnummern hatte.

»Benötigen Sie diesen Kalender noch?«, fragte er. Die junge Frau schüttelte den Kopf. »Gut, dann werde ich ihn an mich nehmen und mich durch die Kontaktadressen arbeiten. Vielleicht kann mir ja jemand einen Tipp geben. Herr Lagarde, da man die Maschine ja, wie ich annehme, so nicht verwenden kann, wäre es sicher gut, wenn Sie die Seitenhalle verschließen würden. Und vielleicht geben Sie Fräulein Pfenning heute besser frei. Ich glaube, sie braucht ein wenig Erholung.«

Wiedersehen

Verblüfft blieb Peter vor seiner Haustür stehen, als er fröhliches Stimmengewirr und das Lachen zweier Frauen aus seiner Wohnung vernahm. Schnell trat er ein, weil er ahnte, wer da zu Besuch war.

»Aaah, da ist er ja! Ich hoffe, du bist nicht mehr in Dienst, Bruderherz, damit du mit uns anstoßen kannst!«

Paul kam aus dem Salon und umarmte ihn herzlich. Peter strahlte selig. »Schön, dass du hier bist! Das rettet mir diesen Tag.«

»Oha, so schlimm? Na, dann komm rein. Valerian hat Champagner mitgebracht, der tatsächlich noch einen guten Geschmack hat!« Paul zog ihn mit in den Salon, nachdem sich Peter seiner Regenkleidung entledigt hatte.

Katharina saß mit Sebastian im Arm auf dem Sofa, Celeste servierte kleine Häppchen und Valerian goss ein weiteres Glas sprudelnden Champagners ein. »Mein lieber Schwager«, begrüßte der Franzose Peter, als er in der Tür erschien und das fröhliche Treiben mit schiefem Grinsen bedachte. Er kam zu Peter und umarmte ihn ebenfalls.

Peter ließ sich auf einen Sessel sinken und mit Essen und Getränken versorgen, während Valerian weiter Geschichten von der Hochzeit zum Besten gab, zu der er geladen gewesen war. Auch wenn die Verstimmung wegen seines Vaters noch an ihm nagte, so hatte der junge Künstler doch ein paar angenehme Stunden bei seiner Familie verbracht. Besonders die langen Gespräche, die er mit seiner Cousine geführt hatte, während er sie malte, schienen ihm gut getan zu haben. Die Ablenkung tat auch Peter wohl und nach dem dritten Glas Champagner machte sich eine wohlige Wolke der Ruhe in seinem Kopf breit.

Nach einer Weile verabschiedete sich Katharina, für die es noch zu belastend war, lange zu sitzen oder aufmerksam zu bleiben, und zog sich in das zweite Geschoss des Hauses zurück, in dem das Schlafzimmer und das Kinderzimmer waren. Celeste kam noch einmal kurz zu ihnen, nachdem sie Katharina geholfen hatte und teilte mit, dass auch das Gästezimmer vorbereitet war. Dann verließ sie das Haus, weil sie bei ihrem zukünftigen Gatten Hartmut Lenze übernachten wollte.

Die drei Männer blieben im Salon sitzen und Valerian schenkte noch einmal nach. »Soso, ihr bleibt also bei uns?«, fragte Peter, dessen Zunge langsam schwer zu werden begann.

»Das wirst du uns doch hoffentlich gönnen, Bruderherz«, gab Paul grinsend zurück. »Wegen der Ausstellung auf dem Hohenstaufengelände ist es momentan absolut unmöglich, ein anständiges und bezahlbares Hotelzimmer in der Innenstadt zu bekommen. Da kam uns Katharinas Angebot sehr gelegen.«

Diese Bemerkung brachte die Erinnerungen an den vergangenen Tag zurück. Peters Gedanken schweiften wieder ab. Das fiel seinem Bruder sofort auf.

»Hattest du einen schweren Tag?«

»Ja ... einen Mord in einer Pension in der Innenstadt. Hat mit der Ausstellung zu tun, deshalb war ich gleich wieder in Gedanken dabei. Tut mir leid, ich wollte euch damit nicht belasten«, erklärte Peter ausweichend. »Warst du eigentlich auf der Weltausstellung, Paul? Du hattest es vor, oder?«

»Ich war an mehreren Tagen dort und ich fand es wirklich hochinteressant, jedenfalls teilweise. Manche Dinge dort sind nur nett gewesen, schöne Ideen, aber nichts, was Einzug in die Normalität halten wird. Aber eine Sache war wirklich faszinierend und so weit ich weiß, sollte diese Maschine auch hier ausgestellt werden. Wobei ich hoffe, dass der Erfinder meine Warnung noch bekommen hat und NICHT hierhergekommen ist«, erzählte Paul und stockte, als er Peters Stirnrunzeln sah. »Ich hoffe, wir reden hier nicht von demselben Ausstellungsstück: Es war eine Wettermaschine, die tatsächlich funktionierte, einfach grandios...«

Peters entgleisende Gesichtszüge beantworteten Pauls Frage und er beendete sein Schwärmen sofort. »Oh mein Gott, du willst doch nicht etwa sagen, dass man Herrn Mayerhuber, den Erfinder der Wettermaschine, ermordet hat?«

»Doch, genau das ... Paul, wenn du ihn kanntest, dann erzähle mir bitte von ihm. Vor allem ... Du hast ihn gewarnt? Warum? Wovor?«

Paul begann mit seiner Erzählung bei der ersten Begegnung mit Mayerhuber in der Gemäldeausstellung. Berichtete von der Vorführung der Maschine und dem wundervollen Effekt, den sie erzielte. Von Wallenfels, der ebenfalls der Vorführung beigewohnt hatte und von dem Streit Tage später in der Ausstellungshalle. Er bemühte sich, das Gehörte möglichst genau wiederzugeben und erwähnte den Brief, den er an Mayerhuber geschrieben hatte, um ihn davon abzuhalten, nach Wiesbaden zu kommen, und in dem er ihn warnte, dass Wallenfels nicht zu trauen sei.

Peter hörte ihm schweigend und in Gedanken versunken zu. Er schwieg auch noch, als Paul schon lange geendet hatte. »Nun, dann hat Mayerhuber entweder den Brief nicht bekommen, oder er hat deine Warnung ignoriert. Jedenfalls ist er hierhergereist und hat seine Maschine vorgeführt. Es hat wohl auch einige Interessenten gegeben, die wir zurzeit überprüfen. Er schien dem Braten aber selbst nicht zu trauen, denn er hat seine Maschine soweit umgebaut, dass sie nur funktionierte, wenn man das Steuerpult besaß, das in eine Aktentasche passte. Diese Tasche ist zusammen mit einer Mappe voller Pläne verschwunden. Nun ist er tot, ermordet in seinem Hotelzimmer, das Wallenfels so großzügig bezahlt. hat. Und da Wallenfels sehr direkt damit zu tun hat, wird das für uns Ermittler ein hartes Brot. Dein Verdacht mit den Strohmännern ist naheliegend, ich fürchte, da waren einige für Wallenfels tätig. Was, wenn einer sein eigenes Süppchen kochen wollte? Dann ist er mit falschem Namen und allen Informationen ausgestattet, die Wallenfels ihm schon gegeben hatte, bei Mayerhuber aufgetaucht und wir suchen uns einen Wolf. Obwohl, dass wäre auch ein verdammt gefährliches Spiel. Sicherlich überprüft Wallenfels gerade selbst seine ganzen Strohmänner. Sollten sie etwas mit dem Diebstahl zu tun haben – der Mord interessiert ihn sicher weniger – dann hält er gewiss schon sehr bald die Sachen in Händen. Und wir finden irgendwann, irgendwo einen weiteren Toten. Wie auch immer, ich habe nicht die blasseste Ahnung, wo ich anfangen soll.«

»Weiß Wallenfels schon vom Tod des Mannes?«, hakte Paul nach und bekam ein bestätigendes Nicken von Peter. »Wie hat er darauf reagiert?«

»Schrecken und Entsetzen kann man von ihm ja nun wirklich nicht erwarten, aber er machte den Eindruck, dass es ihn wurmte. Ich würde fast behaupten, dass er nichts mit der Ermordung zu tun hat, auch nicht durch Strohmänner, denn es ist ihm durch die Lappen gegangen. Ich weiß ehrlich gesagt nicht, was für den Dieb und Mörder jetzt gefährlicher ist: Meine Ermittlungsarbeit oder Wallenfels, der sicherlich eigene Nachforschungen anstellt. Ich hoffe nur, wir kommen uns dabei nicht ins Gehege.«

»Hm, wenn es so ist wie du sagst, dann würde ich behaupten wollen, dass Wallenfels jetzt der gnadenlosere Jäger ist«, gab Paul zu bedenken. »Du willst einen Mörder fangen. Wallenfels einen Dieb, der ihm etwas entzogen hat, das er unbedingt haben wollte. Und du weißt noch besser als ich, was er in einem solchen Fall für ein Bluthund sein kann.«

»Da kann man dem Dieb eigentlich nur wünschen, dass er von dir gefunden wird, lieber Schwager. Wenn Wallenfels ihn in die Finger bekommt ...«, flachste Valerian.

»Ich weiß nicht, ich glaube, bei mir hätte er auch keine Gnade zu erwarten. Der Mord war so unglaublich brutal ...« Müdigkeit überfiel ihn plötzlich und er gähnte herzhaft. Sein Blick fiel auf einen Korb, der neben Pauls Sessel stand und aus dem ihn ein metallener Kopf ansah. Mit großen, tiefen Augenhöhlen und spitz zulaufendem Maul. »Was gibt das denn, großer Bruder?«

»Paul ist unter die Spielzeugfabrikanten gegangen«, lachte Valerian.

Paul nahm die einzelnen Teile aus dem Korb und legte sie nebeneinander auf den Boden. »Ach, nur eine Spielerei, auf die ich während der Weltausstellung gekommen bin. Wenn es jemals funktionieren sollte, dann schenke ich es Sebastian. Bis es soweit ist, ist er sicher auch schon groß genug dafür.«

»Paul stellt sein Licht mal wieder unter den Scheffel, ich bin mir sicher, dass er es ganz schnell fertigbekommt und dass es auch funktioniert«, mischte sich Valerian ein.

Interessiert betrachtete Peter die Einzelteile, die zusammen eine Art chinesischen Drachen ergaben, dessen Gliedmaße mit Zahnrädern und -stangen bewegt werden sollten. Sogar der Hals war aus sieben einzelnen Platten, unter denen Seilzüge laufen konnten und dann den wirklich fein gearbeiteten und finster aussehenden Kopf hoch und runter gleiten lassen konnten. Auch die Augenlider schienen beweglich zu sein. Es wunderte Peter nicht. Paul war ein Tüftler, der schon immer gerne mit Uhrwerken gearbeitet hatte, wenn er sich von seiner Arbeit als Architekt ablenken oder erholen wollte. Metallbearbeitung machte ihm Spaß. »Wirklich eine tolle Arbeit, Paul. Ich nehme an, es soll sich irgendwie von alleine bewegen?«

»Mittels einer kleinen Dampfmaschine, ja, deshalb musste er auch aus Metall sein. Und deshalb konnte ich ihn nicht größer machen, denn dann wäre er viel zu schwer geworden. Ein Spielzeug, mehr nicht. Ein Spielzeug für große Kinder, wie ich es bin«, gab Paul augenzwinkernd zurück. »Aber nun sollten wir wohl besser unsere müden Häupter in die Kissen drücken. Du siehst auch müde aus und du hast einen Mörder zu fangen!«

EXISTENZEN

»Und, konntet ihr herausfinden, wen Mayerhuber angerufen hat?«, war Peters erste Frage, als er in seinem Büro in der Nähe des Wiesbadener Stadtschlosses ankam.

Richard reichte ihm eine Notiz mit einer Nummer aus Marburg, die Peter sofort mit dem Anschluss auf der Karte des Doktor Hammerschmidt abglich. Es war eine andere Nummer.

»Gehört einem Professor Lengsfeld an der Universität, ist aber noch nicht zu erreichen. Laut der Dame, die meinen Anruf entgegennahm, kommt er immer erst gegen Mittag zur Arbeit und schuftet dann bis spät in die Nacht. Von einem Anruf Mayerhubers wusste sie nichts«, erklärte Richard.

»Hm.« Peter blieb unschlüssig an seinem Schreibtisch stehen. »Hast du schon versucht, Leute aus dem Kalender zu erreichen?«

»Ein paar, ja, sie waren erst ein wenig ungehalten, aber sobald sie erfahren, um was es geht, werden die meisten sehr umgänglich. Die Nummer auf der Karte, also dieser Dr. Hammerschmidt ...«

»Der existiert nicht, richtig?« Peter verzog seine Lippen zu einem schiefen Grinsen. »Hatte ich schon im Urin.«

»Dann geh mal zum Doktor!« Richard lachte polternd. »Und wie willst du dem Herrn jetzt auf die Spur kommen? Warum ahntest du das schon?«

Peter klopfte nachdenklich mit der Karte auf seine Handfläche. »Zwei Dinge: Mayerhuber hatte die Karte in der Hand, der Anruf in Marburg galt also diesem Dr. Hammerschmidt. Wenn er den nicht erreichen konnte, so wie wir, dann versuchte er vielleicht, jemanden zu diesem Herrn Hammerschmidt zu befragen. Eben jenen Professor Lengsfeld in Marburg. Oder er hat den Professor direkt über diesen Hammerschmidt befragt. Wann hatte Mayerhuber einen Termin mit diesem Herrn? Vielleicht kann uns das Fräulein Pfenning ja helfen. Ich hatte den Eindruck, dass sie eine sehr gute Sekretärin ist, schließlich notierte sie auch Einzelheiten zu den Gesprächen. Vielleicht kann sie uns sogar eine Beschreibung des Herrn geben.«

Richard nannte ihm Datum und Uhrzeit. Es war ein Nachmittagstermin an Mayerhubers Todestag. Peter verließ das Büro wieder, das ihm trotz des schlechten Wetters in seiner Enge beklemmend erschien. Sein Weg führte ihn zurück zum Ausstellungsgelände und mit Erlaubnis Lagardes in die Hallen des Herrn von Wallenfels. Jetzt fiel ihm auch auf, dass diese Halle, anders als die übrigen Ausstellungsflächen und die seitlichen Anbauten, alles andere als ein ›fliegender Bau‹ war, der schnell auf- und wieder abgebaut werden konnte. Diese Halle sollte bleiben und Heimat für das Luftschiff werden, das darin präsentiert wurde.

Einen Augenblick lang gönnte er sich eine Betrachtung des Ungetüms mit den übergroß und hecklastig wirkenden Antriebsrotoren. Eine schöne Formgebung eigentlich, befand er, doch die Anbauten unter dem Bug gefielen ihm gar nicht. Es schien nur eine stabile Metallplatte zu sein, doch waren zwei schlitzförmige Öffnungen darin T-förmig angeordnet, unter der Pilotenkanzel quer und mittig nach unten. Diese waren mit Lamellen verschlossen. In Peters Vorstellung wurden diese Lamellen geöffnet und man konnte ein Geschützrohr sehen, das nach vorn, hinten und nach unten einen weiten Winkel abdecken konnte.

Damit sollen nicht nur Vergnügungsreisen gemacht werden, dachte er mit finsterer Miene. Dann besann er sich des Grundes seine Anwesenheit und suchte nach der Sekretärin.

Er fand sie hinter einem Paravent, über verschiedenen Akten brütend. Neben ihr zischte eine Dampftypenschreibmaschine neuster Bauart, die nicht mehr so massig war wie jene, welche die Polizeisekretärinnen nutzten. Sie wirkte seltsam abwesend und ihr Versuch, die rot verweinten Augen mit Makeup und Puder zu verbergen, war ihr nur halb gelungen. Um sie nicht zu erschrecken, trat er von vorne auf den Schreibtisch zu und sprach sie nicht von der Seite an.

Sie sah auf und schien einen Moment zu brauchen, um sich an ihn zu erinnern, dann sprang sie hektisch von ihrem Stuhl hoch. »Herr Kommissar, bitte entschuldigen Sie ...«

»Nicht doch, Fräulein Pfenning, ich sehe, wie sehr Sie das Ereignis mitgenommen hat. Ich hoffe, ich kann Sie trotzdem mit ein paar Fragen belästigen?«

Sie wies auf einen Stuhl, den sich Peter heranholte und ihr gegenüber abstellte. Dann legte er die Karte des Doktor Hammerschmidt vor der jungen Frau auf den Tisch. »Dieser Mann hatte einen Termin bei Herrn Mayerhuber, am Tag seines Todes. Können Sie sich an diesen speziellen Herren erinnern? Vielleicht, wie er aussah? Es scheint nämlich so, dass er nicht existiert. Jedenfalls nicht mit diesem Namen.«

Stirnrunzelnd betrachtete sie die Karte und fing dann an, in ihren Notizen zu blättern. »Ja, richtig ... Ich erinnere mich an ihn. Sogar recht gut. Obwohl es mir teilweise schwerfiel, mir im Nachhinein Details zu vergegenwärtigen.«

Peter horchte auf und ein seltsames Gefühl machte sich in ihm breit. Eine derartige Art, die Wirkung eines Menschen zu beschreiben, hatte er schon einmal gehört. Bei seinem letzten Fall. Der Serienmörder Laue war jemand, der bei seinen Betrachtern einfach nicht im Gedächtnis bleiben wollte. Niemand war im Stande gewesen, sich an Details seines Äußeren konkret zu erinnern. Er hinterließ nur Gefühle. »Bitte versuchen Sie es.«

»Er hatte eine ganz seltsame Ausstrahlung, deshalb habe ich ihn auch bei seinem kurzen Gespräch hier mit Herrn Mayerhuber beobachtet und mir ein paar Dinge zu ihm aufgeschrieben. Verzeihung, ich hatte gestern nicht daran gedacht, als sie nach dem Kalender fragten.« Die Sekretärin gab ihm einen handgeschriebenen Zettel mit einer Beschreibung des Mannes.

Peter las es sich durch und sein Gesicht hellte sich auf. »Zeugen wie Sie wünschte ich mir bei allen meinen Fällen. Kann es sein, dass Sie ihm misstrauten? Weil Sie sich so viel Mühe machten? Warum?«

»Nun, er hatte eine ganz seltsame Wirkung, vor allem auf Frauen. Sehr elegant, sehr höflich, sehr charmant. Welcher Frau er auch immer begegnete, sie lag ihm nach wenigen Worten quasi zu Füßen. Sie müssen wissen, ich habe mich vor Kurzem verlobt und liebe meinen Zukünftigen sehr. Doch kaum habe ich diesem Mann in die Augen gesehen, war auch ich hin und weg. Das hat an mir sehr genagt, vor allem, weil der Zauber so schnell verflog, sobald er aus der Sicht war. Er spielte mit den Damen. Das machte mich zum einen sehr wütend und zum anderen gruselte mir vor ihm. Deshalb habe ich ihn bei dem Gespräch mit Mayerhuber beobachtet. Ich wollte wissen, ob er diese Wirkung auch auf Männer hat. Ob er sie ebenfalls um den Finger wickeln konnte. Und ob die Wirkung auf mich die Gleiche wäre, wenn er es nicht bewusst darauf anlegte, mir zu schmeicheln.«

Sie verstummte einen Moment, um ihrer Erinnerung nachzuspüren. »Nun, dieser Mann war zweifellos sehr attraktiv. Groß, muskulös, elegant in jeder Bewegung. Ein schönes Gesicht mit markanten Zügen, strahlend blauen Augen und blonden Locken, die er etwas dandyhaft zu einem Zopf gebunden trug. Feinste Kleidung der neusten Mode und er schien auch über technische Kenntnisse zu verfügen. Herr Mayerhuber hat nicht auf Äußerlichkeiten geachtet, aber die beiden haben sich sehr angeregt unterhalten. Die Wirkung auf mich war jedenfalls weg, verflogen. Das hat mich sehr erleichtert und dazu gebracht, all das aufzuschreiben. Ich weiß nicht, warum ich das für wichtig hielt, aber nun ...«

Wieder liefen ihr die Tränen über die Wangen. »Glauben Sie, dass er der Mörder ist, Herr Kommissar?«

»Ich könnte mir zumindest vorstellen, dass er damit zu tun hat. So wie sie ihn beschreiben denke ich nicht, dass er persönlich Hand angelegt hat. Aber vielleicht ist er der Auftraggeber. Wir versuchen, ihn ausfindig zu machen. Und damit«, er hielt die Notizen hoch, »haben wir vielleicht auch eine Chance. Ich wünschte, ich könnte malen wie mein Schwager, dann würde ich hier und jetzt ein Bild von ihm zeichnen. Aber ich habe bereits eine vage Ahnung, mit wem wir es zu tun haben.«

Er erhob sich wieder, reichte Fräulein Pfenning die Hand und gab ihr einen Handkuss, als sie ihm die ihre gab. »Bitte grämen Sie sich nicht weiter und sehen Sie Ihrer Zukunft entgegen. Herrn Mayerhuber können Sie nicht mehr helfen. Uns hingegen haben Sie schon sehr geholfen, um seinen Tod aufzuklären. Für Sie gilt jetzt einzig und allein, mit Ihrem Zukünftigen glücklich zu werden. Guten Tag!«

*

Der Regen hatte nachgelassen und war nun kaum mehr als zu feuchter Nebel. Peter verließ das Ausstellungsgelände wieder und traf zu seiner Überraschung vor dem Tor auf Hartmut Lenze.

»Haben Sie etwas erfahren können, das uns weiterhilft?«, fragte der junge Kriminalist interessiert.

»Ich denke schon und ich glaube auch, dass ich die Person kenne, die sich hinter dem Namen Hammerschmidt verbirgt. Im Moment empfinde ich es zwar noch als recht weit hergeholt, aber es kann durchaus sein. Vielleicht muss ich mich mal mit Ihrem zukünftigen Schwager unterhalten, Hartmut. Sollte er auf die gleiche Idee kommen, wenn ich ihm den feinen Herrn Hammerschmidt beschreibe, dann weiß ich, dass ich richtig liege.«

Lenze sah ihn fragend an, hakte aber nicht weiter nach, so dass Peter sich genötigt fühlte nachzuhaken, was seinen Kollegen an diesen Ort führte.

»Ich bekam eine Meldung von der Polizeistation am Bahnhof von Biebrich, dass ein Wanderzirkus zwischen den Bahnlinien sein Lager aufgeschlagen hat. Dagegen spricht eigentlich nichts, es ist Niemandsland. Aber es ist eben sehr nahe an den ganzen Industrieanlagen an der Mainzer Straße, die als Einzige noch von der Innenstadt frei zugänglich sind. Und natürlich den neuen, alten Industriebereichen bei Biebrich. Man will, dass wir die armen Hunde kontrollieren und oder zum Teufel jagen. Wohl eher und. Sie sollen ins Parkfeld gehen.«

»Da hätten sie es sogar besser als in dem verdammten Gleisdreieck. Dort ist es doch nur unerträglich laut und die Luft kaum zu atmen«, grummelte Peter. »Soll ich mitkommen? Ist für einen allein sicher nicht angenehm.«

Lenze fiel hörbar ein Stein vom Herzen. »Wenn das möglich wäre ... Allein bin ich zwar nicht, ich treffe mich dort mit den Herren von der Polizeistation Biebrich, aber ...«

»Die sind wahrscheinlich ein größeres Problem als die armen Teufel vom Zirkus und es wäre gut, wenn jemand dabei ist, der sie mäßigen kann«, ergänzte Peter mit einem Augenzwinkern. »Auf geht's, auf dem Rückweg können wir noch mal bei der Bahnpolizei vorbeigehen. Ich muss unbedingt mit Joachim reden.«

Sie erwischten eine Trambahn, die sie bis ans Ende der Mainzer Straße kurz vor dem Abzweig zur Mülldeponie brachte. Dort befand sich zwischen einem Gewirr aus Eisenbahnstrecken in den unterschiedlichsten Ebenen und den Hauptstraßen in den Rheingau oder nach Frankenfurt ein dreieckiges Stück Niemandsland, auf dem spärliches Gras wuchs und der Salzbach ein Stück weit oberirdisch verlief. Die immensen Regenfälle der letzten Wochen hatten diesen zu einem reißenden Fluss anschwellen lassen. Die Ufer hatten die Männer von der Bahnpolizei mit Sandsäcken eingefasst, damit die Wassermassen nicht die Fundamente der Bahnbrücken unterspülten.

Wenn es einen Ort in dieser Stadt gab, in dem man garantiert nichts Lebendiges vermuten würde, so war es dieser Flecken dunstigen, lauten Matschlandes. Doch da standen sie. Viele bunte Pferdewagen und sogar Ochsenkarren, sauber im Kreis angeordnet. Doch das Lager war zu einem regelrechten Gefängnis geworden, bewacht von einem halben Dutzend bewaffneter Polizisten.

Zwei Männer in fadenscheiniger, einstmals sicher eleganter Kleidung, versuchten, mit einem der Polizisten zu diskutieren. Peter erkannte aber schon am angeekelten Gesichtsausdruck des Uniformierten, dass die beiden genauso gut auch mit einer Wand hätten sprechen können. Als sich Peter und Hartmut näherten, in dicken Wachsmänteln und ohne Uniform, wollte der Beamte sie schon anschreien, was sie an diesem Ort verloren hatten. Doch er schloss den Mund wieder, als er die Ausweise sah, die sie ihm unter die Nase hielten.

»Oberkommissar Peter Langendorf von der Reichskriminalpolizei, gibt es hier ein Problem?«, fragte Peter den jüngeren der beiden Männer vom Zirkus.

Als der Mann sich ebenfalls vorstellen wollte, fuhr der Beamte dazwischen: »Das Pack soll sich zum Teufel scheren, die haben hier nichts verloren und sind nicht erwünscht!«

»Ich habe diese beiden Herren hier gefragt, Wachtmeister, nicht Sie«, gab Peter im Tonfall einer angriffslustigen Schlange zurück und wandte sich wieder den Männern vom Zirkus zu. »Wie waren Ihre Namen, bitte?«

»Algirdas Zerfas, zu Ihren Diensten. Das hier ist Ibrahim, ich glaube, einen Nachnamen hatte er nie. Ich bin der Leiter des Zirkus, Ibrahim ist meine rechte Hand, sozusagen«, stellte sich der Jüngere vor. Sein Tonfall drückte deutliche Erleichterung aus, die er aber gekonnt in seiner Mimik verbarg, um den Polizisten nicht weiter zu reizen. »Ganz ehrlich, ich weiß nicht, wo das Problem liegt. Wir haben vor zwei Jahren zuletzt hier überwintert. Und das Jahr davor auch. Eigentlich wollten wir nach Mainz, aber man hat uns am Kontrollposten an der Kaiserbrücke genauso abgewiesen, wie schon auf der Platte und in Hofheim oder der Brücke nach Kelsterbach. Wir können einfach nicht mehr. Die Irrfahrt hat uns schon zwei Zugtiere gekostet.«

Nun klang deutliche Verzweiflung in seiner Stimme mit, die in Peter Mitleid mit den armen Menschen erweckte, die sich nun näher heranwagten. Da immer mehr Neugierige ihre Wagen verließen, um der Unterhaltung zu folgen, wurden die Polizisten unruhig und nahmen ihre Waffen zur Hand. Doch bevor Peter etwas sagen konnte, machte der Ältere eine unwirsche Handbewegung hin zu seinen Leuten und sie zogen sich wieder zurück. Peter musterte die Gesichter der Menschen. Männer, Frauen, Kinder. Alle wirkten ähnlich verbraucht und ausgezehrt wie die Tiere, die ihre Wagen zogen.

Unter ihnen waren auch ein paar ungewöhnliche Gestalten, die wohl zu der ›Völkerschau‹ gehörten, die in einer verblassten Schrift auf einem der Wagen beworben wurde. Eine Person blieb trotz der Anweisung Ibrahims vor den Wagen stehen und gaffte die Polizisten an. Peter konnte nicht sagen, ob es eine Frau oder ein Mann war. Das sackartige Gewand ließ ebenso wenig einen Schluss zu wie das Gesicht, das nur aus einer viel zu großen Nase und mächtigen Unterkiefern zu bestehen schien, während die Stirn stark nach hinten floh und in einem Schädeldach endete, das seltsam winzig erschien. Insgesamt wirkte die Kopfform wie eine umgedrehte Rübe, so dass Peter sich fragte, ob diese Person tatsächlich ein Gehirn besaß, das zu mehr als der Erhaltung der Lebensfunktionen fähig war.

»Nun, in den letzten zwei Jahren ist das Leben hier in der Stadt etwas komplizierter geworden«, fing Peter an die Situation zu erklären. »Das Industriegebiet von Amöneburg und Biebrich, das von hier bis an den Rhein reicht, wird wieder benutzt und neu bebaut. Dieser Ort hier wird zukünftig die einzige Möglichkeit für die Biebricher sein, die Gebiete östlich davon zu erreichen. Man wird also nur einen Korridor freihalten, der scharf bewacht wird, weil die Innenstadtgebiete im Norden direkt angrenzen. Die für Sie natürlich tabu sind. Deshalb sind die Herren von der Polizei hier etwas nervös. Ich kann da auch nicht viel mehr tun, als Sie zu bitten, weiter Richtung Schierstein ins Parkfeld zu ziehen.«

Die beiden Männer stöhnten nur, aber sie widersprachen nicht. »Das ist nicht sehr erbaulich, ich hoffe, wir können dort auch wirklich lagern? Vor allem, weil wir auch zwei Kranke unter uns haben. Wo finden wir Hilfe für sie? Früher gab es an der Bahnpolizei noch so etwas wie eine Krankenstation«, jammerte Zerfas nun mit deutlicher Verzweiflung.

Peter zog seinen Notizblock heraus, schrieb und zeichnete etwas darauf. Dann zeigte er es dem Mann. »Sie können doch sicher lesen?«, fragte er noch einmal, um sicher zu gehen. »Wenn Sie das Parkfeld erreicht haben, dann gehen Sie – aber bitte auch nur Sie – zu dem Herrn, dessen Adresse ich hier aufgeschrieben habe. Er hat sich zur

Wahl für den Posten des Ortsvorstehers von Biebrich aufstellen lassen und wird es nach meinem Dafürhalten auch sicher werden. Er wird Ihnen nach Kräften helfen und Sie mit den Kranken ins Paulinenstift begleiten. Noch können die Menschen aus Biebrich dort hin und sich von den Schwestern behandeln lassen. Mehr kann ich nicht für Sie tun.«

»Das ist schon sehr viel. Mehr als wir sonst an Hilfe bekommen«, stellte Ibrahim nüchtern fest. »Wir brechen gleich auf. Noch mehr Probleme, als wir schon haben, brauchen wir nicht.«

Peter hob fragend die Braue und erhielt sofort eine Erklärung von Zerfas. »Einer unserer Leute, der noch nicht so lange bei der Truppe war, ist verschwunden. Aber nicht hier, bei Idstein schon. Er hat etwas gestohlen, das nicht nur für seinen Besitzer von großem Wert war, sondern für uns alle. Weil der Besitzer damit etwas erschaffen wollte, das für unseren Zirkus eine neue Sensation geworden wäre. Nun kann der Besitzer es nicht vollenden und ist voller Rachegelüste.« Zerfas wies auf einen zweirädrigen Karren, auf dessen Bock ein Asiate saß, der stumpf vor sich hinbrütete. »Wie auch immer, es ist nichts, was sie betrifft.«

»Na schön. Das hoffe ich doch. Rache ist jedenfalls keine gute Grundlage für ein friedliches Miteinander«, gab Peter zu bedenken. »Vielleicht finden Sie ja eine andere Möglichkeit, das Gestohlene wiederzubeschaffen oder etwas Vergleichbares zu bekommen.«

Zusammen mit den Polizisten warteten sie, dass die Zirkusleute ihre Tiere wieder anspannten und den Platz verließen. Misstrauisch eskortiert von den Beamten, bis sie das Gebiet von Biebrich erreicht und die Gleise vor dem Bahnhof überquert hatten.

»Das war knapp, oder?«, fragte Hartmut mit sichtlicher Unruhe. »Meinen Sie, die Kerle hätten auf die armen Teufel geschossen?«

»Garantiert. Viel hat nicht mehr gefehlt. Aber nun ist die Luft raus. Die Zirkusleute sind vernünftiger als die Beamten. Sie kennen das Spiel wahrscheinlich schon.« Peter winkte Hartmut, ihm zu folgen. »Wir können hier nichts mehr tun. Komm, ich will unbedingt noch mit Joachim sprechen. Hoffentlich ist er da!«

*

Das Gebäude der Bahnpolizei verbarg sich im öligen Dunst, der von hoher Luftfeuchtigkeit und den Abgasen der Lokomotiven gebildet wurde. Da kein Wind herrschte, wurde dieser Dunst immer dicker und konnte nicht aus der Tallage des Bahnhofs entweichen. Peter klopfte an die Tür und hielt seinen Ausweis vor die kleine, vergitterte Klappe, als die von einem mürrischen Bahnpolizisten geöffnet wurde. Schweigend zog der Mann die Tür ganz auf und schloss sie sofort wieder, als Peter und Hartmut eingetreten waren, um nicht zuviel von der stickigen Wärme aus dem Gebäude zu entlassen.

Eine Gruppe Bahnpolizisten saß um einen wackeligen Tisch. Sie aßen ihre Pausenbrote und sahen neugierig auf, als die beiden Kriminalbeamten eintraten. Joachim saß in der hintersten Ecke und verschluckte sich fast, als er Peter und Hartmut erkannte.

»Was könne mer denn fer de Kriminale dun, Herr Kommissaaar?«, fragte der Mann, der ihnen geöffnet hatte, mit mildem Spott in der gedehnten Ausdrucksweise. Dennoch lag eine gewisse Anerkennung in seinem Blick. Normalerweise hielten sich die Polizisten und insbesondere die Kriminalbeamten der Stadt für etwas Besseres als die Bahnpolizisten und trugen offene Abneigung zur Schau, sollten sie doch einmal gezwungen sein, mit ihnen arbeiten zu müssen. Peter und Hartmut taten das nicht.

Peter wies auf Joachim. »Ich müsste Ihren Benjamin hier gerade mal etwas fragen. Er kennt eine bestimmte Person genauer, nach der ich suche.«

Joachim fuhr hoch und quetschte sich aus seiner Ecke. »Was ist denn?« Als er vor Peter stand fügte er noch leise hinzu: »Ich muss Ihnen auch noch was zeigen!«

»Se könne ins Büro mittem gehe, wenn mir es ned höre solle«, erklärte der Ältere kurz.

»Danke.« Peter zog Joachim und Hartmut in das kleine Zimmer neben dem Aufenthaltsraum, drückte Joachim dort auf einen Stuhl und setzte sich ihm gegenüber. Dann gab er die Beschreibung der Sekretärin Wort für Wort wieder und beobachtete Joachims Reaktion. »Was meinst du, kennen wir diesen Mann?«

»Sie glauben, der Heilige Michael ist wieder da?«, fragte Joachim ganz direkt. »Klingt sehr nach ihm. Auf Frauen hatte er ja nun wirklich eine magische Anziehungskraft. Vater meint, er hätte sonst keine Chance gehabt, seine Bordelle so gut zu bestücken. Das war nicht allein das Werk seiner Hexe. Vielleicht ist sie noch bei ihm. Diese Louisa.«

»Emma. Das war ihr richtiger Name, laut meiner Frau, die jene Lady schon von früher kannte. Louisa nannte sie sich als Bordellmutter. Klingt auch besser für den Zweck.« Peter lehnte sich mit grimmigem Lächeln zurück. »Also liege ich richtig. Ich selbst habe den Kerl ja nur ganz kurz mal gesehen, aber wenn dir der gleiche Gedanke bei dieser Beschreibung kommt - wo du ihm doch schon quasi von Angesicht zu Angesicht gegenübergestanden hast - dann gehe ich mal davon aus, dass er dieser falsche Doktor Hammerschmidt ist. Warum auch immer er sich in dieser Richtung versucht. Abwegig ist es nicht. Ich hatte der Sekretärin, die mir diese Beschreibung gab, zwar gesagt, dass ich ihn nicht für den Mörder, sondern nur für den Auftraggeber halte, aber das nehme ich hier und jetzt gern zurück. Michael ist sicher auch zu einem Mord fähig, Skrupel hatte er bei der Unterdrückung der Menschen in Kastel und Kostheim auch nicht gehabt. Wenn seine Freundin noch bei ihm ist, gibt es auch noch so etwas wie eine treibende Kraft. Sie stand ihm in Sachen Skrupellosigkeit ja auch um nichts nach. Und was hast du für mich?«

Joachim stand auf, öffnete das Fenster des Büros und stieg hinaus. Kurz darauf kam er mit einem Päckchen zurück. »Ich war vor Kurzem mit einem Kollegen in Mombach, drüben in der alten Waggonfabrik, um Ersatzteile zu suchen. Dabei habe ich einen ungewöhnlichen Keller entdeckt. Hartmut hatte mir erzählt, dass der Ritualmörder schon einmal in Mainz versuchte, seine perverse Mordserie durchzuziehen. Und in diesem Keller habe ich das hier gefunden ...«

Während er sprach, wickelte er das Päckchen aus und präsentierte seinen Inhalt. Sowohl Peter als auch Hartmut blieb der Mund offenstehen, als sie die mumifizierte Ratte mit den künstlichen Gliedmaßen in Joachims Händen sahen.

»Gottverdammte Sauzucht ...«, zischte Peter und nahm ihm die Ratte aus der Hand. »Der Keller war aber nicht mehr in Betrieb, oder? Das Vieh sieht alt und vergammelt aus.«

»Da war schon lange niemand mehr gewesen, dicker Staub überall. Auch wenn ich das Gefühl hatte, beobachtet zu werden. Dort hat er früher gehaust, nicht wahr?«

»Ganz sicher. Und ich würde sagen, dass ich sobald wie möglich mit dir noch einmal nach Mombach gehen werde. Vielleicht gibt es dort noch irgendwelche Hinweise, die offene Fragen klären können. Darfst du die Hängekabinen schon alleine fahren?«

Raubzüge

Die Villa am Ortsrand des kleinen Städtchens Camberg unterschied sich in nichts von den Villen, die von Beamten des höheren Dienstes zuhauf an den Rändern der noblen Stadtgebiete von Wiesbaden, Frankenfurt oder Bad Homburg gebaut wurden. Trotzdem gefiel sie Louisa nicht. In dieser ländlichen Umgebung wirkte das Haus wie ein Fremdkörper, stand für sich und war extrem bieder. Louisa fühlte sich inmitten der dunklen, schweren Eichenmöbel seltsam bedrückt und eingeengt.

Sie schürzte ihre üppigen Lippen und begann sich im Geiste auszumalen, wie sie diese Schwermut aus den Räumen entfernen konnte, wenn sie schon länger hier wohnen mussten. Es war billig und sie waren hier sicher, obwohl sie nahe an Wiesbaden lebten. Denn Camberg gehörte seit einigen Jahren nicht mehr zum Regierungsbezirk des Groß-Stadtkreises, sondern zu Limburg. Das bedeutete, dass sie, was die Ermittlungen der Polizei betraf, quasi im Niemandsland verschollen waren. Einen Austausch von Informationen zwischen den Bezirken gab es so gut wie gar nicht. Ohnehin hatten sie viel Mühe darin verwendet, ihre Spur zu verwischen, indem sie viel herumgereist waren. Dabei durften sie keine Verkehrsmittel benutzen, bei denen sie oft auf ihre gefälschten Papiere hätten zurückgreifen müssen. Grenzen überwanden sie deshalb meistens zu Fuß über verschlungene Pfade.

»Ein halbes Jahr ...«, murmelte sie. Ein halbes Jahr war es nun her, dass sie ihr Reich in Amöneburg, Kastel und Kostheim räumen mussten, weil die Polizei endlich einmal den Armen in den Vorstädten zur Hilfe kam und das Reich des ›Heiligen Michaels‹, der auf den ›Fuchs‹ gefolgt war, auflöste. Sie hatte rechtzeitig Wind davon bekommen und war mit Michael geflohen.

Louisa trat an eines der Fenster heran und zog die schweren, dunklen Portieren beiseite. Sie würden das erste Opfer werden, wenn Michael sich entschloss, in diesem Haus zu bleiben. Louisa hustete, als ihr der Staub entgegenrieselte. Dunkelblauer Brokat mit ein wenig Gold. Schon lange aus der Mode und gewiss nichts, was ein Haus hell und freundlich machte. Der Beamte, der nach dem Wechsel des Regierungsbezirkes das Haus, kaum das es gebaut worden war, wieder aufgab, musste ein sehr kleingeistiger Charakter gewesen sein.

»Beamter eben«, seufzte Louisa und sah sich weiter um. Alles wirkte eng, dabei waren die Räume groß. Die Vorbesitzer hatten nur wenige Möbel nicht mitnehmen können. »Eine Chaiselongue muss her! Das auf jeden Fall.«

Sie ging weiter in das Esszimmer, in dem eine lange Tafel für mindestens zehn Personen stand, aber keine Stühle. Wahrscheinlich war der Transport des monströsen Tisches zu aufwändig gewesen und man hatte ihn zähneknirschend für den Nachbesitzer zurückgelassen. Genau wie den Schrank im Salon, für den, wie Louisa annahm, ein halber Eichenwald gefällt worden sein musste. Den Tisch etwas freundlicher zu machen war einfach. Helle Tischwäsche, ein paar Blumen ...

Obwohl Letztere schwer zu bekommen waren. Vielleicht erfüllten ja auch ein paar Seidenblumen den gleichen Zweck. Louisa seufzte, doch dann dachte sie an die Erfindung dieses kleinen Mannes aus Bayern und schmunzelte. Wo diese Maschine zum Einsatz kam, würden auch wieder Blumen blühen. Natürlich hatte Michael erst einmal andere Pläne damit. Aber als netten kleinen Nebeneffekt hoffte sie auf einen etwas angenehmeren Aufenthaltsort als dieses düstere Haus inmitten sterbender Wälder und unfruchtbarer Äcker unter einem finster dräuenden Himmel aus ewig nässenden, schweren Regenwolken.

»Ein depressiv gestaltetes Haus unter schwermütigem Novemberregen.« Michael trat in den Raum und Louisa schien es, als würde es gleich ein wenig heller. Freundlicher auf jeden Fall. Er hatte den eleganten und doch gezwungen wirkenden dunklen Anzug gegen die farbenfrohe orientalische Kleidung getauscht, die sie beide schon in Amöneburg immer gerne getragen hatten. Mit einem Mal fühlte sich auch Louisa in ihrer Kleidung wie ein Gefangener. Zwar brauchte sie kein Korsett, um ihre Taille in die eng geschnittenen Kleider zu zwängen, doch die schweren Stoffe schienen ihr mit einem Mal wie Fesseln.

»Du entschuldigst mich einen Augenblick, mein Schatz? Ich muss mich umziehen ...« Mit einem verführerischen Lächeln schritt sie an ihm vorbei und strich über seine breite Brust.

»Darf ich dir in den einzigen, bereits gemütlich eingerichteten Raum folgen?«, fragte er und griff nach ihrem Haar, das kunstvoll aufgesteckt war. Zielsicher fanden seine Finger die richtige Klammer und befreiten die rote Lockenpracht Louisas aus den Zwängen.

Sie musterte ihn kokett von oben bis unten und in ihren Augen blitzte der Schalk. »Nur wenn der Pascha auch gewillt ist, seine Dame zu verwöhnen.«

»Aber mit dem allergrößten Vergnügen!« Michael strich sich seine hellblonde Mähne aus dem Gesicht und folgte ihr in das Obergeschoss der Villa. Er genoss Louisas erstaunten Ausruf, als sie sah, dass er bereits einiges hatte vorbereiten lassen, während sie unterwegs gewesen war. »Gefällt es dir?«

»Ich fühle mich plötzlich doch wie zuhause«, rief sie aus und fing an, sich langsam ihrer Kleidung zu entledigen. »Dafür hast du also den Äthergenerator hierhergeschafft? Für das elektrische Licht? Wer hat denn die Leitungen verlegt?«

»Ich, meine Teuerste. Auch wenn ich bei weitem nicht so genial bin, wie es mein großer Bruder war. Ein kleines Bisschen verstehe ich auch von Technik. Sicherlich auch ein bisschen mehr als mancher frisch gebackene Ingenieur. Sonst hätte ich mich ganz sicher nicht auf dieses Abenteuer mit der Wettermaschine eingelassen.« Er half ihr, die Bänder der Korsage zu lösen, während sie sich weiter umsah. Das Schlafzimmer, das aus den beiden größten Räumen im Obergeschoss entstanden war, nachdem Handwerker eine Trennwand entfernten, erstrahlte in rotem und goldenem Licht, je nachdem, welche Farbe die Tücher und Lampenschirme hatten, die Michael eingesetzt hatte. Die Fenster, deren Läden geschlossen waren, hatte er mit hellen, luftigen Gardinen verhängt. Ebenso die eigentlich kahlen Wände und das große, flache

Bett. Davor war eine ganze Batterie Kerzen aufgebaut und erhellte den Raum zusätzlich mit angenehm warmem Licht.

»Das hast du schön gemacht, mein Engel, ich danke dir!« Der schwere Rock mit der aufgerüschten Tournüre rutschte an ihren Beinen zu Boden und sie stand nur noch in einem dünnen Unterkleid vor ihm. Michael legte ihr seine Hände um die Taille und zog sie zu sich heran.

»Ich denke, dass wir hier sicher sind, daher können wir es uns auch gemütlich machen.« Michael schob die Träger des Unterkleides über ihre Schultern. Louisa ließ es an ihrem Körper herabgleiten und schob Michael gleichzeitig den Kaftan über den Kopf. Als ihre Hände tiefer glitten, hielt er sie fest und küsste jeden einzelnen ihrer schlanken Finger. »Wie ich diese Hände liebe ... So zart und doch so grausam.«

Louisa lächelte spitzbübisch, als sie daran dachte, wie ihr gemeinsamer Raubzug in Wiesbaden um ein Haar gescheitert war, weil Mayerhuber zu früh in sein Zimmer zurückgekehrt war. Sie hatten seinen Tod nicht geplant, aber Louisa war auf alles vorbereitet. Selbst wenn sie hätten schneller sein können, der Tod des Mannes war kaum vermeidbar gewesen. So hatten sie wenigstens auch den Schlüssel für ein Schließfach bekommen. Vielleicht konnte es Michael mit seinen Verführungskünsten ja gelingen, an den Inhalt zu gelangen. Aber vorerst war das nicht so wichtig. Er hatte alles, was er brauchte, um zu beginnen. Wenn doch ein Plan fehlte, war immer noch Zeit ihn zu holen. Da er über die Steuerung verfügte, konnte er anhand dieses Musters wohl auf den Rest schließen. Es würde vielleicht eine Weile dauern, aber Michael besaß die Genialität seines Bruders, hatte nur viel zu lange in dessen Schatten gestanden.

Um aus diesem Schatten heraus zu treten hat er mich, dachte Louisa. Sie zog ihn zum Bett und ließ sich einfach rücklings darauf fallen, ohne ihn loszulassen. Er fiel über sie, stützte sich aber mit den Armen ab und fing an, ihren Körper mit Küssen zu bedecken. Sie gab sich dem hin, genoss seine Liebkosungen. Er wusste, wie er sie zufriedenstellen konnte und war Wachs in ihren Händen.

Sie formte ihn mit jeder Erwiderung seiner Küsse und der Erfüllung seiner Wünsche.

Er musste nicht wissen, dass Louisa längst andere Pläne verfolgte. Dass er bereits in ihrem Schatten stand. Noch brauchte sie ihn, doch sobald er geschaffen hatte, was sie für ihre Pläne benötigte, war er entbehrlich.

Nicht mehr lange, der erste Schritt war getan. Bald schon würde sie wieder mit ihrer wahren großen Liebe vereint sein.

*

»Und du bist sicher, dass hier etwas zu holen ist?«, fragte Louisa und betrachtete angewidert den jungen Mann, der am Zaun der Idiotenanstalt stand und sie seinerseits angaffte, kaum dass sie mit Michael in sein Blickfeld geraten war. Zähe Speichelfäden liefen ihm aus dem halb offenstehenden Mund.

Bevor sie jedoch etwas zu ihm sagen konnte, kam ein Mann angerannt, der eine Art schmuckloser Uniform trug. Er drehte den Gaffer zu sich und gab ihm eine schallende Ohrfeige. »Was stehste hier rum und glotzt? An die Arbeit, du sollst doch noch die Auffahrt kehren!« Noch einmal klatschte es laut, als auch die andere Hälfte des Gesichtes von der kräftigen Hand des Aufsehers malträtiert wurde.

Der Gaffer heulte wie ein getretener Hund und rannte davon. Der Aufseher verneigte sich unbeholfen vor dem Paar auf der anderen Seite des Zaunes und murmelte ein paar entschuldigende Floskeln, die sie kaum verstanden. Michael machte eine wegwerfende Handbewegung und der Mann verzog sich schleunigst.

»Der Leiter dieser Irren... Verzeihung, Idiotenanstalt ... heißt Berghoff. Wie der Mann, dessen Identität mein Bruder nutzte, um sein Werk in Wiesbaden zu vollenden. Ich habe gehört, dass man nach der Auflösung des Haushaltes alles hierhergebracht hat, weil Dr. Arthur Wilhelm Berghoff der nächste Verwandte von Dr. Anselm Berghoff war. Wenn, dann sind die Unterlagen meines Bruders also hier. Ich kann mir nicht vorstellen, dass er sie in den Höhlen bei seinem Bastard oder in seiner Werkstatt in Mainz gelassen hat. Letztere hat er nicht wieder betreten, nachdem sein Ritual dort scheiterte«, erklärte Michael, während sie dem Aufseher und dem geistig Zurückgebliebenen nachsahen.

Als hinter ihnen Schritte zu hören waren, zog er Louisa weiter. Da das Wetter ausnahmsweise einmal den Regen vergessen hatte, fiel es nicht weiter auf, dass sie einen Spaziergang durch die kleine Stadt Idstein machten. Doch auch andere Bürger nutzten diese Gelegenheit und die mussten nicht mitbekommen, was sie miteinander sprachen.

»So weit, so gut, aber wie willst du an die Unterlagen herankommen?«, hakte Louisa nach.

»Wenn ich das so genau wüsste ... Ich denke, ich werde mich erneut als das versuchen, womit ich groß geworden bin: Als Einbrecher. Hat in Wiesbaden ja schon ganz gut geklappt. Wenn auch mit einem Ende, das nicht so war, wie ich es mir gewünscht hatte. Ich denke nicht, dass es erforderlich ist, dich mitzunehmen. Keine Notwendigkeit, sich mehr als unbedingt nötig in Gefahr zu begeben.« Michael blieb erneut stehen und sah sich nach den anderen Spaziergängern um. Ein älteres Pärchen stand unweit von ihnen am Zaun und unterhielt sich über eine Gruppe von Kindern, die über eine Straße auf dem Gelände der Idiotenanstalt tappten, brav im Gänsemarsch und bewacht von zwei kräftigen Frauen in Schwesterntracht.

»Sie tun so, als wäre das ein Zoologischer Garten«, stellte Louisa fest, die das Pärchen ebenfalls beobachtete. »Eigentlich sind das nur arme Teufel, die hier bestimmt nicht gut behandelt werden. Eingesperrt, zu Arbeit gezwungen, damit sie ihren Teil zum Wohle der Menschheit leisten können. Naja, wenigstens haben sie ein Dach über dem Kopf und was zu Essen. Das ist schon mehr, als viele Bewohner von Kastel und Kostheim bekommen.«

»Du wirst doch nicht plötzlich zur Verfechterin von Menschenrechten?«, spottete Michael. »Was sind noch mal deine Pläne mit der ehemaligen Poststation in Würges?«

Louisa lachte nur zur Antwort, laut und ehrlich amüsiert. Das andere Paar schien das auf sich zu beziehen und bedachte Louisa mit einem strafenden Blick, bevor es sich in die andere Richtung zurückzog. »Nun, einen besseren Standort für ein Bordell kann man in dieser Gegend nicht finden. Schließlich führt die Hauptstraße von Limburg nach Frankenfurt dort vorbei, eine Hauptpostroute, die mit dem Verfall der Bahnlinie wieder immens wichtig geworden ist. Und selbst hier auf dem Land gibt es ganz sicher Laufkundschaft.«

Sie umrundeten das Gelände der Idiotenanstalt und kehrten dann in einem Gasthof unterhalb der Burg Idstein ein. Während sie auf das Essen warteten, machte sich Michael aus dem Gedächtnis eine Zeichnung des Geländes. »Ich werde bald dorthin gehen. Vielleicht sogar schon morgen. Der Leiter der Anstalt wohnt auf dem Gelände in dem Verwaltungsgebäude am oberen Ende des Geländes. Wie ich hörte, ist er ledig und kinderlos. Die Örtlichkeiten, an denen die Reste der Habseligkeiten Dr. Berghoffs gelagert sind, können also nicht besonders zahlreich sein.«

»Aber sie haben doch sicher Hunde, oder?«, warf Louisa besorgt ein.

»Das glaube ich nicht. Überleg doch mal, sicher sind ein paar der verwirrten, verirrten Seelen auch mal nachts unterwegs. Wäre dann ungünstig, wenn die Hunde auf dem Gelände frei herumliefen. Keine Sorge, ich pass schon auf mich auf. Es ist sicher nicht halb so riskant wie in dem Hotel in Wiesbaden. Man rechnet einfach nicht mit einem Einbruch. Was gäbe es dort auch schon zu holen? Mein Bruder hätte eine solche Einrichtung sicherlich dazu ausgenutzt, sich eine Privatarmee zu bauen. Idioten sind wahrscheinlich leicht zu Mensch-Maschinen zu machen, viel Grips zur Gegenwehr kann nicht vorhanden sein. Vielleicht sollte ich das auch einmal ausprobieren, wenn ich Unterlagen zu den Geräten finde, die mein Bruder zur Kontrolle menschlicher Gehirne entwickelt hatte. Soll ich dir dann einen von den Idioten als Dienerlein mitbringen?«

*

Nur wenige Lampen durchdrangen die Dunkelheit, in die sich die Idiotenanstalt in dieser nasskalten Dezembernacht hüllte. Michael war froh, dass es wenigstens diese kleinen Punkte gab, an denen er sich orientieren konnte. Für eine Weile war er sich vorgekommen, als wäre er tief unter der Erde in einem Sumpf gefangen. In absoluter Abgeschiedenheit und Schwärze, umhüllt von kompakter Nässe. Mit Blindheit geschlagen zu sein, konnte nicht schlimmer sein. Kleine Städte wie Idstein oder Camberg hatten aber nicht die Mittel, ihre Straßen mit modernen Laternen auszustatten und diese dauerhaft und umfassend zu betreiben. Die Menschen sollten schlicht zuhause bleiben. Die Moderne ging an ihnen vorbei, in welcher der Tagesablauf nicht mehr vom Stand der Sonne abhing, sondern von der Leistungsfähigkeit der Anlagen zur Schaffung künstlichen Lichtes. Sei es nun Strom, Gas oder Äther. Ein beißender Geruch hing in der feuchten Luft und machte Michael das Atmen schwer. Er kam von der einzigen nennenswerten Industrie in dieser Stadt: Gerberei und die Verarbeitung von Leder.

Ein Hund schlug an, als er am Zaun der repräsentativ gestalteten Frontseite der Einrichtung entlang schlich und in die Nacht lauschte. Doch das Tier war nicht Michaels Problem, es schien weit entfernt und es war nicht gesagt, dass er der Grund für dessen Unruhe war. Wie er es sich gedacht hatte, gab es auf dem Gelände des Kalmenhofes keine Hunde. Flink kletterte er über die Mauer in der Nähe des Werkstattgebäudes und wartete einen Augenblick, ob sich etwas tat. Doch wenn er irgendeine Art der Bewachung befürchtet hatte, so wurde er beruhigt. Unbesorgt hastete er über das Gelände hin zu dem Fachwerkhaus mit der Verwaltung, das sich an den Hang des Frölenberges mit den Resten der alten Stadtmauer schmiegte. Auch als er an das Haus heran huschte, geschah nichts.

Mit einem Satz Dietrichen versuchte er, eine der Türen des Gebäudes zu öffnen, wo der Anstaltsleiter Räumlichkeiten unter dem Dach bewohnte, und im ersten Stock sein Büro und ein Sprechzimmer unterhielt. Ein Umstand, den er problemlos von einem der Wächter in Erfahrung gebracht hatte, die kaum intelligenter zu sein schienen als ihre Schützlinge. Die Schlösser boten dem erfahrenen Dieb keinen Widerstand und er trat ungehindert ein. Wieder lauschte er, doch im Haus herrschte die gleiche Ruhe wie draußen, nur ohne das Geräusch des stetig strömenden Regens. Michael schüttelte sich kurz, um die Feuchtigkeit von seiner Kleidung loszuwerden. Nur seine Augen waren nicht von Stoff bedeckt. Nun verbarg er auch diese, indem er eine Nachtsichtbrille aus seiner Tasche zog und überstreifte. Der Äther in der doppelten Verglasung sorgte dafür, dass er mehr als nur Umrisse in seiner Umgebung erkennen konnte, wenn auch alles in unheimliches Grün getaucht war.

Lautlos wie eine Katze durchstreifte er die Räume einen nach dem anderen. Hin und wieder fand er Kisten, die an Dr. Berghoff adressiert waren und meist irgendwelchen Hausrat, Kitsch und Nippes enthielten. Auch Bücher waren in einer Kiste enthalten und er überflog im Licht einer kleinen Dynamolampe die Titel. Nichts, was ihn interessierte, oder einen Hinweis auf die Arbeit seines Bruders gab. Sicher waren es nur Bücher, die Anselm Berghoff in seiner Bibliothek gesammelt hatte.

In den Büros des Anstaltsleiters fand er keine Kisten mehr und runzelte die Stirn. Der Drang, die Aufzeichnungen seines Bruders zu finden, ließen Michael alle Vorsicht vergessen, so dass er auch kurz in das Schlafzimmer Berghoffs vordrang. Doch der Doktor bemerkte ihn nicht. Das Schlafzimmer war der bei weitem aufgeräumteste Ort im Haus, nichts deutete darauf hin, dass es auch hier Hinterlassenschaften aus Wiesbaden gegeben hatte.

Blieb nur der Keller.

Michael kehrte um und stieg in den Keller des herrschaftlichen Gebäudes hinab. Er öffnete jede einzelne Tür, doch fand er zunächst nichts Interessantes. Das Ungewöhnlichste war eine Werkstatt, die mit sehr hochwertigem Werkzeug ausgestattet war und in deren hinteren Teil sich eine abgeschlossene Tür befand. Neugierig und hoffnungsvoll öffnete Michael auch diese Tür mit seinen Dietrichen. Doch in dem Raum hinter der Tür stand lediglich etwas, das aussah wie der Altar irgendeiner Dorfkirche. Hölzern und schon ziemlich verfallen. Uninteressant in jeder Hinsicht.

Je näher er den Räumen kam, die er dank des Klimas als Heizungskeller identifizieren konnte, fand er immer mehr Kisten, wie sie für die Verpackung des Hausrats verwendet worden waren. Doch diese hatten außer Holzwolle keinerlei Inhalt mehr und sollten wohl im Brennofen verheizt werden. Einige hatte man schon auseinandergenommen. Ein übler Verdacht keimte in Michael auf und er warf einen Blick in den Raum, in dem der Brennofen stand. Vor der Einwurfklappe standen mehrere Körbe mit kleingehackten Kisten und Papier. Akten der Anstalt, aber auch Notizblätter. Mit Schrecken erkannte Michael auf einem Blatt die Handschrift seines Bruders und hieb wütend gegen den Korb.

Stocksteif blieb er hocken, als er Schritte nahen hörte, die über die Außentreppe in den Keller kamen. Sofort beeilte er sich, ein Versteck zu finden und verbarg sich hinter einem Stapel Holzplatten, die an der Wand lehnten. Ein Mann in der Kleidung der Aufseher betrat den Raum und kippte im Licht einer Karbidlampe einen der vollen Körbe in die Brennkammer des Ofens. Doch er verschwand nicht sofort, was Michael beunruhigte.

Der Aufseher trat an einen Spind heran und holte eine Kladde und ein Notizbuch heraus, die sichtlich nicht sein ursprünglicher Besitz waren.

»Tjo, Herr Professer, mehr is nich ... des isses letzte«, murmelte der Mann und schlug die beiden Bücher in ein Wachstuch ein. Dann verließ er den Raum auf dem gleichen Weg, den er gekommen war.

Michael beeilte sich, ihm zu folgen, als sein Blick auf eines der vermeintlichen Bretter an der Wand fiel. Es war ein Bild, ein Ölgemälde, und er erkannte es sofort. Es hatte dieses Bild noch in einer größeren Variante gegeben. Michael wusste, dass sein Bruder beide in dem Haus des Dr. Berghoff in Sonnenberg hängen hatte. Das Große im Büro, das Kleine im Schlafzimmer.

Das Portrait der verstorbenen Frau seines Bruders, die er wieder ins Leben zurück zu holen trachtete. Schnell schlug Michael das Bild in ein

Tuch ein und nahm es mit. Er war sicher, nichts mehr von Belang zu finden, denn offensichtlich hatte der Anstaltsleiter alles vernichtet, was er nicht seinem Verwandten zuordnen konnte.

Mit dem Bild unter dem Arm folgte er dem Aufseher, dessen Lampe er durch die Regennacht zum Haupttor tanzen sah. Er selbst nutzte die nächstgelegene Möglichkeit, um das Bild zwischen den Gitterstäben eines schmalen Tores in der Umfassungsmauer hindurch auf die Straße zu schieben und selbst darüber zu steigen. Dann hastete er an der Mauer entlang zur Straße. An die Wand des Torhauses gepresst lugte Michael zum Haupttor und entdeckte eine Droschke, deren Pferde und Kutschbock zu seinem Glück von ihm abgewandt waren. Der Kutscher saß zusammengekauert auf dem Bock und sah nicht nach hinten.

Michael kam gerade recht, um zu sehen, wie der Aufseher das Wachstuchpäckchen durch das Fenster in der Seitentür der Droschke reichte und einen Beutel mit klingender Münze entgegennahm. Er spitzte die Ohren, um zu hören, was gesprochen wurde, doch er hörte nur den Aufseher.

»Danke, Professor, schaad, hab nix mehr für se. Mein Kollesch war nich so uffmergsam, der hat nur jemacht, was mer ihm saacht hätt. Hat sein Teil verbrennt. Un mittem ... äh, Probande ... geht's ooch immer no nich. Gute Nacht!«

Michael sah, wie der Mann sich umdrehte und gehen wollte. Im gleichen Augenblick wandte sich der Kutscher um und streckte dem Aufseher seine Hand entgegen. Michael zuckte zurück, als er die handliche, kleine Druckluftpistole in der Hand des Kutschers entdeckte und sein Herz schlug ihm bis zum Hals. Der Kutscher rief den Mann noch einmal zurück. Es gab ein kurzes, sattes ›Plopp‹, dann hörte Michael, wie ein schwerer Körper mit einem Seufzer zu Boden ging. Erst, als er vernehmen konnte, wie der Kutscher eine Klappe an der Droschke öffnete und mit einem angestrengten Schnaufen etwas hineinwuchtete, wagte er einen neuerlichen Blick um die Hausecke.

Jemand hatte sich aus der Droschke gelehnt, um dem Kutscher bei seiner Arbeit zuzusehen. Ein ältlicher Mann mit weißem Haar und Bart und einer runden Brille wurde vom Licht der auf dem Boden liegenden Karbidlampe aus der Dunkelheit geschält. »Danke, mein Lieber, jetzt aber ab nach Hause, ich bin müde. Und Morgen habe ich etwas zum Spielen. Vermissen wird den Kerl sicher niemand lange. Ach, und packen sie bitte auch die Lampe noch weg, Thomas, es sollte hier nichts zurückbleiben. Um das Blut kümmert sich der Regen.«

Michael wartete, bis das Rumpeln der Räder nicht mehr zu hören war und machte sich selbst auf den Weg zurück. Er hatte sein Pferd ein Stück weiter im Wald versteckt. Eigentlich verabscheute er die Tiere, die er nur unzureichend beherrschte. Louisa war da deutlich geschickter. Aber er hatte sich noch nicht getraut, in der ländlichen Umgebung ein anderes Fortbewegungsmittel als Pferde oder von ihnen gezogene Wagen zu verwenden. Ihm stand mehr der Sinn nach einem Dampfzweirad, wie sein Bruder eines besessen hatte. Oder einem Turbinenwagen. Aber das war noch Zukunftsmusik.

Mit dem unhandlichen Bild unter dem Arm erreichte er das Pferd und saß auf. Während er den direktesten Weg zurück nach Camberg nahm, hing er in Gedanken den Ereignissen nach, deren Zeuge er geworden war. Einer der Aufseher hatte also nicht alles, was er vernichten sollte, in den Ofen verfrachtet, sondern an diesen seltsamen ›Professor‹ verkauft. Er meinte, das Gesicht des Mannes schon einmal gesehen zu haben und nahm sich vor, diesen etwas genauer unter die Lupe zu nehmen. Intensiv forschte er in seinem Gedächtnis, ob er das Gesicht einem Namen zuordnen konnte, als er eine Anhöhe erreichte, von der aus man einen Blick auf das kleine Dorf Esch werfen konnte.

»Die Hirtesenmühle!«, rief er aus. »Natürlich! Das Sanatorium. Es gehört einem Professor Julius Friedrich Reich.«

Nun wusste er, wo die Dinge waren, die sein Bruder hinterlassen hatte. Er würde einen Weg finden, an sie heran zu kommen.

Alles zu seiner Zeit.

VOLLDAMPF

Die Fahrt mit der Kabinenbahn unter den Gleisen der höchsten Fernzuglinien befand Peter als zu abenteuerlich für seinen Geschmack und das ließ er sich auch deutlich anmerken. Diese kleine Befriedigung ließ er seinem jugendlichen Begleiter, von dem er wusste, dass er trotzdem zu ihm aufsah. Auch den Spaß, rücksichtslos über Weichen und Schwellen zu rattern, wobei das Gefährt auch schon mal recht magenunfreundlich zu schwanken begann, ließ er Joachim durchgehen. Sie hatten schon ganz andere Sachen zusammen durchgemacht.

Vor allem aber interessierte ihn, was man von dort oben alles zu sehen bekam. Es regnete mal wieder Bindfäden, doch ausnahmsweise herrschte kein Nebel. Auch der allgegenwärtige Qualm aus hunderten Schloten und Dampfantrieben hielt dem Wasser vom Himmel nicht mehr stand und wurde aus der Luft ausgewaschen. So war es den beiden Reisenden in luftiger Höhe möglich, einen Blick auf die Industrieanlagen zwischen Biebrich und Amöneburg zu werfen und das ganze Chaos zu überblicken.

Fasziniert beobachtete Peter die riesigen Maschinen, die dort ihren Dienst verrichteten und Fundamente für neue Gebäude schufen. Am Ufer des Rheins waren die alten Lagerhallen des Zollhafens den riesigen Silos für Kies, Sand und Zement gewichen, die von großen Schleppverbänden rheinauf und rheinab beschickt wurden. Auch die Schwimmbagger schienen pausenlos im Einsatz zu sein, sie hielten die Fahrrinnen frei und vertieften sie offensichtlich noch. Auf der Petersaue, bislang der letzte Flecken Erde, auf dem sich Bäume und Büsche ungestört entfalten konnten, türmte sich nun der Schlamm aus dem Fluss. Eine Dampframme auf einem Ponton befestigte die Auen mit Spundwänden und Beton. Peter erschien das Ausbaggern angesichts des Wasserstandes im Rhein als überflüssig. Höhere Hafenmauern und

Deiche wären deutlich sinnvoller und dringlicher, denn das Wasser verschluckte bereits die ehemaligen Anleger der Ausflugsdampfer vor dem Biebricher Schloss und schwappte über den Fußweg in den Hof des prachtvollen Gebäudes. Wenn der Pegel so weiter steigen und Druck auf die Deiche ausüben würde, stand das Wasser sicher bald schon an der großen Freitreppe des mittlerweile geräumten ehemaligen Sitzes der Herren von Hessen-Nassau. Diese Katastrophe schien Peter nicht mehr lange auf sich warten lassen zu wollen.

Er schüttelte ungläubig den Kopf und nahm sich vor, die Pläne für all das einzusehen, wenn man ihn denn ließ. Vielleicht konnte ja auch sein Bruder Paul etwas herausbekommen, der noch immer gute Beziehungen zu den Beamten der Reichsbauverwaltung pflegte. Wenn man selbst der Polizei die Informationen verweigerte, so vertraute man einem Kollegen möglicherweise doch etwas an, wenn auch in verschlüsselten Worten. Wer steckte dahinter und was sollte das werden? Auf beide Fragen hatte er eine halbwegs plausible Antwort, als er die Grundrisse der Fundamentierungen sah, die auf dem Gelände der ehemaligen Farbenwerke entstanden. Werkshallen für alles, was auf den Familiennamen Luftschiff hörte, nahm Peter an. Somit war auch klar, wer sich für dieses gigantische Projekt verantwortlich zeichnete: Wilhelm von Wallenfels.

Kaum ein anderer Industrieller hatte in der nach wie vor herrschenden Stahl- und Kohlekrise noch genügend Quellen, um das Material für diese riesigen Anlagen zu bekommen. Geschweige denn die Brennstoffe für die Dampfmaschinen, welche die Maschinen antrieben. Wallenfels verfügte über nahezu unerschöpfliche Quellen im In- und Ausland und über die nötigen Chemieanlagen, die aus den Rohstoffen die benötigten Stoffe produzierten.

Peter fragte sich, wie lange das Volk an den Flüssen diese Provokationen noch hinnehmen würde. Am liebsten hätte er sofort Joachim gefragt, wie die Stimmung war, doch die Gasmasken und Gehörschutzkappen konnten sie hier noch nicht abnehmen.

Joachim machte noch einmal halt und änderte die Weichenstellungen. Peter sah bewundernd zu, wie der junge Mann behände auf den

Pfeilern in luftigen Höhen herumkletterte. Zwar mit einem Seil gesichert, aber dennoch nicht vor allen Katastrophen gefeit. Nun fuhren sie direkt in Richtung Mainz und Peter nahm dankbar das Fernglas entgegen, das Joachim ihm reichte. So konnte er die Bauarbeiten auf den Auen genauer betrachten.

Nicht eine Pflanze wuchs dort noch, alles war abgeräumt oder zugeschüttet mit giftigem Schlamm vom Flussgrund. Die Pflanze, die das überleben konnte, war von der Evolution noch nicht erfunden worden. Selbst in der Düsternis des Novemberregens konnte man die schillernden Farben erkennen, die sich von den Abwässern der Chemiefabriken im Schlamm abgesetzt hatten. Leuchtendes Orange und giftiges Grün. Cadmium und Arsen, wie Peter gehört hatte, tödliches Gift. Umso verwunderlicher war es für Peter, dass die Ratten, die diesen Giften in den Kanälen ständig ausgesetzt waren, nicht ebenso elend verreckten wie das Grünzeug und – später, aber unausweichlich – der Mensch. Vielleicht war durch ihr ohnehin kurzes Leben die Chance einfach größer, sich durch Veränderung an neue Gegebenheiten anzupassen. Die Menschen hingegen, mit ihren langen Generationszyklen, würden es wahrscheinlich ebenso wenig schaffen wie die Bäume.

An einem Ende der Petersaue war man bereits damit beschäftigt, den giftigen Boden einzuebnen und mit Beton zu befestigen. Auf Peter machte es den Eindruck, als solle dort ein weiterer Hafen entstehen. Was nur folgerichtig war, wenn man bedachte, dass der Zollhafen auf Mainzer Seite zunehmend versandete und ebenso wenig nutzbar war wie der Sicherheitshafen an der Ingelheimer Aue. Vor allem aber lagen die beiden Häfen auf der falschen Seite des Rheins. Da man sich in Mainz der Industrialisierung verweigerte, war es von denjenigen, die es zu verantworten hatten nur die einzig folgerichtige Konsequenz, sich auf diese Art abzukapseln. Peter fragte sich, ob die Aue auch wirklich vollständig zu Hessen-Nassau gehörte, oder die Grenze mitten hindurch verlief. Aber selbst, wenn – was hätten die Mainzer schon dagegen unternehmen wollen oder können?

Ein Blick durch das Fernglas in Richtung Mainz offenbarte Peter, dass man von dort möglicherweise noch gar nicht mitbekommen hatte, was auf Wiesbadener Seite angestellt wurde. Da dort nirgends die Ufer befestigt oder Deiche gebaut worden waren, entlud der Fluss seine Fracht aus schmutzigem, schlammigem Wasser ungehindert und mangels Ausweichmöglichkeiten in Richtung Wiesbaden mit voller Wucht in die Auen an seinem Südufer. Ob dort Menschen gelebt hatten, wusste Peter nicht. Nun ganz sicher nicht mehr, wer nicht rechtzeitig fliehen konnte, war wie eine Ratte ertrunken. Wie hoch konnte das Wasser noch ansteigen?

Die Kabine überquerte den Fluss und sie erreichten den Haltepunkt an einem Pfeiler in Sichtweite der Waggonfabrik. Als sie die Bahn verließen und am Pfeiler herunterkletterten, konnte Peter mit der Frage nach der Stimmung am Fluss nicht mehr hinter dem Berg halten.

»Was machen die Wahlen in Biebrich? Sie sind doch jetzt bald, oder?«

Joachim lachte trocken. »Ja, kommenden Sonntag sollen sie endlich stattfinden. Nach viermaliger Verschiebung. Den Herren Beamten im Schloss ist immer wieder was Neues eingefallen, womit sie uns ärgern konnten. Da waren angeblich in den Wählerlisten Personen doppelt angeführt, was bei Namen wie Franz Müller und Ludwig Schmidt nun nicht unbedingt eine schwer zu erklärende Seltenheit wäre. Als das dann endgültig geklärt war, meckerten sie darüber, dass bei manchen kein Geburtsdatum stand und damit nicht gesichert war, ob sie überhaupt schon fünfundzwanzig Jahre alt und damit wahlberechtigt waren. Viele besitzen einfach keine Geburtsurkunde, die das beweisen kann. Dann war die Lokalität, in welcher die Stimmen abgegeben werden sollten, den Herrschaften nicht gut genug, bis man sich auf das Pfarrhaus von St. Marien einigen konnte. Auch wenn das nach Meinung der Beamten schon viel zu tief im Feindesland lag. Ich hatte schon erwartet, dass alle Wahlberechtigten sich in die Stadt aufmachen müssen. Ins Paulinenstift vielleicht. Das nächste war der Termin, zu dem man nicht genug Polizeikräfte aufbringen konnte, um den oder die Beamten zu begleiten, welche die Wahl leiten sollen. Und so weiter und so fort. Völliger Schwachsinn. Hoffentlich fällt denen jetzt nichts mehr ein, weswegen sie das Ganze doch noch abblasen können. Das wäre dann das Allerletzte. Vater kämpft noch immer wie ein Löwe, doch langsam verliert sogar er die Geduld und die Kraft, weiter dagegen anzustinken. Ich bin mir nicht sicher, was passieren wird, wenn die Wahl tatsächlich scheitert. Ob die Leute wirklich die Kraft aufbringen, eine Revolution zu starten. Aber sie sind nah dran … irgendwann reicht ein kleiner Funke.«

»Verständlich. Das tut mir so unendlich leid.« Peter seufzte und sah sich in der tristen Landschaft um, die sich vor ihm ausbreitete. »Wenn ich noch etwas tun kann, lass es mich wissen. Ich befürchte allerdings, dass man Störungen bei der Wahl provozieren wird, damit man sie für ungültig erklären kann. Vielleicht kann ich wenigstens etwas dagegen tun. Wie geht's deiner Mutter?«

»Sie hat es überstanden, denke ich. Dank der Medizin, die sie uns beschafft haben. Danke noch mal dafür. Sie können nichts mehr tun, fürchte ich. Das müssen wir jetzt alleine schaffen und hoffen, dass auch akzeptiert wird, was dabei herauskommt. Nur fürchte ich, dass die Demütigungen danach weitergehen. Spätestens dann, wenn unser gewählter Vertreter an den Sitzungen des Stadtparlamentes teilnehmen sollte. In dem Moment wäre Unterstützung gewiss sinnvoll.«

Sie erreichten das Tor der Waggonfabrik und Joachim öffnete es mit dem Schlüssel, den er sich von seinem Kollegen erbeten hatte, nachdem er ihm beichtete, dass in dem Keller etwas war, das die Kriminalpolizei interessierte. Ein flaues Gefühl machte sich in seiner Magengegend breit, als sie sich der alten Halle näherten und Joachim sah sich schnell zu Peter um, der sehr viel langsamer geworden war. Mit einem Mal wünschte sich Joachim die Soldaten dazu, die sie zuvor begleitet hatten. Doch als die bei einer neuerlichen Anfrage gehört hatten, dass er mit einem Polizeibeamten zur Fabrik wollte, weil dort nach Spuren eines längst vergangenen Verbrechens gefahndet werden sollte, hatten die abgewunken. Es interessierte sie nicht und einen Polizeibeamten befanden sie als genug Schutz.

Peter spürte die Unruhe seines jugendlichen Begleiters und auch ihm war nicht wohl, angesichts der düsteren Hallen in der gottverlassenen Gegend. Er griff in seine Umhängetasche und baute mit geschulten Handgriffen eine Handfeuerwaffe zusammen, die mit Dampfdruck aus einer Ätherpatrone eine durchschlagende Wirkung entfalten konnte, dabei aber erstaunlich gut und nahezu rückschlagsfrei in der Hand lag. In geschlossenen Räumen konnte sie zwar zu erheblicher Gefahr für den Schützen selbst führen, aber das war ihm lieber, als einer möglichen Gefahr ohne die Möglichkeit einer Gegenwehr entgegen zu treten.

»Auf geht's. Zeig mir das Rattenloch.«

Joachim ging Peter voran zu der Halle, in der einst die Hängekabinen gebaut worden waren und führte ihn durch zu der Bodenluke. Da nichts an ihr verändert worden und keine neue Spur anderer Personen zu finden war, beruhigte er sich etwas. Er hob die Klappe an und leuchtete mit seiner Karbidlampe hinunter. Peter kletterte in das Loch und ließ sich die Blendlaterne reichen. Mit vorgehaltener Waffe lief er den Gang entlang, während Joachim oben wartete.

»Jo, kommst du bitte?«, hörte Joachim den Kommissar rufen.

Verwundert ließ er sich in den Schacht fallen und tappte ebenfalls den niedrigen Gang entlang in die unterirdische Werkstatt. Er sah sofort, warum er gerufen worden war und seine Kinnlade sank herab. »Verdammt, hier war doch jemand! Aber wie ... die Klappe oben war unberührt! Ich hatte extra wieder die Lumpen draufgelegt.«

Peter nickte nur und leuchtete den Fußboden und die Wände ab. Überall waren Spuren im Staub, alle Kisten, Kästen, Schränke und Laden durchwühlt und ausgeräumt. Auf dem Tisch waren die Umrisse von weiteren Rattenkörpern zu erkennen, die man entfernt hatte, nicht nur von dem einen, den Joachim mitgenommen hatte. Lediglich zwei mumifizierte Körper lagen noch im Staub, an denen keine Veränderungen vorgenommen worden waren. Das Licht seiner Laterne folgte einer besonderen Art von Fußspur hin zu einer Anzahl von Rohren, hinter denen ein Gitter angebracht war.

Joachim beobachtete mit mulmigem Gefühl, wie Peter an dem Gitter ruckelte und dieses schließlich nachgab. Er schluckte, als ihm klar wurde, dass das Gefühl, beobachtet zu werden, nicht unbegründet gewesen war. Hinter dem Gitter verlief ein Gang mit weiteren Rohren, durch den ein schlanker Mensch problemlos kriechen konnte. Zerstörte Spinnweben und eine Schleifspur auf dem Boden wiesen darauf hin, dass der Gang erst kürzlich rege benutzt wurde.

»Da fragt man sich doch, wer außer Laue von dieser Werkstatt wusste. Sein Bruder vielleicht? Unser »heiliger« Michael? Aber was sollte der hier wollen?« Peter starrte in den Gang hinein.

»Gerüchteweise soll er gar nicht so ungeschickt gewesen sein, was Maschinen betraf. Seine ›Zauberwaffen‹ kamen ja nun auch nicht von ungefähr. Vielleicht hat die nicht sein Bruder gebaut, sondern er selbst? Und seine Freundin hatte ja auch keine Scheu, neuartige Gerätschaften zu verwenden. Diese Louisa«, bemerkte Joachim. »Soll ich mal nachsehen, wohin der Gang führt?«

»Nein, das können wir auch von oben machen. Viele Möglichkeiten gibt es ja nicht. Er verläuft offensichtlich schnurgerade. Die Mühe müssen wir uns nicht machen. Abgesehen davon hilft es uns vermutlich nicht weiter. Wer auch immer hier war, er wird uns sicher nicht in die Hände fallen. Und gewiss hat er alles mitgenommen, was uns irgendwie weiterhelfen könnte.« Peter drehte sich um und kletterte wieder aus dem Keller heraus.

Joachim folgte ihm seufzend. Er ärgerte sich, dass er nicht genauer untersucht hatte, was in dem Keller vielleicht noch alles zu finden gewesen war. Seine Zeit war aber so knapp bemessen gewesen, als dass es ihm hätte gelingen können, alles zu untersuchen. Wahrscheinlich hätte er auch gar nicht unterscheiden können, ob etwas wichtig war oder nicht.

Oben stand Peter mit einem Kompass in der Hand und prüfte, in welche Richtung der Gang führte. Dann ging er nach draußen und folgte dem Verlauf des Ganges. In der Ferne hinter den Gleisen der hessischen Ludwigsbahn konnte Joachim Dächer erkennen, die sich verfallen unter struppige Bäume duckten.

»Das ist wohl die Hartmühle, von der aus man zum Mombacher Tor von Mainz kommt«, brummte Peter. »Wahrscheinlich endet der Tunnel da. Der Hof ist aber ziemlich groß und ich glaube nicht, dass wir zwei dort etwas ausrichten können. Ich werde versuchen, die Polizei in Mainz zu mobilisieren, oder die Truppen des Herzogtums. Sie sollen den Laden auseinandernehmen. Aber das machen wir von Zuhause aus.«

Joachim war sich sicher, dass man den Stein, der ihm vom Herzen fiel, bis nach Wiesbaden gehört haben musste. Trotz der Bewaffnung des Kommissars war ihm nicht sehr wohl bei dem Gedanken, sich in die Höhle welches Löwen auch immer zu wagen. Er hatte sich schon für seine Vorwitzigkeit verflucht, durch den Tunnel kriechen zu wollen.

»Komm, lass uns nach Hause fahren!«

✻

»Er ist wirklich wundervoll geworden. An dir ist ein Künstler verloren gegangen«, stellte Valerian fest und die Begeisterung, die in seinen Worten mitschwang, war echt. Er hatte sich von seiner Staffelei in der kleinen Wohnung nahe dem Rathaus losgerissen, auf der er noch eine Auftragsarbeit erledigen wollte und war ins Haus seiner Halbschwester gekommen. Nun beugte er sich über Pauls Werk und betrachtete es eingehend. Paul hatte in der Kellerwerkstatt seines Vaters, die von Peter offensichtlich nie benutzt wurde, die bereits fertig gestellten Einzelteile zusammengebaut. Valerian fuhr mit dem Finger über die vielen kleinen Messingschuppen, aus denen der Körper des Drachen gefertigt war.

»Naja, er sieht nicht halb so elegant aus, wie ich es gerne gehabt hätte. Weißt du, so wie einer von diesen chinesischen Drachen. Die Bedingungen zur Metallbearbeitung waren im Hotel natürlich auch alles andere als optimal, auch wenn der Hausmeister mich gern unterstützt hat und mich seine Werkstatt benutzen ließ. Er hatte nicht das nötige Werkzeug. Zudem war ich mir nicht so sicher, ob ich es überhaupt hinbekomme. Metallbearbeitung macht mir Spaß, ist aber nicht einfach. Abgesehen davon ist er auch noch viel zu schwer. Als Spielzeug also ziemlich ungeeignet«, relativierte Paul seufzend und sah erstaunt seinen Freund an, als er von Valerian einen Boxhieb in die Rippen bekam.

»Du sollst dein Licht nicht immer unter den Scheffel stellen, Paul. Das ist nicht richtig. Der Drache ist wirklich schön geworden. Verbessern kann man immer, da nehme ich meine eigenen Werke nicht von aus, aber irgendwann ist ein Punkt erreicht, an dem man sagen muss: Dieses Ding ist fertig. Das nächste wird besser, weil man es dann schon kann und die gleichen Fehler nicht wiederholt«, dozierte der Künstler und lächelte dann. »Hast du ihn schon ausprobiert?«

»Nein, das wollte ich auch nicht im Haus machen, sondern im Freien. Doch da hat das Wetter nicht mitgespielt. Wie sieht es denn gerade aus?«

»Trocken. Nicht schön, aber trocken!«

»Dann versuche ich es mal. Vor allem bin ich gespannt, ob das mit der Steuerung funktioniert.«

Valerian half Paul, den Drachen in einer Tasche mit Rollen zu verpacken und ahnte, was sein Freund meinte, als er sagte, dass es als Spielzeug nicht geeignet war. Dafür war der liebevoll gestaltete Drache mit den vielen beweglichen Teilen viel zu schwer.

Gemeinsam spazierten sie zum Bahnhof, dem gegenüber sich die Kaisergärten erstreckten. Nur wenige Menschen flanierten durch den Park, der in seinem späthertbstlichen Grau auch nicht gerade einladend wirkte. Paul wollte dorthin, weil einer der Wege mit einer neuen Macadam-Decke versehen war, die für seinen Drachen eine hindernisfreie Bewegungsfläche bot. Über das Kopfsteinpflaster der Straße, an der Peters Haus lag, konnte das Spielzeug nicht laufen. Die Fugen waren unüberwindbare Hindernisse.

Als er seinen Drachen auspackte, waren sie schnell nicht mehr alleine. Wer auch immer sich im Park aufhielt, näherte sich neugierig. Paul füllte Wasser in den kleinen Dampfkessel und feuerte ihn mittels einer Ätherpatrone an. Dampf drang aus dem Rachen des Tieres und seinen Nasenlöchern, was das Metalltier beinahe lebendig wirken ließ.

Dann steckte er das lange Kabel am Rücken ein, welches mit einem kleinen Kasten verbunden war, in dem Paul eine Reihe Schalter verbaut hatte. Er wusste, dass seine Kunst beschränkt war, eine elektrische Steuerung zu bauen, so dass alles etwas grobgezimmert wirkte. An eine Steuerung mittels der neuartigen Funktechnik hatte er sich gar nicht erst herangetraut, schließlich war er Architekt und kein Ingenieur für Energieanlagen. Nun probierte er einen Schalter nach dem anderen aus. Der Drache hob und senkte den Kopf, der Schwanz schwang hin und her, die Flügel mit der Lederbespannung bewegten sich auf und ab.

Die begeisterten Ausrufe der Zuschauer taten ihm wohl. Das Schulterklopfen von Valerian noch viel mehr. Nun traute Paul sich auch, die komplizierteste Funktion auszuprobieren. Der Bauch des Drachen mit der Dampfmaschine darin lag auf Rollen, die Beine waren aber frei beweglich. Die zierlichen Füße hatten Krallen und er hoffte, dass sie stabil genug waren, um das Tier vorwärts zu ziehen. Er legte einen weiteren Schalter um, der das komplizierte Räderwerk in Gang setzte.

Unter den erstaunten Ausrufen der Umstehenden bewegte sich das kleine Metallungeheuer Schritt für Schritt vorwärts, zog sich mit seinen Krallen über den rauen Asphalt. Mithilfe einer beweglichen Rolle unter dem Körper konnte er das Tier auch lenken. Nun zog sich ein seliges Lächeln über Pauls Gesicht und er wurde rot, als er Valerian klatschen hörte. Die Umstehenden fielen in den Applaus ein. Paul hielt den Drachen an und verneigte sich verlegen.

»Haben Sie den Drachen schon auf der Ausstellung vorgeführt?«, sprach ihn ein elegant gekleideter, älterer Herr mit dichtem weißem Backenbart an. »Der ist großartig!«

»Nein, ich habe ihn eben erst im Groben fertig gestellt und eigentlich ist es nur eine Spielerei, die ich, wenn sie denn mal richtig alltagstauglich ist, meinem Neffen schenken wollte«, erklärte Paul verlegen. »Aber das ist wohl noch ein weiter Weg.«

»Den Sie nicht alleine gehen müssten«, fuhr der Mann fort und streckte Paul die Hand entgegen. »Maximilian Hofer-Wörthmann. Sie haben vielleicht schon von mir gehört?«

Paul ergriff die dargebotene Hand. Er brauchte nicht lange zu überlegen. »Sie stellen Spielzeug her, nicht wahr? Ich meine, dass auch ich schon als Kind Blechspielzeug zum Aufziehen von Wörthmann hatte. Kann das sein?«

»Mein Vater gründete die Fabrik, ja, das kann also gut sein!«, polterte der Fabrikant fröhlich. Dabei wirkte er selbst wie ein Kind im Spielzeugladen, mit seinen stark geröteten Wangen und den großen, ewig staunenden Augen. »Und ich bin auf der Suche nach Ideen, die für die heutige Technik bereit sind. So etwas ... Ferngesteuertes fehlt mir noch. Was meinen Sie, würden Sie mir die Pläne verkaufen? Dieser Drache bewegt sich so wunderbar flüssig, als wäre er lebendig, das ist fabelhaft. Und ihr Neffe geht dann ganz sicher nicht leer aus!«

Paul sah auf seinen Drachen, dessen Dampfmaschine langsam erlosch und nur noch wenige Dampfschwaden durch das Maul entließ. Als er wieder aufblickte, kreuzte sich sein Blick mit dem Valerians, der mit einem aufmunternden Lächeln nickte.

»Ich finde das eine fabelhafte Idee, Paul. Wenn du wieder zuhause in Hamburg bist, kommst du ohnehin nicht mehr dazu, viel daran zu arbeiten, oder? Die nächsten Aufträge warten doch schon auf dich«, ermunterte ihn der Franzose.

»Da hast du wohl recht ...« Paul sah wieder zu Hofer-Wörthmann, der ihn abwartend ansah. »Ja, ich denke, darüber können wir reden. Wo können wir uns treffen?«

»Ich wohne im Nassauer Hof, noch drei Tage. Wie wäre es, wenn Sie morgen Abend mit mir dort dinieren würden?«

*

Fasziniert beobachtete der Japaner den großen, hageren Mann mit seinem kleineren, zierlichen Begleiter, der eher nachlässig und doch elegant gekleidet war. Für einen Moment sehnte sich Kenjiro nach der aufwändigen, aber bequemen Kleidung seiner Heimat, Kimono und Hakama. In dem seltsamen Anzug, den ihm Algirdas verschafft hatte, fühlte er sich seltsam verkleidet. Darin fiel er nicht so auf, wenn sie in irgendwelchen Städten und Städtchen flanierten, in denen der Zirkus sein Lager aufschlug, aber er kam sich darin gefangen vor. Nun aber half ihm der Anzug, sich sogar in diesen noblen Teilen der Stadt Wiesbaden aufzuhalten, ohne besondere Aufmerksamkeit zu erregen. Sofern niemand genau hinsah und bemerkte, dass die Kleidung nicht richtig passte und recht fadenscheinig war.

Wegen der Ausstellung waren so viele Personen aus fremden Ländern zugegen, dass er sich gut anpassen konnte. Auch aus seiner Heimat Japan begegneten ihm bereits Gäste, doch hatte er um sie einen großen Bogen geschlagen. Einerseits waren sie ebenso wie er fremd in der Stadt, doch würden sie sofort seine niedere Herkunft erkennen und sich fragen, was er hier zu suchen hatte. Vor allem seine Kleinwüchsigkeit würde zu unbequemen Fragen führen, denn in ein Land von Riesen, wie ihm das deutsche Reich zu sein schien, wurden nur die größten Angehörigen seines Volkes entsandt. Zu jedem Einzelnen der japanischen Delegationen hätte er aufsehen müssen.

Solange er sich abseits hielt, hoffte er, für ein Kind gehalten zu werden. Mit seiner makellos glatten Haut und dem spärlichen Bartwuchs, den er sich ordentlich entfernt hatte, konnte das gut gelingen. So würde man sich sicher auch seine Faszination für den Spielzeugdrachen erklären, wenn er den Umstehenden auffallen sollte. Aber die Sorge war unbegründet, niemand achtete auf ihn. Vorsichtig näherte er sich der Gruppe, die aufmerksam dem Drachen zusah und ihn nicht bemerkte. Dabei konnte er das Gespräch des hochgewachsenen Deutschen verfolgen, dass der mit einem dickeren Mann mit weißem Bart führte. Sie wollten sie treffen und die Pläne für das Spielzeug austauschen.

Auf jeden Fall besaß der große, hagere Mann das Werkzeug, welches ihm fehlte. Doch es widerstrebte Kenjiro, ebenfalls zum Dieb werden zu müssen, um sein Werk zu vollenden. Auf diese niedere Stufe hinab zu steigen widerstrebte ihm sehr. Dennoch wollte er dem Mann folgen, um herauszufinden wo er wohnte.

Doch dann bemerkte er noch jemanden, der sich Mühe gab, nicht viel Beachtung zu finden, und Kenjiros Augen wurden groß.

Der Albino!

Er stand unweit der Menschenansammlung an einer Hecke und betrachtete mit gierigem Blick den Drachen. Kenjiros Gedanken wurden hektisch. Sollte er dem Deutschen oder dem Albino folgen? Seine Rachegelüste forderten Letzteres ein und so zog er sich zurück. Doch kaum, dass er sich dem Albino nähern wollte, verschwand dieser plötzlich. Verwirrt sah sich Kenjiro um, konnte ihn aber nicht entdecken. Es war ihm schon früher aufgefallen, dass der Albino sich quasi unsichtbar machen konnte. Er schwand aus der Erinnerung wie ein Gespenst, obwohl er so auffällig war. Selbst wenn er inmitten von Menschen stand, blieb er unter bestimmten Umständen unbemerkt. Ein Loch in der Menge, das unwillkürlich umgangen wurde, ohne dass man einen Grund dafür nennen könnte. Ein Felsen in der Brandung, eine Insel in den Wellen, kaum höher als der Meeresspiegel.

Das Gesicht des kleinwüchsigen Japaners wurde finster und er schmiedete einen Plan. Ganz sicher würde der Albino ebenfalls versuchen, an die Pläne für das Spielzeug zu kommen. In dem Spielzeug steckten eine Menge Ideen, die der Albino nur in eine Richtung weiter entwickeln würde: Hin zum Bösen. Auch das wusste Kenjiro besser als alle anderen. So eingeschränkt und verwachsen der Albino auch war, er hatte geschickte Finger und war ein guter Konstrukteur.

Er würde dem Deutschen irgendwie auflauern. Seine Miene hatte es verraten. Oder bei ihm einbrechen.

Kenjiro würde über den Mann wachen.

Prothesen

»Drehe ihn bitte um, ich fürchte, deine Kugel hat etwas Elementares beschädigt«, kommandierte Professor Reich seinem Kutscher, der sofort den Körper des toten Aufsehers auf den Bauch wuchtete.

Reich schob seine Brille auf die Nasenspitze und begutachtete den unversehrten Rücken des Mannes, der eher dem eines Tieres glich, breit und behaart, wie er war. »Ts, wie ein Affe!« Reich griff zu einer Rasierklinge und setzte sie in eine Halterung ein. Er machte sich nicht die Mühe, zu Schaum zu greifen, so dass die Klinge ein schabendes Geräusch verursachte, wie Krallen auf Holz. »Ah, da hätte sie austreten müssen, ist sie aber nicht. Hoffen wir, dass sie im Knochen steckt.«

Der Kutscher, der wie Reich eine Schürze trug, wie sie von Schlachtern bei der Arbeit verwendet wurden, hielt dem Professor ein Tablett mit chirurgischem Werkzeug entgegen. Reich wählte ein Skalpell und schnitt auf der Wirbelsäule entlang. Schließlich machte er noch zwei Schnitte quer, um einen großen Hautlappen über den mittleren Brustwirbeln wegzuklappen. »Ah, da ist sie. Steckt im Knorpel zwischen Wirbel und Rippe, Glück gehabt!«

Ob es den Kutscher in irgendeiner Form berührte, dass er womöglich einen Fehler gemacht hatte, oder ob es ihn nun erleichterte, dass dem nicht so war, erschloss sich dem Betrachter nicht. Seine Miene blieb versteinert, während er dem Professor assistierte, der die Kugel herausoperierte und dann verlangte, den Körper wieder zu drehen. Genauso versteinert blieb er neben dem Operationstisch stehen, während der Professor den Körper öffnete und anfing, einzelne Organe zu entnehmen. Beide Männer schien es nicht zu stören, dass sich in dem Kellerraum ein beißender Verwesungsgeruch breit machte.

Die Gedärme wurden in eine Tonne geworfen, der Rest des Verdauungstraktes folgte. Nach einem kurzen, wütenden Blick auf das schwarze Gewebe einer vom Tabak geteerten Lunge, öffnete der Professor auch den Brustkorb und entfernte das Atmungsorgan und das Herz. Letzteres wurde nach einem prüfenden Blick in einen Glaskolben mit einer klaren Flüssigkeit gelegt, die schwarzgrauen Lappen der Lunge entsorgt.

Dann machte er sich an die mühselige Arbeit, die großen Adern zu spülen und mit einer grünlichen Flüssigkeit zu befüllen. Als das erledigt war, klemmte er die Adern zu und streckte sich. Sein Rücken knackte bedenklich auf verschiedenen Ebenen, doch um die Lippen des Professors lag ein triumphierendes Lächeln. »Genug für heute. Sieh zu, dass du hier alles sauber bekommst und diese stinkenden Überreste fortschaffst. WEIT WEG vom Haus, hast du verstanden? Am besten tief unter der Erde.«

Der Kutscher nickte, legte einen Deckel auf den Eimer und verschwand mit der stinkenden Last. Er war kaum aus der Tür heraus, als Reich schon eine verborgene Klappe in der gekachelten Wand öffnete und eines der Notizbücher und einen mit Intarsien verzierten Kasten herausnahm. Der Professor schlug das Buch bei einem ledernen Lesezeichen auf und glich die Zeichnung mit dem Gegenstand ab, den er dem Kasten entnahm.

»Ah, das war der Fehler ...«, murmelte er, als ihm angesichts der Notizen klar wurde, was er bei seinen eigenen Experimenten mit künstlichen Herzen falsch gemacht hatte. »Ha, wie bei einem lebenden Menschen. Luft im System lässt alles zusammenbrechen.«

Er blätterte ein Stück weiter zu dem Punkt, an dem es um die Wiederbelebung ging und um die Steuerung. »Ach, verdammt, wahrscheinlich ist er schon zu lange tot gewesen, als ich ihn auf dem Tisch bekam. Es ist einfach besser, einen frischen Körper zu nehmen. Naja, egal, wir werden sehen, wozu sein Gehirn noch gut ist. Ein besonders fähiges Denkorgan hatte er ohnehin nicht. Und wenn ich an ihm fertig geübt habe, fange ich bei meinen lebenden Versuchsobjekten an.«

Er hielt eine Hand in die Höhe und betrachtete missmutig das Zittern. »Das Altern abstellen, das wäre doch mal eine Erfindung. Hoffentlich erlebe ich sie noch.« Den Einbau des mechanischen Herzens unterließ er lieber, da es sehr viel Feinarbeit erforderte, und schob die Bahre mit dem toten Aufseher in einen angrenzenden Kühlraum. Das neue chemische Blut in den Adern würde verhindern, dass der Körper weiter verfiel, das wusste er nun dank der Aufzeichnungen Laues.

Der Kutscher kehrte zurück und machte sich stumm daran, den Raum zu säubern. Reich sah ihm eine Weile zu und ging dann zu Bett.

∗

Jewgenij wurde zunehmend unsicher, ob er in diesem Sanatorium wirklich am richtigen Ort war. Helfen konnte man ihm ohnehin nicht. Das bedeutete aber auch, dass er nirgendwo hingehörte, selbst wenn der Ort ein angenehmerer wäre. Vielleicht lag seine Schwermut auch nur daran, dass seine Krankheit einen erneuten Schub gemacht hatte und es ihm zunehmend schwerfiel, an den Stöcken zu laufen. Aber er wollte auf keinen Fall schon in den Rollstuhl, der ihm schlimmer erschien als ein Gefängnis. Verdammt dazu, in sicheren Räumen zu bleiben und auf die ständige Hilfe anderer angewiesen zu sein.

Einziger Lichtblick in diesem trüben Dasein, dem sogar die Sonne zu entfliehen schien, war der Anblick der blassen jungen Dame. Die hielt sich zwar nach wie vor von allem fern oder tauchte so unbemerkt auf, wie sie nach den gemeinschaftlichen Verpflichtungen im Speisesaal oder den Übungen bei Meister Xun wieder verschwand. Doch zumindest sah er sie häufiger und sie schenkte ihm hin und wieder ein wenig Beachtung. Lächelte sogar. Jewgenij schien der Einzige zu sein, der sie überhaupt bemerkte, im Gegensatz zu den meisten anderen Patienten. Selbst seinem Tischgenossen Rupert war sie nicht aufgefallen, dabei war es für ein weibliches Wesen, egal welches Äußere es aufwies, nahezu unmöglich, dem Schürzenjäger zu entgehen.

Jewgenij hatte sich schon oft gefragt, was an den Geschichten von den Eroberungen, die Rupert immer wieder zum Besten brachte, überhaupt dran war. Doch wenn er den Umgang des gleichaltrigen Rupert mit der holden Damenwelt bedachte, dann durften zumindest einige seiner Räuberpistolen der Wahrheit entsprechen. Er war galant und hatte eine besondere Ausstrahlung, die offensichtlich alle Frauen hypnotisierte, wenn er es darauf anlegte. Das ließ in Jewgenij gelegentlich Neid aufflammen, doch dann erinnerte er sich daran, dass Rupert eigentlich nichts Besonderes war und ein Hochstapler. Das einzig Beneidenswerte an ihm waren seine Gesundheit und seine Sportlichkeit, die er konsequent mit Alkohol ruinierte, der er immer wieder ins Sanatorium schmuggelte, woher auch immer er ihn bekam.

Jewgenij erreichte den Aufenthaltsraum, in dem Meister Xun sie schon zu den Übungen erwartete und lehnte sich erst einmal an die Wand, weil ihn seine Kräfte im Stich ließen und jeder Muskel schmerzte. Der alte Chinese kam auf ihn zu und nötigte ihn auf einen Sessel. Jewgenij wollte protestieren, doch eine Handbewegung des Meisters ließ ihn verstummen.

»Mache Übung sitzend«, raunte der Chinese ihm zu, in einem Tonfall, der keinen Widerspruch duldete. »Nach Essen kommen zu mir. Chinesische Heilung mit Nadeln versuchen«, fügte Meister Xun an, bevor er sich wieder an seinen Platz vor der Gartentür stellte, um mit den Übungen zu beginnen.

Kurz bevor der Meister anfing, öffnete sich im hinteren Teil des Raumes, der in düsterem Zwielicht lag, eine Tür und die geisterhafte junge Frau stellte sich davor auf. Jewgenij fragte sich, ob Meister Xun etwas damit bezweckt hatte, ihn ausgerechnet auf diesen Sessel zu führen, von dem aus er einen ausgezeichneten Blick in genau diese Richtung hatte.

Die Übungen schienen ihm mit einem Mal viel zu kurz, er konnte seinen Blick einfach nicht von der jungen Frau lassen, deren weißes Kleid die ganze unwirkliche, geisterhafte Erscheinung noch unterstrich. Nach der Verbeugung vor dem Meister verschwand sie sofort wieder, doch dieses Mal drehte sie sich in der Tür noch einmal um und sah Jewgenij direkt an. Er erstarrte bei diesem Blick aus den farblosen, eiskalten Augen, doch dann zog sich ein Lächeln um ihre Lippen und ihm wurde warm ums Herz. Ein weiterer, flüchtiger Hauch der Beachtung. Dann entzog sie sich seiner Beobachtung und die Tür schloss sich hinter ihr.

Seufzend wollte Jewgenij nach seinen Stöcken greifen, als der Chinese wieder bei ihm stand und etwas vor sich herschob, das er noch nie zuvor gesehen hatte. Es war ein Rohrgestell mit Rädern, die man mit einem Drahtzug unter den Handgriffen bremsen konnte.

»Probieren!«, kommandierte der Chinese und Jewgenij drückte sich an dem Gestell hoch, das ihn von drei Seiten umschloss. Der obere Ring war rundherum gepolstert, so dass er sich überall dagegen lehnen konnte. Meister Xun bückte sich, um das Gestell an Zahnstangen etwas höher zu schieben, damit Jewgenij es bequem aufrecht greifen konnte. »Besser als Stöcke. Zu unsicher. Besser als Rollstuhl, immer noch selbst laufen.«

Jewgenij lächelte den alten Chinesen dankbar an. »Das ist es. Haben Sie das erfunden? Ich bin Ihnen wirklich zu größtem Dank verpflichtet.«

Meister Xun winkte ab und setzte wieder seine undurchschaubare Miene auf. »Nach Essen zu mir, nutze chinesische Medizin. Muss auf eigene Füßen stehen bleiben. Alles andere falsch!«

Jewgenij bemerkte, dass der Chinese ihn nicht direkt ansah, sondern an ihm vorbei durch eine Glastür. Er blickte über seine Schulter und sah Professor Reich in einem anderen Gang entschwinden. Als sich sein Blick wieder mit dem Meister Xuns kreuzte, nickte er nur. »Ganz sicher werde ich nicht an mir herum schneiden lassen, das verspreche ich Ihnen, Meister Xun. Wenn es nicht anders geht, dann ist es eben vorbei. Ich weiß, wo meine Krankheit endet und was andere bereits versuchen, um diesen Verfall aufzuhalten. Das empfinde ich als unmenschlichen Wahnsinn. Wenn es soweit ist, will ich in Würde abtreten, nicht als halbe Maschine.«

Xun nickte bedächtig und ein feines Lächeln zog sich um seine Lippen. »Das gutes Denken. Ich helfen kann, Schmerz lindern. Bahnen im Körper wieder auf machen. Kommen zu mir.« Ohne eine Antwort abzuwarten verschwand der Chinese wieder.

Jewgenij machte sich mit dem Gefährt vertraut, das ihm Xun gebracht hatte. Die Rohrkonstruktion war stabil und er konnte sich problemlos darauf stützen. Schritt für Schritt bewegte er sich vorwärts und seine Miene hellte sich auf. Für ihn war es ein Stück Freiheit, das er zurückgewann. Mit jedem Meter, den er aus eigener Kraft vorankam, gelang es ihm besser. Die stabilen Handbremsen verhinderten, dass ihm sein neues Gefährt entgleiten konnte.

Er fühlte sich beobachtet und sah sich um. Professor Reich war in seiner Nähe und Jewgenij hatte den Eindruck, dass er wütend war, auch wenn er seine Miene ausdruckslos werden ließ, kaum dass Jewgenij ihm ins Gesicht sah. Das ließ den jungen Mann schaudern, hatte er doch schon oft das Gefühl gehabt, dass der Professor nur darauf wartete, dass sich Jewgenij nicht mehr aus eigener Kraft bewegen konnte. Damit auch er einer Operation oder anderen obskuren Behandlung mit ungewissem Ausgang zustimmen würde.

»Auf keinen Fall«, murmelte er, sagte es aber nicht laut genug, dass Reich es hätte hören können. Dennoch war er sich sicher, dass der Professor ihn verstanden hatte, denn sein Gesicht wurde wieder düster und er wandte sich ab.

Als der alte Mann verschwunden war, spürte Jewgenij, wie seine Hände zitterten. Angst stieg ihm den Rücken hinauf und sträubte seine Nackenhaare. Er konnte seinen Blick nicht von der Tür lassen, durch die der Professor verschwunden war und er fühlte sich hilflos.

»Sie sollten vielleicht besser weggehen! Weg aus diesem Sanatorium.«

Die helle Stimme ließ Jewgenij herumfahren. Erstaunt sah er in das farblose Gesicht der jungen Frau, die ihn so sehr faszinierte. Sie sah ihn seltsam ausdruckslos an, doch in ihren Augen wähnte er Sorge zu erkennen.

»Das sollte ich, ja. Aber aus eigener Kraft ist es mir unmöglich und ich weiß nicht, ob ich meine Familie überreden kann, mich an einen anderen Ort bringen zu lassen.«

»Ich auf Sie aufpassen.« Meister Xun war zu ihnen getreten. »Sie nie alleine sein dürfen, nirgendwo. Und immer Tür verschließen. Nicht sehr sicher, aber besser.«

»Das sollten Sie«, bekräftigte die junge Frau und zu Jewgenijs größtem Erstaunen legte sie ihm kurz die Hand auf den Arm, bevor sie sich schnell zurückzog.

Die beiden Männer sahen ihr nach. Der alte Chinese zwirbelte dabei eines seiner langen Schnurrbartenden um einen Finger. »Habt ihr Wort für das was ist mit ihr? So ohne Farbe?«

»Albino«, entgegnete Jewgenij, ohne sich dem Chinesen zuzuwenden.

»Auch sie in Gefahr ist. Sie besonders, sicher Professor auch mit ihr arbeiten will. Passen auf. Beide auf anderen! Ich mir nicht sicher, glaube, Reich nicht schlechter Mensch – für sie und Albinofrau. Er sie beide mögen. Aber für andere schlechter Mensch.«

∗

Reich stand in seinem Arbeitszimmer und betrachtete ein Foto seines Sohnes. Das Letzte, das ihm geblieben war. Jewgenij war ihm so ähnlich …

Hin und her gerissen von dem Wunsch, dem jungen Mann zu helfen und der Wut auf den Chinesen, der ihm Jewgenij entzog, wanderte er vor seinem Schreibtisch hin und er wie ein Tier im Käfig. Sein Blick fiel wieder auf die Notizen Laues, die auf dem Schreibtisch lagen. Was hätte Laue wohl zu seiner Patientin gesagt? Dem Fräulein de Varelles, die das gleiche Problem hatte wie Benedikt von Laue selbst? Den ausgeprägten Albinismus?

Reich konnte für sich nicht einmal sagen, ob er die junge Frau attraktiv fand, weil ihre Gestalt allen gängigen Schönheitsidealen entsprach. Oder weil sie einfach ein faszinierendes Wesen war. Er war gespannt, was Liebermann zu ihr sagen würde, den er am kommenden Tag zu seinen regelmäßigen Besuchen erwartete.

Zum ersten Mal, seit er mit seiner Arbeit an einem künstlichen Menschen und der Verlängerung der Existenz durch Maschinen begonnen hatte, nagten Zweifel an ihm. Oder waren es Skrupel, sich an Menschen zu vergehen, die ihm zum Schutze und zur Pflege anvertraut waren? Reich wusste es nicht zu sagen und Letzteres glaubte er bereits überwunden zu haben. Die erneut aufkeimenden Gefühle, Unrecht zu begehen, ärgerten ihn über alle Maßen.

Wieder fiel sein Blick auf das Foto seines Sohnes. Hätte er Gustav retten können, wenn er damals schon so weit gewesen wäre, wie er es heute war? Als Gustav, der Offizier in einem der unseligen Territorialkriege in Asien war, von einer Granate halb zerfetzt worden war, konnte er ihm nur bei seinem langsamen Sterben zusehen. Gustav hatte aufgegeben, wollte nicht als Krüppel weiter existieren.

Langsam begann Reich zu begreifen, warum ihn selbst solche Zweifel plagten. Selbst wenn er Gustav mit künstlichen Gliedern und Maschinenteilen zu einem neuen, vage menschlichen Leben hätte verhelfen KÖNNEN, der Junge hätte es nicht angenommen. Auch in dieser Hinsicht glich er Jewgenij. Er hatte es schon einmal bei dem jungen Russen angesprochen, doch der wehrte sich mit Händen und Füßen gegen ein derartiges Ansinnen. Was war es nur, das diese Ablehnung verursachte?

Reich lief weiter wie ein mürrischer Zirkusbär in seinem Büro auf und ab, bis er resigniert stoppte, weil er einfach auf keine Lösung kam. Er beschloss, diese Frage Liebermann zu stellen und sofort kreisten seine Gedanken um das Problem, wie er all das, was ihm auf der Seele brannte, in möglichst unverfängliche Fragen verpacken konnte. Liebermann durfte nichts über den Hintergrund seines Wissensdurstes erfahren.

Aber der Irrenarzt war ein cleverer Kerl und in viele Richtungen offen und interessiert. Möglicherweise wusste er über die Vorgänge in Wiesbaden, die Morde des Genies von Laue, sogar ganz gut Bescheid. Er konnte eventuell Verknüpfungen herstellen zu dem, was Reich an Wissen besaß. Der kleine, dicke Mann war nicht ohne Grund der Leiter des renommierten Hauses auf dem Eichberg von Kiedrich geworden, obwohl er ein Jude war. So wie dieser Freud in Wien. Reich hoffte inständig, dass es ihm gelingen würde, Liebermanns Meinung zu erfragen, ohne den Nervenarzt misstrauisch zu machen. Und dass er dann verstehen würde, was in Jewgenij vorging.

DIEBE

»Die Hartmühle räumen?« Polizeiobermeister Lauterbach sah seinen Vorgesetzten verständnislos an. Der Gesichtsausdruck, den er dabei an den Tag legte, reizte den Kommissar dazu, seine Augen zu verdrehen, doch er hütete sich vor dieser Unmutsbezeugung. »Ja, genau das. Sie schnappen sich jetzt ein halbes Dutzend Männer und durchsuchen die Hartmühle. Laut dem Oberkommissar aus Wiesbaden soll sich dort jemand aufhalten, der nichts in dieser Liegenschaft zu suchen hat. Ein flüchtiger Verbrecher, wenn ich das recht verstanden habe. Ein Dieb und womöglich noch Schlimmeres. Er empfahl deshalb auch unbedingt, dass man sich bewaffnen und kein Risiko eingehen solle.«

Die Augen des Polizeiobermeisters wurden noch größer und sein Unterkiefer klappte langsam herunter. »Ein Dieb? Ein Mörder womöglich noch? Hier in der Hartmühle?«

Nun konnte der Kommissar nicht mehr anders, er stöhnte lautstark und verdrehte die Augen so weit, dass nur noch das Weiße der Augäpfel zu sehen war. »Spreche ich etwa Chinesisch, Lauterbach? Der Kommissar aus Wiesbaden deutete an, dass es etwas mit den seltsamen Morden in der Innenstadt von Mainz zu tun hat. Ist nicht lange her, Sie haben doch damals selbst mit ermittelt. Die Sache, die erst aufhörte, als eines der Opfer entkommen konnte. Man hat ganz offensichtlich unter der Waggonfabrik in Mombach, die ja leider der Nassauischen Eisenbahn von der anderen Rheinseite gehört, eine Art Werkstatt des Mörders gefunden. Von dort geht wohl ein unterirdischer Gang hin zur Hartmühle. Sie sollen hingehen, das andere Ende dieses Ganges finden, und wenn möglich den Mörder festnehmen, sofern er noch da ist. Konnten Sie das jetzt innerlich mitschreiben? Sehen Sie zu, dass Sie den Mann fangen, dann haben wir vielleicht eine Chance, unseren Ruf wieder etwas aufzupolieren. Die Nassauer glauben doch, sie hätten es bei uns nur mit Dorfdeppen zu tun, die kaum fähig sind, einen Hühnerdieb zu fangen.«

Die Miene des Polizeiobermeisters wurde finster. Ganz offensichtlich ärgerte er sich über die Zurechtweisung seines Vorgesetzten. *Nein*, verbesserte sich der Kommissar. *Nicht wegen meiner Meckerei. Nicht nur.*

Der Auftrag kam aus Wiesbaden, das war wohl der Hauptgrund. Er wusste, dass Lauterbachs Familie ursprünglich aus Mombach kam. Wahrscheinlich hatte einer seiner Angehörigen einst einen Arbeitsplatz in eben jener Waggonfabrik. Die Wiesbadener traf allerdings keine Schuld daran, dass diese nicht mehr existierte. Man konnte ihnen nur vorwerfen, dass sie die Produktion dort nicht weiterführten, nachdem sie die Fabrik kauften, sondern nur den ganzen Laden liquidierten. Die Pleite war einem Mainzer Geschäftsmann zu verdanken gewesen.

Er mochte das Gesicht seines Untergebenen nicht mehr länger ansehen und sein Ton wurde schneidend. »Los jetzt! Sechs Mann, drei davon bewaffnet. Sie selbst nehmen auch ein Schießeisen mit. Durchsuchen Sie die Hartmühle, sichern Sie das ganze Gelände, finden Sie die Spuren des Gesuchten und nehmen Sie ihn fest, wenn Sie können. Oder soll ich das Ganze in die Hand nehmen?«

Lauterbach stierte den Kommissar wütend an. Dann besann er sich, dass es vielleicht seiner Karriere förderlich sein könnte, wenn er diese Sache zu einem Erfolg führte. Ohne einen Gruß drehte er sich um und verließ das schäbige Büro. Missmutig stapfte er die Treppe hinunter in den Wachraum und brüllte ein paar Namen hinein. Die gerufenen Männer zuckten allesamt zusammen und bemühten sich um Haltung. Ergeben lauschten sie Lauterbachs Anweisungen, auch wenn offensichtlich keiner von ihnen verstand, wozu die Sache gut sein sollte. Es fragte aber auf keiner. Wozu auch. Sie alle wussten, dass Lauterbach ihnen nichts weiter erläutern würde, selbst wenn er die Befehle von Oben wirklich genau verstanden hatte.

Der beständige Regen sorgte nicht gerade für bessere Stimmung, als die sieben Männer, eingehüllt in Regenponchos, eine Draisine bestiegen und den Dampfkessel anheizten. Lauterbach hockte sich nach vorne auf die Plattform und brütete vor sich hin, während einer seiner Leute den Antrieb bediente, der die Draisine ruckelnd und stotternd über die schadhaften Gleise vorantrieb. Als sie die Waggonfabrik vor sich in der Regenwand auftauchen sahen, verlangsamte der Fahrzeugführer die Fahrt und ein anderer Mann sprang herunter, um eine Weiche zu stellen. Doch die Weiterfahrt auf den Gleisen Richtung Hartmühle ließen sie schnell sein. Seit der Aufgabe der Mühle hatte sich niemand mehr um die Trasse gekümmert, so dass sie völlig überwuchert und die Schienen zum Teil aus ihrer Verankerung gekippt waren. Bevor die Draisine von den Gleisen springen konnte, was sie ohne einen Kranwagen zu einer Rückkehr zu Fuß gezwungen hätte, stoppten sie das altertümliche Gefährt und liefen über die modernden Schwellen weiter, die unter ihren schweren Stiefeln splitterten oder zu Schlamm zerfielen.

Das Tor zum Innenhof der Mühle war nur noch ein Relikt aus verrotteten Holzplanken auf einem verrosteten Metallgestell. Man brauchte sich nicht die Mühe zu machen, es zu öffnen. Einer der Männer drückte gegen die Holzplanken und sie fielen aus der Halterung. Die Polizisten duckten sich durch das Metallgestell in den Hof. Lauterbach verteilte seine Leute in Zweiergruppen und schickte sie unmotiviert in die einzelnen Gebäude, während er selbst inmitten des Hofes stehen blieb und versuchte, sich eine Zigarette anzuzünden.

Der Regen schluckte alle Geräusche, so dass er auch nicht mitbekam, ob seine Leute wirklich suchten, oder sich nur irgendwo ins Trockene zurückzogen und selbst Pause machten. Lauterbach runzelte die Stirn, als er überdachte, dass er die Folgen zu tragen hatte, wenn sie nicht wirklich alles untersuchten und irgendjemand das herausfand, weil sie etwas übersahen. Die Männer, die er mitgenommen hatte, waren seine Untergebenen, aber bestimmt nicht seine Freunde. Zähneknirschend trat er seine Zigarette wieder aus und folgte den beiden Männern, die er in die alte Scheune geschickt hatte. Es blieb ihm wohl nichts anderes übrig, als sich hin und wieder bei ihnen sehen zu lassen, damit sie auch wirklich arbeiteten.

In der Scheune war es stockfinster. Im ersten Moment glaubte er, dass sich seine Leute tatsächlich verdrückt hatten und wollte schon nach ihnen rufen, als er das Licht eines Karbid-Handscheinwerfers in der Mitte herumtanzen sah. Lauterbach tastete sich seinen Weg zwischen verrosteten Landmaschinen entlang hin zu dem Träger der Lampe. »Schon was entdeckt?«

»Nein, Herr Polizeiobermeister«, erwiderte der Mann mit der Lampe, der sich als der jüngste im Bunde entpuppte. »Wenn ich dazu etwas sagen dürfte … Wenn sich hier jemand versteckt hält, dann sicher nicht in der Scheune. Außer, er hätt Kiemen. Hier regnet es überall durch das Dach.«

Lauterbach wollte schon etwas Giftiges entgegnen, in der Art, dass ein Pimpf wie er sich aller Vermutungen enthalten solle. Doch als er selbst bei einem weiteren Schritt nach vorne plötzlich unter einem Rinnsal vom Dach stand und mit den Füßen in einer riesigen Pfütze, in der sich das Licht der Lampe spiegelte, schluckte er es herunter. »Wohl wahr, aber wo solche Maschinen stehen, gibt es auch eine Werkstatt. Vielleicht ist die noch dicht. Untersuchen«, bellte er, um seine Autorität zu wahren.

Der Lichtschein entfernte sich zum hinteren Ende der Scheune, wo sich auch der Schatten des zweiten Mannes abzeichnete. Diese öffnete eine Tür in der Rückwand der Scheune und entzündete ebenfalls eine Laterne. Damit leuchtete er durch den Innenraum der Werkstatt. Lauterbach konnte aus der Ferne die Umrisse eines Dampfkessels erkennen, doch auch das verräterische Glitzern fallender Tropfen.

»In dem Raum kann man baden«, kommentierte der ältere Mann. »Hier geht's zwei Stufen runter und das Wasser steht bis zur Oberkante.«

»Hier sind zwei Schränke und Kisten, schaut euch den Inhalt an und dann ab ins nächste Haus«, knurrte Lauterbach und verließ die Scheune wieder. Er wandte sich dem Haupthaus der Mühle zu, in das er ebenfalls eine Gruppe geschickt hatte. Gerade in der Mitte des Hofes angelangt, hörte der Polizeiobermeister plötzlich lautes Rufen und knappe Kommandos. Dann übertönte der Knall eines Gewehrs das Rauschen des Regens. Jemand hatte geschossen und die Art des Knalls ließ auf eine der veralteten Polizeiwaffen schließen. Lauterbach blieb stehen und überlegte hektisch, ob er sich tatsächlich in das Haus begeben sollte oder besser abwarten. Hinter ihm stürzten die beiden anderen Männer aus der Scheune und rannten zu ihm.

»Was ist da los?«, fragte der Ältere. »Wer schießt da?«

Gerade als Lauterbach antworten wollte, knallte es erneut in dem Haus und ein Schmerzenslaut war zu hören. Jemand musste getroffen worden sein, doch nicht von einer Polizeiwaffe. Der letzte Knall klang ganz anders, eher wie ein Heulen. Mit einem Mal ging alles ganz schnell. Ein Mann stürzte aus dem Gebäude heraus und bremste in seinem Lauf, als er die Männer im Hof entdeckte. Der Überraschungsmoment war bei ihm jedoch extrem kurz. Die Person hob die rechte Hand und richtete sie auf die drei Polizeibeamten.

»Der hat ne Knarre, weg hier!« Der ältere Mann riss seinen jüngeren Kollegen am Arm weg in Richtung Scheune.

Lauterbach hingegen blieb wie angewurzelt stehen und starrte mit offenem Mund in die Mündung einer Waffe, deren Typ er noch nie zuvor gesehen hatte. Dahinter verzog sich das hässlichste Gesicht, das ihm jemals untergekommen war, zu einer gehässigen Fratze. Ob es ein Grinsen sein sollte oder etwas anderes, konnte der Polizeiobermeister nicht definieren. Es blieb ihm auch keine Zeit mehr darüber nachzudenken, denn der buckelige, verwachsene Albino krümmte den Zeigefinger am Abzug.

Der letzte Gedanke, der Lauterbach durch den Kopf ging, war die Verwunderung darüber, dass diese Waffe nicht wie eine klassische Pistole klang. Eher wie eine Steinschleuder.

Sein Kopf zerplatzte wie eine Wassermelone, die auf Straßenpflaster aufschlägt.

✻

Paul hatte den größten Teil der Nacht damit verbracht, seine Skizzen und Konstruktionszeichnungen noch einmal sauber zu Papier zu bringen, damit ein anderer damit arbeiten konnte. Trotz der fortgeschrittenen Stunde hatte dann auch noch Valerian seine Aufmerksamkeit gefordert, so dass er erst kurz vor dem Mittagessen wieder aus dem Bett kam. Doch darum scherte sich niemand.

Peter war ins Kommissariat zur Arbeit gegangen, Valerian verschwunden. In der Küche traf er nur Celeste an, die mit mehreren Töpfen hantierte, um Essen zuzubereiten. Als Paul erschien, drückte sie ihm wortlos eine Flasche mit Milch in die Hand und verwies ihn in Richtung Salon.

Dort fand er Katharina vor, die in einem Sessel saß und ihren Sohn beobachtete, der sich rollend durch den Raum bewegte und fröhlich quiekte, als er seinen Onkel sah. »Wie geht es dir, Katharina?«, fragte er und gab ihr die Flasche, nach der sie mit langsamen Bewegungen griff.

»Es wird jeden Tag besser«, erwiderte sie mit gedehnten, stark betonten Worten. Das Lächeln, das ihnen folgte, war ehrlich und gab Hoffnung auf eine Genesung. »Gibst du mir bitte Sebastian auf den Arm?«

Paul hob seinen Neffen hoch und legte das Kind in Katharinas Arme. Es erleichterte ihn sehr zu sehen, dass es ihr gelang, den Kleinen zu füttern und dass sie tatsächlich von Tag zu Tag kräftiger wurde. Nach der Misshandlung durch den Serienmörder Laue schien es lange Zeit, als würde sie ein zweites Mal durch die Hölle gehen – dieses Mal ohne Wiederkehr.

»Valerian ist in der Stadt, er will Farben und Leinwand kaufen«, fuhr sie fort. »Sicher ist er bald wieder da. Ihr habt heut etwas vor, habe ich gehört?«

»Ja, das Spielzeug, das ich für Sebastian gebaut habe, hat einen Fabrikanten so fasziniert, dass er es in seiner Fabrik produzieren lassen will. Ich bin gespannt, ob das etwas wird. Valerian wollte aber nicht zu dem Treffen mitkommen.«

Katharina lachte leise und es klang ehrlich amüsiert. »Hast du gehört, Sebastian? Dein Onkel will unter die Spielzeugmacher gehen.« Doch der Kleine hörte ihr schon nicht mehr zu, er hatte seine Mahlzeit beendet und seine Augen schlossen sich. Paul sprang auf und wollte ihn Katharina abnehmen, doch sie wehrte ab. Sie streckte ihm nur die Hand entgegen und ließ sich aus dem Sessel helfen. Mit dem Kind im Arm und Pauls Unterstützung kehrte sie ins Schlafzimmer zurück und legte sich wieder hin.

Leise zog Paul die Tür hinter sich zu und kehrte in das Gästezimmer zurück, um die Pläne noch einmal durchzugehen und einzupacken.

✳

Es schien kein Durchkommen zu geben. Die Faust des Albinos krachte gegen die dicken Holzbohlen, bevor er sich der Gefahr bewusstwurde, dass man ihn vielleicht hören konnte. Erschrocken lauschte er an der grob gezimmerten Wand, doch es wies nichts darauf hin, dass sich dahinter Personen aufhielten. Die Polizei hatte offensichtlich gründlich gearbeitet. Dies war bereits der vierte Zugang zu dem Höhlenkeller unter dem Haus seines Vaters, den er versiegelt vorfand.

Ein Knurren entrang sich seiner Kehle, doch nach einigem Überlegen erinnerte er sich an zwei weitere Zugänge. Er wollte unter allen Umständen vermeiden, in dem noblen Viertel ans Tageslicht zu kommen. Sicherlich würden nach wie vor Polizisten dort patrouillieren, um die ach so braven Bürger vor jemandem wie ihn zu beschützen. Diese Vorstellung reizte den Albino zu einem albernen Kichern und gab ihm die Kraft, den nächsten Versuch zu wagen. Über den umständlichsten Weg.

Er kroch durch eine schmale Rinne aus Kalkstein, durch die er gerade so hindurch passte. Ein beschwerlicher Weg für eine Person mit Buckel und verwachsenen Gliedmaßen. Doch er erschien ihm am vielversprechendsten, weil der Gang an der Decke der Höhle unter dem Hauskeller endete. Womöglich hatte man das kleine Loch nicht entdeckt. Der andere Zugang war nicht weniger beschwerlich, aber möglicherweise ebenso versiegelt wie die übrigen Gänge.

Als die Rinne eine Biegung machte, konnte er zu seinem größten Erstaunen ein Licht ausmachen, was ihm überhaupt nicht gefallen wollte. Vorsichtig näherte er sich dem Ausgang und stellte erleichtert fest, dass es sich lediglich um eine winzige Äthergas-Notbeleuchtung handelte. Eine Art ewiges Licht. Für den Fall gedacht, dass doch noch einmal jemand hinuntermusste, um nach dem Rechten zu sehen. Unbeholfen ließ sich der Albino aus dem Gang herausfallen und dachte mit zunehmender Wut an den Japaner aus der Zirkustruppe. Nicht nur um dessen Fähigkeiten in der Erschaffung von Puppen hatte er ihn beneidet. Sondern auch um die Beweglichkeit des kleinwüchsigen Mannes, der keine Knochen im Leib zu haben schien. Er wäre sicherlich schneller und deutlich eleganter durch diese schmalen Gänge gekommen und hätte sich nicht wie ein nasser Sack aus dem Gang herausfallen lassen.

Das machte den Japaner aber auch gefährlich für ihn. Er musste unbedingt verhindern, dass dieser einen Weg durch das Labyrinth zu seinen Verstecken finden konnte. Auch wenn er den Weg nicht kannte, so war er doch schnell und geschickt genug, seine Beute zum einen nicht aus den Augen zu lassen und zum anderen bei nächster Gelegenheit zu stellen. Ganz sicher war der Japaner wütend auf ihn und würde alles versuchen, um sein Werkzeug zurückzubekommen. Der Albino wusste auch sehr gut, dass der Mann über Schwerter verfügte, mit denen er wie kein Zweiter umzugehen verstand.

Wahrscheinlich würde ich ganz schnell meinen Kopf verlieren, wenn ich in seine Nähe komme. Dem ist egal, was mit ihm selbst passieren wird. Möglicherweise überhaupt nichts, dachte er bei sich und lauschte erneut, doch nach wie vor war sein Atem das einzige Geräusch. Wenn man von dem Rauschen in den Ohren absah. Vorsichtig tappte er über eine schmale Treppe hoch zum Keller des Gebäudes, in dem sein Vater das Leben eines anderen eingenommen hatte. Die verborgene Tür zu den Höhlen hatte die Polizei gegen eine auffällige, schwere Stahltür ersetzt, die aber nicht verschlossen war.

Zu seiner größten Erleichterung stellte der Albino fest, dass sich niemand mehr in dem Haus aufhielt. Im Gegenteil schien alles schon länger aufgegeben worden zu sein. Auf den wenigen Möbeln, die sich noch in den Räumen befanden, lag eine dicke Staubschicht. Auch auf dem Boden war Staub, der nur in der Diele noch einmal mit Fußspuren verwischt worden war und in der sich nun ein Haufen Bretterkisten stapelte. Auf den Kisten stand ein völlig fremder Name.

Der Albino prüfte alles, was auf den Lieferscheinen stand und ahnte, was es bedeutete. Empfänger: Hartmann, ehemals Anwesen des Dr. Anselm Berghoff. Der Albino wusste, dass Letzterer jener Name war, den sein Vater angenommen hatte, um sich zu tarnen. Also hatte jemand dieses Haus gekauft und wollte irgendwann darin einziehen. Es blieb ihm nicht mehr allzu viel Zeit, womöglich waren die neuen Besitzer schon bald auch die Bewohner. Er musste nun ganz schnell die verborgene Kammer finden, von der er wusste, dass dort noch einiges an Unterlagen vorhanden sein musste. Ganz sicher hatte die Polizei diese Kammer nicht entdeckt.

Doch zunächst suchte er nach dem Raum, den er nur als Büro kannte und ging dabei auch durch die anderen Zimmer, um nach Spuren seines Vaters zu fahnden. Als erstes stellte er voller Wut fest, dass man alle direkten persönlichen Andenken an seinen Vater bereits aus dem Haus geschafft hatte. Sogar das Bild seiner Mutter war nicht mehr da. Wohin mochten sie es gebracht haben? Er hätte es gerne in sein Versteck mitgenommen.

Wie ein Blitz schoss er die Treppe hoch ins Schlafzimmer, weil er wusste, dass dort eine kleinere Version des Portraits aus dem Büro hing. Doch auch dieses Bild war nicht mehr an seinem Platz. Sicher, dass ihn in diesem Haus niemand hören würde, gab er einen Wutschrei von sich.

Ob die Polizei alles vernichtet hatte? Auch dieses wunderbare Andenken an eine wunderschöne und wundervolle Person?

Unter dem Fenster im Schlafzimmer stand eine Kiste, die denen in der Diele nicht ähnlich sah. Zudem war sie noch nicht zugenagelt, so dass er sie in der Hoffnung öffnete, darin das Bild zu finden. Doch da war nur Kleidung. Jemand hatte wohl den Kleiderschrank ausgeräumt und alles in diese Kiste verpackt. Im schwachen Licht der Straßenbeleuchtung, die von außen durch das Fenster drang, versuchte er den Lieferschein auf dieser Kiste zu entziffern. Überrascht sah er den Namen Dr. Arthur Wilhelm Berghoff und eine Adresse in einer Stadt namens Idstein. War er nicht mit den Leuten vom Zirkus ganz in der Nähe dieser Stadt gewesen?

Diese Idioten, schoss es ihm durch den Kopf. *Sie haben die Sachen an einen Verwandten von Berghoff geschickt. Dabei gehörte all das meinem Vater.*

Er untersuchte den Inhalt der Kiste, doch fand sich darin nichts, was für ihn von Bedeutung war. Lediglich ein paar Kleidungsstücke, die nicht seinem Vater gehört haben konnten, weil sie viel zu kurz und weit waren, entnahm er für sich selbst. Diese Sachen gehörten wahrscheinlich dem eher klein gewachsenen und rundlichen Anselm Berghoff.

Unter einem üppigen Damenkleid, das er jedoch nicht als eines von seiner Mutter identifizierte, fand er ein schmales Büchlein mit Fotografien, die aber nicht beschriftet waren. Auch diese Fotografien waren wohl eher der Besitz von Berghoff gewesen, doch ganz hinten lagen zwei lose Bilder, auf denen der Albino seine Mutter erkannte. Nun liefen ihm Tränen der Rührung über das Gesicht, vor allem als er den stark gewölbten Bauch der schönen Frau auf dem Foto sah. Er drehte es um und las eine schon sehr verblasste Notiz. *Ganz sicher ist es ein Junge. Dann soll er Gerhard heißen.*

Gerhard. Ja, das war sein Name. Ein Junge war er auch. Aber alles andere, was sich seine Eltern wohl erhofft hatten, war er nicht gewesen. Und doch hatten sie ihn großgezogen. Dieser Gedankengang ließ ihm erneut das Wasser in die Augen schießen. Er war so hässlich und doch hatten seine Eltern ihn geliebt, obwohl sie ihn vor aller Welt verbargen und verleugneten. Sie waren so großartig gewesen, ihr Verlust war schmerzhaft für ihn. Dass sein Vater grausame Dinge getan hatte, daran verschwendete er keinen Gedanken. Denn er tat all das schließlich nur für die wundervolle Ehefrau. Seine Mutter Celine.

Er legte die Kleidung sorgfältig zusammen und die Fotos dazwischen. Dann machte er sich auf den Weg in die Küche, wo er glaubte, die geheime Kammer finden zu können. Auch hier hatte die Polizei schon alles durchwühlt, aber dieses eine Geheimnis war ihm geblieben. Über dem Herd gab es eine große gemauerte Esse. Er griff hinein und drehte an einem verborgenen Haken. Unter der frei an der Wand hängenden Spüle sackten drei der großen Fliesen weg und schoben sich unter die anderen. Sofort sprang er an das Loch heran und beugte sich darüber. Tatsächlich befanden sich dort eine Kiste und ein ledergebundenes Notizbuch. Mit einem triumphierenden Lachen holte er das Buch heraus und schlug es schnell auf.

Er war ein wenig enttäuscht, als er sah, dass es sich nicht um Aufzeichnungen seines Vaters handelte. Offensichtlich hatte er diese nach Eppstein genommen, wo sie durch den Brand vernichtet worden waren. Dennoch war es für ihn sehr wertvoll, so dass er es sofort zu den Kleidungsstücken legte, um es mitzunehmen. Die Kiste enthielt einen weiteren Satz besonderer Werkzeuge und eine Handvoll gefüllter Ätherpatronen. Er räumte das Fach aus, verschloss es wieder und schleppte seine Beute hinunter in die Höhle. Der Rückweg ins Labyrinth würde noch beschwerlicher werden, aber wenigstens war er ein bisschen erfolgreich gewesen.

Zudem wusste er nun, wohin alles andere, was sein Vater im Haus zurückgelassen haben mochte, verbracht worden war. Idstein konnte er durch die Höhlen fast problemlos erreichen. Vielleicht war es hilfreich, aber erst einmal würde er es auch so schaffen. Vor allem hatte er noch etwas anderes vor.

Er wollte unbedingt diesem Mann folgen, der den Drachen im Park vorgeführt hatte. Das Spielzeug hatte ihn auf eine Idee gebracht, die er ausführen wollte. Er musste die Pläne dafür haben. Unbedingt. Die Künste seines Vaters, von dem er vieles gelernt hatte, und die Pläne für das Spielzeug würden ihn sicherlich weiterbringen als alles andere.

Seine Rache schien nahe zu sein.

Sündige Heilige

Dr. Arthur Wilhelm Berghoffs Gesicht verzog sich zunehmend, während er scheinbar ziellos über das Gelände der Idiotenanstalt lief und in jedes Gebäude hinein ging oder durch die Fenster in die Arbeitsräume spähte. Doch er konnte den Aufseher nicht entdecken, nach dem er suchte. Er hielt einen anderen Mann auf und schnauzte ihn ungehalten an, wo denn Karlheinz stecken würde. Doch der Mann zuckte nur hilflos mit den Schultern und nuschelte etwas, das in Berghoffs Ohren wie ›nicht zum Dienst erschienen‹ klang. Ärgerlich ließ er ihn stehen und stapfte zum Torhaus, wo der Verwalter wohnte, der auch als Oberaufseher diente.

Diesen Mann anzugehen wagte selbst der Anstaltsleiter nicht, denn er kannte das leicht reizbare Temperament und die Kraft des Mannes. Für die Insassen der Anstalt war das gut, niemand kam auf dumme Gedanken, aber ihm war es ein Gräuel. Der Mann hatte keinen Respekt vor ihm als Herrn im Haus. Der Verwalter verdrehte auch schon die Augen, als Berghoff in seinem Wachhäuschen auftauchte. »Karlheinz is weg. Keine Ahnung, wo er hin is, wenn se weschen dem hier uffkreuze.«

Jetzt war es Berghoff, der die Augen verdrehte. »Und wo kann er sein? Er gehörte doch zu denen, die auch auf dem Gelände wohnten? Dieser Idiot, er hat seine Arbeit nicht erledigt. Und wie mir scheint, das, was er erledigt hat, nicht richtig.«

Der Verwalter warf mit einem seufzenden ›Mir doch egal‹ seine Hände in die Luft. »Wenner widder hier ufftaucht, dann isser eh raus. Is nich des erste Mal, des der Lump Mist baut.«

Berghoff verließ grußlos das Torhaus und kehrte in seine Villa zurück. Er betrat das Gebäude über die Kellertreppe und vergewisserte sich, dass er mit seiner Vermutung auch richtig lag. Das Bild war weg, mit Rahmen, obwohl er den Mann angewiesen hatte, solche Sachen zur

Wiederverwendung beiseite zu stellen. Außerdem hatte ihm ein anderer Mann erzählt, dass Karlheinz verschiedene Dinge beiseitegeschafft hatte. Notizbücher und Mappen. Berghoff konnte sich nicht vorstellen, dass der Aufseher zum Lesen und Schreiben fähig war. Was also hatte er mit den Sachen gemacht? Verkauft? Es war die naheliegendste Erklärung. Doch wer mochte einen solch morbiden Mist, wie ihn die Notizbücher des Mörders Benedikt von Laue enthalten hatten, überhaupt lesen?

Mit einem abgrundtiefen Seufzer wandte er sich ab und lief zu einem anderen Kellerraum, zu dem nur er einen Schlüssel besaß. Er musste sich ein wenig ablenken und das konnte er am besten, indem er sich seiner Leidenschaft widmete: Dem Restaurieren alter Altartafeln. Überrascht stellte er fest, dass der Raum nicht verschlossen war. Doch da nichts darin fehlte oder verändert worden war, vermutete er, dass er bei seinem letzten Aufenthalt einfach vergessen hatte, ihn wieder abzusperren. In der letzten Zeit waren ihm derartige Fehler häufiger unterlaufen, doch schob er das auf die viele Arbeit und den Stress, dem er ausgesetzt war.

Berghoff hielt sich für einen passablen Maler und Kunsthandwerker. Es war ihm ein Fest, alte Holzarbeiten zu reparieren, indem er die Techniken der Schreiner und Zimmerleute von einst nachvollzog. Jemand, der wie er den ganzen Tag Kopfarbeit verrichtete, musste zum Ausgleich auch einmal handwerklich arbeiten. Und jetzt hatte er eine echte Herausforderung gefunden. Als Katholik hatte er sich schon immer über die von ihm als Entweihung heiligen Bodens empfundene Umwidmung der ehemaligen Stiftskirche St. Martin zur protestantischen Unionskirche echauffiert. Als man wegen der nun erneut anstehenden Sanierung und einem vorangegangenen Sturmschaden den Altar der Sebastiansbruderschaft gänzlich aus der Kirche entfernte und ihn nicht wieder einzubauen gedachte, hatte er Himmel und Hölle in Bewegung gesetzt, das mächtige Stück in seine Hände zu bekommen.

Wie immer, wenn er den Raum betrat, der nun von dem stark in Mitleidenschaft gezogenen Altar dominiert wurde, blieb er einen Moment lang andächtig stehen und vertiefte sich in ein Gebet. Für ihn war dieser

Altar ein Heiligtum, das in der protestantischen Kirche geschändet worden war. Tatsächlich hatten schon frühere Unwetter und Schäden am Kirchendach dazu geführt, dass der mittlerweile wenig ansehnliche Altar aus dem Kirchenschiff geschafft worden war und in einem Anbau sein Dasein fristete, bis auch dort ein Wasserschaden entstand.

Nun gehörte der Altar ihm und Berghoff war fest entschlossen, ihm wieder den alten Glanz zu verschaffen. Doch das bedeutete noch eine Menge Arbeit. Außerdem hatte er nicht die geringste Ahnung, wie die Bilder auf den Altartafeln einmal ausgesehen haben mochten. Sie waren verblasst, vom Schimmel zerfressen und lückenhaft. Was auch immer sie dargestellt haben mochten, die Werke waren eigentlich hoffnungslos verloren. Doch das störte ihn nicht. Er hatte sich Literatur über die Kunst des 15. Jahrhunderts beschafft und andere Kirchen besucht, in denen Werke aus dieser Zeit noch immer existierten. Er würde die Bilder neu interpretieren und sein eigenes Kunstwerk schaffen.

Das machten schließlich auch gestandene Archäologen nicht anders. Der Entdecker von Troja interpretierte auch alles Mögliche in seine Funde und ihm graute an den Gedanken, was die Briten jetzt wohl in Knossos anstellen würden. Die zuständigen Ausgräber waren nicht gerade dafür bekannt, es mit der Rekonstruktion besonders genau zu nehmen. Sie scheuten auch nicht davor zurück, Material zu verwenden, das es in damaligen Zeiten nicht gegeben hatte. Vor allem die Briten verwendeten mit Vorliebe Beton und machten sich nicht die Mühe, die alten Stätten mit historischen Bautechniken wieder auferstehen zu lassen. Trotzdem wurden diese Stümper gefeiert. Nicht zuletzt, weil sie ganz auf die Faszination der Götter- und Heldensagen setzten.

Schliemann hatte damit angefangen, den Palast des König Minos in der Nähe von Heraklion zu vermuten und die ersten Funde in Knossos damit in Verbindung gebracht. Die Briten waren auf diesen Zug aufgesprungen und suchten nun auch nach dem Hort des Minotaurus, der nach Berghoffs Dafürhalten überall sein mochte, nur nicht dort. Das Labyrinth des Stiergottes jedenfalls hatten sie bislang nicht gefunden. Allerdings hatte der Fund eines Freskos ihnen im gewissen Sinne Recht gegeben. Ein Stier mit Menschen, die sich ihm entgegenstellten. Aber auch das konnte man sehr weit auslegen. Berghoff hatte an anderer Stelle gelesen, dass es in manchen Ländern eine Mutprobe für junge Männer gab, sich einem Stier entgegen zu stellen und ihn entweder bei den Hörnern zu packen oder über ihn hinweg zu springen. Das gab es immer noch, das wusste Berghoff genau, ein Freund hatte es ihm von einer Reise nach Portugal berichtet. Wahrscheinlich stellte das Fresko in Knossos lediglich genau diese Mutprobe dar. Aber die Minotaurus-Interpretation war natürlich spannender und lockte die Geldgeber für Expeditionen.

Zunächst wollte Berghoff an seinem Altar die hölzernen Teile der tragenden Strukturen ersetzen, die am schlimmsten zerstört waren, bevor er sich als Maler versuchte. Er zog seinen Gehrock aus und hängte ihn ordentlich in einen Spind, bevor er sich eine schwere Lederschürze umhängte und zu seinem Werkzeug griff. Schon bei seinem letzten Arbeitseinsatz zur höheren Ehre Gottes war ihm ein Balken im Altarfuß aufgefallen, der so aussah, als wäre er nachträglich eingebaut worden, wenn auch schon vor sehr langer Zeit. Dort, wo er mit den anderen Balken verzapft worden war, was nach Berghoffs Ansicht eine sehr dilettantische Arbeit darstellte, waren Teile vollständig weggefault. Die Balken waren nicht mehr zu retten.

Vorsichtig baute er den schadhaften Balken und die Ständer aus, um sie sich genau anzusehen und nach adäquatem Ersatz zu suchen. Verwunderung machte sich in ihm breit, als er feststellte, dass der Balken offensichtlich erst eingebaut worden war, als der Altar bereits in der Kirche stand, was die schlechte Arbeit erklärte. Er untersuchte das kurze Stück genauer, das in seinen Händen zerfiel. Nun wurde ihm klar, dass dieser kurze, dicke Balken hohl war. Ein Versteck für einen Kirchenschatz? Eifrig drückte er mit den Händen das morsche Holz weg und entdeckte das dünne Brett, das den Hohlraum verschloss. Es zerfiel in kleinste Fetzen, als er es aufhebelte, und enthüllte ein Päckchen, das in ein Stück gewachster Plane eingewickelt war. Das Wachs hatte sich dermaßen verklebt, dass er den Anfang der Plane nicht fand, doch schien sie den Inhalt vor allen Unbilden geschützt zu haben.

Berghoff beschloss, dass die Werkstatt kein geeigneter Raum war, um einen derartigen Schatz aus der schützenden Hülle heraus zu operieren. Denn genau das musste er tun. Also wusch er sich die Hände, zog seinen Gehrock wieder über und nahm das Päckchen mit in sein Büro. Als er an seinem Schreibtisch saß, das Päckchen vor sich auf der Lederunterlage, packte ihn eine seltsame Unruhe und er fühlte sich wie ein Entdecker aus alten Zeiten. Aus einer Schublade entnahm er ein Sektionsbesteck mit einem Satz scharfer Skalpelle und fing an, vorsichtig das Wachstuch von seinem Inhalt zu trennen. Dieser schien aus einer schmucklosen Röhre zu bestehen, deren Material er als Horn definierte. Diese Röhre war ein handwerkliches Meisterstück mit einem gut schließenden Deckel, der sich mit wenig Mühe abziehen ließ.

Berghoff wusste nicht, ob er enttäuscht sein sollte, denn der Inhalt der Röhre bestand aus sorgfältig aufgerollten Pergamenten in erstklassigem, allerdings trocknem und sprödem Zustand. Keine Schätze in Form von Edelmetallen. Allerdings wusste er durchaus, dass auch Papiere wertvoll sein konnten, reell wie ideell. Seine Wissbegierde in Sachen Restauration von Altertümern half ihm auch in diesem Fall weiter, denn er wollte auf keinen Fall die Pergamente brechen. Sorgfältig behandelte er sie Stück für Stück und zog sie sachte auseinander.

Das innerste Blatt war kein Pergament, sondern ein Bogen feinsten Leinenpapiers. Es war mit einem schweren Wachssiegel versehen, das Berghoff sofort erkannte. Das Siegel Diethers von Isenburg. Er begann zu schwitzen und zu zittern vor Aufregung und wischte sich die feuchten Hände achtlos an seiner Weste ab, bevor er versuchte, die Schrift zu entziffern. Natürlich ging es um die Fehde mit Adolf von Nassau und den Platz auf dem Bischofsstuhl des Bistums Mainz. Nichts davon wies darauf hin, dass man die Geschichte neu schreiben musste, der Text ergänzte nur ein paar Details. Bis er den letzten Satz las, den man nur als eine Anklage verstehen konnte. Die Beweise fanden sich auf den Pergamenten. Besitzurkunden, die eindeutig zugunsten verschiedener

Günstlinge des Nassauers gefälscht worden waren. Hatte eine Person aus Diethers Dunstkreis die Röhre in Adolfs Altar versteckt, um im Zweifelsfalle jemanden mit der Nase darauf zu stoßen, damit die Papiere gegen den Grafen und den Bischoff verwendet werden konnten? In den Händen der Kurie in Rom wären sie durchaus Sprengstoff gewesen. So in etwa musste es gewesen sein.

Ein wirklich erstaunlicher Fund von höchstem immateriellem Wert für die Kirche und Berghoff schätzte sich glücklich, ihn gemacht zu haben. Vielleicht brachte es ihm eine bessere Stellung in der Kirchengemeinde ein. Interessanter und ein wenig erschreckend fand Berghoff jedoch einen Nachtrag auf dem Schreiben. Man würde einen Bertram von Wallenfels mit der Verbringung der Beweise beauftragen, dem man dann nach erfolgreicher Tat und Beseitigung aller Zeugen mit einem Teil der unterschlagenen Landgüter bezahlen würde, sobald Diether wieder Bischoff war.

Wallenfels?

Berghoff prüfte die Pergamente, auf denen auch Zeichnungen bestimmter Parzellen abgebildet waren und ihm gingen die Augen auf. Das eine Pergament kennzeichnete eine große Parzelle entlang des Rheins bei der kleinen Stadt Biebrich. Genau jenes Stück Land, das nun mit so geheimnisvollen Dingen bebaut wurde. Konnte es sein, dass dieser Landstrich tatsächlich schon so lange in der Hand der Wallenfels' war? Seit der Rückkehr Isenburgs auf den bischöflichen Stuhl in Mainz?

Warum nicht. Dass ein Urahn von Wallenfels es mit treuen Diensten und Morden – wenn man die Bezeichnung »Beseitigung von Zeugen« in der mittelalterlichen Variante auslegte - erworben hatte, konnte sich Berghoff gut vorstellen. Der Baron war in seinen Augen ein Verbrecher und seine Vorfahren sicherlich nicht besser gewesen.

Berghoff lehnte sich in seinem Sessel zurück und trommelte mit den Fingern auf der Tischplatte. Ob man aus dieser Sache irgendwie noch mehr Kapital schlagen konnte? Berghoff hasste seinen Posten und wäre gerne weit weg. Doch das dafür nötige Geld hatte er nicht. Wertvoll waren diese Papiere allemal und mit dem Hinweis, dass das Land nicht legal in den Besitz der Wallenfels' gelangt war, könnten sie noch einiges mehr wert sein.

»Lass es, es ist Wahnsinn, sich mit Wallenfels anzulegen«, murmelte er und spürte, wie seine Hände wieder zu zittern begannen. Dieses Mal vor Angst. »Nein, ich mache das nicht, lieber versauere ich hier. Das Bistum Mainz wäre sicherlich daran interessiert gewesen, aber das existiert ja nicht mehr. Und Trier wird sich nicht mit Wallenfels anlegen oder mir etwas dafür zahlen. Am besten werfe ich die Dinger ins Feuer!«

»Was?«

Berghoff fuhr auf, als er die Stimme von seiner Bürotür hörte und sah den dürren Mann an, der vor ihm stand. Es war der Chinese, der bei Professor Reich in der Hirtesenmühle seine Heilkünste ausprobierte und diese auch ihm angeboten hatte. Es dauerte eine Weile, bis sich Berghoff erinnerte, dass der Mann sein Kommen für diesen Tag angekündigt hatte.

»Oh ...«, stotterte er. »Diese uralten Papiere, die ich gefunden habe. Sie erzählen von einem Verbrechen und einem groß angelegten Betrug vor langer Zeit, der aber nie ans Licht kam. Allerdings profitiert eine bestimmte Person noch heute davon. Diese hat auch einen Erben, wenn auch im Ausland, der die Geschäfte sicher gerne weiterführen wird. Baron von Wallenfels. Sie haben von ihm gehört?«

Verwundert sah Berghoff, wie sich die sonst so unbewegten Gesichtszüge des alten Mannes verzerrten. Sie wurden finster und in den schmalen Augen begann es gefährlich zu funkeln. »Oh ja, kennen diesen Mann. Er ein Verbrecher und machen mit Russen Krieg in meine Heimat China.«

Der Mann trat näher an ihn heran und fixierte Berghoff mit seinen dunklen Augen. Der Arzt fühlte sich mit einem Mal in diesem Blick gefangen und wurde schläfrig. Seine Augen fielen zu.

Als er sie wieder öffnete, fühlte er sich so erfrischt wie schon lange nicht mehr. Draußen war es schon Nacht. »Mein Gott, ich bin wirklich überarbeitet«, stellte er fest und rieb sich die Augen. »Ich muss eingenickt sein, aber was mache ich hier? Warum sitze ich an meinem Schreibtisch?«

Der Schreibtisch war leer und aufgeräumt, nichts wies darauf hin, dass er etwas gearbeitet hatte und er erinnerte sich auch nicht, was er den ganzen Tag über getrieben hatte. Der Staub auf seinen Schuhen ließ ihn ahnen, dass er in seiner Werkstatt gewesen sein musste. Doch er erinnerte sich nicht mehr, was er dort getan hatte und wie er in das Büro gekommen war.

»Mein Gott«, wiederholte er, »ich brauche Urlaub. Doch woher soll ich die Mittel nehmen? Ich muss wirklich weg hier. Vielleicht sollte ich mich noch einmal auf dem Eichberg bewerben. Oder gleich ganz woanders hin.«

ÜBERFALL

Paul kam sich vor wie ein Lastenesel, als er durch die Kaisergärten stapfte. Schwer bepackt mit seiner Ledertasche, dem Köcher für Pläne und einem Koffer auf Rollen, in dem sich der Stahldrache befand. Unter normalen Umständen wäre er damit aufgefallen wie ein bunter Hund, doch nun, da es in Wiesbaden eine Messe gab, war er nicht der Einzige, der sich mit Gepäck durch die Straßen bewegte. So schwer wie das Seine schien aber kein Gepäckstück der anderen Personen zu sein, die zwischen der Innenstadt, dem Bahnhof und dem Ausstellungsgelände hin und her hasteten, weil die Regenpause einmal mehr nur kurz zu sein schien. Er hatte keine Regenkleidung dabei und ärgerte sich schon, dass er nicht die Kosten eines Automobil-Taxis auf sich genommen hatte, um zum Nassauer Hof zu gelangen.

Als er die Rheinstraße erreichte, verhielt Paul einen Augenblick, atmete tief durch und blickte die Straße entlang zu dem Gebäude, in welchem sich die Bauaufsicht des Reiches befand. Peter hatte ihm in der Küche einen Zettel mit der Bitte hinterlassen, wenn möglich bei seinen Bekannten in der Behörde nachzufragen, ob sie ihm sagen könnten, was in Biebrich alles gebaut wurde. Doch das musste noch ein bisschen warten.

Sein Bruder hatte offensichtlich nicht daran gedacht, dass Wochenende war, als er die Notiz verfasste. Anders als die Polizei hatten die braven Beamten derartiger Ämter feste Arbeitszeiten. Über das Wochenende würde sich nicht einer befleißigt fühlen, seinen Arbeitsplatz aufzusuchen. Abgesehen davon ging Paul davon aus, dass selbst seine besten Freunde ihm im günstigsten Fall nur vage Andeutung machen würden, was in den Industrieanlagen vor sich ging. Er hatte mit diesen Baustellen nichts zu tun und da sehr wahrscheinlich Wallenfels hinter allem steckte, würde er vermutlich auf eine Mauer des Schweigens treffen. Trotzdem würde er einen Versuch wagen und nahm sich das für den kommenden Montag vor.

Seufzend zog Paul die Tasche höher über seine Schulter, die durch das schwere Steuerungselement ständig herunterrutschte, und nahm seinen Weg wieder auf. Wegen des trostlosen Wetters hielt sich selbst auf der noblen Flaniermeile entlang des Warmen Dammes und des Kurhauses kaum ein Mensch auf. Pauls Arme wurden schwerer je weiter er kam, daher machte er eine neuerliche Pause am See im Warmen Damm. Der im Sommer immer so belebte Park war ebenfalls leer, nicht einmal die sonst allgegenwärtigen Enten schienen sich dort noch aufhalten zu wollen. Paul forschte in seinem Gedächtnis nach, ob Enten nicht ohnehin Zugvögel waren. Die Enten in den Parks der Kurstadt waren es jedenfalls schon seit Generationen nicht mehr gewesen. Konnte es sein, dass die Erinnerung an die alten Flugrouten noch immer im Gedächtnis vorhanden war, so dass sie bei dem entsetzlichen Wetter einfach dem Ruf ihrer Ahnen folgten? Paul versuchte sich vorzustellen, was er tun würde. Wenn er fliegen könnte, er hätte sich einfach Richtung Süden auf den Weg gemacht, egal wie gut das Futter an diesem Ort war. Irgendwo konnte man sicher ein besseres Fleckchen finden.

Es dunkelte bereits und das schummerige Licht der Gaslaternen machte die Sache nicht besser. Gerade als er weitergehen wollte, um das letzte Stück bis zum Nassauer Hof hinter sich zu bringen, nahm Paul aus den Augenwinkeln heraus eine Bewegung wahr.

Verwirrt blickte er sich um, weil er glaubte, eine helle, geisterhafte Gestalt hinter den Bäumen entlang hasten gesehen zu haben. In diesem Augenblick traf ihn etwas am Kopf und ihm wurde schwarz vor Augen. Da er direkt unter einem der sorgfältig gestutzten Bäume der Wilhelmstraße stand, stürzte er nicht, sondern konnte sich an dem schuppigen Stamm der Platane abstützen. Mit dem Rücken zum Baum hob er abwehrend seine Hände, weil er einen weiteren Schlag befürchtete, ohne sehen zu können, wer oder was ihn angegriffen hatte. Der nächste Hieb traf ihn an den Unterarmen und er schrie schmerzgepeinigt auf. Dieser Laut hatte offensichtlich einen Schutzmann auf die Situation aufmerksam gemacht. Paul hörte den schrillen Ton einer Polizeipfeife und das Trappeln von schweren Stiefeln auf dem Pflaster.

Als er spürte, dass man ihm die Tasche von der Schulter zog, riss er die Augen auf. Entsetzt starrte er in ein bleiches Vollmondgesicht, das seltsam verzerrt schien. Die Tasche wurde ihm brutal weggerissen und beim Versuch, das zu verhindern, knackte es lautstark neben seinem Ohr. Seine verletzten Arme hatten ohnehin kaum mehr die Kraft, um etwas festzuhalten. Nun schien es ihm, als würden alle seine Muskeln im Oberkörper gänzlich versagen. Er trat nach dem Mann, doch er konnte nicht mehr verhindern, dass er beraubt wurde. Die Polizisten näherten sich, doch zu langsam, und der Mann ergriff die Flucht. Noch einmal griff Paul mit zusammengebissenen Zähnen beherzt nach der Kleidung des Diebes, doch seine Finger rutschten ab, weil die Schmerzen seine Hände lähmten. Er versuchte, sich so viele Details zu merken, wie es im schummerigen Licht der Gaslaternen möglich war. Der buckelige Mann floh in den dunklen Park hinein, wo sich keine Polizisten aufhielten.

Gerade in dem Moment als er aus dem Lichtkreis der Laterne verschwand, wurde der Flüchtende ebenfalls angegriffen. Paul konnte eine kleine Gestalt erkennen, die auf den Rücken des Diebes sprang. Doch offensichtlich hatte derjenige nicht damit gerechnet, dass in dem verwachsenen Körper große Kräfte zu stecken schienen. Er wurde abgeworfen wie ein Reiter von einem bockenden Pferd. Bevor er sich wieder aufrappeln konnte, war der Dieb schon verschwunden. In diesem Augenblick kamen die Polizisten bei Paul an. Der Mann, der den Dieb aufzuhalten versuchte, drehte sich kurz zu Paul um und offenbarte ihm sein Gesicht. Dann nahm er allerdings die Verfolgung des Flüchtenden auf, ohne auf die Polizei zu achten. Vielleicht musste er ebenfalls vor ihnen flüchten. Paul war sich sicher, in die Züge eines Asiaten gesehen zu haben.

»Was ist geschehen, mein Herr?«

Paul richtete sich auf und sah in das besorgte Gesicht eines Gendarmen, der ihm stützend unter die Arme griff, während ein Zweiter in den Park hineinrannte. Paul sah ihm bangend nach, doch der Mann kehrte schon nach kurzer Zeit alleine zurück. Der Park war im Winter nicht beleuchtet, so dass der Mann keine Chance hatte, weiter zu sehen als bis zum nächsten Baum. Er sagte nichts, als er zu Paul und dem anderen Beamten trat, sondern zuckte nur entschuldigend die Achseln.

»Sind Sie verletzt, mein Herr? Was hat der Kerl gemacht, hat er Ihnen etwas gestohlen?«, setzte der Gendarm seine Befragung fort. »Brauchen Sie einen Arzt?«

Paul wusste nicht so recht, was er dazu sagen sollte. Ihm war schlecht und schwindelig von dem Schlag auf dem Kopf und seine Arme schmerzten, als wären sie gebrochen. Er versuchte seine Manschetten zu öffnen, um die Ärmel hoch zu schieben, als er spürte, das etwas den Nacken hinunterlief. Automatisch griff er hin und als er seine Hand wieder vor Augen führte, sah er, dass es kein Wasser, sondern Blut war.

»Wohin wollten Sie denn, mein Herr?«, schaltete sich nun der andere Beamte ein. »Wie bringen Sie dorthin und ich glaube, wir sollten wirklich einen Arzt rufen.«

»Nassauer Hof … Ich hatte dort eine Verabredung mit einem Geschäftsmann.« Schwer atmend lehnte sich Paul gegen den Baum. »Wenn Sie mich vielleicht dorthin begleiten könnten, dann kann man dort sicherlich nach einem Arzt schicken. Das können doch nur noch ein paar Schritte sein?«

Ohne weitere Fragen zog der jüngere der beiden Beamten Pauls nicht ganz so stark verletzten Arm über seine Schultern und stützte ihn, während der der andere den Planköcher und den Rollenkoffer mitnahm. Als die beiden Beamten mit ihm in das Foyer des Hotels eintraten, eilte ihnen sofort ein Page und die Dame von der Rezeption entgegen. Paul wurde zu einem Sessel geleitet und die Beamten sprachen ein paar Worte mit einem weiteren Herrn.

In diesem Moment kam auch der Spielzeugfabrikant Hofer-Wörthmann durch die Tür zum Restaurant gehastet und gesellte sich mit besorgter Miene zu Paul. »Du lieber Gott, was ist denn mit Ihnen passiert, Herr Langendorf? Ist denn kein Arzt im Hause? Bitte rufen Sie schnell einen!«

Paul nahm gerade von der Rezeptionistin ein Tuch entgegen und drückte es sich auf den Hinterkopf. Schmerzerfüllt sah er den Spielzeugfabrikanten an. »Ich wurde überfallen, gerade als ich am Warmen Damm vorbeigegangen bin. Ich bekam einen Schlag auf den Kopf und dann noch einmal gegen meine Arme. Ich hoffe es ist nichts gebrochen.« Als er versuchte, sich an das Gesicht des Angreifers zu erinnern, kam ihm ein Gedanke und er wandte sich an die beiden Polizisten. »Wären Sie bitte so freundlich, bei der Nassauischen Reichskriminalpolizei anzurufen und meinen Bruder zu verständigen? Oberkommissar Peter Langendorf.«

Die beiden Beamten sahen sich verwundert an, doch dran trat einer zur Rezeption und bat um ein Telefonat. Der Hotelchef hatte währenddessen jemanden aus dem Restaurant geholt, der sich sofort mit einem fachmännischen Blick durch seinen dünnen Kneifer über Paul beugte. »Mein Name ist Lorenz, ich bin Arzt am Städtischen Klinikum«, stellte er sich knapp vor.

Paul ließ den Arzt seinen Kopf untersuchen und schloss die Augen, weil ihm von den vielen Lichtern in der Hotelhalle noch zusätzlich der Kopf schmerzte. Er sehnte sich mit einem Mal nach seinem Bett und ließ alles über sich ergehen. Auch als man ihn wieder aus dem Stuhl hochzog und in das Büro des Hotelchefs führte, sagte er nichts. In dem Büro gab es eine Chaiselongue, auf die er sich legen durfte. Dem Arzt wurde Verbandsmaterial gereicht und er versorgte zuerst die Wunde am Kopf. Dann half er Paul, das Jackett auszuziehen und die Ärmel des Hemds aufzukrempeln.

»Das sieht ja gar nicht gut aus, aber ich glaube nicht, dass etwas gebrochen ist.« Der Arzt griff nach Pauls Händen und forderte ihn auf zuzudrücken. Paul tat wie ihm geheißen und zog vor Schmerzen zischend die Luft ein, um nicht schreien zu müssen. Es schmerzte extrem, aber er konnte den Druck erwidern, wenn auch nur für einen kurzen Moment. »Ihre Knochen sind sehr stabil, mein Herr, schätzen Sie sich glücklich. Aber um eine Schwellung und ordentliche Blutergüsse werden Sie trotzdem nicht herumkommen. Mir scheint allerdings, dass

Ihr Schlüsselbein gebrochen ist. Mit Schreiben oder Zeichnen dürfte es die nächste Zeit nichts werden.«

Der junge Polizist trat wieder auf ihn zu und fragte Paul, was ihm denn gestohlen worden sei. Paul sah sich um und entdeckte seinen Koffer und den Köcher mit den Plänen. Beide schienen unversehrt zu sein, nur seine Tasche vermisste er.

»Herr Hofer-Wörthmann, würden Sie bitte in dem Köcher nachsehen, ob die Pläne, die ich für sie gemacht habe, noch darin sind?«, wandte er sich an den Spielzeugfabrikanten.

Der Mann öffnete den Köcher und zog eine Rolle Pläne heraus, die er sorgfältig durchblätterte. »Das sieht aus, als wäre alles vollständig. Unangetastet.«

»Dann fehlt nur meine Tasche. Eine große braune Ledertasche mit einem Schulterriemen, schon etwas abgewetzt. Ich habe darin einen Kasten mit vielen Schaltern und Reglern transportiert, sowie ein Skizzenbuch, handgebunden und recht dick. Es war schon zu über der Hälfte mit Zeichnungen und Konstruktionsentwürfen gefüllt. Da kaum etwas davon wirklich ausgearbeitet war, wäre das eigentlich nicht so wichtig, aber …« Paul stockte.

Natürlich war keine der Zeichnung vollständig durchkonstruiert oder so vollständig, dass man danach arbeiten konnte. Aber neben den Zeichnungen für den Drachen war auch noch ein Entwurf für eine besondere Maschine darin. Eine Idee, die ihm noch in Hamburg gekommen war und die er auf der Reise nach Paris weiterbearbeitet hatte. Eigentlich fehlte dem Objekt nur noch ein wenig Feinschliff. Ein guter Ingenieur konnte damit sicherlich schon arbeiten. Zusammen mit den Plänen für den Drachen konnte daraus etwas ziemlich Gefährliches entstehen. Er schüttelte den Kopf, um den unangenehmen Gedanken loszuwerden, doch er drängte sich ihm immer weiter auf.

»Beruhigen Sie sich, guter Mann«, sagte der Arzt zu ihm und tätschelte ihm die Schulter. »Sie zittern ja mit einem Mal wie Espenlaub. Oder ist Ihnen plötzlich so kalt? Dann würde ich empfehlen, dass man Sie sofort in ein Krankenhaus bringt. Eine Gehirnerschütterung haben

Sie gewiss, wir sollten sicher gehen, dass es nicht noch etwas Schlimmeres ist.«

Paul schüttelte den Kopf, doch das ließ er sofort wieder sein, weil ihm schwindelig wurde. »Vielleicht haben Sie recht und ich sollte mich zur Beobachtung dorthin begeben.«

»Das würde ich Ihnen auf jeden Fall empfehlen«, ergänzte der Spielzeugfabrikant. »Sie sollten einen Krankenwagen rufen. Vertrauen Sie mir diese Pläne an? Dann werde ich sie hier im Hoteltresor einschließen lassen und wir können ein andermal darüber reden. Ich besuche sie auch gerne im Krankenhaus, wenn es länger dauern sollte. Jetzt geht erst einmal Ihre Gesundheit vor.«

Es klopft an der Tür und der Hotelchef öffnete sie. Sofort bekam er einen Dienstausweis der Reichskriminalpolizei vorgehalten und ließ die beiden Herren ein. Paul sah auf und blickte in das besorgte Gesicht seines Bruders, der in Begleitung von Richard Kogler gekommen war. Während Richard sofort zu dem Telefon auf dem Schreibtisch des Hotelchefs griff, um einen Krankenwagen zu rufen, ohne großartig Fragen zu stellen, setzte sich Peter zu seinem Bruder auf die Chaiselongue.

»Was ist passiert, Paul?«, fragte Peter und betrachtete die Verbände, die nun auch die Arme zierten.

»Jemand hat mir am Warmen Damm etwas über den Schädel gezogen und meine Tasche gestohlen. Ich habe nur ganz kurz das Gesicht des Angreifers gesehen … Peter, es war ein Albino. Ich kann ihn dir nicht genau beschreiben, nur das ist sicher. Ein Albino, ziemlich hässlich und verkrüppelt. Er wurde auf seiner Flucht vor der Polizei von einer anderen Person angegriffen. Der Mann scheiterte zwar, aber er hat ihn weiterverfolgt. Dieser zweite Mann war ein Asiate. Mehr kann ich dir leider nicht sagen, nur soviel: der Albino hatte verdammt viel Kraft, aber mit diesem Laue, so wie du ihn mir mal beschrieben hattest, hat er wenig gemeinsam. Nicht groß und gut aussehend, sondern das genaue Gegenteil, mit einem erschreckenden, aufgedunsenen Gesicht.«

Peter sah seinen Bruder mit großen Augen an. »Und ich dachte mal, Albinos wären selten. Oh verdammt … Hieß es nicht, dass Laue mit seiner Frau ein Kind gehabt hatte? Angeblich eine Totgeburt? Vielleicht war es eher eine Missgeburt …«

Paul zuckte mit den Schultern. Dabei zuckten ihm Schmerzen wie Blitze durch den Körper und ihm wurde wieder schwindelig. Dieses Mal konnte er nicht dagegen ankommen. Er spürte noch, dass ihm jemand um die Schultern griff, um ihn sanft auf der Lehne der Chaiselongue abzulegen und hörte eine andere Person schimpfen, doch die Worte verstand er nicht. Dann schwanden ihm die Sinne vollends.

✳

Kenjiro hatte nicht damit gerechnet, dass der Albino so schnell und an einem solchen Ort zuschlagen würde. Deshalb war er in großem Abstand gefolgt, als er bemerkte, wie sich sein Feind an die Fersen des Mannes mit dem Spielzeugdrachen geheftet hatte. Dann war alles plötzlich sehr schnell gegangen und Kenjiro hatte kaum mehr Zeit gehabt, sein Vorgehen zu planen.

Der Albino sprang mit einem Knüppel bewaffnet auf den Deutschen zu und zog ihm das Holz über den Kopf. Kenjiro fürchtete schon das Schlimmste, doch der Mann hatte entweder einen Schädel aus Stahl oder der Albino hatte ihn nicht richtig erwischt. Jedenfalls blieb der Mann, auch dank eines Baumes, aufrecht stehen und wehrte den zweiten Angriff mit seinen Armen ab.

Nun rannte auch er, in der Hoffnung, Schlimmeres verhindern zu können und den Albino zu stellen. Vor allem, weil das Getümmel zwei Polizisten auf den Plan rief. Der Ton der Trillerpfeife verhinderte wohl, dass der Albino noch ein weiteres Mal zuschlug. Er riss dem Mann die Tasche weg und floh in den Park.

Da Kenjiro davon ausging, dass sich die Polizisten um den verletzten Mann kümmern würden, nahm er die Verfolgung des Albinos auf. Er sprang los und landete auf dessen Rücken, doch er hatte nicht damit gerechnet, dass der so wendig wie ein Aal war. Er bekam ihn nicht zu fassen und rutschte ab. Als er auf dem Boden aufkam, trat er unglücklich in ein Loch und stürzte, sodass er keinen weiteren Versuch machen konnte.

Der Albino setzte seinen Lauf fort. Kenjiro rappelte sich hoch, sah sich kurz zu dem Opfer um und stellte fest, dass dieses nicht einmal das Bewusstsein verloren hatte. Sicher konnte der Mann ihn erkennen, aber das war nicht so wichtig. Vor ihm in der Dunkelheit konnte er noch schwach das silbrige Haupthaar des Albinos erkennen, also machte er sich daran, ihm zu folgen, um ihn nicht aus den Augen zu verlieren.

Während er seinem Feind hinterherrannte, überlegte Kenjiro, ob er einen weiteren Versuch unternehmen sollte, den Kerl zu stellen, doch dann entschied er sich dagegen. Es war sicherlich nützlicher herauszufinden, wohin der Bastard ging. Wo seine Verstecke waren und vor allem, wohin er Kenjiros wertvolles Werkzeug gebracht hatte. Nun begann also wieder die vorsichtige Überwachung, bei der Kenjiro einmal mehr feststellen musste, wie geschickt der Albino trotz seiner körperlichen Unzulänglichkeiten war. Er konnte klettern wie ein Affe und wagte Sprünge, bei der selbst manche Katze zögern würde. Aber auch Kenjiro war ein Artist und traute sich durchaus das Gleiche und noch einiges mehr zu.

Es gelang ihm, dem Albino auf den Fersen zu bleiben, obwohl ihn ein seltsamer Zwang zu bremsen schien, sobald er dem Krüppel zu nahekam. Diesen Effekt hatte er schon früher bei dem Albino festgestellt. Jedes Mal, wenn er sich dem Neuen in der Truppe genähert hatte, war es ihm ab einem gewissen Punkt so vorgekommen, als würde er gegen eine unsichtbare Wand laufen, die alle Absichten in seinem Gedächtnis löschte. Lediglich, wenn man sich unbemerkt näherte, entfiel dieser Effekt. Besonders, wenn der Albino sich auf zu viele Leute in seinem Umfeld konzentrieren musste. Nun war seine Aufmerksamkeit und seine Fähigkeit auf mögliche Verfolger gerichtet und Kenjiro lief gegen diese Wand an.

Von dem nachtdunklen Park ging es an einem prächtigen Gebäude vorbei, über einen schmiedeeisernen Zaun hinweg in eine weitere weitläufige Gartenanlage. Hier war es nicht ganz so düster, doch da der

Zaun geschlossen war, befand sich niemand sonst auf den Wegen. Der Albino lief den ganzen Park der Länge nach durch, sprang am anderen Ende wieder über den Zaun und folgte dort einem offenen Bachlauf, der an Tennisplätzen vorbei durch ein Wiesental zwischen herrschaftlichen Häuserzeilen plätscherte. Kenjiro hatte kein Auge für die Schönheiten dieser Gegend übrig, die sich ohnehin nur bei Sonnenschein zur Gänze entfalten würde, nicht im Licht der Laternen. Sein Blick war allein auf die Gestalt des Diebes gerichtet, der sich sehr sicher zu fühlen schien. Er warf keinen Blick zurück und beeilte sich auch nicht mehr sonderlich, so dass die Verfolgung leichter wurde.

Nachdem sie einen großen Gebäudekomplex passiert hatten, in dem eine Vielzahl von Fenstern noch beleuchtet war, führte der Weg weiter durch die langen Reihen sauber und ordentlich angepflanzter Bäume einer Baumschule. Kurz danach erreichte der Albino einen Hügel, der an der Vorderseite mit groben Steinen vermauert war. In dieser Mauer war eine stählerne Tür eingelassen, für die er einen Schlüssel zu haben schien. Kenjiro verbarg sich hinter einem dicken Baum und beobachtete, wie sich der Albino nun doch einmal umsah, bevor er die Tür ganz aufzog und dahinter verschwand. Das alles geschah nahezu lautlos. Kenjiro vermutete, dass der Albino dafür sorgte, dass die Tür immer schön geölt war. Der Zugang zu einem Versteck? Womöglich.

Er wartete eine Weile, doch der Albino tauchte nicht wieder auf. Nun schlich auch Kenjiro zu dem Hügel und probierte den Türgriff. Sie rührte sich nicht. Er sah sich kurz um, dann probierte er mit einem Dietrich, ob er das Schloss öffnen konnte. Es war nicht sonderlich schwer, die Tür schwang lautlos auf. Vorsichtig und sehr langsam trat er in den Raum hinter der Tür ein, der in ein seltsames Licht getaucht war. Eine Äthergaslampe hinter einem grünen Glasschirm erzeugte gerade genug Licht, dass man nicht über die Einrichtungsgegenstände fiel.

Hinter einer Mauer war das Klatschen von Wasser zu hören und in dem Raum, in dem Kenjiro nun stand, waren einige Pumpen und ähnliche Maschinen aufgebaut. Die Luft war sehr feucht und es roch muffig. Kenjiro vermutete, dass es ein Wasserspeicher oder ein Brunnen war, der die Trinkwasserversorgung der Stadt gewährleistete. Er blieb stehen und lauschte, doch außer dem Wasser war nichts mehr zu hören. Der Albino war fort. Jetzt musste Kenjiro herausfinden, wohin er gegangen sein mochte, denn es schien nur diesen einen Raum im Hügel zu geben.

Kenjiro tastete sich an den Wänden entlang und entdeckte hinter der größten Pumpe einen schmalen Treppenabgang. So lautlos wie es ihm nur möglich war, tappte er die Blechstufen hinunter in ein niedriges Gewölbe, das von einer Vielzahl an Rohren durchzogen wurde. Auch hier sorgte eine Äthergaslampe für trübes, kränkliches Licht. Doch das einzige Leben, welches hier herrschte, begegnete ihm in Gestalt einer handvoll übergroßer und nicht sehr gesund aussehender Ratten, die durch das Gewölbe huschten. Kenjiro wollte gerade aufgeben, als er das niedrige Gitter entdeckte, das im hinteren Teil des Gewölbes kurz über dem Boden angebracht war. Ursprünglich war es mit einem Schloss verriegelt gewesen, doch das Bügelschloss lag aufgeschnitten auf dem Boden und das Gitter stand halb offen.

Vorsichtig zog er das Gitter beiseite und ließ sich mit den Füßen voran in den Schacht dahinter fallen. Parallel zu dem Gewölbe oben führte hier ein nur teilweise gemauerter Gang tiefer in den Boden. Schon nach wenigen Metern stand Kenjiro wieder vor dem gleichen Problem, dass er schon in Eschenhan hatte, als der Albino aus dem Zirkus getürmt war. Zusammen mit seinem Werkzeug. Der gemauerte Gang ging in natürliche Höhlen über, die sich vielfach verzweigten. Abgesehen davon gab es hier nicht das geringste Licht und er musste sich unverrichteter Dinge wieder zu dem Gewölbe mit den Wasserpumpen zurückziehen. Groll stieg in ihm auf und er schlug sich wütend die Faust in die Handfläche.

Während er in das Gewölbe zurück kletterte, plante er schon sein weiteres Vorgehen. Er würde wiederkommen, dann aber mit einer Lampe und bewaffnet. Er würde den Albino schon finden, egal in welcher Höhle er sich verkroch.

Wahlen und Widerwillen

Als Joachim das Pfarrhaus von St. Marien betrat, ahnte er schon, dass dieser Tag viel Ärger bringen würde. Kaum, dass er in seiner Bahnpolizeiuniform in der Tür erschien, wurde er bereits von einem übereifrigen Gendarmen wieder nach draußen genötigt. Nur mit Mühe schluckte er seinen Ärger herunter, um nicht genauso handgreiflich zu werden, wie der dickliche Mann mit dem Kaiserbart, der sich sichtlich etwas auf seine Position einbildete.

»Was soll das? Ich bin als Wahlhelfer gemeldet, Joachim Bartfelder, Bahnpolizei, ich wohne hier in Biebrich!« Joachim trat noch zwei Schritte zurück, um aus der Reichweite des Polizisten heraus zu gelangen. Mit der gleichen Bewegung zog er seinen Ausweis aus der Innentasche seiner Uniformjacke, doch der Gendarm warf nicht einmal einen Blick darauf.

Der Uniformierte sah ihn finster an und schien hektisch zu überlegen, ob er Joachim glauben sollte. In diesem Moment trat ein dürres Männlein aus dem Pfarrhaus heraus und versuchte zu schlichten. »Der junge Herr Bartfelder? Ja, Sie wurden als Wahlhelfer angekündigt. Ihr Vater steht hier zur Wahl, nicht wahr?«

Joachim klopfte sich die Uniformärmel an den Stellen ab, an denen ihn der Gendarm berührt hatte, als müsse er sich Schmutz entfernen. Dann straffte er sich und trat auf den Mann in der Tür zu. »So ist es. Da ich noch nicht alt genug bin, um selbst wählen zu dürfen, hat man mir gestattet, wenigstens auszuhelfen.«

»Kannst du denn lesen und schreiben?«, höhnte der Gendarm. »Kann ich mir nicht vorstellen.«

»Da es die Herren Bartfelder waren, welche die Wählerliste zusammengestellt haben, gehe ich davon aus, dass sie dieser Fähigkeiten mächtig sind.« Der schlaksige Mann mit dem sorgfältig gestutzten Ziegenbart sah den Polizisten mit strengem Blick durch seinen Kneifer an.

Wenn es so etwas wie einen Archetyp für einen Beamten gab, dann hatte Joachim einen solchen vor sich. Er fragte sich, was dieser Mann wohl verbrochen haben musste, dass man ihn zu einer solchen Tätigkeit herangezogen hatte. Der gestrenge Blick fiel nun auf Joachim, der sich sofort um eine neutrale Miene bemühte und sich der Musterung stellte. Innerlich jedoch war ihm danach, über diese groteske Situation zu lachen.

Als hätte der Beamte seine Gedanken gelesen, setzte er zu einer Erklärung an: »Ich wurde nicht degradiert, wenn Sie das meinen. Nur stammt meine Familie ursprünglich aus Biebrich. Wie sind aber schon vor langer Zeit, bevor diese Gegend derart herunterkam, in einen anderen Stadtteil umgezogen. Ich war neugierig, wie sich dieser Ort entwickelt hat, deshalb habe ich mich freiwillig gemeldet.«

»Das ehrt sie, Herr …«

»Bollmann, Bernhard Bollmann. Kommen Sie herein, dann zeige ich Ihnen, was Sie zu tun haben. Ich hoffe sehr, dass es keinerlei Störungen geben wird.«

Joachim folgte dem Beamten in das Pfarrhaus und ließ sich von ihm die Wählerlisten und seine Aufgabe damit erklären. Im Grunde war es einfach, er sollte die Benachrichtigung und die Ausweispapiere der Wähler kontrollieren und in der Liste abhaken. Dazu sollte er sich von jedem der Wähler einen Fingerabdruck geben lassen. Letzteres verwirrte ihn zunächst, doch dann kam ihm wieder die Frage des Polizisten in den Sinn, ob er lesen und schreiben könnte. Die meisten auf dieser Liste konnten es vermutlich nicht, so dass dieser Fingerabdruck so etwas wie eine Unterschrift darstellen sollte. Er atmete tief durch und setzte sich dann an den kleinen Tisch, während der Beamte die Wahlzettel ordnete, die außer mit Namen auch mit kleinen Symbolen versehen waren. Auch diese eine Reminiszenz an jene Personen, die nicht lesen konnten.

Schon im Vorfeld hatte man erklärt, welcher Kandidat welches Symbol hatte. Johann Bartfelder, der auch im Kirchenvorstand saß, hatte sich vom Pfarrer die Genehmigung geholt, das Kreuz zusammen mit einer stilisierten Druckpresse als Symbol wählen zu dürfen. Außerdem hatte er mit seiner alten Druckerpresse ein Flugblatt hergestellt, auf dem die Symbole zusammen mit Porträtzeichnungen der zur Wahl stehenden Personen abgebildet waren, damit auch der unbedarfteste Arbeiter gut informiert war.

Während Joachim durch das Wählerverzeichnis blätterte, das ihm seltsam kurz vorkam, weil man wahrscheinlich seitens des Gerichtes noch weitere Personen herausgestrichen hatte, beobachtete er den Polizisten, der breitbeinig im Türrahmen stand. Vor der Tür versammelten sich bereits die ersten Personen, die wählen wollten. Joachim überlegte hektisch, was passieren konnte. Den Gendarmen hatte er in Verdacht, dass er versuchen würde, die Wahl zu stören. Doch wie sollte ihm das gelingen und von wem mochte der Auftrag dazu gekommen sein?

Er wandte seinen Blick von der Tür ab hin zu dem Beamten. Der Mann schien im harmlos, doch welche Hintergedanken hegte er? Dass seine Familie ursprünglich aus Biebrich stammte, war natürlich eine gute Erklärung dafür, dass er aushalf, und nicht zwangsverpflichtet werden musste. Doch vielleicht gab es auch noch andere Erklärungen und man musste ihm auf die Finger sehen. Joachim wünschte sich, dass er noch mehr Helfer aus seinem eigenen Umfeld dabeihaben konnte.

Bollmann gab dem Gendarmen einen Wink, dass er die Tür freigeben möge, als die Glocken von St. Marien zur zehnten Stunde schlugen. Das giftige Grinsen im Gesicht des Mannes machte Joachim misstrauisch. Ihm kam der Gedanke, dass man ursprünglich mindestens drei Polizisten als Wahlbeobachter angekündigt hatte. Warum also war es jetzt nur dieser Eine? Eine Handvoll Männer betrat den Raum. Sie alle zogen sich fast gleichzeitig die Mütze vom Kopf und sahen sich etwas unschlüssig um. Joachim winkte den ersten Mann zu sich, den er persönlich kannte. »Komm erstmal zu mir, Heinrich, und ihr auch. Ihr habt doch eure Wahlzettel dabei?«

Die fünf Männer traten zu Joachim und reichten ihm die kleinen Zettel mit der Aufforderung zur Wahl. Joachim hakte die Namen in seiner Liste ab und forderte die Männer dazu auf, einen Daumenabdruck hinter ihren Namen zu setzen. Erst dann gab ihnen Bollmann den Zettel mit den fünf Symbolen für die fünf Kandidaten, die sich für das Amt des Ortsvorstehers beworben hatten. Die Männer beeilten sich, eines der Symbole mit dem bereitgelegten Stift anzukreuzen und in die versiegelte Urne zu werfen. Joachim spürte sehr deutlich, dass sie froh waren, das Haus wieder verlassen zu können. Ob es nur daran lag, dass sie den Anfang gemacht hatten oder an den beiden anwesenden Herren neben Joachim, die so gar nicht in dieser Gegend passten, konnte er nicht sagen.

In den ersten beiden Stunden kamen nur einzelne Personen, bis die Glocke zum Ende der Sonntagsandacht schlug, die in der Adventszeit besonders gut besucht war. Außerdem schienen sich die Menschen verstärkt göttlichen Beistand zu erhoffen, nun, da ihre Welt in einer Art Sintflut unterzugehen schien. Joachim ging davon aus, dass nun auch die ganzen Kirchgänger ihre Stimme abgeben würden, zumal das Wetter ihnen ausnahmsweise keine nassen Kleider bescherte. Joachim erschien diese überraschende Phase der Trockenheit allerdings mehr als schlechtes Omen. Der Gendarm sah aus der Tür und wurde sichtlich nervös, als sich tatsächlich eine große Gruppe Personen dem Pfarrhaus näherte.

»Die Sonntagsmesse ist beendet, jetzt nutzen alle die Gelegenheit zur Wahl zu gehen, bevor sie nach Hause zurückkehren«, erklärte Joachim nüchtern, um dem Mann die Nervosität zu nehmen. »Ist das in der Innenstadt nicht so gewesen? Dort war doch sicher auch an einem Sonntag Wahltag?«

»Doch, doch natürlich«, stotterte der Polizist und sah wieder nach draußen.

Joachim ließ das Gesicht des Mannes nicht aus den Augen, während die ersten Männer den Raum betraten. Nach wie vor durften Frauen nicht wählen, auch in der Innenstadt nicht. Also wartete sie vor dem Pfarrhaus. Ohne Regen sahen sie wohl auch keine Veranlassung, sich mit ins Haus zu begeben. Joachim bemerkte das schiefe Grinsen unter dem dichten Schnurrbart des Polizisten und wappnete sich für irgendeine Störung. Selbst wenn Bollmann wirklich nur als Beamter des Reiches für einen ordnungsgemäßen Ablauf der Wahl anwesend war, der Gendarm war es nicht. Joachim war sich sicher, dass er noch einen ganz anderen Auftrag hatte. Gerade als der Letzte der Kirchgänger seinen Daumenabdruck hinter seinen Namen setzte, wurde diese Gewissheit bestätigt.

Vor dem Pfarrhaus gab es Tumult, als sich offensichtlich noch ein paar Männer zur Tür durchdrängelten. Der Gendarm versperrte ihnen den Weg und erklärte, sie mögen noch warten, bis die anderen wieder draußen seien. Es wäre bereits zu voll. Das konnte Joachim bestätigen, aber er ging davon aus, dass ein normaler Wahlgänger das schon von sich aus bemerkt hätte und noch einmal vor die Tür getreten wäre. Doch die drei Männer, die nun vor dem Gendarmen standen, schienen auf Krawall gebürstet.

Als einer der Kerle, von denen keiner Joachim in irgendeiner Form bekannt war, dem Gendarmen zuzwinkerte, hatte er Gewissheit. Es war ein abgekartetes Spiel. Sie taten so, als wollten sie sich an dem Polizisten vorbei drängeln, was dieser mit Geschubse und bösen Worten zu verhindern versuchte. Die Rangelei wirkte gespielt, aber nicht auf Bollmann, der nervös versuchte, alle zur Räson zu rufen. Die Männer, die gerade ihre Stimmzettel in die Urne geworfen hatten, standen unschlüssig, aber mit zunehmend wütenden Gesichtern daneben und es war eindeutig, dass es sie in den Händen juckte einzugreifen.

Joachim sprang von seinem Stuhl hoch und wappnete sich dafür, dazwischen zu gehen. In diesem Moment wurde einer der Männer von der Tür roh an der Schulter gepackt und zurückgezogen. Ein stämmiger Mann drängte sich in den Türrahmen und schob auch die anderen beiden Kerle weg. Joachim lachte erleichtert auf, als er Richard Kogler erkannte, der mit seinen breiten Schultern die Tür ausfüllte. Als der Gendarm ihn anbrüllen wollte, bekam er Koglers Dienstausweis vor die Nase gehalten.

»Kriminalkommissar Kogler. Uns kam zu Ohren, dass irgendwelche Subjekte Störer engagiert haben, um diese Wahl für ungültig erklären zu können. Sind wir wohl gerade noch rechtzeitig gekommen.« Richard schob sich an dem Polizisten vorbei in den Raum und trat auf Bollmann zu. »Wir werden hierbleiben, bis Sie das Wahllokal schließen.«

Bollmann sah verwirrt von Richards Dienstausweis auf den zweiten Mann, der nun den Raum betrat und ebenfalls dem Gendarmen eine Marke vor die Nase hielt. »Kriminaloberkommissar Langendorf«, stellte Peter sich mit knappen Worten vor und nickte dem Beamten zu. »Fahren Sie fort, wir stellen uns in eine Ecke und stören nicht. Ich schicke nur gerade noch die Herrschaften nach Hause, die meinten, hier Rabatz machen zu müssen.«

Peter zwinkerte Joachim zu, während er den Gendarmen sanft, aber bestimmt zur Seite drängte und nach draußen ging. Joachim konnte hören, wie er die drei Störer anbrüllte, sie mögen sich zum Teufel scheren, wenn sie nicht verhaftet werden wollten. Er beugte sich vor, um durch die Tür sehen zu können. Peter stand mit dem Rücken zu ihm, vor ihm die drei Fremden. Sie schienen sich dem einzelnen Mann überlegen zu fühlen, Polizei hin oder her, doch als die Männer, die bereits gewählt hatten, sich hinter Peter scharten, wurden sie nervös. Sie wechselten ein paar Blicke und zogen ab. Erleichtert ließ Joachim die Luft ab und sah zu Richard, der ihm seinen Daumen entgegen hob.

»Keine gute Idee von den Jungs, Peter ausgerechnet jetzt so blöd zukommen«, knurrte Richard Joachim zu, als er sich zu ihm gesellte.

Joachim sah ihn verwundert an. »Wieso? Gibt es ein Problem?«

Richard beugte sich zu Joachim hinunter. »Kennst du Peters Bruder Paul? Der wurde gestern in der Innenstadt überfallen. Hat ordentlich was mitgekriegt. Sie haben ihn erst einmal im Krankenhaus behalten, zur Beobachtung. Schlag auf den Schädel und auf die Arme.«

»Ich glaube, ich habe ihn noch nicht kennen gelernt, aber das ist natürlich übel. Weiß man schon, wer das war? Wurde er beraubt?«

Richard hob die Schultern, doch er sagte nichts mehr, weil eine weitere Gruppe Männer den Raum betrat, um ihrer Bürgerpflicht nachzukommen. Als letzter dieser Gruppe kam Joachims Vater. Doch bevor Johann Bartfelder seinen Sohn oder den Kriminalbeamten begrüßte, trat er auf Bollmann zu und reichte ihm die Hand, um sich vorzustellen. Joachim nahm derweil die Fingerabdrücke der übrigen Männer und wies sie an, zu warten, bis man ihnen die Wahlzettel aushändigte. Die Unterhaltung zwischen seinem Vater und dem steifen Beamten schien durchaus freundlich und wohlwollend zu sein. Das erleichterte Joachim sehr. Vielleicht kannte sein Vater die Familie des Beamten sogar, oder auch Bollmann selbst, da dieser etwa im gleichen Alter zu sein schien wie Johann Bartfelder.

Nun kehrte auch Peter in das Pfarrhaus zurück und klopfte Joachim auf die Schulter. Joachim sah zu ihm auf und grinste erleichtert. »Danke, dass ihr gekommen seid, ich dachte schon, unsere ganze Arbeit wäre für die Katz gewesen.«

»Da wir genau das befürchtet haben, war es nur folgerichtig, dass wir euch ein bisschen unterstützen. Ich hörte, dass nur ein einziger Polizist die Wahl bewachen sollte und der Mann, den ich von meiner Truppe abgestellt hatte, zurückgepfiffen wurde. Das war für uns der endgültige Beweis, dass hier etwas bewusst falsch laufen sollte. Leider wird das nicht die letzte Demütigung sein, der ihr ausgesetzt werdet. Ich habe eben gerade mit deinem Vater gesprochen, ganz ehrlich, es wäre mir fast lieber, wenn ein anderer die Wahl gewinnen würde. Er tut mir jetzt schon leid, seit ich ein paar Mitschriften aus dem Stadtparlament gelesen habe. Sie werden ihm nicht gerade den roten Teppich ausrollen.« Peter lehnte sich an die Wand und stopfte sich seine Pfeife. »Aber jetzt ist erst einmal wichtig, dass das Ganze friedlich über die Bühne geht.«

Richard Kogler stellte sich mit unbeteiligter Miene zu dem Polizisten, dessen Mimik Bände sprach. Da er jedoch keinerlei Blickkontakt zu dem dürren Beamten aufnahm und dieser sich nach einem erleichterten Seufzer wieder seiner Arbeit zuwandte, verlor sich der Verdacht, dass die beiden gemeinsam die Wahl unterlaufen wollten. Joachim beobachtete Bollmann eine Weile, wenn er zwischen zwei Wahlberechtigten eine Gelegenheit bekam, zu ihm hin zu sehen. Nach der Zeit des

Mittagsmahles kamen noch weitere Grüppchen gemeldeter Bewohner und es blieb friedlich.

»Bollmann ist harmlos. Aber ein Beamter, wie er im Buche steht. Sie brauchten ihn nicht in irgendwelche Pläne einzuweihen, was die Störer betraf«, erklärte Peter ihm im Flüsterton. »Das hätte sich ganz von selbst erledigt. Störungen, Unregelmäßigkeiten welcher Art auch immer – er hätte sofort die Wahl für ungültig erklärt.«

Joachim nickte. »Um ein Haar wäre es auch genauso gekommen. Ein paar Mark für die Schläger, die wahrscheinlich aus Amöneburg oder aus dem Parkfeld stammen, dazu einen Polizisten, dem man wer weiß was versprochen hat, und die Sache ist geritzt.«

»So ist es.« Peter betrachtete mit finsterem Blick den Polizisten, der ihm auswich. »Und ich werde herausbekommen, wer dahintersteckt, da kannst du dir sicher sein.«

»Richard hat mir gerade gesagt, dass etwas mit ihrem Bruder passiert ist, Herr Langendorf. Ich hoffe das hat nichts mit der Sache hier zu tun? Oder mit der, die wir in Mombach verfolgt haben?« Joachim ließ einen weiteren Wähler einen Daumenabdruck hinter seinen Namen machen und sah sich zu Peter um.

Peter seufzte. »Im gewissen Sinne schon. Paul ist sich sicher, dass derjenige, der ihn überfallen hat, ein Albino war. Klingelt da was?«

Joachim sah ihn mit großen Augen an und zischte einen unanständigen Fluch durch die Zähne. »Noch einer? Und das in der Innenstadt? Ich hoffe, ihr werdet seiner bald habhaft, bevor noch mehr passiert.«

»Das hoffe ich auch!«

Die Zeit verging von nun an störungsfrei. Peter und Richard hatten sich vor das Pfarrhaus verzogen, weil die Anwesenheit so vieler Ortsfremder die Menschen nervös zu machen schien. Nach dem Abzug der Störer geschah aber auch nichts weiter, so dass die Wahlen friedlich abgeschlossen wurden. Als die Kirchenglocke fünf Uhr schlug, blätterte Joachim das Wählerverzeichnis noch einmal durch und stellte fest, dass bis auf wenige Ausnahmen alle eingetragenen Personen tatsächlich zur Wahl erschienen waren. Bollmann warf einen Blick auf seine

Taschenuhr und trat zur Tür. Da sich niemand mehr näherte, kündigte er an, dass das Wahllokal nun schließen würde. Dabei sah er Peter und Richard fragend an.

Die beiden Kriminalbeamten betraten das Pfarrhaus und verriegelten die Tür hinter sich. Dies war eigentlich die Aufgabe des Gendarmen, doch sie wollten sichergehen, dass auch bei der Auszählung der Stimmen alles seine Richtigkeit hatte. Eigentlich brauchten sie sich nicht mehr zu sorgen, denn der Polizist hatte sich mit finsterer Miene auf einen Stuhl in eine Ecke gesetzt und machte keinerlei Anstalten, irgendjemandem zur Hilfe zu kommen oder etwas anderes zu tun. Er wartet nur darauf, dass man ihn nach Hause schickte und brütete finster vor sich hin.

Joachim zählte auf seiner Liste durch, wie viele Menschen teilgenommen hatten und Bollmann öffnete die Urne, um die Stimmzettel zu zählen. Für Peter und Richard bedeutete das langweiliges Warten, aber sie wollten dem Polizisten keine Möglichkeit geben, sich in die Sache einzumischen. Dafür war Joachim ihnen unendlich dankbar. Bollmann sah von seiner amtlich aussehenden Akte auf und sprach Peter an: »Herr Oberkommissar, wären sie so freundlich, für mich die Strichliste zu führen? Das sollte eigentlich der Herr Polizist tun, aber einer höherrangigen Person lasse ich gerne den Vortritt, damit alles seine Richtigkeit hat.«

Peter setzte sich vor die Akte und ließ sich die Stimmen diktieren. Joachim hörte aufmerksam zu und machte für sich selbst auch eine Strichliste. Wie erwartet lag sein Vater weit vorne, doch mit einem Mal war sich Joachim nicht mehr so sicher, ob er sich darüber freuen sollte. Im Gegenteil, ihm schauderte bei dem Gedanken, dass sein Vater sich nun gelegentlich in die Innenstadt aufmachen musste, um bei Sitzungen des Parlamentes anwesend zu sein. Als einziger Vertreter der Vorstädte.

Die Zählung wurde beendet, der Beamte versiegelte den Umschlag mit den Stimmzetteln und setzte seinen Stempel unter die Akten. Dann zog er eine weitere Mappe aus seiner Aktentasche und füllte diverse Formulare aus. »Dies wären die Berechtigungsscheine für den gewählten

Kandidaten. Ich würde sie gerne persönlich überreichen, wenn das möglich wäre?«

Peter sah sich zu Joachim und Richard um. »Nun, dann denke ich, wäre es das Beste, wenn Sie mit Joachim zu seinem Vater gingen, um genau das zu tun. Mein Kollege Kogler wird Sie begleiten und ich werde mit dem Herrn Gendarmen in die Innenstadt zurückkehren. Ach, Joachim, du weißt nicht durch Zufall, ob der Wanderzirkus immer noch hier in der Gegend lagert? Sie waren im Gleisdreieck und mussten weiterziehen. Ich verwies sie an deinen Vater, weil sie Kranke bei sich hatten und Hilfe brauchten.«

Joachim runzelte die Stirn, dann fiel ihm der Besuch des grotesk gekleideten jungen Mannes im Haus seines Vaters wieder ein. »Ja, stimmt, da war so ein komischer Typ. Vater hat die Leute mit den Kranken auf dem letzten, uns noch offenstehenden Weg zum Paulinenstift begleitet. Ursprünglich wollten sie im Parkfeld lagern, aber sie sind, glaube ich, noch ein Stück weiter nach Schierstein gegangen, weil die Wiese nur noch ein Sumpf ist. Das Lager ist dort irgendwo am Wasser unter den Pfeilern der Brücke rüber nach Mombach. Da ist es ja bekanntlich am ruhigsten. Warum?«

»Ich glaube, ich muss noch mal mit diesem Algirdas Zerfas reden. Wegen dem Kerl, der aus seiner Truppe abgehauen ist. Und wegen eines seiner ... Ensemblemitglieder. Aber nicht mehr heute. Danke.« Peter zog mit dem Gendarmen ab und hinterließ eine Menge Verwirrung.

Therapiegespräche

Die Fahrt mit dem Zug in den Taunus war für Professor Dr. Justus Liebermann immer eine Tortur. War es schon schwierig, von der Klinik auf dem Eichberg überhaupt nach Eltville hineinzukommen und von dort mit dem Zug nach Wiesbaden zu gelangen, so war die Weiterfahrt mit dem klapprigen Vorortzug über Niedernhausen nach Idstein eher vergleichbar mit einer Ochsenkarrenfahrt durch die Wüste. Eine Odyssee epischen Ausmaßes. Es gab keine zweite Klasse in den Personenwagen, geschweige denn eine Erste, nur harte Holzbänke. Trotzdem waren die Wagen weitgehend leer, denn diese Zugverbindung wurde fast ausschließlich von Bauern verwendet, die ihre Waren auf den Märkten feilboten. Diese konnten sich in der Regel nicht einmal die Tickets für die dritte Klasse leisten, sondern reisten mit ihren Waren in den Güterwaggons.

Wegen dieser Unbequemlichkeit hatte der Psychiater auf seinen monatlichen Fahrten immer einen großen Sack voll mit bequemen Kissen bei sich. Er suchte eine halbwegs stabile Bank aus, polsterte diese mit den Kissen und ließ sich seufzend hinein sinken. Mit einem Fuß gegen die gegenüberliegende Bank gestemmt, ließ es sich so halbwegs bequem reisen. Während der Zug durch die sanften Hügel des alten Gebirges zuckelte, las Liebermann in seinen Notizen, die er bei dem letzten Besuch in Esch gemacht hatte. Hin und wieder warf er einen Blick nach draußen auf die trostlose Winterlandschaft. Angesichts des Grau in Grau wünschte er sich sehnlichst, dass es schneien möge. Eine weiße Decke würde wenigstens das gröbste Elend leidlich verbergen. Doch dafür war es nach wie vor zu warm. Zu kalt, um wegen der hohen Luftfeuchtigkeit Schwüle zu empfinden, aber zu warm für Schnee.

Er seufzte, als er in seinem Notizbuch auf den Namen Jewgeni stieß. Er mochte den jungen Anwalt gern und es dauerte ihn sehr, dass dieser keine Zukunft mehr hatte. Wie mochte es ihm seit seinem letzten Besuch ergangen sein? War die Krankheit weiter fortgeschritten, oder hatte sie endlich einmal halt gemacht? Liebermann wünschte es ihm, denn noch war er dazu fähig, für sich selbst zu sorgen. Jewgeni Lemonow. Noch etwas verband ihn mit dem jungen Mann: die Tatsache, dass er wie Liebermann selbst Jude war. Der Professor dachte an die jüngsten antisemitischen Ausfälle des neuen Oberbürgermeisters des Groß-Stadtkreises Wiesbaden-Frankenfurt, die ihn nichts Gutes erahnen ließen. Wannemann hatte sehr offen darüber gesprochen, dass ihm Juden zuwider waren und er sie nach Möglichkeit nicht weiter in führende Positionen vordringen lassen wolle.

Liebermann lachte bitter. Als ob das Leben für Juden nicht schon schwierig genug wäre. Wenn er sich selbst irgendwo vorstellte, dann benutzte er nicht seinen üblichen Rufnamen, sondern einen eher Unverfänglichen aus der langen Reihe seiner Vornamen, die ihm seine Eltern gegeben hatten. Auch in seinem Ausweis stand der Name Gabriel an erster Stelle, obwohl er ursprünglich der Letzte gewesen war. Dem folgte der einst vorletzte Name Justus. Denn mit den Vornamen Menachem, Nathan und Salomon war man in den Kreisen verloren, in denen er verkehrte. Gabriel und Justus gingen gerade noch so, auch wenn die Kombination mit seinem Nachnamen unglücklich war. Bei Jewgeni fiel es vom Namen her nicht so auf, dass er Jude war. Russen hatten zudem einen guten Ruf, gerade in Wiesbaden. Schließlich war der Kaiser mit dem Zaren verwandt und russische Kurgäste brachten viel Geld in die Stadt.

Zu seinem großen Glück war seine Stellung als Leiter der Psychiatrie auf dem Eichberg unangefochten, weil er seine Aufgabe einfach gut machte und nur wenige Ärzte sich wirklich für diesen abgelegenen Außenposten des Wahnsinns interessierten. Zudem war er als Berater und Helfer in anderen Kliniken sehr begehrt. Auch wenn das Reisen eine Strapaze war, so wollte sich Liebermann diese kleinen Ausflüge zu den Sanatorien und Kliniken fernab der großen Stadt nicht nehmen lassen. Konnte er dort doch auch ganz besondere Fälle behandeln, die er sonst vielleicht nie unter die Augen bekommen hätte.

So wie Jewgeni. Denn eigentlich war der junge Mann nicht psychisch krank, im Gegenteil. Er hatte einen starken, gefestigten Geist. Was schwach war und krank, das war sein Körper. Bei ihm galt es lediglich, diese geistige Stärke weiter aufrechtzuerhalten, damit er über seine körperliche Schwäche hinwegsehen und sein Leben mit einer gewissen Würde weiter bestreiten konnte.

In der Klinik von Professor Reich gab es keine rein psychiatrisch bedeutsamen Fälle, es waren die kleinen Feinheiten, die Liebermann dort interessierten. Was machte eine schwere Krankheit mit dem Geist eines Menschen, mit seiner Seele? Wie konnte er ihnen helfen, den Schaden von ihrem Geist abzuwenden, wenn die Krankheit schlimmer wurde? Das waren die Dinge, für die er neue Behandlungsmethoden finden wollte. Doch ihm war durchaus auch bewusst, dass ihm das nur schwerlich gelingen konnte, wenn er die betroffenen Patienten nur so selten zu Gesicht bekam und niemand seinen Ansatz weiterführte.

Der Zug überwand schnaufend eine Anhöhe und hielt in dem Ort Niedernhausen. Liebermann rutschte auf seinem Sitz hin und her und positionierte seine Kissen neu. Einige Bauern zogen schwatzend an seinem Fenster vorbei und er sah ihnen hinterher. Kaum einer dieser Leute wirkte wirklich gesund, und ein Blick in ihre Gesichter ließ Liebermann daran zweifeln, ob sie besonders intelligent waren. Doch dann schalt er sich innerlich einen arroganten Idioten, weil er so über Personen urteilte, die er nicht kannte. Vielleicht waren sie doch schlauer, als er es sich jemals vorstellen konnte. Irgendwoher musste ja das geflügelte Wort der Bauernschläue seinen Ursprung haben. Doch wirklich vorstellen konnte er es sich nicht, wusste Liebermann doch, dass Inzucht auf den Dörfern nach wie vor eher die Regel als die Ausnahme war. Der Heiratsmarkt beschränkte sich auf die unmittelbaren Nachbardörfer.

Zu seiner Überraschung war er nicht mehr alleine, als der Zug wieder anruckte. Zwei ältere Herren, die an ihren Soutanen eindeutig als Priester zu erkennen waren, schritten durch den Mittelgang an ihm vorbei und setzten sich ein paar Reihen weiter hinten in den Waggon. Liebermann hörte sie leise darüber diskutieren, wer wohl künftig Bischof in Limburg werden würde und erinnerte sich daran, in der Zeitung gelesen zu haben, dass der alte Bischof erst kürzlich einer schweren Krankheit erlegen war. Ein feines Lächeln zog sich um Liebermanns Lippen, als er daran dachte, was er über diese Krankheit wusste. Kurz vor dieser Todesmitteilung hatte eine Zeitung eine Fotografie abgedruckt, die sehr eindeutig über die Natur der Krankheit des Bischofs Aufschluss gab. Jedenfalls, wenn man ein Arzt war. Es war die Syphilis, die sein Leben beendete.

»Tja, so ist das eben mit den Priestern, auch sie sind nur Menschen und den weltlichen Genüssen nicht abgeneigt. So wissen sie wenigstens, worunter ihre Schäfchen zu leiden haben«, murmelte er vor sich hin. Liebermann lauschte auf das Gespräch und hörte ein paar Namen, doch diese sagten ihm nichts. Er war ja auch alles andere als ein Kirchgänger. Nicht einmal für seinen eigenen Glauben konnte er sich wirklich erwärmen. In der Synagoge am Wiesbadener Michelsberg war er ein seltener Gast. Die kleine, eher versteckt gelegene Synagoge in Eltville hatte er noch nie von innen gesehen und er fragte sich, ob es in Idstein eine nennenswerte jüdische Gemeinde gab.

Zumindest das hatte er mit seinem Wiener Kollegen und Landsmann Freud gemeinsam: Das Gefühl der Zugehörigkeit zu einer Religion, gepaart mit atheistischer Lebensführung. Er hielt nichts von Religion, im Gegenteil, er fürchtete sie eher. Fanatiker gab es in allen Konfessionen und Gemeinschaften. Wozu brauchte man auch ein Gotteshaus, um dem Herrn nahe zu sein? Religion gehörte in die Herzen der Menschen, in ihrem Leben hatte sie wenig, oder besser gar nichts zu suchen. Sollte sie nichts zu suchen haben.

Liebermann wusste, dass auch Jewgeni so dachte. Und nicht nur, weil er ein Jurist war. Selbst wenn er gläubig gewesen wäre, die Krankheit hätte ihn auf eine sehr harte Probe gestellt. Wahrscheinlich wäre er durch sie ohnehin früher oder später vom Glauben abgefallen.

Eine der Priester erwähnte einen Namen, der für Liebermann österreichisch klang. Das brachte ihn wieder zu seinem alten Konkurrenten zurück, dem Mann, der gerade versuchte, alles, was man über die Psyche eines Menschen wusste, von einer anderen Seite zu betrachten. Liebermann hingegen war sich sicher, dass Freud den menschlichen Geist vom falschen Standpunkt aus analysierte. Aber es würde noch lange genug Stoff für erbitterte Diskussionen liefern. Allerdings machte es Liebermann Freude, mit seinen eigenen Publikationen denen seines Widersachers aus Wien zu widersprechen und alles mit Belegen zu untermauern.

Der Zug hielt an dem kleinen Bahnhof der Stadt Idstein und Liebermann raffte seine Kissen zusammen, um den Wagen zu verlassen. Er wurde bereits erwartet, vor dem Bahnhofsgebäude stand der Kutscher von Professor Reich. Der Mann war Liebermann unangenehm. Der Blick immer starr und das Gesicht reglos. Auch sprach der Mann kaum mehr als unbedingt nötig.

So auch jetzt. Er nickte dem Professor aus Wiesbaden lediglich zu und nahm ihm den Sack mit den Kissen ab. Der kleine, rundliche Professor folgte dem großen, breitschultrigen Mann zu der Droschke, die auf der anderen Seite des Gebäudes bereitstand. Der Kutscher, von dem Liebermann nur wusste, dass sein Name Thomas war, hielt ihm den Wagenschlag auf und wartete, bis der Professor sich in die Polster sinken ließ. Dann packte er die Tasche mit den Kissen weg und kletterte auf den Kutschbock. Er brauchte nicht einmal die Zügel oder die Peitsche knallen zu lassen, die Pferde trabten sofort von alleine los.

Liebermann schob den Vorhang beiseite und betrachtete die Häuser der kleinen Stadt. Sie kamen am Schloss der Grafen von Hessen-Nassau vorbei, das zwar noch immer in Schuss gehalten schien, aber seltsam tot und leblos wirkte. Das preußische Staatsarchiv für den Regierungsbezirk Wiesbaden, welches bis in die achtziger Jahre des nunmehr vergangenen Jahrhunderts im Schloss untergebracht gewesen war, befand sich mittlerweile in Wiesbaden. Offensichtlich hatte man noch keine andere Verwendung für das durchaus reizvolle Schloss gefunden.

Die Kutsche bog in die Straße ein, die unter der steinernen Brücke zwischen der alten Burg mit dem »Hexenturm« genannten Bergfried und dem barocken Schloss entlang in eine Straße mit zum Teil verputzten kleinen Fachwerkhäusern führte und von dort in Schlangenlinien den Berg hinauf. Die Pferde dampften in der kühlen, feuchten Luft wegen der Anstrengung, durch den Wald den Ort Bermbach zu erreichen.

Mit der Frage, warum der Hexenturm so genannt wurde, obwohl er nicht als Kerker oder Ähnliches verwendet worden war, und ob er nicht endlich einmal die Gelegenheit nutzen sollte, sich die protestantische Stadtkirche anzusehen, der man eine besondere schlichte Schönheit nachsagte, beschäftigte sich Liebermann, bis sie das Dorf durchquert und im Tal von Esch angelangt waren. Von dort aus war es nur noch ein Katzensprung zur Hirtesenmühle. Er atmete auf, als er das Sanatorium vor sich erkennen konnte, denn die Fahrt in der Droschke war immer eine Herausforderung für seinen schmerzenden Rücken. Er beschloss, sich für die Rückfahrt am nächsten Abend die Kissen auch in die Kutsche mitzunehmen.

Er wurde bereits erwartet. Die Kutsche bog in den Hof des Anwesens ein und hielt vor der großen Haupttür. Ein Hausmädchen sprang zur Droschke, nachdem diese gestoppt hatte, und öffnete den Wagenschlag. In der Tür stand Professor Reich, der sich bemühte, eine freundliche Miene aufzusetzen. Es gelang ihm nicht wirklich, doch Liebermann beschloss, ihn nicht weiter darauf anzusprechen. Liebermann ärgerte sich darüber, dass er Reich so gut wie gar nicht einschätzen konnte. Der ältere Mann erzog sich seinem geistigen Zugriff vollständig.

Sie begrüßten sich betont herzlich und Reich führte Liebermann sofort in sein Büro, wo ein gedeckter Tisch auf die beiden wartete. Das versöhnte Liebermann mit der langen Reise, denn er wusste, dass die Köchin des Sanatoriums großartiges Essen zauberte. Einer der Gründe, warum sich trotz der trostlosen, bäuerlichen Gegend ohne besondere Vergnügungen und Sehenswürdigkeiten in unmittelbarer Nähe, immer noch wohlhabende, zahlungskräftige Patienten einfanden. Reich nötigte

Liebermann auf einen Platz und goss in die schweren Kristallgläser Wasser und Wein ein.

»Ich hoffe, die Reise war nicht allzu strapaziös für Sie, Professor Liebermann?«, fragte Reich kaum, dass er sich gesetzt hatte. »Haben Sie neue interessante Patienten?«

Ein Diener brachte zwei große Teller, die mit versilberten Hauben abgedeckt waren, stellte sie vor den beiden Männern auf den Tisch und hob die Hauben ab. Liebermann rieb sich die Hände und schnupperte genüsslich. »Ich kann mich über Arbeit nicht beklagen. Der Eichberg ist voll. Wir nehmen zurzeit keine neuen Patienten auf, weder reich noch arm. Nur noch Notfälle werden angenommen, das muss ich natürlich. Leider fehlen mir gerade bei den gut situierten Personen häufig die Argumente, jemandem die Aufnahme zu verweigern, weil ich es eben nicht für einen Notfall halte. Sie wissen ja, wie das ist. Da kommt dann irgendein reicher Industrieller oder irgendjemand von altem Adel und bringt mir seine hysterische Ehefrau. Oder den verzogenen Sprössling, der liebend gerne Tiere quält und mit Grausamkeit die Dienerschaft erniedrigt. Diese sind dann natürlich für den betreffenden Herrn der absolute Notfall. Da kann man noch so sehr mit Engelszungen auf ihn einreden, dass die Frau vielleicht einfach nur eine Luftveränderung braucht und der Sohn eine deutlich aufmerksamere Erziehung und eine festere Hand in der Führung. Möglicherweise aber auch das genaue Gegenteil, vielleicht muss er sich einfach nur austoben und nicht gezwungenermaßen am Tisch brav und still sitzen. Das starre Korsett der bürgerlichen Gesellschaft aus Regeln und Verboten scheint immer häufiger das genaue Gegenteil dessen zu bewirken, was es erreichen soll. Jedenfalls bringt es uns kaum wohlerzogene Kinder. Aber man hört einfach nicht auf mich und so kann ich den wirklich interessanten und wichtigen Fällen nicht die nötige Zeit widmen.«

»Wie gut ich Sie verstehe! In einem Sanatorium wie diesem ist das ja oft noch viel schlimmer. Ich habe hier fast ausschließlich solche Fälle. Eine Psychiatrie wie der Eichberg, schließlich auch ›Irrenhaus‹ genannt, stellt immer noch eine gewisse Hemmschwelle dar. Vor allem, weil die

Angehörigen das Gerede der anderen fürchten. Ebenso eine Einrichtung wie der Kalmenhof in Idstein, eine Idiotenanstalt. Das ist hier nun mal nicht gegeben. Sie wissen schon was ich meine, die Psychiatrie hat für viele so etwas Endgültiges. Wer dort landet, ist wirklich irre, so sagt man. Egal wie sehr man dagegen anredet. Dann heißt es ›wo Rauch ist, ist auch Feuer‹. Wer also das nötige Kleingeld hat, verwahrt seine Verwandtschaft in einem Sanatorium wie diesem hier. Wirklich interessante Fälle gibt es eigentlich gar nicht, an denen man sich erproben kann.« Reich stöhnte. »Aber ich gebe natürlich mein Bestes!«

»Das ist schon richtig, jemanden in die Psychiatrie zu bringen, das tut man nur, weil man am Ende seiner Leidensfähigkeit ist - oder das Geld für ein gutes Sanatorium nicht aufbringen kann. Ich zweifle keinen Augenblick daran, dass Sie hier nur allerbester Arbeit leisten. Glauben Sie mir, auf dem Eichberg zu arbeiten ist auch nicht das Erstrebenswerteste auf dieser Welt. Ich habe schließlich nicht nur die wohl situierten Patienten. Viel Arbeit - auch wenn das keiner glauben mag, weil alle denken, wir würden sie nur verwahren - machen auch und gerade die wahren Irren. Die armen Hunde, die aus den ärmeren Gegenden kommen. Die wir tatsächlich meist nur noch wegsperren können, weil sie eine Gefahr für andere sind. Oder für sich selbst. Die, die wir bestenfalls ruhigstellen können. Die, deren Schreie die anderen Patienten auch in der Nacht noch quälen. Das Problem ist, dass sich viele junge Ärzte von den Universitäten bei mir melden, um genau diese Leute zu untersuchen. Dabei kommt es nicht selten vor, dass sie diese Patienten quälen, geistig wie körperlich. Dabei handelt es sich immer noch um lebende, denkende und fühlende Menschen. Aber das scheinen sie völlig zu vergessen oder zu ignorieren. Diese arroganten jungen Leute behandeln meine wirklich kranken Patienten wie den Dreck, der an ihren feinen Schuhen klebt. Ich jedoch fühle mich auch für diese Menschen verantwortlich und versuche lieber eine Möglichkeit für sie zu finden, entweder besser mit ihrer Krankheit fertig zu werden oder sie sogar so weit zu heilen, dass ich sie nach Hause entlassen kann. Das ist immer noch besser, als sie so lange hinter verschlossenen Türen dahin vegetieren zu lassen, bis sie sterben. Für alle. Auch für die Gesellschaft, die das bezahlt. Eine Sisyphusarbeit, ganz sicher, aber wenn es mir gelingt, dann habe ich auch Handhabe für andere Patienten. Nur quälen, das werde ich sie nicht. Die Studenten sehen das leider anders, sie haben keine Skrupel bei den ›wahren‹ Irren. Menschenmaterial für die Forschung in rauen Mengen, dem sie jede Fähigkeit zur Empathie oder zum Empfinden von Leid und Schmerz absprechen, und das sie mit fragwürdigen Methoden behandeln.«

Reich sah ihn aufmerksam an, während er so über seine Studenten herzog. Liebermann blickte von seinem Rinderbraten auf und erhascht einen seltsamen Ausdruck auf dem Gesicht des älteren Mannes. Ihm war, als hätte er dort Spott gesehen und einen finsteren Ausdruck, den er nicht deuten konnte.

Offensichtlich fühlte Reich sich beobachtet und seine Miene wurde sofort wieder neutral. Von ihm kam dazu keine Antwort, er nickte nur. Deshalb fühlte sich Liebermann genötigt, ihn ein wenig aus der Reserve zu locken. »Aber das wissen Sie doch alles schon. Ich glaube, darüber haben wir uns bereits das letzte Mal unterhalten. Wie sieht es nun bei Ihnen aus? Gibt es neue Patienten? Und was macht Jewgeni? Ist seine Krankheit schlimmer geworden oder stagniert sie endlich?«

Der Blick Reichs schweifte ab, weg vom Essen hin zu seinem Schreibtisch. Liebermann wandte den Kopf und entdeckte das Foto eines jungen Mannes. Im ersten Augenblick glaubte er, es sei der eben erwähnte Jewgeni, doch dann korrigierte er sich schnell. Er war versucht zu fragen, wer der junge Mann auf dem Foto sei, doch dann entdeckte er von sich aus die gewisse Ähnlichkeit zu Reich. *Ich Idiot, darauf hätte ich auch früher kommen können*, dachte Liebermann bedrückt. *Deshalb ist er so wild entschlossen, dem jungen Mann zu helfen. Ob das sein Sohn ist? Oder war?*

»Es gab wohl einen neuen Schub«, seufzte Reich. »Nicht so stark wie der Letzte, doch übel genug, um ihm die Fähigkeit zu nehmen, ohne eine Stütze wenigstens hier im Haus laufen zu können. Er ist darüber sehr bedrückt, wie Sie sich sicher vorstellen können, deshalb habe ich ihm gesagt, dass er heute Nachmittag als erstes mit Ihnen sprechen kann. Er setzt große Stücke auf Sie. Und ich habe eine neue Patientin, Fräulein de Varelles, bei der ich mir im Moment noch nicht sicher bin, warum sie überhaupt hier ist. Sie scheint eine sehr ... normale und kerngesunde junge Dame zu sein. Absonderlich und ungewöhnlich in ihrem Verhalten ist lediglich, dass sie sich sehr in sich selbst zurückgezogen hat. Das ist jedoch angesichts einer äußerlichen Besonderheit nicht weiter verwunderlich. Wer immer begafft wird, der versteckt sich. Allerdings scheint mir, dass sie im Umgang mit unserem lieben Jewgenij langsam auftaut.«

»Aha«, erwiderte Liebermann in gedehntem Tonfall, der seinem Gegenüber stets intensiveres Interesse anzeigte. »Dann werde ich sicherlich von Jewgenij mehr über die Dame erfahren. Ich bin gespannt, wie er über sie denkt.«

Reich schien noch etwas sagen zu wollen, doch ob ihm einfach nur die Worte fehlten oder das Vertrauen in sein Gegenüber, um über bestimmte Dinge zu sprechen, das konnte Liebermann nicht erkennen. Als der kleine Sanatoriumsleiter auf seinen Teller starrte, als könne ihm das Stück Fleisch eine Antwort auf ungestellte Fragen geben, schielte Justus noch einmal zu dem Foto auf dem Schreibtisch. Die Ähnlichkeit der beiden jungen Männer war wirklich verblüffend.

»Warum will Jewgenij lieber sterben, als den Versuch zu wagen, mithilfe einer Operation womöglich einen Gewinn an Lebensqualität zu erzielen? Ich meine, grob gesagt, was hat er zu verlieren?«, brach es schließlich aus Reich hervor. »Ich muss gestehen, dass ich in diesem Punkt einfach nicht weiterweiß und es nicht verstehen kann.«

Liebermman schürzte die Lippen und verkniff sich das Lächeln, das sich auf seine Lippen stehlen wollte. Endlich konnte er einen Blick auf das Seelenleben von Reich werfen und eine Deutung versuchen. »Nun ...«, begann er und suchte dann seinerseits nach Worten für etwas, das wohl für viele Menschen unerklärlich sein musste. Zumal, wenn man sich die unbestreitbaren Fortschritte in der Medizin vor Augen führte. Doch als er an den einzigen Menschen dachte, der ihm bekannt war und der sich derartigen Operationen unterzogen hatte, fiel ihm plötzlich sehr viel ein. Baron von Wallenfels war sicherlich ein hervorragendes Beispiel für eine gelungene Rettung vor einem unausweichlichen Schicksal. Ein solches Leben schloss Liebermann für sich selbst aus, warum sollte er Jewgenij also dazu drängen es zu führen?

»Mein lieber Freund, mir ist ehrlichgesagt noch keine Methode bekannt, die ihm wirklich helfen könnte. Keine jedenfalls, bei der man nicht auch stark in ein feines Gefüge einbricht und es manipuliert, das man mit den Worten Emotionen und Seelenleben nur sehr unzureichend beschreiben kann«, begann er vorsichtig und hatte Reichs ungeteilte Aufmerksamkeit. »Ich habe von verschiedenen Dingen gehört, wie zum Beispiel der Manipulation von menschlichen Gehirnen durch ein elektrisches Gerät, das vielleicht in der Lage wäre, die Nerven in Jewgenijs Körper wieder zur Mitarbeit zu stimulieren. Aber ich kenne auch eine Person, bei der eben so etwas getan wurde. Gegen ihren Willen. Was ihr widerfahren ist, das wünscht man seinem ärgsten Feind nicht. Sie ist nur noch ein Schatten ihrer einstigen Größe und kämpft sich gerade mühevoll ins Leben zurück. Gut, in diesem Fall war es eine gesunde Person, die man damit beherrschen wollte, um eine andere Person unter Druck zu setzen. Aber besteht nicht auch bei einer Person wie Jewgenij die Gefahr, selbst wenn er es freiwillig machen lässt, dass sich sein ganzes Wesen verändert? Er hat einen eisernen Willen und ein gutes Herz, das offen ist für alle Emotionen, zu denen ein Mensch fähig ist. Sicher fürchtet er, dass ein solcher Eingriff alles in ihm verändert. Das er nicht mehr er selbst ist und am Ende von einer gefühllosen Maschinerie beherrscht wird, die er nicht versteht. Wie gesagt, mir ist noch nichts bekannt, was wirklich helfen könnte und gut erprobt ist. Alles ist noch in einem experimentellen Stadium und ich kann gut verstehen, wenn jemand nicht bereit ist, sich auf ein solches Experiment mit ungewissem Ausgang einzulassen. Möglicherweise bedeutet es, dass man den Teufel mit dem Beelzebub austreibt? Man kann vielleicht seinen Körper wieder uneingeschränkt nutzen, doch um welchen Preis? Und in welchem geistigen Zustand? Am Ende wird die betroffene Person wieder ein Fall für die Psychiatrie. Ist es da nicht viel humaner, jemanden sein Leben leben zu lassen und ihn nur dabei zu unterstützen, dass er es so angenehm und spannend wie nur irgendwie möglich gestalten kann?«

Der Blick, mit dem Reich ihn musterte, während er seine Eindrücke darlegte, missfiel Liebermann sehr. Er versuchte, das Thema zu wechseln, weil seine Antworten sichtlich nichts mit dem zu tun hatten, was Reich sich erhofft hatte. »Was macht eigentlich ihr Experiment mit dem chinesischen Heiler? Bringt es den Patienten einen Fortschritt?«

Reich grunzte und sein Gesicht nahm einen finsteren Ausdruck an, der Liebermann eher belustigte. Er selbst schwor auf das uralte Wissen der Asiaten und war sich sicher, dass Meister Xun, mit dem er bereits nach dessen Ankunft ein paar Worte gewechselt hatte, gute Arbeit leistete. Was Reich gegen den Mann aufbringen mochte, würde er sicher noch erfahren. Liebermann tupfte sich mit der Serviette die Lippen ab und lehnte sich in dem Stuhl zurück. »Ach ja, Sie müssen wirklich aufpassen, dass ich Ihnen nicht doch eines Tages Ihre Köchin abwerbe. Einfach köstlich.«

Der finstere Ausdruck in Reichs Gesicht wich nicht und er nahm Liebermanns Aufmunterungsversuch regungslos hin. »Ich traue Xun nicht über den Weg. Mich würde sehr interessieren, wo er herkommt und warum er hier ist. Nicht, dass er wegen der Probleme in China hierherkam und irgendetwas plant.«

»Selbst wenn – bei allem Respekt, was sollte er hier in der Provinz denn anstellen können? Er darf doch nicht im Land herumreisen. Selbst nach Wiesbaden zu kommen, dürfte sehr schwierig für ihn werden, die Innenstadt wird immer mehr abgeriegelt. Er wäre hier auf verlorenem Posten. Nein, nein, da brauchen sie sich keine Gedanken zu machen.« Liebermann kam ein Gedanke, der ihn überraschte, ihm aber auch eine Erklärung für Reichs Misstrauen lieferte: Jewgenij. Er wusste, dass der junge Mann große Stücke auf den Chinesen hielt, womöglich entzog der Mann ihm die Aufmerksamkeit für Reich. Das war es wohl. Wie viel Furcht dieser Mann doch verbreitete. Dabei war sich Liebermann sicher, dass Reich es nur gut meinte.

*

Jewgenij setzte sich nicht, obwohl er Dr. Liebermann erwartete, sondern wanderte mit seiner Laufhilfe auf der verglasten Veranda zum Garten hin und her. Sicher würde der Psychiater aus Wiesbaden darüber lachen, denn er wusste schließlich genau, dass man auch mit viel Training dem Schwund der Bewegungsfähigkeit bei Morbus Charcot nicht entgegenwirken konnte, aber das störte den jungen Mann nicht. Ihn faszinierte viel mehr, dass er überhaupt noch den Willen hatte, weiter zu machen.

»Sie sind sehr tapfer, Monsieur«, hörte er eine leise, mittlerweile vertraute Stimme hinter sich. Wieder einmal war die junge Frau völlig lautlos aufgetaucht. »Was ist es, das Sie weiter kämpfen lässt?«

»Das kann ich Ihnen leider nicht beantworten, Mademoiselle, denn ich weiß es selbst nicht. Vielleicht ist es die unbeantwortete Frage, die sich jeder in einer Situation wie der meinen stellt: Warum ich? Warum so?«, seufzte er und lehnte sich gegen einen der Pfosten, die das Dach der Veranda stützten. »Im Moment warte ich auf Dr. Liebermann. Wie Dr. Reich forscht auch er in allen Aspekten der menschlichen Psyche und ihrer Verbindung zum Körper. Und der Nerven, über die alles gesteuert wird, was Körper und Geist angeht. Mir wird auch er nicht mehr helfen, aber vielleicht kann er mit den Erkenntnissen, die er bei mir gewinnt, anderen Linderung verschaffen. Und irgendwann vielleicht sogar Heilung.«

Die schmale Braue über ihrem linken Auge zuckte hoch. Eine Angewohnheit, die Jewgenij schon häufiger bei Marie-Therese de Varelles beobachtet hatte und die er sehr amüsant und reizvoll fand. Es drückte alles aus: Erstaunen, Unverständnis, Unglauben oder Spott, je nachdem, ob es mit einer Veränderung der Mundwinkel verbunden war oder nicht. Im Augenblick glaubte Jewgenij, in dieser Mimik eine Frage zu erkennen. »Haben Sie Dr. Liebermann schon kennen gelernt, Fräulein de Varelles?«

»Bitte nennen Sie mich einfach nur Marie, Monsieur. Ich denke, wir müssen keine Geheimnisse voreinander haben, ebenso wenig müssen wir voneinander Abstand wahren, denn wir sind beide dem Tode geweiht. Unsere Zeit hier ist zu kurz für umständliche Annäherungen oder Befürchtungen.«

Diese Direktheit überraschte Jewgenij, doch brauchte er nicht lange, um das Angebot seinerseits ohne zu stottern zu erwidern. Früher war ihm das nie gelungen, wenn er ein weibliches Wesen ansprechen sollte. Sein Stottern hatte ihn zum Außenseiter werden lassen, bis er als Anwalt Sprechunterricht nahm. Er fragte nicht nach, aus welchem Grunde sie nicht mehr viel Zeit auf Erden hatte, zumal diese Tatsache nicht einmal Dr. Reich bekannt zu sein schien. Er hatte schon die Frage in den Raum gestellt, warum sie überhaupt in seinem Sanatorium weilte. Mit einem Male schien ihm jede Sekunde viel zu kostbar, als dass er sie mit langen Erklärungen verschwenden wollte. Er hoffte, dass auch Liebermann das nicht tun würde, wenn er nun kam. Ob Marie dann bei ihm bleiben oder gehen würde?

Der Gedankengang wurde von dem Klopfen an der Glastür zur Veranda unterbunden und er konnte den kleinen, rundlichen Arzt im dunklen Flur erkennen, der kurz die Albinofrau angesehen hatte, dann aber, ganz der professionelle Arzt der er war, seinen Blick wieder Jewgenij zuwandte. Marie blieb stehen und wartete ab, das rechnete er ihr hoch an. Vielleicht hatte er sie neugierig auf den Arzt aus Wiesbaden gemacht. Vielleicht hoffte sie auch, dass er ihre Befürchtungen, Reich betreffend, teilte und etwas unternahm.

»Wie ich mich freue, Sie auf eigenen Füßen stehen zu sehen, mein lieber Jewgenij«, begrüßte ihn Liebermann, als er eintrat, doch er wandte sich zunächst der Dame zu. »Sie müssen Mademoiselle de Varelles sein, Dr. Reich hat mir bereits von Ihnen berichtet. Ohne ins Detail zu gehen, ob ich etwas für Sie tun kann oder darf. Möchten Sie bleiben? Natürlich nur, wenn es Jewgenij recht ist.«

Liebermann gab ihr einen Handkuss. Seine offene Art und seine unbekümmerten Umgangsformen schienen die junge Frau zu belustigen, jedenfalls las Jewgenij das aus ihrer sparsamen Mimik. Nun sah sie ihn an und er fühlte sich genötigt, etwas zu sagen. »Mir ist es selbstverständlich recht, wenn Mademoiselle de Varelles bleiben möchte ...«

Es erfüllte ihn mit Erleichterung, dass sie tatsächlich blieb. Marie setzte sich etwas abseits in einen bequemen Sessel und schien gespannt darauf zu warten, was geschehen mochte. Liebermann betrachtete jedoch erst einmal ausgiebig das Gestell, auf das sich Jewgenij stützte. »Eine außerordentlich praktische Konstruktion, die der Chinese da gebaut hat. Sicherlich noch in einzelnen Dingen verbesserungswürdig, aber wirklich hervorragend auf Ihre Bedürfnisse abgestimmt. Sehr schön! Ich muss mich wirklich einmal ernsthaft und länger mit dem Mann unterhalten. Er scheint noch ein paar weitere verborgenen Qualitäten zu besitzen, außer seiner profunden Kenntnis der uralten chinesischen Medizin.«

Sie setzten sich in die bequemen Korbsessel auf der Veranda, obwohl es dort empfindlich kalt war und sie sich in die bereitliegenden Decken wickeln musste. Einem Unbeteiligten mochte das Gespräch, das sich nun langsam entwickelte, wie ein unverbindliches Geplänkel vorkommen, aber Jewgenij wusste mittlerweile sehr gut, worauf es hinauslief. Dass Liebermann aus den Antworten auf scheinbar belanglose Fragen Schlüsse zu ziehen in der Lage war, die anderen entgingen. Am Anfang hatte Jewgenij den Arzt gefragt, warum er seine Gespräche im Sitzen und Gegenüber führte. Er habe gehört, dass der bekannte Analyst Freud seine Patienten auf einer Couch liegen ließ und außerhalb von deren Sichtfeld saß. Das schmerzerfüllte Gesicht des kleinen, rundlichen Mannes hatte ihm mehr gesagt als die Worte, die der Mimik folgten. Er habe das gleiche Ziel und Ansinnen, aber er sei von seinem Weg einfach überzeugter. Wenn Jewgenij es wünsche, dann könne er gerne auch liegen und die Wand ansehen. Aber das hatte Jewgenij abgelehnt und er war sich sicher, dass es so in Ordnung war.

Hin und wieder schweifte sein Blick ab zu Marie, die stumm in ihrem Sessel saß und das Gespräch aufmerksam verfolgte. Liebermann hingegen beachtete sie überhaupt nicht, jedenfalls schien es so. Doch dann merkte Jewgenij, dass er Marie keines Blickes würdigen musste, weil es ihm genügte, das Verhalten seines Patienten zu beobachten, um zu wissen, was sie tat. Es frustrierte ihn, dass er derart leicht zu durchschauen war, doch er begann auch langsam das System hinter Liebermanns Gesprächsführung zu erkennen. Das Ziel, ihm Hoffnung zu machen, verfehlte es, denn er wusste zu gut, dass es keine gab. Oder war das nicht das Ziel? Nein, natürlich nicht, Liebermann wusste schließlich genau, wo Jewgenijs Krankheit endete. Sein Ziel war es, ihm zu ermöglichen, den Rest seines erbärmlichen Lebens mit Würde zu führen und es zu genießen. Doch das konnte er nicht an diesem Ort.

Bevor er diesen Punkt jedoch ansprechen konnte, tat es Marie. Nach dem Gespräch, das langsam ausklang und alle nachdenklich zurückließ, erhob sich Marie von ihrem Sessel und trat nach einem schnellen Seitenblick zur verglasten Tür des Hausflurs zu Liebermann, der sie fragend ansah. »Sie müssen dafür sorgen, dass Jewgenij diesen Ort hier verlässt. Ich bin sicher, dass entsprechende Anfragen in Briefen, die wir von hier aus an unsere Verwandten schickten, nie ihr Ziel erreichen. Auch ich bat schon, in eine andere Klinik verlegt zu werden, doch in den Briefen, die ich hier bekomme, wird darauf nie eingegangen. Der Überbringer – der Kutscher – hält offensichtlich nicht viel vom Briefgeheimnis und legt alles dem Professor vor. Wir sind an diesem Ort nicht sicher. Reich mag ein guter Arzt sein, aber sein Interesse an uns beiden ist sehr persönlicher Natur. Vielleicht verfolgt er tatsächlich nur hehre Ziele, aber möglicherweise werden wir beide darunter sehr leiden müssen.«

Liebermann sah die junge Frau lange schweigend an und zum ersten Mal erkannte Jewgenij in seiner Miene seine Gedanken. Es schien, als habe auch der Psychiater ganz ähnliche Befürchtungen und fand sie in den Worten Maries bestätigt.

»Wenn das so ist ...«, begann er gedehnt. »Ich werde gerne versuchen, Ihre Verwandten zu erreichen, um ihnen das nahe zu legen. Ich hoffe sehr, dass sie die Unannehmlichkeiten nicht allzu sehr fürchten oder überhaupt auf mich hören. An wen soll ich mich in Ihrem Fall wenden, mein Fräulein?«

*

Liebermann hatte ein ungutes Gefühl, als er wieder in die Kutsche mit dem mürrischen Fahrer stieg, konnte aber nicht den Finger auf die Stelle legen, die ihn am meisten störte. Vielleicht war es auch nur die Dunkelheit und das schlechte Wetter. Oder die Tatsache, dass sich Reich nicht zur Verabschiedung hatte blicken lassen? Mit einem Mal wurde ihm bewusst, dass er sich während seines Gespräches mit Jewgenij und der geheimnisvollen Frau beständig beobachtet wähnte. Hatte Reich am Ende von dem Versuch der beiden Patienten, Liebermann als Boten zu verwenden, erfahren?

Die Kutsche rumpelte über den Berg nach Idstein und Liebermann war angespannt wie eine Bogensehne. Plötzlich zügelte der Kutscher die Pferde und sprang vom Bock. Liebermann sah aus dem Fenster und konnte eine niedrige Mauer aus Bruchsteinen erkennen, hinter der eine Ansammlung windschiefer Grabsteine stand. War das die Straße, auf der sie auch auf dem Weg nach Esch fuhren? Justus konnte sich nicht erinnern, diesen Friedhof jemals bemerkt zu haben. Auf einem der Steine entdeckte der beleibte Arzt einen vermoosten Davidstern und auf einem anderen einen stilisierten siebenarmigen Leuchter. Ein jüdischer Friedhof? Nun war er sich sicher, dass der Kutscher einen anderen Weg genommen hatte, denn eine jüdische Begräbnisstätte an einem Ort, an dem er nicht damit gerechnet hätte, wäre ihm nie entgangen.

Er öffnete den Wagenschlag und sah nach dem Kutscher, der bei den beiden Pferden stand und das Bein eines der Tiere zu kontrollieren schien. »Ist etwas mit dem Pferd?«, fragte er ohne Neugier, denn irgendetwas in ihm warnte ihn, dass das Pferd nicht der Grund für den Halt war. Und dass es nichts Gutes bedeutete.

Als der Kutscher wortlos von dem Pferd abließ und in seinen Mantel griff, zögerte Liebermann nicht mehr. Er sprang auf der anderen Seite aus der Kutsche, behänder, als man es ihm bei seiner Leibesfülle zutrauen würde, und rannte so schnell, wie es seinen kurzen Beinen möglich war. Das Tor des kleinen Friedhofes stand offen und er konnte erkennen, dass die Umfassungsmauer am anderen Ende eingebrochen war. Wie ein Hase – wenn auch ein sehr vollgefressener - rannte er zwischen den Grabsteinen hin und her. Ein Schuss fiel, er war erstaunlich leise. Etwas schlug neben Liebermann in einen Grabstein ein, prallte dort ab und traf ihn am Bein. Es fühlte sich an wie der Stich einer Wespe. Doch als er an seinen Oberschenkel griff, nachdem er fast gestürzt war, fühlte er die Nässe seines eigenen Blutes unter der Hand.

Trotz der Lähmung, die sich in seinem Bein breit machte, versuchte er weiter, dem Kutscher zu entkommen, dessen schnelle, schwere Schritte ihm folgten. Doch während Liebermann bereits außer Puste war, als er endlich die eingefallene Mauer mit dem womöglich rettenden Gestrüpp dahinter erreichte, schien der Mann hinter ihm nicht einmal schwerer zu atmen. Atmete er überhaupt?

Das einzige Geräusch, das der Psychiater hinter sich hörte, war das Klicken eines Hebels und ein Zischen. Er drehte sich um und sah nur einen hellen Blitz in seiner Nähe. Etwas schlug ihm gegen die Brust, dort wo er sein Etui mit den beiden edlen Füllfederhaltern in der Westentasche hatte. Der Schlag war hart und brachte ihn ins Straucheln, die Kugel wurde von dem Metalletui abgelenkt und schlug unter seinem Schlüsselbein ein. Mit einem erstickten Schmerzenslaut fiel er gegen einen uralten verwitterten Grabstein, riss ihn um und blieb auf ihm liegen. Sein Bewusstsein verabschiedete sich gnädig. Das letzte, was er wahrnahm, war der Davidstern, der tief in den Stein gemeißelt war.

Sehr passend.

Wenigstens sollte er an einem angemessenen Ort sterben.

Kleine Schritte

Ich habe den Professor in Marburg erreichen können«, erklärte Hartmut Lenze nach einer kurzen Begrüßung, als Peter mit einem missmutigen Gesicht in sein Büro kam. Vorsichtig fügte er an: »Ich hoffe, Ihrem Bruder geht es wieder besser?«

Peter seufzte und lehnte sich an den Türrahmen. »Den Umständen entsprechend. Er kann vor lauter Kopfschmerzen kaum einen klaren Gedanken fassen. Nicht aufstehen, ohne Hilfe in Anspruch nehmen zu müssen, weil ihm sofort übel wird und er sich erbricht. Sein Schlüsselbein brach beim Diebstahl der Tasche, der Kerl muss irre Kräfte haben. Die Arme sind trotz der Schläge seltsamerweise heil geblieben. Anfangs hat er das mit dem Schlüsselbein gar nicht bemerkt, aber jetzt machen ihn die Schmerzen wahnsinnig. Die Ärzte sind trotzdem guter Dinge, dass er in den nächsten Tagen aus dem Krankenhaus entlassen werden kann.«

»Was zum Teufel war das für ein Angriff? Mitten in der besten Innenstadtlage?«

»Paul sagt, es wäre ein Albino gewesen, verkrüppelt und missgestaltet. Klingelt was?«

Hartmut starrte Peter mit offenem Mund an. Peter fiel plötzlich ein, dass Paul auch einen Asiaten erwähnt hatte und wo er einen solchen schon mal gesehen hatte. »Hartmut, sagte der Anführer der Zirkusleute nicht, dass sie irgendjemanden vermissen, der etwas Wichtiges gestohlen hat? Und bei der Truppe war doch auch ein Asiate, oder erinnere ich mich da jetzt falsch?«

Sein junger Kollege stutzte, doch dann hellte sich sein Gesicht auf. »Ach, der Wanderzirkus am Gleisdreieck? Ja, da war ein Asiate dabei, der ziemlich grimmig dreingeschaut hat. Und dieser Zerfas erwähnte was in der Art, stimmt. Ein Albino? Himmel, der Kerl ist doch hoffentlich nicht von den Toten auferstanden?«

»Das wohl eher nicht. Aber ich meine, dass die Frau von diesem Laue angeblich eine späte Fehlgeburt hatte. Was, wenn es keine Fehl- sondern eine Missgeburt war? Der Gedanke kam mir schon einmal und mittlerweile finde ich ihn sehr naheliegend. Es würde vieles erklären.« Peter starrte einen Augenblick lang an Hartmut vorbei aus dem Fenster. Wieder klatschte Regen gegen die Scheiben und es wurde nicht wirklich heller. »Aber was war das jetzt mit dem Professor? Wir müssen endlich mit dem Mord an dem Ingenieur und dem Verschwinden der Pläne seiner Wettermaschine vorankommen.«

»So was bräuchten wir wirklich dringend«, seufzte Hartmut mit einem Blick nach draußen. »Was der Professor sagte, hatten wir schon vermutet. Mayerhuber rief ihn an, wegen dieses vermeintlichen Interessenten aus Marburg. Der Professor kannte niemanden mit diesem Namen und riet ihm, den Kerl zum Teufel zu jagen. Er war sehr bestürzt über die Nachricht von Mayerhubers Tod, aber mehr konnte er auch nicht sagen.«

»Schön, das bedeutet aber im Endeffekt, dass dieser vermeintliche Hammerschmidt unser Hauptverdächtiger ist und dass ich möglicherweise Recht damit hatte, in ihm unseren heiligen Michael zu vermuten. Nur, wo ist er jetzt? In Wiesbaden wird er sich ja sicher nicht aufhalten, verbrannter Boden.«

»Vielleicht sollten wir die Bank im Auge behalten?«

Peter sah Hartmut an, als wüsste er nicht so recht, was der junge Mann meinte, doch dann schlug er sich mit der Hand vor die Stirn. »Natürlich, das Schließfach bei Mertesacker. Wenn es tatsächlich Michael war, dann steht zu befürchten, dass er vielleicht doch an das Schließfach kommt. Seine Möglichkeiten zur Beeinflussung von Menschen standen der Fähigkeit seines Bruders ja um keinen Deut nach, wie Fräulein Pfenning es von seinen Verhandlungen auf der Messe berichtet hat. Früher bei seinem Einfluss auf die harten Jungs der Vorstädte am Rhein, hat er das sicher gut trainieren können. Das Problem ist nur: Wer soll die Observation wie machen? Beeinflussbar sind sie alle ... Und wir haben nicht genug Leute.«

»Das überlass mal Leuten, die sich damit auskennen!« Richard trat ein und warf seinen triefnassen Wachsmantel über den Garderobenständer. »Ich glaube, da hat schon ein anderer die gleiche Idee gehabt und Wächter aufgestellt.«

Peter und Hartmut starrten Richard verwirrt an. Doch bevor Richard zu einer Erklärung ansetzen musste, kam Peter die Erleuchtung. »Wallenfels? Sicher hat auch er schon versucht an das Schließfach zu kommen und nun hofft er drauf, dass der Mörder sich den Inhalt holen will? Gut, dann haben wir ja die schärfsten Hunde vor Ort. Ich hoffe nur, das geht gut. Und wenn die Herrschaften versagen ... Nein, am besten ist, wenn wir die Bewacher bewachen. So viele auf einmal kann Michael sicher nicht beeinflussen oder hypnotisieren oder wie man das nennen will. Wir müssen herausfinden, wo Michaels neues Nest ist und was er vorhat. Also: Machen lassen und folgen.«

Peters Blick blieb auf Hartmut hängen, der ahnte, was das bedeutete. »In Ordnung, wer löst mich ab? Sonst wird es sicher zu auffällig. Ich nehme an, man muss nur zu den Öffnungszeiten der Bank Wache schieben?«

»Ich denke nicht, dass Michael einen Einbruch versuchen wird. Ich schicke dir jemanden oder komme selbst, wie auch immer. Aber wir brauchen einen Erfolg. Einen Kleinen wenigstens. Und bitte: Kein Zugriff. Verfolgen, wenn er kommt, ja, aber nicht eingreifen. Ich bin sicher, dass es nicht mehr allzu lange dauern wird, bis er es versucht.«

»Verstanden!« Hartmut griff nach seinem eigenen Wachsmantel und verschwand. Es war ihm deutlich anzusehen, dass er diese Aktivität dem Büro trotz des Wetters vorzog. Endlich gab es eine Aufgabe, die ein klein wenig Erfolg versprach.

»Und nun?«, fragte Richard, als Hartmut verschwunden war. »Soll ich Karl suchen, damit er Hartmut ablöst?«

»Nein, lass Karl am Schreibtisch. Wenn jemand die Herrschaften abwimmeln kann, die uns wegen der nicht zielführenden Ermittlungen bald im Nacken hängen, dann er. Ich werde den Zirkus aufsuchen. Ich glaube, dort kann man mir ein bisschen was erzählen ...«

*

Peter fand den Wanderzirkus auf einem sumpfigen Stück Wiese unter der Eisenbahnbrücke zwischen dem Parkfeld und Schierstein. Die Leute hatten das Zelt aufgebaut, das mehr aus Flicken denn aus Bahnen bestand, so dass die ursprünglich kontrastreichen rot-weißen Streifen kaum mehr zu erkennen waren. Doch waren keine Vorstellungen vorgesehen, man hatte lediglich die Tiere dort untergestellt, um sie vor dem stetigen Regen zu schützen.

Peter blieb einen Augenblick auf der einzig befestigten Straße in der Nähe stehen, betrachtete den traurigen Anblick und hing alten Erinnerungen nach. Erinnerungen an Zirkusvorstellungen, als Paul und er noch Kinder waren. Sie hatten es geliebt, den Artisten zuzuschauen oder wilde Tiere zu betrachten. In einem Zirkus hatten sie den ersten Elefanten ihres Lebens gesehen, auch einen Löwen. Dort hatten sie von der weiten Welt geträumt, die zumindest Paul in seinem Leben ein Stück weit erforschen konnte. Die Reise auf die Krim auf Einladung des Großfürsten, damit Katharina sich erholen konnte, war Peters erste Reise über die Grenzen des Reiches hinaus gewesen.

Dieser Zirkus war jedoch kaum mehr als ein Abklatsch dessen, was Zirkusse früher einmal gewesen waren. Es gab neben den Pferden nur wenige Tiere, von denen die außergewöhnlichsten Arten ein räudiges Lama und ein alterschwaches Trampeltier waren. Beide standen unter dem löchrigen Vordach des Zirkuszeltes und kauten auf hartem Schilfgras herum, das ihnen ein magerer Junge vom Ufer des Rheins heranschleppte. Auf einem der Wagen verblasste die Werbung der Freakshow, die auch keine wirklichen Attraktionen mehr bot. Die Menschen waren übersättigt mit derartigen Abartigkeiten und nichts konnte sie wirklich faszinieren oder schockieren.

Der Polizist, der ihn von der Wache am Bahnhof Biebrich extrem unwillig begleitet hatte, öffnete den Mund, wohl um zu fragen, warum er nicht weiter ginge, doch Peters böser Blick ließ ihn den Mund wieder schließen. Schließlich seufzte er und stapfte dem Beamten voran zum Zirkus.

Sie waren bereits bemerkt worden, denn der ältere, etwas maulfaule Mann, den Peter als Ibrahim kennen gelernt hatte, kam ihnen entgegen. Peter schlug die Kapuze seines Wachsmantels ein wenig zurück und über das Gesicht des Mannes huschte ein Ausdruck des Erkennens. Er winkte den beiden Polizisten, dass sie ihm folgen mögen. Der hünenhafte Mann führte sie zu einem bunten Wagen, dessen Tür sofort geöffnet wurde, als sie sich näherten. Zerfas stand auf den Stufen und es war ihm anzusehen, dass Furcht an ihm nagte.

Peter bedeutete dem Polizisten, vor dem Wagen auf ihn zu warten und streifte den Wachsmantel ab, während er zu Zerfas hochstieg. Neugierig sah er sich um, als Zerfas ihm noch immer stumm einen Platz an dem winzigen Tisch anbot, während er selbst sich auf das kojenartige Bett setzte. Es war für Peter überraschend sauber in dem Wagen und alles war bestens in Schuss gehalten.

»Was kann ich für Sie tun, mein Herr?«, fragte der Zirkusmann nervös und mit devotem Tonfall.

»Als wir uns unter dem Gleisdreieck begegneten, da erzählten Sie von einem Mann, der unterwegs verschwunden ist und etwas gestohlen hat. Was war das für ein Mensch?«, fragte Peter ohne weitere Vorrede.

Zerfas sah ihn überrascht an, doch dann zuckte er mit den Schultern. »Ich weiß nicht einmal, wie er hieß, oder ob er überhaupt einen Namen hatte. Wir hatten in Limburg unseren Zirkus aufgebaut und er kam zu mir, um zu fragen, ob er in der Freakshow auftreten kann. Er passte ganz gut, weil er erlesen hässlich war. Ein Krüppel, dazu noch ein Albino ...«

Bei dieser Bemerkung verfinsterte sich Peters Gesicht und Zerfas stockte in seinem Bericht. Dann fuhr er eilig fort zu erzählen, wann, wo und wie der Albino wieder verschwunden war und dass er einen Satz wertvollen Uhrmacherwerkzeugs gestohlen hatte. Peter nickte nachdenklich. Er war sich sicher, dass es genau dieser Kerl gewesen sein musste, der Paul überfallen hatte und dass er sich im Untergrund hervorragend auskannte.

Und dass er mit dem irren Mörder Benedikt von Laue in Verbindung stand. Wahrscheinlich war er es auch gewesen, der die Werkstatt unter der alten Waggonfabrik ausgeräumt hatte, nachdem Joachim dort wieder verschwunden war. Er tauchte also in Eschenhan in den Untergrund ab. Peter kannte den Ort nur flüchtig, aber es war durchaus möglich, dass es eine Verbindung nach Sonnenberg gab. Ihm begann der Kopf zu schwirren.

»Eines noch: Sie hatten einen Asiaten in Ihrer Truppe, als ich das letzte Mal bei Ihnen war. Der ist doch hoffentlich nicht abgehauen?«

Zerfas schüttelte den Kopf. »Äh, nein, Kenjiro ist nur gerade mit ein paar anderen auf der Suche nach Futter für die Tiere. Aber heute Morgen habe ich noch mit ihm gesprochen.«

»Verband ihn irgendetwas mit dem Albino?«

»Bestenfalls Abneigung, mittlerweile wohl Hass, auch wenn er es niemals zeigen würde. Es war Kenjiros Werkzeug, das gestohlen wurde und deshalb kommt er mit seiner Erfindung nicht weiter. Asiaten zeigen ihre Gefühle wohl nie offen, aber ich könnte mir vorstellen, dass es in ihm kocht.«

»Was ist das für eine Erfindung?«

»Eine Puppe. Weiblich, lebensgroß. Sie kann tanzen wie eine … Geisha nannte er es. Das ist wohl so was wie eine Gesellschaftsdame in seiner Heimat, die zur Unterhaltung von Gästen tanzen, singen und Musik machen. Die Puppe kann sogar eine Art Laute spielen, die Kenjiro aus seiner Heimat mitgebracht hat. Er war fast fertig, als ihm das Werkzeug entwendet wurde. Wir waren uns alle sicher, dass die Menschen wegen der Puppe wieder zahlreicher in unseren Zirkus kommen würden. Sie können sich vorstellen, dass nicht nur Kenjiro wütend ist. Wenn der Albino, von dem ich wirklich keinen Namen kenne, hier wiederauftauchen sollte – ich könnte für seine Unversehrtheit keine Hand ins Feuer legen.«

Peter nickte nur. Vielleicht hatte sich der Asiate tatsächlich in die Innenstadt gewagt, um den Albino zu finden. Dann wäre er derjenige gewesen, der Paul zu helfen versuchte. Natürlich hätte es auch einer der vielen Messebesucher gewesen sein können, aber für diese gab es keinen Grund, vor der Polizei zu flüchten. Oder die Aufgaben der Polizei zu übernehmen, außer aus falsch verstandenem Heldentum. Da der Mann aber offensichtlich nichts mit dem Überfall auf Paul zu tun gehabt hatte und der Albino eigentlich sein größtes Problem war, beließ er es dabei und verabschiedete sich von Zerfas.

✱

Paul war noch immer sehr blass, als Peter ihn wieder im Städtischen Klinikum an der Platter Straße besuchte. Valerian war ihm auf dem Gang begegnet und hatte ihn gebeten, er möge ihn nicht allzu lange wachhalten. Das war auch nicht Peters Absicht, doch er fand seinen Bruder in seltsam aufgekratzter Stimmung vor. Dass die Schmerzen ihn umtrieben, sodass er, statt brav im Bett zu liegen, im Zimmer hin und her wanderte, daran hatten sich sogar die Ärzte schon gewöhnt. Auch die Schwestern stellten nur noch frische Nierenschalen oder Eimer bereit, für den Fall, dass er sein Essen wieder von sich gab.

Doch dieses Mal schien es, als würde sich Paul dazu noch ernsthaft über irgendetwas Sorgen machen. Peter beobachtete ihn einen Moment, wie er vor dem Fenster auf und ab wanderte und dabei hin und wieder etwas auf ein Stück Papier kritzelte. Sein Bruder hatte ihn noch nicht bemerkt, da man die Tür absolut lautlos öffnen konnte. Vielleicht hörte Paul auch einfach nichts über das Dröhnen in seinem Schädel hinweg. Schließlich klopfte Peter an die Tür, wurde dabei immer lauter, bis Paul reagierte.

»Oh, Peter, gut dass du da bist!«

»Was treibt dich denn an? Die Ärzte sagen, dass du das Bett hüten sollst, und du stromerst hier herum wie ein Tier im Käfig.«

Paul ließ sich endlich auf sein Bett sinken, blieb aber sitzen. Auf Peter wirkte er wie ein Gespenst, blass wie er war, mit dem Verband um den Kopf und dem langen weißen Nachthemd. Zum ersten Mal fiel Peter auch auf, dass Paul an den Schläfen schon stark ergraut war. Es fiel nur durch seine natürliche Haarfarbe – einem dunklen Blond – nicht so sehr auf wie bei Peter selbst, der braunes Haar hatte. Peter zog sich einen Stuhl zum Bett heran und setzte sich mit der Lehne nach vorne seinem Bruder gegenüber. »Schütte mir dein Herz aus, Brüderchen, was lastet auf dir?«

»Nichts besonderes, schätze ich, und wahrscheinlich mache ich mir zu viele Gedanken«, fing Paul an zu reden, sah seinen Bruder aber nicht an. Vielmehr war sein Blick auf die gekalkte Wand neben dem Bett gerichtet, als könne er dort irgendein Bild sehen. »Es geht um mein Skizzenbuch und die Pläne für den Drachen. Warum war der Angreifer wohl so versessen auf meine Tasche mit dem Buch, nicht auf den Koffer mit dem Drachen? Natürlich, der war zu schwer, um damit zu fliehen. Aber das Skizzenbuch? Die Pläne hat er nicht bekommen, die waren in der Rolle. Wertsachen waren nicht in der Tasche, nur mein Skizzenbuch und das Steuerungsgerät, also warum wurde sie nicht gefunden? Was liegt dem Dieb ausgerechnet an diesen Sachen? Warum behält er sie? Wenn der Albino irgendetwas mit Laue zu tun hat, dann kann ich mir nur vorstellen, dass er etwas bauen will. In meinem Skizzenbuch sind nicht nur Baupläne für Häuser, Ideen für Stuckwerk und die Entwürfe für den Drachen. Ich habe alles Mögliche darin. Auch Sachen, die einerseits nützlich sein könnten, wenn man sie im Guten weiterentwickelt, die aber auch großen Schaden anrichten können.«

Er hielt inne und keuchte, als würde es ihm schwerfallen, so viel zu reden. Peter hörte ihm geduldig zu und ahnte, worauf sein Bruder hinauswollte. »Du denkst an etwas Bestimmtes, oder?«

Endlich richtete Paul seinen Blick auf ihn, doch es war, als würde er durch Peter hindurchsehen. Seine Augen hatten einen fiebrigen Glanz, doch Peter wusste genau, dass es keinen Sinn haben würde, ihn zu unterbrechen und einen Arzt zu holen. Paul musste etwas loswerden.

»Ich wollte doch, dass der Drache auch Feuer spucken kann. Also habe ich versucht, einen der schon existenten Flammenwerfer zu verkleinern und so zu modifizieren, dass er gezielter arbeitet. Ich hatte da einen echten Geistesblitz und bin mir sicher, dass es so funktioniert. Die Pläne dafür habe ich im Buch skizziert. Aber etwas anderes aus dem Buch finde ich viel bedenklicher, auch im Zusammenhang mit dem Flammenwerfer. Vor einiger Zeit habe ich jemanden kennen gelernt, der nach einem Unfall im Rollstuhl sitzen musste. Er verzweifelte so sehr darüber, dass er sich schließlich das Leben nahm. Es hat mich sehr erschreckt und brachte mich auf die Idee für eine Art Skelett, dass man außen am Körper anbringen kann und das mittels einer kleinen Äthergas-Dampfmaschine bewegt wird. Diese Idee war schon sehr weit fortgeschritten. Ich wollte damit nur behinderten Menschen helfen, damit sie ihr Leben so bestreiten können, wie sie es gewohnt sind. So etwas wie mit Rudolf wollte ich nicht noch einmal erleben. Das Problem ist, man kann damit einem Krüppel auch zu größeren Kräften und einer gewissen Unverwundbarkeit verhelfen, wenn man es nur richtig anstellt. Und in der Kombination mit der Vorrichtung zum Feuerspeien … Ich bin sicher, dass meine Erfindung funktioniert. Was …«

Peter legte ihm die Hand auf den Mund, um ihn zum Schweigen zu bringen. »Ich habe verstanden, was du befürchtest, Paulchen. Es ist gut, dass ich weiß, was der Kerl nun in der Hand hat und was er damit machen könnte. Jedes Ding hat seine zwei Seiten. Aber es kann auch ganz anders kommen. Vielleicht wollte er ja doch an deine Pläne, aber die waren in der Rolle, die du dem Fabrikanten überlassen hast. Vielleicht hat er erst in einem Versteck gesehen, dass in der Tasche nur ein Skizzenbuch ist, mit dem er nicht viel anfangen kann und hat es ins Feuer geworfen, anstatt es irgendwo auf seinem Weg zu entsorgen. Vielleicht hat er uns auch erkannt, weil er in den Höhlen war, die wir untersuchten, und hoffte auf Pläne von Laue in deinem Besitz. Vielleicht kann er mit den Plänen in dem Skizzenbuch tatsächlich etwas bauen, das Schaden anrichtet. Bisschen viele Vielleichts. Ich werde aber auf alles vorbereitet sein. Auch auf den Extremfall.«

Endlich hatte Peter Pauls volle Aufmerksamkeit, er sah nicht mehr durch seinen Bruder hindurch, sondern nickte schwach. »Wahrscheinlich hast du recht ...« Pauls Stimme wurde immer leiser und seine Augenlider sanken langsam. »Oh, das ist vielleicht hilfreich ... Ich habe auf der Weltausstellung auch einen Chemiker kennen gelernt, der herausgefunden hat, dass man Äther neutralisieren kann. Zum Beispiel, wenn er ausläuft und zu explodieren droht. Es war eine ganz einfache Sache, ich glaube, Backpulver? Auf jeden Fall etwas, das man leicht in größeren Mengen beschaffen kann. Valerian hat seinen Namen und die Adresse. Die beiden kannten sich von irgendwo her. Ist vielleicht nützlich ...«

Wallenfels

Die Neuigkeiten waren sehr unbefriedigend, das wusste auch der Bote, der sie zu überbringen hatte. Der Sekretär an dem kleinen Schreibtisch in der Ecke des riesigen Büros wagte es, kurz aufzusehen und einen Blick auf den sichtlich blassen und nervösen Mann des privaten Sicherheitsdienstes zu werfen und dann auf seinen Auftraggeber. Ihm schauderte bei dem Gedanken an vorchristliche Fürsten, welche die Überbringer schlechter Nachrichten gemeinhin zu ermorden pflegten. Es war offensichtlich, dass dieser Bote ganz ähnliche Befürchtungen zu hegen schien.

Baron von Wallenfels saß hinter seinem massigen Schreibtisch aus edelsten tropischen Hölzern und starrte regungslos auf die Papiere, die vor ihm lagen. Er würdigte den Boten nicht eines Blickes. Der Sekretär wusste, dass dies eigentlich ein gutes Zeichen war, doch der Mann auf der anderen Seite des Schreibtisches begriff dies nicht. Er kannte den Baron nicht gut genug und ihm wurde das Schweigen deutlich zu lang. Eine Ewigkeit schien zu vergehen, bis der Baron endlich aufblickte und den Mann mit regungsloser Miene musterte. Nun hielt auch der Sekretär den Atem an, weil der Baron noch immer keine Anstalten machte, etwas zu sagen.

Da die eine Hälfte des Gesichtes des Barons aus Metall bestand, war er ohnehin nur eingeschränkt fähig, sich mittels seiner Mimik auszudrücken. Doch gerade diese Tatsache war für die meisten Menschen sehr beängstigend. Niemand sah sich in der Lage, hinter diese Maske aus Stahl zu blicken. Selbst Wallenfels' Töchter hatten dem Sekretär gegenüber schon gestanden, dass sie dies nicht vermochten. Wie also sollte ein Wildfremder es können?

Es war fast eine Erleichterung, als der Baron endlich anfing zu sprechen. Seine metallische Stimme war leise, als er seinen Unmut über den

Mangel an Untersuchungsergebnissen kundtat. »Bestellen Sie Ihrem Vorgesetzten, dass ich mit seiner Arbeit alles andere als zufrieden bin. Wenn er nicht bald etwas Greifbares vorlegen kann, war er die längste Zeit für mich tätig.«

Damit war der Bote entlassen und ihm war deutlich anzumerken, wie ihn das erleichterte. Der Mann konnte schließlich am allerwenigsten dafür, dass es nichts zu berichten gab. Der Sekretär wandte sich wieder seiner Arbeit zu, um nicht zu neugierig zu erscheinen, und wartete ab. Er würde schon herausfinden, in welcher Stimmung sein Arbeitgeber war. Früh genug und hoffentlich nicht zu unangenehm. So konnte er nur anhand des schweren Atems des Barons erkennen, wie sehr ihn all das aufregte.

»Haben Sie schon etwas von der Überwachung der Bank gehört?«

Der Sekretär hatte bereits mit einer derartigen Frage gerechnet. »Nein, Herr Baron. Die Überwachung durch die Detektive verlief bislang ergebnislos. Niemand hat versucht, ungerechtfertigt an den Inhalt des Schließfachs zu kommen. Leider hat auch Ihr Bevollmächtigter keinen Erfolg damit gehabt, das Schließfach aufzuheben. Es scheint, als hätte Herr Mayerhuber entsprechende Verfügungen erlassen und mit seinem letzten Geld die Nutzung des Schließfaches auf viele Jahre im Voraus bezahlt. Da er auch keinerlei Angehörige zu haben scheint, weigert sich die Bank, das Fach zu öffnen. Ich habe es bereits von einem Anwalt prüfen lassen. Es gibt keinerlei Möglichkeiten, diese Verfügung aufzuheben oder zu umgehen, solange keine Nachzahlung für die Miete anfällt oder ein Gerichtsbeschluss vorliegt.«

»Zumindest nicht, wenn man ausschließlich legale Wege nimmt, ich haben schon verstanden. Hat die Polizei ihre Finger im Spiel?«

»Nein, Herr Baron. Sie haben bisher noch nicht einmal versucht, sich an Herrn Mertesacker zu wenden. Sie sind sich offensichtlich sicher, dass nichts, was sich darin befindet, für sie in irgendeiner Form von Belang ist. Dass sie dort keine Hinweise auf den Mörder finden werden. Etwas anderes liegt nicht in ihrer Zuständigkeit.«

Der Baron nickte, was zu einem seltsam knirschenden Geräusch in seinen metallenen Gesichtsbestandteilen führte. Diese Tatsache schien den Baron noch viel mehr zu ärgern als die Unfähigkeit seiner Ermittler. Der Sekretär wusste warum. Der Mann, der dem Baron mit diesen Teilen zu einem neuen Leben verholfen hatte, war tot. Dr. Anselm Berghoff. Jener Mann, der ungerechtfertigter Weise dessen Platz eingenommen und die Metallarbeiten gewartet und modifiziert und sich das Vertrauen des Barons erschlichen hatte, existierte ebenfalls nicht mehr. Nun war er verzweifelt auf der Suche nach einem Arzt oder Ingenieur, der die erforderlichen Wartungsarbeiten an diesem technischen Wunderwerk durchführen konnte. Doch niemand traute sich, da auch Berghoff keine Pläne hinterlassen hatte, in die man sich einarbeiten konnte. Abgesehen davon mochte sich niemand den Launen des Barons aussetzen, der nicht leicht zufrieden zu stellen war.

Doch das schien nicht das Einzige zu sein, was den Baron quälte. Der Sekretär vermutete noch viel mehr Gründe als diesen Offensichtlichen. Als aufmerksamer Mensch war ihm natürlich nicht entgangen, dass sein Vorgesetzter noch verschiedene andere Geheimnisse verbarg. Nicht zuletzt die Tatsache, dass ihn der Baron schon mehrfach aus dem Büro geschickt hatte, wenn er selbst ein Gespräch über den Ätherfunk annahm. Einmal war es dem Sekretär gelungen, den Code zu lesen, der auf der Anzeige des Ätherfunkes erschien, als er erneut weggeschickt wurde. Natürlich hatte er versucht herauszufinden, woher diese ominösen Gespräche gekommen waren und musste ernüchtert feststellen, dass es sich wohl um eine Verbindung nach China handelte. Natürlich war der Baron in verschiedene Geschäfte in dem fernen Land involviert, doch die Stimmung seines Arbeitgebers war nach diesen Gesprächen eine andere als sonst, wenn er mit seinen Geschäftspartnern in der Ferne verhandelte.

Als nun erneut ein Rufton vom Ätherfunk ausging, der ein Gespräch ankündigte, sprang der Baron sofort zum Empfangsgerät. Der Sekretär sah auf und erwartete schon, dass er wieder aus dem Raum geschickt wurde, als er die Kennung Chinas in der Anzeige las. Doch dann winkte der Baron ihn zum Stenographieren heran. Demnach nur einer der Geschäftspartner. Der Sekretär ließ sich seine Erleichterung darüber nicht anmerken, denn nach diesen anderen Gesprächen war der Baron zunehmend gereizt und dann sollte man ihm besser nicht über den Weg laufen. Egal, ob man gute oder schlechte Nachrichten für ihn hatte.

Das Gespräch war kaum beendet, als erneut ein Rufsignal einging. Wieder aus China, doch dieses Mal verfinsterte sich die Miene des Barons, soweit es die Metallteile zuließen. »Verschwinden sie!«

Der Sekretär fragte nicht nach, sondern erhob sich von seinem Stuhl und verließ das Büro. Seufzend machte er sich auf den Weg in einen anderen Raum, welchen er für seine Schreibarbeiten und als Archiv nutzen konnte, wenn der Baron seiner nicht bedurfte. Er wusste genau, dass es keinen Sinn hatte, an der Tür zu lauschen. Das fein geschnitzte Holz verbarg eine dicke Metallplatte, durch die man keinen Laut aus dem Büro wahrnehmen konnte. Als er in seiner Schreibstube anlangte, fand er dort einen Stapel Bankunterlagen vor und blätterte sie flüchtig durch. Dabei fiel ein Zettel heraus, der eigentlich nicht hineingehörte. Der Sekretär erkannte die Handschrift des Barons, auch wenn sie nur sehr schnell dahin geschludert schien. Er hatte etwas während eines Gesprächs mitgeschrieben. Mit gerunzelter Stirn versuchte er die wenigen Worte zu entziffern. Eines war doppelt unterstrichen und mit einem Ausrufezeichen versehen. Das Wort Erpressung. Dahinter ein Pfeil, der auf den Namen Pinkerton wies. Die übrigen Worte ließen sich kaum lesen, lediglich Stammbaum, Diether von Isenburg und Bertram konnte er noch sicher erkennen.

Einen Augenblick lang starrte der Sekretär auf das Stück Papier und überlegte, was er damit tun sollte. Doch dann entschied er sich, es einfach zu verbrennen. Es ging ihn nichts an. Schon gar nicht wollte er sich in eine derartige Angelegenheit einmischen. Auch weil er sich sicher war, dass es selbst bei dem hartnäckigsten Erpresser nur einen Sieger geben konnte: Wallenfels. Der Erpresser tat dem Sekretär fast ein wenig leid. Egal wo er sich verkriechen mochte, er konnte sich nirgendwo sicher fühlen. Wallenfels Rache jedenfalls würde fürchterlich sein.

*

Wilhelm von Wallenfels wartete, bis sein Sekretär den Raum verlassen hatte und die Tür mit einem satten Geräusch ins Schloss fiel. Nun konnte ihm niemand mehr zuhören. Abgesehen davon war er sich sicher, dass niemand es wagen würde, in welcher Form auch immer Mäuschen zu spielen. Noch einmal erfolgte der Pfeifton, der ein Gespräch ankündigte und er griff nach dem Hörer.

Wieder diese fistelnde Stimme mit dem starken Akzent, den er nicht zuordnen konnte. Ganz sicher gab es auch keinerlei Ähnlichkeiten zwischen der verzerrten und der wahren Stimme des Sprechers. Die Tonlage war hoch und leise, doch behielt der Sprecher auch dann seine Ruhe, als Wallenfels ihn ungehalten anknurrte, er solle doch endlich auf den Punkt kommen. Was er dann zu hören bekam, versetzte ihm einen Schrecken. Auch wenn er im ersten Moment glaubte, dass eine derart alte Geschichte in dieser Zeit nicht mehr von Belang sei. Doch der Sprecher – oder war es eine Sprecherin? – machte ihm unmissverständlich klar, dass es durchaus zu Problemen kommen konnte, da weitere Recherchen zum Thema unglückliche Verbindungen ergeben hatten. Den Sprecher als Chinesen interessierte es nicht weiter, was in den Schriftstücken stand und was sie bewirken konnten, so sagte er. Doch wenn Wallenfels seine grausame Expansionspolitik in China und die Unterstützung der Russen weiter derart unbarmherzig verfolgte, wie es derzeit der Fall war, dann würde man die Unterlagen weiterreichen. Vor allem sollte er sich den Plan aus dem Kopf schlagen, die Minen am Gelben Fluss einnehmen zu wollen. Die Menschen dort waren schon gestraft genug, die Abwässer aus den Minen würden sie nicht auch noch ertragen. Man würde die Dinge an eine Persönlichkeit, die ihm in seiner Heimat durchaus einiges entgegensetzen konnte, abgeben. Der Anrufer nannte zwei Namen von Personen, die sich sicherlich dafür interessierten, wie Wallenfels an die überaus wertvollen Grundstücke in Biebrich gekommen war und dass er sie sehr schnell verlieren konnte, wenn die wahren Besitzer Ansprüche darauf erhoben. Denn wie bei seiner Familie auch, gab es bei diesen genügend Erben, denen der Besitz eigentlich zustand – auch nach so langer Zeit noch. Wenn sie beim Kaiser intervenierten, konnte es Probleme geben, die möglicherweise nicht schnell und unbürokratisch mit viel Geld zu beheben waren.

Verdammt noch mal, es kann doch nicht sein, dass die verfluchte Stiftsfehde noch bis heute in mein Leben hineinwirkt? Das ist fast fünfhundert Jahre her, fluchte Wallenfels innerlich. Dann stöhnte er hörbar. Natürlich. *Dieser verdammte Diether von Isenburg. Konnte sich schon damals nicht mit Niederlagen abfinden und hat alles auch für die Zukunft abgesichert. Selbst gegen Verrat durch seine Handlanger und Pfründenempfänger. Und meine liebe Familie war damals pleite und hat jeden Mist, den man ihnen auftrug, durchgezogen. Ich wette, es geht um den Besitz aller meiner Landgüter entlang des Rheins, nicht nur um Biebrich. Das ist aber sicher der Besitz, der am meisten von Interesse ist. Schließlich ist der Wert in den letzten Jahren exponentiell gestiegen. Die entsprechende Urkunde war eine Fälschung, das wusste ich ja schon. Isenburg konnte über diese Landstriche eigentlich gar nicht verfügen, als er sie Bertram für seine Dienste schenkte. Es war Bertrams Sohn, der das Ganze dann mit der Fälschung endgültig absicherte und den wahren Erben über den Tisch zog. Schließlich hatte er da dann den Bischof von Mainz hinter sich, der dann ja wieder Diether von Isenburg hieß und nicht mehr Adolf von Nassau. Und da war wohl auch einiges mehr ... Bertrams Ruf als Mann ohne Gewissen hielt sich noch lange. Niemand weiß, wie viele Leichen seinen Weg pflasterten.*

»Beweisen Sie, dass Sie all das in Händen halten«, fauchte er schließlich ungehalten und plante umgehend, ein Heer von Advokaten zu engagieren, die sich mit den alten Besitzrechten auseinandersetzen sollten. Dass es in der Vergangenheit auch mehr als einmal Mord und Totschlag durch Mitglieder seiner Familie gegeben hatte, störte ihn hingegen überhaupt nicht. Dafür konnte man ihn nicht belangen. Diese Schuld war mit dem Ableben des Täters erloschen. Die Urkundenfälschung und der erschlichene Besitz hingegen waren ein Problem. Zumal er die Entwicklung der Erbenfamilien durchaus im Blick behalten hatte, nachdem er von einem Gutachter zu hören bekommen hatte, dass die sorgsam gehüteten Besitzurkunden aus der alten Zeit Fälschungen waren. Wallenfels kannte die Stammbäume der Erben, soweit sie nachvollziehbar waren und wusste daher auch, dass einige der Erben wichtige Positionen innehatten. Sie fanden Gehör bis hoch zum Kaiser oder zum Präsidenten der Vereinigten Staaten. Beide waren ebenfalls alles andere als gut auf Wallenfels zu sprechen, vor allem der Kaiser, der so viele Schulden bei ihm hatte.

»Das werde ich, Herr von Wallenfels«, erwiderte die Stimme nach wie vor sehr freundlich, während der Baron verzweifelt versuchte, sein Ätherfunkgerät dazu zu bringen, ihm genauere Koordinaten des Anrufers zu verraten. Doch die Daten waren zu verwirrend. Er hatte früher selbst im Cockpit von Luftschiffen gesessen, als diese entwickelt wurden, und war daher durchaus in der Lage zu navigieren. Doch die Daten des Ätherfunkgerätes verwiesen auf einen Punkt irgendwo im Himalaya, was einfach nicht sein konnte. Dort gab es nur einen hohen Berggipfel. Unbewohnbar und nach seinem Wissen noch nie bestiegen.

»Sie werden in den nächsten Tagen einen Brief erhalten, in dem sich Fotografien der genannten Dokumente befinden. Gehaben Sie sich wohl.«

Die Verbindung wurde unterbrochen und ließ den Baron ratlos und wütend zurück. Doch dann vergaß er die Angelegenheit und wandte sich wieder anderen Dingen zu. Die Erfindung des Münchners interessierte ihn viel mehr, er musste endlich an die Unterlagen im Schließfach herankommen. Die Pläne der Dinge, die bereits patentiert waren, befanden sich schon in seinen Händen. Beamte waren schließlich nicht unbestechlich, selbst die Preußischen nicht. Nur der verdammte Bankier Mertesacker, den konnte man nicht umschmeicheln. Er hatte einen Ruf zu verlieren und seine Bank stand finanziell bestens da. Nur Wallenfels hatte keine Konten dort. Das hatte ihm, einmal mehr, natürlich keine Freunde gemacht, Mertesacker aber vermutlich sogar noch geholfen, so erfolgreich zu werden. Schließlich hatten sämtliche Gegner des Barons bei ihm Konten eröffnet und derer gab es viele.

So blieb ihm allein die Hoffnung, dass der Dieb versuchen würde, an die Sachen im Schließfach zu kommen, weil er im Besitz des Schlüssels war. Dann sollte seine Falle zuschnappen.

*

Es regnete nach wie vor in Strömen. Hartmut Lenze flüchtete erneut in eine Hofeinfahrt, um das ganze Wasser von sich ablaufen zu lassen, das mittlerweile doch einen Weg durch seinen Wachsumhang gefunden hatte. Dort entledigte er sich der Plane, um das Wasser abschütteln zu können. Er hoffte, dass er bald abgelöst wurde und ging davon aus, dass auch der Dieb bei diesem Wetter nicht auftauchen würde.

Von dem trockenen Zugang aus konnte er die zwei Männer von Pinkerton gut beobachten, welche man dazu abgestellt hatte, das Gleiche zu tun. Ausschau nach einem Dieb zu halten. Die Leute der Detektei hatten es besser. Der eine saß in einem Automobil, das offensichtlich über eine besondere Lüftung zu verfügen schien, denn die Scheiben beschlugen nie. Der andere saß in einem Caféhaus und starrte regungslos auf den Eingang der Privatbank.

»Sehr auffällig, die Herren«, murmelte Hartmut belustigt, als er sah, dass die Bedienung dem Beobachter bereits das vierte Kännchen Kaffee brachte. Er wechselte nie seine Position und war deutlich sichtbar. Auch war sein ganzes Erscheinungsbild dergestalt, dass man in ihm nur einen Detektiv oder einen Polizisten vermuten konnte. Trenchcoat und Bowler hingen an einem Garderobenständer hinter ihm.

In der Bank gingen nur wenige Kunden ein und aus. Meist fuhren sie mit einem Automobil vor und wurden von ihren Chauffeuren mit einem Schirm in die Bank geleitet. Der Detektiv im Auto notierte sich gewissenhaft alle Fahrzeuge, wahrscheinlich mit einer detaillierten Beschreibung, weil man sich noch immer nicht mit dem Wunsch hatte durchsetzen können, eine Nummerierung einzuführen.

Hartmut interessierte sich nicht für diese Art Kunden. Er ging davon aus, dass die betreffende Person, nach der er Ausschau hielt, keinen Chauffeur und einen unregistrierten Wagen besaß, sondern bestenfalls einen Wagen mit Fahrer mietete. Diese Fahrzeuge waren jedoch die einzigen, die bereits eine Registrierung innehatten. Noch eher würde die bestimmte Person zu Fuß auftauchen, als würde sie in der Nähe wohnen.

Da er eine andere Personengruppe im Auge hatte, fiel Hartmut die Gestalt auf, die sich in seiner Nähe unter der Markise eines Geschäftes vor dem Regen zu schützen suchte. Sofort zog er sich selbst weiter zurück.

Eines war ihm nämlich sofort aufgefallen, sobald er der Gestalt gewahr wurde. Der Drang, augenblicklich in eine andere Richtung zu sehen. Hartmut musste sich zwingen, nicht neugierig zu werden, sondern beschäftigte sich bewusst intensiv mit seinen nassen Schuhen. Erst als er sich sicher war, dass er nichts Ungewöhnliches mehr spürte, wagte er einen Blick hin zu dem Geschäft. Es erleichterte ihn, als er sah, dass der Mann schon weiter gegangen war und von einem Hauseingang aus auf den Wagen mit dem Wächter starrte. So blieb ihm Zeit, einen genaueren Blick zu riskieren.

Es konnte nur der heilige Michael sein, denn so hatte man ihm den König der Unterwelt von Amöneburg und Kastel beschrieben. Erneut wandte er schnell seinen Blick ab und konzentrierte sich auf den anderen Wächter des Barons. Dieser hatte nun seinerseits den seltsamen Fremden entdeckt und schien ihm direkt ins Gesicht zu sehen. Fasziniert studierte Hartmut die Reaktion des Agenten. Zunächst wurden die Augen des Pinkerton-Detektives riesengroß, dann schlossen sie sich für einen Moment vollständig. Dieser Zeitraum reichte dem Fremden völlig aus, um in die Bank zu schlüpfen. Der Agent hingegen wandte sich umgehend wieder seinem Kaffee zu.

»Wie das funktioniert würde mich wirklich brennend interessieren«, murmelte Hartmut und fixierte den Eingang der Bank. Nur zu gerne wäre er Mäuschen gewesen, um zu sehen, was Michael von Laue dort trieb.

Da er nicht mehr auf seine nähere Umgebung geachtet hatte, erschrak er fürchterlich, als ihn jemand von der Seite ansprach. Sein Herz raste bis zum Hals, als er endlich bemerkte, dass es Peter war, der neben ihm stand. Hartmut brauchte lange, um das Zittern seiner Hände wieder unter Kontrolle zu bekommen.

»Ist er drin?«, fragte Peter nur grinsend und klopfte Hartmut beruhigend auf die Schulter.

»Ich gehe davon aus, dass er es war, der die beiden Agenten so geschickt von sich ablenken konnte«, erwiderte Hartmut und schüttelte sich. »Was machen wir jetzt?«

»Abwarten, bis er wieder kommt und nachsehen, wohin er sich davon macht. Ich habe das Dampfross in einer Seitenstraße stehen und werde ihm folgen, wenn es möglich ist.«

Gemeinsam zogen sie sich wieder tiefer in die Hofeinfahrt zurück, wo sich Peter genüsslich seine Pfeife stopfte. »Eine Ahnung, wie viele Menschen in der Bank bei der Arbeit sind und wie viele Kunden sich dort aufhalten?«, nuschelte er mit der Pfeife zwischen den Zähnen.

»Nur zwei Angestellte, wenn ich das richtig gesehen habe, als ich vorhin mal durch das Fenster einen Blick riskierte hatte. Kundschaft zurzeit gar keine.«

»Na, dann hat er ja leichtes Spiel.«

Es dauerte tatsächlich nicht lange, bis der Gesuchte in der Tür der Bank erschien. Das Gesicht zu einer Miene des Triumphes erhellt. Während Peter sich auf den Fahrer des Automobils konzentrierte, beobachtete Hartmut den Mann im Café, der sofort wieder die Aufmerksamkeit in Person war. Doch der Effekt war der Gleiche wie schon beim Betreten der Bank. Nur, dass er dieses Mal länger vorhielt. Nämlich bis der seltsame Kunde an dem Café vorbei gehastet war und in eine Seitenstraße einbog. Der Mann im Auto schien überhaupt nichts bemerkt zu haben.

»Also, seine Aktentasche war deutlich dicker als bei Betreten der Bank«, stellte Hartmut nüchtern fest.

»Ganz egal, ich hätte seine Spur auch aufgenommen, wenn er erfolglos geblieben wäre. Ich bin mir sicher, dass er der Mörder des armen Mayerhuber ist und damit haben wir beide eine Rechnung offen. Nicht nur diese. Du folgst ihm in einiger Entfernung. Konzentriere dich auf die Straßenbäume oder was auch immer und sei mit den Gedanken ganz woanders. Vielleicht bei deinen Hochzeitsvorbereitungen. Ich hole das Dampfross«

Peter rannte los, in die entgegengesetzte Richtung, und Hartmut folgte Michael in die Seitenstraße. Es wäre ihm selbst niemals in den Sinn gekommen, es so zu machen. Aber kaum fing er an, die dürren Straßenbäume zu zählen, war er mit seinen Gedanken ganz woanders und nahm nur noch aus den Augenwinkeln wahr, wie die Gestalt vor ihm die Richtung wechselte.

An der Ecke angekommen, verbarg sich Hartmut hinter einem Baum und spähte vorsichtig in die Straße. Dabei versuchte er, sich das Gesicht von Celeste ins Gedächtnis zu rufen und malte sich aus, wie wohl ihr Hochzeitskleid aussehen mochte und sie darin. Ihre Mutter wollte es selbst schneidern, mit einem Ballen Stoff, den Katharina ihr zur Verfügung gestellt hatte. Sie hatte auch den Entwurf und die Schnittmuster dafür angefertigt, aber sie war noch nicht in der Lage, selbst an der Nähmaschine zu sitzen.

Schon fast in der Nähe des Bahnhofes bemerkte er ein Automobil mit einer Kennziffer auf einem Blechschild. Ein Mietwagen.

Gerade als Michael einstieg und der Wagen anfuhr, hörte Hartmut das Dampfrad hinter sich halten. »Schwarzer Alegra, Kennziffer 473, ist gerade in Richtung Messegelände abgebogen«, rief er Peter zu, der seinen Daumen hob und den Antrieb einkuppelte. Dann war er auch schon auf und davon. Mit gemischten Gefühlen sah ihm Hartmut nach. Ihm war nicht wohl dabei, seinen Vorgesetzten allein fahren zu lassen. Andererseits war er auch todmüde und freute sich darauf, endlich ins Bett gehen zu können.

Wiederauferstehung

Der Schmerz sorgte dafür, dass ihm bewusstwurde, noch nicht im Jenseits angekommen zu sein. Denn dort, so vermutete er, gab es keine Schmerzen mehr. Außer, man wurde in die Hölle geschickte, sollte es sie tatsächlich geben. Justus Liebermann kam langsam zu sich und kämpfte mühsam gegen die Übelkeit, die von diesen entsetzlichen Schmerzen verursacht wurde. Seine wiedererwachten Sinne sagten ihm, dass er auf einem Bett lag, sodass er sich intensiv mit dem Gedanken beschäftigte, dass dies eigentlich nicht sein konnte.

Über diese Grübelei konnte er den Schmerz ein wenig im Zaum halten. Das Wunder der Vorstellungskraft. Wenn man sich mit etwas anderem beschäftigte, das viel geistige Leistung erforderte, wurden archaischere Funktionen in den Hintergrund gedrängt.

Er hatte versucht, vor dem Kutscher zu fliehen. Über den jüdischen Friedhof. Sein letzter Gedanke war der gewesen, dass es für ihn ein passender Ort zum Sterben war. Doch dieser Gedanke trat weiter in den Hintergrund. Er war mit einer Aufgabe in der Hirtesenmühle aufgebrochen, musste unbedingt dafür sorgen, dass Jewgenij und die junge Frau von dort weg onnten.

Es musste sein.

Der Mordanschlag auf ihn war sicherlich aufgrund dieses Ansinnens erfolgt. Aber warum nur? Was hatte Reich nur vor? Wie hatte er davon erfahren? Wurden seine vertraulichen Gespräche mit den Patienten belauscht? Es konnte nur so sein!

Dieser grauenhafte Mann. Wie hatte er Reich nur jemals vertrauen können? Die Fragen nach den Gründen für Jewgenijs Weigerung, sich operieren zu lassen, erschienen ihm mit einem Mal verhängnisvoll.

Wie immer, wenn er wütend wurde und etwas Dampf ablassen wollte, ballte er eine Faust, um sie in die andere Handfläche zu schlagen.

Doch allein der Versuch jagte ihm einen stechenden Schmerz durch die Schulter, sodass er sich ein Stöhnen nicht verkneifen konnte. Sofort spürte er eine warme Hand auf seiner Schulter und die Feuchtigkeit eines Lappens auf seiner Stirn.

Justus schlug die Augen auf.

Im ersten Augenblick war es, als würde er versuchen, durch Wasser zu sehen. Denn er erkannte nur verschwommene Umrisse vor einem gelblichen Licht, das seine Umgebung unzureichend erhellte. Erst nach und nach wurden die Konturen klarer, formten ein Gesicht. Ein Mann beugte sich über ihn und Liebermann fürchtete, es könne Reich sein, dem er nun hilflos ausgeliefert war. Vielleicht sollte der Kutscher ihn gar nicht töten, sondern nur verletzen, um Reich einen Grund für eine Behandlung und damit für Experimente zu geben?

Doch dann erkannte er die schmalen Augen, die pergamentartige Haut und die kantigen Züge des alten Chinesen Xun. Da Justus Reichs Mistrauen gegenüber dem Asiaten kannte, gab es keinen Grund für ihn, sich darum zu sorgen, was Reich vorhaben mochte. Xun war auf sich gestellt, doch warum half er dem fremden Arzt, dem er nicht sonderlich zu vertrauen schien?

»Nicht bewegen!« Der alte Chinese sprach leise und sanft, was eine seltsam beruhigende Wirkung hatte. Justus Liebermann ließ sich tatsächlich wieder zurücksinken und starrte an die Decke. Wo war er nur? Grobe Holzbalken waren von rohen Bohlen bedeckt, die Wand bestand aus Fachwerk, das mit Lehmziegeln ausgekleidet war. Der Raum schien sehr klein und niedrig zu sein. Vorsichtig drehte Justus den Kopf und sah an dem Chinesen vorbei auf einen Kamin aus Bruchsteinen, in dem ein Feuer prasselte. Xun folgte seinem Blick und lächelte hintergründig. »Sind in Hütte nahe Dorf mit Namen Bermbach. In Wald an Bach, glaube heißen Bombach. Straße zu Idstein nicht weit.«

»Haben sie mich hierhergebracht? Was ist passiert?«, hakte Justus nach und sah den alten Chinesen an, der einen Lappen mit einem fast honigartigen Sud tränkte und ihm dann auf die Schulter legte. Im ersten

Moment brannte es höllisch, dann breitete sich eine wohlige Wärme in der Schulter aus und der Schmerz wich halbwegs. »Was ist das?«

»Chinesische Medizin«, erwiderte der Mann und zwinkerte ihm belustigt zu. Dann griff er nach einer Tasse, hob Justus' Kopf ein wenig an und flößte ihm eine wohlriechende, aber ekelhaft schmeckende Flüssigkeit ein. »Hilft gut!«

»Das hoffe ich«, seufzte Justus und kniff die Augen zusammen. »Bah, schmeckt das scheußlich. Aber das haben wohl alle heilsamen Mittel gemeinsam. Wie Lebertran.«

Der Chinese lächelte nur dazu. »Ich folgen der Kutsche mit Pferd. Hier ich manchmal sein zum meditieren. Keine Ruhe in Mühle. Reich nicht weiß von Haus. Dachte, das mit ihnen nicht gut geht. War spät. Kutsche schon wieder zurückkommen. Zu schnell für Bahnhof und zurück. Ich sie finden auf uraltem Grab. Ist Ort, niemand geht hin. Schrecken mich, lese Namen auf Grab, dort liegen ein Liebermann. Böses Omen. Aber sie leben. Ich sie ziehen auf Pferd und bringen hierher.«

Justus' Gedanken begannen zu rasen. »Liebermann? Ist das ihr Ernst? Ich erinnere mich nur an einen Davidsstern und den Namen Salomon ... Das war das Letzte, was ich sah. Daran erinnere ich mich, weil ich auch Salomon heiße. Unter anderem. Warum nur, Xun? Warum sollte ich sterben? Will Reich verhindern, dass ich Jewgenij weghole? Warum? Was hat er vor?«

Nun war die Miene des alten Chinesen traurig und verwirrt. »Ich nicht wissen. Reich haben alte Bücher und Papier bekommen. Damit er macht Versuche, noch nur an Kaninchen. Hat auch einen Toten, ich weiß, er daran arbeitet. Glaube nicht, er will Jewgenij schaden. Mag ihn, aber er auch verzweifelt und Jewgenij nicht mehr viel Zeit. Grab sehr alt, Jahr eins vier sieben eins. Salomon Liebermann. Sehr schlechtes Omen.«

Eher ein Zeichen ..., dachte Justus. 1471? Er erinnerte sich, wie ihm ein Onkel erzählte, dass seine Familie aus verschiedenen Regionen des europäischen Kontinents stammte, der Name aber aus dem jetzigen

Deutschen Reich. Warum auch nicht. Vielleicht war es ein Urahn von ihm gewesen, aber das war vermutlich nicht mehr nachzuvollziehen.

Obwohl … Es kam Justus seltsam vor, dass an diesem Ort überhaupt noch ein so altes Grab existierte und dass man auch noch die Aufschrift des Grabsteins lesen konnte. Hatte man überhaupt im Jahr 1471 so große Grabsteine verwendet? Vielleicht hatte sich der Chinese auch nur in der Reihenfolge der Zahlen geirrt und 1741 gemeint, aber selbst das schien ihm unwahrscheinlich zu sein. Ein interessantes Faktum, das er in seinem Gedächtnis abspeicherte, um es zu einem anderen Zeitpunkt weiter zu verfolgen.

Was auch immer er mit diesem Salomon Liebermann über die Generationen zu schaffen gehabt haben mochte, es hatte keine Auswirkungen mehr auf sein eigenes Leben. Jedenfalls ging er davon aus, dass dem so war. Dennoch, wenn er lebendig aus der Sache herauskommen sollte, würde er ein wenig Ahnenforschung betreiben. Sicher gab es auch in Idstein oder in den nächstgrößeren Ansiedelungen noch so etwas wie eine jüdische Gemeinde. Aufzeichnungen wurden immer sehr sorgfältig geführt und bewahrt, auch über die Jahrhunderte. Wenn es nicht irgendwelche Katastrophen gab.

»Wir müssen Jewgenij dort rausholen, so schnell es geht. Und dieses französische Fräulein. Ich hoffe, mir fällt etwas ein, wie wir das anstellen können. Helfen Sie mir, Xun. Ich weiß zwar nicht, was Sie antreibt, aber vielleicht können wir einen gemeinsamen Nenner finden. Ich kenne eine Menge Leute, die etwas bewirken können.«

Das Gesicht des Chinesen lag im Schatten, seine Mimik deuten zu können wurde dadurch nur noch mehr erschwert. Aber es schien, als würde er darüber nachdenken, wie er den Psychiater in seine Pläne, wie auch immer diese aussehen sollten, einbinden konnte. Justus hatte nicht die geringste Ahnung, wie der Chinese über ihn dachte. Ob er ihn ins Vertrauen ziehen konnte oder nicht, oder ob er überhaupt einem Deutschen trauen würde. Schließlich richteten gerade deutsche Truppen viel Unheil in seiner Heimat an. Dazu wurden noch andere Feinde von Deutschen unterstützt. So wie die Russen von Wallenfels.

Der Name war gerade durch seinen Kopf gezogen, als der Chinese ihn aussprach. »Kennen einen Mann mit Namen Wallenfels?«

»Baron Wilhelm von Wallenfels, ja, ein sehr mächtiger Mann mit viel Geld und einem langen Atem. Ein machtgieriger Mann, der seine Finger gottweißwo drinne hat. Ich möchte ihm lieber nie in meinem Leben begegnen und hoffe, dass dieser Kelch an mir vorüber gehen möge ... Ich bewege mich leider hin und wieder in Gesellschaftskreisen, in denen das durchaus passieren könnte. Allerdings weiß ich auch, wo in seinem Weltbild ein Mann wie ich seinen Platz hat. Ich bin Jude, wie dieser Mann auf dem Friedhof. Wie gesagt, einer meiner vielen Vornamen lautet auf Salomon. An einen Juden wird Wallenfels keinen Gedanken verschwenden. Selbst an einen wie mich, der zwar offiziell ein solcher ist, aber seinen Glauben nur sehr nachlässig auslebt. Geschweige denn offen.« Seine Schulter begann zu schmerzen und das Gesicht des Chinesen verschwamm vor seinen Augen. Der alte Mann kam ein wenig näher, so dass Justus seine Züge besser erkennen konnte. Der Gedanke, dass in diesem gebrechlichen Körper doch große Kräfte zu stecken schienen, zog kurz in seinem Bewusstsein vorbei. Wie sonst sollte der Chinese ihn, selbst wenn sich das Pferd hingelegt hatte, auf dessen Rücken ziehen können? Er war zwar kleiner als der Asiate, doch brachte er sicher das Dreifache auf die Waage.

»Ja, gefährlicher Mann. Aber nicht unverwundbar. Sie jetzt schlafen, kommen morgen wieder, muss zurück. Dann ich Sie bringen weg, Sie müssen helfen Jewgenij und weißer Frau.«

»Ja ... das müssen wir! Passen Sie auf die beiden so lange auf.« Justus Sinne schwanden wieder. Doch dieses Mal ohne Sorge. Er glaubte, den Chinesen auf seiner Seite zu haben. Dann waberte noch ein Name durch den Nebel seines Bewusstseins. Eine Person, die helfen konnte. Justus klammerte sich regelrecht an diese eine Erinnerung, um sie bei seinem nächsten Erwachen parat zu haben. Seine Lippen formten Worte, doch wusste er nicht, ob er sie noch verständlich aussprach.

Oberkommissar Peter Langendorf.

*

Der Mietwagen war lediglich ein Versuch der Verschleierung, eher eine teure Dampfdroschke, denn er fuhr nur bis zu dem kleinen Bahnhof in Erbenheim. Aus sicherer Entfernung beobachtete Peter mit einem Fernglas, wie Michael dem Wagen entstieg, den Fahrer entlohnte und sich an den Bahnsteig stellte. Plötzlich sah Michael in Peters Richtung, als habe er die Beobachtung gespürt. Sofort setzte Peter das Fernglas ab, starrte zu Boden und dachte an Katharina und Sebastian. Seine Anker in dieser perfiden Welt und der beste Schutz gegen jegliche Beeinflussung.

Der Bummelzug nach Limburg erschien schnaufend am Bahnhof und Michael stieg ein. Nachdem er sich vergewissert hatte, dass seine Beute auch wirklich im Zug saß und nicht wieder ausgestiegen war, startete Peter das Dampfrad und nahm den direktesten Weg nach Niedernhausen, der ersten Station auf dem Weg des Zuges. Obwohl die Straßen in dieser ländlich geprägten Gegend eine Katastrophe waren, konnte er dennoch vor der lahmen alten Eisenbahn den Ort erreichen, der zumindest versucht hatte, den Anschluss an die Moderne nicht vollends zu verpassen. Mit dem Bau einiger noblerer Villen oberhalb des Bahnhofes sollten zahlungskräftigere Stadtbewohner angelockt werden, welche die deutlich bessere Luft in dieser Gegend schätzten. Das wurde zumindest im Sommer gerne angenommen, wenn der Dunst der Fabriken wie festgenagelt im Rheintal hing. Zwischen Niedernhausen und dem Wiesbadener Stadtteil Naurod wurde deshalb auch noch ein Sanatorium für Lungenkrankheiten errichtet, das sich allerdings nur mehr schlecht als recht hielt. Die zahlungskräftige Kundschaft zog es an angenehmere Orte im Süden; diejenigen hingegen, die eine Behandlung wirklich nötig hätten, konnten es sich nicht leisten.

Trotzdem hatte sich jemand die Mühe gemacht, die Villa, vor der Peter nun parkte, um einen Blick auf den Bahnhof zu werfen, fertig zu bauen und ein wahres Schmuckstück daraus zu machen. Auch schien sie zurzeit als Einzige bewohnt zu sein, während die anderen Häuser eher dem Verfall ausgesetzt waren.

Die Lokomotive stieß ein schrilles Pfeifen aus und Peter wandte seine Aufmerksamkeit dem Bahnhof zu. Er musste lachen, als er den Grund für das Pfeifen und das schrille Kreischen der Bremsen bemerkte. Eine Kuh stand am Bahnhof auf den Gleisen und erst der Lärm schien sie dazu zu bewegen, den Aufforderungen der Bauern nachzukommen, die sie bis dahin vergeblich zogen und schoben. Eine willkommene Ablenkung für Peter, denn so konnte er Michael, der sich neugierig aus dem Fenster seines Abteils im Waggon der zweiten Klasse lehnte, gefahrlos beobachten. Er machte keinerlei Anstalten, den Zug zu verlassen, so dass Peter bereits weiterfuhr, bevor die altertümliche Lokomotive wieder anruckte. Er wollte vermeiden, dass ihn jemand zufällig sah, wenn er die Gleise in Niederseelbach kreuzen musste. Einen großen Umweg wollte er nicht fahren, da er sonst den Zug in Idstein verpassen würde.

Kurz überlegte er, ob das nicht vielleicht doch sinnvoll war, denn dann musste er über Eschenhan fahren. Den Ort, an dem der Albino seine Weggefährten vom Zirkus verlassen hatte. Doch dann verschob er es auf einen späteren Zeitpunkt. Sicher war der Albino nicht dort, sondern irgendwo zwischen Wiesbaden und Mainz unterwegs.

Im Tal zwischen Niederseelbach und Idstein waberte dicker Nebel, was Peter sehr zupass kam, denn er musste ein gutes Stück gut sichtbar für Bahnreisende auf einer Anhöhe entlangfahren. Ein Fortbewegungsmittel wie das seine erregte natürlich Aufmerksamkeit, was Michael hätte warnen können. Er begegnete niemandem auf seinem Weg, die Gegend wirkte seltsam ausgestorben. Nicht einmal Vich war auf den Wiesen zu sehen. Um sich nicht selbst zu beunruhigen, schob Peter diese Tatsache auf die Jahreszeit, in der Bauern ohnehin nichts zu tun hatten, und auf das Wetter. Dennoch kam er sich vor, als wäre er durch den Nebel hindurch auch in eine andere Ära gefahren. Eine, die fern von der Moderne war.

Für einen Moment fragte er sich, ob es nicht erstrebenswerter sei, in diese Ära zurückzukehren. So wie es Paul einmal angedeutet hatte, als er den ermordeten Architekten Paintner fand. Das war auch in Niedernhausen gewesen. Der Mann hatte sich eine der alten Mühlen mit modernem Komfort wiederhergerichtet und wollte dort seinen Ruhestand auskosten, während er weiter hin und wieder seiner Profession nachkam. Trotz allem Schrecken hatte Paul angedeutet, dass er sich selbst auch eine solche Zukunft vorstellen konnte.

Für Peter wurde es schwierig, einen Ort zu finden, von dem aus er den Bahnhof gut sehen konnte, ohne selbst gesehen zu werden. Das Fernglas war zwar leistungsstark, dennoch war er sich nicht sicher, ob er von dem Hügel auf der anderen Seite der kleinen Stadt genug erkennen konnte. Doch es reichte aus, um zu sehen, dass sich die Türen des vorderen Waggons nicht öffneten. Michael verließ also auch in Idstein den Zug nicht.

Peter seufzte und gratulierte sich selbst zu der Vorsehung, noch einen Reservekanister des Treibstoffes mitgenommen zu haben. Zwar wurden die Dampfräder ursprünglich mit Äther betrieben und konnten dann mit einer Tankfüllung bis Moskau kommen, wenn man sparsam fuhr. Sicherheitsbedenken führten jedoch dazu, dass ein Teil der Maschinen auf einen Antrieb mit Treibstoff auf Erdöl-Basis umgerüstet worden waren. Dieser explodierte zwar auch dann nur schwer, wenn eine Kugel in den Tank einschlug, doch der Tank war sehr schnell leer, die Reichweite begrenzt. Vor allem mangelte es an Geschwindigkeit, so dass man zwei der Maschinen noch mit einer Ätherbefeuerung weiter betrieb, sollte eine Verfolgung nötig werden.

Trotzdem hoffte Peter sehr, dass Michael nicht bis Limburg oder sogar noch darüber hinaus weiterfahren würde, denn die Fahrt über die schlechten Straßen kostete ihn viel Konzentration. Nach einem Blick auf seine Karte, die ihm Camberg als nächsten Halt des Zuges zeigte, fuhr er weiter.

Erleichterung erfüllte ihn, als er von seinem wieder weit entfernten Aussichtspunkt an einer kleinen Kapelle sehen konnte, dass dieses Mal jemand den ehemaligen Zweite-Klasse-Waggon verließ und er gerade noch die athletische Gestalt Michaels erkannte. Peter war in letzter Sekunde an der Kapelle angelangt, denn er hatte einen Umweg nehmen müssen, um nicht zu vielen Beobachtern zu begegnen. Das

Örtchen Steinfischbach war genauso ausgestorben gewesen wie Bermbach, dennoch umfuhr er es über Waldwege. Während er nun seine Beute beobachtete, rieb sich Peter die schmerzenden Arme.

Es war sicher Michael und er wurde mit offenen Armen von einer Frau empfangen. Viel konnte er von ihr wegen des schweren Wintermantels nicht erkennen, aber unter dem breiten Hut lockte sich feuerrotes Haar. Louisa, oder besser Emma. Es konnte niemand anderes sein. Die ehemalige Bordellherrin von Kastel und Kostheim. Die beiden waren also noch zusammen und schmiedeten ihre Ränke. Bei ihr wartete eine Droschke mit einem abgemagerten Pferd. Sie stiegen ein und fuhren durch die kleine Stadt zu einem Haus an der Straße nach Würges. Es stand frei und wirkte ein wenig befremdlich mit seinem modernen Baustil. Keine Möglichkeit, sich unbemerkt über die Straße zu nähern. Schon gar nicht mit dem Dampfrad.

Müde starrte Peter durch sein Fernglas und überlegte, was er tun sollte. Vorläufig konnte er nur abwarten. Camberg gehörte zur Verwaltung von Limburg. Es war also auch nicht möglich, einfach ein paar Polizisten zur Beobachtung abzukommandieren, zumal sich das wohl sehr schwierig gestalten würde, wenn man Michaels Fähigkeiten in Betracht zog. Die Abgelegenheit des Hauses und das Fehlen moderner, schneller Transportmittel hatte jedoch einen nicht zu verkennenden Vorteil.

Sie hatten Zeit.

Die Beute konnte nicht einfach davonlaufen oder umziehen.

EKLAT

Niemals hätte sich Johann für sein Leben vorstellen können, dass er derartig von einem Gefühl eingenommen werden konnte. Aber es war nackte Angst, die ihm den Nacken hinaufkroch. Selbst als er die kleine Revolte gegen Wallenfels Pläne anführte, einen Menschen als Steuerung in sein Luftschiff einzubauen, hatte er sich nicht so unwohl und unsicher gefühlt. An diesem Abend sollte er zum ersten Mal als gewählter Vertreter von Biebrich an einer Sitzung der Stadtverordnetenversammlung des Groß-Stadtkreises Wiesbaden-Frankenfurt teilnehmen. Damit war er aber auch der Einzige, der überhaupt Menschen aus der Vorstadt vertrat, und das gegen den erklärten Willen der Stadtoberen, die alles darangesetzt hatten, Wahlen in den Flussgebieten zu verhindern.

Joachim hatte ihm über Peters Nachforschungen berichtet, wer die Störer beauftragt haben mochte, die bei der Wahl auftauchten. Dass ein Polizeibeamter in diese Intrige verwickelt gewesen war, kratzte sicher stark am Selbstverständnis des Oberkommissars. Über diesen Polizisten führte eine Spur über dessen Vorgesetzten hin zu einem Vertrauten des Wiesbadener Bürgermeisters, der auch ein Handlanger von Wallenfels war. An diesem Punkt hatte Peter die Suche nach den Verantwortlichen aufgegeben. Er kannte sie, konnte aber nichts dagegen unternehmen. Johann konnte ihm das nicht verdenken. Es hatte keinen Zweck und konnte Peter nur den Kopf kosten. Damit war niemandem geholfen.

Ihm graute nicht nur vor dem Empfang, den sie ihm bieten würden. Johann rechnete auch mit einer Menge mehr oder minder verhohlener Demütigungen, die er über sich ergehen lassen musste.

Joachim spähte in das Schlafzimmer seines Vaters und wirkte besorgt. Johann drehte sich zu ihm um und lächelte verlegen. »Ich hoffe, Sie werfen mich damit nicht schon an der Innenstadtgrenze raus«, murmelte er und zupfte seinen Anzug glatt. »Das Einzige, was ich mir zugutehalten kann, ist wohl, dass sich meine Figur seit unserer Hochzeit nicht mehr verändert hat.«

»Was, in dem Ding hast du Mama vor den Altar geführt?« Joachim prustete vor Lachen, was Johanns Anspannung etwas weichen ließ. Es gelang ihm schließlich sogar, ein Lächeln auf sein Gesicht zu zaubern.

»Einen besseren oder moderneren Anzug habe ich leider nicht, du altes Lästermaul«, erwiderte er schließlich seufzend, aber sein Lächeln blieb. »Wenigstens haben die Motten nur im Futter gewütet, nicht außen.«

»Hut, ab, Papa. Dann hast du dich in der Tat bestens gehalten. Wenn das Ding noch so gut passt? Und der Anzug ist ja auch noch in Ordnung. Aber trotzdem: Ich soll dir von Oberkommissar Langendorf ausrichten, dass du vor dem Besuch der Versammlung bei seiner Frau vorstellig werden musst. Sie hat wohl noch den ein oder anderen Anzug, der besser in den gesteckten Rahmen passt.«

»Wenn es keine Umstände macht … Dann lass uns gehen. Ich schätze, man wird mir ohnehin nicht gerade einen roten Teppich ausrollen und verspäten will ich mich ebenso wenig.«

»Wir gehen über das Gelände der Bahnpolizei. Mein Chef wird nicht so viele Zicken machen wie die Posten auf dem Biebricher Berg. Ist von da aus auch nicht weiter zu Langendorfs als andersrum.«

Johann zuckte mit den Schultern, aber insgeheim erleichterte es ihn doch sehr, dass seine Kinder mit einem Fuß in der Innenstadt standen und ihn so unterstützen konnten. Er sammelte seine Notizen zusammen, die er auf dem Bett ausgebreitet hatte. Der Ansatz einer kurzen Rede, für den Fall, dass man ihn zu Wort kommen lassen würde. Auf einem anderen Block hatte er sich alles notiert, was die Bürger seines Ortsteils an ihn herangetragen hatten, auch wenn er davon ausging, dass es die übrigen Stadtherren nicht im Geringsten interessierte.

Das Einzige, was er sich von seiner Teilnahme an der Sitzung erhoffte, war ein Hinweis auf das, was an der Grenze seines Viertels und am Rhein geschah und ob man mittlerweile auch bei den Stadtoberen zur

Kenntnis genommen hatte, dass eine nicht zu unterschätzende Gefahr drohte: Eine Überschwemmung nahezu biblischen Ausmaßes.

Die Regenpausen wurden immer seltener und das Wasser stieg stetig an. Seine Informationsquellen aus den Stadtteilen an der Mainmündung waren mittlerweile gänzlich verstummt, so dass Johann schon Angst hatte, diese Menschen seien tot. Der Riegel mit den Baustellen hatte den Informationsfluss zwischen den Stadtteilen nur bedingt behindert. Nicht zuletzt Joachim war ein lebendiger Briefkasten, aber die meisten Informationen kamen über einen Weg, den sogar Johann nicht gekannt hatte. Eine Art Rohrpost unter dem Zollhafen. Durch einen Abwasserkanal, den sonst nur Ratten nutzen konnten, hatte ein Bekannter ein Seil gezogen, an dem er Dosen von Biebrich nach Amöneburg ziehen konnte. Ein alter Freund auf der anderen Seite, der des Lesens und Schreibens mächtig war, der »Kampfpriester« von Kostheim und Kastel, versorgte sie über diesen Weg mit Nachrichten aus den Vierteln der Vergessenen. Und nun wahrscheinlich auch Verlorenen. Mittlerweile war der gesamte Zollhafen überflutet und dieser Nachrichtenweg nicht mehr nutzbar.

Wie oft er nun schon die letzte Botschaft des Priesters gelesen hatte, wusste Johann nicht mehr, aber sie ließ ihn noch immer bei jedem Wort erschaudern. Natürlich weigerten sich viele der Elenden, die noch in Kastel und Kostheim am Fluss hausten, ihre Quartiere zu verlassen. Und wenn sie es doch taten oder mussten, dann gewiss nicht auf Aufforderung des Militärs. Ob all die wüsten Geschichten, die der Priester stichwortartig in eine lange Liste gepackt hatte, vollständig der Wahrheit entsprachen oder nur wilde Märchen waren, konnte er natürlich nicht verifizieren, aber er kannte die Situation vor Ort gut genug, um sagen zu können, dass alles wahrscheinlich noch viel schlimmer war als das, was sein Freund auf geduldigem Papier in harten Worten beschrieb.

Am meisten erschreckten ihn die Meldungen, dass es immer mehr Sammellager gab, in denen die Menschen interniert wurden, die vor den Fluten flüchteten. Natürlich gingen sie dorthin, wo das Wasser nicht war, aber das bedeutete, dass sie sich den Orten näherten, wo man sie nicht haben wollte. Auch aus Schierstein und Freudenberg kamen solche Nachrichten und sie wollten Johann nicht gefallen. In Biebrich hatten sie es bislang noch alleine regeln können. Direkt am Wasser wohnten nicht viele Menschen. Aber je höher die Fluten stiegen, desto weiter mussten sie die Evakuierungszone ziehen. Wohnraum wurde ein knappes Gut und so hatte er sich schon schweren Herzens dazu entschließen müssen, die Bittsteller aus dem Parkfeld ebenfalls in die Auffanglager oberhalb von Schierstein zu schicken. Es gab nicht mehr genug Platz, seit das Militär die Wohnhäuser in einem Bereich von über 50 Metern rund um die Fabrikgelände räumen ließ. Damit blieb den Biebrichern kaum mehr etwas übrig, das nicht vom Wasser gefährdet wurde. Alteingesessene gingen vor und sie rackerten sich ab, so viele Häuser wie möglich mit Sandsäcken und anderen Barrieren zu sichern.

»Vater, woran denkst du?«

Die Frage seines Sohnes schreckte Johann auf und er bemerkte, dass er unschlüssig mitten in der Bewegung stehen geblieben war. »An all das, was ich den Herren in der Stadtverordnetenversammlung gerne in die feisten Gesichter brüllen würde. Ich hoffe, ich lasse mich nicht dazu hinreißen. Im Gefängnis nutze ich niemandem etwas.«

Joachim seufzte. »Ich fürchte sowieso, dass all die Mühen, die wir auf die Wahl und alles andere verwendet haben, für die Katz waren. Wir sind für die Herrschaften nutzlos. Sie brauchen uns nicht einmal mehr als billigste Arbeitskräfte für Drecksarbeiten. Was wird aus denen, die sich zwar vor dem Hochwasser retten konnten, nun aber in den Lagern auf Gedeih und Verderb der Gnade der Soldaten und der Stadtherren ausgeliefert sind? Sie werden mit Nahrungsmitteln versorgt, heißt es, aber was sind das für Nahrungsmittel? Hast du das Zeug gesehen, dass sie einem dort als Brot verkaufen wollen?«

Gemeinsam verließen sie das Haus und wanderten hin zu dem Kontrollposten an den Bahngleisen, von dem Joachim hoffte, dass sie dort nicht so genau kontrolliert wurden, weil er bei seinem Vater war. Schon nach kürzester Zeit waren sie trotz der Regenkleidung durchnässt und Johanns Anzughose nur noch ein triefender Fetzen. Er hoffte inständig, dass die Langendorfs tatsächlich etwas Passendes für ihn hatten, denn so wollte er nicht im Rathaus erscheinen. »Ich habe keine Ahnung, Joachim. Woher weißt du, was man den Leuten gibt?«

Sie blieben kurz unter einer Brücke stehen und Joachim, der ohnehin zu seiner nächsten Schicht musste, zog umständlich etwas aus seiner Uniformjacke heraus, um es seinem Vater zu zeigen. »Das kam gestern mit einem Zug aus Köln an. Einer meiner Kollegen hat es kontrolliert, als es auf Pferdefuhrwerke verladen wurde, um es nach Hochheim zu bringen, wo auch das Lager für die Flüchtlinge aus Kostheim und Kastel ist. Einer der Bahnarbeiter meinte, das wäre irgendein sehr haltbares und nahrhaftes Spezialbrot, das ein Mann aus Köln entwickelt habe. Billig und leicht herzustellen, für eben solche Notsituationen. Man will es aber auch künftig als Nahrung für Fabrikarbeiter benutzen, wenn mal wieder keine frischen Nahrungsmittel zu bekommen sind.«

Johann nahm die seltsam farblose Scheibe entgegen und betrachtete sie verblüfft. Dann roch er auch daran und schließlich brach er eine Ecke ab, um sie zu probieren. So farblos wie es war, so schmeckte es auch. Nach nichts. Die Konsistenz war krümelig und wurde sofort schleimig im Mund. Als er es heruntersschluckte, spürte er umgehend so etwas wie ein Sättigungsgefühl, weil der Brocken in seinem Magen aufzuquellen schien. Wortlos steckte er das Päckchen von Joachim in seine Anzugtasche, in der Hoffnung, irgendjemand würde ihm genauer sagen können, was es war. »Mag sein, dass es die Menschen besser am Leben hält als faule Kohlblätter und Rattenfleisch, aber ich traue dem Zeug nicht. Woraus wird es gemacht? Es müssen ja Unmengen von Rohmaterial sein, um all die Menschen mit solchen Nahrungsmitteln zu versorgen. Woher kommt es? Warum ist es so billig, dass sich niemand deshalb Gedanken macht, so viele Hungerleider damit zu versorgen? Ich rieche da einen perfiden Braten, der mir nicht schmecken wird.«

Joachim grunzte nur und ging weiter. Wie er gehofft hatte, waren seine Kollegen bei der Kontrolle gnädig. Im Gegenteil, sie begegneten seinem Vater sogar mit Respekt. Von seinem Vorgesetzten hatte Joachim lobende Worte über seinen Vater gehört, ohne dass der Mann

Johann kannte. Allein schon, weil er den Mut aufgebracht hatte, sich als Kandidat für die Stadtverordnetenversammlung aufstellen zu lassen.

Die Langendorfs wohnten nicht weit vom Bahnhof entfernt, so dass der Weg durch den Regen bald ein Ende hatte. Joachim brauchte nicht zu klingeln, seine Schwester Celeste stand an einem Fenster und wartete schon auf die beiden Männer. Als sie die Tür öffnete, legte sie einen Finger auf den Mund. »Das Baby schläft gerade, aber Frau Langendorf und ihre beiden Gäste erwarten euch schon.«

»Ah, wie geht es dem Bruder des Oberkommissars? Wieder wohlauf?«, hakte Joachim sofort nach.

»Noch einen gehörigen Brummschädel, aber sonst wieder senkrecht«, kam es von einer Zimmertür. »Ich freue mich, Sie zu sehen, Herr Bartfelder. Auch wenn ich sagen muss, dass ich Sie am liebsten nach Hause schicken würde, weil der Abend für Sie gewiss kein Spaß werden wird.«

Johann gab dem Bruder seines Freundes mit einem gequälten Lächeln die Hand. »Was glauben Sie, wie oft ich mir heute schon überlegt habe, dass es vielleicht besser wäre, zu kneifen? Aber ich muss dorthin. Rund um uns herum tut sich so viel, dass ich einfach hoffe, ein paar Antworten auf drängende Fragen zu bekommen. Selbst wenn ich sie zwischen den Zeilen des Gesagten heraushören muss.«

»Jetzt sorgen wir erst einmal dafür, dass Sie nicht wie ein begossener Pudel aussehen, wenn Sie dort antreten«, kam eine weibliche Stimme aus dem Raum hinter Paul, der sofort Platz machte, um seine Schwägerin in den Flur zu lassen. »Joachim, könnten Sie bitte die nassen Regenmäntel in den Keller hängen?«

Joachim deutete eine Verbeugung vor Katharina an, die er über alle Maßen für ihre Kraft bewunderte. Nach all den Strapazen und Schmerzen, die ihr der Mörder Laue zufügte, hatte sie sich wieder ihr eigenes Leben erkämpft. Jedenfalls schien sie für ihn große Fortschritte zu machen. Er nahm die Sachen von seinem Vater entgegen und tappte in den Keller.

Johann fühlte sich nicht wohl in seiner Haut, nun, da er von der Frau gemustert wurde, von der er schon viel gehört hatte und deren Leidensgeschichte er nur zu gut kannte. Auch er bewunderte sie sehr, doch wusste er nicht zu sagen, was sie gerade dachte oder fühlte. Vielleicht war es auch nur der starre Blick, der ihn irritierte, der aber durchaus auch von den Schäden stammen konnte, die ein technisches Bauteil in ihrem Gehirn angerichtet hatte. Zudem sprach sie sehr langsam und wenig betont. »Ich freue mich sehr, Sie endlich einmal kennenlernen zu dürfen, Frau Langendorf. Nun kann ich mich auch persönlich dafür bedanken, dass Sie meine Tochter bei sich aufgenommen und ihr damit eine Tür zur Innenstadt geöffnet haben.«

»Sie hat die Tür durchschritten, die ich für sie aufgezogen habe und ohne sie könnte ich im Moment überhaupt nichts mehr machen. Ich brauche Celeste und bin ihr sehr dankbar für ihre Treue, zumal sie, wie ich hörte, schon andere Angebote aus guten Häusern bekommen hat.«

Celestes Gesicht nahm die Farbe ihrer Haare an und sie sah verschämt zu Boden. Doch sie lächelte dabei. »Das würde ich niemals annehmen, solange Sie mich brauchen, Frau Langendorf. Außerdem weiß ich nicht, ob das mit Hartmut so weiter gehen könnte, wenn ich woanders arbeite …«

Alle Anwesenden lachten, auch Paul, obwohl er dabei etwas gequält wirkte. Er war es schließlich, der den Grund für Johanns Anwesenheit ansprach. »Kommen Sie, Herr Bartfelder, wir sorgen jetzt für trockene Kleidung und dann bringt Sie mein Freund Valerian zum Rathaus. Er hat sich doch tatsächlich ein Automobil gemietet, was ich am Anfang überflüssig fand, da man alles fußläufig erreichen kann. Aber bei diesem Wetter ist es durchaus sinnvoll.«

*

Je näher sie dem Rathaus kamen, umso mulmiger wurde es Johann, zumal er nun auf die Hilfe und Rückendeckung seines Sohnes verzichten musste. Auch der Versuch seines adeligen Chauffeurs, ihn mit eher belanglosem Geplauder abzulenken, gelang nicht wirklich, auch wenn er Valerian de Cassard sehr dankbar war, dass er sich überhaupt so viel Mühe mit ihm gab. Die Enge des kleinen, eher sportlichen Fahrzeugs, das der Franzose für seine Zwecke gemietet hatte, tat ihr Übriges, um ihm den Eindruck zu vermitteln, in der Falle zu sitzen. Wenigstens kam er so trockenen Fußes in die Innenstadt.

Der elegante Anzug, den er nun trug, gefiel ihm zwar durchaus, doch hatte er den Eindruck, damit auf einen Maskenball zu gehen. Es war nicht seiner, er fühlte sich darin seltsam verkleidet. Aber vielleicht erwies es sich ja auch als günstig, eine Maske zu tragen. Kleider machen Leute, hieß es, er hatte die Novelle Gottfried Kellers gelesen. Vielleicht konnte er die anderen Stadtverordneten ein wenig täuschen, auch wenn er davon ausging, dass diese noch deutlich besser gekleidet waren.

All diese fruchtlosen Überlegungen fielen von ihm ab, als er die vielen nagelneuen Überdachungen sah, die man über die Fußwege vor den prächtigen Häusern der Wiesbadener Innenstadt gebaut hatte und unter denen tatsächlich einige Menschen den Unbilden des Wetters trotzten.

Seine Überraschung blieb nicht unbemerkt und er sah Valerian an, der ungehalten schnaufte.

»Mal wieder reine Bekämpfung von Symptomen«, erklärte der junge Mann sofort, als er Johanns Blick auf sich ruhen spürte. »An die eigentliche Krankheit wagt sich niemand heran. Ich wette um jeden Preis, dass, würden bei Ihnen in Biebrich einige reiche, ach so wichtige Leute wohnen, sie längst keine Probleme mehr mit dem Hochwasser hätten. Dann würden sofort Schwimmpontons gebaut, mit prächtigen Häusern darauf, die dann mit dem Wasserstand hoch- und runtergehen würden.«

Johann nickte nur seufzend. Jedes Wort war überflüssig. Es verwunderte ihn nur, als Valerian kurz vor einem Haus anhielt, das nach Johanns Kenntnis nicht das Rathaus war, und er sah verwundert seinen Fahrer an, dessen Gesicht sehr ernst war.

»Wenn alle Stricke reißen und Sie sich besser schleunigst aus dem Rathaus entfernen müssen, zu dem wir jetzt fahren, dann kommen Sie hierher in die Nummer zwei. Am Klingelbrett steht oben ›Kunstmaler‹. Das ist die Klingel für mein Atelier. Ich werde dort arbeiten und auf Sie warten. Im Anschluss bringe ich Sie wieder zur Stadtgrenze. Lassen Sie es nicht darauf ankommen, sich mit den Herrschaften anzulegen. Der wertvollere Dienst dürfte im Moment jener sein, Informationen zu bekommen.«

»Ich hatte nicht vor, mich in die Nesseln zu setzen«, seufzte Johann und versuchte ein Lächeln. »Aber danke für die Hilfe und die Zuflucht.«

Valerian fuhr zwei Straßen weiter auf einen großen Platz. Johann kannte Bilder des Stadtschlosses und des Rathauses und konnte beide Gebäude nun im Licht einer Vielzahl von sehr hellen Straßenlaternen trotz des Regens erkennen. Nur die überdachten Bürgersteige verzerrten das Bild in seiner Erinnerung.

Der kleine Franzose wies auf einen eher tristen grauen Bau, der am Platz gegenüber dem Rathaus stand. »Das ist übrigens das Kommissariat der Reichskriminalpolizei. Ob Peter gerade dort ist, weiß ich nicht, aber Sie kennen ja sicherlich ein paar Leute aus seiner Truppe, nicht zuletzt Ihren künftigen Schwiegersohn, Hartmut Lenze. Karl Gördeler wäre noch ein Kandidat, der Ihnen sicherlich weiterhelfen kann, sollte es ein Problem geben. Oder Polizeichef Sonnemann höchstselbst. Ich hoffe nicht, dass es notwendig ist, aber auch das wäre ein möglicher Zufluchtsort.«

Etwas beklommen betrachtete Johann den eher schmucklosen und massiven Bau, der ihm wenig einladend erschien. Aber auch diese Möglichkeit behielt er im Hinterkopf. Als Valerian vor dem Rathaus anhielt, nahm er sich ein Herz und stieg sofort aus, nachdem er sich für die trockene Fahrt bedankt hatte. Nun stand er unter einer der Überdachungen und lauschte dem prasselnden Regen für einen Moment, während er dem Wagen des Franzosen hinterher sah, nachdem der gewendet hatte. Dann lief er auf die große Freitreppe des Rathauses zu, die dem Stadtschloss gegenüber lag.

Auch hier gönnte er sich einen Moment der Betrachtung und seine Gedanken schweiften ab. Wo mochte sich der Kaiser derzeit aufhalten? Johann wusste, dass der Herrscher immer im Stadtschloss wohnte, wenn er in der Stadt zur Kur weilte. Ob er diesen Aufenthaltsort immer noch so attraktiv finden würde, wenn das Wetter so bliebe?

Er riss sich von dem Anblick los und schritt gemessen und ohne Hast die Treppen hoch. Am anderen Ende der Treppe hielt ein großes Automobil und ein Chauffeur in Livree hielt seinen Fahrgästen den Wagenschlag auf. Zwei elegant gekleidete Herren stiegen aus und Johann ging davon aus, dass er sie gleich wiedersehen würde. Im Sitzungssaal der Stadtverordneten. Er wartete, bis sie die Tür erreicht hatten und folgt ihnen dann ins hell erleuchtete Innere.

Hier begegnete er dem ersten Hindernis. Während die beiden anderen Herren einfach weiter zu einer Garderobe eilten, ohne dass einer der Wachhabenden auf sie reagierte, wurde Johann sofort aufgehalten. Er fragte sich, welcher Einheit die Wächter angehören mochten. Es waren wohl keine Polizisten, aber auch für die im Stadtkreis ansässigen Truppen trugen sie zu ungewöhnliche Uniformen.

Der Mann, der ihm in den Weg getreten war, schien etwas unsicher ihm gegenüber, was Johann durchaus nachvollziehen konnte. Zwar war der Mann recht breit gebaut, aber Johann war es auch, dazu fast einen Kopf größer. Es lag Unsicherheit in seiner Stimme, als er ihm befahl, sich auszuweisen.

Johann griff in die Taschen des eleganten schwarzen Mantels, den ihm die Langendorfs überlassen hatten und reichte dem Mann mit einem Lächeln die Papiere, die man ihm ausgestellt hatte. Der Wächter nahm sie entgegen und las die Papiere mit Verblüffung durch. Dann schien er eher verwirrt zu sein und wandte sich zu einem anderen Mann um, an dessen Uniform deutlich mehr Gold und Abzeichen darauf hinwiesen, dass er einen höheren Rang bekleidete. Dieser Mann schien genauer zu wissen, wen er vor sich hatte und sein Gesicht strahlte wenig Freundlichkeit aus. Die beiden Herren, die vor Johann das Gebäude betraten, verhielten auf ihrem Weg nach oben und sahen gespannt zu, was sich im Foyer abspielte, als folgten sie einem Theaterstück.

Langsam wurde es Johann unangenehm und er begann sich zu fühlen wie das Mitglied einer Freakshow. Selten und faszinierend. *Wahrscheinlich*, so dachte er, *geht es den Freaks aus dem Zirkus von Algirdas Zerfas ganz genau so. Begafft zu werden, ist nicht angenehm. Bei seinen Schaustellern hoffe ich nur, dass sie nicht begreifen, was da mit ihnen geschieht. Ich fühle mich jedenfalls nicht wohl in meiner Haut. Hoffentlich dauert das alles nicht zu lange.*

»Sie sind also der Vertreter von Biebrich, soso«, schnarrte der Offizier nun und musterte Johann durch ein Monokel.

Die anachronistische Sehhilfe im hageren Gesicht des herausgeputzten Mannes ließ ihn affig wirken. Ebenso sein überhebliches Verhalten Johann gegenüber, der sich sehr anstrengen musste, nicht darüber zu schmunzeln. »So ist es. Wenn Sie mir bitte sagen könnten, wohin ich mich wenden muss? Ich kenne mich hier naturgemäß noch nicht so gut aus.«

Das Monokel rutschte wegen der verblüfften Miene des Mannes herab und baumelte an den Tressen der Uniform. Johanns gewählte, akzentfreie Ausdrucksweise schien ihn offensichtlich zu erstaunen. Da er keine Anweisungen zu haben schien, ihn wieder wegzuschicken, für den Fall, dass Johann tatsächlich in der Innenstadt auftauchen sollte, wies er zunächst auf die Garderobe und sah sich dann hilfesuchend zu den beiden anderen Herren um, die aufgeregt miteinander tuschelten und sich schleunigst nach oben begaben.

Diese Reaktion ließ Johanns Mut sinken, denn er ahnte, was es bedeutete. Sie hatten nicht mit seinem Kommen gerechnet. Möglicherweise wäre genau das eingetroffen, was Joachim befüchtet hatte: Das man ihm am Kontrollposten auf dem Christiansplatz so lange Scherereien gemacht hätte, dass er sein Vorhaben, teilzunehmen, aufgab. Nun war er hier und es gab auch keinen anderen Grund, ihn wegzuschicken. Selbst wenn sie auf eine Kleiderordnung – die beiden anderen Herren hatten sehr formelle Anzüge getragen – bestanden hätten: Genau diese erfüllte Johann und er war trockenen Fußes angekommen. Das alles schien sie sehr zu verwundern und er hoffte sehr, dass seine Helfer deshalb keinen Ärger bekommen würden.

Eine ältere Dame nahm seinen Mantel entgegen und für einen Augenblick hatte Johann die Befürchtung, dass sie sich dafür Handschuhe überstreifen oder eine Zange holen würde. Doch diese Demütigung blieb ihm erspart. Sicherlich fragten sich all die aufmerksam starrenden Umstehenden, wie er an die Kleidung gekommen sein mochte, die durchaus tauglich war, auch bei einem Besuch des Kaisers entsprechend Staat zu machen. Das hatte Johann auch Paul Langendorf gefragt. Die Antwort war, dass es Kleidung des Vaters der Langendorf-Brüder war, die ja einem Riesen wie Johann auf Augenhöhe begegnen konnten, und der Mantel von Paul. Unter Anleitung von Katharina hatte dann seine Tochter, die seine Maße kannte, die edlen Sachen noch geändert, so dass sie passten, als wären sie für ihn geschneidert worden.

Nachdem sein Mantel weg war und er seine Papiere wieder entgegengenommen hatte, sah Johann den Offizier erwartungsvoll an. »Wenn Sie mich bitte führen würden? Ich möchte nicht zu spät kommen und die Sitzung stören.«

Der Mann ging ihm voran und gab einem anderen Wächter ein Zeichen, dass er folgen möge. Mit diesem Geleit stieg Johann die Treppe hoch und setzte eine Maske der Unnahbarkeit auf. Das konnte er gut und er hoffte, dass er sie bis zum Ende bewahren konnte. Er wollte den anderen Stadtverordneten keine Angriffsfläche bieten.

Die Tür zum großen Sitzungssaal stand noch weit offen, aber offensichtlich waren schon alle Abgeordneten auf ihren Plätzen. Ein Saaldiener im steifen Frack hob verwundert eine Augenbraue und lauschte dem Schnarren des Offiziers, der Johann vorstellte. Der Diener ließ sich seine Gedanken nicht anmerken, bat lediglich noch einmal darum, Johanns Papiere zu sehen. Obwohl alles in Johann danach schrie, sich umzudrehen und zu gehen, spielte er das böse Spiel weiter mit und wurde in den Saal geführt.

Sofort verstummten die Gespräche der Anwesenden, die schon zum großen Teil auf ihren Plätzen saßen, und alle starrten den

Neuankömmling an. Johann folgte dem Diener ungerührt zu einem Platz abseits der anderen, was ihm nur recht war. Er hatte nicht einmal einen Sitznachbarn. Während der Diener eine Karte in eine Halterung steckte, auf der Johanns Name und sein Stadtbezirk standen, stellte er sich hinter das Pult und deutete knappe Verbeugungen hin zu den anderen Anwesenden an, bevor er sich einfach auf den Platz setzte. Wieder kam er sich vor wie einer der Freaks vom Zirkus, obwohl er kaum anders aussah als die meisten anderen. Außer vielleicht, dass fast alle Anwesenden, die in seinem Alter waren, die Figur des Wohlstandes aufwiesen.

Kerzengerade blieb er auf seinem Stuhl sitzen und sah sich nur in Ruhe um. *Vielleicht muss ich den Spieß einfach umdrehen und meinerseits das Ganze hier als Zirkus betrachten. Dann sind alle anderen die Freaks und ich der Besucher, der sie begafft.* Der Gedanke hatte etwas sehr Beruhigendes und er konnte die Blicke der anderen besser ertragen, die sich schließlich der Tagesordnung zuwandten.

Der Bürgermeister, ein Mann der Johann schon in dem Moment völlig unsympathisch war, als er die ersten Worte zur Begrüßung sprach, eröffnete die Sitzung, welche die Letzte im laufenden Jahr sein sollte und lud zum Neujahrsempfang. Ein anderer Saaldiener verteilte Blätter mit den Punkten, die besprochen werden sollten, doch Ruhe kehrte im Saal immer noch nicht ein. Nach wie vor wurde viel getuschelt und immer wieder sahen sich die Männer zu Johann um. Der ließ erneut seine Gedanken schweifen und fragte sich, wie es wohl wäre, wenn sich auch ein paar Damen in der Versammlung befinden würden. Er würde es als gerecht betrachten, schließlich bestand die Bevölkerung nicht nur aus Männern. Aber so weit war diese Gesellschaft noch nicht und sicherlich würden diese Herren auch noch lange dafür sorgen, dass es so blieb.

Johann nahm sein Papier entgegen und stellte ernüchtert fest, dass die ganzen Tagesordnungspunkte für ihn absolut belanglos waren. Diese Herren trafen sich offensichtlich nur der Form halber, um sich auszutauschen. Was sie zu entscheiden hatten, betraf die Nöte und Sorgen der Menschen um Johann nicht einmal peripher. Umso überraschter war er, als der Bürgermeister ihn direkt ansprach, auch wenn er sofort spürte, dass es ihm nur darum ging, den ungeliebten Stadtverordneten zu demütigen.

»Ich begrüße zu dieser Sitzung auch den neu gewählten Stadtverordneten aus Biebrich, Herrn Johann Bartfelder«, sagte Waldemar Wannemann mit vor Zynismus triefender Stimme. »Da Sie noch keine Gelegenheit hatten, unserer Runde beizuwohnen oder entsprechende Anträge zu stellen, möchte ich Sie fragen, ob Sie vielleicht ein Anliegen haben, das wir am Ende unter ›Verschiedenes‹ besprechen sollten?«

Mit etwas derartigem hatte Johann gerechnet. Man wollte ihn als dummen Vorstädter entlarven und wahrscheinlich gingen sie davon aus, dass er nicht einmal des Lesens mächtig war. Er erhob sich artig von seinem Stuhl, verbeugte sich erneut vor Wannemann und wies auf das Blatt mit der Tagesordnung. »Vielen Dank für Ihre freundliche Vorstellung«, begann er mit einem strahlenden Lächeln. »Teil 2.3 dürfte für mich am interessantesten werden, ich hoffe, Sie gestatten mir dazu dann später noch eine Frage. Und wenn ich darf, würde ich gerne etwas über die Hochwassersituation am Rhein sagen. Das können wir gerne unter dem von Ihnen genannten Punkt aufnehmen.«

Alle Anwesenden starrten ihn an wie eine Erscheinung und ein Raunen ging durch den Saal. Als hätten sie angenommen, einen Affen vor sich zu haben, der nicht in der Lage war, Worte zu formulieren. Oder war es das Thema, das er angesprochen hatte? Johann war die Sache bereits schrecklich leid und wäre am liebsten gegangen. Es war alles so sinnlos. Aber er beherrschte sich und fixierte den Bürgermeister, der sich tatsächlich etwas notierte, anstatt dem Impuls nachzugehen, die Mienen der anderen Anwesenden zu betrachten.

»Aber ja, natürlich. Das können Sie gern tun. Damit ist die Sitzung eröffnet.«

Johann wurde schnell bewusst, wie sinnlos diese Versammlung war und wie wenig seine Wahl bewirken würde. Weniger als Nichts. Die Herren feierten in erster Linie sich selbst und alles, was besprochen oder vorgetragen wurde, enthielt keine Maßnahmen, die den Menschen in Biebrich irgendwie helfen konnten. Trotzdem lauschte er auf jedes einzelne Wort, um eventuell etwas über die wahren Pläne der Regenten des Groß-Stadtkreises zu erfahren. Doch sie schienen sich wegen seiner Anwesenheit sehr zurückzunehmen und er merkte deutlich, dass sie einige Worte vermieden und umschrieben, um ihm keinen Anker zu geben.

Müdigkeit und Frustration machten ihn zunehmend unaufmerksam, bis ein Thema angesprochen wurde, das ihn schlagartig wieder wach werden ließ. Der Sprecher nutzte zwar nicht den Namen Biebrich, aber als er von einer Neuordnung der Besitzverhältnisse um das Gleisdreieck sprach, war Johann wieder ganz Ohr. Dank seines Sohnes wusste er genau, dass es nur einen Ort gab, der im Bereich Wiesbaden als »Gleisdreieck« bezeichnet wurde. In der Nähe von Höchst und Frankenfurt gab es weitere, aber da ein Abgeordneter aus Wiesbaden sprach, konnte es nur um das Gleisdreieck bei Biebrich gehen. Johanns Miene wurde finster und seine Maske der Gleichgültigkeit fiel für Sekundenbruchteile. Wie die Biebricher schon lange befürchtet hatten, wurde das Gleisdreieck abgeriegelt. Kein Durchkommen mehr. Und damit war auch die einzige direkte Verbindung zwischen Biebrich und dem Bahnhof, sowie den Fabriken an der Mainzer Straße Geschichte. Die Straße sollte zudem geschlossen und zurückgebaut werden. Ein Firmenkonsortium bat darum, das völlig wertlose Grundstück kaufen zu dürfen, um einen direkten Bahnanschluss an die Fernstrecken bauen zu können. Die Reichsbahn habe bereits dem Bau zugestimmt.

Ein Firmenkonsortium. Johann war danach, laut zu lachen. Soviel Mühe sie sich auch gaben, er wusste genau, wer hinter alledem stand. Ein Konsortium, das sich im Besitz eines einzigen Mannes befand, der diese Tatsache aber perfekt verschleiern konnte: Wallenfels.

Aus dem weiteren Vortrag ging auch hervor, dass die Reichsbahn plane, einige Umstrukturierungen an den Gleisen vorzunehmen. Manche Strecken seien nicht mehr rentabel, vieles würde auch zurück- oder umgebaut. Damit gingen eine Menge Arbeitsplätze für die Armen verloren und Johann ging auf, dass auch seinem Sohn möglicherweise Ungemach drohte.

Er konnte nichts tun.

Nach all der Wut, die er empfand, kamen ihm fast die Tränen. Er konnte nicht einen Bruchteil dessen erreichen, was sich seine Wähler von ihm erhofft hatten. Eigentlich gar nichts. Er musste sie alle enttäuschen. Oder war es gar nicht so? Hatten die Menschen überhaupt Hoffnungen in ihn gesetzt? Hatte er ihnen überhaupt etwas versprochen? Eigentlich nur, dass er alles daransetzen würde, ihnen Gehör zu verschaffen.

Genau das würde er tun.

Wenn sie ihm tatsächlich die Gelegenheit zum Sprechen geben würden, dann würde er diesen überheblichen Affen sagen, was er auf dem Herzen hatte.

Und dann die Flucht ergreifen. Ob ins Kriminalamt oder zu dem Kunstmaler, würde sich dann weisen.

So ertrug er die weiteren belanglosen Tagesordnungspunkte und sog nur noch die Informationen in sich auf. Was sollte er sagen? Wie weit sollte er die anderen gegen sich aufbringen? Er entschied sich, einfach die Lage zu beschreiben, wie sie sich den Menschen in Biebrich darbot und die Schuldigen daran, wenn schon nicht namentlich, so doch allgemein zu benennen.

Ungeschönt. Mehr nicht. Das würde sie schon genug treffen.

Er wollte wissen, ob diese Menschen noch ein Herz hatten und sich vielleicht für die von ihnen mit geförderte Situation wenigstens ein bisschen schämten. Viel Hoffnung hatte er nicht, sie anrühren zu können. Tatsächlich forderte der Oberbürgermeister ihn mit hohntriefender Stimme auf, sein Begehr vorzutragen. Johann erhob sich von seinem Stuhl und sah müde in die Runde. Kein Gesicht zeigte einen Hauch von Interesse oder den Willen, seine Worte zu hören. Alles was er sagen konnte, würde zu einem Ohr hinein und zum anderen wieder hinaus gehen.

»Meine Herren, ich möchte mich bei Ihnen bedanken«, begann er ruhig zu sprechen. Dass auch seine Stimme einen Hauch Sarkasmus beinhaltete, konnte und wollte er nicht mehr verhindern. »Bedanken dafür, dass Sie es ermöglicht haben, einen Vertreter des Stadtteils Biebrich wählen zu lassen und diesen hier in diesem illustren Kreis zu dulden.«

Den meisten entging der verbale Angriff, nur dem Oberbürgermeister und den Bürgermeistern der Groß-Stadtteile nicht, die ihn misstrauisch musterten und angespannt wirkten. Vor allem der Bürgermeister von Wiesbaden schien nur auf eine Gelegenheit zu warten, ihm das Wort wieder zu nehmen. Seine Hand zuckte schon vor zur der Bronzeglocke, mit der er einen Sprecher zur Ordnung rufen konnte. Doch Wannemann gab ihm ein kaum wahrnehmbares Zeichen, sich zu zügeln.

»Der heutige Abend hat mir eine Menge Erkenntnisse gebracht, die ich den Bürgern nahebringen werde, die mir bei der Wahl ihr Vertrauen aussprachen und mich zu ihrem Vertreter beriefen«, fuhr Johann ungerührt fort und ließ das bissige Lächeln nicht von seinen Lippen gleiten. »Ich wollte Sie eigentlich auf die schreckliche Situation am Rhein aufmerksam machen und um Hilfe für eine drohende menschliche Tragödie bitten. Das Wasser steht mittlerweile schon im Kirchenschiff von St. Marien, das Biebricher Schloss ist gar nicht mehr erreichbar und so manche Wand gibt schon nach. Wir fürchten um den Turm von St. Marien, der sich bereits geneigt hat. Das Haus Gottes droht, seine Schäfchen zu erschlagen. Und der Pegel steigt unerbittliche weiter. Wir wissen nicht mehr, wohin wir die Bewohner noch evakuieren sollen, nachdem man bereits alle Häuser rund um die Großbaustelle auf dem Gelände der alten Stinkhütt geräumt hat, warum auch immer jemand die Befürchtung hatte, dass aus den Häusern dort Gefahr für die Baustelle drohen konnte. Ich hoffte auf Antworten für diese drängenden Probleme und Hilfe, doch mir ist im Verlauf der Sitzung klar geworden, dass wir nichts zu erwarten haben. Sie alle sind sich über die Situation vollumfänglich im Klaren, aber es stört sie nicht. Sie schneiden die Vorstädte an den Flüssen von der Außenwelt ab und lassen den Menschen nur die Wahl, in den unglaublich bestialischen hygienischen Zuständen der Flüchtlingslager dahin zu vegetieren, bis irgendeine Krankheit sie dahinrafft, oder sich auf eine Wanderung ins Ungewisse auf die andere Rheinseite zu begeben, wo sie nichts zu gewinnen haben, sofern sie nicht bereits bei der Überquerung der Flüsse ihr Leben verlieren. Wussten Sie, dass das Wasser bereits die Fahrbahn der Kaiserbrücke erreicht hat? Dass einer der Mittelpfeiler bereits nicht mehr existiert? Sicher nicht. Sie brauchen die Brücke nicht. Ebenso wenig wie die Brücke nach Gustavsburg, die nach meiner Kenntnis bereits zusammengebrochen ist.«

Man unterbrach ihn noch immer nicht, aber aller Blicke waren nun mindestens eisig, wenn nicht sogar von abgrundtiefem Hass geprägt. Er hielt ihnen den Spiegel vor und das konnte keiner von ihnen leiden. Aber sobald er den Saal verließ, würden sie ihn vergessen und über seine Naivität lachen. »Sie sind sich all dessen bewusst und deshalb ist es sinnlos und demütigend, hier weiter zu Kreuze zu kriechen. Sie darauf hinzuweisen, dass die Baustelle die Hochwassersituation in der Stadt noch verschärft, ist ebenso sinnlos. Alles Wasser, was dort stört, wird abgepumpt und durch die Straßen geleitet. Wenn Menschen ersaufen, ist das ja nicht halb so schlimm, wie wenn eine der wertvollen Baumaschinen einen Wasserschaden erleidet. Der Strom des abgepumpten Wassers ist so stark, dass man ihn nicht überqueren kann. Er teilt die Stadt Biebrich noch zusätzlich in zwei Hälften. Vier Kinder sind bereits ertrunken, zwei Frauen verschwunden. Sollte es im Rhein trotz all der Gifte der Fabriken noch Fische geben, so dienen die Ertrunkenen ihnen nun als Futter. Das alles rührt Sie nicht im Geringsten, nicht wahr? Unwichtige Schicksale. Oder soll ich Ihnen davon erzählen, dass all die mutierten Ratten ebenfalls gezwungen sind, ihre Behausungen im Untergrund zu verlassen? Wir müssen uns unseren knappen Wohnraum auch noch mit Horden von Ratten teilen, die, weil sie ebenso hungern wie wir Menschen, über alles herfallen, was sich bewegt. Können Sie sich vorstellen, wie es für eine Mutter ist, dabei zusehen zu müssen, wenn die Ratten ihren Säugling aus der Wiege reißen und bei lebendigem Leib zerfleischen?«

Mit jedem seine Worte, so ruhig sie immer noch vorgetragen wurden, stieg der Unmut und es wurde laut im Saal. Sie wollten ihm nicht mehr zuhören. Nun sah Johann zwei Gesichter, die grau und grün vor Ekel geworden waren und triumphierte innerlich. Diese beiden würden den Sektempfang im Anschluss nicht mehr genießen können. Der Tumult wurde lauter und Johann wusste, dass es Zeit für ihn war, die Versammlung zu verlassen. »In diesem Sinne: Noch einmal Dank dafür, dass ich die Gelegenheit hatte, Ihnen das mitzuteilen. Ich kann Sie beruhigen, ich werde mein Recht, das ich durch diese Wahl erhielt, nicht weiter wahrnehmen. Wenn man nichts erreichen kann, dann steht der Aufwand hierher zu kommen, einfach in keiner Relation zum Ergebnis. Gehaben Sie sich wohl. Ich hoffe, die Geister der Menschen, die für diesen ganzen Wahnsinn ihr Leben lassen mussten und müssen, versüßen Ihnen Ihre Nachtruhe. Guten Abend.«

Johann packte seine Papiere zusammen und verließ einfach geradewegs den Saal, ohne sich noch einmal umzudrehen. Er ahnte, dass ihm nicht viel Zeit blieb, das Rathaus zu verlassen, ohne dass man ihn möglicherweise noch für sein Handeln büßen ließ. Er holte seinen Mantel, bedankte sich artig bei der Dame an der Garderobe und huschte nach draußen. Die Wächter ließen ihn gewähren, aber wahrscheinlich würden sie bald einen Befehl bekommen, ihn aufzuhalten.

Er hörte die aufgebrachte Stimme des Offiziers und tauchte in den Schutz der Dunkelheit des Regens ab. Zum ersten Mal seit langem war er dankbar für dieses Wetter, auch wenn er innerhalb von Sekunden bis auf die Haut nass war. So erreichte er ungesehen das Haus, in dem der Kunstmaler lebte und klingelte zaghaft. Nach einer gefühlten Ewigkeit öffnete der Maler die Tür und er schlüpfte hinein.

Seine Dankbarkeit, selbst an diesem Ort über Freunde verfügen zu können, war grenzenlos.

Verhöre

Es wurde zunehmend schwieriger, auch nur in die Nähe der Innenstadt zu gelangen. Hektisch wich Kenjiro einer Polizeistreife aus, die sich entlang der Bahngleise bewegte und ein Betreten – und vor allem ein Übertreten – mit allen Mitteln verhindern würde. Mit Schrecken stellte er fest, dass die Männer sogar bewaffnet waren. Das war zuvor nicht so gewesen.

Irgendetwas musste vorgefallen sei, das Maßnahmen zur besseren Sicherung erforderlich gemacht hatte. Hatte der Albino etwa wieder zugeschlagen? Oder war das noch wegen des Überfalls auf den Mann im Park? Er konnte es sich nicht vorstellen, mahnte sich nur selbst zu größerer Vorsicht. Vielleicht würde er etwas erfahren, wenn er in die Stadt gelangte und den Gesprächen der Menschen lauschte.

Ernüchtert stellte er fest, dass man bereits damit begonnen hatte, entlang der Gleise weitere Zäune aufzubauen, mit denen die Stadtteile südlich der West-Ost-Trasse endgültig von den reicheren Vierteln entlang des Taunuskammes abgetrennt werden konnten. Danach würde es sicher nur noch mit einem Passierschein möglich sein, durch einzelne Durchgänge mit schwer bewachten Kontrollposten nach Norden zu gelangen. Und solche Passierscheine bekam nur, so konnte er es sich vorstellen, wer eine der begehrten Arbeitsstellen in den Haushalten der besseren Gesellschaft nachweisen konnte. Die eigentliche Arbeit in Industrie und Gewerbe hatte man ja schon nahezu vollständig aus den noblen Vierteln verbannt. Nach allem, was Kenjiro gehört und verstanden hatte, brauchte man selbst in den Fabriken kaum mehr Arbeiter. Die Armenviertel waren zum Aussterben verdammt.

Es blieb ihm nichts anderes übrig, als bis zum Einbruch der Dunkelheit zu warten und zu hoffen, dass er dann in einem unbeobachteten Moment fern ab aller Flutlichter über die Gleise gelangen konnte. Es begann wieder einmal in Strömen zu regnen, was er dieses Mal sogar willkommen hieß. Zwar würde seine gute Kleidung, mit der er hoffte, nicht allzu sehr aufzufallen, darunter leiden. Aber er konnte wohl auch davon ausgehen, dass sich außer Polizisten kaum mehr Fußgänger in der Stadt aufhalten würden.

Endlich gab es einen unbewachten Augenblick, in dem er im Schatten eines der gigantischen Pfeiler der Hochbahnstrecke die Gleise überqueren konnte. Er passierte das Gelände mit den Messehallen und begann zu begreifen, dass er ab sofort auffallen würde wie ein bunter Hund. Einzelne der fliegenden Bauten waren bereits niedergelegt worden. Die Messe war demnach vorbei und ausländische Gäste nicht mehr so zahlreich in der Stadt vertreten. Es würde ihm also gar nichts anderes mehr übrigbleiben, als im Schutze der Nacht und der Dunkelheit zu agieren. Tagsüber gab es ab sofort auch bei diesem Wetter keine Möglichkeit mehr, offen durch die Stadt zu laufen.

Kenjiro hastete weiter, hin zu dem Park, in dem er die Verfolgung des Albinos aufgenommen hatte. Auch hier konnte er nicht den direktesten Weg nehmen, denn überall waren Polizisten und Soldaten, die zu zweit oder zu dritt durch die Straßen patrouillierten. Irgendetwas musste geschehen sein, dass sie zu dieser Vorsicht antrieb. Er konnte sich nicht vorstellen, dass es allein der Überfall im Park war, wegen dem ein solcher Auftrieb befohlen wurde. Selbst wenn es die ach so sichere Stadt ins Mark getroffen hatte. Dass einer ihrer besser gestellten Bewohner mitten in einem der wohlhabendsten Viertel brutal überfallen werden konnte. *Tja, ihr lieben Deutschen, jetzt seht ihr mal, wie es anderen Völkern jeden Tag ergeht. Wie es eure eigenen Mitbürger in den Vorstädten jeden Tag erleben müssen. Diejenigen, die beständig ums Überleben und gegen andere kämpfen, denen es nicht besser ergeht. Voller Angst und ohne jeden Schutz. Da ist kein Heer von Polizisten, die Gewaltakte verhindern.*

Gerade als er den Park passierte, in dem er den Albino fast erwischt hatte und weiter in den abgezäunten Teil schleichen wollte, musste er sich erneut vor einer Polizeistreife verbergen. Die beiden Männer unterhielten sich wenig verhalten und er lauschte angespannt. Sie waren schlecht zu verstehen, da sie im Dialekt der einfachen Leute dieser Gegend sprachen, den Kenjiro noch nicht so gut kannte. Aber nach einer Weile fand er ihn verständlicher als jenen Dialekt aus dem Süden des Reiches, wo er als erstes angekommen war. Aus den Bruchstücken, die er verstand, konnte er sich verschiedene Dinge zusammenreimen.

Demnach hatte es vor dem Überfall auf den Mann schon einen brutalen Mord gegeben und einen sehr geschickten Diebstahl. Man vermutete einen Zusammenhang, auch wenn sich Kenjiro diesen nicht vorstellen konnte. Der Albino ein Mörder? Es war nicht grundsätzlich auszuschließen, aber wie sollte der Krüppel in der gediegenen Innenstadt an ein Opfer kommen? War es möglich, dass man durch die Höhlen, die er bei der Verfolgung entdeckt hatte, auch in so manches Haus eindringen konnte?

Ein Detail ließ ihn aufhorchen, was die Dringlichkeit der Suche nach dem Krüppel durch die Polizei erklärte: Der Überfallene war der Bruder eines hohen Polizeibeamten. Dem Kommissar, der in dem Mord ermittelte. Das erklärte für Kenjiro so manches und er seufzte. Das würde seine eigene Suche sicher nicht einfacher machen, aber wenigstens konnte er sich sicher sein, dass der Albino hart bestraft werden würde, sollte die Polizei ihn vor seinem hartnäckigsten Verfolger erwischen.

Die beiden Beamten, die in dem Torhaus zum Park vor dem Regen Schutz gesucht hatten, bewegten sich weiter zu dem prächtigen Gebäude, das den Park an dieser Seite begrenzte. Das Kurhaus, wie er gehört hatte, auch wenn der Japaner sich nicht vorstellen konnte, was das sein mochte oder wozu es genutzt wurde. Endlich sah er einer Gelegenheit über den Zaun springen und seinen Weg fortsetzen. Vorsichtig warf er einen Blick um den Stamm des mächtigen Baumes herum und sah die beiden Polizisten, wie sie auf einen dritten Mann trafen. Dieser trug zwar zivile Kleidung unter der Regenpelerine, doch die Art und Weise, wie sich die Beamten ihm gegenüber verhielten, ließ Kenjiro darauf schließen, dass auch er Polizist war. Noch ein Mann stieß dazu, ein großer, sehr massiger Kerl, ebenfalls in Zivilkleidung.

Sie wandten sich ab und Kenjiro beeilte sich, seinen Weg fortzusetzen. Gerade als er über den Zaun sprang, brüllte jemand hinter ihm »Stehenbleiben! Polizei!« Nur kurz zuckte er zusammen, doch dann ließ er sich in den Park fallen und rannte.

Hinter sich hörte er ein Platschen, offensichtlich war jemand ebenfalls über den Zaun gesprungen, während das Quietschen eines Türscharniers darauf schließen ließ, dass die anderen das Gittertor benutzten. Kenjiro drehte sich nicht um, sondern rannte wie ein Hase kreuz und quer durch die Anlage. Seine Ohren verrieten ihm auch so, welcher der vier Männer sein gefährlichster Verfolger war. Der Zivilbeamte, der als erster zu den Polizisten gestoßen war. Und er hatte sich seines Regencapes entledigt, denn man hörte das charakteristische Schwappen der Ölhaut nicht mehr.

Die ausgreifenden Schritte langer Beine kamen immer näher, doch Kenjiro ließ sich davon nicht beirren. Noch einmal schlug er einen Haken, aber sein Verfolger schien seinen Weg erahnt zu haben. Er spürte, dass der Mann versuchte, nach ihm zu greifen, er war schon an seinem Haar, so dass er noch einmal abbog, in ein Gebüsch hinein.

Ein Fehler, denn es handelte sich um wilde Rosen, deren Stacheln an seiner Kleidung zerrten. Nun spürte er die Hände des Verfolgers an seinem Kragen und er wurde heftig zurück gerissen. Sofort versuchte er, sich dem Zugriff zu entziehen, doch der Mann fasste nach und legte Kenjiro den Arm um den Hals. Keuchend wand er sich, um dem Zugriff zu entkommen, doch der Mann hielt ihn eisern fest, rollte mit ihm über den schlammigen Boden, als habe er sich einer Klette ähnlich in ihm verhakt.

Kenjiro versuchte, nach dem Gesicht des Mannes zu schlagen und seine Augen zu erreichen, aber es gelang ihm nicht. Er begriff, dass der Mann in weiser Voraussicht sein Gesicht in den Rücken seiner Beute gedrückt hatte, um genau das zu vermeiden. Der Ringkampf dauerte lange genug, um den anderen Polizisten zu ermöglichen, sich zu nähern. Nun packten sehr großen Hände nach ihm und rissen Kenjiro wie einen Sack vom Boden hoch, während sich die Umklammerung des anderen löste. Ein weiterer Mann griff nach seinen Händen, während er hilflos im Zugriff des großen, breiten Zivilbeamten zappelte, und fesselte sie zusammen.

»Wen oder was haben wir denn da?«, hörte er den tiefen Bass des großen Mannes und vermied jede weitere Gegenwehr. Sie war ohnehin zwecklos. Jemand leuchtete ihm mit einer Handlampe ins Gesicht und Kenjiro kniff geblendet die Augen zusammen.

»Ein Asiate?«, war nun die verwunderte Stimme des jüngeren Mannes zu vernehmen, der ihn gestellt hatte.

»Auf jeden Fall ist er illegal hier«, keifte einer der Polizisten.

Als Kenjiro es endlich wagte, die Augen ein wenig zu öffnen, weil man ihn abrupt auf den Boden abstellte, konnte er den seltsam wissenden Blick erkennen, den die beiden Zivilbeamten austauschten. Was ging da vor sich?

»Ich denke trotzdem, dass er ein Fall für die Reichskriminalpolizei ist. Bei dem Überfall im Warmen Damm war ein Asiate beteiligt. Wenn vielleicht auch nicht als Täter, so ist er möglicherweise ein wichtiger Zeuge. Wir lochen ihn bei uns ein und entbinden sie von der Verantwortung«, brummte der große Mann mit rasselndem Atem.

Die beiden Polizisten zuckten mit den Schultern und zogen einfach wieder ab, während sich der nicht weniger große, aber deutlich schlankere Verfolger etwas geistesabwesend die tropfnasse und verschlammte Kleidung glattstrich. »Was für Hannebambel … Müssen wir eigentlich alle Arbeit für die erledigen? Die hätten den Mann doch nicht mal dann bemerkt, wenn er vor ihrer Nase rumgelaufen wäre.«

»Nicht die hellsten Lichter auf dem Kronleuchter«, seufzte der kräftige Mann. »Komm, Hartmut. Wir bringen den Herrn in die Arrestzelle und du ziehst dich um, bevor du dir den Tod holst. Nicht, dass ich Ärger mit Celeste bekomme, wenn du zur Hochzeit mit Lungenentzündung flach liegst. Sobald Peter wieder da ist, werden wir uns den Kleinen hier zur Brust nehmen.«

Kenjiro wurde mit erstaunlich sanftem Nachdruck zurück zum Tor geschoben. Von dort aus ging es mitten in die Stadt hinein. Nicht weit, nur bis zu einem Gebäude in der Nähe der großen Kirche aus Ziegelsteinen. Dort wurde er weiteren Beamten übergeben, die ihn in den Keller zu einem Zellentrakt brachten. Überrascht war er über den freundlichen Ton, den man ihm entgegen brachte, zusammen mit einem Topf Suppe und trockener Kleidung. Der jüngere Mann, der ihn gestellt hatte, war ihm in den Keller gefolgt, um irgendwelche Papiere zu unterzeichnen. Kenjiro beobachtete ihn durch die Gitterstäbe, die sich hinter ihm schlossen, und erkannte in ihm den Mann, der zusammen mit einem Kommissar bei der Zirkustruppe aufgetaucht war. Was hatte er jetzt zu erwarten oder zu befürchten?

Der Wachhabende fragte den jungen Polizisten etwas, das Kenjiro nicht verstand und lauschte auf die Antwort. Dem Blick des Polizisten hielt er dabei stand, er hatte sich schließlich nichts zuschulden kommen lassen. »Nein, kein Schwerverbrecher. Er befand sich nur illegal in der Innenstadt und ist wahrscheinlich ein wichtiger Zeuge, betreffend des Überfalls auf Herrn Langendorf. Lassen Sie ihn ausschlafen. Sobald Oberkommissar Langendorf wieder hier ist, wird er ihn sicher befragen wollen.«

Ausschlafen, das klang gut. Kenjiro ließ sich auf die Pritsche sinken, löffelte die Suppe aus und legte sich hin. Er wusste noch nicht, wie er sich verhalten sollte, aber vielleicht waren die Polizisten hier ja doch nicht ganz so schlimm, wie man allgemein glaubte.

✻

»Einen Asiaten? Ziemlich kleinwüchsig?« Paul setzte sich hektisch auf, bevor Peter ihn daran hindern konnte. Er wurde sofort dafür bestraft, das war deutlich sichtbar. Er verzog schmerzerfüllt sein Gesicht und griff sich an den Kopf, während er wieder zurück in die Kissen des Sessels in Peters Salon sank.

»Nun mal nicht so hektisch, Brüderchen. Ja, ich denke, es ist der gleiche Mann, der deinen Angreifer stellen wollte. Er läuft dir nicht weg, wir haben ihn in Gewahrsam. Er gehört zu dem Wanderzirkus, der in Schierstein lagert und wird sicherlich seine wenige Habe nicht im Stich lassen. Ich wollte ihn jetzt verhören und fragen, ob du mitkommen willst, aber wenn es dir nicht gut geht …«

Paul drückte sich sehr langsam aus dem Sessel hoch und Peter konnte sehen, wie es in seinem Gesicht arbeitete, weil er die Zähne zusammenbiss. Er schwankte, doch schließlich stand er aufrecht. »Ich komme mit. Ich will wissen, was genau vorgefallen ist.«

Peter musterte seinen Bruder besorgt, doch er wusste auch genau, dass er Paul nicht dazu überreden konnte, zuhause zu bleiben. Paul war ein eben solcher Dickschädel wie er selbst. Also hielt er ihm nur die Tür auf und folgte Paul nach draußen. Dort wartete bereits Richard mit dem Polizeifahrzeug, welches die neueste Errungenschaft der Reichskriminalpolizei war. Richard liebte es, das Automobil zu fahren, nun öffnete er Paul galant den Wagenschlag und chauffierte die Brüder zurück aufs Revier. Dabei achtete er darauf, möglichst nicht durch Löcher zu fahren, um Pauls Kopf zu schonen. Das Fahrzeug war nicht besonders gut gefedert, dafür war es eines der schnellsten Automobile, die man bekommen konnte. Was im Grunde aber auch nichts nutzte. Denn wenn es schon notwendig war, ein anderes Fahrzeug zu verfolgen, dann würde es sicherlich nicht nur die wenigen guten Straßen verwenden. Auf anderen Straßen war dieses Fahrzeug jedoch eher Problem denn Lösung. Peter wäre es lieber gewesen, wenn man noch ein paar mehr Dampfmotorräder angeschafft hätte. Diese aber waren seinen Kollegen nicht ganz geheuer. Nur Hartmut hatte aus Peters Truppe mittlerweile die Erlaubnis, eines der Zweiräder zu benutzen.

Richard parkte das Fahrzeug im Hof des Reviers und Peter führte seinen Bruder in den Keller, wo es auch einen Vernehmungsraum gab. Neben diesem kalten und erschreckend unpersönlich wirkenden Raum gab es einen kleineren, der durch eine verspiegelte Scheibe vom Vernehmungsraum getrennt war. Von diesem Raum aus konnte Paul unbemerkt von den Personen im Vernehmungszimmer zuhören und alles beobachten. Dort wartete schon Hartmut Lenze auf ihn, der das Protokoll führen sollte. Während Richard loszog, um den Asiaten zu holen, setzte sich Peter schon bereit. Es dauerte nicht lange, bis Richard zurückkehrte und Paul konnte sich ein Kichern nicht verkneifen, als er das seltsame Gespann ankommen sah. Der Asiate schien nur halb so groß zu sein wie Richard. Auf jeden Fall hatte er allenfalls die Hälfte von dessen Gewicht.

Der Mann wurde von Richard auf einen Stuhl genötigt. Nun fiel Paul auf, dass er keine Handschellen trug, denn er legte seine Hände flach auf die Tischplatte. Gerade so, als wolle er seine Waffenlosigkeit demonstrieren.

Paul beugte sich zu Hartmut, um etwas ihm zuzuflüstern. »Können wir hier sprechen, oder hört man das drüben?«

Hartmut wies auf einen Lautsprecher neben sich. »Wir hören die Gespräche hier wegen eines Mikrofons mit Verstärker unter dem Tisch so deutlich. Was wir hier sprechen, dürfte da drüben nicht ankommen, außer, wir brüllen uns an.«

»War der Mann bewaffnet, als Sie ihn festgenommen haben?«

Hartmut schüttelte den Kopf. »Nein, außer man bezeichnet das kleine Messer, das er in der Hosentasche hatte, als Waffe. Der Mann scheint harmlos zu sein, allerdings ist er ungefähr so gut zu greifen wie ein Aal. Er hat sich meinem Zugriff auf eine Art und Weise entwunden, die ich schon fast als übermenschlich bezeichnen möchte. Als hätte er keine Knochen, sondern nur Gummi im Leib. Aber er gehört ja auch zu einem Wanderzirkus, wahrscheinlich ist er ein Artist. Vielleicht so etwas wie ein Schlangenmensch, wie heißen die doch gleich ...«

»Kontorsionist«, erwiderte Paul und konzentrierte sich dann auf das Gespräch, das nun begann.

Der Asiate wandte sich nun der verspiegelte Scheibe zu und Paul hatte das Gefühl, von ihm beobachtet zu werden. Dabei war er sich sicher, dass der Mann ihn nicht sehen konnte.

»Ist das der Mann, der den Albino zu fangen versuchte, nachdem er Sie überfallen hatte?« Hartmut sah Paul interessiert an. »Oder haben Sie den Mann gar nicht gesehen?«

»Doch, doch. Ich habe einen kurzen Blick auf sein Gesicht werfen können. Und ja, es ist der Mann, da bin ich mir ganz sicher.«

Peter lenkte die Aufmerksamkeit des Fremden nun auf sich, indem er nach dem Namen fragte und sich diesen buchstabieren ließ. Kenjiro Nagawa. Es gab ein Missverständnis, was Vor- und was Nachname war. Doch Paul war sich sicher, dass der Mann alles verstand, was Peter sagte, der sich sehr viel Mühe damit gab, langsam und deutlich zu sprechen. Wahrscheinlich verwendeten die Japaner ihre Namen nur anders. Peter stellte die Frage, was der Mann im Park zu suchen hatte und wie er in die Stadt gekommen war, die er eigentlich nicht betreten durfte. Der Asiate wandte sich wieder der verspiegelte Scheibe zu, als könne diese ihm eine Antwort auf die Frage eingeben. Peter wiederholte seine Fragen und schließlich antwortete er knapp: »Albino suchen.«

»Warum hier?«, hakte Peter nach. »Der Albino hat hier genauso wenig verloren wie Sie, Kenjiro. Sie haben ihn verfolgt, kennen Sie sein Versteck?«

Der Asiate sah nun auf seine Hände, die wie festgenagelt auf der Tischplatte lagen. Paul fand, dass sie gar nicht so recht zu dem Erscheinungsbild des Mannes passten, denn die Hände waren sehr lang und schmal. Er erinnerte sich, wie Peter ihm erzählte, dass der Japaner aus dem Wanderzirkus ein begabter Handwerker sei. Jemand, der mechanische Menschen baute. Tatsächlich hatte er die Hände eines Uhrmachers, mit denen er ganz sicher solche Werke vollbringen konnte.

Erneut wiederholte Peter seine Fragen nach dem Verbleib des Albinos und versuchte dabei, den Blick des Mannes festzuhalten. Dieser sah von seinen Händen hoch und wieder direkt in das Gesicht seines Gegenübers. Es entstand eine Art Blickduell, bei dem sich Paul fragte, welchem Zweck es diente und wer es gewinnen konnte. Was versuchte der Asiate aus Peters Augen herauszulesen? Vielleicht, ob er dem Polizisten vertrauen konnte? Oder ob er besser weiter schweigen sollte?

Es schien, als hätte er sich dazu entschlossen, offen zu sein, denn mit einem Mal fing er stockend an zu reden. Erzählte, wie er den Albino verfolgt hatte und dann in ein Gebäude mit Wasser eingedrungen war, in dem seine Beute verschwunden war. Dort habe er einen Zugang zu Höhlen gefunden, aber den Albino aus den Augen verloren. Er wollte in der Nacht, in der er festgenommen worden war, noch einmal versuchen, dort weiter vorzudringen. Es war nicht einfach, seinem Bericht zu folgen, denn er sprach kaum mehr als ein paar Brocken Deutsch. Schließlich fingen seine Hände an mitzureden und von da an wurde es verständlicher. Peter versuchte, mit Englisch und Französisch weitere Details zu entlocken, aber auch dieser Sprachen schien der Mann nicht wirklich mächtig zu sein. Schließlich bat er Richard um einen Stadtplan, doch Paul war sich sicher, dass Peter schon wusste, welches Gebäude der Asiate meinte. Auch Paul wusste es bereits, denn er kannte die Wasserversorgung der Stadt recht gut. Es konnte nur der Hochbehälter am Rand von Sonnenberg sein, in dem mehrere Pumpen Grundwasser aus dem Boden zogen. Diese Anlage war erst kürzlich erweitert worden, weil man nicht mehr auf das Wasser der Bäche und Flüsse zurückgreifen konnte. Oberflächenwasser war einfach zu sehr verschmutzt, um es als Trinkwasser zu verwenden.

Als Richard den Plan vorlegte und darin auf den Kurpark wies, zeigte der Asiate mit dem Finger an, welchen Weg er bei der Verfolgung des Albinos genommen hatte. Tatsächlich endete die Reise auf der Karte direkt auf dem Hochbehälter, nachdem sie zuerst die Tennisplätze, dann die Diethenmühle und schließlich die Baumschule passiert hatten.

»Und dort gibt es einen Zugang zu Höhlen?«, fragte Richard ungläubig nach.

»Warum nicht, schließlich pumpen wir dort Wasser aus irgendwelchen unergründlichen Tiefen nach oben. Wenn die Wände dicht an Höhlen gebaut wurden, könnten Teile davon eingebrochen sein, ohne dass es bemerkt wurde«, mutmaßte Peter. »Kannst du mal nachfragen, Richard, wie diese Hochbehälter konstruiert sind, und einen Plan besorgen?«

Fast unbemerkt wies Peter mit dem Kopf zu der verspiegelten Scheibe und Paul ahnte, dass er diesen Plan liefern sollte. Er kannte die meisten

Hochbehälter und überlegte hektisch, ob es bei diesem irgendwelche Besonderheiten gab. Tatsächlich erinnerte er sich an einen zusätzlichen Gang, den man gegraben hatte, weil man die Pumpenanlage und das Rückhaltebecken erweitern wollte, doch hatte sich der Untergrund als zu porös dafür erwiesen. Er griff nach einem Block Papier und einem Stift und zeichnete mit flinken Strichen einen Grundriss, inklusive des Ganges, von dem wahrscheinlich kaum mehr jemand Notiz nahm.

Richard kam in den Seitenraum und grinste breit, als er Pauls Werk sah. »Funktioniert offensichtlich noch, der geprügelte Kopf«, lästerte er und griff nach der Skizze, die Paul ihm reichte.

»Ich bearbeite gleich Ihren Kopf ein wenig, Kommissar Kogler«, maulte Paul sarkastisch und grinste dann ebenfalls. »Eigentlich braucht ihr diese Skizze gar nicht. Ganz sicher ist irgendwo ein Stück Wand in diesem Seitengang eingebrochen und hat einen Zugang zu den Höhlen freigegeben. Etwas anderes kann ich mir nicht vorstellen.«

Richard nickte und nahm die Skizze mit, um sie dem Japaner vorzulegen. Der betrachtete die Zeichnung interessiert und wies tatsächlich auf den Gang. Umständlich versuchte er zu erklären, dass es dort ein Gitter gab, das man herausnehmen konnte, von einem bestimmten Punkt an aber zu viele Gänge in alle Richtungen abgingen und er nicht wusste, welchen der Albino genommen hatte.

Es entstand ein Schweigen, bei dem Peter nachdenklich an seinem Gefangenen vorbei auf die Wand starrte und mit den Fingern seinen Stift drehte. Paul kannte dieses Verhalten, es bedeutete, dass er bereits seine nächsten Schritte plante. Er konnte sich auch schon sehr genau vorstellen, welcher Art diese Schritte waren.

Peter seufzte schließlich. »Man müsste sich zerteilen können … Einerseits dürfen wir den Heiligen Michael nicht aus den Augen verlieren und andererseits müssen wir den Albino fangen. Da beides mit unserem ungelösten Mordfall zu tun hat, werden wir uns nicht weiter rechtfertigen müssen, soweit ist das wenigstens positiv zu sehen.« Nun war sein Blick wieder auf den Japaner gerichtet. »Nur, was mache ich mit Ihnen? Wegen des unerlaubten Eindringens in die Innenstadt müsste ich Sie eigentlich einem Richter vorführen. Andererseits haben Sie sich nichts zuschulden kommen lassen, Kenjiro, und wir haben einen gemeinsamen Feind. Was genau hat der Albino IHNEN angetan?«

Der Japaner hatte die Stirn gerunzelt, wahrscheinlich versuchte er, Peters Worte irgendwie zu übersetzen. Dann wies er auf Peters auffälligen Chronometer am Handgelenk und machte eine Handbewegung, als wolle er diesen aufschrauben. »Werkzeug«, war das einzige Wort, das er herausbrachte, zusätzlich zu einer typischen Handbewegung, mit der man das Entwenden von etwas andeutete.

»Oh, stimmt, Herr Zerfas deutete an, dass Sie Puppen bauen, wofür Sie das Werkzeug dringend brauchen.«

»Nicht Puppen!« Der Japaner schien beleidigt zu sein. »Mensch-Maschine!«

Peter lachte leise. »In Ordnung, also Maschinenmenschen. Gut … ich denke, es wäre das Beste, wenn wir Sie noch eine Weile hierbehalten, bis wir wissen, ob etwas von Ihrer Verhaftung in die falschen Ohren gekommen ist und wir Sie doch vor einen Richter bringen müssen. Wenn das nicht der Fall ist, bringen wir Sie in ein oder zwei Tagen wieder zum Zirkus – unter der Voraussetzung, dass Sie sich hier nicht wieder blicken lassen. Dann können wir nämlich wirklich nichts mehr für Sie tun.«

*

Die Meldung, dass in einem bestimmten Haus in Sonnenberg ganz offensichtlich ein ungebetener Gast eingedrungen war, bestätigte Peters Vermutung, dass der Albino sich unterirdisch durch ganz Wiesbaden und bis nach Mainz bewegen konnte. Nur auf mehrfahre Nachfragen hin hatte man ihm seitens der dortigen Polizei gestanden, dass die Untersuchung der Hartmühle in einem Desaster mit drei Toten geendet hatte. Dennoch, so hoffte Peter, würde sich der Albino wenigstens dort nicht mehr blicken lassen. Der Vorgesetzte der gescheiterten Polizisten hatte kleinlaut eingeräumt, dass sie die Mühle für eine Weile bewachen würden, zumal seine Leute Rache für die toten Kollegen wollten.

Was zu Peters Leidwesen trotzdem nicht bedeutete, dass man des Albinos habhaft werden konnte. Außer man fand den einen Ort, der ihn am meisten interessierte, und war in der Lage, ihn festzunehmen, wenn er dort auftauchte. Aber Peter kannte keinen solchen Ort, oder etwas, was man als Köder verwenden könnte.

Dennoch machte er sich zusammen mit Richard und Paul auf den Weg, um den Hochbehälter zu untersuchen. Im Grunde scheiterten sie schon daran, in das Höhlensystem vorzudringen, denn der Zugang hinter dem bewussten Gitter war extrem schmal und der Gang auch. Peter fluchte, als er versuchte, sich durch das Loch zu zwängen. Es gelang ihm nach einigen Mühen und einer Menge Kratzern und verschmutzter Kleidung. Er drückte sich durch den schmalen Gang weiter und leuchtete den Weg ab. Schließlich gelangte er an den Punkt, von dem weitere Höhlengänge in unterschiedliche Richtungen abzweigten. Es gab keinerlei Hinweise darauf, welchen Gang der Albino genommen haben könnte. Der einzige Vorteil, den diese Gänge hatten, war deren Breite. Sie waren angenehmer zu benutzen.

Peter drehte das Licht der Lampe höher und warf einen Blick auf den Kompass an seinem Chronometer. Eine vage Ahnung ließ ihn den Gang zu seiner Linken nehmen, da dieser weiter nach Sonnenberg hineinführte. Dort war schließlich der Lebensmittelpunkt des mutmaßlichen Vaters des Albinos gewesen. Und in das Haus war eingebrochen worden, es könnte also einen Zusammenhang geben. Er vermutete, dass der Albinos nach weiteren Unterlagen Benedikts von Laue gesucht hatte, die es wegen der neuen Bewohner nicht mehr geben konnte. Tatsächlich stieß er auf einen Hinweis, dass seine Vermutung richtig war. An einem Stück des Ganges gab es eine kleine Fläche, auf der Sand lag. Da es in den Höhlen sehr trocken war, zeichnete sich - wohl für eine kleine Ewigkeit noch - eine Spur blanker Füße ab. Ziemlich große Füße, aber ohne ein besonderes Profil. Sie wiesen kein ausgeprägtes Fußgewölbe auf. Plattfüße.

»Wenn schon hässlich, dann richtig. Ein Krüppel eben. Ich bin mir sicher, dass das seine Spuren sind. Aber er kann bereits über alle Berge sein. Wo mag er sich jetzt aufhalten? Er kann überall sein.«

Frustriert begab er sich wieder auf den Rückweg und ließ sich von Richard aus dem Loch herausziehen. Dann gab er dem Mann von den städtischen Wasserwerken die Anweisung, das Loch so zu verschließen, dass man es ganz bestimmt nicht wieder aufbekam. Während sich der Arbeiter daran machte, seine Anweisungen durchzuführen, zog er seine beiden Begleiter aus dem Gebäude.

Sie beeilten sich, zu einem kleinen Pavillon zu gelangen um sich geschützt vor den Wassermassen von oben besprechen zu können. Vorsichtig betraten sie alle die glitschigen Holzplanken und keiner hatte auch nur en geringsten Zweifel, dass dieser Pavillon im kommenden Frühjahr abgerissen werden musste, weil das Holz so durchgeweicht war. Die Männer bewegten sich wie auf rohen Eiern und besonders Richard betrachtete den Boden mit Argwohn, weil er unter seinem Gewicht seltsame Geräusche machte.

Peter berichtete kurz über das, was er in der Höhle gefunden hatte. Paul und Richard zuckten mit den Schultern und besonders Paul wirkte resigniert, denn er kannte die Weitläufigkeit der Höhlen unter Sonnenberg und Wiesbaden mittlerweile genauso gut wie sein Bruder.

»Und was willst du jetzt machen? Du kannst ja keine Hundertschaft dort runter schicken, um eine Nadel im Heuhaufen zu suchen. Er kann überall sein«, fasste Paul schließlich das Problem zusammen.

»Ich habe nicht die leiseste Ahnung. Es müsste irgendetwas geben, was ihn aus seinem Versteck lockt, aber ich habe keine Idee, was das sein könnte. Und selbst wenn ich etwas hätte, wie könnten wir ihm klarmachen, dass es in unserem Besitz ist? Er liest ja sicherlich nicht Zeitung.«

In dem Pavillon hatte sich eine große Menge alten Laubes angesammelt und Peter wühlte gedankenverloren mit der Stiefelspitze darin herum. »Ich frage mich gerade, wohin der ganze Hausrat gekommen ist. Wisst ihr, worauf ich hinauswill? Das Haus wurde ja nun mal verkauft, also das von Dr. Berghoff. Doch da war nicht nur sein Zeug drin, sondern auch das von Laue. Richard, wer war dabei, als man das Haus durchsuchte? Ich erinnere mich an das Portrait von Laues Frau. Was ist eigentlich daraus geworden? Und mit dem identischen Bild im Schlafzimmer, dass etwas kleiner war. Wo ist der ganze Kram hin, haben wir etwas davon eingelagert?«

»Nicht, dass ich wüsste. Ich denke mal, dass das meiste Zeug von Berghoffs Erben entweder mit dem Haus verkauft wurde oder weggeschafft.«

»Berghoff hatte keine Erben. Er war nie verheiratet und hatte keine Kinder. Geschwister hatte er meines Wissens auch nicht, und die Eltern sind schon sehr lange tot. Wer hat das Haus verkauft und wer bekam das Geld dafür? Versuch bitte herauszufinden, was aus den Sachen geworden ist. Vielleicht ist unter den Dingen etwas von Laue, das helfen kann, den Albino anzulocken. Ich ärgere mich jetzt schon, dass wir keine Zeit und Gelegenheit mehr hatten, das ganze Haus zu durchsuchen und die Unterlagen zu prüfen. Es muss uns irgendwie gelingen.« Peter sah nun Paul an, der seinerseits seltsam abwesend in die Gegend starrte. »Was hast du, Brüderchen?«

»Ach, nichts. Mach' dir bitte keine Vorwürfe, Peter. Nach der Sache in Eppstein hattest du wirklich anderes im Sinn, als Laues Nachlass zu regeln. Du hast schließlich auch eine lange Zeit im Krankenhaus verbracht und Katharina brauchte dich. Mehr ist dazu nicht zu sagen, andere hätten mal ihren Kopf benutzen müssen, du kannst nicht für alle mitdenken. Aber mir will sich irgendwas ins Gedächtnis schleichen, auf das ich einfach nicht kommen kann. Was ist jetzt mit dem Japaner, lasst ihr den laufen? Er hat immerhin versucht, mich zu beschützen. Ich würde ihm gern einen Satz von meinem alten Werkzeug mitgeben, dann braucht er keinen Gedanken mehr auf den Albino zu verschwenden und kommt nicht in Verlegenheit noch einmal hier auftauchen zu müssen. Das Werkzeug schien ihm ja extrem wichtig zu sein und in unserem Keller gibt es genug davon, das Vater hinterlassen hat.«

»Ich denke, wir können ihn morgen nach Hause schicken. Das mit dem Werkzeug ist eine gute Idee von dir, Paul. Vielleicht kannst du ihn ja überreden, dir sein großartiges Werk zu zeigen. Es scheint ja wirklich was Besonderes zu sein. Und vielleicht ist es nicht schlecht, uns sein Vertrauen zu sichern.«

Ruhe vor dem Sturm

Nichts funktionierte.

Frustriert warf Michael den Schraubenschlüssel von sich. Klirrend blieb er in einer Ecke der Remise liegen und verscheuchte eine dürre Ratte, die Michael vorher nicht aufgefallen war. Die beiden Pferde, die im hinteren Teil der Remise standen, scheuten wegen des ungewohnten Geräusches und wieherten. Michael verdrehte die Augen und schob die trennende Tür auf, um die Tiere wieder zu beruhigen.

Sie gingen ihm zunehmend auf die Nerven. Einerseits brauchten sie die Pferde, um in dieser Gegend überhaupt von einem Ort zum anderen zu kommen, andererseits waren sie lästige und zeitraubende Kostenfaktoren, deren Versorgung große Summen verschlang. Trotz der ländlichen Umgebung war es schwierig, geeignetes Futter zu finden, auch wenn die beiden robusten Warmblüter nicht wirklich wählerisch waren und die Bauern viel Heu gemacht hatten. Aber es war nicht trocken genug. Als Silage für wiederkäuendes Vieh bestens geeignet, aber nicht für Pferde.

Michael sehnte sich danach, endlich irgendwo unterzukommen, wo für ein motorisiertes Fahrzeug gut ausgebaute Straßen zur Verfügung standen und es nicht großartig auffiel, weil es viele davon gab. In dieser Gegend gab es lediglich eine Handvoll klapperiger Dampftraktoren im Umkreis von vielen Kilometern, die nur dank Raupenketten oder massiven Stollen an schweren Stahlrädern über die schlecht befestigten Wege vorankamen.

Er redete beruhigend auf die Tiere ein, bis diese wieder still und dösend in ihren Verschlägen standen. Michael beobachtete eine weitere Ratte, die nicht weniger mager und räudig war als die in seiner Werkstatt. Selbst diese Allesfresser waren unterversorgt und wenig beängstigend im Vergleich zu den Tieren, die Michael aus seinem letzten

Reich kannte. Er fragte sich, wie lange es noch dauerte, bis das Wetter endgültig verhinderte, dass die Menschen ausreichend ernährt werden konnten und was sich die Herrschaft dann einfallen lassen musste, um Aufstände zu verhindern. Es war keine Frage des Ob, sondern nur noch des Wann.

Die Nachrichten in der wöchentlich erscheinenden Lokalzeitung, die nur Nachrichten aus den Tageszeitungen des Groß-Stadtkreises und aus Limburg aufwärmten, verhießen für die Ärmsten der Armen nichts Gutes, aber das berührte ihn nicht. Wahrscheinlich waren viele Teile seines alten Reiches bereits vollständig abgesoffen und die Soldaten an den Bahngleisen würden schon dafür sorgen, dass die Überlebenden nicht in die falsche Richtung flohen. Auch eine Art, sich eines Problems zu entledigen. Diejenigen Menschen, die man ohnehin nicht brauchen konnte, einfach zu ertränken wie Ratten.

»Nicht mein Affe, nicht mein Zirkus«, murmelte er und kraulte eines der Pferde hinter den Ohren. »Kastel und Kostheim waren ohnehin nichts weiter als Rattenlöcher. Schadet nicht, wenn sie von der Bildfläche verschwinden.«

»Keine Sehnsucht nach deiner alten Wirkungsstätte? War doch lustig dort«, hörte er die aufreizende Stimme von Louisa hinter sich.

»Wenn du das sagst? Ich wollte dort nie bleiben, aber eine andere Möglichkeit hatten wir ja nicht. Wie läuft die Akquise der Mädchen für dein hiesiges Betätigungsfeld?«

Louisa schnaufte und ihre Miene wurde finster. »Erschreckend bescheiden. Es gibt hier bereits eine Art Bordell, wusstest du das? Nördlich von Camberg, an der Straße nach Limburg, in Selters. Ich habe die Puffmutter gesehen, als ich zum Einkaufen und Akquirieren unterwegs war. Keine Ahnung, ob sie meine Absichten erkannt hat, aber ihren Blick hättest du sehen sollen. Diese fette Otter, an der keine klare Kontur zu finden ist. Kannst du dir eine schmelzende Stumpenkerze vorstellen? Genau so. Breit wie hoch und schwabbelig. Doch ihr schien das Mädchen mehr zu vertrauen als mir. Unglaublich. Dabei hat sie mich angesehen, als wolle sie mich fressen. Die Megäre muss weg, dann habe ich vielleicht eine Chance. Passende Mädchen gibt es genug, aber nicht genug Kundschaft für zwei Freudenhäuser.«

Michael lächelte sie aufmunternd an. »Dann sind wir beide ja gerade nicht ganz zufrieden mit unseren Geschäften. Ich komme mit der Maschine nicht voran. Das Grundgerüst steht, ich brauche nur noch ein paar Teile, die ich in Idstein in der Schmiede bestellen kann. Aber die Verwendung der Chemikalien macht mir Probleme. Ich durchschaue deren Zusammenspiel nicht wirklich. Was nun welche Funktion hat. Einfach herumexperimentieren will ich aber auch nicht, dazu sind die Chemikalien einfach zu explosiv. Wahrscheinlich wäre es gut, es erst einmal im Kleinen zu versuchen. Eine Versuchsreihe aufzubauen, bis ich die Reaktionen durchschaut habe. Das dauert mir nur zu lange.«

Louisa verdrehte die Augen. »Also sitzen wir hier noch länger in diesem Drecksloch herum und unsere Mittel gehen dahin.«

Michael musterte sie prüfend. Louisa hatte sich verändert, ihre Geduld schwand in rasendem Tempo und er hatte zunehmend den Eindruck, dass sie auch das Interesse an ihm verlor. Sowohl als Geschäftspartner als auch als Geliebtem. So weit wollte er es nicht kommen lassen, denn sein Interesse an ihr war nach wie vor groß. »Ich weiß, wie frustrierend das ist. In Ordnung ... ich brauche ohnehin eine Pause und etwas Übung in anderen Dingen. Das Problem mit deiner wallenden Puffmutter schaffe ich noch heute aus dem Weg, ja? Morgen werde ich dann nach Idstein gehen und meine Teile besorgen.«

»Was hast du mit der Dame vor?«, fragte Louisa ehrlich neugierig und lächelnd.

»Nichts Besonderes. Wie gesagt, ich brauche etwas Übung. Im Einbrechen. Mit der Dame nähere Bekanntschaft zu machen oder eines ihrer Mädchen auszuprobieren, dazu bin ich gewiss nicht in der richtigen Stimmung. Ein solcher Körper braucht sicher nicht lange, um zu kollabieren, wenn man dafür sorgt, dass ihr die ohnehin knappe Luft wegbleibt, oder?«

*

Die Höhlen waren nicht mehr sicher, selbst wenn man davon ausging, dass niemand ihre wahre Größe und die Verläufe kannte. Das allein war aber nicht der Grund, warum sich der Albino dazu entschloss, seine neue Werkstatt nicht irgendwo unter Sonnenberg oder gar unter der Stadt einzurichten. Das größte Problem waren die Zugänge. Er brauchte einen Ort, der nicht nur kriechend und krabbelnd erreichbar war, damit er dort auch mit einer Maschine hinein und hinaus kam.

Er entschloss sich daher, den Trinkwasserstollen unter dem Kellerskopf genauer in Augenschein zu nehmen und fand ihn für seine Zwecke ideal. Zwar wurde er zum Teil noch genutzt, allerdings hatte sich der Boden beim Bau als derart tückisch und nachgiebig erwiesen, dass man die weiteren Bergmannsarbeiten aufgegeben hatte. Auf halber Länge gab es einen senkrechten Belüftungsschacht und tatsächlich fand der Albino ganz in dessen Nähe das, was er suchte: einen Bergsturz, der eine weitere Höhlung freigelegt hatte und trocken genug war, um dort zu arbeiten. Die allgegenwärtige Vernachlässigung des Stollens ließ ihn wissen, dass niemand kommen würde, um nach dem Rechten zu sehen. Wahrscheinlich nutzte man den Stollen nur noch, weil er eben da war und würde ihn einfach vergessen, wenn etwas kaputt gehen sollte. Eine Weile würde er ihm ausreichend Schutz bieten.

Es war mühselig, Material dorthin zu schaffen, aber einiges war auch vor Ort. Mit wenig Mühe konnte er sich an den Stolleneinrichtungen bedienen, die ohnehin nicht in Betrieb waren. Rohre im Besonderen, Metall und auch Kupferkabel. Nachdem er eine Weile über dem Plan gebrütet hatte, den er am interessantesten fand, fing er an, mit dem jeweils vorhandenen Material zu bauen und sich nur noch nach draußen oder zu seinen anderen Verstecken zu begeben, wenn er etwas benötigte, das nicht vorhanden war. Das war im Endeffekt nur wenig.

Das Notizbuch des Mannes, der den Spielzeugdrachen gebaut hatte, erwies sich für ihn als Füllhorn wunderbarer Ideen. Hatte er sich am Anfang noch darüber geärgert, nicht die Pläne in der Rolle erbeutet haben zu können, so gab ihm das Durchblättern seiner Beute mehr als einmal eine Erleuchtung. Der Mann war beileibe nicht so genial wie sein Vater, aber er hatte schöne Ideen, wenn auch für ganz andere Zwecke gedacht, als er sie nutzen wollte.

Den Plan, sich einen großen Drachen zu bauen, mit dem er ein ordentliches Zerstörungswerk erreichen konnte, verwarf er schnell wegen der Platzprobleme. Wo sollte er so etwas unbemerkt bauen können? Das Haus in Sonnenberg mit dem großen Zugang im Wald wäre perfekt gewesen, aber da alles der Polizei bekannt war und die Wege bewacht und versperrt, konnte er das nicht mehr in Betracht ziehen. Eine andere, schon recht ausgefeilte Planung aus dem Skizzenbuch war da mit einem Male vielversprechender, vor allem, weil sie seine eigenen körperlichen Unzulänglichkeiten ausgleichen konnte.

Er lachte, als ihm klar wurde, wofür der Mann dieses Ding ursprünglich gedacht hatte. Nicht als Waffe jedenfalls, offensichtlich wollte er damit behinderten Menschen zu mehr Bewegungsfreiheit verhelfen. Wie edelmütig und entzückend. Mit einem solchen Gerät konnte man sich bei entsprechender Modifikation auch nahezu unverwundbar machen und die Welt erobern. Und genau dafür wollte er es bauen.

Sein Material reichte für ein grobes Grundgerüst, an dem er wie im Fieberwahn ohne Pause arbeitete. Dann wurde ihm klar, dass ihm doch noch elementares Material fehlte und dass er noch etwas anderes vorgehabt hatte. Er musste herausfinden, was aus den Sachen seines Vaters geworden war. Dabei konnte er sicher auch das ein oder andere Bauteil mitgehen lassen, das ihm fehlte. Idstein war zwar ein unbedeutendes Provinznest, aber sicher konnte man dort eher etwas Modernes finden als in den Bauerndörfern rundherum.

Mit einem Rucksack auf dem Buckel verließ er den Stollen über den Belüftungsschacht, nur um im Wald unterhalb des Kellerskopfes wieder über einen Felsspalt in die Tiefe zu gehen. In seinen vertrauten Höhlen bedurfte es nur eines Kompasses, um nicht die Orientierung zu verlieren. Er wusste, welchen Weg er nehmen musste. Zwischendurch tauchte er kurz wieder aus dem Untergrund auf und lächelte zynisch, als er erkannte, dass er an der Stelle war, an der für ihn das neue Leben begonnen hatte. Er befand sich oberhalb von Eschenhan in der verfallenen Scheune, an welcher der Wanderzirkus gelagert hatte. Hier musste er überirdisch weiter voran gehen, aber dank des nicht enden wollenden Regens war er trotz seines Albinismus unsichtbar. Niemand verließ freiwillig sein Haus und der dichte Regenschleier war die beste Tarnung.

So stapfte er weiter durch den Wald, bis sich vor ihm ein Tal öffnete und er einzelne Lichter durch den Regen schimmern sehen konnte. Das musste die Stadt sein. Jetzt musste er nur noch diese Idiotenanstalt finden, in der ein anderer Berghoff arbeitete, dem man die Sachen seines Vaters zugesandt hatte. Er konnte nur hoffen, dass sie nicht mitten in der Stadt lag. Doch kaum hatte er den Stadtrand erreicht, wies ihn ein Schild auf eben jene Einrichtung hin, zu der auch ein Bauernhof mit Vieh zu gehören schien.

Nur seine alte Taschenuhr konnte ihm genau sagen, ob es Tag oder Nacht war, da sie auch über eine Anzeige für Mond und Sonne verfügte. Das wertvolle Stück war das letzte Geschenk seines Vaters gewesen. So wusste er, dass es später Nachmittag war, als er an den hohen Zäunen um eine Gruppe großer Häuser erreichte. Ein kleiner Trupp Menschen hastete im Laufschritt, aber in Reih und Glied über das Gelände. Sie trugen Ackerwerkzeug über den Schultern und verschwanden in einem der Gebäude. Er, der er selbst alles andere als eine Schönheit war, befand die Leute als hässlich, weil sie zum Teil so dümmliche Gesichtsausdrücke gehabt hatten, und fühlte sich ihnen weit überlegen. Das musste die Idiotenanstalt sein.

Ein Gebäude schien ihm die Verwaltung zu sein und eine große Wohnung zu enthalten. Durch ein Gittertor in der Umfassungsmauer konnte er einen elegant gekleideten Herrn sehen, der vor dem Haus stand. Dieser beaufsichtigte die Verladung einiger Gegenstände auf einen geschlossenen Karren, vor dem ein grobes Pferd dampfte. Er schlich geduckt hinter der Mauer näher an das Gebäude heran und kletterte an einer Stelle hinüber, wo die Mauer von außen niedrig war und auf der anderen Seite ein Schuppen den Ab- und Aufstieg erleichterte. An einen gewaltigen Baumstamm gepresst, lauschte er auf das Gespräch des Mannes mit dem Kutscher.

»Bringen Sie alles in die Waggonhalle am Bahnhof, dort wird es in einen Zug verladen, der nach Baden-Baden fährt«, herrschte der elegante Mann den Kutscher an, der sich andeutungsweise die Mütze vom Kopf zog und sich dann beeilte, auf den Bock zu kommen.

Ein weiterer Mann trat dazu, ein bulliger Kerl, der sogar eine Gerte bei sich trug, die er sicher gerne über die Rücken aufmüpfiger Anstaltsinsassen zog. »Se wolle also wirklich weg, Dr. Berghoff? Wie komme se denn zu der Ehre?«

»Mein Verwandter aus Wiesbaden hat mir Geld hinterlassen und aus dem Verkauf seines Hauses hat sich auch ein erkleckliches Sümmchen ergeben. Da er keine eigene Familie besaß, stand alles mir zu. Damit kann ich mich endlich zur Ruhe setzen und das machen, was mich wirklich interessiert. Man hat mir auch schon eine beratende Stelle angeboten, die sicherlich angenehmer ist als das hier«, erwiderte der Mann schnaufend. »Ach, im Übrigen … Im Keller steht noch immer der Altar aus der Unionskirche. Ich habe schon gefragt, ob sie ihn zurückhaben wollen, da ich ihn nicht mitnehmen kann. Sie werden jemanden schicken, der den Altar abholt. Offensichtlich haben sie plötzlich doch gemerkt, wie bedeutungsvoll er für sie ist.«

Der bullige Mann zuckte nur mit den Schultern, aber selbst der Albino, dem Gefühle und Mimik oft nichts sagten, konnte in seinem Gesicht lesen, was er dachte. Es war eher Erleichterung darüber, einen arroganten, überheblichen Vorgesetzten endlich loswerden zu können. »Un was is middem Rest von dene Kisten, die man uns von ihrem Verwandten geschickt hat?«

Der Albino horchte auf, denn nun wurde es interessant für ihn, doch die Antwort Berghoffs war für ihn eine Niederlage. Bis auf den Nachsatz.

»Ich habe alles aussortiert, was wirklich von meinem Verwandten war. Denn da war auch viel Kram drin, den der Mann hinterließ, der Anselms Platz eingenommen hatte. Den Hausrat habe ich schon der Wirtschafterin überlassen, die sich brauchbare Sachen herausgenommen hat. Der Rest ist im Ofen, wobei ich sehr hoffe, dass auch die ganzen Papiere dort gelandet sind, die von diesem Laue stammten. Widerwärtiges Zeug. Ich habe allerdings den Verdacht, dass der verschwundene Aufseher Teile davon veräußert hat, an wen auch immer.«

Wütend ballte der Albino die Fäuste wegen der Geringschätzung seines Erbes, aber die letzten Worte ließen ihn hoffen, dass noch etwas zu retten war. Doch wo mochten die Unterlagen jetzt sein?

Die beiden Männer verabschiedeten sich wenig herzlich, als ein Auto über den Hof auf das Gebäude zufuhr, das an diesem Ort seltsam unpassend wirkte. Der Albino wartete, bis der elegante Mann eingestiegen war und das Auto wieder von dannen fuhr, bevor er selbst die Anstalt wieder verließ. An diesem Ort war für ihn nichts mehr zu holen. In einem Gebüsch außerhalb des Geländes war ein großer Haufen Bauschutt und Metallreste, von dem er sich bediente, während er hektisch überlegte, wie er Nachforschungen über den Verbleib der Sachen anstellen konnte. Wer konnte ein Interesse daran haben, die Unterlagen zu kaufen?

Die Polizei sicher nicht. Die wäre ganz ohne Mühe bei der Räumung des Verstecks an die Dokumente herangekommen und mussten sie auch dann nicht kaufen, wenn sie erst nachträglich daran gedacht hätten. Beschlagnahme mit einem Gerichtsbeschluss reichte völlig aus. Michael vielleicht, es wäre sein Stil, aber wo mochte sich sein Onkel jetzt aufhalten?

Gerade als er unverrichteter Dinge, aber beladen mit viel Altmetall wieder den Rückweg antreten wollte, sah er einen Reiter vor einer kleinen Werkstatt ankommen, in der offensichtlich Schmiedearbeiten vorgenommen wurden. Er wusste nicht, was es war, das seine Aufmerksamkeit erregte, aber der Reiter wirkte auf ihn seltsam vertraut. Den Rucksack ließ er unter einem Holzstapel zurück und schlich zur Rückseite der kleinen Schmiede, um einen Blick durch ein halb zerstörtes Fenster hinein zu werfen. Ein Mann mit einem Stiernacken, der nur eine Lederschürze über seiner Hose trug, aber ein kein Hemd, wandte ihm den Rücken zu und studierte ein Papier, das ihm der Reiter vorhielt.

Der Mann hatte die Kapuze seines Reitcapes zurückgeschlagen und langes, weißblondes Haar enthüllt. Die Augen des Albinos wurden groß, als er Michael erkannte und seine Lippen verzogen sich zu einem wenig vertrauenserweckenden Lächeln, als er hörte, wie Michael eine Adresse angab, an welche die fertigen Teile zu liefern waren.

In Wörsdorf hauste er also, das war nicht weit weg, ein paar Kilometer durch den Wald. Die Teile, die auf dem Papier aufgezeichnet und vermaßt waren, sagten dem Albino allerdings nichts. Sie schienen nicht aus den Unterlagen zu den geplanten Maschinen seines Vaters zu stammen. Er konnte sich aber beim besten Willen nicht vorstellen, dass Michael etwas Eigenes entwickelte. Der Albino kannte seinen Onkel zwar als einen hochintelligenten Mann, der durchaus geniale Eingebungen haben konnte, sowie technische Kenntnisse und Geschick besaß. Doch seine wahren Talente lagen in anderen Bereichen. Die Genialität des Ganoven und Verführers. Wie sein Vater konnte Michael alle in seinem Umfeld nach Belieben beeinflussen, als würde er eine hypnotische Wolke um sich herumtragen.

Als ob Michael etwas zu spüren schien, sah er plötzlich auf und zum Fenster hin. Der Albino konnte sich gerade noch rechtzeitig zurückziehen, blieb aber in der Nähe des Pferdes, um zu sehen, was sein Onkel nach dem Gespräch mit dem Schmied zu tun gedachte.

Zu seiner größten Überraschung stieg der nicht sofort in den Sattel, sondern schien auf jemanden zu warten. Es dauerte nicht lange, bis ein zweiter Reiter erschien, allerdings saß dieser in einem Damensattel und trug einen Rock unter der weiten Wachstuchplane. Michael trat an den zweiten Reiter heran und zog das Pferd aus der Hörweite des Schmiedes, der sofort mit der Arbeit begonnen hatte. Dumpfe Schläge auf glühendem Metall und das Zischen abgelöschter Werkstücke machten ein Gespräch wohl zu mühsam, was den Albino frohlocken ließ. Denn die beiden kamen nahe an sein Versteck heran.

»Und was nützen dir die Teile, wenn du die Maschine doch nicht fertig bauen kannst, weil du mit den chemischen Abläufen nicht zurechtkommst?«, ätzte die Reiterin, deren Stimme der Albino zu kennen glaubte. Einmal hatte er die Geliebte seines Onkels aus der Ferne gesehen. Eine schöne, rothaarige Frau, die sogar in ihm bis dahin unbekannte Gefühle weckte und für feuchte Kleidung sorgte. Sie schienen sich aber beileibe nicht mehr so gut zu verstehen wie damals, als sie noch die Herrscher der Unterwelt von Kastel und Kostheim waren.

»Das stimmt doch gar nicht«, maulte Michael wie ein trotziges Kleinkind. »Ich habe nur keine Lust, unser Haus in die Luft zu jagen, bloß weil ich die Ventilsteuerung mit den einzelnen Chemikalien nicht korrekt justieren kann. Noch nicht. Ich weiß aber ganz genau, dass mein Bruder das konnte. Er kannte chemische Reaktionen sehr viel besser. Es ist entscheidend, in welcher Reihenfolge die Chemikalien zusammen gemischt werden müssen. Nicht für das Ergebnis, aber für die eigene Sicherheit. Und das geht aus den Plänen eben nicht hervor, weil der Schöpfer der Maschine davon ausging, dass diejenigen, die eine solche Maschine bauen können, das ohnehin wissen. Ich kenne nur keinen Chemiker, der mir das unter entsprechender Beeinflussung erzählen könnte. Aber ich habe schon eine andere Idee …«

»Und die wäre?«

»Ich werde mich in der Hirtesenmühle genauer umsehen. An dem Ort, wo die meisten verbliebenen Aufzeichnungen meines Bruders zu finden sind. Ich hatte dir doch erzählt, dass Professor Reich die Sachen illegal erworben hat, er wird sie also nicht offen herumliegen lassen oder für alle sichtbar mit ihnen arbeiten. Ich frage mich ohnehin, was der Mann vorhat. Wenn das nicht klappt, muss ich mir eben doch einen Chemiker suchen, den ich fragen kann. Das ist nur alles so unbefriedigend.«

»Und wann willst du in die Mühle?«

»Heute nicht mehr. Morgen erwarten sie meines Wissens einen neuen Gast, was sicher auch keine gute Gelegenheit ist. Außerdem sind sie momentan etwas überspannt dort, keine Ahnung warum. Hat vielleicht etwas mit dem Verschwinden eines Arztes zu tun, der dort zu Besuch war, aber nicht wieder zurück nach Hause kam. Die Polizei war da und zwei der Patienten haben wohl etwas überreagiert. Übermorgen, denke ich, ist gut. Dann sind sie mitten in den Vorbereitungen für das Weihnachtsfest und haben ganz sicher andere Probleme. Lass das alles mal meine Sorge sein. Kümmere du dich um den Nachlass der Dame, die ich gestern für dich aus dem Weg geschafft habe.«

Übermorgen ist eine gute Idee. Diese Mühle werde ich schon finden. Wenn dort die Unterlagen meines Vaters sind, dann gehören sie mir! Du verdienst sie nicht, du Pfeife. Er hatte genug gehört und wusste, was zu tun war.

Recherchen

Niemand kümmerte sich um den festgenommenen Mann, also war es Peter ein Leichtes, ihn einfach gehen zu lassen. Natürlich nicht, ohne sich Rückendeckung bei Sonnemann zu holen, der aber bei seiner Frage nur mit den Schultern zuckte. Da er sich nichts zu Schulden hatte kommen lassen, außer, sich in der Innenstadt aufzuhalten, konnte man ihn gehen lassen. Wenn irgendjemand fragte, so Sonnemann, würde er daraus verweisen, dass der Mann ein Ausländer sei und kaum der deutschen Sprache mächtig, weshalb man es mit einer Verwarnung auf sich beruhen ließ.

Aber es würde niemand fragen. Niemand interessierte sich für einen Mann wie diesen.

Richard Kogler begleitete den Japaner zur Stadtgrenze, vorbei am Gebäude der Bahnpolizei, wo jemand im Schutze eines Vordaches auf ihn wartete. Es war Paul, der Kogler stumm grüßte und sich dann einem Blickduell mit dem kleinen Zirkusmann lieferte.

»Domo arigato«, sagte Paul schließlich, der einen seiner vielen Freunde nach dem japanischen Wort für ›Danke‹ gefragt hatte. Der Japaner hatte zwar nicht den Angriff auf seine Person verhindern können, aber er lieferte immerhin wertvolle Informationen über den Täter.

Der kleine Japaner sah ihn überrascht an, dann verneigte er sich tief vor Paul. »Dank an Bruder für lassen gehen«, erwiderte er in seinem gebrochenen Deutsch.

»Ich werde es ihm ausrichten«, gab Paul zurück, der von seinem Bekannten auch darauf hingewiesen hatte, wie viel Wert Japaner auf gute Umgangsformen legten. Mit einer Verbeugung reichte der dem Mann eine schwere Stoffrolle, die er in Peters Keller gefunden hatte.

Der Japaner wickelte sie auf und seine Augen weiteten sich. Als er wieder zu Paul aufsah, funkelten sie. Die Rolle enthielt einen vollständigen Satz Werkzeug. Vom feinsten Uhrmacherschraubendreher bis zu groben Maulschlüsseln. Das Werkzeug war alt, aber immer noch in bestem Zustand.

»Damit es keinen Grund mehr für Sie gibt, in die Innenstadt zu gehen«, erklärte er lächelnd.

Erneut verbeugte sich der Japaner, dieses Mal so tief, dass Paul schon befürchtete, sein Scheitel würde den Boden berühren. Er schien sehr gelenkig zu sein. »Damit ich kann machen meine Geisha fertig«, rief er schließlich mit wenig verhohlener Begeisterung, die so gar nicht zu einem Vertreter des fernen Landes passte.

»Darf ich Ihr Werk einmal ansehen?«, fragte Paul neugierig.

Das Lächeln schwand nicht aus dem Gesicht des Japaners, was ihm sofort einen ganz anderen Ausdruck verlieh. Hatte er im Verhör noch durch seine völlige Unbeweglichkeit und Ausdruckslosigkeit selbst wie eine Puppe gewirkt, war er nun quicklebendig. »Oh ja, wenn Sie wirklich wollen mit zu Zirkus?«

Paul machte eine ausgreifende Handbewegung, um Richard und dem Japaner den Vortritt zu gewähren. Zu Dritt liefen sie weiter und nach einer Weile bereute Paul es fast, sich schon so früh selbst aus dem Krankenhaus entlassen zu haben. Sein Kopf schmerzte und das Wetter war auch nicht gerade einladend oder hilfreich.

Als sie den Biebricher Bahnhof erreichten, wurden sie von ein paar Polizeibeamten aufgehalten, die ihnen schwer bewaffnet gegenübertraten. »Hier können se nich durch!«, blaffte ihnen der erste entgegen. Sein Ton änderte sich auch nicht, als Richard ihm seine Dienstmarke zeigte. Er wurde lediglich etwas blasser.

»Warum nicht? Wir müssen den Herrn hier zum Zirkus bringen«, knurrte Richard in bedrohlichem Bass zurück.

»Dann sin se hier eh falsch. Die sind nich mehr unner der Eisebahnbrigg. Ist alles überschwemmt. Se sin wie alle annern hoch nach Freudenberg getürmt.«

Richard verdrehte die Augen und nun war es an Paul blass zu werden. Er hatte schon gehört, dass die Flusspegel weit über den höchsten jemals gemessenen Wert gestiegen waren und nun galt sein erster Gedanke den Bartfelders, die ja immer noch in Biebrich wohnten. Er konnte nur hoffen, dass das Wasser diese höher gelegenen Straßen noch nicht erreicht hatte.

»Und wie kommen wir jetzt da hin?« knurrte Richard entnervt weiter.

»Könne se damit umgehen?« Ein anderer Polizist wies auf eine motorisierte Draisine, die auf einem halb zugewachsenen Gleis neben dem Bahnhofsgebäude stand.

Da Paul wusste, wie wenig Richard von derartigen fahrbaren Untersätzen hielt, sah er sich die Draisine genauer an, die sichtlich selten benutzt wurde. Er fand schnell die notwendigen Hebel und startete die Dampfmaschine, indem er die nur lose in ihrer Halterung steckende Ätherpatrone festschraubte. Als er den Starthebel umlegte, sprang die Dampfmaschine, die mit billigem, aufbereitetem Äther betrieben wurde, hustend und rußend an. Sofort lag ein beißender, süßlicher Geruch über allem und Paul hustete ebenfalls. »In Ordnung, lassen Sie uns fahren, Richard. Ich komme mit dem Ding klar.«

Die Polizisten, die sich zuvor grinsend angesehen hatten, weil sie glaubten, dass Paul und der Kriminalbeamte an dieser Aufgabe scheitern würden, starrten nun mit offenem Mund auf die Draisine. Richard schob den Japaner auf das durchgeweichte Holz der Plattform um den Kessel, setzte sich auf das hintere Ende und überließ Paul den Leitstand des maroden Gefährts. Nun war es an ihm, breit zu grinsen, während sich die Draisine schnaufend über ihre rostigen Gleise bewegte. Er winkte schließlich noch lässig.

Kaum waren die Polizisten außer Sicht, verging ihm das Lachen jedoch. »Ich hoffe, mit dem Ding hier passiert nichts. Das ist doch wiederaufbereiteter Flüssigäther, das von dem Ding verfeuert wird, oder?«

»Keine Bange. Die Jungs haben es in Stand gehalten und benutzen es augenscheinlich selbst noch hin und wieder. Es ist zwar alt und verbraucht, aber in Ordnung«, gab Paul zurück und betrachtet das Hindernis vor sich. Er knobelte, welche Weichen man stellen musste, um weiter zu kommen, ohne womöglich der Regionalbahn in den Rheingau in die Quere zu kommen. Dann sah er zu dem Japaner, der bereit schien, von der Draisine zu springen, um etwas zu erledigen. Nachdem Paul die Vielzahl der Schienen entschlüsselt hatte, wies er auf einen Weichenhebel, der erstaunlich wenig Rost aufwies, aber keinen im Boden verankerten Hebel für die Automatik im Stellwerk. Sofort sprang der Japaner hin und warf die Weiche um. Auch er schien sichtlich froh zu sein, nicht mehr laufen zu müssen.

Die Dunkelheit ließ nicht zu, dass sie außerhalb des tranigen Lichtkreises einer Öllampe an der Draisine etwas erkennen konnten, aber an einer Stelle wurde es Paul sehr mulmig, denn das Wasser schwappte schon bis fast in das Gleisbett. Das konnte nur bedeuten, dass große Teile von Schierstein auch schon unter Wasser lagen. Der Wunsch, die Pläne der Wettermaschine des toten Bayern wiederzubekommen und zum Wohle der Menschen einzusetzen, wurde in ihm übermächtig. Er wollte selbst mal wieder die Sonne sehen. Schnee zu Weihnachten haben. Der Gedanke, dass bereits in zwei Tagen Weihnachten war, erschreckte ihn sehr. Es würde kein schönes Fest werden. Für niemanden, selbst für die Reichen nicht, auch wenn sie alles tun würden, um sich selbst zu täuschen, und auch die Mittel dazu hatten.

Sie erreichten den Bahnhof von Schierstein, das seltsam entvölkert wirkte. Ein Blick hoch zum Schloss Freudenberg ließ sie wissen, wo die Menschen aus den Überschwemmungsgebieten hin geflohen waren. Am Bahnsteig wurden sie von einem einsamen Polizisten empfangen, der ihnen verblüfft entgegen starrte. Bevor er jedoch etwas sagen konnte, wurde er schon von Richard angeblafft, wo denn der Zirkus zu finden sei.

Der Mann wies hinter sich zum Bahnhofsgebäude. Natürlich, man wollte sie nicht hoch zum Schloss lassen. Sie gehörten nicht in diese Gegend und sollten sich von den Bewohnern fernhalten, auch wenn es denen kaum besser ging als den Artisten. Die drei gingen am Bahnhofsgebäude vorbei und befanden sich sofort inmitten der Tiere, die im Schutz des Vordaches einer maroden Waggonhalle standen. Die Wagen des Zirkus waren in Reih und Glied in der Halle aufgestellt. Die

Artisten hatten sogar mit den Planen ihres Zeltes das Dach abgedichtet, um wenigstens ein bisschen Schutz zu finden.

Algirdas Zerfas saß am Eingang der Halle und putzte einen halb vermoderten Kohlkopf, als die Drei kamen. Er sprang auf und sah verwirrt von einem zum anderen, bevor er zu einer Schelte für den Japaner anhob. Doch Richard unterbrach ihn sofort. »Lassen Sie es gut sein. Er hat nichts angestellt. Im Gegenteil, er hat der Polizei einen guten Dienst erwiesen.«

Der Japaner beachtete Zerfas nicht weiter, sondern schoss auf einen großen Wagen zu, in dem allerlei Kisten und Material gestapelt waren. Sein Gesicht nahm einen glücklichen Ausdruck an, als er eine lange Kiste herauszog, über ein Brett vorsichtig auf den Hallenboden rutschen ließ und öffnete. Paul gesellte sich zu ihm und betrachtete den Inhalt genau, den der Japaner nun sehr vorsichtig aus der Kiste mit den Sägespänen hob und aufstellte. Eine überlebensgroße weibliche Puppe mit aufwändiger, asiatisch anmutender Kleidung. Bevor der Japaner eine Klappe an ihrem Rücken öffnete, zog er ihr bedächtig eine kunstvolle schwarze Perücke über. Paul ließ seinen Blick bewundernd über die lebendig wirkenden Gesichtszüge der Puppe gleiten, während der Japaner fast andächtig die Rolle mit dem Werkzeug öffnete und etwas in der Puppe korrigierte.

Richard gesellte sich mit Zerfas dazu und auch zwei weitere Personen kamen neugierig näher. Ein älterer Mann warf einen sehnsüchtigen Blick auf das Werkzeug, doch wagte er nicht, es anzurühren. Der Japaner sah ihn einen Moment prüfend an, dann schien ihm etwas einzufallen und er zog die größten Maulschlüssel aus der Rolle, um sie dem anderen zu überlassen.

Zerfas beobachtete alles unsicher, vor allem schien er wegen des Werkzeugs beunruhigt, so dass sich Paul genötigt fühlte, etwas zu sagen. »Machen Sie sich keine Gedanken, Herr Zerfas. Das Werkzeug habe ich ihm geschenkt. Das war das Mindeste, was ich ihm zum Dank geben konnte. Er hat viel für mich und auch für meinen Bruder getan. Sie kennen Kommissar Peter Langendorf ja schon? Ich wollte unbedingt sehen, warum ihm das Werkzeug so wichtig war und ich bin beeindruckt.«

Zerfas zuckte mit den Schultern und sah selbst gespannt zu, wie der Japaner einen Mechanismus spannte und die Klappe schloss. Sofort begann die Puppe, sich zu bewegen. Sie tanzte eine zierliche Schrittfolge, wiegte sich dabei wie ein Schilfrohr im Wind, entfaltete einen Fächer und schloss ihn wieder. Am Ende verneigte sie sich tief, so wie es der Japaner zuvor vor Paul getan hatte. Als sie wieder aufrecht stand, war der Bewegungsgeber durchgelaufen und sie wurde wieder zur Statue. Paul konnte den Impuls zu klatschen nicht unterdrücken, auch Richard rührte seine Hände und seiner Kehle entrang sich ein anerkennendes Brummen.

»Das ist wirklich fantastisch!«, rief Paul. »Eine großartige Arbeit. Eigentlich gehört das auf eine große Bühne. Eines ist auf jeden Fall sicher: Hier gehört mein altes Werkzeug hin und kommt endlich zu echten Ehren.«

Richard tippte auf sein Handgelenk und Paul wurde ernst. Sie mussten wieder gehen. Richard ermahnte den Japaner noch einmal dazu, sich nie wieder in der Innenstadt sehen zu lassen, fragte Zerfas der Form halber, ob man die Leute vom Zirkus ebenso mit Notationen versorgte, wie die Bewohner der überschwemmten Stadt und zog nach Zerfas' ergebenem Nicken Paul aus der Halle, wo ein paar Kisten standen, die eben jene gnädigen Notrationen enthielten.

»Von der Hand in den Mund kann man nicht viel schlechter ernährt werden«, grummelte Richard und auch Pauls Blicke wurden angesichts des Materials finster, von dem sie bereits eine Probe besaßen, die Johann ihnen überlassen hatte.

Er sah sich noch einmal zu dem Japaner um, der zunächst nur selig auf sein Werk gestarrt hatte. Nun trafen sich ihre Blicke und es trat ein entschlossener Ausdruck in die dunklen Augen des Asiaten, der für Paul nur einen Schluss zuließ. Der Mann würde sich nicht an das Verbot halten, denn da war noch eine Rechnung mit dem Albino offen. Er wollte Rache und vielleicht würde er sie auch bekommen. Paul nickte ihm zu und seine Lippen formten eine Warnung, die mit einem grimmigen Nicken zur Kenntnis genommen wurde.

Mit Richard begab er sich zur Draisine zurück und fuhr das schnaufende Gefährt nach Biebrich zurück. Dabei war Paul mit seinen Gedanken schon ganz woanders. Er wusste genau, dass am kommenden Tag die letzte Chance war, noch etwas über die Bauarbeiten am alten Chemiewerk in Erfahrung zu bringen. An Weihnachten arbeiteten auch die braven Beamten nicht. Egal wie sich sein Kopf anfühlen würde, er musste wissen, was dort vor sich ging.

✱

Die Stadt wirkte seltsam ausgestorben und Paul sah sich verwundert um, als ihm auffiel, dass er nicht einmal geschlossene Fahrzeuge auf den Prachtstraßen rund um das Stadtschloss sehen konnte. Und das am Tag vor Heiligabend, an dem normalerweise noch letzte Besorgungen gemacht wurden. Natürlich wollte niemand bei diesem Wetter vor den Geschäften flanieren, aber er hatte wenigstens mit einigen wenigen Hausmädchen, Dienern oder Lieferanten gerechnet, die den Festtagsbraten für die Bewohner der reichen Innenstadt besorgten.

Er blieb einen Moment lang unter einem Vordach stehen und sah die Rheinstraße auf und ab. Dabei erkannte er ein Problem, das den Mangel an Fahrzeugen in der sonst so belebten Allee erklärte. Die Wassermassen des Dauerregens hatten die Pflastersteine ausgespült und auf den Reitwegen unter den Platanen in der Mitte allen Sand in die Kanalisation geschwemmt. Die Wurzeln der Bäume lagen frei und bildeten ein verwirrendes Geflecht, das sehr tief reichte. Womöglich war der ein oder andere Baum schon so freigelegt, dass er umstürzen konnte, denn nun entdeckte Paul auch das riesige Loch in der Nähe des Luisenplatzes.

Meine Güte, der Kanal liegt offen, dachte er verstört. Er hastete ein Stück weiter, um einen Blick in das Loch zu werfen und sah nun endlich Menschen. Allerdings von der Art, die in der Innenstadt eher fremd waren und die er zutiefst bedauerte. Kanalarbeiter, die verzweifelt versuchten, das Loch in der Decke des mannshohen Kanals zu reparieren, den Sand der Reitwege, sowie die Pflastersteine und den Ziegelschutt aus dem Tunnel zu schaffen. Paul konnte tosendes Wasser hören und sah, dass alle Männer angeleint waren, weil die Gefahr bestand, dass die Wassermassen sie mitreißen konnten. Es wäre der sichere Tod der Arbeiter, selbst wenn sie schwimmen konnten.

Paul bemerkte einen Gendarmen, der in der Nähe des Lochs in einem Hauseingang stand und die Männer beaufsichtigte. Die Mimik des jüngeren Mannes schwankte zwischen Erleichterung, nicht zu den Arbeitern gehören zu müssen und der Frustration, diese undankbare Aufsicht führen zu müssen. Als Paul auf ihn zukam, zuckte er zusammen, als hätte er nie im Leben damit gerechnet, noch einen Menschen anzutreffen, der sich durch die Straßen wagte.

»Verzeihen Sie, Herr Wachtmeister, wissen Sie zufällig, ob in der Baudirektion heute jemand arbeitet?«, kam Paul einer wenig freundlichen Ansprache durch den Polizisten zuvor und wies auf das Gebäude ein Stück weiter oben in der Straße.

»Äh ... ja, es scheint so. Als ich vorhin hier angefangen hatte, brannte in ein paar Fenstern Licht und es sind zwei Beamte hinein gegangen.«

Paul bedankte sich betont freundlich und eilte zum Eingang des Gebäudes in dem er früher einmal, als er noch im Großstadtkreis bei einem Architekturbüro arbeitete, häufig ein und aus gegangen war, um Genehmigungen einzuholen. Es war eine Art heimeliges Gefühl, durch die Tür zu treten und den kriegsversehrten Pförtner am Empfang sitzen zu sehen, als wäre er dort festgewachsen. Paul wusste, dass der Mann, dem der linke Arm fehlte, kaum noch sehen konnte, rechnete nicht damit, dass er erkannt wurde.

»Sin nich viele da, wennse also kein Termin haben, sin se wohl umsonst gekomme«, wurde er umgehend mit knarrender Stimme begrüßt. Das Gehör des Mannes schien also noch hervorragend zu funktionieren.

»Das hatte ich befürchtet, ich würde trotzdem gern mein Glück versuchen. Ich suche Herrn Oberverwaltungsrat Justus Hausner.«

Paul rechnete schon damit, dass der Pförtner ihm sagen würde, dass der Mann, von dem er glaubte, dass er zum Inventar der Baudirektion gehörte, ausnahmsweise nicht arbeitete. Das traurige Gesicht des Mannes ließ ihn aber etwas anderes befürchten.

»Den wern se hier wohl nie mehr antreffen könne. Ist vor ein paar Tagen zusammengebrochen, s Herz. Liegt wohl noch im Joho und s is nich sicher, obber noch e ma raus kimmt. Kaane schöne Weihnachde.«

Paul wurde blass und überlegte hektisch, ob er noch jemand anderen gut genug kannte, um ihm seine Fragen zu der Bautätigkeit in Biebrich zu stellen. Doch von den alten Hasen, die ihm Vertrauen entgegenbringen würden, war niemand mehr da. »Danke ... Ich werde ihn im Josephs-Hospital besuchen. Das ist das Mindeste, was ich für ihn tun muss. Frohe Weihnachten.«

Er wandte sich um und verließ die Baudirektion wieder. Im Laufschritt eilte er die Rheinstraße zurück und weiter zum Hospital. Das Krankenhaus schien das einzig bewohnte Gebäude im südlichen Villengebiet zu sein, denn dort waren fast alle Fenster hell, die Räume beleuchtet. Aber auch das war kein gutes Zeichen. Nicht an diesem Ort. Warum schien es, als wäre das renommierte Hospital voll belegt? Da hier nahezu ausschließlich gut situierte und wohlhabende Patienten behandelt wurden, musste etwas umgehen, das viele siechen ließ.

Am Empfang schälte sich Paul erst einmal aus seinem Regenmantel, um nicht sofort den Eindruck eines Wegelagerers zu machen und fragte nach seinem Bekannten Hausner. Die hübsche Krankenschwester musterte ihn ausgiebig, was Paul dazu verleitete, sein nasses, wie immer zu langes Haar zurück zu streichen, bis es wie eine Kappe ordentlich an seinem Kopf anlag. Der Blick der jungen Frau wechselte von misstrauisch zu mitleidig und dann zu mitfühlend. Paul hatte das Gefühl, dass sie ein klein wenig mit ihm flirtete. Er lächelte sie strahlend an, um ihr Misstrauen wegen seiner Frage endgültig zu zerstreuen, wobei er sich wunderte, warum sie überhaupt Misstrauen zeigte. »Geht es Herrn Hausner gut genug, dass ich ihn besuchen kann?«

»Nun ja, er ist sehr schwach, aber er scheint auf dem Weg der Besserung zu sein«, erwiderte die Frau, nachdem sie in ihrem Aufnahmebuch geblättert hatte. »Zweiter Stock, Zimmer 10. Melden Sie sich aber bitte vorher bei den Schwestern an.«

Paul nickte ihr freundlich zu und begab sich zur Treppe. Er hatte gerade den Absatz zum zweiten Stock erreicht, als er schon die Nervosität und Aufregung spürte, bevor er die hektischen Tätigkeiten hinter der Tür zur Station optisch wahrnehmen konnte. Durch eine Glasscheibe in der Tür konnte er zwei Schwestern wie aufgescheuchte Hühner hin und her rennen sehen und wagte es nicht, sie zu öffnen, weil er fürchten musste, ihnen im Wege zu sein.

Jemand keuchte hinter ihm die Treppe hoch und Paul erkannte überrascht den ungarischen Rechtsmediziner Dr. Csákányi. Der kleine Mann blieb schnaufend vor ihm stehen und sah verblüfft zu Paul auf. »Herr Langendorf, das ist eine Überraschung.«

»Ist jemand verstorben?«, fragte Paul beklommen. »Oder sind Sie nicht wegen der Aufregung hinter der Tür hier?«

»Doch, mir wurde gerade gemeldet, dass ein Patient verstorben ist, dessen Krankheit mir sehr verdächtig vorkam. Sah mehr nach einer Vergiftung aus. War zwar schon alt, sodass ein Herzinfarkt eigentlich nichts Ungewöhnliches ist, aber trotzdem … da war so manches nicht ganz koscher. Jetzt kann ich wahrscheinlich nur noch seinen Tod feststellen. Aber wenigstens auch eine genauere Untersuchung durchführen, was ihm wirklich widerfahren ist. Vielleicht kennen Sie die Redensart: Der Rechtsmediziner kann alles und weiß alles – nur zu spät. Warum sind Sie denn so blass, Herr Langendorf?«

»Sie sprechen nicht zufällig von Justus Hausner?«

»Äh … doch, genau von dem. Kannten Sie ihn? Gibt es einen Grund, warum man diesen Mann aus dem Weg schaffen sollte?«

Paul wurde schlecht und Tränen drückten sich in seine Augen. »Ich könnte mir so manchen Grund vorstellen. Alle führen mal wieder zu einer Person. Einem uns wohl bekannten Adeligen.«

Csákányi verdrehte die Augen und stieß einen unanständig klingenden Fluch in seiner Muttersprache aus. »Wie das? Der Mann war doch nur ein Beamter in der Bauaufsicht, wenn ich das richtig in Erinnerung habe.«

Paul nickte und seine Gedanken rasten, um seinen Verdacht in Worte zu fassen, so dass alles stimmig war. »Justus verwaltete das Archiv und kannte wohl so ziemlich jede einzelne Akte beim Vornamen. Außerdem hatte er Zugriff auf das Kataster und das Grundbuch, kannte sogar noch Besitzverhältnisse aus dem Mittelalter, sofern die Unterlagen noch existierten. Er hat mir schon bei einem anderen Fall den entscheidenden Hinweis geliefert. Heute wollte ich ihn aufsuchen, um ihn über die Bautätigkeit in Biebrich auszufragen. Er hätte mir sicher nur ausweichend geantwortet, aber so, dass ich Schlüsse ziehen könnte. Was, wenn er zu viel über die Arbeiten dort unten wusste und vielleicht irgendetwas Illegales bemerkt hat? Etwas, das jemanden wie Wallenfels in die Bredouille hätte bringen können?«

Csákányi wiegte seinen Kopf hin und her, dann verzerrte ein zynisches Grinsen seine kantigen Züge. »Naheliegend. Gut, dann werde ich den armen Mann jetzt sehr genau untersuchen und Ihrem Bruder Bescheid geben, wenn ich weiß, was den Mann wirklich getötet hat. Wenn Sie ihn kannten … war der Mann sonst gesund?«

Paul nickte. Hausner war zwar ein Beamter, wie er im Buche stand und wirkte oft nicht weniger verstaubt und vergilbt wie seine Akten. Dennoch hatte er nie den Eindruck gemacht, dass er kränkelte. Im Gegenteil, wenn Verlass darauf war, dass jemand immer vor Ort seine Arbeit verrichtete, dann war das Justus Hausner. Er schien nie krank gewesen zu sein. »Auch wenn man bei einem Beamten wie ihm nie davon sprechen konnte, dass er das blühende Leben sei, er schien immer wohlauf zu sein. Jedenfalls, soweit ich das beurteilen kann. Wissen Sie, wer ihn aufgefunden hat? Wo und wie?«

Csákányi warf einen Blick in die dünne Aktenmappe, die er in der Hand gehalten hatte. »Hm, er war wohl bei der Arbeit, man hat ihn aus der Behörde direkt hierhergebracht. Soll beim Besuch eines Architekten einfach umgekippt sein. Der hat wohl auch den Notarzt gerufen. Hausner hat das Bewusstsein nicht wiedererlangt. Bevor Sie fragen, ob er etwas gesagt hat, als er hierherkam.«

»Wer war bei ihm? Kennen Sie einen Namen?«

»Hier steht, dass der Architekt Behle heißt. Dieter Behle.«

Paul verdrehte die Augen. Natürlich, sein ehemaliger Kollege Behle. Ein getreuer Enddarmbewohner seines Chefs, der direkt Wallenfels unterstellt war. Diesem Mann traute er alles zu, selbst einen Giftmord im Auftrag seines Dienstherrn. »Den sollte die Polizei dann mal sehr intensiv befragen«, knurrte er wütend und spürte, wie ihm die Hitze unbändiger Wut ins Gesicht stieg. Die Kopfschmerzen, die das verursachte, ignorierte er, aber er fühlte sich mit einem Mal unendlich müde und hilflos.

»Ich werde es in meinen Bericht mit einbeziehen. Sicher finde ich das Gift, das dem armen Mann das Leben gekostet hat.«

Csákányi blätterte weiter in seiner Akte und zog ein ungewöhnliches Blatt heraus. Es sah aus wie die Haut einer Mumie und Paul erkannte sofort, dass es sich tatsächlich um ein Stück Pergament handelte. Der Rechtsmediziner reichte es ihm mit der Erklärung, dass der Verstorbene es mit der Hand umklammert gehalten hatte, als man ihn einlieferte. Der Rest fehlte.

Paul besah sich das Stück echten Pergaments genauer und war fasziniert. Er liebte alte Bücher und kannte sich gut genug aus, um sicher zu sein, dass es sich um den Teil eines Grundbuches handeln musste, wie sie noch zuhauf in der Baudirektion zu finden waren. Hausners Schätze. Nur ein Bruchstück eines größeren Planes, man konnte die typische Signatur für Wasser erkennen und die Ansätze einer Grenze. Ihm fiel etwas auf und er hielt das Stück gegen das Licht an der Decke des Treppenlaufs. Nun erkannte er deutlich, dass man an diesem Pergament mehrfach Änderungen vorgenommen hatte. Es war nur noch hauchdünne und man konnte die Kratzer eines Schabeeisens sehen, mit dem man Tinte weggekratzt hatte. Der ehemalige Grenzverlauf war noch zu erahnen. Auch ein Name war vermerkt gewesen, doch

Paul konnte ihn nicht entziffern. Weig oder zweig, dann aber mit kleinem z, vermutete er und zuckte zusammen, als ihm klar wurde, dass es möglicherweise Rosenzweig heißen konnte. Der Name eines Konkurrenten des Barons. An der Risskante war noch der obere Teil eines Wortes zu erkennen, das deutlich mit Tinte über die alten Eintragungen geschrieben war. Nur kleine Bögen, aber wenn Paul sich einen Namen in der alten Schrift vorstellte, dann passte der Name Wallenfels genau.

»Das sollten Sie Ihrem Bericht unbedingt beifügen, Doktor. Mit einem Hinweis auf besondere Beachtung für meinen Bruder, damit es offiziell wird«, knurrte er mit einem Augenzwinkern zu Csákányi.

Der kleine Ungar sah sich das Stück Pergament neugierig an. »Was sehen Sie darauf? Ist da der Wunsch der Vater des Gedankens?«

Paul zuckte mit den Schultern und zog sein Notizbuch aus der Jackettasche. »Das soll mein Bruder herausfinden, aber es gibt ein paar sehr eindeutige Hinweise. Das ist ein Plan aus einem uralten Grundbuch. Da wurde sehr oft korrigiert, deshalb war das Pergament so dünn, dass es reißen konnte. Das hier muss der Rhein sein, es geht also um Grundstücke am Fluss, die den Besitzer gewechselt haben. Und hier unten stand der Name des letzten Besitzers.« Paul nahm das Pergament noch einmal an sich, legte es auf ein Stück Papier und schrieb mit schwungvollen Lettern einen Namen. Es passte genau mit den Bögen, die man erkennen konnte, überein.

Wallenfels.

Csákányis dunkle Haut wurde grau, als er den Namen las und er nickte verbissen. »Verstehe … Ja, ich werde es Ihrem Bruder so übermitteln. Auch wenn es womöglich wirklich nur ein Verdacht ist, weil es so naheliegend scheint, prüfen muss er es. Damit hat er einen guten Grund, dem Herrn hier auf den Zahn zu fühlen. Hoffentlich wird ihm das nicht zum Verhängnis.«

*

Algirdas beobachtete Kenjiro mit wachsender Besorgnis. Der kleine Japaner hatte sich, kaum dass der Polizist und der andere Mann wieder verschwunden waren, mit der Puppe in seinen Karren zurückgezogen. Von den Lebensmittelrationen, die auch den Angehörigen des Wanderzirkus zur Verfügung gestellt wurden, nachdem das Hochwasser sie von ihrem Standort vertrieben hatte, rührte er nichts an, sondern schien intensiv zu arbeiten.

Wozu nur, dachte Algirdas seufzend. *Ich fürchte, wir können aufgeben. Von den Tieren wird keines überleben, außer vielleicht unseren Pferden. Alle Fleischfresser können wir vergessen. Ob die Pferde nach diesem verdammten Winter in der Lage sein werden, noch unsere Karren zu ziehen, lasse ich auch mal dahingestellt. Kenjiros Tänzerin hätte vielleicht einen Schub Interesse gebracht, aber ich fürchte, niemand wird uns mehr zuschauen. Unser Zelt ist nicht mehr zu retten, wir werden unter freiem Himmel auftreten müssen. Wenn das Wetter weiter verrückt spielt, war es das. Im Moment werden wir der Form halber mit durchgefüttert, so wie die Bewohner dieses Ortes, aber dann? Wir werden die Letzten sein, um die man sich kümmert, wenn sich alles normalisiert.*

Er erinnerte sich an Gesprächsfetzen, die er mit halbem Ohr bei den Polizisten aufgeschnappt hatte, welche die Evakuierung geregelt hatten. Demnach waren die Lebensmittel, die man zur Verfügung gestellt hatte, nur dafür gedacht, die Leute ruhig zu halten, bis sie unter Kontrolle waren. Was mit ihnen geschehen würde, sollte das Hochwasser anhalten, war offen.

Ibrahim stand plötzlich hinter ihm und Algirdas zuckte zusammen. Der Ältere sah ihn ausdruckslos an, aber etwas in seinen Augen ließ den Zirkusleiter unruhig werden. »Was ist los, Ibrahim? Gibt es ein Problem?«

»Ich weiß nicht. Es gefällt mir nur nicht, dass es so viele Soldaten in der Gegend gibt.«

Algirdas runzelte die Stirn, doch dann zuckte er mit den Schultern. »Es gibt keine natürliche Grenze zwischen diesem Ort, diesem Freudenberg, wo die ganzen Dörfler sind, und der Innenstadt. Sie haben nur mehr Wachen herangezogen, damit niemand auf die Idee kommt, dorthin zu gehen.«

Ibrahim schüttelte den Kopf. »Das würde mich nicht beunruhigen. Es stehen aber auch Soldaten auf der anderen Seite. Man kommt nicht weiter in den Rheingau. Nicht einmal in dieses Frauenstein, obwohl das zum Groß-Stadtkreis gehört. Die Dörfler und wir sind eingekesselt. Wollten wir irgendwo hin, dann geht es nur noch hinunter zum Fluss. Da sind keine Soldaten. Das Lager der Dörfler ist eingekesselt.«

Das alles wurde vollkommen tonlos vorgetragen, doch es ließ Algirdas mehr als nur frösteln. »Du meinst, sie suchen nur einen Grund, alle umzubringen, nicht wahr? Bald wird man die Versorgung mit Lebensmitteln einstellen und wenn es deshalb Probleme gibt, werden die Soldaten einfach schießen?«

Ibrahim nickte. »Ich werde die Lebensmittel weiter rationieren und die Jungs zum Rattenfangen an den Fluss schicken.«

Nun war Algirdas schlecht, denn ihm war klar, dass Ibrahim recht hatte. Sie saßen in der Falle und die Soldaten würden gerade bei ihnen nicht lange fackeln, wenn sich einer aufmüpfig gab. Es blieb ihm nur zu hoffen, dass ihre Wintervorräte ausreichen würden, auf eine Entspannung der Lage warten zu können.

Um sich von diesen defätistischen Gedanken abzulenken, trat er an Kenjiros Wagen heran und klopfte, um einen Blick hinein zu werfen. Etwas polterte, dann wurde die Tür aufgerissen. Innen herrschte ein angenehmes, warmes Licht und Algirdas konnte die Puppe inmitten des kleinen Karrens aufrecht stehen sehen. Etwas hatte sich verändert, aber er konnte nicht bestimmen, was es war. Er wusste auch nicht zu sagen, ob es ihn beunruhigen sollte.

Als er zu Kenjiro in den Wagen kletterte, drehte die Puppe ihren Kopf und kniff die Augenlider zusammen, was ihn erschreckte. Der Japaner griff sofort in die offenstehende Klappe am Rücken und schaltete die Puppe ab, die auch die Hände zusammengezogen hatte, als würde sie nach etwas greifen. Sofort stand sie wieder aufrecht und ließ die Arme hängen.

»Was machst du, Kenjiro?«, fragte Algirdas nervös und musterte die Puppe. Auf Kenjiros Bettstatt lag die Perücke der Puppe, aber die kunstvolle Frisur der Tänzerin war gelöst und ihrer Klammern befreit. Nur noch langes, schwarzes Haar. »Soll sie nicht mehr tanzen?«

Der Japaner schüttelte den Kopf. »Nein. Keine Zeit für Tanz. Neue Zeit nur gut für Krieger. Sie soll kämpfen. Mit Katana. Wie ich.«

Algirdas wusste nicht, was er dazu sagen sollte. Alles, was ihm über die Lippen kommen wollte, schluckte er herunter. Er wusste nicht mehr weiter. »Mach keinen Fehler, Kenjiro. Wir haben schon genug Probleme und es wird nicht besser.«

Der Japaner musterte ihn einen Moment lang, als habe er Algirdas noch nie zuvor gesehen. »Was immer. Niemand brauchen Tanz. Nur Kämpfer. So wie onna bugeisha Tomoe Gozen von Shogun Minamoto. Sie sein meine Tomoe Gozen, kämpfen mit mir.«

Mit Furcht im Herzen betrachtete Algirdas die Puppe und warf in einer hilflosen Geste seine Hände in die Luft. »Ich fürchte nur, dass der Kampf verloren sein wird, bevor er beginnt. Sei vorsichtig, Kenjiro, was auch immer du tust.«

Rettung

Nichts hasste Peter mehr, als zur Untätigkeit verdammt zu sein. Vor allem, wenn man schon an Heiligabend nicht bei seiner Familie sein konnte. Wenigstens waren Paul und Valerian zuhause bei Katharina und kümmerten sich um sie, während er vor einer Wand aus ungelösten Problemen stand. Er war auch froh, dass er nicht derjenige war, der Paul dazu verdonnern musste, kürzer zu treten. Das Abenteuer mit der Baubehörde und dem plötzlichen Ableben seines Freundes dort, hatten Paul sehr mitgenommen und Peters Probleme nicht kleiner gemacht.

Vor ihm auf dem Schreibtisch lag die Akte des Toten, zusammen mit dem Fetzen Pergament, dessen Bedeutung ihm Paul bereits erklärt hatte. Peter musste noch auf die Ergebnisse von Csákányis Untersuchungen warten, um tätig werden zu können. Sollte sich herausstellen, dass er tatsächlich ermordet worden war, musste er ein gutes Argument finden, Wallenfels damit zu belästigen. Dass der letzte Besucher Hausners einer von dessen Speichelleckern war, reichte nicht dafür.

Ihm war danach, etwas zu zerschlagen, um die Unruhe loszuwerden, die von den Ereignissen gefördert und nicht zuletzt vom Wetter befeuert wurde. Vor ihm auf dem Schreibtisch lag eine Tageszeitung, deren Schlagzeilen auf der ersten Seite Übelkeit verursachten und ihn wenig verlockten, weiter zu lesen.

Schließlich zog er sie doch zu sich heran, weil ihn der Artikel über die erste Stadtverordnetensitzung interessierte, an der Johann Bartfelder als gewählter Vertreter von Biebrich teilgenommen hatte. Natürlich bauschten die Schreiberlinge Johanns Rede zu einem Skandal auf. Doch wenn man die wenigen Sätze, die zitiert wurden, genauer betrachtete, konnte man daraus nichts weiter lesen als eine nüchterne Darstellung des Status Quo. Keinen Vorwurf, keine Anschuldigungen. Aber Johann hatte den Stadtverordneten einen Spiegel vorgehalten, der sie selbst als

Monster zeigte. Pervers und gefühllos. Das traf sie ins Mark. Johann hatte damit nichts erreichen können und auch keine Antworten auf drängende Fragen bekommen. Damit hatten sie alle gerechnet. Doch auch Schweigen konnte eine Antwort sein. Nur, auf welche Frage?

»Pack«, murmelte Peter und schlug die Zeitung doch noch auf, um den Bericht über die mangelhaften Leistungen der Polizei geflissentlich zu übersehen. Dabei fiel ihm sofort eine eher versteckte Meldung auf, die ihn erschreckte. Dr. Liebermann wurde vermisst?

In dem kurzen Artikel, der von einem sehr unvorteilhaften Foto untermalt wurde, auf dem niemand die Person des Nervenarztes erkennen würde, stand nur geschrieben, dass der Arzt bereits vor einigen Tagen zu einem Besuch in einem Sanatorium bei Idstein aufgebrochen war. Der Kutscher hätte ihn nach seiner Arbeit dort wieder zum Bahnhof gebracht, doch er sei nicht in Eltville angekommen.

Peter runzelte die Stirn. Es besorgte ihn sehr, dass niemand über den Verbleib des Mannes Bescheid wusste, den er sehr schätzte. Vor allem gefielen ihm die Örtlichkeiten nicht, an denen er zuletzt gesehen wurde. Idstein. Das war verdammt nahe an dem Ort, an dem er Michael beobachtet hatte.

Das Telefon riss ihn aus seinen Grübeleien und er nahm widerwillig das Gespräch entgegen. Lenze berichtete ihm, dass man alle Habseligkeiten, die noch im Haus des verstorbenen Anselm Berghoff zurückgeblieben waren – ob es nun wirklich seine waren oder vielleicht die des Mörders Laue - nach Idstein zu einem Verwandten geschickt hatte, von dem vorher niemand etwas gewusst hatte. Dabei war er der Leiter der dortigen Idiotenanstalt und trug ebenfalls den Namen Berghoff.

Peter war mit einem Mal sehr froh, dass Lenze ihn durch das Telefon nicht sehen konnte, denn er hatte das Gefühl, keine Farbe mehr im Gesicht zu haben. Idstein? Schon wieder? Und womöglich waren Laues Sachen dort? Er hakte nach, was Lenze sonst noch erfahren haben mochte, um sich von diesem Gedankengang frei zu machen. Der teilte ihm jedoch lediglich noch mit, dass das Haus über einen Makler verkauft worden war, den man nach dem Laue-Fall seitens des Amtsgerichtes mit der Abwicklung betraut wurde. Der würde den Verkaufspreis der Villa, ein stattliches Sümmchen, nach Abzug aller Auslagen der Verwaltung an den anderen Berghoff überweisen. Dem hatte man das wohl gerade erst kundgetan und er hatte sich sehr erfreut darüber gezeigt.

Darüber konnte Peter nur milde lächeln. Natürlich würde sich der Mann darüber erfreut zeigen, denn eine Villa in dieser Lage war ein Vermögen wert und der Makler hatte sicher das Beste auch für sich dabei herausgeholt. Er bedankte sich bei Lenze und legte wieder auf. Dann starrte er das Bild Liebermanns an und seine Gedanken rasten. Konnte das etwas mit dem Verschwinden des Arztes zu tun haben? Kannte Liebermann diesen Berghoff und was war das für ein merkwürdiges Sanatorium, das der Mann besucht hatte? Wer war dieser Doktor Reich und konnte man ihm vertrauen?

Gerade als er beschloss, sich erneut mit dem Dampfrad in diese Gegend zu bewegen und mehr oder minder offene Nachforschungen zu betreiben, klingelte das Telefon wieder. Es war die junge Frau vom Empfang, die eingehende Anrufe weiterleitete, wenn sie auf der offiziellen Leitung eingingen. Sie erklärte, jemand wolle wegen einem Dr. Liebermann mit ihm sprechen.

Wie elektrisiert fuhr Peter zusammen und bat darum, dass man das Gespräch durchstellt. Zunächst war nichts außer einem Knacken zu vernehmen, das üblich war, wenn jemand aus dem Ausland zugestellt wurde, was Peter verwunderte. Auch war die Stimme nur schlecht zu vernehmen und der Sprecher war der deutschen Sprache nicht wirklich mächtig. Zunächst fragte der Anrufer, wie sicher die Verbindung sei und ob man sie womöglich abhören könne, was Peter nicht mit Sicherheit sagen konnte. Danach veränderte sich die Stimme des Anrufers und wurde blechern, er erklärte, dass er seinen Apparat sicher gemacht hätte und das Gespräch nun verschlüsselt sei.

Peter war verblüfft und in seinem Kopf versuchte sein gesunder Menschenverstand diese Informationen zu einem Bild von dem Anrufer zu verarbeiten. »Sie wissen etwas über Professor Liebermann? Ist ihm etwas zugestoßen?«

»Man versucht, Dr. Liebermann zu töten. Wurde verletzt, habe ihn geheilt und versteckt. Jemand kommen ihn holen. Muss Dinge tun, wichtige Dinge. Andere Menschen retten und andere Doktor hindern, nicht gute Dinge zu tun. Kann nicht selbst bringen Dr. Liebermann weg. Er nennen Ihren Namen, scheinen Vertrauen. Sie müssen holen Doktor aus Versteck.«

»Ich bin sofort unterwegs!« Peter griff bereits nach seiner Jacke und sprang hoch. »Wo finde ich Liebermann?«

»Kennen Dorf mit Namen Bermbach? Hinter Idstein?«

Peter zog eine Karte zu sich heran und ließ sich von dem Mann beschreiben, wo sich die Hütte befand, in der Liebermann sich versteckt hielt. Sie war nicht auf der Karte verzeichnet, aber er fand den Bachlauf und die Verbindungsstraße zwischen Idstein und dem Dorf. Er befand es als schwierig, unbemerkt dorthin zu gelangen, aber er hoffte, dass das Wetter Tarnung genug sein würde. »Ich danke Ihnen vielmals, bin schon auf der Straße. Mit etwas Glück sitzt Dr. Liebermann schon in wenigen Stunden wieder zuhause. Oder wäre das keine gute Idee?«

»Liebermann schon wird wissen, was ist besser zu tun. Holen Sie ihn.«

Die Verbindung brach ab und Peter starrte noch einen Augenblick verblüfft auf den Hörer in seiner Hand. Misstrauen schlich sich in seine Gefühle ein. Vielleicht war das ja auch eine Falle von Michael? Hatte der ehemalige Herrscher der Unterwelt vielleicht doch bemerkt, dass er beobachtet wurde?

Er wählte die Nummer der Vermittlung an und fragte nach, ob man irgendwie zurückverfolgen konnte, woher das Gespräch kam. Die Telefonistin ließ ihn warten und teilte ihm dann mit, dass es ein sehr seltsames Gespräch war. Offensichtlich eine Übertragung durch den noch sehr wenig genutzten Ätherfunk in das normale Telefonnetz. Die Möglichkeiten der Verfolgung waren daher sehr begrenzt, aber der Anrufer schien in China zu sein.

Das verblüffte Peter noch viel mehr und machte ihn noch misstrauischer. Über solche technischen Möglichkeiten verfügten nur wenige

Menschen und so etwas selbst bauen zu können, war nur wenigen gegeben. Aber verfügte Michael auch über die Mittel? Peter schüttelte den Kopf, um diese Gedanken loszuwerden. Es galt, Liebermann zu finden.

*

Allein zu fahren wagte er dann doch nicht, auch wenn es bedeutete, dass er den hinderlichen Beiwagen mitnehmen musste, der das Dampfrad unhandlich und weniger geländegängig machte. Da der Anrufer aber gesagt hatte, dass auf Liebermann ein Anschlag verübt worden war, wollte er dem dicklichen Arzt auch nicht zumuten, auf dem Sozius des Dampfrades mitzufahren. Auf dem Weg aufs Land saß Hartmut in der geschlossenen Kapsel, sicher vor dem strömenden Regen, und grinste.

Peter lächelte säuerlich zurück und dachte hämisch daran, dass am Ende, sollten sie Liebermann tatsächlich finden, Hartmut hinter ihm sitzen würde und allen Schlamm und Spritzwasser über den Rücken bekam, das nicht von den Schutzblechen und der Turbine abgefangen wurde. Matsch, der sich im Moment auf dem Leder des Sozius ansammelte.

Wie schon bei seiner Verfolgung Michaels vermied Peter zumeist die gut befestigten oder gar mit einer Macadam-Decke versehenen Hauptstraßen, um bei der Reise in den Taunus nicht unnötig aufzufallen. Doch schließlich wurde er mutiger, denn es schien sich niemand zu wagen, einen Schritt vor die Haustür zu machen. Mit Grauen dachte Peter an die Nachrichten, die er noch kurz vor seiner Abfahrt aus Biebrich gehört hatte. Der Regen hatte dafür gesorgt, dass der Rhein seinen bislang höchsten, offiziell gemessenen Pegel weit überschritten hatte und das Wasser bereits durch Räume des Erdgeschosses des Schlosses floss, weil es sämtliche Fenster eindrückte. Die Häuser am Hafen waren schon länger für die Bewohner verloren und stürzten nach und nach ein. Johann Bartfelder hatte alle Hände voll zu tun, die Evakuierung zu organisieren, die mittlerweile auch Häuser in sicher gewähnten Bereichen betraf. Das Verschwinden der Häuser in Ufernähe schien eine Kettenreaktion zu verursachen. Der durchgeweichte Boden wurde seines letzten Halts beraubt und folgte den Trümmern, so dass auch Häuser weit über dem Pegel ihren Halt verloren.

Das Johann keine Zeit mehr hatte, war den Herrschaften in der Stadtverordnetenkammer natürlich nur recht. Hilfe bekam Johann nicht. Die Frage, warum es noch keine Katastrophenmeldungen von der Baustelle nebenan gab, war schnell geklärt. Man hatte alles aufgeschüttet und mit speziell gesicherten Dämmen vor dem Hochwasser geschützt. Zudem schienen Tag und Nacht Pumpen zu laufen, um ein ausgeklügeltes Entwässerungssystem zu betreiben. Diese Informationen waren natürlich von Joachim gekommen, der all das von den Eisenbahnbrücken aus am besten beobachten konnte.

Peter fragte sich, wie es den Menschen in Kastel und Kostheim unter diesen Umständen ergehen mochte. Vor allem Kostheim lag nur wenig über dem Normalpegel und hatte mit zwei Flüssen zu kämpfen. Im vollständig kanalisierten Main kannte das Wasser nur einen Weg: den nach oben. Zudem war der gesamte Aushub des Kanalbaus auf der Südseite zu hohen Dämmen aufgeschüttet worden, die Retentionsräume damit verloren. Orte wie Hochheim oder Flörsheim mussten schon vollständig überschwemmt sein.

Kann unseren Stadtoberen ja nur recht sein. In den problematischsten Stadtvierteln werden nun alle wie die Ratten ertränkt. Sie brauchen nur die Grenzen zur Innenstadt zu sichern. Und hat Sonnemann nicht gesagt, dass noch mehr Soldaten in den Kasernen einrückten? Die sind ja wohl kaum alle dafür da, die Baustellen zu sichern, dachte Peter ernüchtert und beklommen, als er nach einem kurzen Rundumblick auf eine saubere, gut befestigte Hauptstraße einbog, um für eine Weile seine Kräfte zu schonen. Weit und breit war niemand zu sehen, sodass er ihr ein gutes Stück folgte, bevor er einen verschlungenen Weg an ein paar Dörfern vorbei wählte, um endlich in die Nähe von Bermbach zu kommen. Zwischen Tag und Nacht war wegen des Regens in den Lichtverhältnissen kaum mehr ein Unterschied, so dass er auch den Hauptweg von Idstein nach Bermbach nutzte. Hartmut, der einen Plan auf den angezogenen Knien hatte, verfolgte seinen Weg mit dem Finger auf dem Papier und klopfte schließlich gegen die

Scheibe der schützenden Kapsel. Peter nahm nur die Bewegung wahr und sah zu ihm hin. Hartmut hatte eine Handlampe und leuchtete nach links in den Wald.

Peter verlangsamte die Fahrt und konnte schwach einen Waldweg erkennen, der wenigstens an seinem Anfang noch geschottert war, was ihn sehr erleichterte. Der Weg in den Wald war eine zerfurchte, schlammige Rückegasse, über die er sich mit dem schweren Dampfrad nicht bewegen konnte. Er parkte das Dampfrad so in die Wegemündung ein, dass sie schnell wieder starten konnten, ohne rangieren zu müssen, und stellte die Turbine ab. Der Regen verdampfte zischend auf dem heißen Rohr und hüllte sie in undurchsichtigen Nebel.

Hartmut sprang aus dem Beiwagen und schloss ihn sofort hinter sich, bevor er eine Ölhaut überstreifte. Ohne ein Wort zu verlieren, wies er auf den Waldweg. Ihre kniehohen Stiefel erwiesen sich als dringend notwendig, denn sie versanken tief im Matsch. Peter verlies den Weg wieder und stapfte zwischen den dürren Bäumen hindurch, deren altes Laub und Zweige verhinderten, dass er steckenblieb. So schlugen sie sich auf einem direkten Weg durch, in Richtung der Hütte.

Endlich stießen sie auf den Bach, der ebenfalls schon lange kein mäanderndes Rinnsal mehr war, sondern ein reißender Fluss, der einige Bäume an seinem Ufer entwurzelt und umgerissen hatte. Das erleichterte den Weg weiter nicht und Peter begann schon daran zu zweifeln, dass es ihnen möglich sein würde, einen Verletzten von Liebermanns Format zurück zum Dampfrad zu bringen.

Hartmut markierte ihren Weg mit einer Wachskreide, damit sie zu ihrem Fahrzeug zurückfinden konnten, auch wenn er nicht sicher sein konnte, dass es die kürzeste Strecke war. Aber in diesem feuchtigkeitsübersättigten Wald sah alles seltsam gleich aus und die beiden Männer fürchteten, sich zu verirren.

Als sie vor sich einzelne Lichter im Dunklen erkennen konnten, die nach Peters Dafürhalten zum Dorf gehören mussten, fürchteten sie schon, die Hütte verpasst zu haben, als Hartmut ihn zurückhielt und in den Wald hinein wies. Peter atmete erleichtert auf, als er das fast nicht wahrzunehmende Licht durch den Regen schimmern sah und bewegte sich dorthin.

Weil Peter nach wie vor eine Falle befürchtete, zog er eine Gasdruckpistole unter seinem Regencape hervor und Hartmut tat es ihm gleich. Für den Moment war Peter sogar froh über den Regen, der es jedem in der Hütte unmöglich machen würde, sie zu hören. Über den mit Wasser gesättigten Boden konnte man nicht lautlos schleichen. Die schmatzenden Geräusche des Schlamms wären ohne den Regen kaum zu überhören gewesen.

Er näherte sich dem einzigen Fenster der kleinen Hütte, die wohl eher einmal ein Stall oder Unterschlupf für einen Jäger gewesen war, und spähte hinein. Dass das Licht nur schwach erkennbar gewesen war, lag daran, dass jemand ein fadenscheiniges Tuch vor das Fenster gehängt hatte. Durch ein Loch in dem Stoff konnte Peter die Silhouette eines Mannes erkennen, der auf einem grob gezimmerten Bett saß und zu essen schien. Die Umrisse gehörten zu einem kleinen, rundlichen Mann, was Peter erleichterte, denn es musste der vermisste Arzt sein. Doch ob er alleine war, konnte er nicht erkennen.

Peter nickte Hartmut zu und bedeutete ihm, zu warten und sein Vorgehen zu sichern. Dann umrundete er die Hütte, um zur Tür zu gelangen. Der junge Polizist blieb an dem Fenster, um zu beobachten, was sich innen tat, als Peter an die Tür klopfte. Der Mann auf dem Bett zuckte zusammen und streckte sich zitternd.

»Wer ist da?«, hörte Peter eine vertraute Stimme aus der Hütte. Sie klang schwach und ängstlich.

»Oberkommissar Langendorf«, erwiderte er verhalten, aber laut genug, damit auch der Sprecher seine Stimme erkennen konnte.

Die Tür wurde aufgerissen und es hätte nicht viel gefehlt, dass der kleine Mann ihm um den Hals gefallen wäre. Er konnte seinen Impetus gerade noch zügeln und beschränkte sich darauf, Peter an den Armen zu packen. Peter sah verblüfft in das runde Gesicht des Arztes und auf die Tränen, die ihm aus den Augen quollen. Er sah nicht vernachlässigt aus, nur etwas ausgezehrt. An seinem Bein und um seine Schulter hatte er einen Verband und der Bartwuchs zeugte davon, dass er schon seit ein paar Tagen kein Badezimmer mehr von innen gesehen hatte.

»Bei Gott, ich bin so froh, dass Sie da sind. Hat er Sie tatsächlich angerufen? Holen Sie mich von hier weg?«, sprudelte es aus Liebermann heraus, während er Peter in die Hütte ins Trockene zog.

Peter sah sich in der Hütte um und stellte erleichtert fest, dass sie allein waren. Er gab Hartmut ein Zeichen, ebenfalls in die Hütte zu kommen und nötigte Liebermann, sich wieder auf das Bett zu setzen, was dieser schließlich erschöpft tat. Als Hartmut in der Tür erschien, wollte er erneut aufspringen, doch Peter hielt ihn zurück. »Das ist mein Kollege, Obermeister Lenze, keine Bange, Doktor. Sind Sie in Ordnung? Wir wollen Sie von hier wegbringen, ja, aber Sie müssten ein Stück laufen, denn wir haben es nicht gewagt, allzu offen hier aufzutauchen, was sicher auch im Sinne der Person ist, die Sie hier unterbrachte. Sehe ich das richtig?«

»Oh, ich ... Bäume ausreißen kann ich sicher nicht, aber ein Stück Laufen wird schon gehen, ganz sicher!« Liebermann sah von Peter zu Hartmut, der sich die Kapuze der Ölhaut vom Kopf gezogen hatte, misstrauisch umsah und zu lauschen schien. »Ich bin mir sicher, dass niemand außer Xun weiß, wo ich bin. Er hat mich gerettet und hierher in Sicherheit gebracht. Ich weiß zwar noch immer nicht, wie es ihm gelungen ist, mich auf ein Pferd zu zerren und in diese Hütte zu bringen, aber egal. Er hat Sie verständigt, mehr ist nicht wichtig. Hören Sie, wir müssen unbedingt zwei junge Menschen retten, die in allergrößter Gefahr sind!«

Für einen Moment fürchtete Peter, der Mann könnte unter Fieber leiden, aber Liebermanns Augen waren klar und seine Stimme fest. Ihm machte etwas anderes viel mehr Sorgen. »Sind Sie schwer verletzt? Wahrscheinlich wäre es das Beste, Sie zu einem Arzt zu bringen?«

»Nein, nein!«, rief Liebermann bestimmt. »Ich bin mir im Moment ziemlich sicher, dass es keine gute Idee ist, schon wieder in der Öffentlichkeit aufzutauchen. Besser, Reich glaubt noch eine Weile, dass ich nicht mehr verhindern kann, was er tut. Können Sie herausfinden, ob es in dieser Gegend eine jüdische Gemeinde gibt? Dann würde ich versuchen, dort unterzukommen. Ich müsste ohnehin etwas in Erfahrung bringen.«

Peter musterte den Arzt verblüfft, doch konnte er gegen sein Ansinnen nichts vorbringen. Liebermann kannte seine Situation sicherlich am besten und konnte ihnen durchaus auch an einem anderen Ort als dem Polizeipräsidium Rede und Antwort stehen. Er erinnerte sich plötzlich an die Villa in Niedernhausen, die er bei seiner Verfolgung Michaels bewundert hatte. Nach seiner Rückkehr hatte er versucht herauszufinden, wem sie wohl gehörte und war dabei auf einen ehemaligen Fabrikanten namens Eisenstein gestoßen. Ein Jude. Er wohnte noch in der Villa. »Sagt ihnen der Name Eisenstein etwas? David Eisenstein? Er wohnt in Niedernhausen.«

»Oh, ich kenne ihn flüchtig. Er hat fast alle seine Besitztümer verloren, als die Leute um Waldemar Wannemann im Stadtparlament mächtiger wurden. Sie sind so offen antisemitisch, dass es mich gruselt. Und ein besonderer gemeinsamer Bekannter von uns beiden, Herr Oberkommissar, hat die Überreste seines ursprünglichen Firmenkonsortiums aufgesammelt. Das ist, denke ich, eine gute Idee. Wenn sie mich zu ihm bringen könnten? Ich glaube, er hilft sicher gerne.«

Peter hob grübelnd die Brauen, ahnte dann aber, von wem Liebermann sprach. »Der liebe Baron von Wallenfels? Dann klingt es in der Tat nach einer guten Idee. Ich kann nur hoffen, dass er zurzeit auch wirklich zuhause ist.«

Er zog eine Tasche unter seinem Regencape hervor, in der er Kleidung für Liebermann mitgebracht hatte, vor allem Regenkleidung. Mit Hartmut half er dem Arzt, sich umzuziehen und prüfte auch noch einmal die Verbände. Doch derjenige, der Liebermann versorgt hatte, verstand offensichtlich sein Handwerk.

Nachdem Hartmut noch das kleine Ofenfeuer gelöscht hatte, machten sie sich auf den Rückweg, wobei sie Liebermann zwischen sich nahmen und stützten. Es war sehr beschwerlich, da es nun auch stetig bergauf ging, doch sie schafften es, den Verletzten zum Dampfrad zu bringen und sicher in den Beiwagen zu setzen.

Als sich Hartmut hinter ihn setzte, wandte sich Peter noch einmal um, weil er das Gefühl hatte, beobachtet zu werden. Aber weit und breit war niemand zu sehen oder etwas anderes zu hören als das Zischen der Dampfmaschine. Er startete die Turbine und fuhr los, während sich Hartmut an ihn klammerte. Richtung Niedernhausen.

✱

Xiaoming Xun stand hinter einer dicken Eiche und sah dem seltsamen Gefährt nach, wie es in der Dunkelheit und dem strömenden Regen verschwand. Liebermann hatte wohl dem richtigen Mann Vertrauen geschenkt. Nun stieg seine Hoffnung wieder, dass Jewgenij und Marie rechtzeitig Hilfe bekamen und aus dem Sanatorium geholt wurden. Bevor Reich soweit war, dass er sich daran wagte, eine Operation bei dem jungen Russen zu versuchen.

Der alte Chinese nickte bedächtig, dann begab er sich zu der Hütte im Wald. Er bedauerte es, dieses Refugium verlassen zu müssen, aber er hatte bereits ein anderes gefunden, das den gleichen Zweck erfüllen konnte. Nun galt es nur noch, Spuren zu verwischen.

Das Holz im Ofen glühte noch und er entfachte es neu. Dann öffnete er eine Ätherpatrone, in der nur noch ein kleiner Rest des giftigen Materials war und ließ es auf den Boden tropfen. Schleunigst verließ er die Hütte wieder. Die kleine Lache grüner Flüssigkeit würde sofort in gasförmigen Zustand übergehen und das Feuer im Ofen den Rest erledigen. Tatsächlich schoss, gerade als er sein Pferd erreichte, eine grüne Stichflamme durch das schmale Rohr, das als Rauchabzug diente und die Hütte begann trotz des strömenden Regens von innen heraus auszubrennen. Als sie ihr Dach verschluckte, erlosch der Brand in den Massen des vom Himmel kommenden Wassers.

Xun ging davon aus, dass der Ätherbrand alle Spuren beseitigt hatte und schwang sich auf sein Pferd. Beruhigt kehrte er zurück zur Hirtesenmühle. Er musste zwei weitere Menschen beschützen.

Diebe in der Nacht

Die Aufregung über das Verschwinden des jüdischen Irrenarztes hatte sich sehr zu Professor Reichs Erleichterung schnell gelegt. Zumindest bei den meisten seiner Patienten, die den Mann nur wenig zu Gesicht bekamen oder seine Dienste nie in Anspruch genommen hatten. Natürlich war es nicht leicht gewesen, Jewgenij und Marie zu beruhigen. Reich kam dabei zugute, dass zumindest Marie es nicht wagte, der Polizei näher zu kommen als unbedingt nötig. Jewgenij hatte schon genug Wind gemacht, bis er spürte, dass die Polizisten aus Idstein immer weniger Interesse an diesem Vermisstenfall hatten, je mehr er sie drängte. Vor allem als einer der mit wenig Intelligenz gesegneten Beamten, die nie höhere Weihen als die der ländlichen Ordnungshüter erlangen würden, angesichts des Namens Liebermann nachhakte, ob der Arzt Jude sei.

Jewgenijs Verwirrung und seine Nachfrage, was das denn mit dem Verschwinden Liebermanns zu tun habe, beendeten das Gespräch auf der Stelle. Der junge Mann hatte in diesem Augenblick begriffen, dass er sich um Kopf und Kragen reden würde, sollte er andeuten, dass auch er selbst Jude war. Auf Rückendeckung von Marie konnte er nicht hoffen und er versuchte es auch gar nicht, ritterlich wie er war.

Nach diesem Misserfolg war es ebenso unwahrscheinlich, dass er versuchen würde, die Polizisten darum zu bitten, ihm dabei zu helfen, das Sanatorium zu verlassen.

Reich frohlockte innerlich. Er kannte den kaum verhohlenen Antisemitismus in dieser Gegend zur Genüge. Ein hochgestellter jüdischer Arzt passte genau in das Feindbild der Landbevölkerung, aus der auch die Polizisten rekrutiert wurden. Ein Feindbild, das natürlich auch von der Regierung gepflegt wurde, damit sich die Wut der Untertanen nicht gegen sie richten konnte. Das ging bis zu den kleinsten

Stadtparlamentariern. Dass es nicht die Juden waren, die mit den Nebenwirkungen ihres Handelns die Lebensgrundlagen der kleinen Leute vernichteten und damit auch ihre eigenen, verstanden sie nicht. Reich musste länger nachdenken, um sich den Namen eines wirklich mächtigen Großindustriellen jüdischen Glaubens ins Gedächtnis zu rufen, dessen Schaffen tatsächlich noch gravierenden Einfluss auf Leben, Umwelt und grassierende Armut hatte. Im deutschen Reich gab es davon keinen mehr, allenfalls noch in Übersee.

Die Polizisten würden die Suche allenfalls halbherzig durchführen und sich auch keinem Polizisten aus der Stadt als Helfer zur Verfügung stellen. Auf diese Leute war Verlass, sie würden nicht zulassen, dass sich Ortsfremde in ihre Angelegenheiten einmischten, selbst wenn der Polizeipräsident des Groß-Stadtkreises selbst bei ihnen auf der Wache erscheinen sollte.

Liebermann konnte an seinem Sterbeort verschimmeln, ohne dass auch nur jemand auf die Idee käme, dort zu suchen. Der jüdische Friedhof war so eingewachsen, dass niemand auch nur zufällig hineinsehen konnte. Ein angemessener Ort für den Österreicher. Da es in Idstein keine nennenswerte Anzahl Juden mehr gab, wurde der Friedhof ohnehin nicht mehr genutzt, obwohl er in dieser Form erst seit etwas mehr als einem Vierteljahrhundert bestand. Reich ging davon aus, dass der Bürgermeister es verboten hatte, dort weiter Bestattungen durchzuführen. Die ewig hungrigen Tiere der Umgebung würden bei Liebermann den Rest erledigen.

Die Weihnachtsfeierlichkeiten und die damit verbundene Trägheit der Völlerei unter den Gästen gaben ihm die Gelegenheit, sich intensiver mit seinem Versuchsobjekt zu befassen. Langsam, aber sicher bekam er dank der Unterlagen Laues einen größeren Überblick über die Möglichkeiten, die er hatte, um seine Ziele zu erreichen. Während seine Patienten zu Tisch saßen, zog er sich in sein Labor zurück, um erste Versuche der Reanimation zu wagen.

Wohl zum hundertsten Male überprüfte er, ob wirklich alles erledigt war. Alle Bauteile an ihrem Platz und richtig verschaltet, alle

Chemikalien in der richtigen Konzentration aufgefüllt und die Ventile in der richtigen Reihenfolge offen, beziehungsweise geschlossen waren. Dann erst schaltete er den Äthergenerator ein, um den nötigen elektrischen Impuls erzeugen zu können, der die Reanimation starten sollte. Dafür holte er sich seinen Helfer, den Kutscher dazu, um im Notfall ein Paar weiterer Hände bereit zu haben.

Als der Generator anlief und die nötige Spannung für das Experiment aufgebaut hatte, stand Reich aber erst einmal unschlüssig davor und knetete seine Hände. Etwas wollte sich in den Vordergrund seines Denkens schleichen, das ihm nicht gefallen wollte. Waren es etwa Zweifel? Zweifel an was? An der Sinnhaftigkeit seines Handelns? Das Bild seines Sohnes drängte sich an diesen Gefühlen vorbei, allerdings nicht das Bild des gesunden jungen Mannes, der er einstmals war, bevor ihn der Krieg zum Invaliden machte. Es war das Bild des Versehrten, der ohne Hoffnung vor sich hinvegetierte und nur noch sterben wollte.

Hätte er in seinem Sohn wirklich jemals wieder den Willen zum Leben wecken können? Selbst wenn es ihm gelungen wäre, Gustav neue Gliedmaße und die Bewegungsfähigkeit zu verschaffen? Das Gesicht vor seinem inneren Auge öffnete den Mund und schien ihm ein einziges Wort entgegen zu schreien.

Nein.

Reich schloss die Augen und versuchte, das Bild zu verdrängen. *Du bist tot, dir kann ich ohnehin nicht mehr helfen. Wenn du wieder hättest sehen können, wäre dir dein eigener Anblick vermutlich zum Verhängnis geworden, verstümmelt wie du warst. Aber es gibt andere, die leben wollen! Andere, denen ich helfen kann.*

Das Bild verschwand, doch die Worte, die er zuletzt aus dem Mund seines Sohnes zu vernehmen glaubte, machten seine Hände nicht ruhiger. *Um welchen Preis? Den Verlust der Menschlichkeit?*

Er legte die Hände auf den Schalter und drückte ihn herunter. Die Spannung entlud sich durch die dicken Kabel, die zu dem Körper auf der Liege führten und er war mit einem Mal froh, dass er sie mit Gewichten beschwert hatte, damit sie nicht wie Peitschen durch den Raum zucken konnten. Dafür krümmte sich der Körper des Aufsehers unnatürlich und baute eine makabere Brücke über der kalten Metallplatte, als litte er unter Wundstarrkrampf. Sofort schaltete Reich den Generator wieder ab. Ein Impuls sollte reichen, um das Werk zu vollenden.

Er wandte sich dem Tisch zu und befürchtete schon, dass alle Arbeit missglückt war. Dass er doch irgendetwas übersehen oder falsch gemacht hatte. Doch gerade als er dazu ansetzten wollte, alles ein weiteres Mal zu prüfen, schlug der Mann auf dem Tisch die Augen auf. Er starrte zunächst nur reglos an die Decke, was Reich zum Anlass nahm, eine Reaktion zu provozieren und zu überprüfen, ob noch etwas von dem ursprünglichen Gedächtnis und den körperlichen Fähigkeiten vorhanden war.

»Stehen Sie auf, Franz!« Es war der erste Name, der ihm einfiel. Wie der Mann ursprünglich geheißen hatte, war ihm entfallen. Nun sollte er eben Franz sein. Er verhinderte vielleicht auch, dass möglicherweise verbliebene Reste eines Gedächtnisses ihn an seine Vergangenheit erinnerten.

Der Kopf des Mannes drehte sich in seine Richtung, doch mehr geschah vorerst nicht. Reich war sich auch unsicher, ob der Mann ihn wirklich sah, denn er hatte den Eindruck, dass der ehemalige Aufseher durch ihn hindurch starrte. Er wiederholte seinen Befehl und nun kam tatsächlich so etwas wie Leben in den steifen, kalten Körper. Sofort trat der Kutscher näher an die Liege heran, weil Reich ihn gewarnt hatte, dass sein Versuchskaninchen anders reagieren könnte als geplant.

Der Mann richtete sich steif auf, als hätte er in der Hüfte ein Scharnier und einen Stab im Rücken. Die Beine kamen dabei ebenfalls stocksteif ein Stück nach oben. Insgesamt wirkte jede Bewegung marionettenhaft und ungelenk, gesteuert und kontrolliert. Zackig wurden die Beine über den Rand der Tischplatte geworfen und der Mann rutschte herunter. Wie ein Zinnsoldat blieb er neben dem Tisch stehen und starrte blicklos in Reichs Richtung. Dass er splitternackt war, schien ihm nicht eine Sekunde zum Nachdenken oder zu Schamgefühl zu veranlassen.

»Komm näher!«, befahl Reich und der Mann setzte mit steifen Knien ein Bein vor das andere, ohne seine Arme zu bewegen. Ein Stück vor Reich blieb er wieder stehen.

Der Arzt griff nach einem Besen und hielt ihm den Stiel entgegen. Der Mann griff danach und hielt ihn fest, schien aber nicht zu wissen, was er damit machen sollte. Reich machte ihm eine kehrende Bewegung vor und der Wiedererweckte tat es ihm mit dem Besen gleich. Dabei wurde er zunehmend auch gelenkiger, als könne er sich erst jetzt daran erinnern, dass er ein paar mehr Knochen zur Bewegung im Körper hatte. Die Funktionen des archaischen Gehirns und des Rückenmarks waren also nicht vergessen, trotz des langen Todesschlafs.

»Das scheint ja wunderbar zu funktionieren«, frohlockte Reich und grinste mit einem Mal wie ein kleines Kind, das sein Wunschspielzeug unter dem Weihnachtsbaum gefunden hatte. »Fein. Thomas, gib ihm was zum Anziehen. Es sollte Kleidung sein, die ihn vor Wasser schützt, damit meine Einbauten keinen Schaden nehmen. Ich weiß noch nicht, wie gut sie auch bei schlechter Witterung funktionieren oder wie haltbar sie sind. Du nimmst ihn mit zur Scheune. Ich glaube, er kann gut dafür sorgen, dass die Zisterne wieder funktionstüchtig wird. Der ganze Schlamm muss raus und dann das Mauerwerk abgedichtet werden. Diese Drecksarbeit musst du nicht übernehmen. Zeig es ihm und gut.«

Zufrieden sah Reich zu, wie Thomas sein Versuchsobjekt in eine Abstellkammer verwies und ihn dort einfach abstellte wie einen Besen, um die Kutsche fertig machen zu können und Kleidung zu holen. Dann gähnte Reich herzhaft und zog sich zurück. Die Feinheiten und die Planungen für sein wahres Meisterstück konnten bis zum nächsten Tag warten.

✻

Jewgenij hatte schon lange nicht mehr ausreichend Schlaf gefunden, aber seit dem Verschwinden seines Freundes und Mentors Liebermann war nicht einmal mehr an ein wenig Ruhe zu denken. Die

Weihnachtsfeierlichkeiten im Sanatorium waren ihm zuwider und er hielt sich weitgehend davon fern.

Die Begegnung mit der Polizei und die Tatsache, dass sie einem Juden offensichtlich wenig Vertrauen entgegenbrachten und ihm schon gar nicht helfen wollten, hatte ihn auch dazu veranlasst, seinen siebenarmigen Leuchter aus dem Zimmer zu verbannen und den Ablauf seines heimlichen Chanukka-Festes zu unterbrechen. Es tat ihm weh, aber er wollte nicht noch mehr Ärger provozieren. Auch wenn er nicht besonders religiös war, diese Tradition hatte er bislang immer festgehalten und gepflegt. Im Moment schien es ihm aber alles andere als ratsam, weiter zu machen.

Trotz des Wetters ging es ihm seit einer Weile gut genug, dass er sich wieder an Krücken fortbewegen konnte. Vielleicht war es auch die Kraft der Verzweiflung, die ihn vorantrieb. Nicht nur der offenkundige Antisemitismus der Polizisten hatte ihn daran gehindert, einen der Beamten darum zu bitten, einen Brief für seine Familie mitzunehmen, in dem er ihnen den Ernst der Lage beschrieb und seine Abholung forderte. Es war auch die ständige Anwesenheit Reichs, die ihn Vorsicht walten ließ. Er gab Jewgenij keine Chance für ein derart konspiratives Handeln.

Bei seinen heimlichen nächtlichen Streifzügen durch das Haus wurde er nicht selten von Marie begleitet, die sich ihm stumm anschloss. Einmal hatten sie sogar versucht, in Reichs Büro zu gelangen, doch das war bestens gesichert.

Auch in dieser Nacht begegnete ihm Marie, doch dieses Mal schien ihr nicht der Sinn nach einem stillen Beisammensein zu stehen. Sie wirkte erschrocken und aufgelöst, doch bevor Jewgenij fragen konnte, zog sie ihn mit sich in einen Gang, von dem er wusste, dass er zu einem Anbau führte. Er hatte schon mehrfach versucht, von Außen einen Blick hinein zu werfen, aber meistens war ihm dabei der Kutscher im Weg, dessen Anblick ihn grundsätzlich umdrehen und von seinem Vorhaben Abstand nehmen ließ.

Sie führte ihn in einen Raum neben der Tür zum Anbau, in dem einige technischen Geräte lagerten und vor sich hin rotteten. In der Wand gab es eine Klappe, die in einen Raum des Anbaus führte und die ein vom Rost hinein gefressenes Loch aufwies. Marie wies stumm auf dieses Loch und Jewgenij trat an die Klappe heran. Er spürte mehr als dass er es hörte, dass in dem Raum dahinter ein Generator lief. Dann gab es ein dumpfes Geräusch und ein Summen.

Als er sich vorbeugte, um durch das Loch in den dahinter liegenden Raum zu blicken, bekam er gerade noch mit, wie sich ein menschlicher Körper auf einem Operationstisch aus kaltem Stahl aufbäumte, als sich die Spannung des Generators entlud. Um ein Haar hätte er vor Entsetzen geschrien, aber die feine Hand Maries verschloss ihm den Mund rechtzeitig. Gebannt verfolgten beide abwechselnd, was nun in dem Labor geschah. Die erst unbeholfenen und dann immer sicherer werdenden Bewegungen des Fremden, den Reich in diesem grauenvollen Labor bearbeitet hatte.

Jewgenij hatte genug gesehen. Als Reich die Anweisungen an den Kutscher gab, drängte er Marie zur Eile, um den Raum zu verlassen, bevor der Arzt sie entdecken konnte, wenn er sein Labor verließ. Sie half ihm, sich schneller fortzubewegen, indem er sich auf sie stützen durfte und so eilten sie den Gang entlang zurück ins Haupthaus.

Dort stießen sie zu ihrem größten Schrecken mit jemandem zusammen und wieder waren sie kurz davor, sich mit einem Schrei zu verraten. Doch dann erkannten sie Meister Xun, der sofort Jewgenijs zweiten Arm um seine Schultern zog, um ihn schneller zu seinem Zimmer zu ziehen. Wieder einmal war Jewgenij überrascht, wie viel Kraft in dem schmächtigen Körper des Chinesen zu stecken schien, als sie hinter sich eine Tür klappen hörten. Xun zerrte beiden in einen anderen Raum, den Jewgenij als das Zimmer des Chinesen erkannte.

Der Chinese lauschte an der Tür, doch es geschah nichts weiter. Wieder hörte man eine Tür schlagen, doch dann schien die Gefahr vorbei. Xun trat aus seinem Zimmer und sah sich um. Aufrecht und gerade so, als wolle er nur nach dem Rechten sehen, nicht verstohlen. Als Schritte im Gang zu hören waren, pressten sich Jewgenij und Marie hinter der Tür an die Wand des Raumes und lauschten gespannt.

»Können Sie auch nicht schlafen, Meister Xun?«, hörten sie Reichs Stimme.

»Haben Türen gehört, wollen nur sehen, wer ist.«

»Der Nikolaus, der die Geschenke bringt«, ätzte Reich. »Gute Nacht, Xun.«

»Gute Nacht, Doktor.«

Xun kehrte in sein Zimmer zurück und lauschte an der Tür. Dann riss er sie überraschend auf und blickte böse auf den Professor, der auf der anderen Seite gestanden hatte, um seinerseits zu lauschen. Der Chinese sagte nichts, aber sein Blick konnte einen weniger starken Menschen als Reich zu Tode erschrecken. Der Professor zog schließlich ab. Doch Marie und Jewgenij warteten noch eine Weile, bevor sie mit Hilfe des Chinesen in ihre Zimmer zurückkehrten.

Bevor Xun Jewgenij wieder verließ, rang er sich noch zu einer Information durch: »Liebermann leben, er nun bei Polizei von große Stadt. Sicher er versuchen zu helfen. Kennen viele Leute. Wenn nicht bald, dann ihr kommen mit in meine neue Versteck. Beide.«

»Warum nicht sofort? Wir sind hier nicht sicher, oder?«

Xun blieb an der Tür stehen und sah Jewgenij nachdenklich an. »Weg schwer. Nicht weit, aber schwer. Keine Straße. Berg hoch und zu viel Wasser. Will sehen wie.«

Als sich die Tür hinter dem Chinesen wieder schloss, war Jewgenij erneut danach, etwas zu zerschlagen. Am liebsten hätte er Xun aufgefordert, wenigstens Marie in dieses ominöse Versteck zu bringen. Das hätte aber jeden im Haus alarmiert und zudem glaubte Jewgenij nicht, dass Marie in der unmittelbaren Gefahr einer Operation durch Reich war. Zumal niemand wusste, was für eine Krankheit sie hatte. Offensichtlich nicht einmal Reich. Sie wurde aus einem anderen Grund von ihm festgehalten, den sie noch nicht kannten.

Er war das Problem. Das Ziel von Reichs Streben.

Reich wollte ihn, nur ihn. Marie diente vielleicht nur dazu, ihn bei der Stange zu halten, ihm Hoffnung auf ein Leben nach der Operation zu machen.

War es tatsächlich eine Chance? Für einen Augenblick befand Jewgenij diesen Faktor eine Überlegung wert, doch dann verwarf er es. Eine halbe Maschine würde Marie nicht lieben. In dem Moment, in dem er sich entmenschlichen ließ, würde sie ihm den Rücken kehren. Sie schätzte ihn, weil er trotz der Krankheit und seinem drohenden Schicksal stark war. Nicht mehr. Aber auch nicht weniger.

Nur Reich schien das nicht zu verstehen.

✱

Michael näherte sich dem Sanatorium, ohne sich großartig zu verstecken. Die Wand aus Regen nahm jede Sicht und ließ jegliche Kontur verschwimmen. Seine schwarze, gewachste Lederkleidung tat ihr übriges. Einem aufmerksamen Beobachter wäre nur in unmittelbarer Nähe ein in der Finsternis tanzendes Augenpaar aufgefallen, denn er trug auch vor dem Mund noch ein Tuch.

Es erschreckte ihn, dass an verschiedenen Stellen in der Mühle noch Licht brannte, obwohl es mitten in der Nacht war und er eigentlich gehofft hatte, dass alle Gäste die weihnachtliche Völlerei und den Rausch ausschliefen. Doch dann erkannte er, dass die meisten Lichter in einem schäbigen Anbau brannten, der wohl eher vom Personal genutzt wurde und vielleicht Küche oder Werkstatt enthielt.

Geduckt näherte er sich einem Fensterchen, das kaum mehr als eine Belüftung war und sehr hoch oben angebracht, damit niemand zufällig einen Blick hineinwerfen konnte. Sogar Michael musste sich sehr strecken, um es zu erreichen, doch sehen konnte er nichts. Er sprang hoch, um sich am Rand des niedrigen Daches festzuhalten, um hindurch zu sehen. Das Fenster war schon recht blind, aber er sah dennoch alles, was in dem Raum dahinter geschah. Vor Schreck und Überraschung über das, was er mitbekam, wäre er fast wieder heruntergefallen.

Festgeklammert wie ein Affe starrte er in den großen, hell erleuchteten Raum und wusste nicht, ob er lachen oder verzweifeln sollte. Dort stand ein kleiner, gebeugter alter Mann in einem Arztkittel, der einen stocksteif neben einem Operationstisch stehenden Kerl eingehend betrachtete und offensichtlich knappe Befehle erteilte. Der grobschlächtige, nackte Mann bewegte sich wie ein Hampelmann am Faden. An verschiedenen Stellen seines Körpers konnte man Narben von Operationen sehen, die aber sichtlich nicht bei einem lebendigen Menschen vorgenommen worden waren. Sie waren nicht unterblutet oder wiesen Spuren von Heilung auf. Soweit kannte sich sogar Michael in Medizin aus.

Der Operierte wurde angewiesen, sich in eine Kammer zu stellen, während ein dritter Anwesender, den Michael bis dahin nicht bemerkt hatte, den Raum verließ. An der Rückseite des Gebäudes wurde eine Tür geöffnet und wieder geschlossen. Er hielt den Atem an, als er den Hünen sah, der das Gebäude hin zu einer Remise verließ und sah erst wieder durch das Fenster, als er sicher war, nicht bemerkt worden zu sein. Auch der Arzt hatte den Raum verlassen, Michael konnte ihn nicht mehr entdecken, dafür aber das Buch, das auf einem Stehpult neben einem Schrank liegen geblieben war. Es war dicht mit einer winzigen Handschrift beschrieben und unter dem abgegriffenen Ledereinband lagen größere Blätter mit Zeichnungen. Es konnten nur die Aufzeichnungen seines Bruders sein, das Ziel seines Raubzuges.

Unbewusst leckte sich Michael über die Lippen und ließ sich auf den Boden fallen. Da er hörte, wie ein Pferdewagen an die Rückseite des Seitentraktes gebracht wurde, kauerte er sich erst noch einmal unter ein Gebüsch und wartete ab. Der Hüne zwang ein kräftiges Pony, einen geschlossenen Karren rückwärts an die Tür zu schieben, durch die er das Gebäude zuvor verlassen hatte. Dann ging er wieder hinein und kehrte nach einer für Michael unendlich erscheinenden Zeit mit dem Operierten zurück, der nun wasserfeste Kleidung und hohe Stiefel trug. Er wurde von dem Kutscher in den Karren genötigt, dann stieg der unheimliche Mann auf den Bock des Wagens und trieb das Pony an, das lustlos durch den Regen trottete.

Michael nutzte die Gelegenheit, in den Anbau zu schlüpfen. Der Kutscher hatte bis auf eine schwache Funzel alle Lichter gelöscht, bevor er mit dem Karren davonfuhr, aber das reichte Michael aus, um sich zu orientieren und die Unterlagen auf dem Stehpult zu überprüfen. Es waren lediglich Pläne, wie man einen Menschen technisch aufrüsten oder zu einer halben Maschine umbauen konnte, so wie sein Bruder es mit den Kindern aus den Armenvierteln getan hatte. Seine treuen Diener. Willenlos und zum Teil trotz geringer Größe und Mangelernährung bärenstark. Der Arzt des Sanatoriums schien sich mit dem bulligen Mann genau so einen Helfer geschaffen zu haben. Ohne eigenen Willen, aber fähig zu schwerer Arbeit. Was mochte ein Mann in seiner Position mit solchen Versuchen bezwecken?

Da diese Unterlagen ihm bei seinem vordringlichsten Problem nicht weiterhalfen, machte sich Michael auf die Suche nach weiteren Plänen und Aufzeichnungen seines Bruders. Besonders solchen, in denen er seine chemischen Experimente festgehalten hatte. Michael wusste, dass sie existierten und dass sie zum Teil auch für die Experimente entscheidend waren, die Professor Reich durchführte. In einer Ecke fand er eine kleine Kiste mit weiteren Planrollen, und einem gebundenen Buch, das ebenfalls Konstruktionszeichnungen enthielt. Aber auch die halfen ihm nicht weiter.

Es war ihm nicht recht, aber er musste versuchen, das Büro des Professors zu finden oder andere Räume, die er für Experimente nutzte. Weil er sich mit einem Mal beobachtet fühlte, wandte er sich zu dem Fenster um, das er selbst als Spähposten verwendet hatte, doch er konnte nichts erkennen und lauschte. Doch mehr als das Trommeln des Regens konnte er nicht hören.

Vorsichtig öffnete er die Tür, durch die, wie er vermutete, Professor Reich den Raum verlassen hatte und tastete sich durch den dunklen Flur ins Hauptgebäude, wo er ebenfalls in einem schmalen Korridor landete, der in einer Tür zum Hof endete. Hier hatte er etwas Licht, weil vor dieser Tür mit der kleinen Glasscheibe eine Lampe hing. Am anderen Ende gab es ebenfalls eine Tür, die in großzügigere Räume führte, die von Notlichtern schwach erhellt wurden. Die Räume des Sanatoriums, die für die Patienten gedacht waren. Michael trat an die Tür heran und schlüpfte hindurch, doch war er sich mit einem Mal sicher, dass der Professor derartige Dinge wie die Unterlagen des Mörders Laue nicht in Räumen unterbrachte, die womöglich für seine Patienten zugänglich waren. Gerade als er wieder in den anderen Flur zurückkehren wollte, der ihm vielversprechender erschien, vor allem wegen der massiven Türschlösser, nahm er aus dem Augenwinkel eine Bewegung wahr und huschte um eine Ecke.

Mit heftig pochendem Herzen warf er einen vorsichtigen Blick zurück in den Flur und riss erstaunt die Augen auf. Eine Frau schlich dort vorsichtig entlang, die ihm wie ein Gespenst erschien. Nahezu durchsichtig. Es dauerte einen Augenblick, bis er erkannte, dass es sich bei der Dame um einen Albino handelte, was diesen Effekt zusammen mit der cremeweißen Kleidung verursachte. Fasziniert beobachtete er sie, wie sie durch den Gang auf ihn zu hastete, zog sich dann aber umgehend in eine Nische zurück. Keine Sekunde zu früh, denn sie kam um die Ecke und hastete weiter, ohne ihn zu bemerken. Es verwunderte Michael am meisten, dass sie dabei absolut keine Geräusche machte. Selbst ihr Kleid raschelte nicht bei ihren Bewegungen. Als würde alles schweben.

Für einen Moment war Michael versucht, der faszinierenden und in seinen Augen durchaus begehrenswerten Frau zu folgen, doch dann raffte er sich auf, um seine Pläne endlich zu vollenden. Er schlüpfte zurück in den anderen Gang und probierte eine Tür nach der anderen aus. Zunächst fand er nur eine Abstellkammer, einen Raum voller Aktenschränke und ein verwaistes Büro. Dann war da die verschlossene Tür mit dem nur scheinbar einfachen Schloss. Doch Michael wusste es besser, kaum dass er den ersten Dietrich ansetzte. Dieses Spezialschloss forderte seine ganze Fingerfertigkeit als Einbrecher. Es hielt seiner Erfahrung und seinem Können nicht lange stand.

Er betrat den großzügigen Raum und zog erst einmal einen der schweren Vorhänge auf, um vom Licht an der Seitentür zu profitieren.

Es reichte ihm, um sich zu orientieren. Der Raum war eigentlich ein Büro, besaß aber auch einen kleinen Esstisch und eine üppige Chaiselongue. Michael lachte leise, als er damit eine Art Archetyp des Behandlungszimmers eines Seelenklempners zu erkennen glaubte, und wähnte sich am richtigen Ort.

Der wuchtige Schreibtisch war unaufgeräumt, aber auf der Tischplatte und in den Ablagekästen lagen nur Aktenmappen mit Patientendaten. Michael war einem Moment lang versucht, nach der Akte der geheimnisvollen Frau zu suchen, mit der er sich für einen kurzen, stechenden Augenblick seelenverwandt gefühlt hatte. Doch dann sichtete er nur kurz die offensichtlichen Papiere, um eventuell darunter verborgene andere Dinge zu finden. Da war nichts, so dass er sich den verschlossenen Fächern des Tisches zuwandte. Die altertümlichen Schlösser waren ein in Sekunden überwundenes Hindernis und so fand er schnell eine Kiste mit weiteren Notizbüchern, die denen im Operationsraum ähnelten.

Am liebsten hätte Michael alle Bücher eingepackt, doch das hätte seinen Rückweg sehr behindert. Er blätterte sie daher alle nur durch, bis er die Bücher fand, die für seine Zwecke die Wichtigsten waren: die mit Versuchsreihen zu chemischen Experimenten. In eines las er sich kurz genauer ein und sein Gesicht hellte sich auf. Das war es, was er brauchte. Damit konnte er seine Arbeit endlich beenden.

Er stopfte die beiden Notizbücher unter sein Hemd, stellte die Kiste zurück und verschloss die Türen wieder. Dann beeilte er sich, das Haus auf dem gleichen Weg zu verlassen, den er hineingenommen hatte. Vor allem, weil er den Ponykarren heran rumpeln hörte. Was der Professor in dieser Mühle an Experimenten betrieb, interessierte ihn nicht weiter. Sollte er doch versuchen, das Werk seines Bruders weiter zu führen. Für ihn hatte es keine Bedeutung.

*

Die Handlungen seines Onkels nötigten dem Albino einen gewissen Respekt ab und ließ ihn wünschen, er wäre nicht so schrecklich verwachsen. Oder dass er seine Maschine endlich fertig stellen konnte, damit sie ihm half, seine körperlichen Mängel auszugleichen. Viel war es nicht mehr, was er tun musste, eigentlich fehlte ihm nur ein wenig Äther, den er an diesem seltsamen Ort ebenso zu finden hoffte wie die Aufzeichnungen seines Vaters.

Er wartete geduldig ab, was sein Onkel tat, ohne ihm zu dicht auf die Fersen zu rücken. Michael hatte ihn nie gemocht und das beruhte auf Gegenseitigkeit. Ihre Interessen waren grundverschieden und so glaubte er auch nicht, dass Michael ihm etwas wegnehmen würde, das ihm wichtig war.

Als Michael im Haus verschwand, spähte er durch die nur angelehnte Tür und sah, wie sich sein Onkel über Pläne und ein Notizbuch beugte, dann aber weiter schlich. Als die Tür zum Flur sich hinter ihm schloss, schlich auch der Albino ins Haus und begutachtete die gleichen Pläne auf dem Pult. Es waren die Sachen seines Vaters und seine Augen begannen zu leuchten. Doch derartige medizintechnische Sachen interessierten ihn nicht so sehr. Also folgte er Michael in das Haus hinein, in der Hoffnung, dass der für ihn die Dinge fand, die wirklich von Interesse waren.

Als er durch die Glastür zum Sanatorium erkennen konnte, wie Michael sich eiligst verbergen musste, zog er sich das dunkle Tuch, das ihn tarnen sollte, so um sich herum, dass nur winzige Sichtschlitze etwas von ihm enthüllten. Eine Person huschte durch die Gänge und um ein Haar hätte er jede Vorsicht fahren lassen. Eine Frau sah sich beständig gehetzt um. Sie sah aus, als wären in ihr seine Eltern wiedergeboren worden. So schön wie seine Mutter, mit den Besonderheiten seines Vaters.

Nun wusste er, was der wahre Schatz in diesem Haus war und der Wunsch, die Aufzeichnungen seines Vaters zu stehlen verblasste dahinter fast zur Gänze. Er musste sich diese Frau holen. Unbedingt. Mit ihr an seiner Seite würde er endlich der heimliche König der Welt, mit seinem Schloss im Untergrund.

Er zuckte zurück, als er bemerkte, dass Michael zurück in diesen Gang wollte, drückte sich in die dunkle Ecke neben der Tür und beobachtete aus dem Schatten heraus, was sein Onkel weiter tat. Besonders interessant fand er die Schnelligkeit und Sicherheit, mit der er das Schloss öffnete und merkte sich die Technik, denn sicher würde Michael alles wieder verschließen, um keine Spuren zu hinterlassen. Vielleicht musste er auch in diesen Raum.

Es dauerte nicht lange, bis sein Onkel zurückkehrte und durch den Operationssaal in der Nacht verschwand. Nun war er an der Reihe und beschäftigte sich mit dem Schloss. Michael hatte nur wenig unter seiner engen Kleidung getragen, offensichtlich interessierte er sich nur für wenige Details. Auch er brauchte nicht lange, um die Tür zu öffnen und die Kiste mit den Heiligtümern seines Vaters zu finden. Ihm war es allerdings völlig gleich, ob man seinen Raubzug bemerkte oder nicht, und er packte alles, was er fand und glaubte, tragen zu können, in seinen Rucksack.

Er zögerte einen Augenblick und überlegte, ob er schon in dieser Nacht die Frau seiner Träume mitnehmen sollte, aber er hatte nichts bei sich, was ihm dabei helfen konnte. Sicherlich würde sie ihm nicht freiwillig folgen und die Fähigkeit zur Beeinflussung, wie sie seinem Vater zu eigen gewesen war, beschränkte sich bei ihm auf die Möglichkeit, sich unsichtbar zu machen. Michael hatte die Fähigkeit zur Beeinflussung vervollkommnet, ihm wäre es sicherlich ein Leichtes gewesen, die Frau dazu zu bewegen, ihm zu folgen, wohin auch immer er wollte. Dabei brauchte er, so vermutete es der Albino, sich nicht einmal besonders anzustrengen, da sein gutes Aussehen und seine perfekten Manieren ohnehin den größten Widerwillen bei den meisten Frauen völlig ausschalteten. Damit konnte er selbst nicht dienen, also benötigte er ein Beruhigungs- und ein Transportmittel.

Das wäre eine gute Gelegenheit, seine neue Erfindung auszuprobieren, die bereits darauf wartete, benutzt zu werden, um die Schwachstellen zu finden und zu eliminieren. Ein wenig Chloroform würde auch helfen. In der kommenden Nacht …

Chinesische Künste

Mit Erschrecken musste Peter feststellen, dass der Mord an dem Erfinder für niemanden mehr Priorität zu haben schien. Polizeichef Sonnemann hatte ihm deutlich zu verstehen gegeben, dass es ihm sehr missfiel, die Ermittlungen zurück zu fahren, weil er aus dem Regierungspräsidium Druck bekam und andere Dinge vordringlicher wurden, ohne dass er dafür eine Notwendigkeit sah. Aber er konnte nicht viel tun.

Peter kannte seinen Vorgesetzten und Freund lange genug, um zwischen den Zeilen die wahren Hintergründe heraus zu hören, die Sonnemann ihm nicht mitteilen durfte. Der Tod des Mannes und der Diebstahl seiner Pläne waren demnach nicht mehr entscheidend. Wahrscheinlich hatten die Wissenschaftler um den Baron von Wallenfels bereits eigene Ergebnisse in ihren Forschungen erbracht, auf Grundlage der Dinge, welche bereits über Mayerhofers Maschine bekannt waren und die er schon patentieren ließ. Sie brauchten die Unterlagen des kleinen Bayern sicher bald nicht mehr und damit wurde sein schreckliches Ableben bedeutungslos.

Auch als Peter Sonnemann anvertraute, dass er den verschwundenen Liebermann gefunden und in Sicherheit gebracht hatte, war sein Freund zwar erleichtert, doch es schien für ihn ebenso bedeutungslos zu sein. Langsam riss Peter der Geduldsfaden. »Dann sag mir endlich, was wir jetzt machen sollen. Was ist so dringend, dass wir einen Mord in der Innenstadt unter den Tisch fallen lassen sollen?«

Sonnemann seufzte, lehnte sich in seinem Stuhl zurück und starrte an die Decke. Dieses Verhalten kannte Peter bereits. Es bedeutete, dass er nun Klartext zu hören bekam, der aber nur für seine Ohren bestimmt war. »Nichts. Im Moment verändert sich alles vollkommen. Es scheint, als wären wir wirklich bald in der Lage, wieder gutes Wetter zu machen, Wallenfels Leute haben wohl einen Durchbruch erzielt. Allerdings wird für mich im Moment überdeutlich, dass das Wetter unseren Stadtoberen in die Hände spielt. Weißt du, wie hoch das Wasser in den Vorstädten an Main und Rhein schon steht? Sie werden geräumt, die Menschen sind auf der Flucht. In die Innenstadtbereiche können sie aber nicht, es werden immer mehr Soldaten zusammengezogen, die genau das verhindern sollen. Aber die Brücken rüber nach Mainz sind auch nicht mehr nutzbar. Ein Frachter, der den hohen Wasserstand und seine eigene Höhe unterschätzt hat, vernichtete jetzt noch die letzten Reste der Kaiserbrücke und hat auch die Eisenbahnbrücke bei Schierstein beschädigt, als er ohne Steuerung einfach weitertrieb. Dieser Weg ist jetzt auch versperrt, den wenigen Verkehr, der über diese Strecke ging, haben sie umgeleitet. Zufällig ist gerade erst eine Strecke über Frankenfurt fertig geworden. Was ein Glück, nicht wahr? Und was sollten die Leute auch auf der Mainzer Seite, sie sind da genauso wenig willkommen und die Mainzer haben in Teilbereichen die gleichen Probleme mit dem Wasser, sie können die Flüchtigen gar nicht unterbringen. Viele gehen auch nicht rüber, weil sie dort keine Nahrungsmittelrationen bekommen. Man könnte sagen, dass sie interniert werden, sobald sie sich aus ihren Vierteln entfernen. Noch gibt es in den Zeltlagern keine Probleme, außer, dass sie zu voll sind und in einem Lager bereits die Cholera wütet. Die Soldaten riegeln alles ab und lassen die Menschen verrecken. Davon dringt natürlich nichts durch, denn die Leute da haben ja keine Stimme und die Bewohner der Innenstädte bleiben auch lieber brav vor dem Kamin hocken und gehen nicht raus. Die Vorstädte saufen ab und leeren sich. Was glaubst du, wofür das gut ist? Und die einzige Stimme, die zumindest noch für die Biebricher hätte sprechen können, hat alle Hände voll damit zu tun, sein Viertel vor dem Untergang zu bewahren. Ich gehe stark davon aus, dass er zur nächsten Stadtverordnetenversammlung nicht anwesend sein wird.«

Peters Augen weiteten sich entsetzt und ihm wurde bewusst, dass er mit seiner Besessenheit, den komplizierten Fall lösen zu wollen, das große Ganze aus dem Auge verloren hatte. Aber er wusste auch ganz genau, dass er, selbst wenn er sich auf diese großen Katastrophen konzentriert hätte, nichts erreichen konnte. Was an den Flüssen geschah, war nicht aufzuhalten. Nicht von ihm. Für seine Freunde in den Vorstädten konnte er auch nichts weiter tun. Dann erinnerte er sich an den Bericht des Rechtsmediziners zum Fall des Oberverwaltungsrats.

»Hat Csákányi dir eigentlich schon den Bericht zum Fall Justus Hausner übermittelt? Ist dieser Mord auch nicht weiter zu verfolgen?«, knurrte er wütender, als er eigentlich wollte, aber er konnte seine Gefühle nicht mehr ihm Zaum halten.

Sonnemann hob die Brauen und suchte auf seinem Schreibtisch nach einer Akte. »Mord? Er hat mir vorhin was vorbeigebracht, aber ich habe noch nicht hinein geschaut …« Offensichtlich hatte er gefunden, was er suchte und schlug einen unscheinbaren Aktendeckel auf. Als er das Papier überflog, warf seine Stirn plötzlich tiefe Falten. »Also das ist ja … Wenn ich Csákányi nicht so gut kennen und seine Fähigkeiten nicht derart schätzen würde, dann hätte ich jetzt schön was zu lachen, aber das …«

Sonnemann brach ab und las sich den Bericht genauer durch. Peter wartete ab und unterdrückte nur mit Mühe ein hämisches Grinsen. Langsam bekam er eine Ahnung, dass vieles, was Sonnemann die Ruhe raubte, nur ein Ablenkungsmanöver für etwas viel Größeres war, er kam nur noch nicht darauf, was es sein mochte. Dann erinnerte er sich an Liebermanns Auftrag. Er musste versuchen, mit den Familien zweier Patienten aus dem Sanatorium Kontakt aufzunehmen. Von dem Haus seines Freundes in Niedernhausen aus war das nicht möglich und auch zu gefährlich. Peter hatte ganz andere Möglichkeiten, die er auch nutzen wollte.

»Dieser Hausner starb also, nachdem ein Architekt unseres herzallerliebsten Barons bei ihm war, und er hielt einen alten Pergamentfetzen umklammert. Nun, dann werden wir vermutlich im Bauamt die anderen Teile des Pergamentes nicht mehr finden, oder? Was ist das nur wieder für eine Schweinerei?«, tobte Sonnemann schließlich. »Na schön …

wenn die Herrschaften es so wollen? Peter, ich kann dir nur den Rücken freihalten, nicht mehr. Keine Leute, keine Mittel, außer du schaffst es, mir irgendetwas an die Hand zu geben, damit ich den richtigen Leuten auf die Füße treten kann. Im Moment ist das alles zu vage. Ich weiß auch, dass du Recht hast in allen Dingen, die du an mich herangetragen hast, aber ich brauche handfeste Beweise. Deshalb: Du wirst nicht von den Mordfällen abgezogen, aber du arbeitest allein weiter. Ich brauche deine Leute und ich weiß, dass du ganz andere Leute an der Hand hast, die dir helfen. Bringt euch nur nicht in Gefahr.«

»Aber das Dampfrad darf ich doch noch benutzen, oder?«, hakte Peter grinsend nach.

»Was immer du brauchst … Material kann ich dir verschaffen.« Sonnemann sah konzentriert auf einen anderen Aktenordner und reichte ihm Csákányis Bericht.

Peter nahm die Akte entgegen und verschwand schleunigst, bevor Sonnemann es sich noch mal anders überlegte. Während er in sein Büro zurück hastete, dachte er darüber nach, welche Schritte er als erstes unternehmen musste und entschloss sich, zunächst Liebermanns Bitte zu erfüllen. Wenn der Nervenarzt recht hatte, dann waren zwei Menschenleben in Gefahr. Das konnte er nicht zulassen, selbst wenn das eine Leben womöglich nicht mehr allzu lange währen würde.

Es gab so viel zu tun und jetzt stand er auch noch allein da. Glaubte er.

Als er sein Büro betrat, stand seine komplette Mannschaft bereit und erwartete ihn mit grimmigen Gesichtern. Überrascht blieb Peter im Türrahmen stehen und sah nacheinander Richard, Karl und Hartmut an. »Was gibt das für ein konspiratives Treffen?«

»Hat Sonnemann dich auch abgezogen?«, brummte Richard mit finsterem Blick.

»Nein. Ich soll weitermachen. Mehr oder minder klammheimlich, inoffiziell und alleine. Was hat man euch aufgebrummt?«

Nun zog sich ein spöttisches Grinsen um die Lippen von allen drei Kriminalbeamten. »Offiziell oder inoffiziell?«, spottete Richard. »Also ich soll mit einer Truppe Gendarmen dafür sorgen, dass Flüchtige gefasst werden, welche die offiziellen Lager aus freien Stücken, aber ohne Erlaubnis verlassen haben. Ich habe mich bereits krankgemeldet und wurde dazu verdonnert, das ganze in der Verwaltung zu dokumentieren.«

Peter lachte lauthals. Ausgerechnet Richard sollte Flüchtende jagen, das konnte nur eine Finte Sonnemanns sein. Richard war zwar ein Bulle von Mann, aber er hatte starke gesundheitliche Probleme, die ihn an großen Anstrengungen hinderten, was Sonnemann natürlich wusste. Damit stand Richard nahezu im vollen zeitlichen Umfang für ganz andere Dinge zur Verfügung, wenn es sein musste.

Karl und Hartmut grinsten ebenfalls. »Wir wurden auch mit Aufgaben betraut, die uns nicht sonderlich fordern werden, bei denen wir aber gut an den Punkten weiter machen können, an denen wir aufgehört haben«, fügte Hartmut an. »Wenn du uns also brauchst …«

»Das ist fantastisch. Auf Sonnemann ist Verlass.« Peter dachte einen Augenblick darüber nach, dann verteilte er ein paar Aufträge, welche die Männer gut neben ihren offiziellen Aufgaben erfüllen konnten, bevor er sich ans Telefon setzte, um die Angehörigen der beiden Patienten zu erreichen.

Es gestaltete sich als erstaunlich schwierig, die Familien ausfindig zu machen, zumal die des Fräuleins in Frankreich weilte. Da es mit seinem Französisch zudem nicht weit her war, wenn er es sprechen sollte, rief Peter schließlich mit leichter Verzweiflung seinen Schwager Valerian an. Der junge adelige Maler kannte Gott und die Welt und vor allem den Stammbaum sämtlicher Adelshäuser seiner Heimat. Bei ihm hoffte er, Hilfe zu bekommen.

»Marie-Therese de Varelles?« Valerian schien intensiv über die Frage Peters nachzudenken. Dann pfiff er leise durch die Zähne. »Natürlich. Das ist eine Familie aus den Vogesen, ich erinnere mich. General de Varelles, der, wenn du das Alter der Dame genau genug eingeschätzt hast, ihr Vater oder Onkel sein könnte, ist mir einmal vorgestellt worden.

Verstehe ich richtig, du möchtest, dass ich dort anrufe und dafür sorge, dass die junge Dame nach Hause geholt wird.«

»Wenn du das ermöglichen könntest, dann würde wahrscheinlich ein ganzes Gewitter von Steinen von vielen Herzen fallen«, seufzte Peter und war erleichtert, als er Valerian lachen hörte.

»Ich will sehen, was ich für dich tun kann. Erst einmal muss ich die richtige Familie finden. Meine Tante ist da sicher ein unerschöpflicher Quell an Informationen.«

Nachdem Valerian das Gespräch beendet hatte und nun sicherlich Peters private Telefonrechnung strapazierte, versuchte er noch einmal, die Familie des jungen Mannes zu erreichen. Frustriert wollte er schon aufgeben, als endlich eine schwache Stimme am anderen Ende der Leitung zu vernehmen war, die fast ängstlich nach seinem Begehr fragte.

»Mit wem spreche ich bitte? Mit einem Angehörigen von Jewgenij Lemonow?«

»Nein, ich bitte um Verzeihung, mein Name ist Maurer, ich bin der Butler. Die Familie ist nicht zugegen und ich fürchte, sie werden sie auch auf längere Zeit nicht erreichen können. Stimmt etwas nicht? Wer ist dort?«

Peter stellte sich vor, was dem Mann einen Schrecken einzujagen schien. Er fragte eindringlich, ob etwas vorgefallen war, das seine Unruhe erklären würde und bat den Mann inständig, dafür zu sorgen, dass Jewgenij endlich aus dem Sanatorium abgeholt wurde. Dass er davon überzeugt war, dass es um Leben und Tod ginge.

»Wo nicht …«, seufzte der Diener, was Peter erschreckte. »Ich werde versuchen, den Onkel des jungen Herrn zu erreichen, vielleicht kann er veranlassen, dass man ihn abholt. Seine Eltern werden es nicht können. Wissen Sie, die Herrschaften sind Russen jüdischen Glaubens. Es gab hier Übergriffe auf Juden und sie sind für eine Weile weggezogen, um abzuwarten, bis die Unruhen wieder vorbei sind. Herrn Jewgenij wähnten sie im Groß-Stadtkreis in Sicherheit.«

Verfluchte Sauzucht, dachte Peter ungehalten. »Ja bitte, versuchen Sie es! Ich bin mir ebenso wie Dr. Liebermann, einer seiner behandelnden

Ärzte, absolut sicher, dass der junge Mann in Gefahr ist. Möglicherweise sogar in Lebensgefahr.«

Der Butler versprach ihm, sein möglichstes zu tun und legte auf. Peter starrte frustriert das Telefon an. Nichts lief, wie es sollte und alles wurde zunehmend vertrackt. Für ihn führten aber alle Spuren nach Idstein, daher entschloss er sich, nach einer kurzen Ruhepause, erneut dorthin zu fahren. Vor allem musste er Liebermann wieder abholen. Es gefiel ihm nicht, ihn zu nahe an dem Ort zu lassen, wo man ihm schon einmal ans Leben wollte.

Vielleicht konnte er auch den armen Mann selbst aus dem Sanatorium holen und an einem anderen Ort unterbringen. Wenn er sich der Gefahr für sein Leben bewusst war, dann ließ er sich sicher nicht lange bitten, mitzukommen.

✷

So richtig gelang es Justus Liebermann nicht, die Ruhe zu bewahren, die er im Haus seines alten Bekannten Eisenstein gefunden hatte. In erster Linie missfiel ihm, dass er den beiden jungen Leuten nicht mehr helfen konnte, die sich noch immer in der Hand von Professor Reich befanden. Natürlich war ihm bewusst, dass der Oberkommissar sicherlich die besseren Verbindungen hatte und sein Handeln zielführender war. Wahrscheinlich würden seine Bitten um Abholung auch deutlich mehr Gewicht gegenüber den Familien haben und diese zu mehr Eile bewegen. Und wenn das nicht möglich war, so hatte Langendorf ihm versprochen, würde er selbst dafür sorgen, dass die beiden jungen Leute aus der Mühle herauskamen. Ihm würde schon ein guter Grund einfallen, warum er Jewgenij und Marie unter Polizeischutz nehmen sollte.

Was ihm sonst noch durch den Kopf ging, ohne fassbar zu werden, wurde ihm erst in dem Moment bewusst, als er Eisenstein mit jemandem sprechen hörte. Der alte Mann schien gehörig in Rage zu sein und Justus glaubte, die Worte Friedhof und Räumung zu vernehmen. Entsetzt fuhr er aus seinem bequemen Sessel auf, als ihn mit einem Mal das Bild des Grabsteins heimsuchte, auf dem er zusammengebrochen war. Das Grab eines Salomon Liebermann, laut Xun verstorben 1471.

Da er nicht wusste, ob er dem Gesprächspartner seines Freundes begegnen durfte oder nicht, wartete er, bis er die Haustür ins Schloss fallen hörte. Er fand den alten Mann in seinem Büro und sein Gesicht hatte eine ungesunde rote Färbung angenommen. »David, was ist passiert, geht es Ihnen gut?«, fragte er sofort besorgt und nötigte Eisenstein in einen Sessel.

»Ach, das war der Bürgermeister, dieser Lump«, keuchte der alte Mann und sah Justus mit Trauer im Blick an. »Es gibt hier keine jüdische Gemeinde mehr, aber natürlich einen Friedhof, den sie sicher wähnten, weil das Grundstück einer großen Familie gehört, die in Berlin ihren Stammsitz hat. Das Ackerland rundherum gehört jedoch diesem Affen, der sich Bürgermeister schimpft. Pah, von einer Gemeinde, die immer mehr schrumpft, wie alle Dörfer in der Umgebung. Der Friedhof ist nicht groß, seinen Unterhalt finanziere ich, und er ist einer der wenigen, die überhaupt noch wahrnehmbar sind. Alle anderen wachsen zu. In den Dörfern, in denen es keine Gemeinde mehr gibt, die sich kümmert. Das ist ja auch nicht schlimm, solange niemand den Boden entweihen will. Noch bin ich da und kann mich seinem Ansinnen erwehren. Der Friedhof bleibt erhalten und vielleicht lasse ich mich auch dort begraben, nur um dafür zu sorgen, dass andere über ihn wachen. Das Problem ist: ich versuche schon seit langem, irgendjemanden von der Besitzerfamilie zu kontaktieren, um das Grundstück zu kaufen. Doch ich finde niemanden mehr. Ist das nicht unheimlich? Es kann doch nicht sein, dass sich eine so weit verzweigte Familie in Luft auflöst.«

Justus hatte einen Stuhl herangezogen und lauschte dem alten Mann mit einem Wechselbad der Gefühle. Vor allem dem Gefühl, sich seiner eigenen Verantwortung stellen zu müssen. Zwar war er nicht sonderlich religiös und verzichtete gemeinhin auch auf deutliche Zeichen dafür, dass er Jude war, um niemanden in seinem Umfeld mit der Nase darauf zu stoßen. Aber die Traditionen waren ihm wichtig und auch für ihn ein Anker im Leben.

»Wenn ich irgendwie helfen kann, lass es mich wissen«, forderte er seinen Freund mit bebender Stimme auf. »Ich könnte mir allerdings einen guten Grund für das Verschwinden einer Familie vorstellen: Auswanderung. Sie wissen doch selbst, wie schlimm der Antisemitismus in letzter Zeit geworden ist. Selbst der Kaiser vergreift sich immer mehr im Ton, obwohl er bis über beide Ohren auch bei jüdischen Bankiers in der Kreide steht. Nicht nur bei solchen, aber es sind die einzigen Gläubiger, die seine Hasstiraden über sich ergehen lassen. Leuten wie einem gewissen Baron von Wallenfels gegenüber, könnte er sich nie ungestraft derart vergessen. Aber die Juden sind es ja schon immer gewesen und jeder weiß, was das für schlimme Menschen sind. Viele haben sicherlich ihr Heil in Übersee gesucht.«

»Das ist natürlich möglich«, bestätigte David Eisenstein bedächtig. »Aber es muss doch jemanden geben, der ihre Besitztümer hier verwaltet, sicher haben sie nicht alles verkauft. Und wenn doch, dann muss man irgendwie herausfinden können, wer alles gekauft hat, damit man sich an ihn wenden kann.«

»Der Bruder des Herrn Oberkommissar ist ein Architekt. Vielleicht kann er weiterhelfen, das macht er sicher gerne.«

»Ein Goj, der einem Juden gerne hilft?« Eisenstein lachte verächtlich.

»Nicht alle Nichtjuden sind schlechte Menschen«, versuchte Justus zu beschwichtigen. »Und es gibt noch andere Personengruppen, die sich tunlichst davor hüten müssen, anderen zu offen von ihren Besonderheiten zu erzählen. Dazu gehört auch Paul Langendorf. Wenn ich richtig verstanden habe, was sein Bruder einmal andeutete.«

Sein Freund sah ihn verwundert an, aber Justus wollte sich nicht näher erklären. Er selbst war davon überzeugt – anders als viele seiner Berufskollegen und vor allem die Vertreter der Religionen, dass Homosexualität etwas war, das man schon mit in die Wiege gelegt bekam. Keine schlechte Angewohnheit, die man sich einfach wieder abgewöhnen konnte, oder eine mangelhafte Erziehung, die durch eine Schulung veränderbar war. Ebenso wenig war es eine Krankheit, geistig wie körperlich, die man heilen konnte, so wie es viele andere Ärzte gerade in seinem noch jungen Fachbereich zu glauben schienen. Man war es, oder man war es nicht. Der Umgang der Gesellschaft mit dieser Eigenart war das Problem. Andere Völker und Gesellschaften – aus vergangenen Zeiten und womöglich auch noch in dieser Welt – sahen darin vielleicht etwas völlig normales oder gar Notwendiges. Es steckte einfach zu tief in den Köpfen der Menschen fest, dass Homosexualität etwas Böses sei, weil man es ihnen eben nur oft genug erzählt hatte. Genauso wie der Glaube, dass die Juden nichts weiter im Sinn hätten, als die Weltherrschaft zu übernehmen und alle anderen zu ruinieren.

Seine Gedanken kehrten zu dem Grabstein mit seinem Namen zurück und da er wusste, wie engagiert sich sein Freund um die Relikte der jüdischen Gemeinden um den Großstadtkreis herum kümmerte, hoffte er, dass David ihm helfen konnte. »Apropos jüdischer Friedhof … du kennst nicht zufällig den von Idstein? Am Rand eines Waldes, den man Tiergarten nennt?«

»Man hat ihn nur wenige Jahre nach seiner Weihe wieder geschlossen. Allerdings gab es dort schon vor langer Zeit schon einmal ein Grabfeld. Die Überreste, die man fand, hat man belassen. Viele sind dort nicht begraben. Die wenigen Angehörigen der jüdischen Gemeinde von Idstein, die mittlerweile nicht mehr existent ist, wurden zum Ausweichen auf umliegende Grabfelder gezwungen. Auch hierher. Der Friedhof dürfte mittlerweile völlig zugewachsen sein, was vielleicht auch das Beste ist. So kann er die Zeit überdauern bis zum Ende der Welt, ohne Beachtung zu finden. Warum fragst du, Justus?«

»Man hat mich dort niedergeschossen, auf diesem Friedhof. Das Letzte, was ich bewusst wahrnahm, bevor ich das Bewusstsein verlor, war, dass ich auf dem Grabstein eines Salomon Liebermann lag. Verstorben wohl 1471, auch wenn ich mir nicht erklären kann, wie ein derart alter Grabstein noch so gut lesbar sein kann. Sicher kannst du verstehen, dass der Name mich erschreckt hat. Auch einer meiner vielen Namen lautet Salomon. Liebermanns gibt es hier in der Gegend nicht mehr, das habe ich schon herausgefunden, als ich hierherzog.«

David Eisenstein runzelte nachdenklich die Stirn. Dann erhob er sich und suchte einen Schlüsselbund aus einer Schublade seines Schreibtisches. »Komm mit, ich habe da ein paar Dinge im Keller.«

Neugierig tappte Justus dem alten Mann hinterher und erlebte eine Überraschung, als sie eine unscheinbare Tür passierten und Eisenstein Gaslaternen hochdrehte, die bis dahin nur schwach glommen. Er hatte das Gefühl, in einer prächtigen Synagoge zu stehen, die jener am Michelsberg in Wiesbaden nicht unähnlich war. Bei genauerem Hinsehen bemerkte er aber sofort die vielen Stilbrüche in der Einrichtung und den Wandverkleidungen. Es war eine wilde Mischung aus dörflichen Gebethäusern und kleinen Synagogen, wie sie in Kleinstädten ohne große jüdische Gemeinden üblich waren. Nichtsdestotrotz erschienen ihm manche Dinge sehr wertvoll. Vor allem ein kostbar gefertigter Schrein für eine Tora-Rolle, der ihn sofort faszinierte. Jemand hatte wohl die biblischen Beschreibungen der Bundeslade als Vorbild genommen und viel Arbeit in die Schnitzereien und Intarsien investiert.

»Tja, mein Lieber, das sind die kläglichen Überreste aller Gemeinden im näheren Umkreis, die heute nicht mehr existieren. Der Schrein da stammt aus Selters und er enthält tatsächlich auch noch eine sehr alte Tora. Ich wünschte, ich würde jemanden kennen, der in der Lage ist, das alte Pergament anständig zu restaurieren, es wäre die die Zierde einer jeden großen Synagoge. Der Vorsteher der jüdischen Gemeinde von Idstein brachte ihn mir, als die letzten Juden aus der Stadt wegzogen. Er hatte sie von dem anderen Gemeindevorsteher bekommen, als sich die Leute auf den Weg nach Süden machten. Ich versprach ihm, den Schrein zu hüten wie meinen Augapfel und nichts vergehen zu lassen. Auch, dass ich der Gemeinde den Schrein nachsenden würde, wenn sie sich irgendwo niederlassen sollten. Ich hoffe, ich habe ihm nicht zu viel versprochen. Wahrscheinlich werde ich meinen Sohn bitten, eine neue Bleibe für all das zu suchen, möglichst bald. Es ist so viel Geschichte in diesen Dingen, die nicht verloren gehen darf.«

Eisenstein packte Liebermann am Arm und zog ihn zu einem anderen Raum, der eine sehr massive Tür hatte. Als er sie öffnete, hörte

Justus das Rauschen und Rattern von verschiedenen Geräten, welche den Raum klimatisierten. Die Luft war angenehm temperiert und nicht zu trocken. »Hier lagere ich die Erinnerungen der Gemeinden. Zum Teil stammen die Unterlagen aus dem frühen Mittelalter. Geburt und Tod und alles, was dazwischen geschieht, ist hier vermerkt. Mal sehen, die Idsteiner Sachen sind noch nicht alle weggeräumt …«

Der alte Mann beugte sich über ein paar Lattenkisten, in denen Holzwolle den Inhalt vor Beschädigung schützte. »Ah ja, hier sind die Sachen… Was sagtest du, wann dieser Salomon Liebermann starb?«

»1471«, erwiderte Liebermann heiser vor Aufregung und half seinem Freund, den Inhalt einer Kiste vorsichtig auf einen Tisch zu legen und aus den Leinentüchern zu wickeln, die einen zusätzlichen Schutz boten.

Eisenstein schlug die Gemeindebücher eines nach dem anderen auf, um zu sehen, aus welchem Jahr sie stammten. »Ah, da haben wir es!«, rief er erfreut aus und trug eine alte Schwarte zu einem Pult, über dem es eine Leselampe gab. »1470 – 72. Ein kurzer Zeitraum, und doch ist das Buch voll. Verwunderlich bei einer so kleinen Gemeinde. Aber natürlich, das war die Zeit, in der um den Bischofssitz in Mainz gestritten wurde und man alle Juden der Stadt verwies. Ich meine, das wären genau die Jahre gewesen. Kann gut sein, dass die Gemeinde damals eine Zeitlang größer war als sonst. Mal sehen …«

Liebermann beobachtete gespannt, wie sich sein Freund dünne Ziegenlederhandschuhe anzog, die ihn als Kenner im Umgang mit derartigen Antiquitäten auswiesen. »Oh, dieses Buch müsste dringend gereinigt und überarbeitet werden, welch bedauernswerter Zustand«, murmelte er vor sich hin, während er Seite um Seite voneinander löste und überflog. »Eine wunderbare Handschrift, aber eine schreckliche Sprache … oh, da haben wir ihn! Salomon Liebermann, verheiratet mit Judith, zugezogen aus Mainz. Ha! Einer der Vertriebenen. Und da haben wir es … Verstorben. Kurz danach wurde von Judith ein Kind geboren, ein Sohn, der ebenfalls Salomon genannt wurde. Die arme Frau. Man hat ihn auf dem damaligen Totenacker bestattet, der mit dem heutigen fast identisch war. Im siebzehnten Jahrhundert hat man alle Juden in Esch bestattet, bis der Friedhof dann voll war und man in Idstein weiter machte. Eine Erklärung, warum ein so altes Grab einen neuen Grabstein bekommen sollte, habe ich allerdings auch nicht.«

Der alte Mann runzelte die Stirn und blätterte in dem Buch ein Stück weiter. »Das ist ja …«

»Was?«, fragte Justus nervös, der ihm über die Schulter sah.

»Der Gemeindevorsteher hat das Sterbedatum markiert und noch ein paar Dinge an anderer, nicht sofort ins Auge fallender Stelle dazu geschrieben. Demnach wurde dieser Salomon Liebermann ermordet, ein Junge aus der Gemeinde war Zeuge. Er habe auch den Namen des Mörders gehört, ein Mann, dem dieser Salomon bei einer Sache geholfen hatte, die von Diether von Isenburg als kleine Rache an seinem Kontrahenten angezettelt wurde. Damals waren viele Juden bereit, sich auf Isenburgs Seite zu stellen, weil Nassau sie wegen mangelnder Unterstützung für seine Sache aus der Stadt jagte. Dass Isenburg sicherlich genauso ungnädig verfahren wäre, haben sie dabei wohl geflissentlich übersehen. Ich glaube, der Name des Handlangers von Isenburg und Mörder ihres Namensvetters wird ihnen nicht gefallen, Justus …«

»Wer?«, schnaufte Liebermann, auch wenn er schon etwas ahnte.

»Der Mörder hieß Bertram von Wallenfels.«

✱

Normalerweise mit der unerschütterlichen Ruhe eines Heilers und Weisen seines Volkes gesegnet, verlor Xiaoming Xun zunehmend seine Gelassenheit. Die Ereignisse überschlugen sich langsam und er wusste zum ersten Mal in seinem Leben nicht genau zu sagen, welches fliehende Pferd er als erstes einfangen sollte.

Es hatte einen Einbruch gegeben, das wusste er als einziges sicher, weil Julius Reich wie ein Terrier durch das ganze Sanatorium hastete und suchend seine Nase überall hineinsteckte. Dabei machte er auch vor der Privatsphäre seiner Gäste nicht halt, wartete nur, bis sie zum

Essen oder zu einer Therapie aus den Zimmern verschwanden. Er sagte niemandem etwas, aber sein Gesicht sprach Bände, als er bei Xun auftauchte, den er offensichtlich als den naheliegendsten Verdächtigten betrachtete. Doch in dem kleinen Zimmer, das der Chinese im Sanatorium bewohnte, war alles so übersichtlich und leer, dass man nichts verstecken konnte. Da Xun das Sanatorium in der vergangenen Nacht auch nicht verlassen hatte, konnte er nichts an einem anderen Ort versteckt haben, das wusste und begriff sogar Reich, weshalb Xun ihm gelassen begegnen konnte.

Als der Arzt wortlos aus seinem Zimmer verschwand, ließ sich Xun zu einem tiefen Seufzer hinreißen. Die Hütte in Bermbach war für ihn verloren, aber das war nicht wichtig. Liebermann war weg, die Spuren hatte er beseitigt. Die neue Zuflucht war vorbereitet, doch Marie und Jewgenij dorthin zu bringen, erschien ein Ding der Unmöglichkeit.

Gerade als er sich auf sein Bett setzen und ein wenig sammeln wollte, um die weiteren Schritte zu planen, klopfte es zaghaft an seine Tür und eine Frauenstimme verlangte hastig Einlass. Es war Marie, die er in sein kleines, privates Reich einließ. Hastig und flüsternd erzählte sie ihm von den Dingen, die sie in Reichs Labor beobachtet hatten und ihrer Befürchtung, dass dies nur ein Vorspiel dazu war, Jewgenij zu operieren. Sie war eine starke Persönlichkeit, das wusste Xun und daher erschreckte es ihn umso mehr, sie weinen zu sehen. Er musste etwas tun und fühlte sich doch mit einem Mal so schrecklich hilflos.

Es blieb ihm nur zu hoffen, dass Liebermann etwas erreichen konnte. Er war nun sicherlich in Obhut des Polizisten, den der Arzt offensichtlich richtig eingeschätzt hatte. Alles würde nun seinen Weg gehen, aber möglicherweise zu spät. Entgegen seiner üblichen Angewohnheit begann Xun, wie ein Tier im Käfig nachdenklich hin und her zu laufen. Nicht schnell und er vergaß dabei nicht, seine Bewegungen zu kontrollieren und jeden Schritt bewusst zu setzen. Es war das Äußerste, was er einem anderen Menschen an Nervosität zeigte.

Das entging der jungen Frau natürlich nicht, die ihn aufmerksam beobachtete. »Warum hat Liebermann noch nichts tun können?«, fragte sie mit einem enttäuschten Unterton. »Oder hat er uns im Stich gelassen?«

Er blieb stehen und sah sie an. »Nein. Er wurde geschossen, aber leben. Ich haben versteckt und nun er ist in gute Hand. Eine Polizist helfen. Liebermann sicher jetzt alles versuchen.«

Maries Augen weiteten sich entsetzt, als ihr klar wurde, was die wenigen Worte des Chinesen alles bedeuteten. »Oh Gott, man hat versucht, den armen Mann zu ermorden? Weil er uns helfen wollte? Was ist das nur für eine Schlangengrube?«

Xun wog seinen Kopf hin und her und versuchte, das Wesen des Sanatoriumsleiters genauer zu erfassen. »Reich nicht wirklich schlechter Mensch. Aber er … nicht wissen Wort. Wie sagen, wenn jemand halten fest an Ding, auch wenn nicht gut, weil daran fest glauben?«

»Besessenheit?« Marie nickte. »Ja, das trifft es sicher. Er ist besessen von der fixen Idee, Menschen wie Jewgenij mit technischen Finessen zu einem neuen Leben verhelfen zu können. Das diese Menschen das nicht wollen, weil sie das Gefühl haben, ihre Menschlichkeit zu verlieren, kann er nicht begreifen in seinem Eifer.«

»Besessen … wie mit böse Geist? Ja, das Wort ist gut.«

»Und jetzt? Meister Xun, ich habe Angst. Weniger um mich denn um Jewgenij. Reich ist so nervös und umtriebig, ich bin sicher, er wartet nicht mehr lange. Der Erfolg mit dem Toten lässt ihn sicher nicht mehr lange fackeln. Jewgenij ist auch so schwach im Moment.«

Xun war hin und her gerissen. Wieder flohen zwei seiner Pferde in unterschiedliche Richtungen. Wenigstens hatte er seine andere Aufgabe erfüllt und die Fotografien an den Baron verschickt. Aber er musste sich bald bei ihm melden. Dabei durfte ihm kein Fehler passieren, damit er und seine neue Zuflucht nicht entdeckt wurden. Die Aufregung im Sanatorium war nicht hilfreich.

»Bleiben ruhig, bitte nie allein sein und immer Tür verschließen. Ich werde in Nacht wachen. Ihr brauchen Ruhe, schlafen gut. Ich passen auf, das Reich nicht holen Jewgenij. Hoffen Polizist und Liebermann sein schnell.« Mit diesen Worten schob Xun die junge Frau nach einem sichernden Rundumblick aus seinem Zimmer und schloss die Tür hinter sich.

Dann lauschte er noch einmal in die neu entstandene Stille, ob außer dem Regen etwas zu hören war. Etwas, das darauf hinweisen konnte, dass Reich ihn überwachte. Doch dann hörte er den Professor nach dem Kutscher brüllen, weit entfernt. Er bückte sich und hob die Matratze an, die nur auf einem flachen Gestell aus rohen Holzbohlen ruhte. Die Matratze hatte mehrere Hohlräume, so dass auf der Liegefläche nicht auffiel, dass darin verschiedene Dinge versteckt waren. Unter anderem ein Schwert, ein Erbstück seiner Familie, und ein paar technische Gerätschaften, die aber in der sichtbaren Form keiner Funktion zugeordnet werden konnten. Nur Xun wusste, dass sich dahinter ein modernes Ätherfunkgerät verbarg, das verschiedene Raffinessen aufwies. Unter anderem die Möglichkeit, den Standort des Sprechers zu verschleiern.

Sollte er an diesem Tag noch einmal mit dem Baron Kontakt aufnehmen? Er entschied sich dagegen. Sicher hatte er auch noch nicht den Briefumschlag mit den Beweisen in Händen, da Xun diesen nicht einfach von Idstein aus verschicken konnte.

Eine kühne Idee keimte in ihm auf. Vielleicht konnte er manche Dinge auch beschleunigen, wenn der Baron ins Spiel kam? Wenn er eine Spur hin zu dem Sanatorium legte? Dann würde der Mann sicher schon kurze Zeit später auftauchen. Aber was dann? Er hatte schon viel darüber gehört, was für ein skrupelloser Mensch der Baron war. Sicher wäre ihm das Schicksal der Patienten völlig egal, wenn er nur ein Problem aus der Welt schaffen könnte.

Zu riskant.

Noch.

Chaos

»Aber das …« Joachim war einfach fassungslos, als er den Brief ein viertes und fünftes Mal gelesen hatte, weil er glaubte, nicht richtig zu sehen. »Nein, warum … Ich will das nicht!«

Sein Vorgesetzter bei der Bahnpolizei sah ihn finster an, doch sein Missmut schien sich nicht gegen Joachim, sondern gegen den Verfasser des Briefes zu richten. »Niemand will das. Und glaub mir, wenn ich es für sinnvoll erachten würde, dann hätte ich mir lieber die Hand abgehackt, als euch diese Briefe auszuhändigen. Ja, schau nicht so. Du bist nicht der Einzige. Jeder, der unter fünfundvierzig Jahre alt ist, hat genau diesen Brief erhalten. Aber auch die Älteren haben ein Schreiben von der obersten Heeresleitung erhalten. Der Wortlaut ist ein anderer, aber der Sinn ganz ähnlich. Nur steht da noch ›Reserve‹. Jederzeit zu aktivieren.«

Joachims Mund klappte auf, doch sagen konnte er nichts. Deshalb las er den Brief erneut und konnte es immer noch nicht fassen. »Gibt es denn keine andere Möglichkeit?«

»Ich hoffe es sehr. Es muss etwas geben, sie können mir nicht sämtliche Leute abnehmen. Wer soll bitteschön die Arbeit machen? Aber so langsam habe ich den Eindruck, dass dahinter System steckt. Bäumchen wechsel dich … Nein, ich erkläre das jetzt nicht weiter. Ich glaube, ich durchschaue den Plan, aber sicherlich ist er um einiges komplexer. Wie es scheint, braucht man bald gar niemanden mehr, um die Strecke zu bewachen oder zu warten. Macht dann alles ne Maschine. Nur Soldaten, die brauchen se noch, um das Volk von nem Aufstand abzuhalten. Deshalb halte ich lieber die Klappe, will niemanden unnötig nervös machen. Franz, Markus, Bernhard, Karl und Friedrich wurden ebenfalls einberufen. Vor allem für Karl versuche ich gerade, das Ganze noch abzuwenden. Der arme Kerl ist schließlich gerade eben erst noch einmal Vater geworden. Was soll aus seiner Frau und den fünf Blagen werden, wenn er weg ist?«

Joachim nickte nur. Natürlich, selbst wenn er alle Leute dringend brauchte, retten konnte er vielleicht einen Bruchteil vor dem drohenden Abzug. Alle hatten einen solchen Brief bekommen? Er stöhnte ungehemmt und Tränen schossen ihm in die Augen.

»Darf ich ein bisschen raten?«, knurrte er. »Wenn in den Vorstädten eh niemand mehr wohnt, weil alles abgesoffen ist und man die Leute umgesiedelt hat, dann braucht man auch nicht mehr so viele Wachen an den Bahngleisen und irgendwann auch keine Soldaten mehr. Die kann man dann irgendwohin ins Ausland schicken, wo sie auf andere arme Teufel schießen müssen, denen man genauso alles wegnehmen will. Die neuen Zäune sind schließlich alle aufgebaut, stehen unter Strom und werden technisch überwacht. Das Gleisdreieck haben sie abgeriegelt. Für die Kontrollfahrten braucht man bestenfalls eine Handvoll Leute und bald wird man die auch durch irgendwas Technisches ersetzen. Spätestens, wenn die letzte Hängebahn den Geist aufgegeben hat. Und wir werden nach der Musterung alle an einen anderen Ort gebracht, weil wir hier nur sehr schlechte Wächter wären. Auf die eigene Familie wird keiner schießen, nicht wahr?«

»Das du ein kluges Kerlchen bist, stand für mich schon immer außer Zweifel«, stöhnte sein Vorgesetzter, der schon alt genug war, um bald seine Pension zu genießen. »Für dich habe ich auch schon einen Antrag gestellt, dass du bleiben kannst, weil du dich am besten mit der Hängebahn auskennst, neben Markus, und als Jüngster uns noch am längsten damit helfen kannst. Aber ich fürchte, dass der Antrag abgelehnt wird. Für die maroden Bahnen reicht zeitlich sicher auch noch jemand wie Fritz aus, der seine Einberufung in die Reserve bekommen hat und auf Abruf steht. Ich bin mir nicht mal sicher, ob ich Karl behalten kann. Vielleicht gar keinen von den Jüngeren.«

Diese gottverdammten ..., dachte Joachim und starrte blicklos auf den Brief. Einberufung zum Militär. Verpflichtend. Gerade so, als gäbe es eine militärische Notlage, doch niemand griff das Land an. Wozu also die Aushebung eines stehenden Heeres? Was war das für eine Teufelei? Sein erster Gedanke war, ob es vielleicht gut wäre, zu desertieren, aber das wies er weit von sich. Das würde den Stadtoberen nur einen guten Grund geben, gegen seinen Vater vorzugehen, dessen Stand schon schwer genug war. Vielleicht würde sich der Grund der Einberufung auch wieder in Luft auflösen. Erst einmal sollte er sich ja zur Musterung begeben. In drei Tagen …

»Vielleicht …«, fing sein Vorgesetzter nachdenklich an einen Vorschlag zu formulieren.

»… sollte ich dafür sorgen, dass ich in drei Tagen bei der Musterung wirklich so beschissen aussehe, dass sie mich nicht haben wollen? Vielleicht auch nur in die Reserve stecken?«, ergänzte Joachim und sah den Älteren direkt an, dessen Gesicht sich schnell aufhellte.

»Ich glaube ehrlich gesagt nicht, dass sie wirklich viele Leute brauchen. Sie suchen sich hoffentlich nur ein paar raus und schicken die gleich weg. Der Rest steht halt bis zur weiteren Einberufung Gewehr bei Fuß. Und wann sie die brauchen … Ich hoffe es zumindest. Du bist ohnehin schon so dürr, in drei Tagen kannst du noch ein wenig schlechter aussehen.«

Vor allem muss ich mit meinem Vater darüber sprechen. Und vielleicht auch mit Peter Langendorf oder meinem zukünftigen Schwager. Vielleicht gibt es noch andere Möglichkeiten, auch wenn ich eigentlich nicht zu der überheblichen Truppe der Polizei wollte. Die lässt man aber eventuell in Ruhe, überlegte sich Joachim und nickte. »Wird machbar sein. Danke für Ihr Vertrauen und Ihre Hilfe.«

✳

Sein Vater wäre stolz auf ihn gewesen, davon war der Albino überzeugt. Sowohl auf das Produkt seiner Arbeit als auch auf das Tempo, das sein verwachsener Sohn bei der Herstellung der Maschine vorgelegt hatte. In seinen Augen war das Gerät perfekt und im Grunde ärgerte es ihn, dass nicht er selbst darauf gekommen war. Dennoch verschwendete er nicht einen Gedanken mehr an den Mann, von dem er die Pläne geraubt hatte. Seine Zeit war knapp und er musste sich spute, wenn er seinen vordringlichsten Plan noch in dieser Nacht ausführen wollte.

Er musste seine Braut holen.

Nichts anderes war sie für ihn, nichts anderes konnte sie naturgemäß sein.

Noch einmal überprüfte er seine Ausrüstung und die Funktionen der Maschine, dann schlüpfte er hinein, in diese Hülle aus Stahl, Schläuchen und Leder. Ohne die Dampfmaschine, die er nun durch das Einsetzen einer Ätherpatrone startete, war das Gerät absolut nutzlos und Tonnen schwer. Aber nun, da durch die Schläuche und Kolben der Dampf zischte, bewegte sich der Panzer wie eine zweite Haut. Leicht und flüssig, als wäre er ein Teil seines Körpers.

Die Steuerung, die er noch nicht weiter erprobt hatte, erwies sich als knifflig und wenig intuitiv. In seinem Kopf machte er sich daher sofort eine Liste, was er alles verbessern und umbauen musste. Doch das konnte warten bis zu dem Zeitpunkt, an dem seine Braut in seinen Händen war.

Er steuerte den Belüftungsschacht an und machte sich daran, durch die glitschige Röhre zu klettern. Obwohl es keinerlei Hilfen durch Steigeisen oder etwas Ähnlichem gab, gelang es ihm problemlos, aus dem Stollen zu kommen. Oben angekommen, begann er zu rennen. Jeder Schritt, den er mit dem Panzer machte, brachte ihn weit fort, er lief schneller als ein Pferd im vollen Galopp und es begann, ihm trotz des Wetters Spaß zu machen. Er war schnell durchnässt, weil er den Panzer nicht vollständig geschlossen hatte, was ein weiterer Punkt auf seiner Liste wurde. Auch war der schlammige Boden ein Problem, das schwere Gerät kam auf Böschungen schnell ins Rutschen und die langsame Reaktion der Steuerung brachte ihn mehr als einmal fast zu Fall. Trotzdem hielt er an seinem Plan fest, vor allem, weil er Michael misstraute. Er war sich sicher, dass sein Onkel die blasse Schöne auch gesehen hatte. Sicherlich war er nicht weniger fasziniert von ihr gewesen. Wer konnte schon sicher sein, ob er sie nicht auch in irgendwelche Pläne mit einbaute?

Oder was sonst mit ihr geschehen mochte?

Vor allem, weil in dem Operationsraum auch seltsame Dinge vor sich gingen. Wozu brauchte derjenige, der dort operierte, die Unterlagen seines Vaters? Abgesehen davon hatte man sicherlich den Diebstahl der Unterlagen bemerkt und wer konnte schon sagen, ob man seine Braut deshalb nicht wegbrachte.

Mit weit ausgreifenden Sprüngen näherte er sich der Stadt Idstein, die kaum mehr als ein besseres Dorf war und nur noch der Verwaltung der Umgebung diente. Dennoch wagte er es nicht, den direkten Weg hindurch zu nehmen, sondern umrundete alles, um dahinter in den Wäldern abzutauchen.

Der dichte Regen, der ihm kaum mehr Sicht als wenige Meter ließ, erschwerte die Orientierung. Sich in den Höhlen zurecht zu finden, befand er trotz der labyrinthischen Verläufe als deutlich einfacher. Nur ein Kompass und ein Ätherfunkempfänger, den er auf den großen Sender auf dem höchsten Berg in der Umgebung ausgerichtet hatte, halfen ihm, die Richtung nicht zu verlieren.

Endlich erreichte er die Anhöhe über dem Dorf Esch und rutschte den Hang so weit hinunter, wie es nötig war, einen Blick auf die Mühle werfen zu können. Dazu musste er sehr nahe herankommen. Alles schien in tiefem Schlaf gefangen, doch dann entdeckte er mehrere Lichter in dem Teil der Anlage, durch den er eingedrungen war. Derjenige, der die Sachen seines Vaters besessen hatte, schien wieder zu arbeiten. Wo aber mochte seine Angebetete sein? Und wie sollte er vorgehen? Heimlich und leise eindringen und sie suchen – ohne seinen Panzer? Oder einfach mit seiner Verstärkung einbrechen, was sicherlich alle wecken würde und Gegenwehr provozierte?

Solange er sich noch nicht sicher sein konnte, dass alles einwandfrei funktionierte, entschied er sich für die lautlose Variante, auch wenn er sich ohne die schützende Maschine inzwischen verwundbar und schwach fühlte. Aber es sollte ja nur für kurze Zeit sein.

Hinter dem Haus gab es eine große, verglaste Veranda, die ihm die einfachste Zugangsmöglichkeit zu sein schien. Im Schutz eines verfallenen Schuppens, wo es wenigstens von oben trocken war, entledigte er sich der Maschine und schlich zum Haus. Wie er es erwartet hatte, waren die großen Glastüren nur unzureichend gesichert und kein Hindernis für ihn.

Im Haus war es ruhig. Zu ruhig für seinen Geschmack, als ob bereits alle Einwohner entschlafen waren. Was war das überhaupt für eine seltsame Einrichtung? So etwas wie die Idiotenanstalt? An den fensterlosen Rückwänden des großen Raumes hingen ein paar gerahmte Fotografien mit handgeschriebenen Karten. Auf all den Fotografien war ein kleiner, gebeugter Mann mit wirrem Haar und weißem Kittel zu sehen, begleitet von wechselnden Personen in eleganter Kleidung. Die handgeschriebenen Karten enthielten Grüße und Danksagungen an einen gewissen Professor Dr. Reich, der sie von irgendwelchen Krankheiten geheilt haben sollte. Einer schrieb von einem angenehmen Aufenthalt im Sanatorium.

Nun besah er sich die Gestalt des Dr. Reich genauer, denn er ging davon aus, dass er es war, der den Operationssaal nutzte. Ein grollendes Lachen entrang sich seiner Kehle, denn er befand den Mann als albernen Tor. Hässlich, wie er selbst es war, wenn auch auf andere Art und Weise. Was mochte diesen Mann antreiben?

Es war ihm egal. Nun wusste er aber, wer hier an diesem Ort der erbittertste Gegner sein würde.

Er schmunzelte, als er die für ihn sehr einladende Notbeleuchtung in den Fluren bemerkte, die ihm seine Sache sehr erleichterte. Auch hingen an allen Türen kleine Schilder, die nicht nur sanitäre Einrichtungen kenntlich machten, oder Behandlungsräume, sondern auch die Namen der Bewohner. Das machte es einfacher, denn er konnte die Räume mit männlichen Bewohnern einfach links liegen lassen.

Die Zimmer der weiblichen Patienten lagen in einem anderen Teil des Gebäudes und es schienen nicht viele belegt zu sein. Er spähte in ein Zimmer hinein und schaltete kurz eine Handlampe an. Langes, dunkles Haar flutete unter einer Schlafhaube heraus. Die falsche Frau.

Hinter ihm wurde bei einer anderen Zimmertür ein Schlüssel umgedreht und er erstarrte. Sofort huschte er in eines der Zimmer, an dem kein Schild war, und verbarg sich hinter der Tür, ließ sic aber einen Spalt weit auf.

Und da war sie.

Die langen silbrigen Haare lose aufgesteckt und in ein dunkles Nachthemd bekleidet, sah sie sich kurz um und lief zu einem Raum am Ende des Ganges, in dem sich wahrscheinlich ein Bad befand. Dazu musste sie an dem Raum vorbeikommen, in dem sich der Albino verbarg. Sofort präparierte er ein Tuch mit Chloroform, um bereit zu sein, wenn sie zurückkehrte, was nur wenige Augenblicke später geschah. Sie bewegte sich schnell und sicher, so dass sie ihm fast entkommen wäre. Gerade so, als würde sie tatsächlich einen Angreifer fürchten. Doch als sie ihre Zimmertür erreichte, sah sie sich noch einmal kurz um. Dieser Augenblick reichte ihm, um zu ihr zu springen und ihr von hinten das Tuch auf Mund und Nase zu pressen.

Die Frau gab einen erstickten Schrei von sich und versuchte, sich des Zugriffs zu erwehren. Dabei entwickelte sie erstaunliche Kräfte, weil sie in Panik geriet. Doch der Albino klammerte sich an sie wie ein Affe und drückte ihr unbarmherzig weiter das Tuch mit dem Chloroform ins Gesicht. Nach scheinbar endlosem Kampf erstarb ihre Gegenwehr und sie sackte in seinen Armen zusammen.

Sein Herz schlug ihm bis zum Hals, als er sie vorsichtig auf dem Boden ablegte und versuchte, wieder zu Atem zu kommen. Fasziniert von ihrer Schönheit, gönnte er sich einen Moment der Betrachtung, bis ihm bewusstwurde, dass er sie in diesem Aufzug nicht mitnehmen konnte. Daher drang er in ihr Zimmer ein, um etwas zum Anziehen zu finden, das dem Regen trotzen konnte. Er fand ein Überkleid und einen langen Mantel, zog die Bewusstlose in das Zimmer und versuchte umständlich, sie anzuziehen. Dann erinnerte er sich daran, auf der Veranda verschiedene Wachstuchplanen gesehen zu haben, mit denen man wohl Möbel vor er Witterung zu schützen gedachte.

Nachdem er ihr auch noch Stiefel angezogen hatte, schleppte er die Frau zur Veranda. Dort fand er eine Plane, die zu einer Art Sack genäht und ausreichend groß war, um sie vollständig darin einzuwickeln. Dann setzte er sie auf einen Stuhl vor dem Wintergarten und beeilte sich, sein zweites Skelett zu holen. Als er endlich in dem Stahlgerüst saß, fühlte er sich wieder sicher und unverwundbar. Mit den kräftigen Greifarmen nahm er seine Braut hoch und begab sich auf den langen Rückweg.

Er hatte erreicht, was er wollte, an diesen Ort musste er nicht mehr zurückkehren. Nun würde er alles daransetzen, dieser Frau, die nichts anderes sein konnte als die Wiedergeburt seiner geliebten Mutter, die Welt zu Füßen zu legen und seine Rache zu vollenden.

✱

Xiaoming Xun zügelte sein Pferd und starrte in den Regen. Das Tier scheute, als die ungewöhnlichen Geräusche immer näherkamen und der Geruch von verbranntem Äther ihnen vom Wind entgegengetrieben wurde. Etwas raste in hohem Tempo an ihnen vorbei, ohne den Reiter zu bemerken. Der dichte Regenschleier verhinderte, dass Xun genauer erkennen konnte, was es war. Es hatte vage menschliche Umrisse gehabt und schien auf zwei Beinen zu laufen. Auch Arme schien das Ding gehabt zu haben, in denen es etwas Großes trug. Der alte Chinese hatte noch nie etwas Vergleichbares gesehen und wusste nicht, was er davon halten sollte. Aber so schnell, wie es gekommen war, verschwand es auch wieder. Selbst wenn er den Plan gefasst hätte, dem Ding zu folgen, er wäre missglückt. Selbst sein gutes Pferd hätte es nicht mehr einholen können.

Verwirrt schüttelte Xun den Kopf, um die Sorgen nicht an sich herankommen zu lassen, die ihn beschleichen wollten. Ihn plagte eine böse Vorahnung. Etwas war passiert und er war nicht da gewesen, um es zu verhindern. Er konnte nur beten, dass es nichts mit dem zu tun hatte, was er tat. Mittlerweile bereute er, die Hütte bei Bermbach in Brand gesteckt zu haben. Sie war für seine Zwecke ideal gewesen. Das neue Versteck im Wald bei Idstein hatte nicht die gleiche Qualität, doch musste es fürs Erste reichen. Zumindest hatte er von dort aus problemlos mit seiner Ätherfunkanlage mit Wallenfels sprechen können. Das Funksignal so stark verschlüsselt, dass der Baron es nicht orten konnte. Dieses Mal hatte er einen Standort in der Wüste Gobi vorgegaukelt, nahe bei einer Station an der alten Seidenstraße, die Wallenfels als Flugfeld für seine Luftschiffe ausgebaut hatte. Ein kleiner Seitenhieb auf dessen Expansionsdrang.

Der Baron hatte ihm zu verstehen gegeben, dass er sein Spiel nicht mitzuspielen gedachte. Er ging davon aus, dass niemand ihm die Grundstücke mehr streitig machen würde, und dass all die Vorfälle von damals heute keine Bedeutung mehr hatten. Außerdem ging er davon aus, dass die damals enteigneten Familien nicht mehr existierten.

Während er zur Mühle hinunterritt, lächelte der alte Chinese hintergründig. Er wusste es besser. Es gab die Familien noch, nur lebten die Angehörigen nicht mehr in dieser Gegend. Aber es waren große Konkurrenten von Wallenfels und einer hatte durchaus genug Wut, Mut und ausreichend Mittel, dem Baron endlich den wohl verdienten Dämpfer zu geben. Ein weiterer Satz Fotografien der Unterlagen waren nun alle auf dem Postweg zu eben jener Person. Ziel Hamburg. Der Rest würde sich ergeben.

Xun dachte an seine Heimat, die er verlassen hatte, um einen Weg zu suchen, den Feind auf seinem heimischen Terrain zu schlagen. Eigentlich eine wahnsinnige Idee für einen einzelnen Mann, dennoch musste er es versuchen. Hatte er wirklich alles getan, was in seiner Macht stand? Ja, vielleicht sogar mehr als er jemals erhoffen konnte. Dass ihm die Unterlagen aus dem Altar der Unionskirche in die Hände fielen, war der Hoffnungsschimmer, den er so händeringend gesucht hatte. Nun blieb ihm nur zu warten. Alles andere würde die Zeit zeigen.

Endlich war er wieder in der Mühle und brachte sein Pferd in den Stall. Er war müde und völlig erschöpft, was ihm mit einem Mal mehr Sorgen bereitete als alles andere. Sein Alter machte ihm schwer zu schaffen. Wie viel Zeit mochte ihm noch bleiben, um vielleicht noch ein paar Stiche mehr gegen Wallenfels zu führen und seinen Schützlingen zu helfen?

Im Haus angekommen lauschte er in die Düsternis, weil er beim Ankommen Licht im Seitentrakt gesehen hatte, der für ihn tabu war. Reich arbeitete also noch, doch woran? Am vergangenen Morgen war der Nervenarzt seltsam nervös und überspannt gewesen, sagte aber nicht, was ihn so aufregte. Das war kein gutes Zeichen und Xun beschloss, ihn in den nächsten Tagen besser im Auge zu behalten.

Noch einmal verließ er das Haus, um einen Blick durch die schmalen Spalte in den Klappläden vor den Fenstern von Reichs Büro zu werfen. Er konnte den gebeugten Rücken des Arztes sehen, der am Schreibtisch saß und nichts zu tun schien, außer, die Wand mit dem Bücherregal anzustarren. Was stimmte nicht mit dem Mann?

Xun kehrte ins Trockene zurück und beschloss, nach Jewgenij und Marie zu sehen. Leise schlich er zu Jewgenijs Zimmer und fand es von innen verschlossen vor. Das beruhigte ihn. Im Frauentrakt jedoch zuckte er erschrocken zurück, als er die weit offenstehende Tür von Maries Zimmer entdeckte. Einen Augenblick lang starrte er wie gelähmt auf die Tür und bewegte sich dann langsam und mechanisch hin.

Das Zimmer war leer. Jemand hatte den Schrank durchwühlt und Kleidung auf dem Boden verteilt. Neben dem Türrahmen entdeckte Xun ein Taschentuch und hob es auf. Der Geruch nach Chloroform ließ ihn ahnen, was vorgefallen war. Doch wer konnte ein Interesse daran haben, diese junge Frau zu entführen? Hatte es etwas mit dem seltsamen Ding zu tun, dem er im Wald begegnet war?

Mit dem Tuch rannte er in den eigentlich verbotenen Trakt und klopfte an die Tür zu Reichs Büro. Es dauerte eine Weile, bis die aufgerissen wurde und Reich ihn mit einem wütenden Blick bedachte. Xun ließ sich nicht einschüchtern, sondern hielt ihm das Tuch vor die Nase. Der Arzt zuckte zurück, als er den Geruch erkannte und sah den Chinesen entgeistert an.

»Geisterfrau fort. Jemand stehlen Marie!«

Reichs Augen weiteten sich entsetzt, er zog die Tür seines Büros ins Schloss und hastete durch die Flure hin zum Zimmer der Verschwundenen. Xun folgte ihm langsamer und versuchte, die Stimmung des Mannes zu ergründen. Der Nervenarzt hatte nichts mit dem Verschwinden seiner Patientin zu tun, da konnte er sich sicher sein. Doch warum hatte er nichts von der Entführung bemerkt, wo er doch sonst die Bewegungen von Silberfischen im Bad hören konnte?

Er fand Reich inmitten des Chaos' von Maries Zimmer wieder und mit einem Mal wirkte der Arzt verängstigt und hilflos. »Was haben Sie hier gemacht, Xun?«

Der Chinese hob erstaunt eine Augenbraue, mehr ließ er nicht von seinen Gefühlen nach außen dringen. Da er davon ausging, dass Reich seine Abwesenheit nicht bemerkt hatte, entschloss er sich zu einer Notlüge, die er normalerweise verabscheute. Oder war es nicht eher eine kleine Auslassung? Es stimmte ja, dass er wahrscheinlich den Entführer bemerkt hatte. Nur nicht wie und wo. »Ich hören etwas, was nicht hier sein soll. Sehen nach in ganze Haus und sehen das«, antwortete er und machte eine umfassende Handbewegung durch den Raum. »Finden Tuch an Tür.«

Entgeistert sah Reich ihn an und hinter seiner Stirn arbeitete es sichtlich. »Warum habe ich nichts bemerkt?«, murmelte er abwesend. »Bin ich eingenickt?«

Schließlich fasste er sich wieder. »Suchen Sie weiter, Xun, ich tue es auch. Vielleicht sind die Entführer noch hier im Haus? Sie können bei diesem verdammten Wetter doch nicht einfach hier herum stromern!« Mit diesen Worten hastete Reich wieder nach draußen und fing an, jede Tür zu öffnen und nachzusehen.

Xun schloss die Tür zu Maries Zimmer hinter sich, um das Chaos zu verbergen und Jewgenij zu schonen, sollte der versuchen, nach Marie zu sehen. Doch es würde ihm nicht verborgen bleiben, da war er sich sicher. Die beiden hatten sich jeden Tag bei seinen Quigong-Übungen und beim Frühstück gesehen. Wenn sie nicht kam, würde er Fragen stellen. Sofern Reichs hektische Aktivitäten ihn nicht schon das Schlimmste vermuten lassen würden. Ihn zu beschützen war jetzt Xuns Hauptaufgabe.

Davon überzeug, dass Reich nichts finden würde, versuchte Xun den Weg des Entführers durch das Haus nachzuvollziehen. Hinter einer Tür zu einem leeren Zimmer fiel ihm etwas auf, das Reich bei seiner flüchtigen Untersuchung nicht bemerkt hatte. Ein leicht süßlicher Hauch von Chloroform wurde von massiven Körperdünsten überlagert, die an einen nassen Fuchs erinnerten. Er behielt den Geruch in Erinnerung und versuchte, ihn wiederzufinden, was ihm im Wintergarten gelang. Überall, wo sich die betreffende Person längere Zeit aufgehalten hatte, ließ sie diesen Geruch von sich zurück und Xun hatte eine feine Nase. Die Tür zum Garten wies Spuren einer wenig sanften Behandlung mit Werkzeug auf.

Xun öffnete die Tür, aber in der allgegenwärtigen Nässe war der Geruch nicht mehr wahrzunehmen. Er erinnerte sich an die Geräusche, die das seltsame Ding im Wald gemacht hatte und an den Geruch von Äther. Wo mochte der Entführer sein Fortbewegungsmittel abgestellt haben? Er konnte sich nicht vorstellen, dass er damit das Haus betreten hatte.

Sein Blick fiel auf den halb offenen, ehemaligen Schafstall, der noch keiner neuen Verwendung zugeführt war und zusammenzubrechen drohte. Xun griff nach einem Wachstuch und sah, dass der Stapel durchwühlt worden war. Es fehlte einer der Säcke für Sonnenschirme und ein Bild kam in seinen Gedanken auf, das wenig angenehm war. Irgendwie musste der Entführer sein Opfer ja vor der Witterung schützen.

Von einer Plane geschützt und mit einer Sturmlaterne bewaffnet, hastete er zum Schafstall. Hier hatte sich der dezente Geruch nach Äthertreibstoff gehalten und er konnte sich sicher sein, richtig zu liegen. Im Licht der Sturmlaterne konnte Xun zudem deutlich tiefe Eindrücke erkennen, die ihm befremdlich erschienen. Etwas mit hohem Gewicht musste dort gestanden haben. Mit Füßen, die eher an Pferdehufe erinnerten, aber sehr viel länger waren. Hinter diesen tiefen Spuren waren schwächere Kerben in ähnlicher Form und Xun versuchte sich zu erklären, wie diese zustande kamen. Da er den Eindruck hatte, dass sich das Ding im Wald auf zwei Beinen voran bewegte, ahnte er, was es bedeutete. Eine Maschine, die quasi auf den Ballen – den hufähnlichen Spuren – lief und sich auf die Fersen – den schwachen Kerben – niederließ, wenn man sie ungenutzt abstellte.

Eine unglaubliche Teufelei. Wie weit mochte man in einer Nacht mit einer derart schnellen Maschine kommen? Wo musste man Marie suchen?

»Zu weit weg«, seufzte er und kehrte ins Haus zurück. Er war müde und ahnte schon, dass er nicht mehr viel Schlaf bekommen würde.

Marie konnte er im Moment nicht helfen. Vielleicht konnte er Liebermann irgendwie mitteilen, dass sie entführt worden war, oder noch einmal den Polizisten anrufen. Doch in all dem Chaos würde das womöglich nicht unbemerkt bleiben. Zu riskant.

Nur Jewgenij konnte er noch beschützen.

ELEND

Wenn man es gewohnt ist, dass alles, was man anfängt, von Erfolg gekrönt wird und man wie König Priamos alles in Gold verwandeln kann, was man anfasst, dann ist jeder Fehlschlag eine Katastrophe. Hoffentlich bringt ihn das nicht um, dachte der Sekretär des Barons und musste sich sehr zusammenreißen, um nicht doch ein Lächeln auf seine Lippen huschen zu lassen. *Wie lange wohl seine ganze Mechanik noch durchhält? Ich glaube, er bekommt langsam Panik. Könnte unangenehm werden.*

Er stand an der Tür und wartete ab, ob er noch gebraucht wurde, oder ob man ihn hinauswarf. Dabei lauschte er auf das eher einseitige Gespräch des Barons mit dem leitenden Ingenieur der Baustelle zwischen Amöneburg und Biebrich. Der Mann hatte Probleme mit dem Hochwasser, doch der Baron wollte davon einfach nichts hören. Natürlich. Der Ingenieur hatte Skrupel, das abgepumpte Wasser einfach durch Biebrich abzuleiten, aber eine andere Möglichkeit gab es wohl nicht. Für Wallenfels stellte sich das Problem simpler dar. Er wollte hören, um wie viel sich die Baukosten erhöhten und wie viel länger es dauern würde, sämtliche Gebäude quasi auf Stelzen zu stellen, um das Absaufen der Anlagen zu verhindern. Er wusste sicher gut genug, dass der Untergrund eine solche Bauweise hergab. Und dass sie sicher auch weiterhin mit derart katastrophalen Wetterbedingungen kämpfen mussten.

Jedenfalls, solange sie die Wettermaschine nicht in vollem Umfang nutzen konnten. Was vermutlich nicht gelingen konnte, außer der Dieb der Patentpläne würde sich doch noch melden. Einer Eingebung folgend hatte Wallenfels den Bankier Mertesacker gebeten, wenigstens nachzusehen, ob die wirklich wichtigen Pläne in dem Schließfach lagen. Danach war Alarm ausgelöst worden. Die Pläne waren fort, das wohl gefüllte Schließfach leer. Niemand schien eine Ahnung zu haben, wie das möglich sein konnte, außer dem widerwillig hinzu gezogenen Oberkommissar. Dieser schien eine Ahnung zu haben, wer hinter diesem Diebstahl stecken konnte, doch hielt er sich sehr bedeckt. Weil der Baron nicht persönlich mit diesem Kommissar sprechen wollte, hatte der Sekretär ihm einen Besuch abgestattet. Der Oberkommissar und sein Vorgesetzter hatten dann nur etwas von laufenden Ermittlungen und einem Zusammenhang mit der Ermordung des Erfinders erzählt und ihn unverrichteter Dinge wieder nach Hause geschickt.

Das Gespräch mit dem Ingenieur endete recht abrupt, nachdem der Mann dem Baron mitgeteilt hatte, dass es sicher möglich war, alles auf Stelzen zu stellen und dass es für den Zweck der Anlage vielleicht sogar die sinnvollere Bauweise sei, wenn auch teurer. Man müsse nur noch einmal die Statik durchrechnen. Der Baron pflaumte den Mann an, dass er dies gefälligst sofort tun solle und beendete die Funkverbindung mit dem Befehl, ihm alle Unterlagen spätestens in vier Tagen vorzulegen.

Danach fiel der Blick des Barons auf seinen Sekretär, und der junge Mann hatte das Gefühl, dass sein Arbeitgeber ihn in diesem Augenblick nicht einmal erkannte. Was mochte im Kopf des Barons gerade vorgehen? Bevor der Baron auch ihn mit dem gleichen Furor angehen konnte wie den Ingenieur, platzte er mit einer, wie er glaubte, besonders guten Neuigkeit heraus: »Herr Baron, ich habe heute früh mit einem Optiker gesprochen, der sich mit besonderen technischen Sehhilfen auskennt und in der kommenden Woche einen Besuch in unserer hiesigen Augenklinik plant, um dort mit Professor Nagel, dem Chef der Einrichtung, ein paar Neuheiten durchzusprechen. Der Mann brennt darauf, Sie kennen lernen zu dürfen und sich Ihres Problems mit dem künstlichen Auge anzunehmen. Professor Nagel ist der Meinung, dass niemand anderes im Reich derzeit in der Lage sei, Ihnen zu helfen. Vielleicht kann er auch die anderen nötigen Wartungsarbeiten durchführen?«

Der Baron starrte den jungen Mann unverwandt an, dann kehrte endlich wieder Leben in ihn zurück. »Das klingt gut. Machen Sie einen Termin mit Nagel und dem Optiker.«

»Sehr wohl.« Der Sekretär notierte sich etwas, ließ seinen Dienstherren aber nicht aus den Augen. So überraschte es ihn auch nicht, als der sich mit einem Ruck von seinem Schreibtisch erhob und vor eine Tafel mit Plänen stellte, die echte und die künstliche Hand hinter dem Rücken verschränkt.

»Hat sich Ingenieur Behle aus Frankenfurt schon gemeldet? Er sollte etwas für mich im in der Baudirektion erledigen.«

»Oh, er rief heute früh kurz an und sagte, es sei alles erledigt und dass er einen Brief mit Unterlagen an Sie geschickt hat. Die Post war …«

In diesem Moment hörte er, wie nach ihm gerufen wurde, weil die Tür nicht richtig geschlossen war. »Verzeihung, vielleicht kommt die Post gerade?«

»Gehen Sie. Wenn der Brief dabei ist, dann kommen Sie wieder, ansonsten brauche ich Sie nicht mehr.«

Der Sekretär verließ das Büro des Barons und hatte mit einem Mal das Gefühl, freier atmen zu können. Fast hoffte er, dass der bewusste Brief nicht dabei war, damit er dem Baron für den Rest des Tages entkommen konnte, doch das blieb ein Wunschtraum. Natürlich befand sich bei dem Stapel Briefe, die er rasch durchsah und sortierte, auch ein dicker Umschlag aus dem Architekturbüro aus Frankenfurt, das über viele Ecken zu den unzähligen Firmen und Konzernen des Barons gehörte.

Er kehrte nach einem tiefen Seufzer in das Büro zurück und händigte dem Baron den Umschlag aus, auf dem ein Hinweis prangte, dass der Inhalt allein für die Augen des Barons gedacht war. Der Baron schien zu zögern, den Umschlag zu öffnen, als könne ihn ein wildes Tier daraus anspringen. Doch dann griff er zu einem Brieföffner und schnitt ihn beherzt auf. In der Mappe, die er nun herauszog, schienen uralte Schriftstücke zu sein, die den ganzen Raum umgehend mit dem Modergeruch einer feucht gewordenen Bibliothek durchsetzten. Von der Tür aus konnte der Sekretär nicht genau sehen, um was für Schriftstücke es sich handelte, daher blieb ihm nur, weiterhin die sparsame Mimik und das Verhalten des Barons zu beobachten. Dem schien der Inhalt der Papiere nicht besonders gut zu gefallen.

»Kennen Sie sich mit alten Schriften aus?«, fragte der Baron schließlich unvermittelt und hielt ein beschädigtes Dokument hoch, das für den Sekretär wie ein Pergament aus einer mittelalterlichen Handschrift aussah.

»Oh, ich habe auch schon als Restaurator für alte Bücher gearbeitet, ich kann vieles entziffern«, erwiderte der junge Mann gespannt. Es stimmte, er kannte sich mit solchen Dingen aus und er liebte es, in alten Schwarten zu lesen.

»Das sind Namen, oder?«

Der Baron streckte ihm das Dokument entgegen und er betrachtete es aufmerksam. Es war tatsächlich echtes Pergament und schon recht brüchig. Eine Ecke war abgerissen, was erst kürzlich geschehen sein musste, da der Riss eine gänzlich andere Farbe hatte und frischer wirkte als der Rest. Auf dem Pergament waren schwach Grundrisse erkennbar und der junge Mann erkannte darin eine Art uraltes Kataster, an dem vielfach schon herum geschabt worden war. Schnell trat er an den Schreibtisch des Barons heran, um sich eine Lupe zu greifen, denn der Verfasser des Schriftstückes schien mit einer übernatürlich feinen Feder geschrieben zu haben.

»Nun, das eine scheint ›Kaiserlinck‹ zu heißen. Das andere ›Stresemann‹ und hier ist ein Doppelname ... sehr ungewöhnlich ... ›Buchenheim – Rosenzweig‹. Das letzte klingt irgendwie nach einem jüdischen Besitzer. Wenn ich mir die Bemerkung erlauben darf, Herr Baron ... die Namen wurden alle durchgestrichen und es gab wohl einen Verweis auf das, was in der Ecke stand, die leider fehlt. Meines Wissens stellen die Namen die Besitzverhältnisse dar. Wenn die Grundstücke verkauft wurden, hat man die Namen herausgekratzt, nicht durchgestrichen. Oder das ganze Blatt neu gezeichnet. Das sieht eher nach einer Enteignung aus, die nicht weiter dokumentiert wurde. Vielleicht existiert ein neueres Kataster?«

Aus dem Augenwinkel hatte er weiter das Verhalten des Barons beobachtet, während er das Dokument prüfte und bei der Nennung des letzten Namens war der Baron merklich steifer geworden. Auch wirkte er nun, da er ihn wieder direkt ansah, verblüfft und unruhig. »Stimmt etwas nicht, Herr Baron?«

»Wenn es kein neues Kataster gibt, das den Besitzer festlegt, kann es dann sein, dass die Erben der alten Besitzer noch Ansprüche auf das Land erheben könnten?«, knurrte der Baron.

»Ich bin kein Jurist, aber ich denke schon. Gibt es denn welche? Also Erben?«

»Sagt Ihnen der letzte Name nichts?«, ätzte der Baron sofort.

Der Sekretär runzelte die Stirn, doch dann ging ihm ein Licht auf. »Der Amerikaner, den alle nur den ›Ölprinz‹ nennen? Heißt der nicht auch Buchheim-Rosenzweig?«

»Genau der. Ich hoffe, er weiß nichts von diesen Dingen und hat die Unterlagen nicht zur Verfügung. Ich kenne ihn gut und wir hassen uns leidenschaftlich. Wenn er eine Möglichkeit sieht, mir Steine in den Weg zu legen, dann tut er es.«

Da er Dokumente dieser Art kannte, bemerkte der Sekretär schnell, dass es sich bei der Symbolik am Rand der Grundstücke um einen Fluss handelte. Der Rhein? Die Grundstücke der Fabrik? Das war natürlich ein gefundenes Fressen für die zahlreichen Feinde des Barons, selbst wenn sie mit den Flächen nichts anfangen konnten.

»Ach, egal, wo kein Kläger … Das ist hunderte Jahre alt, was soll schon passieren.« Der Baron wirkte mit einem Mal wieder gelassener. »Machen Sie einen Termin mit dem Arzt und dem Optiker. Mir geht das Gequietsche meiner Maschinenteile auf die Nerven. Man kann ja gar keinen klaren Gedanken mehr fassen.«

Damit war der Sekretär entlassen. Er legte das Dokument zurück auf den Tisch und verließ eiligst den Raum. Mit dem, was da vielleicht auf den Baron zukam, wollte er nichts zu tun haben.

✱

Joachim wollte gerade versuchen, über eine der Behelfsbrücken auf die andere Seite der Straßen zu kommen, die vom abgepumpten Wasser der Baustelle geflutet wurde, als er die Welle auf sich zurasen sah. Das Konstrukt aus Brettern, das an der Hausfassade entlang gebaut worden war, um trockenen Fußes den Übergang zu erreichen, wurde Stück für Stück abgerissen und machte die Welle noch gefährlicher und zerstörerischer. Mit einem Sprung entging er dieser tödlichen Wucht, indem er sich an einem Fenstergitter festklammerte.

Die Welle nahm kein Ende, so schien es, und seine Arme wurden langsam lahm. Gerade als er dachte, er könne sich keinen Moment länger halten, weil die scharfen Kanten der Gitterstäbe ihm in die Handflächen schnitten, floss das Wasser endlich nur noch gemächlich ab. Er ließ los und platschte auf den Gehsteig zurück. Froh darüber, von einem seiner Kollegen eine Gummihose bekommen zu haben, wie sie Angler trugen, konnte er die Straße überqueren. Nur seine Füße wurden nass, weil die Gummistiefel nicht hoch genug waren. Das Wasser zerrte an ihm, doch er konnte es bewältigen.

Als er die andere Seite erreichte und in eine trockene Gasse einbog, drehte er sich noch einmal kurz um, weil er glaubte, etwas Großes im Wasser schwimmen zu sehen. Tatsächlich trieb etwas auf ihn zu, das ihn an Bilder aus einem Schulbuch erinnerte. Der Buckel eines Wals, der zum Atmen auftauchte. Es fehlte nur die Fontäne aus Wasser, die er ausspie.

Joachim stapfte wieder in den Fluss auf der Straße und bekam das Ding zu fassen. Eigentlich wollte er es gar nicht so genau wissen, weil er schon ahnte, was sich ihm gleich für ein Anblick bieten würde, aber er glaubte, es den Menschen schuldig zu sein. Wie er es befürchtet hatte, erwies sich der aufgeblasene Walbuckel als ein Cape aus Wachstuch, in das der nunmehr leblose Körper eines Menschen eingewickelt war. Eine Frau mittleren Alters, die er zu kennen glaubte.

Er zog den Körper in die Seitengasse und schob der Toten die nassen Haare aus dem Gesicht. Tränen schossen ihm ins Gesicht, als er die Frau des benachbarten Schreiners erkannte. Die einzige Person mit rudimentären medizinischen Kenntnissen, weil sie einmal im Paulinenstift als Krankenschwester die Nonnen bei der Pflege unterstützt hatte. Nachdem man beschlossen hatte, das Stift zu schließen, hatte man zuerst die Schwestern und Pfleger aus den Vorstädten entlassen. Die Frau hatte sich seitdem als Engel der Vergessenen erwiesen und war sicherlich auf dem Weg zu irgendeinem Kranken gewesen, als die Welle sie erwischte. Wie die meisten Menschen in den Vorstädten konnte sie sicherlich nicht schwimmen.

Verzweiflung machte sich in ihm breit, als er weiter zur Kirche hastete, um den Pfarrer zu informieren. Joachim sah sich außer Stande, selbst zu dem Schreiner zu gehen, um ihm vom Tod seiner Frau zu berichten. Der Pfarrer hörte ihm geduldig zu und versprach, sich sofort der Toten anzunehmen. Joachim dankte ihm und setzte seinen Weg zur Arbeit fort, auch wenn ihm nicht danach war. Er musste versuchen, Peter Langendorf zu erreichen, um ihn um Hilfe wegen seiner Einberufung zu bitten. Auch wollte er das Elend nicht mitbekommen, das nun über die verbliebenen Bewohner Biebrichs hereinbrach. Es gärte zunehmend und Joachim wusste nicht, wie lange sein Vater dem Unmut noch Herr werden konnte. Es schien, als habe auch er schon mit dem Fortbestand der Gemeinde abgeschlossen. Nur wahrhaben wollte das niemand. Wenn nicht bald ein Wunder geschah und der Regen endlich aufhörte, dann würden sie alle elend verrecken.

Dem Wasser entkam niemand. Mittlerweile stürzten immer mehr Häuser einfach ein, weil die Grundmauern unterspült wurden oder der aufgeweichte Boden den Lasten nicht mehr gewachsen war. Das Einzige, was Joachim noch mit einer gewissen Genugtuung erfüllte, war, dass auch auf der Baustelle nicht alles so voranging, wie man es sich wohl wünschte. Eine der gigantischen Baumaschinen war im Schlamm eingesunken und umgekippt. Das hatte er von der Eisenbahnbrücke aus beobachten können und es war ein erstaunlicher Vorgang. Markus und er hatten in der Hängebahn gestanden und mit weit offenen Augen und Mündern zugesehen, wie erst die Raupenkette vollständig im Schlamm unterging und sich die ganze Maschine langsam und gemächlich zur Seite neigte.

Markus hatte ihm danach berichtet, dass Wissenschaftler vermuteten, dass das miese Wetter auch eine Folge der Industrialisierung sei, die Folgen bisher aber eben leider nur die Ärmsten der Armen zu tragen hätten. Mit den Problemen auf der Baustelle kam nun endlich das ›Verursacherprinzip‹ zu tragen, was sie beide diebisch freute. Wenigstens für den Moment. Dann sahen sie einem Gebäude in der Nähe des Zollhafens zu, wie es langsam Stück für Stück niedriger wurde und alles im Rhein versank. Die trägen Wasser lösten die Mauern auf und trugen alles davon. Joachim, der gewusst hatte, dass man dieses Haus längst hatte räumen müssen, konnte sich trotzdem die Tränen der Wut nicht verkneifen. Vor dem Hochwasser hatten dort zehn Familien ein Zuhause gehabt, die sich mittlerweile in die Obhut der Auffanglager begeben hatten, weil man einfach keinen Ersatz mehr in Biebrich fand. So löste sich die Gemeinde seines Vaters nach und nach in Wohlgefallen auf und die Gründe für seine Wahl in die Stadtverordnetenversammlung verschwanden mit den Menschen. Wie lange würde sich Biebrich insgesamt noch halten können?

Endlich erreichte Joachim die Bahnpolizei und sah überrascht das Dampfrad, das vor dem Gebäude Nebel verströmte. Er betrat den wie immer völlig überheizten Pausenraum und stieß mit Peter Langendorf zusammen.

»Ah, da ist ja der Mann, den ich brauche!«

Verblüfft sah Joachim Peter an und dann seinen Vorgesetzten. Der machte eine auffordernde Handbewegung in Richtung des Oberkommissars und verschwand in seinem Büro. »Oh, das ist gut, ich wollte ohnehin …«

»Ich weiß, du hast eine Einberufung bekommen. Auch viele untere Ränge der Polizei, die schon in heller Aufregung deshalb ist. Sogar dein Schwager. Bei dem konnte Sonnemann aber glücklicherweise das Schlimmste abwenden, mit dem Argument, er bräuchte dringenden Ersatz für bald ausscheidende Beamte. Vor allem wegen Richard. Wir sind jedoch im Prinzip ALLE auf Reserve gesetzt. Wir höheren Kriminaler als Offiziere, aber das schmeckt uns natürlich genauso wenig. Trotzdem – für dich kann ich vielleicht etwas tun. Dein Vorgesetzter war gerade eben nur zu gern bereit, mir dich als Helfer anzudienen. Ich brauche einen zweiten Mann, darf aber offiziell gar nicht weiter ermitteln und damit auch nicht auf die Hilfe von Hartmut zurückgreifen, außer im Büro«, erklärte Peter leise. »Ich hoffe sehr, dass sich an der Gesamtsituation bald etwas ändert. Wie sieht es in Biebrich aus?«

Joachim erzählte ihm das Erlebnis auf seinem Weg zur Arbeit, denn er befand es als beispielhaft. Die Aussicht, sich an der Seite von Peter Langendorf so bewähren zu können, dass er wenigstens in Wiesbaden bleiben durfte, um seiner Familie beistehen zu können, ließ seine Hoffnung steigen und er sah den Oberkommissar tatendurstig an.

Peter hatte mit einem besorgten Ausdruck die Stirn gerunzelt und seufzte. »Oh mein Gott. Ich habe den Eindruck, dass bald nichts mehr so sein wird, wie es einmal war und dass wir ›kleinen Leute‹ in den Plänen der Mächtigen überhaupt keine Rolle mehr spielen werden. Unsere Arbeit wird von Maschinen übernommen werden, fertig, wir dürfen alle abtreten. Ich schätze, wir müssen noch etwas anderes erledigen. Die Pläne für die Wettermaschine zurückholen, von der Paul so wunderbare Dinge berichtet hatte. Dann müssen wir jemanden finden, der damit genau die Intention des ermordeten Erfinders weiterführt: Das Wetter so zu verändern, das es allen Menschen zugute kommt.«

»Wissen Sie denn, wer es … oh, natürlich, der Heilige Michael, oder? Sagten Sie nicht, dass er wahrscheinlich den Erfinder ermordet hat? Aber wo ist er?«

»Dort, wo wir jetzt hinfahren werden. Jedenfalls ganz in der Nähe.«

✶

Natürlich konnte Julius Reich nicht verhindern, dass das Verschwinden der bleichen jungen Frau Wellen schlug und das vor allem Jewgenij kein Wort von dem glaubte, was der Arzt erzählte. Natürlich konnte er aber auch nicht offiziell bekannt geben, dass eine Patientin aus dem Sanatorium entführt worden war und die Anwesenheit der Polizei, so dumpf die Beamten auch sein mochten, machte es nicht besser.

Die meisten seiner Patienten hatten Marie-Therese de Varelles ohnehin nicht wahrgenommen, so dass ihr Fehlen nicht weiter auffiel. Als er die Polizei informierte, in Xuns Anwesenheit, konnte er auch darauf dringen, dass sich die Beamten diskret verhalten würden. Er führte schließlich ein Sanatorium für Nervenkranke, die er nicht aufregen wollte. Und die Polizei hatte kein Interesse daran, sich mit den Irren zu beschäftigen. Spuren, so es sie denn gab, waren ohnehin vom Regen wieder weggewaschen worden, so dass sich der eine Polizist, den man ihnen aus Idstein schickte, nur kurz in dem noch immer verwüsteten Zimmer umsah.

Reich konnte nicht verhindern, dass Jewgenij immer in Xuns Nähe war und natürlich darauf drängte, dass die Polizei ihre Fahndung nach Marie intensivierte. Der schon etwas ältere Polizist sah ihn bei allem, was er sagte nur väterlich lächelnd an und versprach, sein möglichstes zu tun. Nur bei Jewgenijs Versuch, ihn dazu zu drängen, die Reichskriminalpolizei aus dem Groß-Stadtkreis einzuschalten, wurde seine Miene streng.

»Idstein ist eine freie Stadt, mein Herr. Wir gehören nicht zum Groß-Stadtkreis. Solange sich nicht abzeichnet, dass sich die Dame vielleicht im Stadtkreis aufhält, werden wir die Reichskriminalpolizei nicht hinzuziehen. Abgesehen davon haben wir auch noch ganz andere Dinge zu tun. Die Polizei von Selters hat alle Stationen im Umkreis um Hilfe gebeten, weil bei ihnen eine Frau ermordet wurde. Eine Dame, die mit dem Bürgermeister von Limburg verwandt war, und in Selters ein ganz spezielles ... Etablissement führte«, brummte er. »Vielleicht ist die Dame ja auch wieder zuhause? Ein Liebhaber möglicweise, der sie zurückholte? Wer weiß das schon?«

Jewgenij öffnete den Mund, um dem Mann wer weiß wie viele Argumente entgegen zu schleudern, warum das gewiss nicht der Fall war, doch es war Xun, der ihn bremste, indem er ihn am Arm packte und sachte zudrückte. Es gelang dem Chinesen schließlich sogar, den jungen Mann dazu zu bewegen, sich zu entfernen, so dass Reich mit dem Polizisten allein zurückblieb.

»Ich kann Ihnen versichern, dass Letzteres aus verschiedenen Gründen nicht der Fall sein kann. Fräulein de Varelles war eine sehr besondere junge Frau und ich möchte Sie nur darum bitten, die Fahndung nach ihr so weit wie möglich zu fassen. Ich werde ihre Familie informieren, französische Adelige, und sicherlich wird man auch von dieser Seite an sie herantreten«, schmeichelte Reich und sah Xun und Jewgenij nach, die heftig zu diskutieren schienen, allerdings in einer für ihn nicht hörbaren Lautstärke.

Als Jewgenij plötzlich einknickte und ohne das sofortige Eingreifen Xuns schwer gestürzt wäre, unterbrach Reich sein Gespräch und hastete zu den Beiden. Jewgenij wirkte verwirrt und hilflos und hing wie eine Marionette ohne Fäden in Xuns Armen. Wieder einmal verwunderte Reich die Kraft, die in dem schmächtigen Chinesen steckte, denn Jewgenij war trotz seiner Krankheit und ebenfalls eher schmächtigen Statur deutlich größer und schwerer als Xun.

»Bringen wir ihn in sein Zimmer, Xun. Am besten, sie geben ihm eines ihrer besonderen Beruhigungsmittel. Er muss sich ausruhen«, ordnete Reich an und half dem Chinesen, Jewgenij hin zum Männertrakt zu schleppen. Der Polizist bot keine Hilfe an, was Reich auch nicht erwartet hatte. Jewgenijs deutliche Hysterie hatte ihn abgeschreckt, wahrscheinlich wähnte er in dem jungen Mann nicht nur einen Kranken, sondern einen Wahnsinnigen.

Es war an der Zeit, Jewgenij zu behandeln. Seine Krankheit war mittlerweile so weit fortgeschritten, dass er sich bald nicht mehr würde aufrecht halten können. Doch wie sollte er den jungen Mann dem Zugriff des Chinesen entziehen, der sich nun darauf zu konzentrieren schien, Jewgenij nicht mehr von der Seite zu weichen? Was wussten, was ahnten die beiden?

Nachdem sie den jungen Mann ins Bett gelegt hatten, verließ Reich das Zimmer wieder, um den Polizisten zu verabschieden, von der er sich die wenigsten Probleme versprach. Der Mann hatte sich nicht vom Fleck bewegt, aber auch nichts weiter getan, als sich seine Pfeife zu stopfen. Reich wies ihn auf das im Haus herrschende Rauchverbot hin und zog ihn auf die Veranda hinaus.

»Das Fräulein ist ne Adelige? Dann werden wir uns mal etwas mehr Mühe geben, sie zu suchen«, schnaufte der Polizist und zündete die Pfeife an, da sie sich ja nun nicht mehr im Haus befanden. »Aber was ist mit dem Schlitzauge? Haben Sie den mal überprüft? Der ist mir ein Dorn im Auge, so jemand wird hier auf dem Land nicht gern gesehen.«

Das überraschte Reich nicht. Ihm kam der Gedanke, dass niemand den Chinesen vermissen würde, wenn er spurlos verschwand. Vielleicht konnte er Xun in eine Falle locken? Ein Plan begann in Reich zu reifen und er nahm sich vor, ihn noch an diesem Tag durchzuführen. Vielleicht konnte er zwei Fliegen mit einer Klappe schlagen.

Der Polizist verabschiedete sich und Reich kehrte in sein Büro zurück. Es gab noch eine Menge zu tun.

✳

Peter war erleichtert, den Nervenarzt wohlauf zu sehen, doch seinen Wunsch, möglichst bald wieder nach Hause zurückkehren zu können, wollte er ihm noch nicht erfüllen. Eigentlich wollte er auch nur kurz nach dem Rechten sehen, doch Liebermann lastete etwas schwer auf dem Herzen und so ließ er sich überreden, bei Eisenstein zum Abendessen zu bleiben. Zumal der alte Mann nichts dagegen hatte, Joachim ebenfalls zu bewirten, der sich in dem herrschaftlichen Haus aber nicht wirklich wohl fühlte.

Auf Peters Frage, was Dr. Liebermann denn so nervös machte, wirkte der mit einem Mal sogar fast erlöst und winkte den beiden Männern, ihm in das Büro zu folgen, wo sich einige uralte Dokumente stapelten. Diese erinnerten Peter wieder an das Bruchstück des Pergamentes, das der Baudirektionsingenieur Hausner umklammert hielt, als er starb. Die Geschichte, die Liebermann ihm nun erzählte, hörte sich zwar fantastisch an, schien aber in irgendeiner Form damit zu tun zu haben. Vor allem die Jahreszahl, auf die Liebermann ihn hinwies, ließ ihn erschauern, denn damit war der Zusammenhang klar.

Neugierig beugten er sich über das Gemeindebuch, in dem Liebermann etwas über den Tod seines Namensvetters gefunden hatte. Salomon Liebermann aus Mainz, ermordet von einem Bertram von Wallenfels, was ein Junge der Gemeinde beobachtet hatte. »Das ist spannend und gewissermaßen verstörend, Doktor. Kann es sein, dass Sie verwandt sind? Die Frau dieses Salomon Liebermann war schwanger, wenn ich diese Zeilen hier richtig entziffere.«

»Möglich ist es schon und das ist in der Tat verstörend, aber sicher nicht mehr nachprüfbar. Ich besitze nur noch Stammbäume meiner Familie, die etwa fünf Generationen zurückreichen. Das ist schon viel, aber lässt wahrscheinlich keinen genaueren Schluss zu, ob ich tatsächlich meine Abstammung auf diesen armen Mann zurückführen kann. Viel spannender und nicht weniger verstörend finde ich viel eher, dass es sich bei diesem Bertram womöglich tatsächlich um einen Vorfahren unseres Barons handelt und dieser nicht damit aufhört, überall Grundstücke aufzukaufen. Auch hier in Niedernhausen. Natürlich hat er dabei auch keine Skrupel, jüdische Friedhöfe abzuräumen, was einem Sakrileg gleichkommt.« Liebermann wirkte bestürzt und traurig. »Jaja, ich weiß, ich habe meinen Glauben, meine Religion immer verleugnet und recht stiefmütterlich betrachtet. Ich habe mit den ganzen Riten nichts zu tun, aber ich achte natürlich unsere Traditionen und es geht nicht an, dass ein anderer sie mit Füßen tritt. Wo soll das noch hinführen?«

»Darüber kann ich nicht urteilen. Aber es hat auch für mich in einem anderen Fall einen bitteren Beigeschmack. Ich bat meinen Bruder, bei der Baudirektion vorzusprechen, um etwas über die Baustellen am Rhein in Erfahrung zu bringen, doch man hat den zuständigen Archivar kurz zuvor ermordet. Er hielt ein mittelalterliches Stück Pergament in Händen, das auf eben diese Grundstücke hinweist und alles spricht dafür, dass Wallenfels hinter allem steckt. Wir bringen uns um Kopf und Kragen, wenn wir versuchen, dem Mann in die Parade zu fahren. Im Moment haben wir gerade entlang der Flüsse ganz anderes Sorgen. Die Vorstädte saufen ab, die Menschen sterben wie die Fliegen. Im Rheingau sieht es vermutlich nicht besser aus und eine Änderung der Lage ist nicht zu erhoffen, solange es weiter derartig regnet. Wallenfels Bauarbeiten verschärfen die Lage noch. Ich hoffe, das, was wir beide hier vorhaben, Joachim und ich, kann eine Wende bringen. Auch wenn ich keine Ahnung habe, wie.«

Liebermann sah ihn neugierig an, doch er hakte nicht nach. Er ahnte wohl, dass sich Peter nicht näher erklären würde. Daher fragte er nur nach seinen Bemühungen, Jewgenijs und Marie-Thereses Angehörige zu verständigen. Dass ihm Peters Antworten nicht gefielen, konnte sicherlich auch ein Mensch ohne jegliche Empathie sofort erkennen. Bevor Peter Joachim abholte, hatte er noch einmal versucht, die Betreffenden zu erreichen, aber die Verwandten des jungen Russen waren nach wie vor nicht aufzufinden. Das gleiche galt für die Familie der Frau. Valerian hatte an allen möglichen und unmöglichen Orten versucht, jemanden zu finden, der die Familie genauer kannte und der ihm einen Kontakt ermöglichen würde. Vergeblich. Gerade so, als hätten diese Menschen nie existiert.

Liebermann wurde blass, als er das hörte und packte Peter am Arm. »Dann müssen sie die beiden dort herausholen! Irgendwie. Ich fürchte um ihr Leben.«

Falsche Fährten

Xiaoming Xun fuhr aus dem Sessel hoch, in dem er bei Jewgenij gewacht hatte. Er war eingeschlafen? In der Annahme, dass Reich die Aufregung um das Verschwinden Marie de Varelles nutzen würde, um auch Jewgenij wegbringen zu lassen - was aufgrund dessen Zusammenbruchs dann einfach zu erklären war - hatte er sich bei dem jungen Mann eingenistet. Tatsächlich war Jewgenijs Schwäche umfassend gewesen. Wie ein nasser Sack hatte er sich ins Bett schleppen lassen und war auch ohne Beruhigungsmittel in tiefen Schlaf gefallen.

Sofort drehte Xun die schwache Gaslampe hoch und sah zum Bett. Es war leer, die Decke lag auf dem Boden und auf dem Fußboden waren deutlich feuchte, schmutzige Fußspuren zu erkennen. Die sonst so sparsame Mimik des Chinesen verzerrte sich zu einer wütenden Grimasse. Er griff nach dem Wasserglas, aus dem er zuvor getrunken hatte und stellte fest, dass sich ein weißer Staub auf dem Grund befand. Da er Jewgenij nicht einen Augenblick hatte allein lassen wollen, hatte er eine der Hausangestellten gebeten, ihm etwas zu trinken zu bringen. Ob diese von Reich abgefangen worden war, wusste er nicht. Wenn er gefragt hätte, wäre sie sicher auch nicht bereit gewesen ihm wahrheitsgemäß zu antworten. Vielleicht hätte sie es auch gar nicht gekonnt.

Das Pulver war geruchslos und er konnte nicht sagen, was es gewesen sein mochte, aber Xun war davon überzeugt, dass man ihn betäubt hatte. Und nun war sein Schützling weg. Da die Krankheit sich ohnehin ihrem Höhepunkt näherte, würde Reich sicherlich keine Skrupel mehr haben, Jewgenij zu seinem vermeintlichen Glück verhelfen zu wollen. Für ihn nahte ohnehin der Tod durch das Versagen der Atemmuskulatur, der letzten Stufe. In den letzten Tagen war ihm bereits das Schlucken schwergefallen und seine Sprache klang verwaschen. Nach wie vor hatte er gekämpft, aber das konnte er nun nicht mehr. Es war, als hätte Maries Verschwinden ihm die letzte Lebenskraft geraubt.

Aber das, was Reich nun mit ihm vorhatte, hatte er nie haben wollen. Ein Sterben in Würde, möglicherweise durch eigene Hand, ja. Aber kein Leben um jeden Preis, das man nicht wirklich als Leben bezeichnen konnte. Bestenfalls als Existenz.

Xun vollzog ein paar meditative Atemzüge, um sich zu beruhigen und planmäßiger vorzugehen. Es fiel ihm sehr schwer, denn das Mittel, das man ihm verabreicht hatte, hinterließ noch immer Nebel in seinem Kopf. Derweil ließ er seinen Blick über das Chaos schweifen und versuchte, es zu analysieren. Etwas störte ihn an dem Bild, doch er konnte nicht sagen, was es war. Er betrachtete die Fußspuren und ging davon aus, dass sie von dem Kutscher, Thomas, stammten. Niemand sonst hatte in diesem Haus derart lange, breite Füße, dass sie in so großen Schuhen verpackt werden mussten. Die Sohlen hatten zudem grobe Stollen, mit denen man auch auf schlammigem Gelände vorankam. Doch was war daran falsch?

Xun folgte den Spuren hin zum Wintergarten und über die Veranda. Der Regen hatte nachgelassen, man konnte etwas weiter blicken, aber es war nichts zu sehen als ein Schlammwüste. Zurück im Haus schlich sich Xun hin in den verbotenen Trakt, von dem ihm auch Marie und Jewgenij erzählt hatten. Es war still dort, kein Licht brannte, das Büro Reichs war verschlossen und unter der Tür war es dunkel. Xun fand den Flur zu dem Operationsraum und auch die Kammer daneben, in der seine beiden Schützlinge die Vorgänge im Saal beobachtet hatten. Auch dort war alles dunkel, obwohl Xun davon ausgegangen war, dass man Jewgenij dort operieren würde. Gab es noch einen anderen Ort?

Er fühlte sich hilflos und hastete noch einmal zurück zu Jewgenijs Zimmer. Vorher holte er sich ein paar Dinge aus seinem eigenen Raum, wasserfeste Kleidung, sein Schwert und eine Sturmlaterne mit Ätherbefeuerung. Noch einmal betrachtete er die Spuren genau und folgte ihnen wieder zum Wintergarten. Dass nur eine Fußspur zu finden war, überraschte ihn nicht. Thomas war durchaus in der Lage, auch schwerere Personen, als es der schmächtige Jewgenij war, allein zu schleppen.

Mit der Sturmlaterne konnte er den Schlamm vor der Veranda genauer untersuchen und entdeckte die tief eingedrückten Rinnen von den Rädern einer Kutsche, die noch nicht weggewaschen waren. Auch die Hufe von Pferden waren noch ganz schwach zu erkennen und die Richtung ihres Laufs. Langsam folgte er den Spuren bis hin zu dem befestigten Feldweg nach Würges, wo er einen noch dampfenden Haufen Pferdeäpfel fand. Xun wusste, dass es dort draußen eine Feldscheune gab, die zum Sanatorium gehörte. Konnte es sein, dass Reich diese auch für seine Zwecke umgebaut hatte? Auf jeden Fall wäre es ein gutes Versteck, bis sich die Aufregung über das Verschwinden der beiden jungen Leute legen würde. Sofern man das Fehlen Jewgenijs überhaupt bemerkte, der sich immer mehr zurückgezogen hatte.

Xun holte sein Pferd aus dem Stall und machte sich auf, um die Scheune zu untersuchen. Das flaue Gefühl, einen Fehler zu machen und etwas übersehen zu haben, ließ ihn die ganze Zeit über nicht los und trübte sein Denken. Die Nachwirkungen dessen, was man ihm verabreicht hatte, waren nicht förderlich bei dem Versuch, diesen Nebel zu durchdringen. *Verdammtes Schlafmittel*, schoss es ihm durch den Kopf. *Wie konnte ich mich nur so überrumpeln lassen?*

Das Pferd war es gewohnt, mitten in der Nacht aus dem trockenen, warmen Stall geholt zu werden und gab keinen Laut von sich, als er es sattelte und in den stetigen Regen hinausritt, der das Tier sofort dampfen ließ. Was hatte er nur übersehen? Und was sollte nun werden? Sein eigenes Leben war keinen Pfifferling mehr wert und ob Reich ihn noch lange dulden würde, war ungewiss. Wohin sollte er sich wenden, wenn er gehen musste?

Am meisten ärgerte ihn sein eigenes Versagen. In allen Dingen, die er zu erledigen hatte. Denen, die ihm von seinem Volk aufgetragen worden waren und jenen, die er sich selbst auferlegt hatte. Den Auftrag, Wallenfels irgendwie zu stoppen. Den Schutz der beiden jungen Leute.

Seine Intuition warnte ihn, dass er in eine Falle lief, doch er konnte nicht sagen, was ihm dieses Gefühl eingab. Die Spuren, sie waren der Schlüssel. Doch was hatte er übersehen?

Im gestreckten Galopp näherte er sich der Feldscheune und sah tatsächlich die Kutsche, die daneben unter einem Baum halb verborgen abgestellt war. Eine der Laternen am Kutschbock brannte noch, was ihn nicht so sehr beunruhigte, denn möglicherweise brauchte Thomas einfach nur ein bisschen Licht an der Tür. Trotzdem zügelte Xun sein Pferd und beobachtete erst einmal nur, was sich dort tat. Er umrundete in großem Bogen die Scheune, um einen besseren Überblick zu bekommen und Zeit zu haben, über seine weiteren Schritte nachzudenken.

Er entdeckte Reichs Kutscher, wie er etwas aus dem geschlossenen Wagen zog, das wie ein in Decken gehüllter Körper wirkte, und in die Scheune brachte. Nun fiel es dem alten Chinesen noch schwerer, sich zurückzuhalten und einen Plan zu entwickeln. Es schien niemand sonst in der Kutsche zu sein. War Reich schon in der Scheune? Wahrscheinlich. Sicher musste er etwas vorbereiten. Konnte er allein gegen die beiden bestehen?

Wieder versuchte er, sich mit einem Augenblick der meditativen Ruhe auf die Situation einzustellen. Er musste es versuchen. Jetzt. Vielleicht konnte er Jewgenij wie den kleinen, dicken Nervenarzt auf seinem Pferd in Sicherheit bringen. Er musste es versuchen.

Xun glitt vom Rücken seines Pferdes und ließ es einfach stehen. Das Tier war gut genug trainiert und so treu, dass es nicht einfach verschwinden würde. Auch wenn er innerhalb weniger Augenblicke tropfnass war, entledigte sich Xun seines Regenumhanges und schlich auf das verfallene Gebäude zu. In der Hand sein kurzes, schlankes Schwert, das seit Generationen vom Vater auf den Sohn vererbt worden war und dessen Handhabung er nicht weniger perfekt beherrschte als seine Ahnen. Er hatte die besten Lehrer gehabt. Auch wenn er offiziell nie dem Orden angehört hatte, um nicht in die Säuberungswellen der jeweiligen Kolonialisten zu geraten, betrachtete sich Xun als Mitglied der Shaolin und beherrschte alle Kampftechniken virtuos.

Die Nachwirkungen des Betäubungsmittels ließen endlich nach, als er das Tor der Scheune erreichte und Thomas' Stimme vernahm. Mit wem sprach er? Xun schlüpfte in die dunkle Scheune und wartete darauf, dass sich seine Augen an das Zwielicht gewöhnten. Im hinteren Teil gab es einen schwachen Lichtschimmer und wieder konnte er Thomas hören. Als er schon nahe an dem Lichtschimmer war, gelang es seinem benebelten Gehirn endlich, sich auf die Fehler zu konzentrieren, die in seiner Analyse der Situation lagen.

Thomas' Stimme hatte geklungen, als würde er einen Befehl aussprechen. So wagte er nicht, mit Reich zu reden. Derjenige, mit dem er sprach, war ein anderer. Der umgebaute Mann?

Endlich erkannte er auch seinen Fehler bei der Analyse der Spuren in Jewgenijs Zimmer. Sie waren zu eindeutig, als hätte man sie extra für ihn so gemacht. Das, was ihn am meisten gestört hatte, ohne dass er erkannte, was es bedeutete, war ein Hinweis darauf, dass die Person sich zwischendurch ihrer Schuhe entledigt hatte und auf Socken gelaufen war. Die verwischten Spuren neben dem Bett. Thomas hatte Jewgenij an einen anderen Ort gebracht und dann die falschen Spuren für Xun gelegt, um ihn genau da hin zu locken, wo er jetzt war.

Gerade als er eiligst umdrehen und zu seinem Pferd zurückkehren wollte, flammten helle Lichter auf und er zuckte geblendet zusammen. Sofort hielt er sein Schwert angriffsbereit und schützend vor sich, drehte sich mit Schwung und geschlossenen Augen einmal schnell um die eigene Achse und konzentrierte sich auf sein Gehör. Das Zischen der Klinge wurde vom Geräusch eines zurückspringenden Menschen mit schweren Stiefeln untermalt. Nach Gehör zu kämpfen, darauf war Xun ebenfalls trainiert, dennoch war er froh, sich nach kurzer Zeit wieder auf seine Augen verlassen zu können.

Er stand auf einer Fläche mit festgetretenem Boden zwischen Viehboxen und einem Strohlager wie in einer Arena. Zwei Männer umkreisten ihn aufmerksam. Er erkannte vor sich Thomas, den Kutscher. Hinter ihm lief ein ihm unbekannter Mann, von dem er annahm, dass es der von Reich wieder zum Leben Erweckte war, über den Jewgenij berichtet hatte. Xun wandte sich ihm mit einer schnellen Bewegung zu und sah ihn kurz an, um dessen Gemütslage besser erfassen zu können. Doch der Mann schien kein Gemüt mehr zu besitzen. Er stierte Xun mit weit offenen Augen an und aus seinem offenen Mund lief unablässig eine Art zäher Speichel. Die Haut war seltsam grün und grau, sehr fleckig. Insgesamt wirkte er wie gerade einem Grab entstiegen, was er im Grunde auch war. Ein Zombie, ein Wiedergänger, wie immer man es nennen wollte.

Xun saß in der Falle, das wurde ihm schmerzlich bewusst, als er die Eisenstange in Thomas' Händen sah. Es würde ihn sein ganzes Kampfgeschick kosten und er musste etwas tun, was er sonst nie tat, weil es sich nicht mit seiner Ethik als Schüler der Shaolin vertrug, nie selbst anzugreifen. Aber in diesem Fall lag wohl vieles anders, als es sich seine Lehrer in ihren kühnsten Träumen hätten vorstellen können. Sicher hatte noch nie einer von ihnen gegen einen Toten kämpfen müssen.

Und er war ein alter Mann.

✱

Reich stand am Fenster seines abgedunkelten Büros und beobachtete den Hof mit dem gegenüberliegenden Stall. Die Kutsche fuhr vorbei und er kicherte in sich hinein. Wie lange mochte es dauern, bis Xun aus seinem Medikamentenschlaf erwachte? Hoffentlich nicht zu lange. Aber Thomas hatte ihm gesagt, dass der alte Chinese nicht allzu viel von dem präparierten Getränk zu sich genommen haben konnte, als er Jewgenij aus dem Zimmer holte.

Tatsächlich dauerte es nicht lange, bis Reich jemanden durch den Flur vor seinem Büro tappen hörte. Leise, verstohlen, kaum wahrnehmbar. Dafür bewunderte er den Chinesen sogar. Seine unglaubliche Körperbeherrschung, die auch von seinen sicher nicht mehr ganz einwandfreien Knochen keinerlei Behinderung erfuhren. Reich presste sein Ohr an das Türblatt, konnte aber nichts mehr vernehmen. Also postierte er sich wieder am Fenster und presste sein Gesicht gegen die Scheibe, um den Stall sehen zu können. Nach einer Weile bemerkte er die dunkle Gestalt, die durch den Regen zum Stall huschte. Ein Pferd wurde herausgeführt. Xuns schlanker Wallach. Dann verschwand der Chinese in der Nacht und Reich schlug glucksend seine Faust in die Handfläche. Es hatte funktioniert. Dabei war er sich nicht sicher gewesen, ob der Alte nicht vielleicht doch aus den Spuren die Wahrheit herauslesen konnte. Allerdings kannte er auch die Wirkung des Sedativums, das er ihm verabreicht hatte. Selbst nachdem man wieder erwachte, konnte man eine Weile lang nicht klar denken. Jewgenijs Verschwinden, so war seine Hoffnung, würde Xun ungeachtet dessen zur Eile treiben. Der Plan war aufgegangen.

Nun konnte er beruhigt andere Dinge erledigen. Thomas und sein mechanischer Helfer würden dafür sorgen, dass der Chinese keine Probleme mehr verursachen konnte. Reich verließ das Büro und trat in den Operationssaal. In der Kammer daneben befand sich, verborgen hinter einem schmalen Regal, ein Zugang zu einem Gewölbekeller, von dem niemand mehr Kenntnis gehabt hatte, als Reich die Mühle für seine Zwecke ausbauen ließ. Der enge Treppenlauf war unter einer zusammengebrochenen Stallwand verborgen gewesen und erst entdeckt worden, als er den Anbau errichten ließ, in dem sich sein Büro und der Operationsraum befanden. Mit einer Handvoll Wanderarbeiter, die es niemandem erzählen würden, hatte er das prachtvolle, massive Gewölbe wieder freilegen und sanieren lassen. So besaß er einen weiteren Operationssaal unter dem anderen. Neben dem gepolsterten, aber dennoch unbequem wirkenden Operationstisch stand nun ein Krankenbett, auf dem selbst der groß gewachsene Jewgenij seltsam zierlich wirkte. Der junge Mann schlief, betäubt und von verschiedenen Geräten versorgt.

Reich trat an das Bett heran und griff nach der Hand des jungen Mannes. »Bald wird es dir besser gehen, mein Sohn. Dein Leiden wird beendet sein und du kannst wieder als ganz normaler Mensch weiter existieren.«

Seine Augen bekamen einen fiebrigen Glanz und ein zufälliger Beobachter hätte darin den Wahnsinn aufkeimen sehen. »Wenn Thomas mit dem Chinesen fertig ist, geht es los. Dann holen wir dich ins Leben zurück und es wird wundervoll werden, das verspreche ich dir, Gustav.«

*

»Was machen wir jetzt eigentlich als erstes? Den Heiligen fangen oder uns in dieser Mühle umsehen?«, fragte Joachim vom Beiwagen aus, als Peter aus dem Ort Esch heraus auf die Straße nach Würges einbog, von der aus man einen guten Blick auf die Mühle hatte.

Peter hatte das Dampfrad gestoppt und starrte mit zusammengekniffenen Augen auf die schwach beleuchtete Mühle. Joachim klappte das Verdeck ein Stück weit auf, sodass er unter dem Rand hindurchsehen konnte. Nun entdeckte auch er, was seinen Fahrer wohl so fesselte. Hinter dem Haupthaus stand eine Kutsche mit zwei Pferden und jemand schleppte etwas aus dem Haus. Die Kutsche fuhr davon und Joachim spürte, wie es Peter in den Fingern zu jucken schien, dem Wagen zu folgen. Doch kurze Zeit später erschien eine hell gekleidete Gestalt auf der Veranda und sah sich hektisch um. Kehrte ins Haus zurück und nach einer Weile kam sie wieder, dieses Mal in Regensachen gekleidet und mit einer Lampe ausgestattet.

Joachim sah zu Peter auf, den er wegen des Regens bedauerte, musste er sich doch auf dem Sattel des Dampfrades der Gewalt der Elemente beständig offen aussetzen. Nun war die Gestalt an der Mühle mit einem Pferd unterwegs, er folgte der Kutsche. Sofort fuhr auch Peter weiter, folgte in gebührendem Abstand und bog dann, als er glaubte, das Ziel erkannt zu haben, in einen Feldweg ein, um auf die andere Seite des Baches zu kommen. Da die Wege zu schlecht waren, um mit dem schweren Dampfrad weiter zu kommen, parkte er es und winkte Joachim, ihm zu folgen.

Die beiden Männer hasteten zu der baufällig erscheinenden Feldscheune. Nun drang durch ein paar Ritzen in den hölzernen Aufbauten Licht nach draußen, zu hören war aber nach wie vor nichts außer Regen, der auf das Dach prasselte und aus den beschädigten

Regenrinnen tropfte. Auf der dem eigentlichen Scheunentor entgegen gesetzten Seite gab es eine schmalere Tür. Peter zog sie einen Spalt weit auf, um ins Innere sehen zu können und wurde Zeuge eines gerade beginnenden, ungleich erscheinenden Kampfes.

Die schmächtige Person in der Mitte schien ein Asiate zu sein, der mit viel Geschick und unglaublicher Schnelligkeit sich den brutalen Angriffen zweier kräftiger, mit Eisenstangen bewaffneter Männer zu erwehren versuchte. Die Bewegungen des einen wirkten dabei seltsam eckig und in dem kalten Licht der Äthergaslampen sah seine Hautfarbe alles andere als gesund aus. Peter zog seine Dampfdruckpistole aus der Schutzhülle und aktivierte die Ätherpatrone. Seine größte Angst war, den flinken Chinesen zu erwischen, wenn er schoss. Er hoffte daher, dass die beiden anderen Männer bei seinem Erscheinen eine Schrecksekunde haben würden. Vor allem wollte er den irgendwie tot wirkenden Mann ausschalten, bei dem er keinerlei Skrupel empfand, tatsächlich zu schießen, sollte er nicht aufhören.

Er streifte seine Ölhaut ab und verbot Joachim, sich einzumischen. Dann warf er sich mit der Schulter gegen die Tür und war mit einem Sprung in Schussposition. »Sofort aufhören! Polizei!«

Tatsächlich konzentrierte sich die Aufmerksamkeit der beiden Angreifer nun auf ihn, doch ihre Schrecksekunden waren nur Bruchteile. Die des Chinesen allerdings auch. Er war mit einem Salto aus der Reichweite der Eisenstange des lebendigen Hünen, während der andere sofort Peter angriff.

Die mit einer Sprengladung gefüllte Kugel aus der Dampfdruckpistole riss ein Loch in die Mitte der Stirn des Mannes. Wenn Peter noch einen Hauch von Skrupel gehabt haben sollte, auf einen Menschen schießen zu müssen, so verlor er diesen auf der Stelle, als er die grünlich schimmernde, dunkle Flüssigkeit sah, die anstelle von Blut aus dem Kopf des Mannes spritzte. Er wurde zurückgerissen und prallte gegen einen Pfosten, an dem er herunterrutschte und liegen blieb.

Sofort richtete Peter die Waffe auf den anderen Mann, doch dieser blieb nicht stehen. Wie ein Blitz sprang er auf Peter zu, dem keine Zeit mehr zum Zielen blieb, selbst wenn er auf einen lebendigen Menschen hätte schießen wollen. Doch der Hüne schien den Chinesen vergessen zu haben, der nicht Peters Skrupel hatte, sein Schwert gegen den Mann zu führen. Die scharfe Klinge zischte gegen den Hals des Mannes und trennte ihm den Kopf vom Körper, der vor Peter in den Staub fiel wie ein nasser Sack.

Der Chinese blieb ruhig und gelassen vor Peter stehen und wischte mit einem Tuch die Klinge des Schwertes sauber, bevor er es in die Scheide zurücksteckte, die an einem Gurt auf seinem Rücken befestigt war. Zu Peters Überraschung verbeugte er sich knapp vor ihm. »Herr Langendorf? Haben Dank. Haben Falle nicht sehen, wenn suche nach Patient. Jewgenij Lemonow auch weg, wie Fräulein Marie. Entführt. Nicht finden.«

»Sie kennen meinen Namen?«, fragte Peter verblüfft und verbeugte sich ebenfalls, weil es ihm seltsam angemessen erschien, trotz der grotesken Situation. Dann winkte er zur Tür hin, damit auch Joachim ins Trockene kommen konnte.

»Haben sehen, Sie holen Dr. Liebermann. Er ist gut?«

»Er ist in Sicherheit bei einem alten Freund. Noch nicht zuhause, das war mir zu riskant. Sie müssen Meister Xun sein, der chinesische Heiler?«

Ein knappes Kopfnicken des alten Mannes bestätigte dies. Peter sah nun auf die beiden Toten. »Und wer waren die beiden? Der eine war ja irgendwie nicht mehr lebendig.«

Der Chinese wies auf den kopflosen Körper. »Das Thomas, Kutscher von Hirtesenmühle, wo arbeite ich. Andere Mann ich nicht kenne. Vielleicht aus Idstein. War tot, ist richtig. Warum nicht überrascht?«

Peter zuckte mit einem grimmigen Lächeln die Schultern. »Habe wohl schon zu viel derartige Abartigkeiten gesehen in letzter Zeit.«

Er bückte sich zu dem Mann, den er von seinem unheiligen zweiten Leben befreit hatte, und untersuchte ihn flüchtig. Der Chinese beugte sich dabei neugierig über seine Schulter und auch Joachim trat näher, auch wenn es bei ihm in erster Linie der Versuch war, sich vom Anblick des Geköpften abzulenken. Unter der Schiebermütze, verdeckt von langem, strähnigem Haar, fand Peter das, was er befürchtet hatte. Eine kleine Metallplatte, in die eine winzige Ätherzelle eingelassen war. Ein Funkempfänger, wie ihn einst der verrückte von Laue seiner Frau in den Kopf eingebaut hatte, um ihn zu erpressen. Dieses Gerät war gröber konstruiert, als ob jemand noch damit experimentiert hätte, aber die Funktion war die Gleiche: Kontrolle über den Träger zu gewinnen.

»Wer hat das gebaut?«, fragte Peter den Chinesen, der fassungslos zu sein schien, als er auf der anderen Seite den Ärmel des fleckigen Hemdes hochschob und dabei zwei Schläuche in der Armbeuge entdeckte, wo zuvor die Venen dicht unter der Haut lagen. Seitlich am Ellbogen waren zwei Anschlüsse für weitere Schläuche, über die man, so vermutete Peter, die Flüssigkeiten in dem Körper austauschen konnte.

Der Chinese sah Peter wütend und ein wenig furchtsam an. »Das waren Professor Reich, was ist Leiter von Sanatorium. Er Pläne haben, weiß nicht woher, und das bauen. Nicht glauben er böser Mensch, aber will machen Jewgenij mit Maschine in Körper gesund von Krankheit. Das nicht möglich! Nur manche Dinge besser, aber nicht gesund. Jewgenij nicht wollen sein Maschine. Er in Würde sterben wollen, wenn nicht mehr können leben in Würde.«

»Wo sind dieser Jewgenij und das Fräulein? Ich glaube, es ist jetzt wichtiger, Doktor Liebermanns Wunsch zu erfüllen. Michael läuft uns erst mal nicht weg, denke ich.« An den Chinesen, der etwas verwirrt wirkte, gewandt, erklärte er: »Ich dachte, die Gefahr für die beiden jungen Leute wäre dank Ihnen nicht so groß, deshalb wollte ich erst einmal etwas anderes erledigen. Aber es sieht so aus, als müssten wir unsere Pläne ändern …«

»Fräulein Marie ist fort, schon länger. Wurde entführt, aber nicht von Reich. Ganz weg. Habe gesehen Maschine laufen durch den Wald, vielleicht sie haben Marie?«, erzählte der Chinese aufgeregt.

»Eine Maschine, die läuft?« Nun war es an Peter, die Augen überrascht aufzureißen, denn er ahnte etwas Schreckliches. »Nicht gefahren?«

Der Chinese schüttelte den Kopf. »Sein sicher! Maschine laufen auf zwei Beinen. Aber schneller als Pferd. Lange Sprung.«

»Was ist das jetzt wieder für eine Teufelei, Herr Langendorf?«, fragte Joachim beklommen.

»Du erinnerst dich an unseren Aufenthalt in der Waggonfabrik? Und dein Gefühl, beobachtet zu werden?«, erklärte Peter frustriert. »Es war Laues Werkstatt und Paul hat, als er überfallen wurde, einen verkrüppelten Albino gesehen, der ursprünglich zum Zirkus gehörte. Die Leute haben bestätigt, einen solchen Kerl eine Weile beherbergt zu haben. Ich bin mir sicher, dass Laues Frau keine Fehl- sondern eine Missgeburt hatte. Und die führt das Werk des Vaters weiter. In Pauls Tasche war ein Skizzenbuch mit Entwürfen für eine Art externes Skelett, mit dem er einem behinderten Freund helfen wollte, wieder auf die Beine zu kommen. Das hat der Albino gestohlen. Wenn er nun das Ding gebaut und verbessert hat … Aber warum entführt er diese Frau, das ergibt keinen Sinn.«

»Es haben viel Sinn …«, stöhnte Xun. »Marie sein in einer Sache wie Missgeburt: Marie sein eine Albino.«

Materialschlacht

Louisa mochte die Werkstatt nicht, in der Michael an der Wettermaschine arbeitete. Es war extrem schmutzig dort, schlimmer als in dem schlechtesten Bordell, das sie jemals geführt hatte. Das war aber nicht allein der Grund, warum sie sich nicht in der Remise mit dem beweglichen Dach blicken lassen wollte. Eher war es die zunehmende Abneigung gegen ihren langjährigen Geliebten, die sie davon Abstand nehmen ließ, ihm näher als unbedingt nötig kommen zu müssen. Es war schon schlimm genug, dass es so lange dauerte, den Prototyp der Maschine fertig zu stellen, weil Michael scheinbar doch nicht die Genialität besaß, die er ihr immer vorgegaukelt hatte.

Dabei wäre die Maschine wichtiger denn je.

Als sie daran dachte, dass es ein Vermögen einbringen würde, die Pläne zu verkaufen, wenn man mit einer funktionierenden Maschine deren Möglichkeiten beweisen konnte, wurde sie ruhiger. Ihr Bordell lief zwar mittlerweile ganz gut, da die Konkurrenz aus dem Weg geschafft war, aber das Wetter hielt leider auch eine Menge potentieller Kundschaft davon ab, zu reisen und damit bei ihr einzukehren. Es konnte ihr mit der Maschine eigentlich nicht schnell genug gehen. Sie wollte auch möglichst bald wieder aus diesem Kaff weg. In eine große Stadt, wo man mit genug Geld angenehm leben konnte.

Es blieb ihr also nur, abzuwarten, bis Michael Erfolg hatte.

Sie hörte, dass er in der Werkstatt arbeitete und warf einen Blick in den Raum, der zwischen dem Haus und der Remise lag. Was die Vorbesitzer dort getan haben mochten, erschloss sich Louisa nicht, aber Wände und Boden waren bereits sauber gefliest, als sie einzogen. Gerade so, als hätten sie schon alles für Michaels chemische Experimente vorbereiten wollen.

Auf einem langen Tisch in der Mitte des Raumes, der eine Stahlplatte als Abdeckung hatte, waren einige Versuchsreihen aufgebaut, in denen verschiedenste Flüssigkeiten vor sich hin köchelten oder irgendwelche Reaktionen vollzogen. Einmal hatte Louisa Michael gefragt, was er tat oder was er zu erzeugen gedachte. Der Monolog mit Fachbegriffen, der dieser Frage folgte, hatte sie schnell ermüdet und gelangweilt, so dass sie lediglich mit ›Aha‹ antwortete und sich schleunigst zurückzog.

Am Anfang hatte sie auch nicht verstanden, warum Michael so zögerlich bei der Umsetzung dessen war, was in den aus der Bank gestohlenen Papieren vorgegeben wurde. Sie war wütend über den Zeitverlust, doch ein kleines Experiment, das er ihr daraufhin vorgeführt hatte, belehrte sie eines Besseren. Er hatte ein paar Tropfen zweier Chemikalien in der falschen Reihenfolge einer dritten zugegeben und sie war froh gewesen, dass es sich nur um eine solche geringe Menge gehandelt hatte, denn die Explosion war nicht zu verachten gewesen. Das folgende Feuer hatte Teile seiner Laboreinrichtung irreparabel beschädigt.

Aus der Werkstatt hörte sie einen Jubelschrei, der sie dazu verleitete, diese doch zu betreten. Michael stand schwitzend und mit Öl verschmiert neben der Maschine, die sich laut ihm im Vergleich mit dem Prototypen des Bayern sogar eher zierlich ausnahm, dafür auch noch leistungsstärker war. Er hatte die Hände, die in dicken Lederhandschuhen steckten, auf die Hüfte gestemmt und plierte selig sein Werk an. Das ließ die Hoffnung in Louisa wachsen, dass sie ihn und dieses Leben bald hinter sich lassen konnte.

»Fertig?«, fragte sie betont gelangweilt, konnte aber doch nicht vermeiden, dass ihre Stimme vor Aufregung ein wenig zitterte.

»Wie spät ist es?«, kam seine Gegenfrage.

»Nach Mitternacht, warum?«

»Dann kann ich sie ja in Ruhe testen, ohne dass man es sieht.«

Er drückte sich an ihr vorbei in das Labor und Louisa sprang mit einem spitzen Schrei zur Seite, weil sie angesichts seiner völlig verdreckten Kleidung und seiner ölverschmierten Hände um ihr helles Kleid fürchtete. Seine Antwort verwunderte sie erst, doch dann wurde ihr klar, dass es bei diesem elenden Wetter sehr auffallen würde, wenn genau über ihrem Haus die Sonne schien. Ein nachtdunkler Sternenhimmel war da unauffälliger.

Michael holte ein paar Flaschen mit Chemikalien und befüllte vorsichtig eine Reihe gläserner Zylinder an der Maschine. Zuletzt drückte er eine Ätherpatrone in eine Halterung und trat wieder an die Tür. Louisa ging automatisch einen Schritt nach hinten, doch er wollte nicht erneut ins Labor, sondern an eine Schalttafel an der Wand. Sein Verhalten wunderte sie ein wenig, denn er schien sie nicht mehr zu beachten. Hatte er gespürt, wie wenig Interesse sie noch an ihm hatte? Vielleicht sollte sie doch ein wenig netter zu ihm sein, bis sie wirklich alles in Händen hielt, was für den Bau der Maschine notwendig war. Vieles hatte sie schon in den Zeiten seiner Abwesenheit genommen und abgeschrieben und gezeichnet. Nur die neuen Sachen aus der Bank hatte er eifersüchtig gehütet, so dass ihr davon noch Duplikate fehlten.

Das Dach wurde aufgeklappt und Regen wusch den Schmutz auf dem Boden weg in einen Kanalschacht. Die Maschine war schon in Betrieb und warmgelaufen, das Regenwasser verdampfte an manchen Stellen mit lautem Zischen. Aufmerksamer als sonst beobachtete Louisa, wie Michael verschiedene Schalter umlegte und an diversen Knöpfen drehte. Über dem seltsamen Trichter begann die Luft zu wabern und ein Strahl grünlichen Lichtes schoss zum Himmel auf. Wie ein warmes Messer in einen Klotz kalter Butter, so schnitt dieser Strahl die Wolken auf und über der Remise war sofort der dunkle Nachthimmel mit seinen Millionen Sternen zu sehen.

Mit vor Staunen offenem Mund trat Louisa in die nunmehr regenfreie Werkstatt und verrenkte sich schier den Hals, um alle Sterne sehen zu können. Wie lange schon hatten sie sich nicht mehr blicken lassen. »Das ist großartig ...«, hauchte sie und ließ ihre Hand über Michaels Brust gleiten, ungeachtet der Ölschlieren, die sich nun doch auf ihr Kleid übertrugen. Es verwunderte sie ein wenig, dass er überhaupt nicht darauf reagierte, sondern seinerseits mit der Miene des Erfinderstolzes zum Himmel aufsah.

Noch einen Moment lang genoss Michael seinen Erfolg, dann schaltete er die Maschine ab. Die Wolken schlossen sich zu einer unbarmherzigen Masse und der Regen erreichte die Werkstatt, bevor er das Dach schließen konnte. Nach einem Moment des Schweigens warf er die Handschuhe von sich und trat wieder an die Maschine heran, bevor Louisa etwas sagen konnte.

Eigentlich wollte sie ihm sagen, dass das ja wohl ein Grund zum Feiern sei, aber ihm schien der Sinn nicht danach zu stehen. »Endspurt«, war das Einzige, was sie von ihm hörte. Frustriert wandte sie sich ab und kehrte ins Schlafzimmer zurück. Dann dachte sie daran, dass die Maschine fertig war und sie ihn abservieren konnte, wenn er seine Dokumentation abgeschlossen hatte. Sofort kehrte das Lächeln auf ihre Lippen zurück.

»Neues Leben, ich komme«, murmelte sie und begann, ihre eigenen Vorbereitungen zu treffen.

✳

Selbst für den alten, erfahrenen Anwalt, der für den Baron von Wallenfels schon des Öfteren Kastanien aus dem Feuer geholt hatte, die mehr als verbrannt waren, war es ein Tanz über glühende Kohlen, ihm schlechte Nachrichten zu überbringen. Oder saß er bereits mit nacktem Gesäß auf einem Grillrost? Ihm war jedenfalls sehr danach, umgehend seine Teilhaberschaft an der Kanzlei auf einen Nachfolger zu übertragen und sich mit dem bisher sauer verdienten Geld abzusetzen. Irgendwohin, wo es ruhig war und der Baron seine Finger nicht überall im Spiel hatte. Vor allem wünschte er sich, nicht immer zu nachtschlafender Zeit zu derartigen Besprechungen gerufen zu werden. Da aber die Geschäfte des Barons weltumspannend waren, nahm er darauf keine Rücksicht. In anderen Teilen seines Einflussbereiches war es Tag.

Zudem lief im Moment auch für den Baron alles nur Erdenkliche schief. Was ihm jedoch im Augenblick am meisten Sorgen bereitete, konnte der arme Mann nicht erkennen. Er saß in einem bequemen

Sessel dem Baron gegenüber und versuchte, sich für alle Eventualitäten zu wappnen. Mit dem Kneifer auf der Nase versuchte der Anwalt zu erkennen, welche Papiere vor dem Baron auf den verschiedenen Stapeln lagen, deren Rangfolge und Wichtigkeit er mittlerweile zu erkennen glaubte.

Ganz nah an der Schreibtischunterlage befanden sich Eilmeldungen. Es waren zwei Häufchen, das eine umfasste Lageberichte von der Baustelle in Biebrich und das andere Nachrichten aus China. Direkt vor dem Baron auf der Lederunterlage befand sich jedoch eine Mappe mit ein paar Fotografien und einem Brief. Die Hände des Barons ruhten auf dieser Mappe, die echte wie die künstliche, und er starrte seinen Anwalt finster an. Es schien dem Anwalt, als wäre das künstliche Auge des Barons wieder beweglicher als bei ihrer letzten Begegnung, doch ansprechen wollte er ihn im Moment nicht darauf. Unter anderen Umständen hätte er das getan, um sich ein wenig in Smalltalk zu ergehen. Er konnte sich das erlauben.

»Sie sind sich also sicher, dass man uns das Gelände noch wegnehmen kann?«, fing der Baron das Gespräch an und es klang wie bei einem großen Hund, der kurz eine Warnung bellte, bevor er sein Gegenüber anfiel.

Der Anwalt zuckte mit den Schultern. »Es ist möglich, Ansprüche darauf zu erheben, wenn man nachweisen kann, dass es ursprünglich das Eigentum eines anderen war und das Land unrechtmäßig enteignet wurde. Allerdings ist das alles extrem kompliziert. Da müsste man wohl noch einen Historiker einschalten, der einem genau erklärt, wer wann welches Recht auf was hatte. Sicher scheint mir allein Eines: Dass der Bischof nicht das Recht hatte, die Grundstücke einem anderen zu übereignen. Sie lagen nicht in seinem Zugriffsbereich und waren Privatbesitz. Außerdem – und das finde ich eigentlich das befremdlichste an der ganzen Sache – wieso macht er diese unrechtmäßige Übergabe an einen seiner Getreuen so absichtlich falsch und deutlich und versteckte die Hinweise zusammen mit anderen Klagen gegen den ungeliebten Nassau in einem Altar? Wollte er sich damit absichern, dass derjenige ihm auch treu bleibt, wenn alles vorbei war? Gab es für Isenburg einen Grund, den Wallenfels nicht zu trauen? Wir werden es wohl nie erfahren.«

Wallenfels schlug die Mappe auf und betrachtete die Fotografien der alten Pergamente und der Schriftstücke, die er sich bereits in eine moderne Variante transkribieren ließ. Sowohl Diether als auch sein Gegner von Nassau mussten im Grab rotieren. Es war nicht nur eine Stiftsfehde, sondern auch eine sehr persönliche Fehde zweier erbitterter, arroganter Fürsten, die einander nichts schenkten.

»Aber wenn ich mir eine Einschätzung erlauben darf: Egal wer jetzt eventuell Ansprüche auf das Land erhebt, die Beweislage ist viel zu dünn, als dass man ein Gericht welcher Art auch immer davon überzeugen könnte, dass es wirklich zu einem Prozess kommen muss. Vielleicht kann man sich ja gütlich einigen? Der Erbe der ehemaligen Besitzer lebt in den Vereinigten Staaten? Sicher haben Sie dort ein paar vergleichbare Grundstücke, die Sie ihm als Tausch anbieten können. Ansonsten sollten Sie ihm sagen, dass er doch einen Prozess anstrengen soll, wenn er will. Ich glaube, er wird schnell merken, wie wenig Interesse daran bei unserer Gerichtsbarkeit für derartige Fälle besteht.«

»Da wäre ich mir nicht so sicher. Hatte ich Ihnen schon den Namen des Herrn genannt? Ich bin sicher, Sie kennen ihn und er wird es schon alleine deshalb versuchen, um dem Reich alle erlittenen Demütigungen der letzten Jahrhunderte heimzuzahlen.«

Wallenfels reichte seinem Anwalt einen Brief. Als der alte Mann den Namen las, wurde er blass. »Oh … der. Ja, das kann ich mir vorstellen. Kniffelig …«

»Mittlerweile bin ich der Meinung, dass er die Grundstücke haben kann. Sie versinken gerade in den Fluten, wir werden dem Wasser kaum noch Herr. Selbst unser Messegelände, das zum Flugfeld ausgebaut werden sollte, ist nicht mehr sicher. Der Salzbach kann nicht mehr in den Rhein ablaufen. Wenn wir doch bloß schon über die Wettermaschine verfügen könnten, dann wäre das alles kein Problem. Aber ich bin schon drauf und dran, die bisherigen Investitionen auf dem Stinkhütt-Gelände in den Wind zu schreiben. Ein paar der Maschinen mussten schon abgezogen werden, eine ist nicht mehr zu retten. Sie stehen jetzt auf der Anhöhe bei Bierstadt und da mir auch dort große Flächen gehören, plane ich schon um. Für alle Fälle. Soll der Bastard doch die Wasserflächen und die Schlammwüsten bekommen. Wir können nicht einmal mehr Material über die Flüsse liefern lassen, weil der Wasserpegel so hoch ist, dass kein Schiff mehr unter den noch vorhandenen Brücken durchkommt, von denen ja einige auch weiterhin befahrbar sein müssen und keinen Schaden nehmen dürfen. Die nach Mainz sind schon alle zerstört. Eine Katastrophe.«

»Dann sollten Sie das vielleicht tun? Die Flucht nach vorne antreten? Dann können Sie sich als großherziger Mann präsentieren, der altes Unrecht ernst nimmt und wieder gut macht? Um Ihre bisherigen Investitionen ist es natürlich schlecht bestellt, aber wenn die Lage in Biebrich ohnehin so schlimm ist, müssten Sie ja sicherlich in den Wiederaufbau auch eine Menge Geld stecken.«

Wallenfels nickte bedächtig und betrachtete einen anderen Brief, der schon sehr abgegriffen wirkte. Der Brief des Erpressers, der seinem Konkurrenten die Unterlagen zukommen lassen hatte, das wusste der Anwalt, und er kannte auch den Inhalt. Das mechanische Lächeln um die halb künstlichen Lippen des Barons machte ihm Angst. Wer auch immer dafür verantwortlich war: sollte der Baron ihn ausfindig machen, wäre es sein Ende.

»Da haben Sie natürlich voll und ganz Recht, mein Lieber«, erwiderte Wallenfels und sah seinen Anwalt das erste Mal direkt an. »In der Tat. Es ist bedauerlich, so viel Geld in den Fluss geworfen zu haben, aber ein totes Pferd kann man nicht mehr reiten. Verfassen Sie eine Antwort auf die Forderungen meines Gegners und lassen Sie sie mir zur Prüfung zukommen. Er soll sein Land wiederhaben. Und ich schlage damit zwei Fliegen mit einer Klappe: Der Erpresser kann mir auch den Buckel runterrutschen. In China geht alles weiter wie bisher. Punkt.«

Der Anwalt nahm die Mappe entgegen und erhob sich von seinem Stuhl. Er war froh, so milde aus der Sache herausgekommen zu sein und wollte nur noch schnell nach Hause in sein Bett. Als er sich nach einer kurzen Verbeugung der Tür zuwandte, kam jedoch eine Nachfrage, die ihm einen Schauer wie heiße Lava über den Rücken laufen ließ.

»Haben Sie eigentlich erreichen können, dass Mertesacker Sie in das Schließfach sehen lässt?«

Der Anwalt wandte sich noch einmal zu Baron von Wallenfels um und spürte, wie ihm die Röte ins Gesicht stieg. Peinlich berührt sah er zu Boden. »Nun ... ja. Ich war in der Bank und Mertesacker selbst hat mir das Schließfach geöffnet, damit ich ja nichts herausnehme oder kopiere. Es war leer.«

»Waaaaaas?«

Beschämt sah der Anwalt zu Wallenfels und sah den Baron zum ersten Mal in seinem Leben völlig fassungslos. »Das hat Herrn Mertesacker noch mehr verwirrt als mich. Es hätte ja auch sein können, dass Herr Mayerhofer uns einfach nur getäuscht hat, als er das Schließfach anmietete. Aber Herr Mertesacker war auch dabei, als er es öffnete, um eine volle Aktentasche hineinzulegen. Bis zu seinem Tod war Mayerhofer nicht mehr in der Bank, er konnte die Tasche also auch nicht unbemerkt wieder entfernen. Bei der Überprüfung der Vorgänge im Keller der Bank stellten wir dann aber zu unserer größten Überraschung fest, dass Mayerhofer doch da gewesen sein muss. Allerdings einige Tage nach seiner Ermordung. Und hier wird es bizarr. Die beiden Personen, die den angeblichen Herrn Mayerhofer in die Schließanlage geführt hatten und seine Anwesenheit vermerkten, behaupten steif du fest, es sie Mayerhofer gewesen – obwohl beide von der Ermordung gewusst hatten. Je länger Mertesacker sie befragte, umso weniger schienen sie zu wissen und ihre Erinnerung schwand. Gerade so, als ob mit jedem Wort, dass sie aussprachen, ihr Gedächtnis gelöscht würde. Am Ende wussten die beiden nicht einmal mehr, was sie uns gerade erzählt hatten ...«

Verwundert sah er zu, wie Wallenfels zum Telefon griff und jemanden anrief. Dann ahnte er, dass es die Detektei war, die den Auftrag hatten, jeden zu beobachten, der die Bank betrat und sofort einzugreifen, wenn jemand sich des Inhalts des Schließfaches zu bemächtigen versuchte. An dem nunmehr für die Verhältnisse des Barons sehr intensiv zu nennenden Mienenspiels konnte der Anwalt erkennen, dass er von der Detektei negative Rückmeldung bekam.

Entgeistert sah der Baron den Anwalt wieder an, nachdem er aufgelegt hatte. »An einem Tag der Beobachtung war es so, dass sich die Bewacher an zwei Stunden ihrer Schicht nicht erinnern können, gerade so, als hätten sie geschlafen. Bei dem einen kann es aber nicht sein, da er in einem Café gesessen hatte und selbst unter ständiger Beobachtung stand. Zwei Stunden. Die gleiche Zeit, in der jener falsche Mayerhofer dort war. Nur an eines konnte sich der Mann im Café erinnern: Das kurz nach diesem Blackout in seiner Erinnerung ein Dampfrad der Polizei durch eine der Straßen um die Bank herumfuhr und ein weiterer Beobachter aus einem Hauseingang verschwand. Das ist ihnen noch klar im Gedächtnis.«

»Die Bewacher wurden bewacht? Dann ahnte man bei der Polizei vielleicht schon, wer dahintersteckt und war gewarnt, dass so etwas Seltsames passieren könnte? Vielleicht wissen sie sogar schon, wer der Mörder sein könnte«, äußerte der Anwalt seine Vermutungen. Er befürchtete, dass so etwas wenig Greifbares wie Hypnose bei dieser seltsamen Begebenheit eine Rolle spielen konnte. Damit wollte er sich nicht weiter befassen.

Das Gesicht des Barons wurde wieder ausdruckslos und er sah zum Telefon. Doch dann schien er von dem Vorhaben Abstand zu nehmen, eine weitere Person anzurufen, bei welcher der Anwalt die Person des Polizeipräsidenten vermutete. »Na schön, dann hoffe ich, dass die Herrschaften von der Polizei in der Lage sind, diesen Bastard auch zu schnappen. Hoffen wir das Beste.«

Da nichts weiter folgte, ging der Anwalt davon aus, dass er entlassen war. Als er die Tür hinter sich schloss, konnte er noch einen kurzen Blick auf den Baron erhaschen, der wieder auf seinen Schreibtischstuhl gesunken war und sich mit ausdruckslosem Gesicht zurücklehnte. Was in dem Mann vorgehen mochte, konnte er beim besten Willen nicht erkennen und beeilte sich, seinem Zugriff zu entkommen. Er hatte einen klaren Auftrag erhalten und würde ihn nach bestem Wissen und Gewissen erfüllen. Dann aber würde er sich wirklich zur Ruhe setzen. Mit einer Person wie dem Baron wollt er keine weitere Zeit mehr verbringen müssen.

WAHNSINN

Mit dem Chinesen, der sein Pferd aus dem Versteck geholt hatte, kehrten sie zu ihrem Dampfrad zurück und besprachen das weitere Vorgehen. Xun riet davon ab, die Maschine näher an die Mühle heran zu bringen, sondern sie als Transportmittel für den armen jungen Mann zu verwenden, wenn sie ihn finden sollten. Joachim konnte dann auf dem Sozius mitfahren, so wie es schon Hartmut bei der Abholung von Dr. Liebermann getan hatte. Sein Pferd nahm Xun aber mit, für den Fall, dass Jewgenij nicht mehr in der Lage sein würde, die Männer dabei zu unterstützen, ihn zu retten.

Die Frage blieb, wo sie suchen mussten. Das konnte ihnen nicht einmal Xun erklären, der den Grundriss der Mühle und sämtlicher Anbauten aus dem Gedächtnis hätte zeichnen können. Er kannte keinen verborgenen Raum und selbst die wenigen Kellerräume unter dem Haupthaus und dem kleineren, ehemaligen Gesindehaus waren ihm gut bekannt.

Die drei Männer stellten sich in einer offenen Remise unter und beobachteten aufmerksam die Mühle, um herauszufinden, ob sich jemand dort herumtrieb. Doch alles war totenstill. Selbst den Regen empfand niemand mehr als etwas Lebendiges, hatte er doch mittlerweile so viel Elend und Tod gebracht und war zu einem dauerhaften Bestandteil der Existenz geworden.

»Alles ist so schrecklich kleinteilig und verwinkelt, es könnte hier hunderte Ecken geben, wo man etwas verstecken kann«, brummte Peter und maß alle Häuser mit seinen Blicken ab.

Der Chinese kauerte neben ihm und starrte das Nebengebäude an, von dem er den Polizisten bereits erzählt hatte, dass es sich um einen Operationssaal handelte. Als der Asiate plötzlich auffuhr, als habe ihn etwas gebissen, war beiden klar, dass ihm etwas eingefallen sein musste.

»Es nicht passen! Raum innen kleiner als außen Haus! Anbau mit Operation ich meine. Nicht viel, aber vielleicht Eingang zu Keller?«

»Na dann ... Sehen wir uns das Ganze doch mal genauer an.« Peter hastete voran zum Hintereingang. Mit der Waffe in der Hand drückte er sich gegen die Tür und lauschte gebannt, doch es war nichts von drinnen zu hören. Er ging davon aus, dass der Arzt alleine war, denn der Chinese wusste nur von dem Kutscher als Helfer, von dem wirklich eine Gefahr ausgehen konnte. Ihm schlug das Herz bis zum Hals, wenn er daran dachte, dass sie womöglich zu spät kommen würden. Wenn der Arzt schon so viel an dem jungen Mann experimentiert haben sollte, dass sie ihm weder helfen noch ihn mitnehmen konnten.

Bevor er jedoch von den Erinnerungen an das Drama mit Katharina übermannt werden konnte, drückte er auf die Türklinke, die zu seiner größten Überraschung nicht verschlossen war. Alarmiert schob er sie ein Stück weit auf, aber es geschah nichts. Wahrscheinlich hatte der Kutscher nur vergessen, sie zu verriegeln. Während er sich mit der Waffe im Anschlag durch die Tür schob, winkte er den beiden anderen Männern, ihm zu folgen.

Der Chinese hatte sein Schwert wieder in der Hand und kam als Erster angerannt, ihm folgte Joachim auf dem Fuß, der keine Waffe bei sich hatte und entsprechend unsicher war. Als er an Peter vorbei den Raum betrat, wies der Kommissar auf ein Tablett mit einer Reihe von Operationswerkzeugen, die auch einem Schlachter gute Dienste geleistet hätten. Joachim nickte und griff nach einem langen Messer mit scharfer Klinge. Ein Werkzeug, das er kannte und das er durchaus auch als Waffe verwenden konnte.

Gemeinsam untersuchten sie im schwachen Schein der Lampe im Hof den Raum auf einen verborgenen Zugang. Xun wies auf eine schmale Tür am Ende des Raumes, der auch Peter kleiner erschien, als es das Gebäude von außen war. Peter öffnete die Tür, die von der Richtung her eigentlich ins Haupthaus führen musste. Dahinter verbarg sich eine Abstellkammer, in deren Regalen Arzneimittel und Flaschen mit Chemikalien standen. Peter leuchtete mit einer Handlampe die Regale ab und spürte direkt neben der Tür einen schwachen Luftzug aus einem Spalt zwischen Regal und Wand. Mit spitzen Fingern tastete er am Holz entlang, bis er auf ein Stück Metall stieß. Mit einem leisen Klicken entriegelte sich der Verschluss und das Regal schwang ein Stück nach vorne. Peter löschte die Lampe und zog das Regal weiter nach vorne.

Ein schmaler Schacht mit einer ausgelatschten steinernen Treppe öffnete sich vor den Männern, der hinter der Innenwand des Operationssaals entlang nach unten führte. Unten schien Licht zu brennen, denn Peter konnte die Stufen deutlich sehen. Er legte den Finger auf die Lippen und ging wieder voran, so leise, wie es seine schweren Stiefel zu ließen. Er bewunderte den alten Chinesen, der ihm auf den Fersen blieb und dabei so leichtfüßig und lautlos wie eine Katze war. Am unteren Ende machte die Treppe einen Bogen und Peter war froh, dass sie in einem Vorraum endete, der bis auf ein paar Regale leer war. Durch einen steinernen Torbogen fiel strahlendes Licht in den Vorraum. So konnten sie sich langsam an die Helligkeit gewöhnen.

Peter postierte sich an der einen Seite des Torbogens, der Chinese huschte an ihm vorbei zur anderen Seite. Joachim blieb unschlüssig an der Treppe stehen. Peter sah sich zu ihm um und bedeutete ihm, dort auch zu bleiben. Wenn der Arzt alleine war, rechnete er nicht mit besonderem Widerstand, doch vielleicht versuchte er zu fliehen. Dann war Joachim das letzte Hindernis.

Vorsichtig spähte er in das Licht des Raumes und versuchte, alles zu erfassen. Xun tat es ihm gleich. Bei dem Raum handelte es sich um einen alten Gewölbekeller aus grobem Bruchstein. Am Ende des Raumes konnte Peter einen kleinen Mann im weißen Kittel sehen, der sich über einen niedrigen Tisch beugte, auf dem jemand unter einem weißen Tuch lag. Neben dem Mann stand eine Maschine mit einem Blasebalg, der gleichmäßig und sacht schnaufte.

Der Mann plapperte alle möglichen Dinge vor sich hin, aber kaum laut genug, um verstanden zu werden. Erst als er sich aufrichtete und andächtig einen Moment stehen blieb, sprach er lauter und deutlicher. »So, mein lieber Gustav, die Vorbereitungen sind abgeschlossen. Jetzt kann die Operation beginnen. Dann wirst du wieder ein ganz normaler Mensch sein und kannst leben.«

Gustav? Peter sah verwundert zu dem Chinesen. Hieß der vermisste Mann nicht Jewgenij? Doch auch Xun schien verblüfft, als er das hörte. Was mochte in dem kleinen Mann vorgehen?

Peter richtete sich auf. Leise betrat er den Raum, doch er wurde nicht wahrgenommen. Auch Xun kam nun in das Gewölbe, das sie nun deutlicher erfassen konnten. Auf dem Tisch lag ein schmaler junger Mann mit einer Maske über dem Gesicht, von der Schläuche in Mund und Nase führten. Der Brustkorb hob und senkte sich im Takt des Blasebalgs. Er schien betäubt zu sein und neben dem Arzt lag eine Spritze mit einer gelben Flüssigkeit bereit, von der Peter annahm, dass sie das Betäubungsmittel enthielt. Nun drehte sich der Mann um und Peters Hand mit der Waffe zuckte hoch. Doch der Arzt bemerkte ihn noch immer nicht. Weiter vor sich hin brabbelnd, dabei häufig den Namen Gustav verwendend, griff er nach einem Tablett mit Skalpellen, das hinter ihm auf einem Tisch lag. In seinen Augen lag ein fiebriger Glanz, als er auch nach einem technischen Bauteil griff und es mit einem irren Lächeln musterte.

Da ihm klar war, dass der Mann sehr wahrscheinlich keinen Widerstand leisten und wenn doch, kaum gegen ihn ankommen würde, ließ Peter seine Waffe sinken und steckte sie zurück ins Holster. Dann trat er auf den Mann zu, der ihn überhaupt nicht beachtete, sondern eine Zeichnung betrachtete, als müsse er sich einen Plan machen, wie er vorgehen sollte.

Neben dem Chirurgenbesteck stand ein Rahmen mit einem alten Foto von einem jungen Mann, der dem auf der Liege recht ähnlich war. Bevor er sich wieder der Liege zuwandte, blieb der Arzt andächtig vor dem Foto stehen und nickte dem Mann auf dem Bild zu. »Ja, Gustav. Gleich bist du wieder bei mir.«

Peter wechselte einen Blick mit Xun, der stirnrunzelnd und mit gesenktem Schwert hinter dem Arzt stand. Als sich der Arzt der Liege zuwandte, stellte sich Peter dazwischen. Der kleine Mann sah zu ihm hoch, zunächst verwirrt, dann wütend. Da er scharfe Skalpelle in der Hand hielt, war Peter auf der Hut, aber er glaubte nicht an eine besondere Gefahr.

»Was wollen Sie? Gehen Sie weg! Ich muss meinen Sohn operieren, es ist dringend!«, maulte der Arzt mit weinerlicher Stimme. »Man hat ihn mir schon einmal weggenommen, ich lasse nicht zu, dass man ihn mir wieder wegnimmt.«

Es lag Hysterie in der Stimme des alten Mannes. In Peter wuchs das Begreifen und das Mitleid mit diesem armen Kerl, der offensichtlich einmal einen großen Verlust erlitten hatte und sein Versagen von einst nun an dem jungen Mann wieder gut machen wollte. Einem Mann, der seinem Sohn ähnlich war und zu sterben drohte. Dabei hatte er sich völlig in den Zeitebenen verloren. Jewgenij war sein Sohn geworden. Er war Gustav.

»Niemand nimmt Ihnen etwas weg, Professor Reich. Niemals mehr. Aber Sie wollen gerade jemand anderem etwas wegnehmen. Sie wollen Jewgenij Lemonow die Würde und das Recht auf ein selbstbestimmtes Leben und Sterben nehmen. Er hat sich entschieden, sich nicht weiteren Qualen mit ungewissem Ausgang unterziehen zu lassen. Sie wollen ihm ein vermeintliches Glück aufzwingen, das er nie als solches gesehen hat. Er will ein Mensch bleiben. Keine Maschine sein.« Peter wusste nicht, ob er die richtigen Worte fand, doch er bemühte sich um einen sanften, beruhigenden Ton. Er erwähnte bewusst betont den Namen des jungen Mannes, in der Hoffnung, er könne eine Erinnerung in dem Arzt wecken, die ihn in die reale Zeit zurückholte.

Doch es war zu spät dafür. Als er die zwischen Wut und Trauer schwankende Mimik sah, wusste Peter, dass etwas in dem Mann zerbrochen war. Was auch immer er getan haben mochte oder noch tun wollte, man konnte ihn für nichts mehr zur Verantwortung ziehen.

Der Chinese hatte sein Schwert wieder in die Scheide zurückgesteckt und trat nun an Peters Seite, um den Arzt genau zu betrachten, der vor ihren Augen in Sekunden weiter zu altern schien. Peter streckte die Hände aus und nahm dem Alten vorsichtig das Skalpell und das Bauteil aus den Händen. Der Arzt ließ es geschehen, doch kaum hielt er nichts mehr fest, schossen ihm die Tränen in die Augen.

»Aber ich muss Gustav retten!«

»Das ist nicht Gustav. Gustav ist schon lange tot, Sie können nichts mehr für ihn tun. Dies ist Jewgenij und auch für ihn können Sie nichts tun, außer ihm ein Leben als halbe Maschine verschaffen, das er nicht will. Aus gutem Grund, denn es ist kein Leben mehr.« Es fiel Peter schwer, weiterhin geduldig auf den Mann einzureden. Er bewunderte Liebermann, der jeden Tag mit solchen Menschen zu tun hatte. Er legte die Sachen beiseite, nahm den alten Mann in den Arm und führte ihn zu einem Sessel, der in der Nähe unter einem der Gewölbebögen neben einem weiteren Schrank mit Arzneimitteln stand. Dabei bedeutete er Xun, er möge sich um Jewgenij kümmern, in der Hoffnung, dass der Chinese dazu in der Lage war.

Als er den Arzt mit sanftem Nachdruck in den Sessel nötigte, konnte er in dessen Augen erkennen, dass dieser Mann sich von seinem Leben verabschiedet hatte. Sein Wille war mit der Erkenntnis geschwunden, dass er seinen Sohn nicht zurückholen konnte. Vielleicht hatte er für einen Augenblick wieder einen klaren Blick auf die Situation und die Zeitebenen gehabt, aber nun war sein Bewusstsein endgültig und für immer fort. Selbst wenn er es gewollt hätte, es wäre ihm nicht möglich gewesen, ihnen dabei zu helfen, Jewgenij zurück zu holen.

Peter suchte nach Joachim und wies ihn an, den Arzt im Auge zu behalten, während er sich mit Xun um den Bewusstlosen kümmerte. Zu seiner größten Erleichterung schien der Chinese sich keine Sorgen um seinen Schützling zu machen. Die Operation hatte noch nicht begonnen, er wies keine Verletzungen auf. Die Betäubung schien nun auch nachzulassen, so dass er es wagte, dem jungen Mann die Maske vom Gesicht zu ziehen. Für einen Moment sah es so aus, als könne er nicht selbstständig atmen, doch nach einigem beherzten Drücken auf den Brustkorb setzte der Patient das Atmen aus eigener Kraft fort.

Seine Augenlider flackerten und ein Husten erschütterte den mageren Körper. Xun griff sofort unter seine Schultern und hob ihn an.

Peter packte automatisch mit an und schob die Beine über den Rand der Liege. Der junge Mann hustete noch eine Weile kräftig und schien nur schlecht Luft zu bekommen. Aber nach einer endlos erscheinenden Weile, in der sich das Gesicht Jewgenijs puterrot verfärbte, spuckte er einen großen Klumpen zähen Schleims aus und der Spuk war vorbei.

Peter warf einen Blick über die Schultern des Chinesen hin zu dem Sanatoriumsleiter, der steif auf seinem Sessel saß, als würde er nichts wahrnehmen. Dabei schien er in einem fort etwas vor sich hin zu brabbeln. Peter tauschte einen Blick mit Joachim, der mit einer Miene puren Mitleids den Arzt gemustert hatte. Für diesen Mann war das Leben vorbei. Endgültig. Im Grunde hoffe Peter, dass Reich sich noch einmal zu etwas würde aufraffen können, bevor es ihm gelang, die Idsteiner Polizei in die Mühle zu schicken, um hier aufzuräumen. Vielleicht würde er einen Weg finden, aus dem Leben zu scheiden, denn sonst brachte man ihn in irgendein Irrenhaus, wo er vor sich hinvegetieren würde, bis sein Körper von allein die Funktionen einstellte.

Endlich schien der junge Mann wieder vollständig bei Bewusstsein und sah sich ängstlich um. Er zitterte vor Kälte, denn er war unter dem sauberen Laken splitternackt gewesen.

»Wo war sein Zimmer, dann kann Joachim Kleidung holen?«, fragte Peter den Chinesen, der den jungen Mann mit flinken Fingern auf mögliche Verletzungen untersuchte.

»Hole selbst, gehen schnell. Passen auf!«

Peter hüllte den jungen Mann in das Laken ein und legte ihm noch seine dicke Jacke über die Schultern. Der Blick Jewgenijs war auf Doktor Reich gerichtet, der ihn zwar direkt anstarrte, aber nicht wahrzunehmen schien.

»Was wird jetzt?«, durchbrach er schließlich mit schwacher Stimme die entstandene Stille, die nur von dem letzten Schnaufen des Blasebalgs, den Xun abgestellt hatte, gestört wurde.

»Wir bringen Sie hier weg«, erwiderte Peter leise. »Glauben Sie, dass Sie ein paar Schritte mit unserer Hilfe gehen können? Draußen wartet das Pferd des Chinesen, mit dem können wir Sie zu unserem fahrbaren Untersatz bringen. Und damit nach Niedernhausen, wo Dr. Liebermann sicher schon sehnsüchtig auf eine Erfolgsmeldung unsererseits wartet. Wir sollten uns beeilen, weil es bald tagt und auch ohne entsprechendes Licht der ein oder andere hier erwacht.«

»Ich schaffe das!«, erwiderte der junge Mann fest.

Der Chinese kehrte zurück und sie halfen Jewgenij, sich anzukleiden. Auf Peter und Joachim gestützt stieg er dann mit nach oben in den dunklen Operationssaal. Noch einmal kehrte Peter kurz zurück in den Keller, um nach dem alten Arzt zu sehen, der aber nach wie vor einer Statue ähnlich in dem Sessel hockte. Tief in seinem Herzen empfand er nichts als Mitleid für diesen armen Mann und konnte ihn seltsamerweise sogar verstehen. Er entdeckte einen Stapel Papiere und Notizbücher und packte sie in eine Plane ein, um sie mitzunehmen. Davon ausgehend, dass sie dem Mörder Laue gehörten, wollte er ein für alle Mal verhindern, dass diese Pläne in die falschen Hände gerieten. Vielleicht würde er sie einfach verbrennen. In den richtigen Händen konnten sie aber eventuell sogar Gutes bewirken.

Bevor er den Keller wieder verließ, nahm der die gerahmte Fotografie von dem Beistelltisch und legte sie dem alten Mann in die Hände. Was er damit bewirken konnte oder wollte, wusste er nicht in Worte zu fassen, aber es erschien ihm richtig. Dann folgte er den anderen, die bereits das Haus verlassen hatten und mit vereinten Kräften Jewgenij auf das Pferd hoben. Das Tier hatte sich dazu sogar hingelegt, so dass es den Männern leichtfiel, trotz Jewgenijs Schwäche und Unbeweglichkeit.

Als sie das Dampfrad erreichten, blieb der Chinese unschlüssig mit seinem Pferd stehen und sah zu, wie der junge Mann in den Beiwagen gesetzt wurde und ihn dankbar anlächelte. Bevor sich das Verdeck schloss, stellte Jewgenij die Frage, die sowohl Peter als auch der Chinese fürchteten: »Haben Sie Marie schon gefunden?«

Peter tauschte einen Blick mit dem alten Asiaten und schüttelte den Kopf. »Nein, wir haben auch nicht gewusst, dass sie fort ist. Aber Herr Xun hat eine wichtige Beobachtung gemacht, die für mich eigentlich nur einen Schluss zulässt, wo man sie suchen muss. Der Ort ist bekannt, allerdings so groß und unübersichtlich, dass es doch die Suche nach der Nadel im Heuhaufen wird. Allerdings ...« Ihm war ein Gedanke gekommen, der noch der Ausarbeitung harrte, aber schon sehr klare Gestalt besaß. »Es gibt da jemanden, der uns sicher große Hilfe leisten kann. Nicht nur, weil er womöglich besser als wir in der Lage ist, diese Örtlichkeiten zu untersuchen. Er hasst denjenigen leidenschaftlich, den ich für den Entführer halte. Wir werden die Suche bald beginnen. Jetzt bringen wie erst einmal Sie in Sicherheit. Und Herrn Xun.«

Der alte Chinese zuckte mit den Schultern. »Wohin ich soll gehen? Keinen Platz mehr für mich.«

»Kennen Sie sich in Niedernhausen aus? Dann folgen sie uns dorthin. Ich bin sicher, Doktor Liebermann wird sich für Sie einsetzen, egal was Sie sonst vielleicht noch angestellt haben«, schlug Peter vor. »Sie waren es, der mich anrief und mir das Versteck Liebermanns nannte, nicht wahr? Ich weiß zwar nicht, wie Sie es technisch ermöglicht haben, aus China heraus anzurufen, aber egal. Sie haben den Mann gerettet und daher gehe ich davon aus, dass auch Herr Eisenstein, der Liebermann gerade beherbergt, Sie gerne eine Zeitlang aufnimmt. So wie er auch Herrn Lemonow aufnehmen wird.«

✱

Julius Reichs Kopf neigte sich langsam nach vorne, um in seinen Schoß zu sehen, wo etwas Hartes in seinen Händen lag. Eine Fotografie. Unverwandt starrte er den lächelnden jungen Mann an und Erinnerungen strömten auf ihn ein. Das Foto war in Italien aufgenommen worden, daran erinnerte er sich. Eine glückliche Zeit. Toskana, Florenz ... Ja, da war die Kuppellaterne des Doms über der Schulter des jungen Mannes erkennbar. Wie war doch noch sein Name ... Gustav, natürlich, sein Sohn.

Andere Bilder wollten sich in seine Erinnerung schleichen, doch er wies sie brüsk von sich und sah auf. Wo war er nur? Was war das für ein schrecklicher Ort? Oh, natürlich, der Operationssaal, in dem er versucht hatte ...

Gustav?

Wo war er?

Reich sprang auf, das Foto mit beiden Händen festklammernd, als könnte es ihm jemand entreißen. Wieder kamen die Bilder und dieses Mal konnte er nicht verhindern, dass sie sich in den Vordergrund drängten. Das Bild seines Sohnes, wie er aus dem Feld zurückkehrte. Versehrt und nicht mehr Willens, als Krüppel weiterzuleben. Wie er versucht hatte, Gustav zu helfen, und es trotz aller medizinischer Kunst nicht geschafft hatte, ihm zu Lebensmut zu verhelfen. Ihm die Würde zurück zu geben, derer er so sehr bedurfte, unabhängig von anderen Menschen.

Er war gestorben. Aus seinem Leben verschwunden.

Oder?

Er war doch gerade eben noch auf diesem Operationstisch?

Nein, dieser Mann war vollständig gewesen und hatte keine Ähnlichkeit mit dem Krüppel, der aus dem Krieg zurückgekehrt war. Aber große Ähnlichkeit mit dem Mann auf dem Foto.

Verwirrung und Verzweiflung machten sich in seinen Gedanken breit. Er hielt es mit einem Mal nicht mehr in dem kühlen Gewölbe aus und stieg langsam und steif die Treppe hinauf. Er fühlte sich erschöpft und zum ersten Mal spürte er das Alter an sich nagen. Seine Knie schmerzten. Das taten sie schon lange, aber jetzt erst wurden ihm auch die anderen Zeichen des Alterungsprozesses so richtig bewusst.

In seinem Büro angekommen setzte Reich sich an seinen Schreibtisch und betrachtete das Bild aus anderen, glücklichen Zeiten. Ein Datum stand in dünnen Lettern am unteren Rand und er glich es mit dem Kalender an der Wand ab. So viele Jahre war das schon her? Es kam ihm vor wie gerade eben erst.

Er zog einen Notizblock zu sich heran und öffnete den Füllfederhalter. Zögernd hielt er die goldene Feder über dem Papier in der Schwebe und betrachtete das edle Schreibgerät. Es war ein Geschenk von Doktor

Liebermann, der diese Dinge mit Leidenschaft sammelte. Er hatte ihn von Thomas töten lassen, oder? So wie seinen Helfer aus der Idiotenanstalt. Hatte er noch mehr Menschen auf dem Gewissen? Er wusste es nicht. Dabei hatte er nur helfen wollen.

Um welchen Preis?

Die Feder zuckte nun wie von selbst über das Papier. Wenige Worte. *Vergebt mir. Ich habe gefehlt, um zu helfen.*

Dann legte er den Füller beiseite und holte eine Schachtel aus der Schublade. Wieder völlig klar und sich seiner Taten bewusst, nahm er eine Flasche aus der Schachtel und zog eine Spritze mit dem kompletten Inhalt auf. Er legte das Stauband um seinen Oberarm und setzte die Spritze an der deutlich erkennbaren Vene an.

Reich hatte noch nie Morphium genommen und kannte die Wirkung an eigenem Leib daher nicht. Er wusste aber gut genug, dass die Menge, die er sich gerade verabreicht hatte, dazu ausreichen würde, mindestens drei kräftige Männer umzubringen. Er lehnte sich in seinem Stuhl zurück und betrachtete das Foto seines Sohnes. »Ich hoffe, dass ich dich auf der anderen Seite wiedersehe«, murmelte er.

Seine Augen schlossen sich, sein Atem setzte aus und sein Kopf kippte nach hinten weg, während sein Körper erschlaffte.

Nachforschungen

Der Anruf hatte ihn sehr verwundert, aber er war dennoch sofort bereit, sich der Sache anzunehmen. Peter war in Niedernhausen? Mit Joachim?

Natürlich wurde Peter nicht deutlicher, irgendetwas schien nicht zu stimmen. Als er in die Polizeidirektion ging, um etwas aus Peters Schreibtisch zu holen, erfuhr er, was nötig war, um die Umstände besser zu verstehen. Er stieß mit Richard Kogler zusammen, der ihn mit einem giftigen Grinsen bedachte.

»Sehen Sie bloß zu, dass Sie schnell wieder verschwinden, Paul«, raunte ihm der bullige Mann zu. »Hier ist im Moment einiges los und Sonnemann muss ganz schön kämpfen. Wenn hier noch ein Polizeifremder auftaucht …«

»Ich bin auch gleich wieder weg, Richard. Peter sagte mir nur, er hätte etwas in seiner Schreibtischschublade, das ich zu einem Chemiker bringen soll.«

»Ach, der Kram, den Joachim in den Kisten gefunden hat, aus denen man die Lager der Hochwasseropfer versorgt?« Richard zog Paul hinter die Tür des Büros, weil über den Gang Stimmen zu hören waren, die beide Männer sofort erkannten und die wenig Gutes verhießen. Sonnemann stritt mit einer Person, die sie problemlos an der schrillen Stimme als Oberbürgermeister Wannemann erkennen konnten.

Richard schloss die Tür und sie lauschten beide gebannt, während die Personen streitend an ihrer Tür vorbeizogen. Viel konnten sie trotz der Lautstärke des Streites trotzdem nicht heraushören. Wannemann jammerte wegen der Gesamtsituation und Sonnemann versuchte ihm klarzumachen, dass er mit den ganzen Steinen, die ihm die Stadtverordneten und der Oberbürgermeister selbst in den Weg legten, nicht mehr unternehmen konnten. Vor allem, dass es nicht förderlich für die

Aufklärung von einem Mord war, wenn man manche Leute nicht befragen durfte oder einem der Zutritt zu manchen Orten verwehrt wurde. Geschweige denn, wenn man sämtliche Ermittler abzog, um Dinge zu erledigen, für die normalerweise andere Gruppen zuständig waren.

Paul hörte Wannemann knurren, dass Sonnemann derartiges gefälligst anderen Leuten überlassen sollte, die das große Ganze besser im Blick hatten. Nun wurde es mit einem Mal totenstill auf dem Flur und Paul, der Sonnemann auch gut kannte, konnte sich vorstellen warum. Er hätte sogar ein Bild der Mimik Sonnemanns in diesem Augenblick zeichnen können.

Die beiden Männer hinter der Tür wagten nicht einmal zu atmen, weil sie befürchteten, man könne sie nun deutlich hören. »Sie können mir glauben, Herr Wannemann, dass ich die Gesamtsituation sehr wohl vollständig überblicke. Das Problem zwischen uns beiden ist nur, dass wir das große Ganze von zwei völlig verschiedenen Standpunkten aus betrachten und ich den Ihren als verabscheuungswürdig, grausam, ekelhaft und fern jeder Menschenwürde ansehe. Nein, Sie halten jetzt den Mund! Ich bin fertig mit Ihnen. Machen Sie Ihren Scheiß alleine. Ich mache meine Arbeit und ich werde sie auch weiterhin gut machen. Sie können mir nichts anhängen. Sie nicht!«

Wannemann schien etwas entgegnen zu wollen, doch mit einem gebellten »Ruhe« wurde er unterbrochen. »Fangen Sie jetzt nicht an, mir zu drohen. Ich habe da noch so ein paar Unterlagen zu einem seltsamen Deal in Fechenheim … Verschonen Sie mich also mit Ihrer Heuchelei und künftig auch mit Ihrer Anwesenheit in meinem Hoheitsbereich. Sonst sind Sie die längste Zeit Oberbürgermeister gewesen.«

Wieder war es still und blieb es auch. Dann war nur noch zu hören, wie eine Person sich schnaufend entfernte. Richard drückte Paul von der Tür weg und nahm eine Akte zur Hand. Paul ahnte, dass Sonnemann gleich im Büro erscheinen würde und setzte sich brav in einen der Besucherstühle, als würde er nur auf jemanden warten. Tatsächlich wurde die Tür aufgerissen und Sonnemann trat mit hochrotem Kopf in das Büro. Richard hob nur fragend die Braue, als ob nichts gewesen wäre. Als Sonnemann Paul sah, fing er an zu lachen und schien nicht mehr damit aufhören zu wollen.

Schließlich jappste er nur noch und hob drohend den Zeigefinger. »Ihr habt nichts gehört, ist das klar? Das braucht auch Peter nicht zu wissen, wenn er wieder hier ist. Habt ihr zwei überhaupt schon Nachrichten von ihm bekommen?«

»Er hat mich angerufen«, erwiderten Paul und Richard absolut zeitgleich und sahen sich dann grinsend an.

Sonnemann wies auf Richard, damit er seinen Bericht als erstes vortrug. »Er ist noch in Niedernhausen, hat wohl einen Mann davor bewahrt, wie einst seine Frau zu einer halben Maschine zu werden. Die Papiere Laues hat er jetzt an sich genommen, damit niemand mehr damit Schindluder betreiben kann. Allerdings ist dort auch jemand entführt worden: eine junge Frau, Albino. Und jetzt dürft ihr raten, wen Peter in Verdacht hat, das getan zu haben. Da lief eine Maschine auf zwei Beinen durch den Wald – mit einer wunderschönen Albinofrau auf dem Arm? Äh, Paul warum werden Sie gerade so blass?«

Paul schüttelte den Kopf, um den fürchterlichen Gedanken loszuwerden, der sich ihm bei der zweibeinigen Maschine aufdrängte. »Gehe ich recht in der Annahme, dass sie auf den Kerl hinauswollen, der mich im Park überfallen hat, Richard? Von dem wir vermuten dürfen, dass es ein Verwandter Laues ist? Dann müssen wir wohl noch einmal Höhlenforscher spielen. Das Problem wird nur sein: Wo kann er sich mit einer derartigen Maschine verstecken? Die großen Zugänge der Höhlen sind von uns wohl alle versiegelt worden. Sicher haben wir viele Gänge übersehen, aber dann wahrscheinlich solche, die ein Mensch nur kriechend passieren kann. Das wird ein hartes Stück Arbeit, aber sicher ist er in der Nähe von Wiesbaden, was es zwar eingrenzt, uns allerdings doch ein wenig beunruhigen sollte.«

Sonnemann hob verärgert die Brauen, doch die beiden anderen Männer wussten, dass der Ärger nicht ihnen galt. »Sprich, wir könnten eine Hundertschaft über Jahre beschäftigen und ihn doch nicht finden, weil er das System unter Wiesbaden im Gegensatz zu uns wie seine

Westentasche kennt? Herrliche Aussichten. Was kann uns von dem Kerl noch drohen? Paul, mir schien, als ob Sie wüssten, was das für eine Maschine ist.«

Paul seufzte, begann aber sofort mit einer umfassenden Erklärung, die er glaubte, dem Hauptkommissar schuldig zu sein. Er berichtete von seinen Entwürfen für ein Exoskelett, das behinderten Menschen helfen sollte, und seine Pläne für eine sicherere, handliche Form von Flammenwerfern.

»Tja, so kann eine gute Absicht ins Gegenteil verdreht werden«, brummte Richard und Sonnemann nickte bedächtig zur Bestätigung.

»Stimmt genau, wie so oft«, knurrte Sonnemann. »Aber eine Gefahr, die man kennt … ihr wisst schon. Es gibt da ein paar Leute, denen würde ich gerne mal mit dem Ding Feuer unter dem Allerwertesten machen. Was macht Peter jetzt? Wann ist er wieder hier?«

»Er will in der kommenden Nacht noch die Pläne der Wettermaschine zurückholen und den Mörder des armen Erfinders zur Strecke bringen, bevor der sich am Ende doch absetzen kann und mit der Maschine dann das Gegenteil macht«, erklärte Richard. »Mit etwas Glück ist er morgen wieder da.«

∗

Paul verließ das Polizeipräsidium, doch trotz der Überdachungen, die sich mittlerweile wie ein Spinnennetz durch die gesamte Innenstadt zogen, fiel es ihm schwer, sich dazu zu bewegen, wieder in die Baudirektion zu gehen. Doch dann seufzte er tief und dachte an den armen Doktor Liebermann und seinen Freund, die sich so große Sorgen um den Erhalt der jüdischen Traditionen machten. Er hatte keine Ahnung, um was es genau ging, da er keinen tieferen Einblick in die Religion der beiden Herren besaß. Das bedauerte er sogar ein wenig, denn Paul war davon überzeugt, dass die Welt eine friedlichere wäre, wenn jeder die Traditionen des anderen kannte und einfach akzeptierte. Oder wenigstens tolerierte. Zumindest konnte er ihnen ein wenig helfen und damit zumindest SEINEN guten Willen beweisen.

So weit es möglich war, nutzte er die Überdachungen, bevor er sich an der Bonifatiuskirche doch dem Unwetter aussetzen musste. Dabei beschleunigte er seine Schritte deutlich, soweit es das Regencape und sein noch immer schmerzender Kopf zuließen. Das Schmerzmittel nahm er nicht mehr ein, weil sein Magen dagegen rebellierte.

Sein erster Weg führte zu einem der wenigen noch vorhandenen Hinterhäuser in der Straße, die direkt gegenüber des Luisenplatzes an der Kirche in die Rheinstraße mündete. Dort befand sich ein kleines Laboratorium, dessen Besitzer Peter gut bekannt war, weil er hin und wieder auch Dinge für die Polizei analysierte. Da Peter ihn bereits vorgewarnt hatte, dass es etwas für ihn zu tun gab, war der Chemiker nicht überrascht, als Paul in dem kleinen, blitzsauberen Labor auftauchte.

Der Mann klemmte sich ein altertümliches Monokel vor das linke Auge und betrachtete die brotähnlichen Scheiben skeptisch. Brach eine Ecke ab und zerbröselte sie zwischen den Fingern, als könne ihm schon das Gefühl einen Aufschluss geben, um was es sich handelte. Schließlich schnupperte er daran und nahm einen Brocken sorglos in den Mund, weil man ihm gesagt hatte, dass es sich um ein Lebensmittel handeln sollte. Allerdings schluckte er es nicht hinunter, sondern spuckte es in eine Spüle.

»Und das Zeug bekommen die Menschen am Fluss als Notration?«, fragte der Mann skeptisch.

Paul zuckte mit den Schultern. »So heißt es. Ganze Waggons voll sind am Bahnhof angekommen und weiter verteilt worden. Mein Bruder möchte gerne wissen, woraus es besteht und ob es wirklich bedenkenlos essbar ist. Er meint, er habe schon genug Probleme mit den Vorstädten. Das Letzte, was er brauchen könne, wären Unruhen wegen des unverträglichen Essens.«

»Das hat er aber nicht mit den Stadtoberen abgesprochen, oder?«, hakte der Mann mit einem zynischen Grinsen nach.

»Nein, deshalb lassen Sie bitte Ihre Rechnung direkt meinem Bruder zukommen«, erwiderte Paul ebenfalls grinsend.

»Lassen Sie es mal gut sein, ich nehme es als Herausforderung und mache es gleich. Sagen wir, in zwei Stunden kann ich Ihnen vielleicht schon etwas dazu sagen.«

»Gut, dann erledige ich gerade noch etwas anderes und komme wieder.« Paul grüßte und verließ das Labor.

Endlich erreichte er die Bauverwaltung und stellte sich einmal mehr der Betrachtung durch den kriegsversehrten Pförtner. Betont ruhig fragte er, wer denn nun nach dem tragischen Verscheiden des Herrn Hausner das Archiv und das Kataster führen würde und ob man denn schon wieder eine Anfrage machen könne.

Der Mann schickte ihn wie gewohnt in den Keller zu einem Verwaltungsrat mit dem passenden Namen Kellermann. Paul glaubte, den Namen zu kennen und war daher nicht wirklich überrascht, tatsächlich auf jemanden zu treffen, dem er schon einmal begegnet war. Damals, bei seiner Anstellung in Frankfurt. Der Mann hatte als technischer Zeichner in dem Büro gearbeitet und saß nun, verbeamtet und über jeden Verdacht erhaben an einem Platz, wo er alles im Blick hatte, was für seinen ehemaligen obersten Dienstherren von Interesse sein würde. Damit konnte Paul seinen Plan, auch noch einmal nach den Grundstücken am Rhein zu fragen, beerdigen. Von Hausner hätte er vielleicht eine Antwort bekommen, von Kellermann gewiss nicht. Es ärgerte Paul, dass jemand, der sicherlich seinem ehemaligen Dienstherren nach wie vor treu ergeben war und der sicherlich auf dessen Lohnliste stand, ohne rot zu werden seinen Diensteid als Beamter leisten konnte.

»Ach, der Herr Langendorf, wenn ich mich nicht irre«, begrüßte ihn Kellermann mit einem kriecherischen Tonfall, der Paul in den Ohren ätzte. Denn er war auch mit einer guten Priese Hohn gespickt. »Wie komme ich denn zu der Ehre? Sie arbeiten doch gar nicht mehr als Architekt, oder?«

Paul setzte sein liebenswürdigstes Lächeln auf und entgegnete nicht weniger heuchlerisch und hohntriefend: »Oh doch, selbstverständlich, nur nicht mehr hier in der Gegend. Ich bin Teilhaber eines Architekturbüros in Hamburg, das ich wohl bald auch ganz übernehme. Und es läuft hervorragend. Nicht zuletzt wegen der Aufträge aus dem Ausland und insbesondere für den Zaren.«

Kellermanns Grinsen gefror schnell. Sein Triumph, einem Mann gegenüber zu stehen, der von seinem alten Herrn und Meister gefeuert worden war, hatte sich verflüchtigt. Er hatte sich sichtlich als deutlich besser gestellt gewähnt und nun war er doch nur ein kleiner Beamter. »Und was kann ich für Sie tun?«, fragte er mit deutlich eisigerem Tonfall.

»Verwalten Sie hier eigentlich auch die Unterlagen der Vorbezirke und freien Städte rund um den Groß-Stadtkreis? Niedernhausen und Idstein?«

Die Tatsache, dass es sich nur um eine Angelegenheit handelte, die in den stiefmütterlich behandelten Außenbezirken lag, welche Wert darauflegten, eigenständig zu bleiben und sich nicht dem Stadtkreis anschließen wollten, schien den Mann zu beruhigen. Seine Anspannung wich sichtbar. Paul wusste genau, dass er sich keinen Fehler erlauben durfte, wollte er nicht in die Schusslinie des Barons geraten. Kellermann winkte Paul, ihm zu folgen und sie durchquerten einen langen Gang bis zum Ende, wo der ehemalige Untergebene eine Tür zu einem kleinen Lesezimmer öffnete.

»Was soll ich Ihnen heraussuchen?«

Paul nannte ein paar Flurstücksnummern und Gemarkungsbezeichnungen sowohl in Niedernhausen als auch in Idstein und in Esch. Kellermann schien daran nichts verdächtig zu sein, was auch beabsichtigt war. Zur Vorsicht hatte man Paul einen größeren Bereich genannt, nicht nur die kleinen Grundstücke der jüdischen Totenäcker, um jeden Verdacht zu zerstreuen.

»Darf man fragen, was Sie ausgerechnet mit diesen gottverlassenen Grundstücken wollen?«, fragte Kellermann dann auch erwartungsgemäß nach, als er mit dem Arm voller alter, verstaubter Akten zurückkehrte. Verstaubt und unangetastet, bis auf eine.

»Ein Hamburger Geschäftsmann, der gerade seinen Großvater verloren hat, bat mich um diesen Gefallen. Er hat im Vermächtnis des alten Herrn alte Katasterpläne gefunden und wollte nun, da ich gerade einmal hier bin, dass ich überprüfe, ob sich diese Grundstücke überhaupt noch im Besitz des Großvaters befinden. Oder ob er die Pläne nur noch aus Sentimentalität und Erinnerung an die alte Heimat behielt. Da ich Ihre Personalproblematik hier kenne, habe ich ihm abgeraten, eine schriftliche Anfrage zu stellen und ihm meine Hilfe angeboten. Es wird sicher nicht lange dauern«, erklärte Paul mit einem gelangweilten Tonfall und nahm die Akten dankend entgegen.

Kellermann grunzte nur und verließ den Raum. Es war nicht üblich, wie ein Wachhund bei einem Architekten zu sitzen, auch wenn es ihm sichtlich in den Fingern juckte zu beobachten, was sein ehemaliger Vorgesetzter tat. Als sich die Tür hinter ihm schloss, griff Paul als erstes zu der sauberen Akte aus Niedernhausen. Sofort fand er das schmale Grundstück in der Nähe der Bahntrasse. Nichts, was wirklich interessant war und gewiss auch nichts, was einen Landwirt beglücken konnte, denn es konnte nur schlecht bewirtschaftet werden. Man konnte es also einfach belassen wie es war und jeder würde es ignorieren.

Paul suchte in der Liste, auf welchen Namen das Grundstück eingetragen war und stellte erschrocken fest, dass der Name der jüdischen Familie, den der alte Herr Eisenstein ihm genannt hatte, fein säuberlich durchgestrichen worden war. Dahinter hatte jemand in einer geschwungenen Handschrift notiert, dass das Grundstück mangels eines Erben in die Verwaltung und den Besitz des Reiches übergegangen war.

Paul lehnte sich auf dem Stuhl zurück und runzelte die Stirn. Das bedeutete wohl, dass der Friedhof verloren war. Jeder konnte sich nun an die Grundstücksverwaltung des Reiches wenden und es kaufen. Jeder … außer wahrscheinlich Herr Eisenstein. Wahrscheinlich lagen bereits Angebote vor und das eines jüdischen Geschäftsmannes würde man gewiss nicht vorziehen, außer er bot ein Vermögen für totes Land.

Die trockene Bemerkung über den fehlenden Erben ließ Paul schaudern. Sicherlich hatte sich niemand die Mühe gemacht, nach

Familienmitgliedern im Ausland zu fragen. Die Schrift kannte er, es war die Hausners. Sein alter Freund hätte ihm sicherlich mehr dazu sagen können. Bei Kellermann brauchte er keinen Versuch machen. Um sich abzulenken suchte er auch die Besitzverhältnisse der anderen beiden jüdischen Grabfelder aus den Listen heraus. Der Friedhof, der Liebermann am meisten interessierte, war als Besitz der jüdischen Gemeinde deklariert, vertreten durch ...

Paul riss die Augen auf und lachte. Da stand tatsächlich der Name Liebermann. David Liebermann. »Den möchte ich sehen, der dem guten Doktor absprechen will, dass es sich um seine Familie handelt. Den langwierigen Rechtsstreit wird wohl kaum jemand für Land in dieser Gegend aufnehmen.«

Er nahm das Blatt heraus und legte es beiseite. Kellermann sollte ihm davon eine Abschrift machen und beglaubigen. Das war seine Aufgabe, und da noch drei andere Namen darauf standen, würde er sicherlich keinen Verdacht schöpfen, um was es Paul wirklich ging.

Der Friedhof von Esch war bereits mit einem anderen Grundstück zusammengelegt worden und als Überschwemmungsbereich gekennzeichnet. Damit war er aus der Nutzung herausgenommen und wertlos. Aber auch sicher. Welche Bedeutung ein geschlossener, ungenutzter Friedhof für die jüdischen Gemeinden auch haben mochte, diese Toten hatten sicher ihre ewige Ruhe und mussten nicht befürchten, von etwas anderem als Wasser gestört zu werden.

Noch einmal sah er sich die Listen von Niedernhausen an und stellte etwas anderes fest, was ihn viel mehr beunruhigte. Die übrigen Grundstücke, die dort zusammengekauft worden waren, liefen nicht auf den Namen des Bauern, von dem Eisenstein gesprochen hatte, sondern auf einen Namen, der Paul nur zu gut bekannt war. Der Name eines der Strohmänner, die für Wallenfels arbeiteten. Was in Gottes Namen konnte er mit Grund und Boden in dieser Gegend vorhaben? Die Bahnstrecke nach Limburg konnte nicht der Grund sein. Oder doch?

Diese Frage Kellermann zu stellen, wagte Paul nicht, aber er hatte auch so genug erfahren. Vielleicht konnte es Eisenstein ja doch gelingen, den Friedhof zu kaufen, wenn es noch nicht zu spät war. Sicherlich kannte auch der gewiefte alte Händler genug Mittelsmänner, die das für ihn erledigen konnten.

Mit dem Blatt aus der Idsteiner Akte lief er zu Kellermanns Büro und bat um die Abschrift, die der Mann sofort tätigte, auch wenn es ihm zu viel Arbeit zu sein schien. »Und? Sind die Grundstücke noch in seinem Besitz?«, fragte er nur gelangweilt.

»Nein. Keines davon. Alles verkauft. Ich möchte das nur als Nachweis für meinen Auftraggeber. Dann glaubt er mir das auch bei den anderen.« Paul nahm die Abschrift dankend entgegen und bezahlte die Gebühr. Dann grüßte er lässig und beeilte sich, aus der Verwaltung zu verschwinden, bevor Kellermann am Ende vielleicht doch noch dumme Fragen stellte.

Zurück im Labor traf er auf einen völlig verwirrten und auch verärgerten Chemiker, der nicht recht zu glauben schien, was er herausgefunden hatte. »Also das ist wirklich nicht zu fassen«, begrüßte er Paul lautstark.

»Wieso, was ist es denn?«, fragte Paul überrascht und neugierig nach.

»Also, die gute Nachricht ist, dass das Zeug tatsächlich essbar und nahrhaft sein dürfte. Wenn auch absolut einseitig und sehr wahrscheinlich auf Dauer nicht ausreichend, um einen Menschen bei Kräften zu halten. Es fehlen nämlich ein paar Dinge, auch wenn ich mir nicht vorstellen kann, wie die Menschen in den Vorstädten da mit ihrer normalen Verköstigung drankommen sollten«, fing der Chemiker an zu dozieren. »Es fehlen beispielsweise Proteine. Aber das ist nicht der Punkt, der mich so enerviert. Sie wollten auch wissen, aus was man das Zeug macht, nicht wahr? Nun, in erster Linie ist es irgendwelche Stärke, was an sich ja kein Fehler ist. Allerdings habe ich auch Asche gefunden. Dann waren auch ein paar gröbere Pflanzenfasern dabei, die ich ohne Mühe unter dem Mikroskop einem bestimmten Pflanzenteil zuordnen konnte: Stroh.«

Paul riss überrascht die Augen auf. »Und das kann man verdauen? Wir sind doch keine Kühe, die alles wiederkäuen.«

»Vor allem weiß ich nicht, ob die Leute aus den Vorstädten das verdauen können. Füllt bestimmt gut den Magen. Könnte aber auch zu erheblichen Darmverschlüssen führen. Egal, ich habe dann etwas viel Beunruhigenderes gefunden. Auch unter dem Mikroskop. Ich bin kein Biologe und kenne mich nicht besonders gut in der kleinen Fauna und Flora aus. Aber ich bin mir dennoch sicher, dass ich da die Überreste von Schweinebandwürmern in allen Entwicklungsstadien entdeckt habe. Sicherlich tot und nicht mehr infektiös, weil das Zeug gut abgekocht und durchgebacken ist, um die Inhaltsstoffe unkenntlich und sauber zu machen. Aber ich würde darauf wetten, dass sie den Mist und die Gülle aus den Mastbetrieben hernehmen, um dieses ›Brot‹ zu backen.«

Jetzt fehlten Paul die Worte. Sprach- und fassungslos nahm er einen Zettel mit den Ergebnissen der Untersuchung entgegen. Der Chemiker hatte nüchterne Worte für seinen Bericht gewählt, aber seine Schlussfolgerung sprang auch ohne diese direkte Wortwahl heraus. »Das wird den Leuten nicht helfen, oder?«

Der Chemiker zuckte mit den Schultern. »Nach allem, was ich so hörte, ist das Nahrungsmittel im Moment das kleinste Problem für diese armen Menschen am Fluss. Trotzdem ist es eine Schande, da stimme ich Ihnen unumwunden zu.«

Paul nickte und steckte auch dieses Papier in seine wasserdichte Mappe. »Haben sie vielen Dank für ihre Mühe. Ich hoffe sehr, dass sich die Situation bald ändert. Bevor sie alle entweder ertrunken, von Krankheiten dahingerafft oder an einem Darmverschluss verendet sind.«

Schnell wandte er sich um und verließ das Labor. Zum ersten Mal war er dem Regen sogar dankbar, denn er verwischte die Tränen, die ihm über das Gesicht liefen.

Flucht in den Tod

Als Michael frierend zur Mittagszeit erwachte, war Louisa fort. Das verwunderte ihn über alle Maßen und er rollte sich, noch immer völlig erschöpft, von der Matratze. In seinem Kopf dröhnte es und er hatte das Gefühl, ihn zusammenpressen zu müssen, damit er nicht explodierte. Was war mit ihm geschehen? Er ließ sich wieder auf das Bett zurückfallen und lauschte auf die Geräusche um sich herum, die ihm unangemessen laut vorkamen, während er versuchte, sich an den Ablauf der letzten Stunden zu erinnern.

Er hatte es geschafft. Die Maschine in der Remise funktionierte wunderbar. Jetzt musste er nur noch seine Pläne fertig machen, damit er sie auch an den Meistbietenden verkaufen konnte. Besser, an DIE Meistbietenden, denn er hatte nicht vor, jemandem exklusiv die Rechte zu überlassen. Nein, Konkurrenz belebte das Geschäft, sie sollten sich darum prügeln und ihm mehrfach Geld zukommen lassen. Und das würden sie.

Doch was war danach geschehen? Natürlich, er war müde gewesen, doch der Erfolg hatte ihn aufgeputscht. Louisa war bei ihm, sie wollte seinen Erfolg mit ihm feiern. Hatten sie das getan? Natürlich.

Er richtete sich wieder auf und tappte schwankend los, nachdem er endlich den Lichtschalter gefunden hatte. Von der Tür hin zum Bett lag eine Spur aus hastig ausgezogenen und achtlos fallen gelassenen Kleidern. Sie hatte also auch auf diese Art den Erfolg gefeiert. Oder? Michael sah an sich herab und fand an sich selbst keine Spuren eines derartigen Ereignisses. Dafür ließ ihn der Blick nach unten sofort schwanken. Diese miese kleine Hexe … Was zum Teufel hatte sie vor?

Der Spur aus Kleidung folgend, die sich auch durch den Flur weiterzog, gelangte er in das Wohnzimmer, das Louisa nach ihrer Vorstellung umgestaltet hatte. Trotzdem hatte der Raum seine Schwermütigkeit nicht völlig ablegen können. Was sicherlich daran lag, dass es schwer war, in dieser Gegend die passenden Möbel zu finden. Oder einen Schreiner, der sich in der Lage sah, entsprechend modische Dinge herzustellen. Auf dem zierlichen, hohen Tisch neben dem Kamin, der eigentlich für eine Hängepflanze gedacht war, fand Michael eine leere Flasche Champagner und zwei Gläser.

Er nahm das Glas ohne Lippenstiftspuren zur Hand und entdeckte, was er vermutet hatte. Im Glas war der Rückstand eines Pulvers zu erkennen. Es roch nach nichts und er vermutete, dass man auch nichts davon schmecken konnte. Was auch immer es war, in einem – in seinem – Glas hatte es nichts verloren.

Splitternackt wie er war und nunmehr trotzdem schwitzend, weil er endlich wieder wach war und das Haus gnadenlos überheizt, machte er sich auf die Suche nach Louisa. Wie unachtsam von ihr, ihre Spuren nicht zu beseitigen. Hatte sie damit gerechnet, dass er länger weggetreten sein würde? Wahrscheinlich.

Louisa war nicht im Haus. Nirgendwo. Doch all ihre Sachen waren vorhanden, sie war also auch nicht einfach abgehauen. Warum auch, noch hatten sie das Geld nicht und er war nicht ganz fertig. Als er das Büro erreichte, in dem er seine Pläne und Notizen lagerte, stellte er ernüchtert fest, dass zwei der Pläne fehlten, die er zuletzt angefertigt hatte. Ebenso wie die Notizen zu seiner chemischen Versuchsreihe, in der er die Abläufe innerhalb der Maschine nachgestellt hatte.

Langsam reifte eine Erkenntnis in seinem benebelten Geist heran, die ihm nicht schmeckte. Hatte er nicht immer wieder nach ein paar Papieren gesucht und sie dann meist am Tag darauf irgendwo gefunden, wo er glaubte, schon nach ihnen gesucht zu haben? Er hatte das auf seine Erschöpfung und die vielen verwirrenden neuen Arbeiten geschoben, die er durchgeführt hatte, doch nun wurde ihm langsam klar, warum es tatsächlich so gewesen sein musste.

Seine Faust krachte gegen die Schranktür hinter seinem Schreibtisch und er eilte in einen Raum, für den er sich bislang nicht interessiert hatte. Es war quasi Louisas Arbeitszimmer, in dem sie für die angemessene und funktionale Kleidung ihrer Arbeiterinnen sorgte. Sie war geschickt als Schneiderin, viele ihrer eigenen Kleider waren Entwürfe, die sie sich selbst erdacht hatte. Allerdings liebte sie diese Arbeit nicht und maulte oft genug, wenn sie die Sachen ihrer Mädchen wieder flicken musste, weil die Freier zu grob und ungeduldig vorgegangen waren.

Der Raum war verschlossen, was für ihn der deutlichste Hinweis war, dass hinter der Tür etwas vor sich ging, was ihm nicht gefallen würde. Seine kriminelle Karriere als Dieb und Einbrecher war legendär, die Tür stellte für ihn kein Hindernis dar. Bevor er das Zimmer betrat, lauschte er noch einmal, ob sich irgendwo im Haus etwas tat, was ihm Sorgen machen musste, doch es war nach wie vor totenstill.

Auch wenn er es schon geahnt hatte, welcher Art die Dinge sein mochten, die Louisa hinter seinem Rücken tat, so war der Anblick der Pläne auf einem großen Zeichentisch, die fein säuberlich abgezeichnet worden waren, für ihn doch wie ein Schlag mit einer Keule. Etwas in ihm zerbrach, als er die ordentlich in Aktendeckel sortierten Papiere sah, welche mit sorgfältig aufgelisteten Inhaltsangaben versehen waren. Alles war zudem doppelt vorhanden.

Michael wusste nicht, ob er weinen oder wüten sollte. Trauer um und Hass auf seine einstige Vertraute stritten sich noch stark über die Deutungshoheit dessen, was er vorfand. Irgendein kleiner Funken Hoffnung in seinem Geist bestand darauf, dass es vielleicht eine einfache Erklärung dafür geben konnte. Dass sie vielleicht nur die Sache beschleunigen und ihm helfen wollte. Aber dafür sprachen die Zeichen, die sie ihm sonst noch gegeben hatte, viel zu deutlich gegen diese Annahme. Warum sonst sollte sie sich ihm derart entziehen, dass sie nicht mehr das Bett mit ihm teilen wollte? Selbst jetzt, wo sie ihrem Ziel so nahe waren.

Sie wollte ohne ihn weitermachen. Ihn abservieren und die Pläne für die Wettermaschine zu Geld machen, um sich irgendwo als die Dame der Gesellschaft niederzulassen, die sie nie sein würde.

Auf dem Zeichentisch bemerkte er die Überreste zweier großer Blöcke, auf denen kein Blatt Papier mehr war und das Fehlen von Bleistiften. Auch das Tuschefass war leer. Das alles ließ ihn ahnen, wohin Louisa gegangen sein mochte. In Camberg konnte man derartig spezielle Dinge nicht bekommen, sie musste mit der Postkutsche nach Limburg gefahren sein.

Trotz der Hitze im ganzen Haus fröstelte ihm wieder und er zog sich zurück. Verschloss den Raum sorgfältig und kehrte ins Schlafzimmer zurück, um sich anzuziehen. Nach wie vor wollte er nicht daran glauben, dass Louisa tatsächlich derart niederträchtig sein würde, doch je länger er versuchte, sie innerlich in Schutz zu nehmen, desto lauter wurden die Stimmen, die ihm aufzählten, was sonst noch alles gegen sie sprach. Ihre zunehmende Gefühlskälte ihm gegenüber. Die eigenen Wege, die sie zunehmend gegangen war und die mangelnde Herzlichkeit, wenn er etwas für sie getan hatte. Selbst als er für sie die Puffmutter von Selters beseitigt hatte, war für ihn nicht mehr als ein etwas leidenschaftlicherer Kuss übrig gewesen. Dann hatte sie sich verkrümelt, weil sie sich angeblich beeilen musste, die besten Mädchen aus Selters für ihr Bordell zu gewinnen.

Sie wären ihr nicht weggelaufen, denn wohin hätten sie gehen sollen?

Ihre Leidenschaft war ein kunstvolles Schauspiel und er war in dem Drama ein kleiner Statist. Der Verehrer der Schönen, der alles tat, um ihre Gunst zu gewinnen. Der sich ins Zeug legte, um allein für sie die Sonne wieder scheinen zu lassen.

Wie blind er doch gewesen war.

Als er sich fertig angezogen hatte, hörte er, wie eine Kutsche am Haus hielt. Das einzige Fahrzeug, das noch mit schöner Regelmäßigkeit auf der mittlerweile kaum mehr passierbaren Straße fuhr: die alte Postkutsche von Camberg nach Idstein.

Michael setzte sich in einen der beiden überdimensionalen Sessel am Kamin und wartete ab, was geschehen würde. Wie sich Louisa verhielt. Er hörte, wie sie die Tür öffnete und wieder schloss. Hörte das Rascheln ihrer Kleider, das einfach nicht zu verhindern war, und das Klatschen des Regencapes. Alles wirkte extrem verstohlen. Oder wollte er das nur hören?

Dieser Zweifel wich, als er hörte, dass sie tatsächlich ohne Schuhe über den eisigen, gefliesten Boden der kleinen Eingangshalle schlich. Normalerweise entledigte sie sich der Schuhe erst auf den Dielen im Flur, weil das Holz angenehmer war. Er saß so, dass er den Tisch mit den leeren Gläsern im Blick hatte, aber von einer eintretenden Person nicht gesehen werden konnte.

Nun konnte er sie durch die Diele zu ihren Nähzimmer tappen hören, das leise Drehen eines Schlüssels ihm Schloss, das Öffnen der Tür und das Ablegen eines Päckchens. Er hatte also recht gehabt mit seiner Annahme, dass sie Einkaufen war. Deshalb hatte sie wahrscheinlich auch die Spuren der vergangenen Nacht nicht beseitigt, weil sie die Kutsche sonst verpasst hätte und damit den Zug nach Limburg.

Das wollte sie nun offensichtlich nachholen, denn die Tür zum Nähzimmer wurde wieder verriegelt und er hörte das Rascheln ihres Kleides durch die Küche ins Wohnzimmer kommen. Da sie ihn nicht sehen konnte, eilte sie gleich weiter zu dem Tisch mit den Gläsern und wollte alles abräumen.

»Wo warst du?«

Erschrocken fuhr sie herum. Dabei streifte ihr Rock den zierlichen Tisch und brachte ihn zum Schwanken. Die Gläser zerschellten auf dem Boden und die Champagnerflasche schlug mit einem satten Laut auf den ungeschützten Dielen auf. Ihr schlechtes Gewissen schien aus den weit aufgerissenen Augen springen zu wollen, als er sich aus seinem Sessel erhob und auf sie zutrat. Ihre ganze Mimik ließ das letzte Quäntchen Hoffnung in ihm sterben, dass alles nur ein riesiges Missverständnis war.

Wahrscheinlich waren auch seine Gedanken deutlich in seinem Gesicht zu lesen, doch schien Louisa darin nur seine Enttäuschung über die entgangene Liebesnacht zu sehen. »Ich ... ich wollte dich nicht wecken, du schienst so erschöpft nach all der Arbeit. Ich musste noch ein paar dringende Besorgungen machen«, erwiderte Louisa, als sie sich endlich wieder gefangen hatte und er direkt vor ihr stand.

Überhaupt schien sie den Schrecken schnell wieder hinter der üblichen Maske der Souveränität verstecken zu wollen, doch dieses Mal konnte er genau sehen, wie es hinter ihrer Stirn arbeitete. Bei ihr hatte er nie seine Fähigkeit angewendet, sie zu mesmerisieren. Louisa schien auch die einzige Frau zu sein, die gegen diese einnehmende Wirkung immun war. Vielleicht, weil sie selbst in gewissem Maße über diese Fähigkeit verfügte. Das hatte sie immer zu einem eingespielten Team gemacht und zusammengeschweißt.

Wann hatten diese Schweißnähte angefangen, durchzurosten?

»Nein, die Erschöpfung war es nicht. Es war etwas in meinem Glas, das mich derart niederstreckte, dass ich nicht einmal mehr meine körperlichen Bedürfnisse befriedigen konnte, was dir offensichtlich gut in den Kram passte.«

Ihr Gesicht blieb unbewegt, aber er bildete sich ein, dass ihre Haut einen Hauch von Grau angenommen hatte. Sie schien etwas sagen zu wollen, aber es gelang ihr nicht, den Mund zu öffnen. Nahm er in diesem Augenblick doch Einfluss auf sie?

Doch dann lächelte sie, wenn auch seltsam künstlich. »Aber mein Engel, wie kommst du denn auf dieses schmale Brett? Hast du schlecht geträumt? Es ist alles in Ordnung. Du warst wirklich nur überarbeitet.«

Sie versuchte, nun ihrerseits Einfluss zu nehmen, das spürte Michael deutlich, doch so wenige wie der seine bei ihr verfing, so wenig funktionierte der ihre bei ihm. »Natürlich. Und dass du alle Pläne und Notizen von mir, Mayerhofer und meinem Bruder kopierst, das bilde ich mir nur ein, nicht wahr?« Ihm wurde etwas anderes bewusst, das ihm vorher angesichts der Akten nicht gleich aufgefallen war. Das Fehlen von Kleidung und Stoffen, die normalerweise in ein Nähzimmer gehörten. Die beiden Schneiderpuppen waren nackt gewesen. Dort wurde schon lange nicht mehr der Handarbeit nachgegangen. Hatte sie überhaupt das Bordell in Betrieb genommen?

Nun wurde Louisa wirklich grau und sie versuchte, sich von ihm zu entfernen. »Was … nein, wie …?«

Mit einer schnellen Bewegung packte Michael in ihre Haare und zog sie wieder an sich. Sie stemmte sich mit den Unterarmen gegen seinen Brustkorb, doch sie konnte sich seiner kraftvollen Umklammerung nicht entziehen. »Während ich dafür geschuftet habe, etwas zu bauen, das uns zu Reichtum verhilft, ist dir nichts Besseres eingefallen, als die Früchte meiner Arbeit für deine Zwecke einzumachen. Allein für deine Zwecke, nicht wahr? Oder was treibst du sonst noch in deinem Nähzimmer? Arbeit für dein Bordell ist es ja offensichtlich nicht. Vielleicht hätte ich mal einen Besuch dort abstatten müssen, um die Mädchen zu überprüfen? Kommt nicht genug Geld rein? Gibt es überhaupt ein Bordell? Nein, wahrscheinlich nicht. Meine Abwesenheit, als ich die Chefin des Bordells in Selters meucheln sollte, hast du sicher nur für weitere Abschriften genutzt. Und zum Austausch der Pläne, nicht wahr?«

An ihren Augen konnte er erkennen, dass seine Worte ins Schwarze trafen. Er hatte mit allem, was er vermutete, Recht gehabt. Warum nur? War er ihr nicht mehr gut genug? Sie hatten doch genau das gleiche Ziel gehabt, oder nicht?

»Warum?«, fragte er schließlich, ohne zu wissen, was er hören wollte. Eine weitere Lüge, oder die Wahrheit? »Ich dachte, wir gehören zusammen.«

Louisa lachte rau. »Du bist ganz dekorativ, ja, und auch recht befriedigend im Bett. Aber ich will etwas anderes. Ich will Teil einer Gesellschaft sein, die ich nicht allein mit Geld erreichen kann. Als Eintrittskarte schon, aber nicht mit dir an meiner Seite. Dann nämlich wird die Gesellschaft uns immer verachten.«

Weil er über diese ehrliche Antwort zu überrascht war, ließ er für einen Moment locker, was sie sofort nutzte, um sich seinem Zugriff zu entziehen. Woher die Schusswaffe in ihrer Hand kam, wusste er nicht, aber sie hielt ihn davon ab, erneut zuzugreifen. Aber aufhalten konnte sie ihn damit nicht, sofern sie keine lebenswichtigen Körperteile traf. »Tja, mein Lieber. Dann muss ich halt auf die schönen neuen Konstruktionspläne verzichten, die Käufer werden schon jemanden haben, der aus dem, was ich bereits habe, eine Maschine bauen kann. Leb wohl. Es war eine schöne Zeit mit dir.«

Sie zielte auf seine Stirn, doch als sie abdrückte, war er schon nicht mehr da. Flink wie ein Wiesel hatte er sich zur Seite geworfen und war schneller auf den Füßen, als sie in der Lage war, nach dem Schuss auch nur den Hahn der winzigen Handwaffe erneut zu spannen. Michael schlug ihr die Waffe aus der Hand, stieß sie gegen die Wand und packte mit beiden Händen ihren Hals.

Louisa wehrte sich verzweifelt und rang nach Luft. Michael drückte jedoch weiter gnadenlos zu. Um ihr und sich ein langsames Ersticken zu ersparen, presste er mit aller Kraft seine Daumen auf ihren Kehlkopf. Als das Halsorgan brach, sackte sie in sich zusammen wie eine Marionette, der man die Fäden gekappt hatte.

Michael hob die Waffe auf, nahm den leblosen Körper auf die Arme und brachte seine Geliebte ins Schlafzimmer. Er legte sie auf dem Bett ab, legte ihre Hände wie zu einem Gebet aneinander und zog ihr das Laken über den Kopf. Eine Weile stand er stumm neben dem Bett und starrte nur die Silhouette der Toten unter dem weißen Stoff an.

Er fühlte nichts mehr. Gerade so, als wäre er zu Stein erstarrt oder zu einer willenlosen Maschine geworden. So wie die Diener seines Bruders, gelenkt von einer höheren Macht, ohne eigenen Willen.

Was hatte er von seinem Dasein gewollt? Er hatte es vergessen. Seine Erinnerungen an die Zukunft, die er für sich erreichen wollte, waren mit der Frau gestorben, deren Bild ebenfalls aus seinem Gedächtnis schwand. Sein Gedächtnis wurde von der Louisa gereinigt, die er eben aus der Welt geschafft hatte. Die Hure, die ihn hinterging, wurde zu Emma, dem fast schüchternen Mädchen, dass sich mit viel Willensstärke und eiserner Hand zu dem hochgearbeitet hatte, was er so geliebt hatte. Die wunderschöne, starke Frau an seiner Seite, die Gefährtin.

Wann hatte ihre Veränderung begonnen? Es musste sehr langsam vonstatten gegangen sein, denn er hatte es nicht wirklich mitbekommen. Sie war schon immer geduldig gewesen, mehr als er. Sehr viel geduldiger. Sie hatte ihre Chance gesehen, ganz aus ihrem alten Leben heraus zu kommen und dabei stand er ihr im Weg.

Doch nun war sie tot und in seinem Geist wurde die Hure zur Heiligen. Unantastbar und auf dem Weg in ein anderes Leben, sollte es doch so etwas wie ein Leben nach dem Tode geben. Nur ob es ein gutes Leben war, das wusste er nicht.

Es war ihm gleichgültig.

Er löschte das Licht und schlich zu seiner Werkstatt. Die Uhr im Salon schlug achtmal, er hörte es nicht. Ob es morgens oder abends war, konnte man wegen des Wetters ohnehin nicht feststellen. Michael wusste nicht, was er in der Werkstatt wollte, aber er fand den Anblick seiner Maschine mit einem Mal als tröstlich. Vielleicht konnte sie ihm die Antwort auf die Frage geben, was er nun machen sollte.

✻

Peter stoppte das Dampfrad hinter einer Baumgruppe und schaltete den Scheinwerfer aus, um nicht gesehen zu werden. Von seinem Standpunkt aus hatte er einen guten Überblick auf die Hirtesenmühle, vor der drei Wagen vorgefahren waren, von denen zwei der Polizei von Idstein gehörten. Der Hof war mit Gasdrucklampen hell erleuchtet, die im Regen dichte Nebelschwaden verursachten.

Joachim neben ihm öffnete eine Klappe im Verdeck des Beiwagens. »Was geht denn da vor?«

»Ich gehe davon aus, dass man den Doktor vermisst hat und nach ihm suchte. Entweder haben sie ihn gefunden oder er wurde als vermisst gemeldet. Scheint, als würde auch erste Gäste abreisen wollen.«

Weitere Kutschen näherten sich der Mühle aus Richtung Idstein, so dass Peter sehr froh war, einen Umweg gefahren zu sein. »Tja, dort wird wohl niemand mehr behandelt werden. Ob mit oder gegen seinen Willen.«

Er fuhr weiter, vorsichtig, weil er den Scheinwerfer noch nicht wieder anstellen wollte und kaum etwas erkennen konnte. Wieder und wieder verfluchte er das Wetter, das sie offensichtlich allesamt zu ertränken gedacht. Vielleicht wäre das sogar eine gute Idee, überlegte er im gleichen Moment, wenn Mutter Erde sich endlich von den Filzläusen, die sich Menschen nannten, befreite.

Als er glaubte, nicht mehr von der Mühle aus gesehen werden zu können, schaltete er den Scheinwerfer wieder an und fuhr schneller über die miserable Straße, die man eigentlich schon kaum mehr als solche bezeichnen konnte. Wenn er befürchtet haben sollte, dass er bei der Fahrt durch den Ort Würges bemerkt werden sollte, so wurde er eines Besseren belehrt. Teile des Ortes in der Nähe der Kirche waren vom Bach, der zu einem reißenden Strom geworden war, überflutet, die Häuser verlassen. Wohin mochte all die armen Menschen geflohen sein?

Endlich erreichten sie das einsame Haus vor der Stadt Camberg, von dem Peter sicher war, dass Michael dort wohnte. Wieder ließen sie das Dampfrad in sicherer Entfernung zurück und hasteten zu dem Haus, das ebenfalls verlassen wirkte, da nirgendwo Licht zu sehen war. Peter verfluchte sich selbst, dass er nicht früher zugegriffen hatte, aber er wusste auch genau, dass es nicht seine Schuld war. Wie hätte er das ohne Leute und den Rückhalt der Polizei in Camberg schaffen sollen, die nicht gerade gut auf die Beamten des Groß-Stadtkreises zu sprechen war und nur auf Weisung aus Limburg reagierte?

Mit wenig Hoffnung probierte Peter sein Glück an der Eingangstür und war entsprechend überrascht, dass sie nicht verschlossen war. Die Hitze, die ihnen aus dem Haus entgegenschlug, ließ die beiden Männer in den Lederkombinationen und Wachstuchmänteln sofort in Schweiß ausbrechen. Das Haus verfügte offensichtlich über eine Gasheizung, die auch in Betrieb war. Das alarmierte Peter, denn es bedeutete, dass die Bewohner wohl doch noch hier residierten, nur womöglich mit etwas anderem beschäftigt waren. Außerdem konnte er jetzt Licht wahrnehmen, was von außen nicht der Fall gewesen war.

Sie betraten das Haus und ließen ihren Regenschutz hinter der Tür einfach auf dem Boden liegen. Jemand hatte nicht lange zuvor offensichtlich in Eile das Haus betreten, denn es war nicht das einzige Regencape auf dem Boden und das, was auf dem Boden lag, war auch noch nicht ganz abgetrocknet.

Das Rätsel um das fehlende Licht außen wurde schnell gelöst, als sie den ersten Raum betraten und in Richtung des Lichtschimmers weiter schlichen. Alle Fenster waren mit schweren Portieren verhängt, die so zusammengeklammert waren, dass nicht einmal ein Spalt offen blieb. Mit der Schusswaffe in der Hand drang Peter in das Haus vor, gefolgt von Joachim, den er in einem schnellen Kurs die Bedienung einer normalen Schusswaffe beigebracht hatte.

Der mit einer heimeligen Gaslampe erhellte Raum war ein großzügiges Wohnzimmer, das aber wenig vom gängigen Geschmack des Großbürgertums aufwies, für welches das Haus eigentlich gebaut worden war. Doch herrschte hier auch Chaos vor, auf dessen Spuren sich Peter erst einmal einlassen musste, um sie zu verstehen. Zerbrochene Gläser auf dem Fußboden neben einer leeren Champagnerflasche. Ein verzogener Läufer auf den Dielen und ein Büschel roter Haare im Putz an der Wand. Er war sich sicher, dass ein Kampf stattgefunden hatte. Etwas war durch die Glasscherben gezogen wurden, die dadurch wie ein Pfeil in eine bestimmte Richtung wiesen, der sie nun folgten.

Durch einen Flur erreichten sie ein weiteres Zimmer, das groß und dunkel war. Peter nahm seine Handlampe und drehte sie auf die geringste Helligkeit herunter. Als er langsam einmal quer durch den großen, fast leeren Raum leuchtete, hörte er Joachim hinter sich keuchen und ließ den Lichtstrahl auf dem Bett verharren. Eine menschliche Gestalt mit ausladender Kleidung zeichnete sich unter einem weißen Laken ab. Peter hastete hin und zog das Laken vom Gesicht der Person, Joachim trat neugierig hinter ihn.

»Das ist diese Louisa, die Freundin vom Heiligen, oder?«, flüsterte Joachim aufgeregt.

Peter nickte und betrachtete den Hals der Frau im fahlen Licht der Handlampe. Er kannte sich gut genug aus, um zu wissen, dass die blauen Flecken an dem langen weißen Hals der Frau von Erdrosseln mit bloßen Händen zeugten. »Da war jemand verdammt wütend. Was muss passiert sein, dass Michael so reagierte? Wo ist er jetzt? Es kann noch nicht lange her sein, der Körper ist noch nicht völlig erkaltet oder starr.«

Er zog der Toten das Laken wieder über das Gesicht und zog Joachim mit sich. Peter wollte nun unbedingt Michael finden, bevor dieser womöglich noch etwas anderes anstellte, floh, oder sie in Gefahr brachte. Auf dem Weg durch das Haus öffneten sie sämtliche Türen und spähten hinein. Eine Tür war verschlossen, hielt aber Peters Dietrichen nicht lange stand. Was sie in dem Raum vorfanden, ließ Peters Augen leuchten. Pläne in Hülle und Fülle, abgezeichnet, beschriftet und sortiert. »Das werden wir nachher alles mitnehmen, irgendwie«, raunte er Joachim zu. »Das darf nie mehr in die Hände von Verbrechern wie Wallenfels oder einem von Laue geraten.«

Joachim entlockte das ein zynisches Grinsen, weil Peter Wallenfels in einem Atemzug mit dem Mörder Laue genannt hatte. Aber im Grund musste er ihm recht geben. Dazu brauchte er nur an die vielen Menschen denken, die wegen der Wasserableitung von der Fabrikbaustelle bereits ertranken.

Die Suche ging weiter durch die Küche hin zu einem Gang, der in einen Seitentrakt oder einen Anbau führte. Der Keller schien nicht benutzt zu werden, die Heizanlage befand sich in einem Raum neben der Küche, der ursprünglich eine Vorratskammer sein sollte. Als Peter die schmale Stiege in den Keller hinunter leuchtete, sah er auch sofort den Grund. Um die unteren Stufen schwappte brackiges Wasser. Der Keller war überflutet.

Joachim, der schon ein paar Schritte voran gegangen war, winkte nun hektisch und Peter hastete zu ihm. Die Tür, die in eine Remise führte, stand einen Spalt weit offen und ein Lichtschimmer ließ erkennen, dass sich womöglich jemand dort aufhielt.

Nun rasselte eine Kette und eine Dampfmaschine sprang an, was Peter alarmierte. Er spähte durch den Spalt und konnte eine relativ kleine Maschine mit seltsamen, nach oben gerichteten Trichtern erkennen, die jener in der Messehalle von Wiesbaden ähnlich sah. Überrascht sah er, wie das Dach der Remise aufgeklappt wurde, was die rasselnde Kette erklärte. Nun regnete es in die Werkstatt, doch nicht lange. Die Maschine lief an und sandte einen grünlichen Nebel gen Himmel. Die beiden Beobachter an der Tür starrten mit offenem Mund nach oben und erblickten den Sternenhimmel über sich.

Peter entdeckte schließlich auch die Person, die neben der Maschine auf einem Schaukelstuhl saß und gebannt in den Himmel starrte. Sie schien nicht bewaffnet, hielt nur einen Kasten auf dem Schoß, in dem einige Regler eingebaut waren und eine Vorrichtung, um eine Ätherpatrone einzulegen. Peter ging davon aus, dass es sich um den Kasten handelte, der bei Mayerhofer gestohlen worden war.

Langsam öffnete er die Tür und trat in die Werkstatt. Sein Blick wechselte zwischen dem faszinierenden Anblick des Sternenhimmels mit dem nahezu vollen Mond und dem Mann, der mit seltsam entrückt wirkender Miene in dem Schaukelstuhl saß und die nächtlichen Besucher nicht zu bemerken schien. Selbst als Peter direkt vor ihm stand, die Hand mit der Waffe zu Boden gerichtet, ließ er nicht den Blick vom Himmel.

»Ich habe alles für Louisa getan und was ist der Dank dafür?«, sprach Michael nun mit leiser, aber deutlicher Stimme. Er erwartete sichtlich keine Antwort und Peter war sich auch nicht sicher, ob er wirklich der Adressat dieser Worte war. »Sie hintergeht mich und will alles für sich. Ist das zu glauben? Wahrscheinlich hätte sie mich von irgendeinem Handlanger beseitigen lassen … oder nein, mit Gift ist sie schnell bei der Hand. Wahrscheinlich hätte sie es sogar selbst getan. Mit Gift macht man sich nicht die Hände schmutzig. So wie ich es getan habe, als ich ihr den schönen Hals umdrehte.«

Verblüfft bemerkte Peter, dass Michaels Augen in Tränen schwammen. Sagen konnte und wollte er nichts. Michael schien ihm sein Herz ausschütten zu wollen und er ließ ihn gewähren.

»Ich habe dieser Frau mein Herz geschenkt, ihr mein Leben zu Füßen gelegt, aber sie hat es nur ausgenutzt. Ich war ihr im Wege, sie wollte etwas Besseres sein. Ein ganz neues Leben führen. Natürlich ohne jede Erinnerung an das alte, ohne mich. Gibt es Frauen, die anders sind, Kommissar Langendorf? Das ist doch Ihr Name, oder?«

»Ja, es gibt andere Frauen«, erwiderte Peter und es fiel ihm nicht schwer, dabei glaubwürdig zu klingen. Er brauchte nur an Katharina zu denken, an Celeste und die treuen Gattinnen seiner Kollegen. Frauen, die ihr Leben für ihre Partner und ihre Familie hergeben würden und nichts anderes wollten, als das, was ihre Männer zu geben bereit waren. Starke Frauen, die man nie unterschätzen durfte, auch wenn die Gesellschaft sie zu einem Leben im Hintergrund verdammte. »Aber sie sind schwer zu finden. Manchmal fallen sie einem geradezu über die Füße, manchmal muss man in die Hölle gehen, um sie dort heraus zu holen, aber es gibt sie tatsächlich. Die Frau, die ein Teil von einem Selbst wird.«

»Haben Sie so eine? Ja, natürlich, ich erinnere mich an das, was mein Bruder mir erzählte. Geht es ihr gut? Dann sind Sie ein glücklicher Mann, Kommissar.«

Während des ganzen Gesprächs hatte Michael seinen Blick nicht einen Moment vom Himmel abgelassen. »Das ist wundervoll, nicht wahr? Schade, dass der Äther gleich wieder leer ist und dieser Anblick verschwindet. Nehmen Sie die Pläne mit, Langendorf. Ich brauche sie nicht mehr. Ich wollte nur noch einmal den Himmel sehen.«

Bevor Peter eingreifen konnte, hatte er seine Hand unter dem Kasten hervorgezogen und die kleine Schusswaffe, die darunter verborgen war, in den Mund gesteckt. Der Knall war erstaunlich leise, doch zusammen mit dem hässlichen Geräusch des platzenden Schädels ergab er eine grässliche Mischung, welche die beiden Zeugen noch eine Weile im Schlaf verfolgen würde.

Die Damenwaffe fiel aus der Hand des Toten und im gleichen Moment erstarb das Zischen der Dampfmaschine. Über ihnen schloss sich die Wolkendecke wieder und der Regen fand seinen Weg in die Remise. Joachim war mit einem Sprung bei einem Mechanismus, von dem er annahm, dass man damit das Dach bewegen konnte und riss den Hebel herunter. Sofort schloss sich das Dach.

Eine Weile standen sie stumm und in Gedanken versunken neben dem Toten, bis Joachim das Schweigen brach. »Und jetzt?«, fragte er mit nüchtern klingender Stimme, die aber von seinem Gesichtsausdruck Lügen gestraft wurde.

Peter sprach ein Gebet für den Mann, der natürlich ein Verbrecher gewesen war, aber in seinen Augen auch immer nur ein Getriebener. Zuerst in der Konkurrenz seines genialen und noch mörderischeren Bruders, dem er nacheiferte, den er aber nie erreichen konnte. Und dann aus Liebe zu einer Frau, die ihn immer nur benutzte. Er glaubte ihm tatsächlich, dass Michael alles nur getan hatte, um ihr zu gefallen. Er war offensichtlich bei allen Fähigkeiten und trotz des guten Aussehens ein zutiefst unsicherer Mensch gewesen, der sich von anderen anleiten und ins Bockshorn jagen ließ.

»Ich denke, wir schicken einfach eine Truppe zum Aufräumen vorbei. Die Polizei von Camberg wird sich hier nicht blicken lassen und das Haus liegt weit genug außerhalb, dass bei diesem Wetter niemand bemerken wird, wenn hier jemand das Haus ausräumt. Man kann dann immer noch sagen, dass der Besitzer umgezogen ist und keiner wird es nachprüfen. Dieses Mal überlassen wir nichts dem Zufall oder anderen Leuten. Jeder Schnipsel Papier und alle Gerätschaften werden konfisziert. Hier gibt es ja auch keine Erben, die einen Anspruch erheben können und verhindern, dass man sortiert, was zum verstorbenen Verwandten und was zum Verbrecher gehörte. Diese ganzen Dinge hier«, er machte eine umfassende Handbewegung durch die Werkstatt und hin zum Haus, »dürfen nicht in die falschen Hände geraten. Auch nicht in die Wallenfels'. Die Wettermaschine muss der Allgemeinheit zugutekommen, so wie es der Erfinder wollte.«

Noch einmal warf er einen Blick auf den Toten, dessen Attraktivität in einer undefinierbaren Masse aus Blut, Knochen und Gewebe vergangen war. »Wir nehmen schon mal die ganzen Pläne und Papiere mit, bevor am Ende doch irgendetwas davon verschwindet und niemand mehr die Arbeit nachvollziehen kann.«

Als er sich abwandte, um in der Werkstadt schon mal nach ersten Notizen und Plänen zu fahnden, verhielt er noch einmal in der Bewegung und lächelte Joachim an. »Im Übrigen werde ich Sonnemann empfehlen, dass er dich in unsere Truppe aufnimmt. Ich brauche jemanden, der jung und gesund ist und dabei auch geschickt. Richard wird bald ausscheiden, Karl kann ich auf kein gefährliches Kommando mitnehmen und Hartmut muss in der Innenstadt bleiben, da gibt es genug zu tun. Ich mag aber nicht alleine alle Drecksarbeit machen. Wird schon werden. Eine Abordnung von der Bahnpolizei dürfte nur ein kleiner Verwaltungsakt sein.«

IN DEN HÖHLEN

Da es nach wie vor schwierig war, im Polizeipräsidium irgendwelche Pläne zu schmieden, ohne dass die Zuträger des Oberbürgermeisters Wind davon bekamen und Sonnemann unter Druck setzten, versuchten sie das weitere Vorgehen andernorts zu organisieren. Dabei erwies sich das Haus von Herrn Eisenstein als der beste Ort.

Vor allem, weil der alte Chinese Xun über ein Gerät verfügte, mit dem er das Telefon des alten Mannes derart manipulieren konnte, dass niemand in der Lage war, den Sprecher zu orten. Woher er dieses Gerät hatte, wollte der alte Mann nicht verraten.

Im Dachgeschoss der Villa, von der man einen wunderbaren Ausblick über das gesamte Theißtal gehabt hätte, würde der Regen endlich einmal aufhören, richtete Peter eine Art Kommandozentrale ein und telefonierte erst einmal stundenlang. Währenddessen half Joachim Doktor Liebermann dabei, Jewgenij zu versorgen, der noch immer körperlich schwach war. Ob durch die Betäubung oder weil seine Krankheit wieder einen Schub gemacht hatte, konnte der Arzt noch nicht feststellen. Dafür war der Geist des jungen Mannes wieder hellwach und er trieb alle zur Eile, weil er um das Leben der entführten Frau fürchtete.

Als Peter nach seinen Gesprächen zu ihnen stieß, wurde er von Jewgenij nahezu mit Fragen bombardiert. Es fiel Peter entsprechend schwer, ruhig zu bleiben, aber er erklärte dem jungen Mann geduldig, dass sie glaubten zu wissen, wo der Entführer war. Jedoch auch, dass es sich dabei um ein ausgedehntes Labyrinth handelte, das selbst mit einer Hundertschaft erfahrener Polizisten oder Soldaten kaum zu durchsuchen war, ohne dass man haufenweise Schlupflöcher ließ. Er hoffte insgeheim darauf, dass sein Bruder einen Ort kannte, an dem der Albino mit der Maschine ein und aus gehen konnte, denn das war seine

Schwachstelle. Selbst wenn er sich wie eine Ratte durch die engsten Höhlen quetschen konnte, die Maschine konnte es nicht. Sie benötigte einen größeren Zugang.

Am Telefon wollte Paul ohnehin nicht mit der Sprache heraus, was er alles in Erfahrung bringen konnte. Weniger, weil er es nicht als sicher erachtete, denn wegen der Zeit, die er brauchte, um alles darzulegen. Er hatte daher angekündigt, mit nach Niedernhausen kommen zu wollen.

Sonnemann davon zu überzeugen, Richard mit einem Trupp einfacher Polizisten, die man als Umzugshelfer tarnte, nach Camberg zu schicken, um Michaels Haus auszuräumen, war für Peter die leichteste Übung gewesen. Vor allem, weil Sonnemann dann endlich einen Erfolg präsentieren konnte: Den Mörder des Erfinders. Um nicht sofort Wallenfels auf dem Hals zu haben, sollte er behaupten, dass Michael alle Unterlagen und die Steuerungseinheit vor seinem Selbstmord vernichtete.

»Es geht also alles seinen Weg? Hoffentlich sind Sie erfolgreich und können das Fräulein retten«, seufzte Liebermann, dem die Unruhe deutlich anzumerken war. »Und Ihr Bruder konnte etwas über die Grundstücke in Erfahrung bringen? Ich hoffe wenigstens in dieser Hinsicht auf halbwegs gute Nachrichten.«

Peter zuckte mit den Schultern. »Paul kommt heute noch hierher. Er hat wohl einiges herausgefunden, wollte es aber nicht am Telefon erklären. Und was das Fräulein de Varelles betrifft, muss ich noch einmal meinen Vorgesetzten kontaktieren. Aber auch da hoffe ich auf meinen Bruder, der vielleicht einen Ort kennt, an dem wir mit unserer Suche beginnen können. Ich will nicht das gesamte Höhlensystem durchkämmen müssen, was den Albino entweder zu einer Verzweiflungstat verleiten oder ihn dazu bringen könnte, seinen Standort vollständig zu wechseln. Hier können wir seiner noch habhaft werden.«

»Aber warum? Warum hat er Marie entführt?«, fragte Jewgenij mit Verzweiflung in der Stimme.

»Da kann ich nur Vermutungen anstellen und müsste wohl weit ausholen. Vielleicht kann Dr. Liebermann das sogar besser erklären, er war schließlich in den Fall des Mörders von Laue involviert. Der hat versucht, seine tote Frau wieder zum Leben zu erwecken. Eine Frau, die zu ihren Lebzeiten der Entführten wohl recht ähnlich sah. Die Mutter des Mannes, hinter dem ich den Entführer vermute.«

Liebermann fiel nun ein: »Ich denke, ich weiß, worauf Sie hinauswollen. Womöglich sieht er in Marie eine Wiedergeburt der Mutter und will sie an sich binden. Das würde aber meines Erachtens eine Gefahr für ihr Leben ausschließen, oder? Er wird sie hoffentlich behandeln wie eine Heilige ... Nein, es gibt eine Gefahr: Dass er mit ihr gemeinsam in den Tod geht, wenn er sich zu sehr in die Enge getrieben fühlt.«

Peter nickte. Vor allem, weil ihm sofort wieder der Gedanke an Michael und Louisa durch den Kopf schoss. »Er wird sie sicherlich behandeln wie eine Königin, ja, aber das schließt nicht aus, dass er sie im Zweifel umbringt, weil er seine Königin vor dem Zugriff unheiliger Fremder retten will.«

*

Ursprünglich wollte Paul direkt mit dem Zug nach Niedernhausen fahren. Doch als Peter ihn darum bat, sich zu überlegen, wo sich der Albino verstecken konnte, war ihm noch ein anderer Gedanke gekommen. Er fragte Karl Gördeler, ob es möglich war, Hilfe von der Polizei zu bekommen und ein Fahrzeug, doch der konnte ihm nicht helfen. Zumindest wollte er fragen, doch Paul erhielt keine Rückmeldung, so dass er doch schon unverrichteter Dinge zum Bahnhof aufbrechen wollte.

Als er das Haus verließ, bremste ein massiver, lauter und bestialisch stinkender Holzgas-Transporter vor ihm und Hartmut Lenze winkte ihm, einzusteigen. »Wie komme ich denn zu der Ehre?«, fragte Paul belustigt, als er in dem archaisch wirkenden und wenig gemütlichen Führerhaus Platz nahm.

»Eigentlich hätte ich heute frei, aber Sonnemann fragte mich durch die Blume, ob ich noch Kraft und Lust hätte, Ihnen zu helfen. Er wüsste zwar nicht, was Sie vorhaben, aber sicherlich hat es etwas mit den Vorgängen in Niedernhausen zu tun?«

»Im Grunde ja. Ich möchte, dass wir zuerst in Schierstein im Auffanglager am Freudenberg vorbeifahren und jemanden abholen, der unsere Zielperson sehr gut kennt. Und nebenbei wahrscheinlich besser in den Höhlen operieren kann als wir, weil er klein und wendig ist. Dazu kommt, dass er eine irre Wut auf die betreffende Person hat, sodass wir sicher nicht zweimal fragen müssen, ob er uns helfen will. Allerdings werde ich allein keine Gelegenheit haben, ihn von dort weg zu holen, egal wie sehr ich mich für ihn verbürge. Das kann nur ein Polizist«, erklärte Paul, während Hartmut das Getriebe einkuppelte und der Transporter sich mit einer pechschwarzen Rauchschwade in Bewegung setzte. Er musste fast brüllen, um sich verständlich zu machen.

Hartmut grinste ihn an. »Sie sprechen von diesem Japaner aus dem Zirkus, nicht wahr? Aber warum einen Transporter, außer, damit er nicht weithin sichtbar ist?«

»Weil er womöglich nicht ohne seinen größten Schatz mitkommen wird und wir diesen vielleicht auch brauchen können. Als Lockmittel. Denn wenn ich das richtig in Erinnerung habe, war der Albino auch auf das Werk des Japaners scharf.«

Hartmut hob seinen Daumen zum Zeichen, dass er verstanden hatte, und fuhr den Biebricher Berg hoch, um dann am Paulinenstift vorbei nach Dotzheim zu fahren. Paul befand das scheinbar klapprige Gefährt als erstaunlich flott und drückte die Plane ein Stück beiseite, die das Führerhaus von der Ladefläche trennte. Tatsächlich hatte der Transporter eine aufwändige automatische Befüllung für die Dampfmaschine und er stellte mit Erstaunen fest, dass sie nicht mit Holzabfällen, sondern mit Kohle befeuert wurde.

»Alles nur Tarnung!«, erklärte Hartmut lachend und legte einen Hebel um. Das Fahrzeug machten einen Satz und legte noch einmal an Tempo zu.

Paul hielt sich lachend fest, weil die Straße das Tempo eigentlich nicht gestatten wollte, aber der Transporter erwies sich auch als erstaunlich gut gefedert. Dafür war Paul mehr als dankbar, weil sich schon beim

Anblick des Fahrzeugs Kopfschmerzen einstellen wollten. So erreichten sie in kürzester Zeit die Kontrollstelle nach Schierstein.

Die Soldaten prüften ihre Papiere und ließen sie passieren. Hartmut hatte irgendein Papier bei sich, das jedes Misstrauen bei den Männern am Kontrollposten zu zerstreuen schien. Als Paul ihn fragend ansah, erklärte Hartmut nur gleichmütig: »Generalvollmacht von Sonnemann.«

Am Auffanglager erklärte man ihnen, dass die Leute vom Zirkus noch immer am Bahnhof lagerten, weil sie sich weigerten, ihr Hab und Gut und ihre Tiere zurückzulassen. Abgesehen davon wollten die Schiersteiner sie nicht in ihrer Nähe haben. Weg konnten sie von dort allerdings auch nicht, denn das Wasser hatte den Bahnhof eingeschlossen, der Bahnverkehr in den war Rheingau eingestellt.

Mit mulmigem Gefühl fuhren sie weiter und erreichten den Bahnhof. Tatsächlich fühlte sich Paul angesichts der Fluten rundum wie auf einer Insel gefangen. Auch Hartmuts Miene verriet, dass ihm nicht wohl bei der Sache war.

Wieder wurden sie von zwei bewaffneten Soldaten kontrolliert, von denen einer ihnen lapidar mitteilte, dass sie froh sein können, wenn sie bei den Zirkusleuten noch jemanden lebend anträfen. Paul und Hartmut tauschten einen beklommenen Blick und hakten nach, was die Männer damit meinten. So erfuhren sie, dass die Zirkusleute vor kurzem jemanden beerdigt hätten und wie die Flüchtlinge oben am Berg nicht besonders lebendig aussahen.

Hartmut ließ den Transporter vor der alten Waggonhalle ausrollen und Paul sprang hinaus, bevor er ganz zum Stehen kam. Er hastete weiter in die Halle und sah sich um. Er befand die Zirkusleute als nahezu vollzählig, die ihn nun alle ansahen. Nur die Hoffnungslosigkeit in ihren Augen machte ihm Angst. Sie erwarteten nichts mehr von ihrem Dasein, lebten nur noch vor sich hin. Am liebsten hätte er sie alle mitgenommen, doch ihre größte Hoffnung musste sein, dass sich das Wetter wieder derart normalisierte, dass sie ihr altes Leben weiterführen konnten. Neben dem Eingang stapelten sich Kisten mit der Notverpflegung und Paul war drauf und dran, ihnen zu sagen, was es war. Doch wahrscheinlich würden sie es trotzdem essen. Sie hatten nichts anderes mehr für sich und die Tiere.

Algirdas Zerfas kam auf ihn zu, sagte aber nichts. Er sah Paul nur fragend an. Bei einem Rundblick über die Gesichter der Anwesenden stellte Paul fest, dass der alte Mann fehlte, der immer an Zerfas' Seite gewesen war. »Was ist mit Ibrahim?«

»Wir mussten ihn beerdigen. Hat wohl das Essen nicht vertragen«, seufzte Zerfas. »Was gibt es?«

Paul entdeckte Kenjiro neben seinem Wagen. Der kleine Japaner hatte bei seinem Auftauchen ein Stück Stoff beiseitegelegt, an dem er etwas flickte. »Wir bräuchten die Hilfe von Kenjiro. Er kennt den Albino und wir müssen den Kerl unbedingt schnappen.«

Zerfas zuckte mit den Schultern und wandte sich ab. »Fragen Sie ihn. Ich halte ihn nicht auf. Wenn er überhaupt noch so etwas wie Leben in sich hat, mehr als wir anderen.«

Paul war nicht wohl dabei, jemanden aus dieser ohnehin geschlagenen Gemeinschaft zu reißen. Aber vielleicht konnte er mehr als nur ein gutes Wort für sie einlegen, wenn Kenjiro ihnen half, den Albino zu schnappen, der sicher noch viel mehr Unheil über die Stadt bringen würde. Der Japaner erhob sich, als Paul zu ihm trat und sie begrüßten sich mit einer stummen Verbeugung, die von gegenseitigem Respekt zeugte.

»Können Sie uns helfen, den Albino zu fangen? Er hat eine Frau entführt und eine Waffe entwickelt, die viel Schaden anrichten kann. Wir müssen ihn aufhalten. Er versteckt sich in den Höhlen und wir wissen nicht, wie wir an ihn herankommen können.« Paul hatte mittlerweile wenig Hoffnung, dass der Mann tatsächlich helfen würde. Wie bei den anderen Zirkusleuten war seine Mimik von Resignation geprägt. Doch kaum hatte Paul den Albino erwähnt, trat ein unheilvoller Glanz in die schwarzen Augen des Japaners. »Vielleicht kann auch Tomoe helfen? Sagten Sie nicht, dass der Albino fasziniert sei von ihr? Und wenn es nur als Lockvogel ist?«

Nun nickte der Japaner heftig und zog eine Plane von einer großen Kiste. Hartmut und Paul traten hinzu und Kenjiro winkte einen weiteren Mann heran. Zu viert hoben sie die schwere Kiste in das Transportfahrzeug. Kenjiro setzte sich ebenfalls auf die Ladefläche, während Paul und Hartmut wieder im Führerhaus Platz nahmen. Dann erinnerte sich Paul daran, dass der Japaner über Waffen verfügte und fragte danach.

Kenjiro wies auf die Kiste. »Tomoe haben Waffen. Kann kämpfen.«

Hartmut startete den Wagen wieder und ratterte zurück zum Kontrollposten. Zu Pauls Überraschung warfen die beiden Soldaten nicht einmal mehr einen Blick in den Transporter. Theoretisch hätten sie also noch mehr Leute aus dem Zirkus mitnehmen können. Aber das war eine müßige Überlegung. Viel mehr verwendete er nun seine ganze Konzentration auf die Frage, wo sich der Albino verstecken mochte.

Wo konnte ein Zugang zum Höhlensystem existieren, der groß genug war für eine Körperpanzerung mit Bewaffnung? Als sich das Fahrzeug Naurod näherte und er in der Ferne die Silhouette des Kellerskopfs erahnen konnte, fiel es Paul wie Schuppen von den Augen.

Der Kellerskopfstollen.

Niemand kümmerte sich mehr um den Stollen zur Wasserversorgung zwischen Rambach und Naurod. Wie oft war das Bauwerk während der Bohrung zusammengebrochen und hatte Menschenleben gekostet? Was, wenn es wieder einmal einen Einbruch gegeben hatte, der einen Zugang zum Höhlensystem in Sonnenberg freilegte? Durch den Stollen konnte man sicher problemlos mit schwerem Gerät hinein und hinaus. Wenn schon nicht durch den eigentlichen Eingang, so doch im Zweifelsfall über den Belüftungsschacht.

Hartmut bemerkte Pauls plötzliche Aufregung und sah ihn fragend an. Paul wies auf das Tal nach Rambach. »Ich glaube, ich kann den Suchradius minimieren.«

*

Wie lange hatte sie geschlafen?

Ihre Erinnerungen kehrten nur langsam wieder zurück. Jemand hatte sie in der Nacht angesprungen und betäubt, so viel war sicher. Aber was war sonst noch geschehen? Kurz davor oder in der kurzen Zeitspanne, von der sie glaubte, dass sie erwacht war und ein zweites Mal betäubt wurde.

Das Sanatorium, das Verschwinden Dr. Liebermanns und ihre Beobachtungen dessen, was der Sanatoriumsleiter tat. Die Hilfe des alten Chinesen. Das jemand sie überfallen würde, während sie in der Nacht kurz auf die Toilette musste, damit rechnete niemand und das hätte auch Reich nicht gewagt. Wozu auch. Sie war nicht sein Ziel, es war Jewgenij. Was war nun mit ihm?

Wo war sie?

Sie glaubte sich zu erinnern, dass sie getragen worden war. Durch Wind und Wetter, irgendwo hin. Oder war es nur ein Traum gewesen? Nein, denn sie war von dem Wasser und der Kälte aus der Betäubung erwacht, doch hatte das nicht lange angehalten. Was war das nur für ein Ding gewesen, dass sie gesehen hatte?

Vorsichtig drehte sie Stück für Stück ihren Kopf. Sie befürchtete schon, dass jemand ihr sofort wieder ein Tuch mit einem Betäubungsmittel auf das Gesicht drücken würde, wenn sie einfach die Augen aufschlug. Von der Seite kamen Geräusche, allerdings klangen sie, als würden sie durch eine dicke Schicht Watte dringen. Marie öffnete die Augen einen Spalt weit und war überrascht, wie gut sie sehen konnte, denn der Ort, an dem sie sich befand, war hell erleuchtet.

Nun erkannte sie auch den Grund für die gedämpften Geräusche. Sie lag in einer Art Nische, die mit einer durchsichtigen Wand verschlossen war, die nur ein paar kleine Löcher hatte. War es Glas? Da niemand in ihrer Nähe war, wagte sie es, ihre Hand danach auszustrecken und stellte überrascht fest, dass sie ihr altes Nachthemd und den dicken Hausmantel trug. Nur wusste sie nicht, ob sie das beruhigen oder verängstigen sollte. Ihre Fingerspitzen berührten die Scheibe und Marie wunderte sich, dass sie sich warm anfühlte. Es schien kein Glas zu sein, aber was war es dann?

Irgendwo flammte ein Licht auf und erhellte eine große, scheinbar natürliche Höhle und Marie schloss erschrocken die Augen, doch nichts geschah, so dass sie es wieder wagte, weiter zu spionieren. Nun erblickte sie das unheimliche Ding und sah langsam klarer. Ein Gestell aus Stahl mit Gelenken. Seltsam filigran und doch beängstigend groß und massiv. Es besaß so etwas wie Arme und nun konnte sich Marie auch die Situation erklären, die sie zuvor als Traumsequenz wähnte.

Um das Gestell herum sprang nun die abstoßendste Gestalt, die sie je zuvor gesehen hatte. Wie sie war das Ding – als Menschen konnte sie es im ersten Moment nicht bezeichnen, vielmehr erinnerte es sie an einen Affen – völlig farblos, ein Albino. Doch während diese Besonderheit bei Marie die Menschen faszinierte und ihr eine geisterhafte, mysteriöse Erscheinung gab, war es bei dem anderen nur abstoßend. Er war eher ein Kobold. Nein, sie verbesserte sich in Gedanken, ein Kobold war in ihrer Vorstellung zwar auch nicht gerade eine Schönheit und immer zu Schabernack aufgelegt, aber im Grunde nett und lustig. Dieser entsprach mehr den Märchen von den Ogern, die sie in ihrer Kindheit gerne gehört hatte.

Was wollte dieses Geschöpf von ihr?

Als sie bemerkte, dass er sich umwandte und in ihre Richtung sah, schloss sie schnell die Augen und hoffte, dass er es nicht bemerkt hatte. Doch dann hörte sie ein Schaben über der durchsichtigen Platte und ein rasselndes Atmen, so dass sie annahm, dass er direkt vor ihr stand. Schaudernd bemühte sie sich darum, weiter langsam und gleichmäßig zu atmen.

Dann hörte sie ein kurzes Zischen und ein unangenehmer Geruch umhüllte sie, der ihre Sinne schwinden ließ. Er betäubte sie wieder.

»Meine schöne Braut, schlaf weiter. Bald darfst du an meiner Seite wachen«, hörte sie eine unangenehme Stimme, die sie an ein rostiges Scharnier erinnerte.

Das war es also.

Nur über ihre Leiche.

*

»Ich finde nur bedenklich, dass ...«, fing Paul an, seine Gedanken zu äußern, doch er unterbrach sich. »Nein, ich glaube nicht, dass er so blöde ist, einen Flammenwerfer zu benutzen. In den Höhlen wäre sofort keine Luft mehr und je nach dem, wie eng sie sind, röstet er sich in dem Metallgestell selbst.«

»Davon gehe ich aus. Blöde ist er nicht. Aber ich denke, dass er im Zweifelsfalle versuchen wird, mit dem Ding aus den Höhlen zu entkommen«, erwiderte Peter und sah zweifelnd auf die wilde Truppe, die ihm zur Verfügung stand.

Sonnemann hatte alle Hebel in Bewegung gesetzt, aber nur eine Handvoll weiterer Polizisten abordnen können, von denen drei auch noch von der Bahnpolizei kamen und von Joachim überredet worden waren, mitzumachen. Wie Joachim selbst hatten sie wahrscheinlich in der Hoffnung zugesagt, dass ihr Stand bei der Verweigerung des Wehrdienstes ein besserer sein würde, wenn sie bewiesen, wie unentbehrlich sie waren. Keiner war bei der Musterung durchgefallen, auch Joachim nicht. Das galt auch für die beiden jungen Beamten, die gerade erst ihren Dienst bei der Reichskriminalpolizei begonnen hatten.

Der Chinese Xun hatte auch seine Hilfe angeboten, sich dann aber wieder zurückgenommen. Er mochte ein hervorragender Kämpfer sein, was er auch schon bewiesen hatte, aber ein wenig zu alt für Peters Geschmack. Auch Liebermann hatte sofort gesagt, dass das wohl eher was für junge und gut trainierte Männer sei.

Als der Chinese Kenjiro vorgestellt worden war, hatte sich ein interessantes Blickduell entwickelt. Japaner und Chinesen konnten sich aufgrund ihrer gemeinsamen Geschichte eigentlich nicht leiden. Überhaupt war es eine seltsame Konstellation – der alte, hochgewachsene, hagere Chinese gegenüber dem kleinwüchsigen, kompakten Japaner. Doch nach einer den Umstehenden viel zu lang werdenden Zeit, hatte Meister Xun seine Hand ausgestreckt, die von dem Japaner ergriffen worden war. Ob es ein Frieden auf Zeit oder der Beginn einer Freundschaft sein mochte, konnte keiner der Umstehenden feststellen. Aber sie hatten die gleichen Ziele und Xun überließ es dem Japaner, diese für sie beide umzusetzen.

Sie standen bei dem Transporter, den Hartmut organisiert hatte, geschützt unter einer der Seitenplanen, die sie mit zwei Stangen zu einer Art Vorzelt aufgeklappt hatten. Auf der Ladefläche saß ein seltsames Pärchen, das schon für viel Aufsehen bei denen gesorgt hatte, die noch nicht in den Fall involviert gewesen waren. Mit baumelnden Beinen hockte der Japaner unbeteiligt neben seiner Puppe, die nicht mehr das asiatische Tanzkleid trug, sondern wie ihr Schöpfer in ein schwarzes Hemd, schwarze Hosen und Gummistiefel gekleidet war. Um das bleiche, unbewegliche Gesicht war ein schwarzes Tuch gewickelt. Beide trugen zudem die Schwerter des Japaners in einem Geschirr auf dem Rücken – Kenjiro das Längere, Katana genannt, und die Puppe das kürzere Wakizashi - und Dolche in den Tüchern um ihre Hüften.

Peter fragte sich, wie diese Puppe funktionierte. Bislang schien sie ein festgelegtes Programm abgespult zu haben, sobald man sie mit einem Schlüssel wie eine Spieluhr aufzog. Doch nun war es, als habe sie ein Eigenleben, gesteuert von ihrem Begleiter. Er wusste, dass Kenjiro um eine Ätherpatrone gebeten und diese auch bekommen hatte. Auf das Programm und eine ablaufende Feder wollte er sich also nicht verlassen. Dafür trug er um das Handgelenk eine Manschette mit ein paar Knöpfen und einer Lampe in einer Metallfassung. Eine Gerätschaft, in der Peter die ältere Ausführung eines Ätherfunkgerätes vermutete. Woher auch immer der Japaner das bekommen haben mochte.

»Wie gehen wir vor?«, fragte nun Joachim aufgeregt, der nicht mehr starr im Regen stehen wollte, da nun der vermutlich trockene Stollen lockte.

Peter sah sich um und entdeckte Hartmut, der durch den Regen auf sie zugehastet kam. »Ihr Bruder hatte Recht mit seiner Vermutung«, keuchte der junge Polizist, als er unter der Plane ankam. »Ich habe den Schacht gefunden. Natürlich sind rundherum jegliche Spuren weggewaschen, sollte es welche gegeben haben. Aber in dem Schacht sieht es so aus, als wäre eine riesige Katze die Wände hochgeklettert. Der Fels der Wände ist völlig verkratzt. Es sind keine Steigeisen darin, nur ein paar Haken. Wird schwierig, da herunter zu kommen, ist aber mit ein paar Seilen machbar.«

Peter teilte seine Leute in zwei Gruppen ein. Ein Teil sollte mit Hartmut durch den Belüftungsschacht ins Höhlensystem einsteigen, einer mit einer Waffe am Schacht Wache schieben, für den Fall, dass der Albino doch mit seiner Maschine entkommen sollte. Paul wies den Schützen an, auf die ›Knie‹ der Maschine zu schießen, weil er dort die größte Schwachstelle vermutete, und außerdem die Gefahr bestand, dass die entführte Frau dabei sein würde.

Auch wenn natürlich Widerstand kam, Paul sollte im Transporter bleiben. Er war noch immer nicht vollständig genesen und Peter fürchtete bei ihm mehr Mut als Kampfkraft. Ergeben schlich sich Paul in das Führerhaus des Transporters zurück, wo es wenigstens trocken und warm war.

Peter winkte dem Japaner, ihm zum Stolleneingang zu folgen. Kenjiro sprang von der Ladefläche und die Puppe folgte ihm absolut synchron, nur mit einer kaum wahrnehmbaren Verzögerung. Darin lag wohl das Geheimnis, auch wenn Peter das Wie nicht verstand. Die Puppe tat, was ihr Schöpfer ihr vormachte, als wäre sie über Stangen und Seile mit ihm verbunden.

Mit dem Generalschlüssel, der jeder Polizeistelle vorlag, konnte er das Tor des Stollens öffnen, das sichtlich schon des Öfteren nicht legalisierten Personen hatte Zutritt gewähren müssen. Im Stollen selbst, der normalerweise hoch genug war, dass man darin aufrecht stehen konnte, kamen sie trotzdem nur schleppend voran. Das Wasser überspülte die Laufgänge und zerrte an ihren Knöcheln. Mit einer Lampe leuchte Peter an den Wänden entlang. Tiefe Schrammen zeugten davon, dass auch hier schon einmal etwas Großes, Metallenes entlanggelaufen war. Dazu kam auch noch die berechtigte Sorge, dass der Gang einbrechen konnte, so wie er es seit Baubeginn einige Male getan hatte. Tiefe Risse im Material der Auskleidung ließen Schlimmes erahnen. Lange würde der Stollen nicht mehr bestehen bleiben, wenn man ihn nicht bald sanierte.

Endlich erreichten sie eine Stelle, an der die Katastrophe schon stattgefunden hatte. Auf eine Weite von gut fünf Metern war die Tunnelwand nach hinten weggebrochen und gab einen Einblick in ein großzügiges Höhlensystem frei. Vom anderen Ende des Schachtes näherte sich nun auch Hartmut mit seinen Leuten. Nacheinander betraten sie die Höhle und landete in einem überraschend großzügigen und trockenen Raum. Auf dem Boden konnten sie nun auch die ungewöhnlichen Spuren erkennen, welche die Maschine hinterlassen haben musste und konnten ihnen folgen.

Peter fand es fast schon ein wenig zu einfach und fürchtete eine Falle. Seine einzige Hoffnung war, dass der Albino nicht mit einem Zugriff rechnete, weil er sich an diesem Ort sicher fühlte. Wenn das so war, konnte Peter seinem Bruder nicht genug danken, der offensichtlich sämtliche unterirdischen Anlagen des Groß-Stadtkreises aus dem Kopf in einen Plan einzeichnen konnte.

Keiner hatte mehr eine Lampe an, dennoch war es in den Höhlen seltsam hell. Hell genug, dass sie sich orientieren konnten. Durch einen Gang, zu dem auch die Maschinenspuren führten, kam Licht. Schnell legten sie alle ihre hinderliche Regenkleidung ab und schlichen geduckt weiter. Der Gang gabelte sich, schien aber in nicht allzu großer Entfernung wieder in einem Raum zusammen zu kommen, denn beide weiterführenden Gänge waren hell. Peter teilte seine Leute auf und folgte mit Kenjiro, seiner Puppe und Joachim weiter den Maschinenspuren.

Vor ihnen lag eine große Höhlenhalle, deren hohe Decke von zwei massiven Felsensäulen gestützt wurde. Peter war nicht wohl bei dem Gedanken, dass eine Explosion stattfinden konnte, als er den Geruch nach aufbereitetem Äther wahrnahm. Wo auch immer sie sich nun gerade im Berg befanden, diese Höhle würde einstürzen und auch vieles an der Oberfläche zerstören. Er hoffte sehr, dass der Albino keinen Widerstand leisten würde, wenn man ihn in die Enge trieb.

Nun hörten sie den erstickten Schrei einer Frau und Peter hastete weiter, um in die Höhle blicken zu können. Endlich sah er den Albino. Die Beschreibung des Glöckners von Notre Dame aus dem Buch von Hugo, das sie in der Schule hatten lesen müssen, drängte sich ihm auf. Ein Quasimodo ohne Farbe. Er stand vor einer niedrigen Felsnische, die mit einer durchsichtigen Platte verschlossen gewesen war und zerrte an der Hand einer nicht weniger farblosen Frau.

Sie weigerte sich, seinen Anweisungen Folge zu leisten, aber der Mann schien über große körperliche Kraft zu verfügen, die man in dem verwachsenen Leib nicht vermuten würde. Da sie sich dennoch vehement gegen ihn wehrte, wurde er grob, schlug ihr ins Gesicht und hatte plötzlich eine Spritze in der Hand, mit der er ihr in dem Moment der Hilflosigkeit nach dem Schlag etwas gab, das ihren Widerstand ersterben ließ.

Peter winkte Kenjiro zu sich, der sofort kam. Das Gesicht des Japaners verzerrte sich, als er den Albino sah, doch er wartete ergeben auf Peters Anweisungen, anstatt sofort loszustürzen.

»Kann man ihn mit Tomoe ablenken? Ich fürchte um das Leben der Frau, wenn wir einfach versuchen, zuzugreifen«, raunte ihm Peter zu.

Kenjiro nickte und stellte sich an der gegenüberliegenden Höhlenwand auf. Er gab dort auf der Stelle tretend seiner Puppe alle Bewegungen vor. Sie lief mit gemessenen Bewegungen an ihm vorbei, betrat die Höhle und blieb mittendrin stehen. Gebannt beobachtete Peter, was nun geschah und sah mit Entsetzen das Gerät, das in einer Seitenhöhle stand und nun von einer Notbeleuchtung aus dem Dunkel geschält wurde, welche die Puppe mit ihrer Anwesenheit wohl angeschaltet hatte.

Der Albino ließ erschrocken von der jungen Frau ab, die nun selbst wie eine Puppe wirkte. Abgestellt an der Höhlenwand und wie gelähmt die Situation verfolgend. Dann schien er zu erkennen, wer oder was da in sein Heiligtum eingedrungen war und trat ein paar Schritte auf die Puppe zu. Peter bemerkte die Bewegung Kenjiros über seine Schulter. Er zog sein Schwert und die Puppe tat es ihm gleich. Der Albino blieb stehen und sah sich hektisch um.

»Wo bist du, Schlitzauge? Zeig dich und schicke nicht deine schöne Puppe vor. Wenn ich dich erledigt habe, gehört sie mir!«

Kenjiro sah zu Peter, der ihm auffordernd zunickte. Sofort trat auch der Japaner in die Höhle, das Schwert zum Angriff bereit. Zu Peters Erstaunen folgte ihm die Puppe dieses Mal nicht in jeder Bewegung, bis er den kleinen Knopf in der Hand des Japaners bemerkte. Es schien, als wäre dem Albino nicht so klar, wie die Bewegungsabläufe der Puppe funktionierten, wahrscheinlich ging er davon aus, dass der Japaner nicht in der Lage gewesen sein konnte, unter seinen Lebensumständen etwas wirklich Neuartiges zu entwickeln.

Als er fast neben der starren Puppe stand, zückte der Albino eine Handfeuerwaffe, die eher an eine Miniatur-Armbrust erinnerte. Wie Peter wusste auch er sicherlich genau, was eine Dampfdruckpistole in einem geschlossenen Raum anrichten konnte, vor allem, wenn zu viel Äthergas frei war, auch wenn es im Moment nicht so gefährlich zu sein schien. Er richtete die Waffe auf Kenjiro, doch zum Abdrücken kam er nicht mehr. Der Japaner hatte die Verbindung zu seiner Puppe wiederhergestellt, bewegte sich mit seinem Schwert einen Schritt nach vorn und schwang die Klinge dann zu Seite.

Die Puppe, die diese Bewegung nachvollzog, hieb mit ihrem Schwert auf den Arm des Albinos, durchtrennte Haut und Muskulatur und einen der beiden Armknochen. Die Waffe fiel ihm aus der nunmehr nutzlosen Hand. Er hatte Glück gehabt, dass seine Schlagader nicht durchtrennt wurde, und bewies eine erstaunliche Reaktionsfähigkeit. Trotz der sicherlich enormen Schmerzen und dem Schrecken tauchte er unter dem neuerlich geführten Schlag gegen seinen Hals ab und sprang zurück.

Der Albino entkam der tödlichen Puppe und sprang in seine Maschine, die startete, kaum dass er auf dem Sitz saß und seine Beine und Arme in die dafür gedachten Vorrichtungen presste. Kenjiro sorgte dafür, dass seine Puppe aus dem Weg der Körperpanzerung kam, doch der Albino hatte offensichtlich etwas anderes vor, als sie zu bekämpfen. Die Maschine sprang erstaunlich wendig und behände auf die junge

Frau zu, die noch immer wie gelähmt an der Höhlenwand hockte und schirmte sie gegen die Blicke der Eindringlinge ab. Peter, der befürchtete, er würde die Frau an sich reißen, um sie als Schutzschild zu verwenden, sprang auf und hastete mit Kenjiro, der Puppe und Joachim in die Höhle. Dabei vermieden sie es aber, ein offenes Ziel zu bieten.

Peter suchte sich eine Möglichkeit, auf den Fahrer der Maschine zu schießen, deren Kabine an der Seite ein Stück weit offen war. Der Albino griff mit seiner unverletzten Hand aus der Kabine und versuchte, die Frau zu sich zu ziehen. Doch deren Betäubung schien langsam wieder nachzulassen. Sie entzog sich seinem Zugriff, packte die neben ihr liegende leere Spritze und hieb ihm die Nadel in die Hand.

Hartmut, der sich schon fast bis an sie herangepirscht hatte, nutzte den Moment der Überraschung und des Schmerzes des Albinos, um an den Greifarmen der Maschine vorbei zu ihr zu springen, sie zu packen und auf die andere Seite zu schleppen, wo der Insasse der Maschine sie weder sehen noch greifen konnte. Diese Gelegenheit nutzte Peter zu einem Schuss. Er traf genau die Lücke in der Kabine, doch der Albino hatte ihn bemerkt und sich geduckt. Nun war es an Peter, sich so schnell es ging von seinem Standort weg zu bewegen, denn der Albino betätigte doch den Flammenwerfer. Es war nur eine dünne Flammenzunge, die auf ihn zuschoss, aber sie war heißer als jede Flamme, der er sich jemals genähert hatte. Wenn die bisherigen Flammenwerfer eher ungezielt und entsprechend verheerend waren, so hatte der Albino nun eine Möglichkeit gefunden, auch in geschlossenen Räumen mit Feuer zu arbeiten. Eine naheliegende Weiterentwicklung dessen, was Paul in seinen Skizzen entwickelt hatte. Aber davor hatte er alle bereits gewarnt.

Aus zwei Richtungen wurde nun mit schwerem Kaliber ohne Dampfdruck auf den Panzer geschossen, um Peter die Möglichkeit zu geben, sich in Sicherheit zu bringen. Während er sich mit einem Sprung und einer Rolle hinter eine der tragenden Säulen rettete, brüllte er den Befehl zum Rückzug in den entstandenen Lärm hinein. Keine Sekunde zu früh, denn der Albino trat die Flucht an und setzte dabei rücksichtslos den Flammenwerfer ein. Er nahm den Höhlengang, durch den Peter mit Kenjiro gekommen war und als Peter sich umsah, entdeckte er den Japaner, der sich an einem Rohr auf der Rückseite der Körperpanzerung festklammerte und sich nicht abschütteln ließ.

Peter wies Hartmut an, die Frau und die Puppe sofort zum Transporter zu bringen, während er in sicherem Abstand mit den anderen der Maschine folgte. Das Ding tappte angeschlagen durch den Stollen zum Tor, nicht zum Lüftungsschacht. Wahrscheinlich konnte der Albino mit der verletzten Hand das Gerät nicht besonders gut steuern oder in der Spritze war noch ein Rest des Mittels verblieben, gegen das er nun ankämpfen musste.

Was auch immer der Grund war, Peter hoffte inständig, dass der Wächter nicht den Helden spielen würde oder den Japaner verletzte, der sich immer noch wie eine Laus an den Panzer klammerte. Ein weiterer Flammenstoß aus der Waffe sprengte die Stollentür auf und würde dem Wächter schon Warnung genug sein, dem Ding nicht zu nahe zu kommen.

Als sich der Körperpanzer im Freien aufrichtete, hallten Schüsse aus einem Dampfdruckgewehr durch das Tal. Peter konnte sehen, wie sie an den Beinen des Panzers Funken schlugen und hoffte, dass die Querschläger nicht den Japaner trafen. Doch die größte Gefahr war in diesem Moment eine andere: Das Gerät drehte sich um und richtete den Flammenwerfer auf den Tunnel. Peter stoppte und rannte zurück, drängte auch die anderen dazu, sich an den Wänden entlang zu drücken.

Doch der Flammenwerfer schien nicht mehr einwandfrei zu arbeiten, die Flammenzunge erreichte die Männer nicht. Dafür konnten sie alle hören, wie die Dampfmaschine des Transporters aufheulte. Peter hastete wieder nach vorne und konnte gerade noch sehen, wie der Japaner sich von dem Panzer fallen ließ, weil er die Gefahr kommen sah. Er kugelte sich über den Boden und blieb abwartend im Gras liegen. Eine weitere, schwache Flammenzunge schoss aus dem Werfer, doch der Transporter ließ sich davon nicht beeindrucken und sein Fahrer, dessen verbissenen Gesichtsausdruck Peter durch die Scheibe sehen konnte, auch nicht. Der massige Transporter rammte die Kampfmaschine frontal und warf sie um.

Kaum blieb das Gerät rücklings im Gras liegen, war auch Kenjiro wieder auf den Füßen, riss sein Schwert hoch und stach es durch die Öffnung an der Seite, bevor Peter auch nur den Mund öffnen konnte, um irgendetwas zu sagen.

Es war ihm gleich.

Die Geräusche der Antriebsmaschinen sowohl des Transporters als auch des Kampfpanzers erstarben und hinterließen im strömenden Regen kleine Dampfwölkchen, die schnell vergingen. Peter richtete sich auf und trat aus dem Stollen. Doch er hatte keinen Blick für den Albino und seine Maschine übrig. Er sprang auf das Trittbrett des Führerhauses und riss die Tür auf.

Paul saß mit starrem Blick am Lenkrad und sah ihn nicht einmal an. Als Peter an seinen Kopf griff, weil er fürchtete, dass sich sein Bruder bei seinem beherzten Eingreifen verletzt hatte, wandte Paul sich ihm zu.

»Alles in Ordnung, Peter.« Seine Stimme klang hohl, aber nicht schwach. Dann hellte sich Pauls Miene auf und er tätschelte das Lenkrad des Transporters. »Unverwüstlich, das gute Stück. Ich glaube, ich lerne auch noch Autofahren, es könnte Spaß machen.«

Peter brach in Gelächter aus, das seine Anspannung gänzlich weichen ließ. »Wenn du so Auto fährst, dann bist du eine Gefahr für die Menschheit.«

Er sprang wieder nach unten und trat an den Panzer heran. Der Japaner wischte gerade die Klinge seines Schwertes mit einem Tuch sauber und ein zufriedenes Lächeln huschte über sein Gesicht. Das konnte er nach Peters Dafürhalten auch sein und er wünschte sich dringlichst, ihm würde etwas einfallen, was er für diesen Mann tun konnte. Doch das musste warten.

Der Albino hing blutüberströmt in seinem Panzer und regte sich nicht mehr. Es war vorbei.

Ende gut?

»Und du glaubst, dass wird man uns so durchgehen lassen?« Sonnemann sah von dem Bericht auf, den Peter ihm über seine Einsätze verfasst hatte.

»Ich denke, ich habe für alles die richtigen Worte und Begründungen gefunden, oder?«, erwiderte Peter und ließ sich grinsend auf seinem Stuhl zurückfallen, obwohl ihm nicht nach Freude zumute war. Seine Stimme triefte daher auch vor Sarkasmus. »Wir haben den Mörder gefunden und einen Angriff durch einen Irren verhindert. Fertig. Mehr muss niemand wissen, alles Drumherum kann gern im Sumpf des Vergessens landen. Vor allem das, was wir alle – auch du – hart am Rande der Legalität getan haben. Und auf keinen Fall darf die Rolle der beiden Asiaten ans Licht kommen. Xuns Erpressung zum Beispiel und die Tötung des Kutschers in Esch. Das interessiert doch ohnehin nur einen wirklich: Wallenfels, der offenbar doch ein wenig ins Schwitzen kam.«

»Wie vertragen sich eigentlich ein Japaner und ein Chinese?«, fragte Sonnemann interessiert nach. »Hab gehört, dass die normalerweise nicht gut aufeinander zu sprechen sind.«

Peter zuckte die Schultern. »Ist schon eine seltsame Paarung, aber mir scheint, dass sie im gegenseitigen Respekt einen Zugang zueinander gefunden haben. Ist mir auch egal. Ich will die beiden in Sicherheit wissen und mir scheint, dass Liebermann das in die Wege geleitet hat.«

Sonnemann sah Peter verblüfft an, bekam aber zunächst keine weiteren Details. Schließlich erbarmte sich Peter, ihm von einigen der Ereignisse nach dem Tod des Albinos Kenntnis zu verschaffen. Sonnemann war klar, dass er vieles ausließ, um andere Personen nicht zu gefährden, aber das war ihm gleich. Im Gegenteil, es schützte auch ihn vor unbedachten Worten.

Peter war mit der befreiten Frau, Kenjiro und Paul zunächst nach Niedernhausen gefahren, wo sich Eisensteins Villa langsam zu einem Hotel entwickelte, was den alten Mann aber nicht zu stören schien. Im Gegenteil, er schien regelrecht einen zweiten Frühling zu erleben und hatte, ganz alte Schule, die arme Marie-Therese de Varelles empfangen wie eine Prinzessin. Er hatte auch noch Kleidung von seiner verstorbenen Frau und der in der Ferne lebenden Tochter im Haus und nach einem Bad und in der frischen Kleidung hatte die junge Frau auch die Erscheinung einer Prinzessin angenommen.

Vor allem aber schien ihre Rettung etwas in Jewgenij zu bewirken, der bis dahin mehr vor sich hinvegetiert war, als das er wirklich noch lebte. Doch kaum war die Dame an seiner Seite, schien er wieder zu gesunden. Eisenstein hatte zudem etwas über seine Familie herausfinden und den Vater erreichen können. Da für Juden die Situation immer unerträglicher wurde, besonders in der Hauptstadt, hatten sich die Lemonows nach Frankreich zurückgezogen. Ganz in die Nähe des Stammsitzes von Maries Familie, von der Valerian endlich ein Lebenszeichen bekommen hatte.

Paul hatte Jewgenij davon überzeugen können, dass seine Erfindung, die er für einen Querschnittsgelähmten entwickelt hatte, ihm helfen konnte, sein Leben noch eine Weile in Würde bestreiten zu können. Ganz ohne Eingriff in den Körper. Zumindest so lange, bis am Ende ein Schub seine Möglichkeit zu Schlucken und zu Atmen einschränkte. Wahrscheinlich war es aber eher Marie, die den Ausschlag gab, es zu versuchen. Sie beide würden sich auf dem Eichberg in Liebermanns Behandlung begeben und Kenjiro sollte für ihn ein entsprechendes Gerät bauen. Das würde auch ihn weiterhin retten – als Erbauer orthopädischer Hilfsmittel war er auf dem Eichberg ein dringend benötigter Fachmann. Ebenso der chinesische Heiler.

Sie hatten nun auch erfahren, warum Marie im Sanatorium weilte. Auch wenn man es ihr nicht ansah, sie hatte eine ähnliche Krankheit wie Jewgenij, nur nicht so weit fortgeschritten, und wollte in seiner Nähe bleiben.

Peter schloss mit der Anekdote, wie Paul versucht hatte, dem Juden Eisenstein zu helfen, die jüdischen Grabfelder zu sichern. Es war ihm tatsächlich gelungen, mit einer abstrusen Geschichte den Verwalter der staatlichen Liegenschaften davon zu überzeugen, ihm das Grundstück des Friedhofs in Niedernhausen zu verkaufen. Da es weder für landwirtschaftliche noch gewerbliche Nutzung einen besonderen Wert hatte, war er mit einem lächerlichen Betrag stolzer Besitzer des Landes geworden und versprach Eisenstein, es nie auch nur zu betreten. Die Toten sollten ihre Ruhe haben, auf Ewig. Dass Liebermann aufgrund der Namensgleichheit darauf pochen würde, der Besitzer des Friedhofes zu sein, auf dem er selbst fast gestorben wäre, behielt er für sich, auch wenn er sich innerlich immer noch über das Gesicht des Nervenarztes amüsierte, als Paul ihm die Grundbuchabschrift präsentierte.

»Na schön. Und dann willst du noch, dass ich die beiden Jungs von der Bahnpolizei vor der Einberufung rette. Joachim Bartfelder hat bei mir ohnehin einen Stein im Brett und die Familie gilt ja auch als verhältnismäßig wohl situiert. Ich wünschte, Johann Bartfelder würde weiter das Stadtparlament aufmischen, aber das ist eine einzige Zumutung, die ich ihm nicht aufbürden möchte. Nicht, solange er nicht noch ein paar andere Leute als Unterstützer bekommt. Aber der eine, dem ich das zugetraut hätte, ist mit seinem Stadtteil genauso abgesoffen und hat andere Probleme. Ich meine den Höchster Stadtrat. Bei Joachim bin ich mir also sicher, dass ich den heimlich, still und leise integriert bekomme. Bei dem anderen weiß ich es nicht.«

»Ist auch nicht mehr so dringlich«, fügte Peter erleichtert an. »Markus Hoyer darf bei der Bahnpolizei bleiben. Neben Joachim ist er der einzig Verbliebene, der sich mit dem technischen Gerät auskennt. Den können sie nicht gehen lassen, solange sie noch über ihre Hängebahnen verfügen.«

»Und was sage ich jetzt dem Polizeipräsidenten, was aus den Plänen der Wettermaschine geworden ist? Wallenfels sitzt ihm im Nacken, er will das Ding unbedingt.«

Peter lachte nun mit echter Belustigung. »Alles geklärt, Friedrich, nur keine Panik. Wallenfels hat die Maschine, die Mayerhuber gebaut hat, doch immer noch in seiner Halle stehen und wir haben ihm das gestohlene Steuergerät zukommen lassen. Damit können seine Techniker sicher alles nachbauen. Nur patentieren lassen kann er es nicht. Bei den Unterlagen, die aus dem Schließfach gestohlen wurden, war auch Mayerhofers Testament. Er hat seine Papiere und Patentrechte einem Marburger Professor zur freien Verfügung vererbt, unter der Auflage, sie zum Wohle der Allgemeinheit zu verwenden. Er darf auch die Rechte, die Maschine nachzubauen und weiterzuentwickeln, an Interessenten verkaufen und die dadurch erzielten Mittel für weitere Forschungen zur Verbesserung der Lebensbedingungen und Hilfsmaßnahmen in den Bereichen der am schlimmsten Betroffenen verwenden. Der Professor hat auch sofort reagiert und einen öffentlichen Aufruf gestartet. Wie ich hörte, ist das Interesse sehr groß. Viele wollen diese Maschine bauen und weiterentwickeln. Hoffentlich machen sie schnell, bevor alles entlang der Flüsse absäuft.«

»Da ist möglicherweise Entspannung zu erwarten«, seufzte Sonnemann. »Auch wenn ich nicht weiß, was das für Auswirkungen haben kann. Jedenfalls soll es bald aufhören zu regnen, kälter werden und vielleicht schneien. Es regnet ja schon nicht mehr so viel.«

»Eine weiße Decke für die Katastrophe«, grunzte Peter. »Nun ja, es ist Winter, eigentlich sollte das so sein. Aber ich sorge mich um all die Menschen, die vor den Fluten flüchten mussten und jetzt in den Lagern leben. Sie haben schon alles verloren und sind krank. Wenn jetzt noch die Kälte kommt …«

Sie schwiegen sich eine Weile lang an. Beide wussten, dass sie nichts weiter tun konnten. Das zehrte an ihnen und ließ die Freude über ihren Ermittlungserfolg schnell zu einer bitteren Pille werden. Sie mussten es hinnehmen, dass sie die Welt nicht retten konnten, sondern nur versuchen, in ihrem kleinen Bereich das Beste zu erreichen. Trotzdem war das alles andere als befriedigend. Peter dachte auch an den Zirkus, der bei einem harten Winter sicherlich noch die letzten Reste seiner Existenzgrundlage verlieren würde. Die Tiere, und wahrscheinlich auch noch ein paar weitere Menschen. Doch es stand nicht in seiner

Macht, etwas für sie zu tun. Alle Möglichkeiten, die ihm blieben, waren nur winzige Tropfen auf einen heißen Felsblock von der Größe einer Dampflok.

»Und nun?«, fragte Sonnemann.

Peter zuckte mit den Schultern. »Abwarten und hoffen. Mehr können wir nicht tun. Ich werde mich jetzt erst einmal nach Hause an den warmen Ofen zu Frau und Kind begeben. Und hoffen, dass sich auf absehbare Zeit kein weiterer Mord ereignet. Habe die Schnauze gestrichen voll. Wenigstens dürfte der Fall Laue jetzt ein für alle Mal abgeschlossen sein. Ich hoffe nur, dass du nicht schwach wirst, und den Herrschaften von dem Körperpanzer erzählst, den der Albino gebaut hat.«

Sonnemann hob abwehrend die Hände und tat verblüfft. »Von was sprichst du?«

Wieder lachten sie beide, was den Raum sofort ein wenig heller zu machen schien. Sie hatten den Toten aus seinem Panzer geholt und an Csákányi in die Rechtsmedizin übergeben, wie es sich gehörte. Der kleine Ungar war auch hoch erfreut über das interessante Studienobjekt, auf dessen Körper niemand mehr Anspruch für eine feierliche Beerdigung erheben würde. Sein technisches Hilfs- und Kampfgerät hatten sie zu einer Lagerhalle gebracht, die dem alten Eisenstein gehörte. Dort konnte es vor sich hin rosten und vergessen werden.

»Hast du etwas aus Idstein oder Camberg gehört?«, hakte Peter noch nach, während er sich erhob und nach seinem Regenmantel griff, um nach Hause zu gehen.

Sonnemann schüttelte den Kopf. »In Idstein frage ich nicht gerne nach, habe aber über Umwege erfahren, dass der Leiter des Sanatoriums Hirtesmühle Selbstmord begangen haben soll. Die Patienten haben den Laden verlassen. Camberg ist noch ein wenig schwerer, denn die zuständige Polizei wird von jemand geleitet, den ich herzlichst nicht leiden kann. Schweigen im Walde. Womöglich haben sie die Toten noch gar nicht entdeckt. Warum sollte auch jemand nachsehen? Ich kann mir nicht vorstellen, dass die beiden dort irgendwelche Hausangestellten hatten, bei allem, was sie so trieben. Und die Mädchen aus Louisas Freudenhaus werden auch nicht zur Polizei gehen, oder? Ganz ehrlich: Ich bin froh, dass auch das Kapitel Unterwelt in Kastel und Kostheim vorbei ist. Um die braven Menschen da unten an der Mainmündung tut es mir leid, aber das Wasser verhindert sicher auch die Entstehung einer neuen Unterwelt. Reinigende Katastrophe ...«

Wieder herrschte betretenes Schweigen, aber dieses Mal lastete es beiden Männern nicht ganz so schwer auf der Seele. Sie hatten sich nichts vorzuwerfen, im Gegenteil. Auf die Maßnahmen der Regierung zur Behandlung der Menschen hatten sie keinen Einfluss. Daher versuchten beide, sich die Bilder aus dem Kopf zu schlagen, die ihnen nur den Schlaf rauben konnten. Peter hob die Hand zum Gruß und verließ das Büro seines Vorgesetzten.

Es war still im Präsidium, als er das Gebäude verließ und nach draußen trat. Es war ja auch schon spät am Tag, eigentlich schon Nacht, aber das machte angesichts des Regens und der Lichtverhältnisse am Tag auch keinen Unterschied. Er schwor sich, das Präsidium auch in den nächsten Tagen nicht zu betreten, außer es trat ein Notfall ein. Zuhause wartete Katharina mit ihrem Sohn. Sie sollten auch mal etwas von ihm haben.

Peter lief unter den Überdachungen entlang, soweit sie ihm Schutz boten. Am Ende sah er zum Himmel auf. Es regnete nicht mehr so stark wie in den letzten Tagen. Kaum mehr als ein feines Nieseln.

Er betrachtete es bereits als Verbesserung, schon allein, wenn er an all die Menschen dachte, die am Flussufer lebten und nicht von dort fliehen konnten. Ihm blieb nur zu hoffen, dass der Professor in Marburg möglichst schnell in der Lage war, die Maschinen zu bauen, zu verbessern und die Pläne an die Richtigen zu verkaufen. Wenn jeder eine solche Maschine bauen konnte, dann würden sie zusammen die Welt verändern.

Hoffentlich zum Guten.

Für alle.

DIE AUTORIN

Chris Schlicht, geboren 1968 in Frankfurt am Main, verheiratet, zwei erwachsene Kinder, gelernter Gärtner im Garten- und Landschaftsbau und studierter Dipl.-Ing. Landespflege. Hyperaktiver Kreativer, leicht durchgeknallt. Fantast, Steampunker. Beständig beseelt von Bildern im Kopf, muss irgendetwas kreativ-produktives passieren, um die Bilder da auch wieder raus zu bekommen. Egal ob mit allen möglichen Stiften, Kreiden, Farben oder dem Computer. Mit Ton wird genauso gestaltet wie mit Näh- und Häkelnadeln. Mittlerweile auch als Schreiberling bekannt, durch zwei Romane, sowie einer Reihe Kurzgeschichten in den verschiedensten fantastischen Genres.

Die brandneue
***Sherlock Holmes*-Trilogie**
vom Erfolgsautor
David Gray!

London im Jahr 1890: Zwei Jahre, nachdem Jack the Ripper die Hauptstadt des britischen Empires in Angst und Schrecken versetzte, wird Sherlock Holmes von seinem Bruder Mycroft gebeten, einen höchst merkwürdigen Fall zu übernehmen.
Was für Mister Sherlock Holmes und seinen alten Freund Dr James Hamish Watson zunächst wie ein etwas skurriler Routinefall aussieht, entpuppt sich jedoch als ein gefährliches Katz- und Maus Spiel, bei dem die Jäger rasch zu den Gejagten werden ...

Band 1: *Der Geist des Architekten*, ISBN 978-3-946425-69-4
Band 2: *Das Grab der Molly Maguire*, ISBN 978-3-946425-74-8
Band 3: *Die Augen der Götin*, ISBN 978-3-96815-003-1

Jeder Band ist im Format 12 x 18 cm und kommt in Hardcover.

Falls euch das Buch gefallen hat, besucht unsere Präsenzen im Netz und folgt uns auf den sozialen Medien:

roterdrache.org

www.roterdrache.org/catalog

editionroterdrache

Verlag.EditionRoterDrache

Edition Roter Drache

@EditRoterDrache

RoterDrache2006

Die Edition Roter Drache ist Fördermitglied im
Phantastik-Autoren-Netzwerk e.V.

www.phantastik-autoren.net